Monika Dettwiler
Der goldene Fluß

SERIE PIPER

Zu diesem Buch

1029 trifft die junge Ita zu ihrer Vermählung im Zürichgau ein. Doch ihr Bräutigam stirbt schon kurze Zeit später als kaiserlicher Heerführer. Sein Bruder, Eberhard von Nellenburg, wird mit fünfzehn Jahren Oberhaupt der ehemals mächtigen Familie. Wegen ihrer Mitgift und ihrer Verbindungen heiratet der Grafensohn Ita, die lesen und schreiben kann und sich auf die Heilkunst und Armenpflege versteht. Im Laufe der Jahre wird aus der Vernunftehe eine tiefe, leidenschaftliche Liebe und eine außergewöhnliche Partnerschaft. Von einem Gelübde getrieben, baut Eberhard mit Ita Schritt für Schritt die Herrschaft der Nellenburger wieder auf. In Schaffhausen, einem verschlafenen Fischerdorf am Rheinfall, gelingt es den beiden, mit Hilfe des aufblühenden Fernhandels im 11. Jahrhundert ein einmaliges Wirtschaftswunder auszulösen. Trotz einiger Rückschläge glauben sie an die Verwirklichung ihrer Vision: Ein eigenes Kloster mit Münster soll entstehen ... In ihrem neuen Roman erschafft die Schweizer Autorin einen mittelalterlichen Kosmos, der verzaubert und mitreißt.

Monika Dettwiler, in Zürich geboren, studierte Geschichte, Kunstgeschichte und Archäologie in Rom und war dort als Journalistin und Kulturreiseleiterin tätig. Bereits ihr erster Roman »Berner Lauffeuer« war ein durchschlagender Erfolg, danach veröffentlichte sie »Das Siegel der Macht«. Heute lebt die zweifache Mutter als Redakteurin in der Schweiz. Weiteres zur Autorin: www.monikadettwiler.ch

Monika Dettwiler
Der goldene Fluß

Historischer Roman

Mit 4 Abbildungen

Piper München Zürich

Redaktion: Dr. Rainer Schöttle

Vorsatzkarte: Jutta Winter

Verlag und Autorin danken der Hans Brühlmann-Stiftung, Schaffhausen, für den Druckkostenbeitrag zur Erstellung der Bildseiten.

Ungekürzte Taschenbuchausgabe
November 2004

erschienen im Verlagsprogramm Kabel
Umschlag / Bildredaktion: Büro Hamburg
Isabel Bünermann, Heike Dehning,
Charlotte Wippermann, Katharina Oesten
Umschlagabbildung: Quentin Massys (oben);
Matthias Read / The Bridgeman Art Library (unten)
Satz: KCS GmbH Buchholz / Hamburg
Druck und Bindung: Clausen & Bosse, Leck
Printed in Germany ISBN 3-492-24257-X

www.piper.de

Für Frank Flo Lorenz
und für die RP

Für Kurt Bänteli
und für Schaffhausen

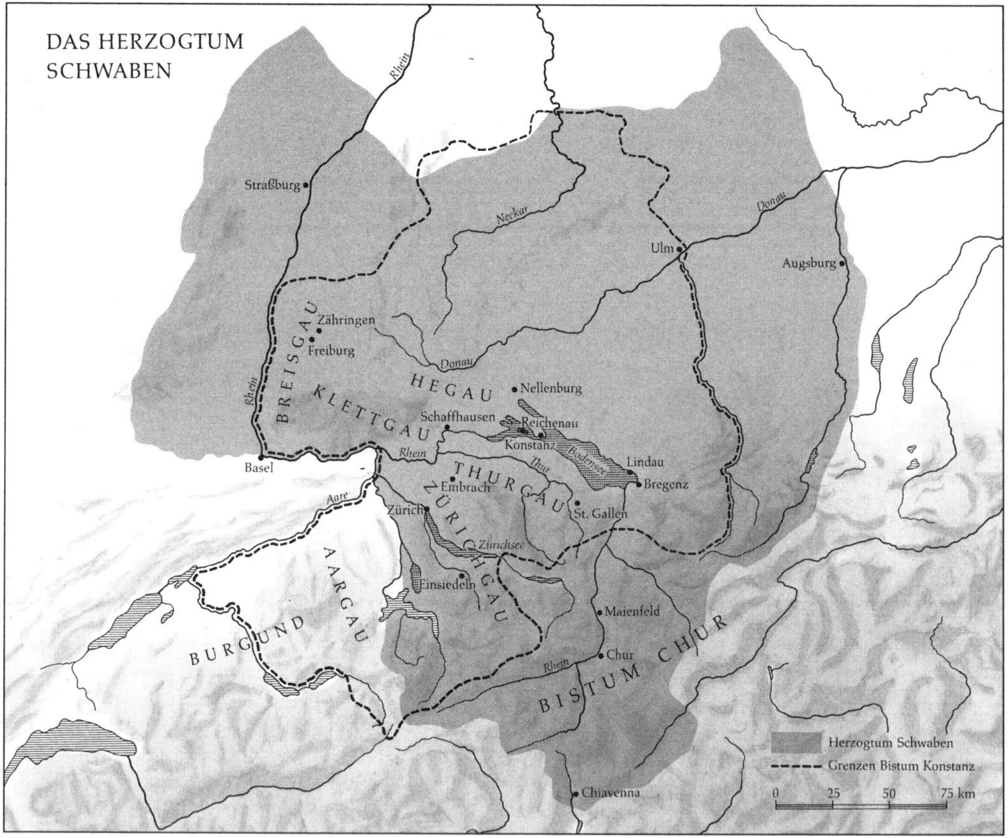
DAS HERZOGTUM
SCHWABEN
Rhein
Straßburg
Neckar
Donau
Ulm
Augsburg
Zähringen
Freiburg
BREISGAU
KLETTGAU
HEGAU
Nellenburg
Schaffhausen
Reichenau
Konstanz
Bodensee
Lindau
Bregenz
Basel
Rhein
Thur
THURGAU
Embrach
St. Gallen
Zürich
Zürichsee
ZÜRICHGAU
Einsiedeln
Aare
AARGAU
BURGUND
Maienfeld
Chur
BISTUM CHUR
Chiavenna
Herzogtum Schwaben
Grenzen Bistum Konstanz
0 25 50 75 km

XX [zuerst „Personen des Romans" S 458 lesen!] XX

I

Als der Brautwerber im Sommer des Jahres 1029 zur Burg von Kirchberg kam, war die Tochter des Grafen verschwunden. Liutpald, der vom Zürichgau hergereiste Priester und Lehrer des Bräutigams, ließ sich zunächst fürstlich bewirten.

»Wir werden am besten gleich die Heiratsbedingungen aushandeln«, schlug der Graf vor, als die Schüsseln abgeräumt waren. Immer wieder drehte er sich zur Tür um, aber seine Tochter kam nicht. So sprach er zunächst von Höfen und Ländereien südlich von Ulm, im Elsaß, am Bodensee, von Schmuck und Talenten.

Liutpald ging nicht auf die Mitgift ein. »Es ist zu bedenken, daß mein Herr, der Vogt Manegold von der Reichenau, große Pläne hat.« Herzog von Schwaben wolle er werden. Außerdem sei er ein Heerführer, jung, gesund, schön.

Die Verhandlungen kamen ins Stocken, als Liutpald nach der Braut fragte. Der Graf ließ den Haushofmeister rufen, der beteuerte, die Suche in der Burg gehe weiter. Schließlich zog der Hausherr ein Miniaturbild aus einer Schatulle hervor.

Liutpald warf nur einen flüchtigen Blick darauf. Statt eines Kommentars zählte er die Besitztümer seines Herrn auf. Das Bild reichte Liutpald dem Bruder des Bräutigams, der schüchtern neben ihm saß. Als er die Miniatur sah, strahlte Eberhard. Fasziniert starrte er auf das Mädchengesicht mit den weißen Zähnen.

Ita stand in einer Hütte am Waldrand von Kirchberg und redete auf die alte Frau ein. Vor ihnen lagen auf einem Holztisch Lilien, Rosen, Veilchen und andere Blumen. Ita hatte sie zerpflückt, zu Kränzen und Sträußen gebunden. Der Duft der Blumen überdeckte den Kohlgeruch, der von der offenen Feuerstelle herwehte.

»Du mußt Gefäße in verschiedenen Größen formen«, sagte Ita. »Ich möchte für jeden Strauß ein anderes haben.«

Die Alte murrte: »Du würdest besser in der Burghalle sitzen, wie es sich für eine wie dich gehört. Grafentöchter sollten nicht mit Gefäßen hantieren.«

»Die Edelfrauen sind anders als ich. Ich komme mir vor wie eine Stumme in einem Kreis von Schwätzerinnen. Seit Mutter nicht mehr lebt ...« Ita legte der Alten die Hand auf die Schulter: »Du bist meine Freundin, Adelheid. Bei dir muß ich mich nicht schämen, wenn ich etwas sage.«

»Was willst du überhaupt mit all den Gefäßen?« wechselte Adelheid verlegen das Thema.

»Blumen kann man immer anders zusammenstellen. Ich spiele gern mit ihren Farben. In jedem Gefäß kommen sie neu zur Geltung.«

»So viele Vasen, wie du sie für deine Blumen brauchst, werde ich nie brennen können.«

»Nicht alle kommen in die Gefäße. Viele presse ich. Das gibt Bilder, die ich im Winter anschauen kann.«

Die Alte strich eine graue Haarsträhne aus dem Gesicht. Ihre Stimme hatte einen bitteren Unterton: »So viel Arbeit für die Freude deiner Augen.«

»Wenn du nicht willst ...« Ita ging mit gespieltem Trotz zur Tür. »Dann humple selbst hinaus und sammle deine Kräuter!«

»Sag das nicht. Ohne meine Heilmittel müßte ich verhungern.« Adelheid blickte aus den Augenwinkeln zu Ita hoch, die einen halben Kopf größer war als sie. »Wenn wir schon davon sprechen, könntest du mir etwas Minze holen?«

Ita öffnete den schiefen Fensterladen und schätzte den Sonnenstand ein. »Eigentlich müßte ich längst zu Hause sein«, murmelte sie im Hinausgehen. »Heute oder morgen wird der Brautwerber kommen.«

Ita war froh, daß die Alte sie nicht gehört hatte. Sie drehte sich um und winkte ihr zu. Adelheids zahnloser Mund verzog sich zu einem Lächeln.

Mit jedem Kraut, das sie in den Korb legte, regte sich Itas Gewissen heftiger. Sie mußte nach Hause gehen, aber sie wollte nicht. Vater will mich verschachern, dachte sie. Ob dieser Vogt mir gefällt, interessiert ihn nicht. Und er, Manegold? Was wird er an mir finden?

Ita stellte den Korb ab und beugte sich über den glatten Wasserspiegel einer Pfütze. Sie sah das zum Zopf nach hinten geflochtene braune Haar mit den hellen Strähnen, das Oval des Gesichts, die hohen Backenknochen. Ita hielt den Kopf schräg und betrachtete ihr Halbprofil. Unwillig klatschte sie mit der Hand in die Pfütze und brachte das Wasser in Bewegung. Die Nase mit dem leichten Bogen hatte ihr nie gefallen. Das Schönste an meinem Gesicht sind die Lippen, dachte Ita, und schnitt ihrem Spiegelbild eine Grimasse.

Plötzlich legte sich ein Schatten über ihre kauernde Gestalt, im Wasserspiegel rasten dunkle Farben durcheinander. Ita sprang auf.

»Dein Gesicht streicheln«, hörte sie eine Stimme hinter sich flüstern. Ita drehte sich um, erschrak, beruhigte sich. Es war nur Johannes, der Dumme aus dem Dorf, der kaum die Worte zusammenbrachte, um einen Satz zu formen. »Darf ich?«

»Ich muß nach Hause. Wichtiger Besuch.« Ita sprach freundlich wie immer, wenn sie Johannes begegnete. Doch diesmal drehte sie ihm den Rücken zu. Das verletzte den Mann, brachte ihn in Wut. »Ich will aber«, sagte er und packte ihren Arm.

Ita riß sich los, ließ den Korb stehen und rannte über Felder und Wiesen, vorbei an Sträuchern und Laubbäumen. Beim Sprung über den Bach stolperte sie und fiel hin, raffte sich auf, hetzte weiter, bis sie die hölzernen Palisaden und das Burgtor passiert hatte. Leise ging sie an der Halle vorbei in ihre Kammer. Ita warf sich erschöpft auf das Bett, mit dem Rücken zur Wand. Obwohl es Sommer war und tagsüber die Sonne durch das schmale Fenster in die Kammer schien, roch die Mauer nach Moder. Es gab keine Feuerstellen in den Schlafkammern. Im Winter kam nur von der Halle her etwas, aber nie genug Wärme nach oben.

Als ihr Herz weniger heftig klopfte, griff Ita nach einer losgelösten Haarsträhne. Dabei streifte ihre Hand das Kinn, sie fühlte Blut aus dem Mund fließen. Ita nahm den Handspiegel und öffnete die

Lippen. Mit Schrecken sah sie ihr Spiegelbild. Die beiden Schneidezähne waren schräg zur Mitte abgebrochen. Wie Wolfszähne kamen sie ihr vor.

In diesem Augenblick stieß der Graf die Tür auf.

Ita ging ihm entgegen und bleckte die Zähne wie ein böser Hund. »Vater«, sagte sie, »es tut mir leid. Ich bin gestürzt.«

»Oh Gott«, seufzte Graf Otto von Kirchberg. »Da hat man endlich einen Brautwerber für seine Tochter im Haus, und sie kommt heim wie ein Krieger nach der Schlacht.«

Es klopfte, und der Burgkapellan trat ein. Er erfaßte die Situation sofort. »Die Verhandlungen sind abgeschlossen, Liutpald ist mit der Mitgift einverstanden«, redete er auf den Grafen ein. »Wir dürfen jetzt nicht aufgeben. Zu einer solchen Partie, mit Verlaub, kommen wir nie wieder.«

»Vater, es tut weh. Ich glaube, die Lippen sind aufgeplatzt«, jammerte Ita. Sie wischte mit einem Tuch das Blut weg und hielt sich erneut den Spiegel vors Gesicht. »Nein, die sind unverletzt. Aber die Zähne ...«

»Hat dir die Alte im Wald eine Salbe zur Blutstillung mitgegeben?« fragte der Graf. Ita nickte und holte das Heilmittel. Ihr Vater nahm etwas Salbe aus dem Topf und rieb sie sorgfältig in Itas Zahnfleisch ein.

Da klopfte es schon wieder. Ein Bediensteter starrte geflissentlich an der Grafentochter vorbei und sagte: »Die Herren unten warten. Sie werden ungeduldig.«

»Sag ihnen, meine Tochter ziehe sich um!« zischte der Graf. »Aber kein Wort von diesem Unfall.«

Als der Diener gehen wollte, hielt Otto ihn zurück: »Es wird dunkel. Schließt die Fensterläden in der Halle! Ihr dürft aber nicht alle Leuchter anzünden, höchstens jeden dritten. Und keine Kerzen auf den Tisch!«

»Eine Braut mit solchen Hauern will doch keiner«, klagte Ita, als sie mit ihrem Vater und dem Kapellan allein war.

»Mach dir keine Sorgen, Kleines. Mir geht es jetzt darum, den Heiratsvertrag abzuschließen. Die Zähne kommen schon wieder in Ordnung.«

»Glaubst du etwa, die wachsen nach?« schluchzte Ita.

»Der Brautwerber braucht sie ja nicht zu sehen«, bemerkte der Burgkapellan und ignorierte ihre Einwände. »Ita muß nur den Mund halten. Was eine Sechzehnjährige zu sagen hat, interessiert den Priester Liutpald ohnehin nicht.«

Ita drehte sich um. Sie wollte nicht mehr zuhören. Die Männer warteten vor der Kammer, während sie ihr Leinenkleid auszog. Es paßte nicht zu einer Grafentochter und war außerdem mit nasser Erde befleckt. Ihren schönsten grünen Rock zog Ita an und darüber eine Tunika aus feinem Stoff, die sie mit einer Kordel zusammenhielt. Der Zopf mußte so bleiben, wie die Kammerdienerin ihn am Morgen geflochten hatte.

Ita fühlte sich verletzlich wie ein Reh vor einer Reihe von Bogenschützen, als sie hinter ihrem Vater und dem Kapellan die düstere Halle betrat. Sie machte einen Knicks und schob die geschlossenen Lippen zu einem Lächeln nach oben.

»Schöner als auf dem Bild«, murmelte der vierzehnjährige Eberhard. Eine Prinzessin, dachte er. Nur eine Prinzessin hat solch goldene Strähnen im braunen Haar.

»Freut Ihr Euch, mit meinem jungen Herrn, dem Vogt Manegold, die Ehe einzugehen?« fragte Liutpald gemäß dem Zeremoniell der Brautwerbung. Ita schaute zu ihrem Vater und nickte. Der Priester wartete, lächelte ihr aufmunternd zu. Noch einmal nickte Ita, ihr Herz klopfte wild.

»Ist Eure Tochter stumm, Graf Otto?« fragte Liutpald.

Plötzlich ließ das Herzklopfen nach. Der verblüffte Gesichtsausdruck des Priesters brachte Ita zum Lachen. Da spürte sie wieder Blut zwischen den zusammengepreßten Lippen. Sie drückte ein Tuch auf den Mund und lief aus der Halle.

»Meine Tochter ist sprachlos, weil Ihr uns eine so hohe Ehre antragt«, überspielte der Graf die Situation und führte seine Gäste erneut zur Tafel. »Morgen oder übermorgen werdet Ihr sie sprechen hören. Ihr bleibt doch einige Tage?«

Als Liutpald abwinken wollte, fügte Otto hinzu: »Ich muß dem Bischof in Ulm meine Aufwartung machen. Wenn Ihr mich zu ihm begleiten möchtet?«

Drei Tage lang blieb der Graf mit dem Priester Liutpald in Ulm. Am ersten Morgen nach Itas Unfall wurde ein Heiler in die Burg gerufen. Da Ita keine Mutter mehr hatte, war eine Tante dabei, als der Mann ihre Zähne untersuchte.

»Wir müssen froh sein, wenn die nicht absterben«, sagte er. »Wenn Ihr einige Tage lang auf nichts Hartes beißt und nur Brei eßt, kann es sein, daß die Zahnwurzeln wieder anwachsen. In zwei Wochen werde ich nach Euch sehen.« Kein Wort von den abgebrochen Spitzen der Zähne!

Ita lief aus der Halle in den Garten und setzte sich zwischen den Mohnblumen auf einen Stein. Ein Strudel widersprüchlichster Gefühle erfaßte sie. Wahrscheinlich würde Manegold eine Braut mit Wolfszähnen nicht akzeptieren. Sie wäre zwar erleichtert gewesen, den unbekannten Bräutigam los zu sein, aber sie fühlte sich in ihrem Innersten verletzt. Nie mehr würde sie aussehen wie bisher, nie würde sie den Mund zum Gespräch oder auch nur zu einem Lächeln öffnen können. Bestenfalls zur Klosterfrau mochte sie noch taugen.

Und wenn ich doch zu Manegold gehen muß? dachte Ita. Ein unbekannter Ort noch weiter im Süden als der Bodensee, fremde Menschen und fremde Gedanken. Und ich bin nicht mehr ich mit diesen Zähnen. Als Hülle würde sie in den Zürichgau reisen, als Hülle mit Wolfszähnen. Zu einem Ehemann, der sie verachten würde vom ersten Tag an.

»Bist du tatsächlich stumm?« riß eine Stimme sie aus ihren Gedanken. Der Knabe Eberhard stand neben ihr und zupfte sich verlegen am rechten Ohrläppchen. Plötzlich bekam er Angst vor seinem eigenen Mut. »Ich glaube, ich störe.« Er ging einige Schritte zurück, stolperte über eine Baumwurzel. Entschuldigend hob er die Achseln und wollte sich davonstehlen.

»Ich bin nicht stumm«, entfuhr es Ita. Sie hielt die Hand vor den Mund und wandte sich ab. »Außerdem bin ich eine Dame. Du solltest mich nicht so respektlos ansprechen.«

Als Eberhard vor Verlegenheit das Blut in den Kopf schoß, vergaß Ita ihre Zähne und lächelte ihm zu. Ungläubig starrte er auf ihren Mund.

Ita las die Enttäuschung in seinen Augen. »Ich bin gestern hingefallen. Aber eigentlich ist es mir egal«, sagte sie leise und war sich bewußt, daß dies nicht die Wahrheit war. »Ich wollte deinen Bruder ohnehin nicht heiraten.«

»Darf ich mir die Zähne ansehen?« fragte Eberhard. Er war nicht mehr verlegen. Itas Verletzlichkeit machte ihm Mut. Behutsam streckte er den Arm aus und schob Itas Lippen mit den Fingern nach oben.

Da schaute sie zum ersten Mal bewußt in das Gesicht mit dem dunkelblonden vollen Haar. An Eberhards Zügen stimmte etwas nicht. Die zutraulichen blauen Augen und die etwas zu groß geratene Knabennase paßten nicht zu den schmalen, entschlossenen Lippen. Aber als er den Mund zu einem Lächeln öffnete, stand alles wieder im Einklang.

»Hattest du früher sehr lange vordere Zähne?« wollte Eberhard wissen. Als sie nickte, fuhr er fort: »Mach dir keine Sorgen. Sie wackeln ein bißchen, wachsen aber wieder an.«

»Wie alt bist du eigentlich?« fragte sie abschätzig.

»Vier..., bald fünfzehn.«

»Ich bin nächstes Jahr auch ein Jahr älter als jetzt«, spottete Ita.

Als er die Augen schloß und sich am Ohrläppchen zupfte, bereute sie ihre spitze Bemerkung und fragte: »Wie willst du wissen, ob meine Zähne wieder anwachsen oder nicht?«

»Ich habe das auf der Insel Reichenau bei einem Klosterbruder gesehen. Er war gegen den Eisenteil einer Tür geprallt. Ein Mitbruder hat ihm mit einem Schleifstein die abgebrochenen Zähne wieder gerade gefeilt.«

»Wenn das so einfach ist ... Aber ich möchte deinen Bruder trotzdem nicht heiraten.«

Eberhard grinste. »Er denkt da bestimmt anders als du. Wenn deine Zähne erst abgefeilt sind, wirst du wieder aussehen wie auf dem Bild. Ich will es meinem Bruder mitbringen.« Er griff sich an den Kopf. »Oh je, in der Aufregung gestern habe ich vergessen, daß wir Geschenke mitgebracht haben. Ich gehe sie holen und bringe sie in die Halle.«

Mit einem Paket und zwei flachen Holzstücken trat Eberhard

wieder in den Burgsaal. Ita dachte nicht mehr an ihre Zähne, als sie eine golddurchwirkte Tunika aus der Verpackung nahm. Sie drückte die kostbare Seide an den Oberkörper und tanzte im Kreis herum. »Das wird mein schönstes Kleid sein«, sagte sie. »Ob das Gold mir steht?«

»Du hast grüngoldene Augen und goldene Haarsträhnen. Das Kleid wird dir stehen.«

»Und du bist ein Meister darin, Damen Komplimente zu machen.«

»Ich?« Der schwärmerische Ton war aus seiner Stimme verschwunden. Eberhard zupfte sich am Ohrläppchen und trat von einem Fuß auf den andern. »Die einzige Dame, die ich kenne, ist meine Mutter.«

Als Ita ihn nur schweigend musterte, fuhr er fort: »Sie heißt Hedwig. Sie ist mit dem Kaiser und mit einem Bischof verwandt.«

»Du meinst also, die Tunika wird zu meinem Haar passen?« lenkte Ita das Gespräch wieder auf ihr Geschenk.

»Ich habe noch nie solches Haar gesehen. Wie kommen die blonden Strähnen in deinen braunen Zopf?«

»Was du alles wissen willst! Also gut, wenn du mir das Spiel beibringst, verrate ich dir das Geheimnis.«

Eberhard nahm eines der beiden Brettspiele und legte es auf den Tisch. Er erklärte ihr die Felder und ihre Bedeutung. Er sprach von Hermann, dem Klosterschüler, der von Geburt an lahm war und doch Musik studierte und Spiele erfand. Als das Essen serviert wurde, saßen sie noch immer am Tisch und spielten. Ita lief aus dem Saal und aß ihren Gemüsebrei wie jeden Tag in der Küche.

Später, im Feld der Mohnblumen vor der Burg, sprach Ita von ihrer Liebe zu den Blumen. Ihr Vater habe die Samen der roten Blüten von einer weiten Reise mitgebracht. Sie verriet Eberhard das Geheimnis ihrer blonden Strähnen, erzählte von den Kamillenaufgüssen und den Tagen unter der Sommersonne in den Blumenbeeten.

Eberhard behielt sein Wissen über Itas abgebrochene Zähne für sich. Als er am vierten Tag mit dem Grafen und Liutpald auf die Jagd ging, stieg Ita allein an den Palisaden entlang in den Garten hinunter. Sie schaute hinauf zur Burg, als sähe sie sie zum letzten Mal. Nur die Halle und die Schlafkammern waren aus Stein gebaut. Alle anderen Gebäude hatte ihr Großvater aus Holz zimmern lassen. Im Garten beugte sich Ita zu den wilden Rosen hinunter, nahm deren Duft in sich auf, und sie dachte sorgenvoll an ihre Zukunft.

Am fünften Abend sagte der Graf, Ita könne nicht länger ihren Brei in der Küche essen. Sie müsse mit dem Priester Liutpald sprechen. Der sei ungeduldig geworden und wolle abreisen.

Ita ließ sich von der Kammerfrau frisieren. Das Haar floß nicht nach hinten in einen Zopf, sondern weich über ihre Schultern. Nur die Spitzen band die Dienerin zu einem kurzen Schwanz zusammen. Ita setzte sich in der düsteren Halle zwischen Liutpald und Eberhard.

Als der Priester mit Fisch und Bohnen seinen ersten Hunger gestillt hatte, sagte er zu Ita: »Da Ihr wieder essen könnt, seid Ihr bestimmt auch nicht mehr stumm.«

»Sie konnte immer sprechen«, fiel Eberhard ihm ins Wort.

»Ich war krank.« Ita wandte sich Eberhard zu, als sie sprach.

Der Priester stellte viele Fragen. Ob sie wisse, wo der Zürichgau liege. Nicht in der Nähe von Ulm, erklärte Liutpald, sondern weiter weg, südlicher als der Bodensee. Er fragte, wie sie zu ihrem Bräutigam reisen wolle, auf dem Pferd oder im Wagen.

Ita antwortete kurz und höflich. Immer wenn sie sprach, drehte sie den Kopf in Eberhards Richtung. Das Haar schirmte ihren Mund gegen Liutpald hin ab wie ein Vorhang. Wenn sie schwieg, lächelte Ita mit geschlossenen Lippen den Brautwerber an.

Am nächsten Morgen reisten Liutpald und Eberhard ab. Die Heiratsbedingungen würden mit Manegold und dessen Vater besprochen, erklärte der Priester dem Grafen. Man werde einen Boten schicken.

Ita fühlte sich nach der Abreise des Brautwerbers wie in einem Schwebezustand. Sie war nicht mehr wie früher, aber aus ihr war noch keine andere geworden. Sie wußte nicht, was sein würde. Das einzige Stückchen Zukunft, das mit ihr durch die Mohnblumenfelder gegangen war, saß auf einem Pferd und ritt dem fernen Bodensee entgegen.

2

Eberhard tat sich schwer mit dem Lesen. Sein Lehrer Liutpald hatte ihm vor vielen Monaten, als Eberhard erst dreizehn war, sogar das Schreiben beibringen wollen. Der Knabe weigerte sich, und sein Vater Eppo gab ihm recht. Wozu sollte ein Grafensohn schreiben lernen? Dafür gab es Klosterbrüder, Kapellane und Notare. Weil Eppo Graf im Zürichgau und Klostervogt von Einsiedeln war, wagte Liutpald nicht, ihm zu widersprechen. Seither hatte der Priester Mühe, den Schüler wenigstens einmal pro Woche in seiner Schreibstube zum Lesen zu bringen.

So mühsam wie nach ihrer Rückkehr aus Kirchberg hatte Liutpald seine Aufgabe noch nie empfunden. Eberhard buchstabierte, aber es gelang ihm schlecht, aus den Buchstaben Worte und aus den Worten eine Reihe zu bilden. Selbst der fertige Satz schwebte als Folge von Tönen in der Luft, ohne Sinn. Denn Eberhards Gedanken waren anderswo. Er dachte an die Burg des Grafen von Kirchberg, an die Halle mit den Wandteppichen. Und an Itas spitze Zähne.

Als er vom Hof her das Geräusch von Pferdehufen hörte, ging Eberhard ans Fenster. Er sah seinen Bruder Manegold und drei Gefolgsmänner von ihren Pferden steigen. Manegold, der Vogt der Reichenau, hatte die letzten Tage in der Pfalz seiner Abtei verbracht und Gerichtsverhandlungen geführt. Immer seltener kam er zum Haus seines Vaters im nordöstlichen Zürichgau.

Eberhard ignorierte die Ermahnungen seines Lehrers. Er blieb am Fenster stehen und sah in den Hof hinunter. Mit federndem Schritt kam sein Bruder Manegold auf das Tor zu. Er trug einen roten Umhang und grüne Beinkleider. Das Schwert baumelte fast bis zu den Stiefeln. Weil Manegold täglich austritt, war sein Gesicht braun gebrannt von der Sommersonne.

Mein Bruder ist zu vornehm für diesen Ort, dachte Eberhard. Er sah sich im Hof um. Das Haupthaus war einstöckig und nicht viel größer als die Wirtschaftsgebäude. Keine Palisaden, nicht einmal ein behelfsmäßig aufgeworfener Wall. Manchmal sprach Eppo mit Manegold und Eberhards zweitem Bruder Burkhard von der steinernen Familienburg, die er im Norden des Bodensees bauen ließ. Waren nur Monate oder schon Jahre vergangen, seit Eppo einem Baumeister den Auftrag erteilt hatte, auf dem Hügel im Hegau Stein auf Stein zu mauern, immer höher, bis ein Haus mit Halle und Wirtschaftsgebäuden entstand? Eberhard erinnerte sich nicht. Er hatte keine Ahnung, wie weit der Bau gediehen war, der den Familienbesitz gegen Nordosten hin absichern sollte. Noch nie war sein Vater auf den Gedanken gekommen, ihn zur Baustelle mitzunehmen.

Eberhard stand noch am Fenster, als Manegold mit seinem Vater Eppo die Schreibstube betrat. Die beiden Männer übersahen den Knaben und setzten sich zu Liutpald an den Tisch.

Der Priester berichtete von der Reise nach Ulm, von den Ländereien des Grafen von Kirchberg. Als er von der Tochter mit dem braungoldenen Haar erzählte, fiel Manegold ihm ins Wort. »Wie sind die Heiratsbedingungen?«

Liutpald stand auf und holte ein Schriftstück aus einer Schatulle. Er solle vorlesen, verlangte Manegold.

Als Liutpald fertig war, trat Eberhard an den Tisch und legte Itas Miniaturbild vor Manegold hin. Der warf einen kurzen Blick darauf und begann über den Wert der Mitgift Fragen zu stellen. Eppo wollte noch mehr wissen, bis der Priester den Besitz des Grafen von Kirchberg in allen Einzelheiten geschildert hatte.

»Nun, Eberhard?« fragte Manegold, nachdem alles besprochen war. Er strich seinem jüngsten Bruder mit den Fingern durch das dunkelblonde Haar und zupfte ihn am Nasenzipfel. Eberhards Körper war in den letzten Monaten hoch aufgeschossen, aber Manegold überragte ihn noch immer um eine Handbreit.

»Das Bild«, flüsterte Eberhard und wurde rot. »Du hast das Bild deiner Braut kaum angesehen.«

Manegold lachte. »Das ist nicht wichtig. Sie hilft mir, Herzog zu werden. Wenn das keine Ehe wert ist.«

Eberhard wollte von Itas goldbraunem Haar, von ihren Augen erzählen. Aber er schwieg.

»Du hast in den letzten Tagen genug studiert«, sagte Manegold. »Morgen darfst du mich zu einem Meierhof nördlich der Thur begleiten.«

Die Brüder ritten mit der Sonne im Rücken. Über Wiesen und Felder ließen sie ihre Pferde galoppieren, im Schritt durchquerten sie den Wald. Eberhard war glücklich, wenn er einen seiner Brüder begleiten durfte. Am liebsten ritt er mit Manegold. Der war nicht grimmig wie sein Vater und weniger schweigsam als sein anderer Bruder, Burkhard.

Von der Kuppe der Hügelkette aus sahen sie zur Mittagszeit die Thur und an ihrem Ufer die Mühle mit dem Steg. Manegold ritt seinen Begleitern voran zum Ufer. Der Fährmann brachte den Vogt mit dem Gefolge über den Fluß.

Vor dem Hof kam der Meier ihnen entgegen. Ehrerbietig ergriff er die Zügel von Manegolds Pferd und führte es vor den Haupteingang.

»Wollen die Herren essen oder trinken oder sich ausruhen?« fragte der Meier, als alle von den Pferden gestiegen waren. Manegold winkte ab. Man müsse weiterreisen. Er habe nur berichten wollen, daß die letzte Kuh des Meiers auf der Reichenau gestorben sei. Da jeder Meierhof für die Klosterküche eine Milchkuh liefern müsse, sei es an der Zeit, das verstorbene Tier zu ersetzen.

Manegold schwang sich in den Sattel. Da trat die Tochter des Meiers mit einer Magd aus dem Haus. Manegold stieg wieder ab, durchkämmte sich das dunkle Haar mit den Fingern. Er sah die Magd an, drehte sich zu Eberhard um und dann wieder zurück zur Magd. »Wann ist die Kuh für den Transport zur Reichenau bereit?« fragte er.

»Wann Ihr wollt«, sagte der Meier. Als der Vogt nichts entgegnete, schlug er einen jammernden Ton an: »Ich habe keine große Auswahl, Ihr könnt die Kuh gleich mitnehmen.«

»Es geht jetzt nicht. In zwei Wochen gibt es einen Viehtransport von Müllheim zur Reichenau. Da kann die Kuh mitgehen.« Manegold ging zur Tochter des Meiers. »Ich werde heute in vierzehn Tagen kommen«, sagte er leise. »Sieh zu, daß wir eine gute Mahlzeit bekommen.« Als sie »Ja, Herr« flüsterte, fügte Manegold mit einem Seitenblick auf die junge Magd hinzu, mit dem Vieh komme man nur langsam vorwärts. Wahrscheinlich werde er ihren Vater, den Meier, auch um Herberge bitten müssen.

Als er wieder im Sattel saß, drehte Manegold sich nochmals zum Meier um und stellte Fragen. Weshalb er fast keine Kühe habe, er, der reichste Meier weit und breit. Was der Jammerton solle.

»Wäre ich nur ein Bauer geblieben«, klagte der Meier. »Seit ich die Verantwortung für andere trage, habe ich Scherereien.«

»Fasse dich kurz, wir müssen weiter!«

»Seht Ihr den schwarzen Rauch hinter der Scheune denn nicht?« fragte der Meier. »Jemand hat am Vorabend den alten Viehunterstand bei der Eiche in Brand gesteckt und drei Milchkühe weggeführt.« Nur eine einzige sei zurückgeblieben, weil sie gerade kalbte und im Schuppen neben dem Haupthaus untergebracht worden sei.

»Wer?« fragte der Vogt drohend. »Wer hat ein Gebäude aus Klosterbesitz in Brand gesteckt?«

»Wir waren gestern auf den Getreidefeldern auf der anderen Seite des Hügels.« Der Meier zeigte mit der Hand in Richtung Süden. Er war aufgeregt und sprach laut. »Als ich zurückkam, sah ich sie davongaloppieren. Es waren die Horden des Kyburgers. Schon früher haben die Krieger des Herzogs Ernst ...«

»Habt ihr ihn erkannt?« schnitt Manegold ihm das Wort ab. »Weißt du überhaupt, wie Werner von der Kyburg aussieht?«

»Er war es, Herr«, sagte der Meier stur und fügte hinzu. »Der Verlust wird mich schwer schädigen. Wenn ich vielleicht beim Herrn Abt um Nachlaß bitten dürfte.«

Manegold gab keine Antwort. Er galoppierte vom Vorplatz des Hofs und zügelte sein Pferd erst bei den Getreidefeldern. Im Schritt ritt er so nahe bei Eberhard, daß sich die Flanken ihrer Reittiere berührten. Das Gefolge hielt sich um zwei Pferdelängen zurück.

»Schon wieder Werner von der Kyburg«, sagte Manegold zu Eberhard. »Wird das denn nie aufhören? Werden seine Reiter die Bauern der Reichenau überfallen, bis alles zerstört ist?«

»Ich weiß nicht«, gab Eberhard schüchtern zurück. Er hatte keine Ahnung von den Horden eines Werner von der Kyburg. Wenn sein Vater manchmal mit Manegold und Burkhard über Angelegenheiten seiner Grafschaft Zürichgau oder der Vogteien sprach, wurde der Jüngste immer hinausgeschickt.

»Du solltest das aber wissen. Der ist wie die Pest.«

Eberhard ließ die Zügel fallen und griff sich mit der rechten Hand ans Ohr. »Ihr sagt mir ja nie etwas.« Seine Stimme klang vorwurfsvoll. »Obwohl andere mit fünfzehn bereits in den Krieg ziehen.«

Manegold ging nicht auf Eberhards Bemerkung ein. »Der Kyburger handelt nicht aus reiner Zerstörungswut. Er ist ein Vasall des Herzogs von Schwaben. Dieser Herzog Ernst rebelliert gegen seinen eigenen Stiefvater, den Kaiser Konrad …«

»Aber der Herzog hat sich dem Kaiser vor zwei Jahren unterworfen«, fiel Eberhard ihm ins Wort. Er hatte die Information von seinem Lehrer Liutpald aufgeschnappt. Er war stolz darauf und schlug einen gewichtigen Ton an.

Der Bruder kniff die Augen zusammen, bis nur noch dunkle Schlitze zu sehen waren. »Wenn ich spreche, schweigst du«, sagte er. »Ist das klar, ein für allemal?«

Eberhard nickte und machte sich am Sattel zu schaffen. Er fühlte sich klein und unbedeutend, wenn sein ältester Bruder ihn zurechtwies.

»Aber du hast recht. Der Kaiser hat die Kyburg vor zwei Jahren erobert, und Herzog Ernst hat sich ihm unterworfen«, fuhr Manegold freundlicher fort. »Ernsts Vasall Werner aber nicht, er ist entkommen. Seither steht er unter Reichsacht.«

»Heißt das, er besitzt nichts mehr?«

»Ja, er muß das Essen für sich und seine Gefolgsleute zusammenstehlen, wo er es finden kann.«

Dieser Werner von der Kyburg erfüllte Eberhards Gedanken, als sie an der Thur entlang nach Westen ritten. Konnte ein Vasall so ergeben sein, daß er den Ideen seines Herzogs selbst dann noch die Treue hielt, wenn dieser klein beigab? Von einer solchen Freundschaft hatte Eberhard nie gehört. Was er in seiner Umgebung auch aufschnappte, es ging meist um Verrat oder um immer andere Allianzen zwischen den hohen Edelleuten. Seine eigene Familie hatte stets mehrere Eisen im Feuer. Eberhard wußte nie genau, wer nun Freund war und wer Feind.

Manegold schien Eberhards Gedanken zu erraten. »Mach dir keine falschen Vorstellungen, kleiner Bruder. Es geht nicht um Freundschaft, sondern um Macht. Werner von der Kyburg ist mehr als doppelt so alt wie der zwanzigjährige Ernst. Der Vasall möchte seinen Herzog wie einen Knaben lenken und Vorteile für sich herausschinden.«

Jetzt hat Werner nichts mehr, weder Macht noch Burgen, dachte Eberhard, aber er schwieg, weil sie den Meierhof bei Müllheim fast erreicht hatten. Sie durchquerten satte Kornfelder, Eberhard erschien die Welt plötzlich wie aus Gold. Die Getreideernte hatte angefangen. Der Vogt brachte sein Pferd zum Stehen und gab seinen Gefolgsleuten Anweisungen.

Am Abend beriet sich Manegold mit Eppo und Burkhard. Eberhard stand neben der Tür, als der Vater und die Brüder am langen Tisch in der Halle zusammenrückten, während Schüsseln, Becher und Messer abgeräumt wurden. Eberhard solle bleiben, schlug Manegold vor, er sei nun bald fünfzehn. Eppo brummte etwas Unverständliches in seinen krausen, dunklen Bart. Ohne ein Wort zu sagen, nickte Burkhard und winkte Eberhard herbei. Manegold ergriff wieder das Wort. »Was hier gesagt wird, darf niemand erfahren.« Außerdem dürfe Eberhard nur zuhören, seine Meinung sei nicht gefragt.

Schweigend setzte Eberhard sich neben Manegold und hoffte, die Männer würden sich nicht anders besinnen. Er machte sich so klein wie möglich und verschränkte die Arme auf dem Tisch. Als sein ältester Bruder sprach, ließ er sich kein Wort entgehen.

Die Meier würden immer unverschämter, begann Manegold. Besonders …

Eppo bremste den Redefluß des Sohnes. »Das sind Kleinigkeiten«, sagte er mit rauher Stimme und hustete in den Ärmel, an dem er sich während des Essens den Mund abgewischt hatte. »Wir sollten jetzt über die Heirat sprechen. Bald müssen wir einen Boten nach Kirchberg schicken.«

»Wozu die Eile?« fragte Manegold.

»Du weißt, daß wir vom eingezogenen Gut des Kyburgers nichts bekommen haben. Wenn du daran denkst, Herzog von Schwaben zu werden, so müssen wir uns auf anderem Weg mehr Besitz verschaffen.«

Burkhard räusperte sich, wischte mit der Hand einen liegengebliebenen Hühnerknochen vom Tisch. »Wird Ernst denn als Herzog abgesetzt?« fragte er überlaut.

»Früher oder später wird er sich wieder mit dem Kaiser, seinem Stiefvater, überwerfen«, belehrte ihn Eppo. »Dann ist dein Moment gekommen, Manegold.« Der Blick des Vaters streifte Eberhard, der auf den Tisch schaute. »Wo ist denn die Urkunde?« schrie Eppo einem Diener auf der anderen Seite der Halle zu. Der Priester Liutpald solle mit dem Schreiben kommen.

Liutpald las das in Kirchberg aufgesetzte Dokument zweimal vor. Einige Worte wurden durchgestrichen und durch andere ersetzt. Hinter die Worte »meine Burg im Norden des Bodensees« kritzelte Liutpald mit der Feder in kleineren Buchstaben den Zusatz »die sich im Bau befindet«. Schließlich faltete Liutpald das Schreiben. Er versprach, am Morgen einen Boten auf die Reise zu schicken.

Als der Priester die Halle verlassen hatte, wechselten Eppo und Manegold zu Eberhards Enttäuschung das Thema. Er hätte Manegold gern von der Burg in Kirchberg erzählt, von Itas Blumen und Kräutern.

Man dürfe nicht zulassen, wie Werner von der Kyburg weiter den Zürichgau und den Besitz der Reichenau verwüste, sagte Manegold. Werner müsse aufgestöbert und vernichtet werden, nötigenfalls gebe es Krieg.

»Wo, auf der Kyburg etwa?« fragte Eppo mit bitterem Lachen. »Werners Kuhburg ist längst vom Kaiser eingezogen worden.«

»Man sagt, er habe auf dem Ütliberg im Südwesten von Zürich eine andere Festung erbaut.« Manegold zögerte, ehe er weitersprach. »Niemand weiß genau, wo das Versteck liegt.«

»Dann müssen wir es eben suchen.« Eppo hob den rechten Arm und drückte die Faust zusammen. »Burkhard kann zum Ütliberg reiten und Werners Treiben beobachten.«

Manegold nickte. »Wenn wir beweisen können, daß Werner weiterhin von einem Versteck aus das Land verwüstet, wird der Herzog sich von Werner lossagen müssen.« Der Reichenauvogt sah den bewundernden Ausdruck in Eberhards Augen. Er kniff die Augenlider zusammen, schlug mit der Faust auf den Tisch und sagte: »Sollte Ernst aber weiter zu Werner stehen, so läßt der Kaiser ihn fallen, und die Herzogswürde wird frei für mich.«

Mit fiebriger Ungeduld ritt Eberhard hinter seinem Bruder Burkhard her. Weil sie nicht geradewegs in die Schlacht zogen, hatten die Krieger keine Panzertuniken angezogen. Fast alle führten aber Lanzen und Schwerter mit sich. Eberhard trug zum ersten Mal außer Haus sein Schwert am Gurt. Ab und zu suchte er mit der Hand den Knauf, um sich Mut zu machen. Er dachte an die vielen Übungsstunden. Auch den Umgang mit den Pfeilen hatte sein Waffenmeister ihn gelehrt.

Die Männer machten einen Bogen um Zürich und nahmen in Höngg Quartier, wo Graf Eppo Ländereien besaß. Eberhard konnte sich nicht satt sehen an der Sommerlandschaft, an den Weinbergen, den Feldern am Fluß. Vom Hönggerberg aus konnte er am Limmatufer die Abteikirche und die Pfalz erkennen, aneinandergereihte Häuser und daneben der Fluß mit der Brücke. In der Ferne, hinter Zürich, sah er den See in der Abendsonne.

Als es dunkel war, trank Burkhard mit den Kriegern Wein. Auch Eberhard, der sonst nur Wasser bekam, durfte mittrinken. Er leerte einen Becher und noch einen. Je lauter die Stimmen um ihn herum tönten, desto weniger verstand er ihren Sinn. Wenn er die Augen schloß, drehte sich alles, immer schneller, immer schneller. Er öffnete die Lider und träumte mit offenen Augen, ohne sich um die lärmenden Krieger zu kümmern. Freude, Furcht, feurige Erwartung. Ein derartiges Durcheinander von Glücks- und Angstgefühlen hatte er noch nie erlebt. Habe ich jetzt das Geheimnis des Kriegs kennengelernt, fragte sich Eberhard.

Am nächsten Tag verlor sich die Kriegserwartung im Nichts. Burkhard ließ die meisten Krieger und die Pferde am Fuß des Ütlibergs zurück. Mit Eberhard und drei Männern stieg er durch den Wald der Kuppe entgegen. Bäume, nichts als Bäume.

Burkhard bildete mit seinen Leuten eine lose Kette und durchkämmte den Wald erneut, bis sie zwischen den Tannen einen Bau entdeckten. Die Befestigung bestand aus einem einzigen gemauerten Raum und einem Unterstand für die Pferde. Burkhard verteilte seine Gefolgsmänner in sicherer Entfernung voneinander und schlich mit seinem Bruder zur Festung.

Eberhard klopfte das Herz bis zum Hals, als sie oben ankamen. Aber ein Blick in den Unterstand enttäuschte ihn. An der Holzwand waren nur drei Pferde angebunden. Sie gingen weiter bis vor das schmale Fenster des Hauptgebäudes. Aus der Halle waren Stimmen zu hören. Das ist keine Horde, die ganze Ländereien verwüstet, dachte Eberhard. Er konnte höchstens drei oder vier Stimmen voneinander unterscheiden.

Burkhard winkte ihm zu und ging neben der Mauer in die Knie. Eberhard stieg auf den Rücken des Bruders, richtete sich auf und spähte ins Innere. Er sah vier Männer Würfel spielen. Plötzlich lief alles so schnell ab wie ein Sommergewitter. Burkhard ließ alle Krieger holen, die sich rund um die Befestigung verteilen mußten. Es war leicht, die spielenden Männer zu überwältigen.

»Wo ist euer Herr, wann kommt er zurück?« fragte Burkhard.

»Wir haben ihn seit Wochen nicht gesehen«, sagten die Männer. Werner sei nach Norden gegangen, vermutlich nach Lothringen.

Burkhard glaubte ihnen nicht. Er ließ am Fuß des Bergs Posten aufstellen, die fünf Tage lang nach Werners Horden Ausschau hielten. Aber niemand kam.

Eberhard verspürte keine Enttäuschung, als sie ohne Kampf nach Hause ritten. Er war sogar erleichtert, daß sein Bruder den Burgmannen nichts angetan hatte.

Später dachte Eberhard über die Horden des Kyburgers nach. Er war sicher, daß etwas an der Geschichte nicht stimmte. Wie hatte Werner einen Meierhof im Thurgau verwüsten können, wenn er in Lothringen war?

3

Der Kapellan war auf Reisen, als Manegolds Bote das Schreiben nach Kirchberg brachte. Er mußte den Tausch einer Mühle gegen zwei Höfe in einer benachbarten Grafschaft in die Wege leiten. Itas Vater war ratlos. Er konnte nicht lesen. Auch seiner Tochter hatte keine der Burgdamen das Lesen beigebracht, denn die wußten selbst nicht, wie ein Buchstabe sich vom andern unterschied. Da der Graf von Kirchberg zu den korrigierten Heiratsbedingungen nicht unbesehen ja sagen wollte, reiste der Bote wieder ab. Man werde Bescheid geben, sobald der Kapellan zurück sei, sagte Otto. Und er fügte hinzu, die Antwort würde bestimmt ein Ja sein.

Über Itas Zukunft herrschte nun Gewißheit. Im Herbst würde sie in den Süden Schwabens reisen und die Frau des Reichenauer Vogts werden. Am liebsten wäre sie jeden Tag zur alten Adelheid gelaufen, um sich mit ihr zu beraten und einen möglichst ausgedehnten Abschied zu nehmen. Aber die Burgdamen hielten sie zurück. Entfernte Tanten und Basen kamen, um sie in das einzuweihen, was eine Braut erwartete, und um sie bei der Zusammenstellung der Aussteuer zu beraten. Ita schien, als wisse alle Welt von ihrer Hochzeit.

Graf Otto bestellte Händler nach Kirchberg, die Leinen, Wollstoffe, Seide und Pelze anboten. Er ließ für Ita zwei Paar Schnabelschuhe anfertigen, Kleider, Bettzeug aus Leinen. Er tauschte für sie goldenen Schmuck ein und eine Kette aus farbigen Steinen. Im Hof hatte der Burgschreiner alle Hände voll zu tun, robuste und doch feingeschnitzte Truhen für die Reise herzustellen.

Am dritten Tag nach der Abreise von Manegolds Boten kehrte der Burgkapellan zurück. Neben ihm ritt der Herr der benachbarten Grafschaft in den Hof. Ita stand am Fenster, als die beiden von ihren Pferden stiegen. Sie kannte den Nachbarn flüchtig, er war fast dreimal so alt wie sie und reich. Ita wußte, daß er eine spindeldürre Frau und fünf Kinder hatte.

Der Graf trug einen schwarzen Umhang über einer roten Tunika. Seine goldene Kette war so lang, daß sie fast den Schwertknauf berührte. Als die Männer aus ihren Sätteln stiegen, sah Ita, daß der Graf einen Kopf kleiner war als der mittelgroße Kapellan. Sein Gesicht konnte Ita nicht genau erkennen. Sie erinnerte sich an seinen Besuch im vergangenen Winter. Er hatte getrunken, seine platte Nase war rot angelaufen gewesen.

Stundenlang diskutierten Itas Vater und der Kapellan mit dem fremden Feudalherrn. Als der Besucher aus dem Hof ritt, rief Otto seine Tochter in die Halle. »Der Kapellan hat dem Nachbarn vom Brautwerber aus dem Zürichgau erzählt«, sagte er. »Da ist der Graf mit ihm auf den Friedhof gegangen und hat ihm das frische Grab seiner Frau gezeigt.« Nun brauche der Mann eine neue Gattin und eine Mutter für seine Kinder, und da man ohnehin aneinander grenzende Ländereien besitze ...

Ita verstand und schüttelte den Kopf. »Weshalb hast du mich nicht gerufen?« fragte sie und bleckte die Zähne. »Wenn er mein Gebiß gesehen hätte, wäre er ohne Heiratsantrag wieder abgereist.«

»Ich weiß nicht, welchem Bewerber ich den Vorzug geben will«, sagte Otto mehr zu sich selbst als zu seiner Tochter. »Manegold könnte zu höheren Ehren kommen, aber unser Nachbar ist hier.« Der Graf drehte sich zum Kapellan um, ohne Ita zu beachten, die ihn unterbrechen wollte. »Er ist gewalttätig, das weiß jedermann. Wenn ich ihm Ita nicht gebe, überfällt er uns womöglich mit seinen Kriegern oder steckt meine Burg in Brand.«

»Und mit einem solchen Menschen willst du mich verheiraten, Vater?« Itas Stimme zitterte. Sie fühlte sich wie auf dem Weg zum Richtplatz.

Der Graf schüttelte den Kopf. »Ich habe mich noch nicht entschieden. Das will gut bedacht sein.«

Was er dem alten Mann denn geantwortet habe, wollte Ita wissen. Otto sagte, der Bewerber wolle in zehn Tagen mit Geschenken wiederkommen.

Ita rannte aus der Halle, durch den Hof und das Tor, sie rannte am Wall vorbei zu den Blumenbeeten und ließ sich auf die Erde fallen. Die Farben der Mohnblumen und Lilien schimmerten durch ihren Tränenschleier wie ein Regenbogen, der alles verspricht und nichts hält. Sie stand auf und lief weiter, bis sie vor der Hütte der alten Heilerin stand.

Ita wartete. Sie biß sich auf die Lippen und kniff die Augen zusammen, um den Tränenfluß zu stoppen. Mit dem Hemdzipfel wischte sie sich die Augen und die Wangen trocken, ehe sie ohne zu klopfen die Tür aufstieß. Adelheid stand am Herd.

»Adelheid!« rief Ita. Als die Alte sich umdrehte und die Mundwinkel ihres Vollmondgesichts sich zu einem Lächeln nach oben zogen, stürzte Ita auf sie zu und warf ihr die Arme um den Hals.

»Jetzt will Vater mich mit einem alten Mann verheiraten«, schluchzte sie.

»Komm, erzähl!« Adelheid streichelte ihren Rücken und ihr Haar. Ihre Wärme und ihre Liebe strömten in Ita über. »Ist der neue Bewerber reicher als der andere?«

»Das ist es nicht.« Ita machte sich los und setzte sich vor dem Herdfeuer auf die Bank. »Vater hat Angst vor ihm. Er soll gewalttätig sein.«

»Du jedenfalls brauchst dich nicht zu fürchten«, beruhigte Adelheid sie. »Ein so hübsches Wesen weckt Zärtlichkeit, keine Gewalt.«

»Aber er ist alt und hat eine rote Nase. Er wird mich nicht gern haben, er ...«

»Weißt du denn, wie der Vogt dich behandeln würde? Er ist jung, aber das hat nichts zu bedeuten.«

»Was hat überhaupt etwas zu bedeuten, Adelheid?«

»Den Mann kannst du dir nicht aussuchen, mein Liebes. Du weißt nicht, ob er dir Zuneigung schenken oder die Hölle auf Erden bereiten wird.«

»Weshalb soll ich denn überhaupt heiraten?«

»Weil es etwas gibt, das dich glücklich machen wird.« Als Ita nichts sagte, flüsterte Adelheid: »Wenn du ein Neugeborenes im Arm hältst, weißt du, was Liebe ist.«

»Wie kann ich ein Kind lieben, wenn ich seinen Vater verabscheue.« Ita mußte sich zwingen, neue Tränen zurückzuhalten. »Ich werde überhaupt nicht heiraten«, sagte sie. »Ich gehe ins Kloster. Da kann ich Waisenkinder liebhaben und überdies noch Kräuter anpflanzen.«

Am nächsten Morgen teilte Ita ihrem Vater mit, sie wolle ihr Leben Gott widmen und in ein Kloster eintreten. Der Graf lachte, winkte ab und ließ sie stehen. Da ging Ita zum Burgkapellan. Es tue ihm leid, daß er dem fremden Grafen von Itas Hochzeit erzählt habe, sagte der. Aber er habe nicht wissen können, daß der Feudalherr Witwer geworden sei. Und nach Kirchberg habe er ihn auch nicht eingeladen.

»Eine Ehe mit dem Vogt Manegold wäre vorteilhafter«, bekannte der Kapellan.

Ita seufzte auf. »Ich möchte auch lieber ihn, obwohl ich von hier weggehen müßte. Aber wie überzeugen wir Vater?«

»Wir könnten einen Boten in den Zürichgau schicken. Vielleicht kommt der Vogt mit den Kriegern seines Abts und holt dich.«

»Jetzt?« Ita erschrak. Sie öffnete die Lippen und strich mit den Fingern über ihre Zähne. Sachte wollte sie die Schneidezähne hin und her schieben. Sie bewegten sich nicht. Ita strahlte. »Die Wurzeln sind wieder angewachsen«, rief sie. »Der Heiler wird meine Zähne abfeilen können.« Als der Kapellan nichts mehr sagte, dachte Ita an ihren Vater. Würde der fremde Graf wirklich die Burg in Brand stecken, wenn Manegold sie holen käme?

Nachdem der Burgkapellan mit ihm gesprochen hatte, war Itas Vater einverstanden, den Vogt der Reichenau vom zweiten Bewerber um Itas Hand in Kenntnis zu setzen. Ein Bote ritt zu Manegold in den Zürichgau und kehrte zehn Tage später mit einer Antwort zurück. Man solle den fremden Grafen hinhalten, ließ Manegold ausrichten. Er werde Ita holen kommen oder einen Vertrauensmann mit einer Schar von Kriegern seiner Abtei schicken. Erst zu diesem Zeitpunkt solle Graf Otto dem Bewerber sagen, daß er sich für Manegold entschieden habe. Wenn Ita erst einmal verheiratet sei, werde der fremde Graf das wohl akzeptieren müssen. Manegold versprach, seine Krieger auch nach Itas Abreise in Kirchberg zu lassen, bis der Rivale sich beruhigt habe.

Ita war froh, den Witwer mit den fünf Kindern nicht heiraten zu müssen, aber glücklich fühlte sie sich nicht. Sie fürchtete sich vor ihrer Reise ins Ungewisse. Dann wieder begann sie zu träumen. Wenn sie allein im Garten war, dachte sie an Manegold. Er sah aus wie Eberhard, nur älter. Er war freundlich und gut wie Eberhard, aber ein Mann, kein Knabe. Mit der Zeit gewöhnte sie sich an ihr inneres Bild von ihm und glaubte, ihn schon ein wenig zu kennen.

Wenn Ita bei ihrem Vater oder bei Adelheid war, versuchte sie sich deren Gesichter, die Stimmen und Gesten genau einzuprägen.

»Ich schaue dich an und bewahre dein Gesicht in mir wie ein Bild«, sagte Ita zur alten Heilerin. Sie schloß die Augen und wollte Adelheids Züge auf der dunklen Innenseite ihrer Lider wiederfinden. Aber sie sah nichts. Je besser sie sich die vertrauten Züge merken wollte, desto weniger gelang es ihr. Später, später, wenn ich fort bin, wird es klappen, redete Ita sich ein.

Im Garten vor der Burg prägte Ita sich jeden Baum und jeden Strauch ein. Unruhig ging sie zu den Mohnblumen, legte Blumenkerne in Leinensäcklein, streichelte den Hund, sprach mit den Mägden, setzte sich in der Halle neben die Feuerstelle, stand wieder auf, setzte sich, stand auf und ging zur Waldlichtung, wo die Kräuter wuchsen.

Der Graf kam und ging wieder, weil Itas Vater ihn auf später vertröstete. Als das Korn geerntet war, ritten die Krieger der Reichenau mit ihrem Anführer in den Burghof von Kirchberg. Ita war enttäuscht, weil Manegold und Eberhard nicht dabei waren.

Am Nachmittag ging Ita zu Adelheid, um Abschied zu nehmen. Die Heilerin gab ihr getrocknete Kräuter und ein Amulett mit auf den Weg.

Nach dem Essen führte Graf Otto ein letztes Gespräch mit seiner Tochter. Er mußte in Kirchberg bleiben und dem Grafen die Wahrheit sagen, ihn beruhigen, von Gewalttaten abhalten.

An einem schwülen Augusttag, als es noch dunkel war, wurden die Wagen im Burghof beladen. Truhen mit der Aussteuer, Kleider, Bettücher, Schmuck und eine kleine Schatulle mit Münzen. Ita achtete nicht auf die Schätze. Der Vater umarmte sie kurz, vertraute ihr die Schlüssel der Truhen an und schob sie zu ihrem Pferd. Ita wollte ihm die Arme um den Hals legen, aber er hatte sich zum Anführer der Dienstleute umgedreht. Sie wußte nicht, vor wie vielen Jahren er sie zum letzten Mal in die Arme genommen hatte. So wie ihre Mutter es in der blassen Erinnerung jeden Abend tat. Ita fühlte Kälte um sich, obwohl die Luft im Burghof warm war. Die Tante und die ältliche Base, die auf der Bank eines Wagens dösten, würden ihr keine große Hilfe sein, und selbst der mit ihr reisende Heiler brachte ihr keinen Trost, denn er hatte ihre Wolfszähne noch immer nicht gerade gefeilt.

Im Damensattel ihrer Fuchsstute ritt Ita neben dem Burggeistlichen an den Palisaden entlang den Hügel von Kirchberg hinunter. Der Priester schaute in alle Richtungen, weil er befürchtete, Späher des Grafen könnten sie entdecken. Wenn jetzt der Nachbar mit bewaffneten Männern kommt, dachte Ita, wird er mich zwingen, seine Frau und die Mutter seiner fünf Kinder zu werden.

Auf dem Pfad zwischen den Feldern drehte Ita sich ein letztes Mal um. Sie sah die Burg im ersten Morgenschimmer, verschwommen, dunkel, verwoben mit der Nacht.

4

Am Abend bevor Eberhard seinen Bruder Manegold zur Reichenau begleitete, ging er die Mutter besuchen.

Hedwig sprach bei Tisch selten. Als Eberhard noch ein Kind war, hatte sie sich gegen Eppos Manieren und seine Ausdrucksweise aufgelehnt. Der Graf des Zürichgaus schrie von da an lauter und fluchte häufiger. Seither speiste Hedwig schweigend. Sie beriet sich nie mit ihrem Mann und führte den Großhaushalt, wie es ihr gefiel. Alle freien Stunden verbrachte sie in ihrer Gebetsstube. Dort wurde sie selten gestört. Eberhard machte an diesem Abend eine Ausnahme.

»Mutter«, flüsterte er. »Ich muß mit dir reden.» Er trat neben den Familienaltar, der aus einem Tisch, einem Tuch und einem mit Edelsteinen verzierten Kreuz darauf bestand. Hedwig hatte das Kruzifix von der Kaisermutter geschenkt bekommen, ihrer Tante. Eberhard nahm die Mutter am Arm und half ihr, aufzustehen.

»Meine Knie schmerzen.« Sie sah ihn prüfend an. »Suchst du etwas?«

»Komm, wir gehen im Freien spazieren. Es ist warm. Deinen Beinen tut etwas Bewegung gut.«

»Halt dich gerade, Eberhard!« sagte Hedwig, als er ihr durch das Haus voranging. »Zeig deinen Stolz.«

Sie spazierten zur Bank bei den drei Linden. »Worauf soll ich denn stolz sein?« fragte Eberhard. Er bereute seine Frage noch bevor sie ganz ausgesprochen war, weil sie der Mutter Gelegenheit gab, einmal mehr ihr Lieblingsthema auszubreiten.

Hedwig sprach von der Schwester ihrer Mutter, der Kaiserin Kunigunde, und von ihrer eigenen Mädchenzeit am wandernden Hof. Eberhard hatte die Geschichten so oft gehört, daß er sie auswendig kannte. Ergeben ließ er die Mutter reden. Wenn Hedwig über die vornehmen Verwandten sprach, war sie nicht aufzuhalten. »Du bist Kaiser Konrads Neffe zweiten Grades«, sagte sie. »Das ist Grund genug, stolz zu sein.«

Eberhard gab keine Antwort. Was hilft mir vornehmes Blut, wenn Vater mich immer noch wie ein Kind behandelt? dachte er. »Mutter«, sagte er schließlich. »Du weißt besser als ich, was im Reich passiert. Ist es möglich, daß Werner von der Kyburg nach Lothringen geflüchtet ist?«

»Was interessierst du dich für den geächteten Grafen?« Hedwigs Stimme hatte einen spitzen Unterton, der Eberhard weh tat. Er gab keine Antwort. Jetzt tut sie wieder vornehm, dachte er, als ob es ihr Verdienst wäre, die Base des Kaisers zu sein.

»Bestimmt könnte Werner in Lothringen sein«, sagte Hedwig nach einer langen Pause. Zu Eberhards Überraschung sprach sie ausnahmsweise sachlich wie zu einem Erwachsenen. »Dort haben sie gejubelt, als der Herzog Ernst sich gegen den Kaiser auflehnte. Weißt du überhaupt, daß Ernst und der Kyburger gemeinsam rebelliert haben?«

»Ich weiß es«, sagte Eberhard irritiert. Es schmerzte, daß Hedwig wieder das Kind in ihm sah, das von nichts eine Ahnung hatte. »Hast du das Bild von Ita gesehen?« wechselte er das Thema.

»Ja. Sie scheint hübsch zu sein. Hoffentlich wird Manegold nicht wie dein Vater.«

»Du verachtest ihn«, sagte er leise. »Hast du die Psaltergeschichte noch immer nicht vergessen?«

In jenem Winter war Eberhard acht Jahre alt gewesen. Er erinnerte sich genau. Hedwig war jede Nacht aufgestanden, um in ihrem Psalter zu lesen. Das ging über Wochen so. Eppo schimpfte am Morgen und befahl ihr, ihn nachts nicht zu stören. Aber Hedwig stand trotzdem auf. Sie schlich sich davon, wenn Eppo am lautesten schnarchte. Einmal erwachte er, schrie und schimpfte, nahm in seiner Wut den Psalter, polterte in die Halle, warf das Psalmenbuch in den Herd und schaufelte Glut darauf. Am Morgen kam Hedwig strahlend in die Halle. Sie schwenkte den Psalter wie eine Fahne und dankte dem Himmel für das Wunder. Ihr Buch habe das Feuer heil überstanden, triumphierte sie, Maria und die Heiligen selbst hätten das Pergament bewahrt. Eppo war so beeindruckt, daß er drei Nächte lang selbst aufstand, um zu beten. Aber das ging vorbei.

Eberhard war die Sache seltsam vorgekommen. Er hatte die Mutter oft beobachtet, wie sie ihren Psalter aus einer Truhe nahm. Früher hatten immer zwei Bücher da gelegen, nun sah er nur noch eines. Aber er sagte dem Vater nichts davon. Hedwig sprach so oft von ihrem Psalterwunder, daß viele im Zürichgau es ehrfürchtig weitererzählten ...

Hedwig schwieg. Sie wollte nicht mit Eberhard über die Psaltergeschichte reden, weil sie am Ende doch den Kürzeren gezogen hatte. Eppo mied die Kirche und das Gebet wie früher, und sie durfte nur noch tagsüber in ihrem Psalter lesen. Alle hatte das Wunder frömmer gemacht, nur Eppo nicht.

»Weshalb verachtest du Vater?« wiederholte Eberhard und sagte nichts mehr vom Psalter.

»Eppo paßt nicht zu mir, Eberhard. Aber Leute wie wir müssen auf vorteilhafte Verbindungen achten. Da ist kein Platz für Gefühle. Glaub nur nicht, was die Geschichtenerzähler dir auftischen.«

»Die Liebe ... «

»Träume.« Hedwig merkte, daß ihre Stimme hart klang, und hüstelte. Eberhard müsse sich wirklich gerader halten, wiederholte sie auf dem Rückweg. Und er müsse sich seiner Abstammung bewußt werden. Vielleicht werde sie ihn für einige Zeit an den Hof schicken.

Der Weg zum Fährmann an der Thur schien diesmal doppelt so lang. Manegold und Eberhard mußten sich der Geschwindigkeit des Viehs anpassen, das Knechte hinter ihnen hertrieben. Zweimal machten sie einen Umweg und besuchten entlegene Meierhöfe. Manegold mußte verhandeln, denn kein Bauer wollte eine Kuh herausgeben, ohne daß der Vogt ihm dafür einen Teil des Zehnten erließ. Als die ersten sieben Kühe beisammen waren, schickte Manegold zwei mit einem Diener nach Hause. Eberhard sah den Bruder fragend an, und der sagte, ein Vogt müsse schließlich auch leben. Mit den Gerichtsgebühren allein würde er nicht weit kommen.

Da ihm keine Antwort in den Sinn kam, erzählte Eberhard Manegold vom Gespräch mit der Mutter und daß Werner von der Kyburg nicht gleichzeitig Höfe im Thurgau verwüsten und in Lothringen sein konnte.

Ja, sagte Manegold, das habe er auch gedacht und seine Männer beauftragt, sich bei den Bauern in der Umgebung des niedergebrannten Viehunterstands umzuhören. Auch wäre es gut, im Meierhof einige Fragen zu stellen.

Als sie mit dem Vieh das Flußufer erreicht hatten, konnte der Fährmann nur die Reiter befördern. Das Vieh sei zu schwer, es müsse die Thur bei der Furt überqueren. Da es Abend war und die Furt weit entfernt lag, beschloß Manegold, im Hof am anderen Ufer auf die Herde zu warten.

Im Meierhof liefen alle durcheinander, als der hohe Besuch eintraf. Der Meier, seine Frau und die Tochter räumten ihre Schlafkammern. Mägde bespannten die Betten neu mit den gewendeten Leintüchern und warfen Decken darüber, die nur für den Vogt bestimmt waren und sonst in Truhen lagen. In der Küche, die auch als Halle diente, wurde Braten mit Rüben und Bohnen aufgetragen. Dazu gab es Fisch aus dem Fluß, frisches Brot und Honigplätzchen.

Weil der Meier nicht mit dem Wein geizte, tranken Manegold und die Gefolgsmänner Becher um Becher leer. Eberhard zögerte, aber als sein Bruder sagte: Komm, Eberhard, du bist jetzt ein Mann, du mußt mit mir trinken, da leerte er seinen Becher in einem Zug. Eberhard sah, wie Manegold nach der Hand der jungen Magd griff und ihr von hinten über den Rock strich. »Weiber versüßen das Leben mehr als Honig«, flüsterte Manegold ihm ins Ohr. Ein Gefolgsmann hörte die Bemerkung und grinste die Magd an.

»Komm, Brüderchen, wir wollen auch schlafen gehen«, sagte Manegold später. Das Gefolge hatte die Halle verlassen und auf dem Dachboden über dem Pferdestall Quartier bezogen. Der Vogt legte den Arm auf Eberhards Schulter und schob den Bruder aus der Küche. Den Rest des Weins und die Becher solle die Magd in die Kammer bringen, sagte Manegold zum Meier, der sich verbeugte und eine gute Nacht wünschte.

Eberhard war noch wach, als es klopfte und die Magd eintrat. Manegold fragte sie leise, ob sie beim Brand des Viehunterstands dabei gewesen sei und ob sie die Horden des Kyburgers gesehen habe. Während er sprach, zog Manegold die Magd an sich, strich ihr mit den Fingern über den Hals und über die Brüste. Nein, sagte die Magd, sie habe nichts gesehen. Manegold schob ihren Rock nach oben.

Irritiert drehte Eberhard sich mit dem Gesicht zur Wand und schloß die Augen. Er wollte auch nichts hören und zog sich die Decke über die Ohren. Aber dann drehte er sich geräuschlos zurück und hob die Decke leicht an, so daß eine Lücke entstand, durch die er spähen konnte. Er sah, wie Manegold die Magd umschlang und sich bewegte, schneller, immer schneller. Plötzlich wurde ihm heiß und er strampelte die Decke weg.

»Eberhard«, flüsterte Manegold später, als die Magd sich den Rock glatt strich. »Du bist jetzt ein Mann, es ist schön, die Haut einer Frau zu berühren. Eberhard, sie ist noch hier neben dir.«

Am Morgen lief die Magd Eberhard als erste über den Weg. Er schaute zu Boden und wurde rot. Durch die Türöffnung sah er Manegolds Männer aus dem Stall kommen. Die Magd zupfte ihn am Ärmel und zog ihn in die Küche. Eberhard war erstaunt, daß sie nicht verlegen wirkte. Sie habe frisches Brot gebacken und Schinken vorbereitet, sagte sie. Der Meier wolle dem Vogt alles auf den Weg mitgeben. Als sie allein mit Eberhard am Herd stand, flüsterte sie ihm zu:

»Da waren keine Krieger des Grafen von der Kyburg. Den alten Kuhunterstand hat der Meier selbst angezündet. Die Kühe waren gar nicht dort. Im Sommer bleiben sie auch nachts auf der Weide. Der Meier hat sie an jenem Morgen weggeführt zu einem Bauern. Damit er sie nicht dem Kloster geben muß.«

Eberhard war so verdutzt, daß er kein Wort herausbrachte. »Wohin?« stotterte er, als die Magd ihn herausfordernd ansah.

»Der Bauer hat eine Hufe Land nicht weit von der Hütte meines

Vaters, gleich bei der Furt.« Sie zuckte die Achseln. »Wir sind Hörige.«

»Warum erzählst du mir das?«

»Du bist weniger ein Klotz als die anderen Männer. Du hast Respekt vor den Frauen.«

Eberhard dachte an die Nacht und lief wieder rot an. Er zupfte sich am Ohrläppchen. »Willst du hier weg?« fragte er.

Sie habe genug zu essen, sagte die Magd, nahm ein Blech auf und ließ ihn stehen.

Als Manegold das vermißte Vieh auf der Wiese eines Hörigen in der Nähe der Furt fand, war er so wütend, daß er den Meier mit Frau und Tochter vom Hof jagte.

»Deinen Vogt hast du belogen! Sei froh, daß ich dir das Leben lasse!« schrie er dem Meier nach, der ohne Habe abziehen mußte.

Eberhard hörte die Flüche seines Bruders und dachte, daß der Vater und Manegold einander glichen, nicht nur wegen des Barts und der schwarzen Haare.

»Könnte der Vater der Magd Meier werden?« fragte Eberhard. Seine Stimme klang unsicher, denn er hatte Angst, sein Bruder würde ihn abkanzeln.

Aber Manegold lachte. »Du bist zu weich für einen Mann. Weil eine Frau sich streicheln läßt, willst du ihr gleich die Sterne vom Himmel herunterholen.«

»Sie hat uns geholfen …«

»Den Meierhof kann das Kloster keinem unfreien Bauern anvertrauen.« Manegold dachte nach. »Vielleicht gebe ich ihm die Freiheit und lasse ihm trotzdem seine Hufe. Da muß er nicht mehr so hohe Abgaben leisten.«

Eberhard fühlte sich glücklich, als sie nach Müllheim ritten, um dort zwei weitere Kühe abzuholen. Sein Bruder hatte ihm zugehört und geglaubt, war auf seinen Rat hin zum Hörigen an der Furt geritten. Er hatte Eberhard gelobt, weil er den Betrug und die falschen Anschuldigungen des Meiers aufgedeckt hatte. Ich bin kein Sandkorn mehr, das im Fluß treibt, dachte Eberhard. Jetzt kann ich mit eigenen Kräften rudern, wohin ich will.

»Wir sollten auch nach Eschenz reiten, aber das liegt nicht am

Weg«, unterbrach Manegold Eberhards Gedanken. »Ich muß erst mit dem Abt sprechen.«

Eberhard sagte nichts. Er ließ seinen Blick über die Felder schweifen, die mit ihren Weizenstoppeln nicht mehr golden schimmerten. Es sieht aus wie nach einer Schlacht, dachte Eberhard, obwohl er noch nie eine erlebt hatte.

»Wann gehen wir nach Kirchberg?« Eberhard zwang sich zu einem ruhigen Ton. Aber sein Herz klopfte so stark, daß er Angst hatte, Manegold könne es hören und sich über ihn lustig machen.

»Wir reiten nicht hin. Die Krieger der Abtei sind bereits zu Ita unterwegs. Ich habe ihnen einen guten Anführer mitgegeben.«

»Bist du denn nicht neugierig, sie kennenzulernen?«

»Eberhard ...«, lachte Manegold und hob mahnend den Finger. »Sie wird noch früh genug mein Leben verändern. Hoffentlich tut sie nicht vornehm wie Mutter.«

Sie überquerten die Hügelkuppe und ritten zum Ufer hinunter. In der Ferne sah Eberhard den Untersee mit der Insel Reichenau. In Mannenbach bestiegen sie die Fähre. Ob alles Vieh zur Insel transportiert werden müsse, fragte er seinen Bruder. Nein, sagte Manegold, der größte Teil werde in Höfen am anderen Seeufer untergebracht, in Allensbach. All die Kühe wären zuviel für die siebzig oder achtzig Mönche des Klosters.

»Aus der überschüssigen Milch wird Käse gemacht, den das Kloster auf dem Markt in Konstanz anbietet oder gegen Baumaterial eintauscht«, erklärte Manegold, als die Fähre das Schilf am Inselufer durchpflügte. »Er hat die Bauwut, unser Abt, genau wie viele seiner Vorgänger.«

Während Manegold mit Abt Berno verhandelte, besuchte Eberhard den lahmen Klosterschüler. Er durchquerte die Kirche mit den Pfeilern und Steinbögen, zündete eine Kerze an und ging weiter, vorbei an der Treppe, die zu den Schlafsälen führte. Vom Gang aus sah er durch das Glasfenster die Tische im Scriptorium.

Hermann der Lahme saß auf seinem Tragsessel und beugte sich über eine Pergamentrolle. Die Enden waren mit Gewichten beschwert, da Hermann gekrümmte Finger hatte und es ihn große Mühe kostete, das Pergament glattzustreichen.

»Hermann, ich bin aus Kirchberg zurück«, sagte Eberhard zum zwei Jahre älteren Klosterschüler. Als der Lahme zu ihm aufsah, fuhr er fort: »Wie kannst du den ganzen Tag schreiben? Mir reicht eine Lesestunde pro Woche.«

»Weil du kämpfen und jagen und tanzen kannst«, antwortete Hermann. Er sprach langsam, seine Zunge war schwer, die Lippen stark gebogen, er preßte jedes Wort mit Kraft durch die Zähne, und doch erriet Eberhard mehr, als er verstehen konnte.

»Dein Brettspiel ist in Kirchberg. Manegolds Braut hat gelernt, wie man mit ihm umgeht.«

»Es ist nicht mein Spiel, Eberhard. Gerbert hat es entwickelt.«

»Ein Klosterbruder?«

»Ja, aber nicht von hier und aus einer anderen Zeit. Gerbert war Papst und ist gestorben, bevor wir geboren wurden.«

Eberhard sagte nichts. Er bewunderte Hermann und war doch froh, nicht in seiner Haut zu stecken.

»Wenn man das Quadrivium studiert, kommt man um Gerbert nicht herum.«

»Ich kann kaum verstehen, was ich lese.« Eberhard hob entschuldigend die Achseln. »Von der Geometrie und der Astronomie habe ich keine Ahnung.«

»Für mich sind sie alles. Eines Tages möchte ich berechnen, weshalb manchmal der Mond verdunkelt wird und zu welcher Stunde die Sonne ihn beleuchtet.«

»Weißt du auch, aus welchen Kräutern man Heilmittel macht?« fragte Eberhard und dachte an Ita. »Wachsen hier die gleichen Kräuter wie weiter nördlich, in Ulm?«

Hermann schüttelte den Kopf. »Da müßtest du mit Walafried Strabo reden.« Als Eberhard fragte, wo er den finden könne, lachte der Klosterschüler. Dabei verzerrte sich sein mageres Gesicht, die rechte Schulter, die höher war als die linke und krumm, zuckte wie eine bucklige Katze, die zum Sprung ansetzt. »Walafried ist seit zwei Jahrhunderten tot. Aber du kannst alles in seinem Buch über den Klostergarten nachlesen.« Hermann wollte sich im Tragsessel drehen, aber nur der Kopf und der rechte Arm machten mit. Er hob den krummen Finger. »Dort hinter dem Pfeiler findest du es.«

Eberhard wurde rot. »Das geht nicht, ich ...«

»Siehst du, wofür das Lesen gut wäre«, krächzte Hermann und griff zur Feder.

Am Abend bezogen Manegold und Eberhard in der Pfalz der Abtei Quartier. Eberhard freute sich über die feinen Bettücher, die Teppiche und Kissen. Sogar Waschschüsseln mit Tüchern und ein Nachttopf standen bereit. Hier auf der Reichenau mache der Kaiser halt, wenn er in die Lombardei oder nach Rom reise, hatte Manegold ihm bei ihrem ersten Besuch im Inselkloster erklärt. Da dürfe der Abt sich nicht lumpen lassen.

Am Morgen nahmen Manegold und Eberhard die Fähre nach Allensbach und ritten vom einen Seeufer über den Bodanrück zum anderen. Weshalb sie zur neuen Burg ritten, fragte Eberhard, und weshalb der Vater ihn früher nie zur Baustelle mitgenommen habe.

»Du bist jetzt ein Mann, Eberhard«, sagte sein Bruder zum zweiten Mal auf dieser Reise. Als sie hoch oben auf dem Hügel mit den frischgezogenen Mauern standen und die grünen satten Hügel sahen, wurde Manegold nachdenklich.

»Ich weiß nicht weshalb, aber ich glaube, das ist *deine* Burg«, sagte er leise, und legte seine Hand auf Eberhards Schulter.

Sie gingen allein ins Innere der fertig gebauten Halle aus Stein, da kein Baumeister und auch sonst niemand da war. Neben dem Eingang lagen Steine. Oben würden die Schlafkammern eingerichtet, erklärte Manegold. Außerdem seien Unterkünfte für die Krieger, Pferdeställe und Wirtschaftsgebäude geplant.

Eberhard hörte nicht zu, als Manegold sprach. Er hing seinen Gedanken nach, die nichts mit der Burg zu tun hatten. Er ließ seinen Blick nach Südwesten schweifen. Irgendwo dort hinten muß der Rhein sein, dachte er. Die Hügel mit den Feldern und den Weinreben, die Wiesen und fernen Wälder kamen ihm vor, als ob er sie schon lange kennen, als ob er in ein anderes Zuhause zurückkehren würde.

»... werden Liutpald herschicken, der soll die Bauarbeiten vorantreiben«, sprach Manegold weiter. »Ich möchte, daß die Burg im nächsten Jahr fertig wird. Liutpald ist der richtige Mann, dem Baumeister und den Hörigen Beine zu machen.«

»Willst du die Burg wegen deiner Braut?«

»Auch, Eberhard«, sagte Manegold, »es gäbe Schwierigkeiten, wenn Ita mit Mutter im gleichen Haushalt lebte. Da unser Vater in seiner Grafschaft Zürichgau und näher bei Einsiedeln bleiben wird, ist es gut, wenn ich die Familienburg beziehe.«

»Ich verstehe nicht, weshalb sie *hier* gebaut wird.«

»Weil wir unsere Ländereien gegen Nordosten absichern müssen, das weißt du schon.«

»Ja, aber weshalb hier, auf diesem Hügel?«

Manegold zeigte gegen Osten. »Als Lehen gehört das alles mir. Unsere Ahnen haben dieses Land der Abtei auf der Reichenau übergeben und als Lehen zurückerhalten. Seither haben wir ein Erbrecht auf das Gebiet.« Als Eberhard schwieg, fuhr der Bruder fort: »Deshalb sind wir Vögte hier, deshalb hat Vater seine Vogtei an mich abtreten können.«

»Hätte er sie auch behalten können?«

»Ja, aber Vater hat mit Einsiedeln mehr als genug zu tun. Dort brodelt es wie in einem Kessel auf dem offenen Feuer.«

Am Morgen nach ihrer Rückkehr in den Zürichgau hatte Eppo den schlimmsten Wutausbruch, an den Eberhard sich erinnern konnte. Der Vater war oft grimmig, und wenn jemand ihn in Raserei brachte, war er für Tage ungenießbar.

Als Eberhard noch ein Kind war, hatte seine Mutter einmal gesagt, sie wolle in ihrer Heimat ein Kloster stiften. Obwohl sie Ländereien und Geldmittel in die Ehe gebracht hatte, winkte ihr Mann ab. Da sprach Hedwig von Eppos Ahnfrau Reginlind, die als Äbtissin Herrin von Zürich gewesen war, und daß sie es ihr gleichtun wolle. Die Mutter redete und redete und bestand auf ihrem Willen. Eppo wurde so wütend, daß er zwei Wochen lang weder mit ihr noch mit den Kindern ein Wort wechselte. Die Idee kam nie mehr zur Sprache, denn Eppo übte die Verfügungsgewalt über Hedwigs Mitgift aus.

»Du gibst meinem Priester Liutpald einen Auftrag?« schrie Eppo an jenem Morgen so laut, daß Eberhard aus dem Schlaf auffuhr, sich anzog und neugierig in die Halle hinunterlief.

Manegold stand dem Vater gegenüber und sprach ruhig auf ihn ein: »Das nützt uns allen, Vater. Da du die Burg zu bauen angefangen hast, willst du sie bestimmt fertigstellen. Liutpald könnte als Baumeister …«

»Ich bestimme, wann gebaut wird und wann nicht, ich allein«, brüllte Eppo. Sein Gesicht lief rot an, er atmete schwer, setzte sich auf die Bank, sprang wieder auf, lief auf Manegold zu, bohrte ihm den Zeigefinger in die Magengrube, schrie, Manegold habe nichts zu befehlen, gar nichts.

Der Vater winkte, Eberhard solle mit ihm kommen. »Ich halte es hier nicht mehr aus«, murmelte er in seinen Bart. Da könne er ebensogut gleich aufbrechen und seinen Pflichten als Einsiedler Vogt nachgehen.

Da die im Hof zusammengetrommelten Krieger Panzertuniken trugen, rannte Eberhard zurück in die Halle und zog seine Schlachtausrüstung an. Durch das Fenster sah er, wie die Krieger aus dem Hof sprengten. Eberhard riß den Gurt vom Haken an der Wand und schnallte sich im Laufen das Schwert um. Viel Glück, sagte der Stallknecht, der das Pferd in den Hof brachte.

Eberhard nahm sich keine Zeit für eine Antwort. Er schwang sich in den Sattel und hetzte im gestreckten Galopp hinter Eppos Kriegern her. Sein Vater gönnte den Pferden kaum Verschnaufpausen. Hügel, Weinreben und abgeerntete Felder flogen an den Reitern vorbei.

Als sie in der Ferne den Zürichsee sahen, wurde die Straße schlechter, denn der Regen hatte die Erde aufgeweicht. Eberhard riß den Blick vom spiegelnden See los und richtete ihn auf den Boden. Ständig mußte er Steinbrocken, glitschigem Kuhmist und in den Siedlungen Kadavern von Hunden und Katzen ausweichen. Bei den ersten Häusern von Kempraten rutschte sein Pferd auf einem Gemisch von Schlacht- und Küchenabfällen aus. Eberhard stürzte zu Boden und glitt aus dem Sattel, ehe der Pferdeleib den Boden berührte.

»Zur Fähre, los!«, schrie Eppo und zog wild an der Glocke am Ufer. Dann drehte er sich nach seinem vor Schreck zitternden Sohn um. Der Braune sprang auf, trabte vorwärts und stieß seinen am

Boden sitzenden Herrn mit der Schnauze an. Eberhard konnte aufstehen, aber sein linkes Bein knickte ein. Er mußte sich am Zügel seines Reittiers halten, so schwach fühlte er sich.

»Vielleicht sollte ich mit Eberhard zurückbleiben«, sagte Liutpald. Der Priester mußte Eppo bei dessen Ritten zum Abt von Einsiedeln immer begleiten. Als Ratgeber und zum Lesen und Schreiben von Urkunden. Aber wenn Eppo seine Wutanfälle bekam, wandte Liutpald alle Mittel an, um sich aus seiner Nähe wegzustehlen. »Das Bein könnte gebrochen sein, das wäre ...«

Eppo schrie dazwischen: »Nichts da! Die Fähre kommt. Du kannst das Bein auf dem Schiff untersuchen. Außerdem brauche ich dich, ich muß beim Abt vorbeigehen.«

Eberhard fühlte, daß kein Knochen gebrochen war. Er ließ sich trotzdem auf eine Bank betten und von Liutpald umsorgen. In der Hoffnung, der Vater werde ihm ein wenig Aufmerksamkeit widmen. Aber Eppo schwieg und starrte auf das Wasser.

Sie kamen in Einsiedeln an, als es schon dunkel war. Im Gästehaus fanden nur Eppo, Eberhard und der Priester Platz. Die Krieger mußten im Pferdestall übernachten. Warmes Essen gab es nicht. Sie alle mußten mit Brot und Käse vorliebnehmen, die sie mitgebracht hatten.

Als Eppo und seine Leute am Morgen die Pferde bestiegen, trat ein Klosterbruder aufgeregt zu ihnen. »Wir haben gestern Nachricht aus dem finsteren Wald bekommen. Dort sind die Schwyzer wieder am Roden. Abt Embrich bittet Euch, einzugreifen.«

»Da bin ich in der passenden Stimmung«, knurrte Eppo, der seine Wut vom Vortag noch in sich trug. Er ritt seinen Kriegern voran. An manchen Stellen umgingen sie den Wald, an anderen durchquerten sie ihn auf schmalen Pfaden. Als sie weiter talwärts in Zweierreihen dem Waldrand entlangritten, winkte Eppo seinen Sohn zu sich nach vorn. Ob Liutpald ihm eigentlich erklärt habe, was die Vogtei Einsiedeln bedeute, fragte er ihn.

Keinen Ton brachte Eberhard heraus, so erstaunt war er über die Worte und den fast freundlichen Ton des Vaters. Er schüttelte den Kopf. Als der Vater schwieg, sagte Eberhard, nein, ihm habe nie jemand irgend etwas erklärt.

»Dann ist es Zeit, daß Liutpald das tut«, sagte Eppo, lachte laut und trieb sein Pferd an.

Eberhard freute sich. Der Vater hatte ihn berechtigt, seinem Lehrer Fragen zu stellen und Antworten zu bekommen. Offenbar hatte Eppo wie Manegold endlich begriffen, daß er kein Kind mehr war. Eberhard dachte an die Gesprächsfetzen, die er in der letzten Zeit aufgeschnappt, an das Ganze, das er sich daraus zusammengereimt hatte. Offenbar war Einsiedeln ein Kloster von einzigartiger Bedeutung. Kein anderes in Schwaben wurde so reich von den Herrschern beschenkt. Manegold hatte Eberhard erzählt, Eppo sei Vogt der Abtei, weil schon die Vorfahren es gewesen waren. Und diese hatten als Herzöge von Schwaben einst große Macht gehabt.

Eberhard wurde vom Vater aus seinen Gedanken gerissen. Er solle mit Liutpald am Waldrand bleiben. Mit dem Rest seiner bewaffneten Mannschaft ritt Eppo zu der Stelle, wo Männer mit dem Fällen von Bäumen beschäftigt waren. Der Vogt schrie, aber seine Worte gingen im Getöse unter, als ein Nadelbaum zu Boden krachte. Eppos Pferd wich erschrocken zurück, stieß Reittiere hinter sich an, die in Panik gerieten. Der Vogt sprang vom Pferd, das Schwert in der Hand. Ohne darauf zu achten, ob seine Krieger ihm folgten oder nicht, ging Eppo zu Fuß vorwärts, kroch über Baumstämme, riß sich an Sträuchern die Haut auf. »Wer ist hier der Anführer?« fragte er zwei Bauern mit Äxten.

»Es gibt keinen«, sagte ein Schwyzer. »Wir können ebensogut für uns selbst sprechen.« Die Männer wichen keinen Schritt zurück, als Eppo sich vor ihnen aufpflanzte.

»Wißt ihr Knechte denn nicht, daß Kaiser Heinrich dem Kloster den finsteren Wald vor mehr als zehn Jahren geschenkt hat?« wollte Eppo wissen. Seine Augen hatten sich zu Schlitzen verengt, der Schweiß lief ihm in Strömen über das rote Gesicht.

»Wer den Wald rodet, wird Besitzer, das ist altes alemannisches Recht.«

»Eure Meinung interessiert mich nicht«, schrie Eppo. »Hier gilt das Reichsrecht, und wenn der Kaiser etwas verschenkt, so gilt das.«

Der kräftigste der Bauern hob die Axt, aber Eppo war schneller.

Er stieß dem Mann das Schwert in die Seite, zog es wieder heraus und wischte die blutige Klinge am Hemd des Toten ab. Krieger stürzten herbei und warfen sich zwischen Eppo und die anderen Bauern, die zwischen den Baumstämmen zusammengetrieben wurden.

»Ich komme wieder«, sagte Eppo. »Das nächste Mal wird nicht nur einer sterben. Wenn ihr nochmals Klosterwald rodet, metzeln wir euch alle nieder.« Der Vogt drehte den Schwyzern den Rücken zu und kehrte zu seinem Sohn zurück, der den Toten nicht gesehen hatte. Liutpald war mit Eberhard am Waldrand geblieben.

Verschmutzt, mit zerkratzten Gesichtern und zerrissenen Kleidern ritten der Vogt und seine Krieger durch den Torbogen von Einsiedeln. Eberhard bestaunte die Kirche mit ihren Glasfenstern. Und wir, die Familie eines Vogts und Grafen, haben nur hölzerne Fensterläden, dachte er. Die Baustelle der Burg kam ihm in den Sinn, und in seinen Gedanken hatte sie farbige Glasfenster.

Eppo riß seinen Sohn aus dessen Tagträumen. Das Gefolge müsse im Freien warten, aber Liutpald und er, Eberhard, dürften ihn zum Abt begleiten. Da dies seit dem Vortag schon das dritte Mal war, daß der Vater das Wort an ihn richtete, freute sich Eberhard doppelt über die Ehre.

Sie fanden Abt Embrich in der Schreibschule. Er hielt eine Pergamentrolle zwischen den Händen und las daraus vor. Novizen waren dabei, nach seinen Anweisungen Breviertexte zu kopieren.

Als er den Vogt sah, legte Embrich das Pergament auf den Tisch und ging den Besuchern voran zum Abthaus. Es war unbewohnt, denn der Abt schlief im Gemeinschaftsraum der Mönche und speiste nie gesondert mit vornehmen Gästen. Nur für wichtige Besprechungen wurde die Tür aufgesperrt. Der Abt bat seine Gäste, sich an den Tisch zu setzen.

Ungefragt ergriff Eppo das Wort und berichtete von den Schwyzern im Wald.

Embrich nickte: »Gut wäre es, wenn Ihr den finsteren Wald häufiger kontrollieren könntet.« Als Eppo keine Antwort gab, griff der Abt unter seine Kukulle und zog eine Urkunde hervor. »Lest, Liutpald!« sagte er leise und schob das Pergament dem Priester zu.

»Was hat das zu bedeuten?« Eppo war irritiert, seine Stimme wurde lauter.

Der Abt schwieg, und Liutpald las das Schriftstück zweimal durch. »In der Urkunde steht«, sagte der Priester schließlich leise und rückte von Eppo weg an das hinterste Ende der Bank, »daß die südlichsten Eurer Besitzungen in Höngg gar nicht Euch gehören. Daß die Zürcher Äbtissin genau diese Ländereien dem Kloster Einsiedeln geschenkt hat.«

»Wer sagt das?« schrie Eppo

»Es steht in der Urkunde«, sagte der Abt, der froh war, daß der Tisch ihn von Eppo trennte.

»Die Behauptung wird überprüft. Es wird doch herauszufinden sein, wem die Äbtissin was geschenkt hat.«

Liutpald hatte Angst, trotzdem wagte er zu sagen: »Die Verfasserin dieser Urkunde ist längst tot, Eppo. Was geschrieben steht, steht geschrieben.«

Eppo sprang auf, er konnte sich nicht mehr beherrschen: »Wegen ein paar Buchstaben auf einer uralten Schriftrolle wollt Ihr meiner Familie Ländereien bei Zürich wegnehmen?« Eppo schnappte nach Luft, ehe er fortfuhr. »Ihr, Embrich!« sagte er und zeigte mit dem Finger auf den Abt. »Ihr setzt alles daran, mich, Euren Vogt, zu schädigen. Ihr habt dem Kaiser auch eingeredet, die Kyburg nicht mir zu geben, sondern Eurem Freund, jenem Grafen, der wie Ihr aus Bayern kommt.« Eppo stützte die Hände in den Hüften auf und stand breitbeinig vor dem Tisch. »Was habt Ihr dazu zu sagen?«

Wenn der Vogt sich nicht beruhige, sage er kein Wort mehr, flüsterte Embrich bleich vor Schreck. Er zog an einer Schnur, die an der Außenwand mit einer Glocke verbunden war. Eppo setzte sich wieder an den Tisch.

»Ihr habt die Kyburg nicht bekommen, weil Ihr Euch am Feldzug gegen den Herzog Ernst und gegen den Kyburger nicht beteiligt habt …« Als Eppo dazwischenschrie, korrigierte der Abt sich: »… nicht persönlich beteiligt habt. Wahrscheinlich habt ihr nicht mitgekämpft, weil Ihr mit Werner verschwägert seid. Eure Schwester …«

»Mit meiner Schwester hatte das nichts zu tun. Ich selbst war krank, das wißt ihr. Ich habe Krieger geschickt und meinen Sohn Burkhard, obwohl er fast noch ein Knabe war.«

»Das müßt Ihr Kaiser Konrad erklären, nicht mir. Ich wollte Euch nur mitteilen, daß ein Teil der Ländereien in Höngg künftig nicht mehr Euer persönlicher, sondern Besitz des Klosters ist.« Embrich streckte die Hand nach der Urkunde aus, aber Eppo wischte sie vom Tisch.

Embrich verlor die Geduld und stand auf. »Paßt auf, Eppo! Ich werde dafür sorgen, daß Euch die Vogtei über Einsiedeln entzogen wird.«

»Wie soll es nun …«, begann der Priester Liutpald, aber Eppo ließ ihn nicht ausreden. Er sprang auf und stürzte aus dem Abthaus. »Das wirst du mir büßen, Mönch«, schrie er von der Tür her und hob drohend die Faust.

Eberhard machte eine ungelenke Verbeugung vor dem Abt, bückte sich, ergriff die Urkunde und rannte hinter Liutpald her durch den Klostergarten und das Tor. Plötzlich knickte wieder sein linker Fuß ein. Er mußte sich auf Liutpalds Schulter stützen.

Vor dem Kloster rief Eppo seine Krieger zusammen und preschte ihnen voran zum Wald. Dort, wo die Mönche im Frühsommer Bäume gefällt hatten, lagen dürre Zweige aufgestapelt am Wegrand. »Nehmt, was ihr tragen könnt! Bindet Äste hinten an die Pferde!«

Eberhard begriff und erschrak. Das könne der Vater nicht tun, weder als Vogt noch als Graf, flüsterte er seinem Lehrer Liutpald zu. Der setzte sich am Waldrand auf einen Baumstamm, winkte Eberhard zu sich, redete auf ihn ein: »Das geht uns nichts an, Eberhard, halte dich da heraus.«

Die Mönche schlossen das Tor und die Kirchentür, aber Eppos Männer brachen mit Rammböcken ins Innere des Klosters ein. Eppo schleifte so viel Holz hinter sich her, daß er im Türrahmen des Gotteshauses fast stecken blieb. Im Chorraum ließ er die Äste zu Boden fallen, riß eine Fackel aus der Wandverankerung und steckte das Holz in Brand.

Eppo wütete wie ein Wilder. Er wütete noch immer, als seine Krieger hinten und vorn im Gotteshaus Reisig angezündet hatten.

Er wütete, als sie sich längst ins Freie hinaus gerettet hatten und von außen auf das brennende Gebäude starrten.

Eberhard ging zu den Kriegern. Er sah und hörte, wie die kostbaren Glasfenster barsten und zu Boden krachten. Flammen schossen mit dem Luftzug durch die Fensteröffnungen. Vater, dachte Eberhard plötzlich. »Wo ist mein Vater?« schrie er die Krieger an. Alle sahen sich um, aber Eppo war nicht bei ihnen. »Vater!« – mit einem Aufschrei rannte er auf das brennende Gotteshaus zu. Liutpald wollte ihn zurückhalten, aber Eberhard schüttelte ihn ab.

An der Kirchentür blieb Eberhard stehen. Die Flammen waren an den Altartüchern emporgestiegen, sie züngelten dem Dachstuhl entgegen. Ein Holzstück stürzte neben ihm zu Boden, Funken stoben. Eberhard wollte sich die Glut von den Kleidern wischen. Dabei verbrannte er sich die Hand. Trotzdem ging er weiter. Da, auf halbem Weg zum Chor saß Eppo auf dem Boden und lehnte den Kopf gegen die Wand. Er versuchte, sein Bein unter einem heruntergestürzten Balken hervorzuziehen. Eberhard rannte zu ihm und wollte ihm helfen. Aber das Holz glühte. Er machte kehrt und lief ins Freie, durchquerte den Garten, der die Kirche von den Klostergebäuden trennte. Im Hof entdeckte er einen Wassereimer. Eberhard riß sich das Hemd vom Leib, tauchte es ins Wasser und zog es tropfnaß wieder über. Dann benetzte er einen herumliegenden Leinensack und drückte ihn sich aufs Haar.

Als Eberhard die Kirche wieder betrat, war der Rauch im vorderen Teil bereits so dicht, daß er den Chor nicht mehr sehen konnte. Die Flammen hatten den Dachstuhl erreicht. »Vater!« schrie Eberhard, aber das Krachen von herabstürzendem Holz übertönte seine Stimme. Er tastete sich an der Wand entlang nach vorn. Bei Eppo angelangt, nahm er den feuchten Leinensack vom Kopf, schlang ihn um die Hände und riß das glühende Holzstück vom Bein des Vaters weg. Eppo schrie auf, verschluckte sich, schnappte nach Luft. Der beißende Rauch nahm ihnen fast die Besinnung. Keuchend zog Eberhard den Vater mit sich.

Im Freien sog Eberhard gierig die frische Luft ein. Da sah er, daß Eppos Hemd an der Brust aufgerissen war. Darunter zerfetztes Fleisch, schwarz und blutig. Eberhard hatte Angst, die Wunde zu berühren. Er atmete auf, als die Gefolgsmänner kamen und den Vater zu den Pferden am Waldrand trugen.

»Vater, du mußt tief atmen, du brauchst Luft«, redete Eberhard auf den Verletzten ein. Er wollte Liutpald holen, da der Priester etwas von Wunden verstand. Aber Eppo winkte ab. Er sog Luft ein, zeigte auf die brennende Klosterkirche, sog Luft ein und sagte: »Den Priester brauchen wir nicht. Aber geh mir aus dem Weg, Eberhard! Ich will sehen, wie die Kirche dieses armseligen Abts zusammenkracht.«

»Vater«, flüsterte Eberhard und kniete auf der anderen Seite nieder. »Du hast ein Kloster zerstört. Für dein Seelenheil ist es wichtig …«

»Sonst werde ich in der Hölle braten, he?« Eppo hustete und lachte gleichzeitig. »Mach dir keine Sorgen. Ich habe mich mit Äbten und Herzögen herumgeschlagen, da werde ich auch mit dem Teufel fertig.«

Eberhard sah, wie der Vater die Augen verdrehte und ohnmächtig wurde. Erschrocken versuchte er, Eppo wachzurütteln. »Die Wunde!« schrie er. »Ist denn niemand da, der sich um meinen Vater kümmert?«

Als Eppo zu sich kam, schnellte er nach oben. Er starrte ins Flammenmeer und bäumte sich vor Lachen auf. Die Wunde in seiner Brust zuckte. Dann fiel er mit ausgestreckten Armen und starren Augen auf den Boden zurück. Der Priester Liutpald trat zu ihm, drückte ihm die Augen zu und gab ihm seinen Segen.

Eberhard wußte nicht, wie lange er auf den toten Vater gestarrt hatte. Stimmen riefen ihn plötzlich zurück ins eigene Leben. Man müsse sich endlich aus dem Staub machen, schrie der Anführer der Krieger ihn an. »Nichts wie weg«, sagte auch Liutpald und nahm Eberhard beim Arm.

»Nein!« rief Eberhard, »nein!« Das Scriptorium mit den Büchern wird niederbrennen, der Kapitelsaal.

Die Krieger schauten von Eberhard zu Liutpald und von Liutpald zu ihrem Anführer. Einige schwangen sich in den Sattel, andere blieben unschlüssig stehen.

Da sagte Eberhard laut und entschlossen: »Ich werde Vaters

Nachfolger hier. Wollt ihr mein Wort mißachten?« Als niemand sich regte, rannte Eberhard zum Kloster. Schließlich sagte Liutpald zum Gefolge: »Los, kommt mit uns!«

Die Mönche waren dabei, Bücher aus dem Scriptorium in das am weitesten von der Kirche entfernte Gebäude, das Abthaus, zu tragen. Einige Krieger mußten ihnen dabei helfen. Andere wies Liutpald an, mit Wassereimern und nassen Tüchern auf das Dach der Bibliothek zu steigen. Als der Dachstuhl der Kirche einstürzte, schlugen die Flammen zum Himmel und verdeckten den Mond. Über der Schreibschule versprühten brennende Dachschindeln ein Funkenmeer. Die Krieger schützten sich mit den nassen Tüchern wie mit Schilden. Sie schlugen auf die Glut ein, begossen frische Feuerherde mit Wasser, schirmten einander gegen den Funkenregen ab.

Eberhard half mit, wo er konnte. Dann umfing ihn plötzliche Dunkelheit. Er fühlte, wie Arme ihn in den Sattel hoben, er spürte einen Mann hinter sich, der ihn auf dem Pferd festhielt, und er hörte verschiedene Stimmen: Ein Klosterbruder, der von geretteten Büchern sprach, dankte Eberhard, trotz allem. Mönche riefen durcheinander. Und da war seine eigene Stimme, die der rauchenden Kirche ein Gelübde entgegenschrie, die den Herrgott um Eppos Seelenheil anrief und ihm dafür eine Kirche, ja sogar ein Kloster versprach.

5

Der Tod des Vaters warf Eberhard nicht aus dem Trott. Er hatte Freunde und Krieger sterben sehen, die jünger waren als Eppo. Menschen kamen und gingen, lebten und starben. So war es. Er wunderte sich selbst darüber, aber der Vater fehlte ihm nicht. Auch Eppos Untat machte ihm keine Sorgen. Er hatte Gott eine Kirche und ein Kloster für das Seelenheil des Vaters versprochen, und daran würde er sich halten, auch wenn er im Augenblick keine Ahnung hatte, wie. Es berührte Eberhard auch wenig, daß die Mutter den Tod ihres Mannes gelassen hinnahm. Hedwig widmete sich wie immer dem Gebet und begann beim Essen wieder zu reden. Am Abend von Eppos Tod griff sie ihre alte Idee wieder auf, ein Kloster zu stiften. Eberhard dachte an sein Gelübde, sagte aber nichts.

Was Eberhards Leben veränderte, war seine Stellung in der Familie. Manegold und Burkhard schickten ihn nicht mehr hinaus, wenn es Wichtiges zu diskutieren gab. Und sie ließen ihn mitreden. Manchmal, selten, zählte sogar seine Meinung. Sie fragten sich, ob Abt Embrich wegen Eppos Brandstiftung beim Kaiser klagen, ob die Familie die Vogtei Einsiedeln verlieren würde und wie man sie zurückgewinnen könnte. Vorsorglich wurde beschlossen, den Abt von Einsiedeln mit Ländereien an der Reuß zu entschädigen. Manegold und Burkhard machten sich auch Gedanken über das Grafenamt im Zürichgau, das der Familie durch Eppos Tod verlorengehen konnte.

Eberhard hatte das Gefühl, daß Burkhard nicht fähig war, den Ernst der Lage zu erfassen. Seinem ältesten Bruder aber saß die Angst im Nacken, das hörte Eberhard aus Manegolds unsicher klingender Stimme heraus, und er las es in seinen Augen. Eberhard selbst war ratlos, denn so hatte er Manegold noch nie gesehen. Was würde sein, wenn der älteste Bruder den Mut verlor oder gar den Kampf um die Familienrechte?

Eberhard drängte immer wieder, Eppo solle auf dem Friedhof der Reichenau bestattet werden. Man müsse für den Vater eine Grabkirche spenden, am besten in der Nähe des Inselklosters. Er war wie besessen von der Idee, er sprach wieder und wieder davon, bis Eppos Leiche mit einem Wagen zur Reichenau überführt und am Rand des Mönchsfriedhofs beigesetzt wurde. Am Tag der Bestattung sorgte Manegold dafür, daß fünfzig Arme zu essen bekamen und machte dem Abt eine Schenkung. Klosterbrüder wurden beauftragt, während zwanzig Tagen Psalmen zu lesen.

Vom Gelübde, für den Vater ein Kloster zu stiften, erfuhren die Brüder nichts. Das ist mein Versprechen, und ich werde es halten, dachte Eberhard, der immer noch keine fünfzehn Jahre alt war. Ich werde eine Abtei bauen, die größer ist als Cluny und schön wie Sankt Peter in Rom.

Ita kam zwei Wochen nach Eppos Tod. Am letzten heißen Sommertag im August ritt sie neben dem Burgkapellan von Kirchberg in den Hof. Der Priester hatte die Vollmacht, Ita vor Zeugen in die Ehe zu geben, je früher, desto besser. Er fragte nach Manegold, noch ehe er vom Pferd stieg, doch der war zur Reichenau geritten. Auch Burkhard war nicht zu Hause. Anstelle des Vaters mußte er im Zürichgau an einer Gerichtsverhandlung teilnehmen. So würde man sich langsam an einen neuen Grafen aus der Familie gewöhnen, hatte Manegold gesagt, so würde man den Zürichgau vielleicht behalten können. Auch Hedwig zeigte sich nicht, als Ita kam. Niemand hatte daran gedacht, sie zu rufen. Wenn sie in ihrer Gebetsstube kniete, hörte und sah sie nicht, was um sie herum geschah.

Eberhard ging Ita im Hof entgegen, und in seiner Vorstellung war die Welt wieder voller Mohnblumen. Als Ita ihn erkannte, lächelte sie. Ihre Zähne waren noch immer spitz, die goldenen Strähnen im braunen Haar schimmerten heller.

Während die Bediensteten das Gepäck ausluden und die Tante sie überwachte, spazierte Eberhard mit Ita zu den drei Linden.

»Du hast während der Reise bestimmt viel Staub geschluckt«,

sagte er. »Da wirst du nicht gleich in die rauchige Halle gehen wollen.« Als Ita schweigend neben ihm herging, fügte Eberhard hinzu: »Die Mägde haben Wasserkessel aufgesetzt. Bald wird ein Badezuber für dich bereitstehen.« Eberhard fühlte sich plötzlich verlegen. Er war froh, daß er Ita nicht gegenüberstand. Gedankenverloren suchte er Halt am rechten Ohrläppchen.

»Ein schöner Empfang für eine Braut«, spöttelte Ita. »Wenn nur gerade ein Knabe da ist …«

Ich bin jetzt dabei, wenn es in der Familie etwas zu entscheiden gibt, dachte Eberhard. Aber er sagte nichts und schaute Ita von der Seite an. Ihr Gesicht war etwas schmaler geworden, die Nase mit dem leichten Bogen gefiel ihm noch besser als damals in Kirchberg.

»Der Heiler hat mir die Zähne noch immer nicht abfeilen wollen«, sagte Ita. »Er hat Angst, sie könnten abbrechen.«

»Das ist jetzt unwichtig. Vater ist gestorben.«

Ita erschrak. Sie dachte an den fremden Grafen mit den fünf Kindern, an eine Rückkehr nach Kirchberg. Und plötzlich schämte sie sich. Ich denke nur an mich und was Eppos Tod für *mich* bedeuten könnte. Deshalb fragte sie: »Eberhard, du und Manegold, seid ihr traurig?« Als er schwieg, sagte sie sanft: »Ich weiß, wie es ist. Ich habe vor vielen Jahren meine Mutter verloren.«

»Frauen empfinden so etwas anders. Ich meinte nur, daß es jetzt nicht wichtig ist, ob du gerade oder schiefe Zähne hast.«

Ita sah ihn fragend an. Eberhard wollte ihr klarmachen, daß ihre Schönheit keine Rolle spielte. Manegold brauche jetzt Macht und neue Ländereien, da sei eine gute Heirat willkommen, auch wenn die Braut spitze Zähne habe. »Wir müssen etwas für Vaters Seelenheil tun«, sagte er statt dessen. »Ich habe geschworen, ihm eine Grabkirche und später ein Kloster zu bauen.«

»Das hast du erfunden«, lachte Ita.

Eberhard wurde rot. »Ich finde, du solltest …« Er fand nicht die richtigen Worte und zog es vor zu schweigen.

»Ich glaube dir ja, Eberhard.«

Aber er hörte nicht mehr zu. Er stand auf und ging zum Haus zurück. Dort erzählte er Itas Burgkapellan von Eppos Tod. Da er auch den Brand der Klosterkirche von Einsiedeln nicht verschwieg und die Angst der Brüder, das Grafenamt und die Vogteien zu verlieren, schickte der Kapellan am nächsten Morgen einen Boten mit den Neuigkeiten nach Kirchberg. Der Priester war plötzlich froh, daß Manegold und Burkhard fort waren und niemand auf einen baldigen Hochzeitstermin drängte.

Um das Haus im Zürichgau gab es keine Blumen. Ita mußte mit Manegolds Mutter in einer Kammer schlafen, und nach der ersten Nacht zeigte Hedwig ihr die Gebetsstube, erzählte Ita von ihren Verwandten am Hof.

Auch Ita wollte von ihrem Vater und dem Bruder erzählen. Hedwig schwieg höflich, wenn Ita sprach, hing aber ihren eigenen Gedanken nach. Einmal hörte Ita mitten im Satz zu sprechen auf und schaute die ältere Frau an. Hedwig starrte schweigend vor sich hin. Sie hört nicht zu, dachte Ita. Sie kann ihre Ohren verschließen wie ich meinen Mund mit den Wolfszähnen.

In den nächsten Tagen versuchte sie, es Hedwig nachzumachen. Aber es gelang ihr nicht. Wieder und wieder hörte sie die gleichen Geschichten von der Kaisermutter und den Vornehmen am Hof. Ita fühlte sich einsam, denn Hedwig sprach nicht zu ihr, sondern mit sich selbst.

Da Eberhard jeden Tag mit Burkhard wegritt und Manegold für die Reichenau unterwegs war, begann Ita in Gedanken mit der alten Adelheid zu reden. Wenn es dämmerte, hatte sie Sehnsucht nach der Burg und nach ihren Blumen.

Als Manegold Mitte September plötzlich vor Ita stand, gefielen ihr sein Gesicht mit dem dunklen Haar, seine Lebenskraft und Männlichkeit. Er sah anders aus als Eberhard und nicht so, wie sie ihn sich vorgestellt hatte. Und er benahm sich auch anders, er sprach und dachte anders. Am Tag seiner Heimkehr wechselte er einige Worte mit ihr, sagte etwas über die Trauerzeit, die man einhalten müsse, und kehrte ihr während des Abendessens den Rücken zu.

Am nächsten Morgen stand Ita neben der Tür zur Halle und hörte Manegold und Burkhard miteinander sprechen. Eine Schönheit sei sie nicht, die Kleine, sagte Burkhard, und auch etwas zu dünn. Manegold, ihr Bräutigam, stieß den Bruder an und lachte. Bestimmt könne sie das, wozu jede Magd tauge. Vor allem sei sie reich, der Vater habe gute Verbindungen.

Ita war empört. Sie wollte weggehen, fühlte sich aber zu schwach. Wie erstarrt blieb sie stehen, während unbekannte Gefühle in ihr tobten. Manegold hatte sie als Frau verletzt, obwohl ihr Frauenleben noch nicht angefangen hatte. Kälte mischte sich mit Angst, beim Gedanken an die Zukunft fühlte Ita etwas in sich zerbrechen.

Am Morgen ging Manegold erneut auf Reisen, und Ita war froh darüber. Er wollte den Herzog um die Vogtei von Einsiedeln bitten oder wenigstens um ein gutes Wort beim Kaiser.

Hedwig sagte zu Ita, sie könne die Trauerzeit nicht im Haus des Bräutigams verbringen, das schicke sich nicht.

»Ich weiß«, antwortete Ita, »aber eine Heimkehr nach Kirchberg ist unmöglich.« Da Hedwig schwieg, wußte Ita, daß sie nicht mehr zuhörte.

Der Burgkapellan sagte erst etwas zur Heiratsfrage, nachdem der Bote aus Kirchberg zurückgekehrt war. Itas Vater respektiere die Trauerzeit der Familie und sei bereit, zu warten, erzählte er am Abend beim Essen. Die Ehe könne nach Ostern geschlossen werden. Der Kapellan verschwieg, daß der Graf von Kirchberg froh war über die Verschiebung der Hochzeit, da er nur diese eine Tochter hatte und sie nicht mit einer Familie verbinden wollte, die womöglich alle hohen Ämter verlor.

Dann sprachen sie über Itas Zukunft. »Wir könnten sie bis Ostern in der Abtei der heiligen Felix und Regula in Zürich unterbringen«, schlug Hedwig vor.

Der Burgkapellan von Kirchberg begann von anderen, im Norden Schwabens gelegenen Stiften zu sprechen.

»Was Mutter vorschlägt, ist die beste Lösung«, unterbrach Manegold den Kapellan. »In der Abtei in Zürich sind vornehme Grafentöchter willkommen. Vor allem eine, deren Bräutigam ein Nachkomme der Äbtissin Reginlind ist.«

Ita sagte nichts. Sie war es von Kirchberg her gewohnt, wie eine Kuh hin und her geschoben zu werden. Es war ihr auch gleichgültig, in welches Kloster man sie brachte. Hauptsache, sie kam weg von dieser Familie. Von Hedwig, die nur zu sich selbst und zu Gott sprach. Und von Manegold, der ihr von Tag zu Tag weniger gefiel. Einmal hatte sie zwischen den halb geschlossenen Fensterläden ins Freie gespäht und gesehen, wie er eine Küchenmagd in den Heuschober drängte. Und ihr, seiner Braut, schenkte er weder einen Blick noch ein vernünftiges Wort. Sie hatte an jenem Tag aus ihrer Kammer auch Eberhard beobachtet. Manegold hatte mit der einen Hand ihn, mit der anderen die junge Magd am Arm gefaßt und versuchte ihn mitzuziehen. Aber der jüngere Bruder schüttelte ihn ab und lief davon.

Am Abend vor Itas Abreise nach Zürich war Eberhard unruhig. Er bat seinen Bruder Manegold, mit Ita zu sprechen. Über die Zukunft des Brautpaars, über Itas Rückkehr in die Familie. Sonst müsse man damit rechnen, daß sie für immer im Kloster bleibe.

»Und wenn schon«, sagte Manegold. »Können wir unsere Stellung behaupten, so werde ich leicht eine andere finden, vielleicht eine reichere. Wenn wir aber die Vogteien und den Zürichgau verlieren, so wird der Graf von Kirchberg sein Einverständnis zu dieser Ehe bestimmt zurücknehmen. Hast du nicht gemerkt, wie die Hochzeit vom Kapellan absichtlich bis nach Ostern verschoben worden ist?«

Eberhard schluckte und nahm einen neuen Anlauf. »Trotzdem solltest du, ich meine …« Er drückte sein Ohrläppchen so stark, daß es rot anlief.

Gut, winkte Manegold ab, er werde Eberhard den Gefallen tun.

Später sah Eberhard, wie sein Bruder sich in der Halle galant vor Ita verbeugte, wie er ihr einen guten Aufenthalt in Zürich wünschte. Er verabschiedete sich auch vom Burgpriester, von Itas Tante und Base, die mit Itas Gefolge nach Kirchberg zurückkehren wollten.

Manegold schaute Eberhard fragend an und richtete seine dunklen Augen wieder auf Ita. »Ich freue mich auf Eure Rückkehr, Ita, auf unser Leben zu zweit.« Er lächelte.

»Inzwischen wird es Euch bestimmt nicht langweilig«, flüsterte sie, so daß nur Manegold sie hören konnte. »Bei den hübschen Mägden.«

Manegold gab ebenso leise zurück: »Das hat nichts zu bedeuten. Ich bin ledig. Wenn wir erst verheiratet sind …«

Eberhard konnte das Gespräch der beiden nicht hören. Aber er sah, wie Manegold lachte und seine weißen Zähne zeigte und wie Ita ihn mit Interesse musterte, als sähe sie ihn zum ersten Mal. Eberhard schaute weg und verstand sich selbst nicht mehr. Hatte er sich das nicht gewünscht? Itas Rückkehr in die Familie? Aber wie Ita mit ihren braungrüngoldenen Augen tief in Manegolds Seele schaute, tat Eberhard weh.

6

»Ich habe Hunger«, sagte die Benediktinerin zu ihren Mitschwestern im Kapitelsaal. Sie hatte eine steile Falte zwischen den Augen und überragte die anderen um einen halben Kopf. »So kann es nicht weitergehen. Unsere Mitgift gehört dem Kloster, da haben wir ein Recht auf anständiges Essen.«

Eine ältere Nonne mit Vollmondgesicht stemmte ihren schweren Körper von der Wandbank hoch und strich sich die Kutte glatt. »Du hast recht. Ich habe abgenommen, und das paßt mir nicht.«

Als zwei Novizinnen kicherten, musterte Cristildis sie vorwurfsvoll mit ihren kugelrunden braunen Augen. Sie war die einzige Nonne der Abtei, die Ita seit ihrer Ankunft in Zürich mit Namen kennengelernt hatte. Cristildis war ihr aufgefallen, weil sie endlos von sich und von den theologischen Büchern in der Schreibschule erzählte. Sogar während der Schweigestunden unterhielt Cristildis sich mit den anderen Nonnen. Sie tat es mit Hilfe einer Zeichensprache, die sie besser kannte als jede andere.

»Liebe Mitschwestern, Gelächter paßt ebenso wenig zu uns wie üppiges Essen«, sagte Cristildis. »Genügsamkeit, das ist unsere vornehmste Tugend.« Als eine andere Nonne sie unterbrechen wollte, sprach Cristildis lauter. Ihre Worte flossen wie ein Bach, der ins Tal will und sich durch nichts aufhalten läßt. Sie erzählte von den Regeln des heiligen Benedikt, von ihrer eigenen Berufung, vom Fasten auch außerhalb der Fastenzeit. »Zudem haben wir in unserem Gemüsegarten Bohnen, Erbsen, Kohl und Salat, soviel wir wollen. Ich selbst kümmere mich ...«

Weil Cristildis ihren Redefluß nie freiwillig bremste, redete die Nonne mit der Augenfalte dazwischen. »Dann iß du weiter dein Grünfutter! Ich aber möchte wissen, weshalb wir laufend Kühe,

Schweine, Hühner, viele Scheffel Eier und Getreide an die Pfalz liefern müssen. Warum können wir fast nichts behalten? Ist Ermentrudis die Herrin der Stadt, oder ist sie es nicht?«

»Nein«, brauste eine junge Nonne auf, die Ita bisher noch keine zwei Sätze sprechen gehört hatte. »Als wahrer Herr spielt sich der Vogt auf. Einen Teil der Eier und Hühner zweigt er für sich selbst ab.« Sie kicherte, hielt sich die Hand vor den Mund und sagte so leise, daß nicht alle sie hören konnten: »Er hat auch eine seltsame Art, mich anzustarren.«

Ita hatte genug. Sie schlich sich aus der Schar der Nonnen davon, durchquerte den Garten und betrat die Kirche. Seit sie in Zürich war, zog das Gotteshaus sie magisch an. Nie zuvor hatte Ita einen derartigen Bau gesehen. Ein Wunder aus Stein, Holz und Glas, das sie nie genug bestaunen konnte. Die Doppelreihe der Säulen, der mit Gold und Silber geschmückte Altar, die Glasfenster, deren Farben ihr ein Versprechen zu enthalten schienen, obwohl sie nicht wußte, weshalb.

Seit ihrer Ankunft im September hatte Ita sich an den Alltag in der Zürcher Abtei gewöhnt, aber sie fühlte sich als Außenseiterin. Alle anderen waren Nonnen, und auch die paar Novizinnen würden bald das Gelübde ablegen. Sie, Ita, war die einzige Bewohnerin im Gästehaus. Tagsüber nähte sie mit den Klosterfrauen und verzierte geistliche Gewänder, sie saß im Refektorium, hörte der Vorleserin zu wie alle. Aber sie war keine Nonne, und weil sie wußte, daß sie anders war, wich sie vielen Gesprächen aus.

Ita sah nach oben zu den Glasfenstern. Die gemalten Farben leuchteten im satten Oktoberlicht und lockten sie ins Freie. Sie spazierte zwischen der Kirche und den Klostergebäuden hindurch, die von Palisaden umgeben waren. Dahinter standen die Häuser der Dienstleute und die Hütten der Hörigen. Zum Fluß und zum See hin war alles offen. Ita sah über die Wiesen hinweg und erkannte am anderen Ufer den Stadelhof mit seinen Wirtschaftsgebäuden. Er war genauso groß und reich wie der Sankt-Peter-Hof unter der Pfalz, der am selben Limmatufer lag wie das Kloster.

Auch Ita verstand nicht, weshalb der Besitz der Abtei nur dürftige Mahlzeiten für die Klosterfrauen und sonst nichts abwarf. Am liebsten wäre sie zu den Nonnen zurückgekehrt, um mit ihnen um mehr und besseres Essen zu kämpfen, denn ihr Magen knurrte mit jedem Tag heftiger. Aber sie getraute sich nicht.

Die Äbtissin hatte von Anfang an erklärt, als Gast könne Ita nur für einige Wochen im Kloster bleiben. Wann sie endlich Novizin werde, wann ihre Mitgift der Abtei überschrieben würde, fragte die Herrin von Zürich sie alle paar Tage. Ita kam es immer vor, als schaue die Äbtissin sie dabei an wie eine Fremde. Am Anfang wiederholte Ita jedes Mal ihre Antwort. Sie sprach von ihrer bevorstehenden Hochzeit und ihrer Absicht, das Kloster bald wieder zu verlassen. Ermentrudis hörte ihr zu, nickte und hatte alles wieder vergessen. Mit der Zeit begriff Ita, daß die Äbtissin Schwierigkeiten mit ihrem Erinnerungsvermögen hatte. Vor allem vergaß sie Neues, nicht die alten Zeiten oder einst gelesene Bücher.

Ita wußte nicht, wie lange sie im Klostergarten gestanden und vor sich hin geträumt hatte. In der Ferne sah sie die Sonne hinter dem Wald versinken. Die Stimmung erinnerte sie an den Weiher zwischen der Burg von Kirchberg und der Waldlichtung, in der Adelheid lebte. Ita dachte an ihren Vater, ihren Bruder und seltsamerweise auch an Eberhard, der mit ihr durch die Mohnblumenfelder gegangen war.

Plötzlich wurde sie aus ihren Gedanken gerissen durch den Anblick einer dunklen Gestalt, die über die Wiese huschte. Ita trat hinter einen Busch und spähte zwischen den Blättern hindurch. Sie sah von weitem eine Nonne, die durch den Kräutergarten ging und vor den Palisaden stehenblieb. Zwischen Ita und den gerade gezogenen Linien der Pflänzlein standen Apfelbäume. Sie bewegte sich von einem Baum zum andern und blieb am Rand des Gartens stehen. Der Abendwind wehte ihr intensiven Kräuterduft entgegen. Ita spürte ein Kitzeln in der Nase und konnte das Niesen nicht unterdrücken. Mit beiden Händen preßte sie sich einen Hemdzipfel auf Mund und Nase. Als sie wieder zur Nonne schaute, stand die immer noch reglos da, tat nichts, starrte einfach zwischen den Palisaden hindurch auf die Hütten der Unfreien, die im Dienst des Klosters standen. Schließlich drehte die Nonne sich um. Rasch versteckte Ita sich hinter dem Baumstamm. Sie ließ die Klosterfrau an sich vorbeigehen und erkannte Cristildis. Im Dämmerlicht sah sie in den Augen der Nonne Tränen schimmern.

Das Leben im Kloster kam Ita vor, als folge es einer Litanei. Fast täglich schimpften die Nonnen über ihre Kost, und jeden Abend ging Cristildis zu den Palisaden und schaute sehnsüchtig vom Klostergarten auf die Siedlung der hörigen Klosterleute. Die Äbtissin fragte regelmäßig nach Itas Plänen, aber wenn sie ausweichende Antworten bekam, versuchte Ermentrudis nie, eine Entscheidung zu erzwingen.

Um einen Sinn in ihren Alltag zu bringen, wollte Ita sich nützlich machen. Als es im November zu kalt wurde für die Arbeit im Kräutergarten, versuchte sie sich in der Hauswirtschaft. Aber sie begriff rasch, daß sich in diesem Kloster die Arbeit der Nonnen erübrigte. An die strenge Benediktinerregel schien sich hier niemand zu halten. Für die Haus- und Küchenarbeit, selbst für das Nähen und das Waschen gab es hörige Mägde, weshalb sollten sich da vornehme Nonnen die Hände beschmutzen? Auch mit dem Beten, das merkte Ita, nahmen die Klosterfrauen es nicht so genau. Wenn sie für das erste Stundengebet mitten in der Nacht aus ihren Betten geholt wurden, waren viele noch so verschlafen, daß sie in der Kirche wieder einnickten. Andere leierten ihre Gebete wie einen Prasselregen hinunter, weil sie die kalte Kirche rasch wieder verlassen wollten.

»Warum tut ihr nichts, warum redet ihr nur?« fragte Ita die Nonnen an einem regnerischen Morgen im Dezember. Sie fühlte sich schlecht, sie hatte Heimweh, und sie hatte es satt, sich immer dasselbe Gejammer über den Hunger anzuhören. Außerdem war es kalt. Das offene Feuer vermochte den geräumigen Saal nicht richtig zu wärmen.

»Ermentrudis weiß, wie wir denken«, sagte Berta, die Nonne mit der Augenfalte. »Aber sie unternimmt nie etwas.«

»Weil sie alles vergißt.« Ita bereute ihre Worte, denn die Klosterfrauen wechselten entrüstete Blicke.

Cristildis sagte leise zu ihr: »Gerade du solltest dich darüber freuen, Ita. Weil Ermentrudis sich nicht erinnert und niemand ihr dabei hilft, kannst du bleiben ohne Zwang.«

»Ja, du mußt kein Gelübde ablegen«, seufzte Anna, die schwere Nonne mit dem Vollmondgesicht. »Und niemand verlangt, daß du dem Kloster deine Mitgift gibst.«

»Seid ihr denn nicht freiwillig hier?« fragte Ita ungläubig.

Eine junge Nonne sagte, ihre Eltern hätten die älteren Schwestern gut verheiratet, und für sie sei eine derart schäbige Mitgift geblieben, daß kein Mann sie genommen habe. Das Kloster sei die einzige Möglichkeit gewesen, die jüngste Tochter zu versorgen.

Anna pflichtete ihr bei. »Mein Vater ist gestorben, als ich dreizehn war. Da nahm der Onkel die Burg und das Grafenamt und schob mich ins Kloster ab. Und was ist mit dir, Ita? Hat dein Vater dir einen jungen oder alten Bräutigam ausgesucht?«

»Einen jungen, aber ich will ihn trotzdem nicht. Im Kloster möchte ich auch nicht bleiben.«

»Was willst du denn sonst? Als Tante im Haus irgend eines Verwandten alt werden?«

Ita zuckte die Achseln und drehte sich zu Cristildis um, die ungewöhnlich schweigsam neben ihr auf der Bank saß. Die fünfundzwanzig Jahre alte Nonne hielt ihre Augen geschlossen. Ita wußte nicht, ob sie schlief oder ob sie wortlos vor sich hin betete. »Und du, Cristildis?« fragte sie.

Die Nonne zuckte zusammen, wurde rot, sprang auf und begann fieberhaft zu sprechen, allerdings nicht von ihrem Klostereintritt. »Ita hat recht. Wenn ihr andere Kost wollt, müßt ihr euch wehren. Ich bin sicher, daß das Kornhaus voll ist und wir nur einen kleinen Teil des Dörrobsts und -gemüses bekommen, das an die Pfalz abgeliefert wird.«

»Dann sprecht doch mit dem Vogt!« sagte Ita und hörte ihre eigenen Worte, als hätte jemand anderer sie ausgesprochen. Als alle sie entsetzt anstarrten, zuckte sie die Schultern, ließ die Nonnen stehen und ging ins Gästehaus. Zu ihrer Verwunderung lief Cristildis hinter ihr her.

»Vielleicht könnten wir zu besserem Essen kommen, ohne den Vogt zu bemühen«, sagte sie zu Ita. Als die Nonne das Wort Vogt aussprach, schoß ihr das Blut in den Kopf. Rasch fuhr sie fort: »Ich habe gesehen, wie der dicke Knecht mit der Knollennase ...« Sie bekräftigte ihre Worte mit den Händen, formte mit den Fingern eine Kugel. Als Ita nickte, sagte Cristildis: »Er liefert nie alle Eier in der Pfalz ab. Wenn er mit dem Mehl von der Mühle zurückkommt, versteckt er meist einen kleinen Sack unter dem Umhang. Wir könnten ihm sagen, daß wir das wissen ...«

Ita fand Cristildis rührend, aber sie sträubte sich gegen ihre Idee. »Das hat keinen Sinn. Wir sind fast zwanzig Frauen und das Doppelte an Mägden, da ändern ein paar Eier auch nichts. Nein, Ermentrudis muß mit dem Vogt sprechen.«

Aber die Nonne beharrte auf ihrem Vorschlag. »Ich kann den Knecht nicht ansprechen, Ita, weil wir das Kloster nicht verlassen dürfen. Aber du ...«

»Wer würde dich daran hindern? Die Mägde gehen doch auch ein und aus, die Palisaden haben Tore.«

Cristildis schüttelte den Kopf. »Man würde uns sehen. Wir haben nur die Klosterkukullen, in den Gassen fallen wir auf wie Spatzen unter den Schwalben ...« Cristildis sah sich im Schlafsaal um. Da standen sechs Betten, ein Tisch und die Truhen, die Ita aus Kirchberg mitgebracht hatte.

Ita zog einen Schlüssel unter ihrer Tunika hervor und öffnete die größere Truhe. Sie mußte lachen, als die Nonne sich darauf stürzte und eine Tunika um die andere herauszog.

Cristildis strahlte, aber Ita sah auch Tränen in ihren Augen.

»Ich könnte mich umziehen, ich könnte unbemerkt durch die Gassen gehen und den diebischen Knecht zur Rede stellen.« Cristildis entschied sich für ein Alltagsgewand und zog sich um, ohne Itas Antwort abzuwarten.

In Itas einfachem Rock und mit dem Kopftuch sah die Nonne aus wie eine Frau aus dem Volk. Ita nahm ihren Pelzumhang und begleitete sie durch den Garten. Sie betraten die Gasse, die zum Marktplatz unterhalb der Pfalz führte. Zielbewußt steuerte Cristildis auf die Stände zu.

Sie sahen Händler, Bauern, Handwerker, die Waren wegtrugen oder anboten. An der Mauer des Kornhauses waren Lasttiere angebunden. Ein Hin und Her von Leuten, die von weit her kamen und ihre Waren erst abluden, und solchen, die sich bereits wieder auf den Heimweg machten. Zürich war der größte Ort, den Ita kannte. Hier mußten Hunderte von Menschen leben. Sie sah einen bärtigen Händler, der Felle anbot. Daneben priesen Dienstleute des Einsiedler Klosters ihren Käse an. Ita ging weiter zum nächsten Stand, strich mit den Fingern über feines Wolltuch, wollte Cristildis Kämme aus Horn zeigen. Aber die Nonne war verschwunden.

Ita sah sich nach allen Seiten um. Nichts. Sie umging einen Karren und suchte zwischen den Ständen, sie kämpfte sich durch eine Schar von Gänsen, die von einem Knaben zur Pfalz getrieben wurden.

Da übertönte eine Männerstimme den Marktlärm. »Der Vogt kommt, Platz für den Vogt!« Bewaffnete Männer scheuchten die Marktbesucher auseinander. Ita wollte hinter einen Stand treten, aber es war zu spät. Sie drückte sich an die Kornhausmauer und wartete auf die Männerschar, die im Galopp die Brücke überquerte und auf die Pfalz zuritt.

Ita war dem Vogt nie begegnet, aber sie erkannte ihn an seinen kostbaren Kleidern und am vergoldeten Schwert.

Weil sein Vordermann Ita streifte und sie empört aufschrie, drehte der Vogt den Kopf nach ihr um. Ita wollte sich davonstehlen, aber er trieb sein Pferd so nahe an sie heran, daß die Flanke ihr Kleid berührte. Plötzlich war ihr klar, weshalb er sie anstarrte. Sie hatte sich nicht wie Cristildis ein Alltagskleid angezogen, sondern den in Streifen genähten Pelz übergeworfen, den ihr der Vater vor der Abreise geschenkt hatte. Unter all den Mägden und Handwerkersfrauen mußte sie aussehen wie ein in den Winter verirrter Schmetterling.

Der Vogt beugte sich zu Ita hinunter und schob seine Hand unter ihr Kinn. »Eine Dame, die ich noch nie gesehen habe!« sagte er. »Darf ich mich vorstellen? Ich bin Ulrich von der Lenzburg und hier in Zürich der Vogt. Gehört Ihr zum Gefolge des Thurgaugrafen, der in der Pfalz vorsprechen will?«

Ita suchte fieberhaft nach einer Antwort. Aber sie senkte ihren Blick nicht, sie schaute dem Vogt direkt in die freundlichen grünen

Augen. Ulrich hatte rötliches Haar und ein ebenmäßiges Gesicht. Nie hatte Ita einen schöneren Mann gesehen. Plötzlich kam ihr der fremde Graf mit den fünf Kindern in den Sinn, der ungefähr gleich alt sein mußte.

Als der Vogt sie ungeniert musterte, wurde Ita nervös. Ulrich hat viel Macht, dachte sie. Wenn er erfährt, daß ich im Gästehaus der Abtei lebe, jagt er mich vielleicht davon. Oder er zwingt mich, Novizin zu werden. Womöglich kennt er fremde Edelleute, vielleicht gar den Grafen mit den fünf Kindern. Wenn er verlangt, daß ich zu Vater nach Kirchberg zurückkehre ...

Der Vogt nickte ihr zu, er wollte eine Antwort. Aber Ita brachte keinen Ton heraus. Er liest in meinen Augen, was ich denke, dachte sie erschrocken. Ich muß hier weg.

Als Ulrichs Pferd seitwärts tänzelte, warf sie sich nach vorn und rannte an der Mauer des Kornhauses entlang, bis ein Weg in spitzem Winkel von der Gasse abzweigte. Ita bog um die Ecke und befand sich zwischen ärmlichen Hütten, die sich unregelmäßig aneinanderreihten. Der Boden war glitschig, sie mußte den Rock heben, um ihn nicht durch einen Kothaufen zu schleifen. Vorsichtig setzte sie einen Fuß vor den andern und sah abwechselnd zur Seite und auf den Boden. Aus den Fensteröffnungen hörte sie Frauenstimmen und Kindergeschrei. Itas Blick fiel ins Innere eines offenen Holzverschlags. Da kauerte ein Mann auf dem Boden und verrichtete seine Notdurft. Angewidert ging Ita weiter. Plötzlich wurde vor ihr eine Hüttentür aufgerissen. Instinktiv blieb sie stehen und warf ihren Oberkörper zurück. Eine glitschige Masse von Küchenabfällen flog haarscharf an ihr vorbei und klatschte zu Boden.

Ita war erleichtert, als sie hinter den letzten Hütten die Palisaden der Abtei sah. Da hörte sie die Hufschläge eines näher kommenden Pferdes, die fast vom Geschrei streitender Kinder übertönt wurden.

Ohne zu überlegen, stieß Ita die nächste Tür auf und geriet in einen Raum, der als Küche und als Schlafraum diente. Schwarzer Rauch zog über dem offenen Feuer durch die Dachöffnung ab. Ita mußte husten, ein Kleinkind im Arm seiner Mutter schrie. Erschrocken flatterte ein Huhn auf und flüchtete in die hinterste Ecke, wo ein offenbar kranker Knabe auf einem Strohsack lag.

Die junge Frau kam Ita bekannt vor, sie mußte eine Hörige des Klosters sein. Ita wollte sich entschuldigen, aber die andere kam ihr zuvor.

»Seid Ihr vom Kloster?« fragte sie schüchtern. Ita nickte und sah, daß die Hörige Angst hatte. »Sie ist nicht hier«, sagte die junge Mutter kaum hörbar.

Ita verstand nicht. »Wer ist nicht hier?«

Wortlos setzte die Hörige ihr Kleines neben dem kranken Kind auf die Strohmatratze und nahm Ita beim Arm. Sie sei in der Hütte nebenan, flüsterte die Frau, Ita werde gleich sehen, wo.

In der Gasse stellte Ita erleichtert fest, daß keine Reiter zu sehen waren. Die Frau deutete mit dem Finger auf eine angelehnte Tür. »Da geht sie manchmal hinein. Aber sagt niemandem, daß Ihr das von mir wißt.« Die Frau verschwand in ihrer eigenen Behausung und ließ die verblüffte Besucherin stehen. Am liebsten wäre Ita weiter auf die Abtei zugegangen, aber die Neugierde war stärker.

Sachte drückte Ita die Hüttentür auf und spähte ins Innere. Neben dem Herdfeuer sah sie eine pausbäckige Frau und daneben Cristildis, die auf einer Bank saß und ein kleines Mädchen in den Armen hielt.

Ita ging rückwärts, stolperte, wollte durch die Türöffnung ins Freie schlüpfen.

Da sah die Nonne auf. »Geh nicht, bitte!« Und wie immer, wenn Cristildis sich in die Enge getrieben sah, begann sie zu reden. In den Armen halte sie ihr eigenes Kind. Sie habe dem Vogt damals geglaubt, erzählte sie. Sie habe sich darauf gefreut, ihre Novizinnenkutte zurückzugeben.

»Ich verstehe überhaupt nichts«, unterbrach Ita sie. »Hast du etwa geglaubt, der Vogt wolle eine Nonne heiraten?«

»Ich glaubte, er sei Witwer. Erst später habe ich erfahren, daß seine Ehefrau in seiner Burg an der Aare lebt. Ich habe ihm alles geglaubt, Ita. Da er der Vogt ist, hätten wir meine Mitgift bestimmt vom Klosterbesitz trennen können.«

»Aber du bist eine Nonne, Cristildis.«

»Ich war Novizin. Außerdem wäre es nicht das erste Mal, daß eine Nonne aus dem Kloster austritt, um zu heiraten.«

Der Lenzburger sei sagenhaft reich, wandte Ita ein, das hätte Cristildis wissen müssen. Der sei bestimmt auf keine Mitgift angewiesen, schon gar nicht auf die einer Novizin.

Cristildis nickte und hatte Tränen in den Augen. Sie bereue nichts, sagte sie und strich dem schlafenden Mädchen in ihren Armen über das Haar. Die Nonne erzählte Ita von ihrer Schwangerschaft, die wegen der weiten Kukulle niemand bemerkt habe, von der heimlichen Geburt bei der hörigen Magd. Und vom Vogt, der sich nur einmal, nur eine einzige Nacht um sie bemüht und der nie vom Kind erfahren habe.

»Meine Sorge ist, die Kleine ohne Mann aufzuziehen«, beklagte sich Cristildis. »Nur selten kann ich es einrichten, sie zu sehen, denn in der Kutte kann ich unmöglich herkommen.« Manchmal schmuggle die Magd das kleine Mädchen in den Klostergarten, aber jetzt, dank Itas Kleidern, könne sie ihre Besuche in der Hörigensiedlung hoffentlich öfters wiederholen. Nur fehle es der Kleinen an allem, und sie, Cristildis, besitze außer ihrer Kukulle nichts, gar nichts.

Ita genoß die Abwechslung in ihrem Klosteralltag. Am nächsten Tag inspizierte sie ihre Truhen und nähte aus einem Wollumhang zwei Kleider für das Kind. Gemeinsam mit Cristildis stellte sie den diebischen Knecht des Vogts zur Rede, der vor lauter Angst alles versprach. Er werde jede Woche Eier, Milch und Brot in der Hütte abliefern lassen, die ihm beschrieben wurde.

Für die Kleine war gesorgt, und Ita freute sich darüber, wie Cristildis aufblühte. Im Kapitelsaal redete die Nonne noch mehr als früher. Vor allem liebte sie theologische Dispute mit der Äbtissin.

Ermentrudis' Klosterbibliothek beherbergte einen großen Bestand an Büchern. Am häufigsten sprach die Äbtissin über eines, das ihr vor vielen Jahren der durchreisende Archidiakon von Metz geschenkt hatte und das sie seither im Scriptorium als Geschenk für hohe Gäste von den Novizinnen kopieren ließ. Mit Cristildis konnte sie stundenlang über die Moralia des heiligen Gregor disputieren.

Ita hörte die Nonnen über die Wunder der Kirche, über die Gesinnung des Bösen, über Hiob und den Antichrist diskutieren, während andere Klosterfrauen schweigend an ihren Pulten saßen und Wort um Wort abschrieben.

Kurz vor Weihnachten ging Cristildis zur Äbtissin und schlug vor, Ita das Lesen beizubringen. Ermentrudis war von der Idee nicht begeistert, und Ita war ihr dankbar, denn sie wollte die Lateinschule nicht besuchen. Solange sie im Gästehaus wohnte, konnte sie hoffen, wieder aus dem Kloster herauszukommen, auch wenn sie nicht wußte, wo und wie ihr Leben weitergehen würde.

Als Cristildis den Arbeitsraum der Äbtissin verließ, hielt Ermentrudis Ita zurück und ermahnte sie wieder einmal, vom Gästehaus zu den Novizinnen überzusiedeln.

Plötzlich klopfte es an der Tür, die nicht zur Klausur, sondern direkt in den Garten führte. Auswärtige Besucher, vor allem Männer, konnten nur durch diesen Eingang zur Äbtissin gelangen.

Die Tür wurde aufgestoßen, und der Vogt trat ein. Ita hastete auf den anderen Ausgang zu, aber Ulrich von der Lenzburg rief: »Bleibt! Ah, Ihr tragt keine Nonnenkutte. Da dürft Ihr Euch sogar umdrehen.«

Ita wäre am liebsten geflüchtet, aber sie hatte Angst. Wenn der Vogt Ermentrudis verriet, daß sie den Markt besucht hatte, würde die sie vielleicht einsperren. Bestimmt würden sie und Cristildis das Kind in der Hörigensiedlung nicht mehr besuchen können. Mit gespielter Ruhe drehte Ita sich um.

Aber der Vogt hatte sich der Äbtissin zugewandt. Das Kornhaus sei leerer als sonst zu Weihnachten, sagte er. Auch das Dörrgemüse werde knapp.

»Was soll das heißen?« fragte Ermentrudis irritiert.

»Die Versorgung der Pfalz verlangt diesen Winter mehr Mittel als sonst. Dauernd kommt Besuch. Die Gäste verschlingen Unmengen.«

Ermentrudis entgegnete nichts.

»Das soll heißen, daß Eure Nonnen etwas weniger Brot bekommen, und was die Fischer fangen, muß ebenfalls auf die Pfalz gebracht werden.«

»Oder in Eurer befestigtes Haus am anderen Flußufer!« Zu Itas

Verblüffung hatte die Äbtissin einen guten Tag. Sie reagierte schnell, da war nichts von ihrer sonstigen Vergeßlichkeit. Ita hielt den Atem an, als Ermentrudis noch weiterging: »Ich warne Euch, Ulrich. Der Abtei von Felix und Regula gehören die meisten Ländereien in Zürich. Es kann nicht der Wunsch des Kaisers sein, die Nonnen auszuhungern.«

»Wenn Ihr nicht genug habt, weshalb verpflegt Ihr dann Gäste?« Er wies mit dem Blick auf Ita und drehte sich triumphierend wieder zu Ermentrudis um.

Das sei ihr gutes Recht, sagte die Äbtissin. Sie werde dem Kaiser schreiben. »Diese Übergriffe müssen aufhören. Der Vogt ist zu unserem Schutz da, nicht, um uns für fremde Besucher auszurauben.«

Aus Ulrichs Augen verschwand die Freundlichkeit. Er kniff die Lider zusammen, seine Halsmuskeln zuckten. Nervös drehte er an der Agraffe, die seinen dunkelroten Mantel zusammenhielt. Ermentrudis hielt seinem Blick stand, bis der Vogt sagte: »Ich bin nicht nur dem Kaiser, sondern auch dem Herzog verpflichtet.«

»Der Kaiser hat Euch ernannt, damit Ihr dem Kloster zu seinem Recht verhelft. Damit Ihr uns schützt.«

Ita sah, wie der Vogt die Lippen zusammenpreßte. Er kämpfte mit sich selbst. »Gut«, sagte Ulrich schließlich. »Ich werde den Meier des Stadelhofs anweisen, daß die dortigen Vorräte künftig nicht nur an die Chorherren des Großmünsters gehen. Ihr werdet zusätzlich einen Viertel ihres Fischzugs und des Mehls bekommen.«

Das werde dem Kloster noch mehr Scherereien mit den Priestern einbringen, protestierte Ermentrudis. Man sei in Sankt Felix und Regula für die Beichte und die Messe ohnehin auf die Chorherren angewiesen, da sie, die Äbtissin, als Frau keinen Gottesdienst leiten dürfe. »Vom Stadelhof möchte ich nichts. Hört lieber auf, die Pfalz mit den Vorräten des Sankt-Peter-Hofs zu beliefern, und gebt dem Kloster endlich, was ihm zusteht.«

Aber der Vogt winkte ab. Was beschlossen sei, sei beschlossen. Im übrigen müsse er der Äbtissin mitteilen, daß nach der Weihnachtsmesse in der Pfalz ein Festmahl stattfinde.

»Ihr seid eingeladen«, sagte er galant und verneigte sich vor

Ermentrudis. »Nur Ihr, nicht Eure Nonnen.« Ulrich drehte sich zu Ita um. Sein Blick war so durchdringend, daß ihr das Blut in den Kopf schoß. Ita preßte die Lippen zusammen, und dabei kamen ihr die abgebrochenen Zähne wieder in den Sinn. Sie wollte dem Vogt keine Gelegenheit geben, über sie zu spotten und ging auf die Tür zu. Aber er nahm sie beim Arm, er zwang sie, ihm wieder ins Gesicht zu sehen. Plötzlich verstand Ita, weshalb Cristildis trotz seines Alters mit ihm ... Sie wurde wieder rot, weigerte sich, zu Ende zu denken, hüstelte nervös, schüttelte Ulrichs Arm ab.

»Wer immer diese junge Dame ist«, sagte der Vogt belustigt zur Äbtissin, »sie wird Euch zum Weihnachtsessen in die Pfalz begleiten.«

Ita war enttäuscht. Der Kaisersaal in der Pfalzhalle sah aus wie eine leere Kirche. Nur zwei prall beladene Holztische standen in dem über hundert Fuß langen Saal. Daran saßen Grafen, Vasallen, Prälaten mit ihren Gefolgsleuten. Aber auch die Musikanten, die Gaukler mit ihren durch die Luft wirbelnden Kugeln und das hin und her eilende Geschwader von Dienern konnten nicht verhindern, daß der Kaisersaal halb leer wirkte. Ita sah in dem von Säulen gestützten Raum nach oben und stellte fest, daß er die Höhe von zwei Stockwerken einnahm und bis unter das Dach reichte. Außer den dunkelroten Vorhängen war ein Wandteppich der einzige Schmuck.

Sie solle dicht hinter ihr bleiben, flüsterte die Äbtissin und riß Ita aus ihren Betrachtungen. Ermentrudis steuerte nicht auf den Tisch des Herzogs zu, wo die meisten Gäste von Rang und Namen, auch der Vogt, saßen, wo bunte Kleider, goldene Ketten, glitzernde Haarreifen der Damen Reichtum demonstrierten. Statt dessen setzte sie sich unten am farblos wirkenden Tisch neben die Chorherren. Ita rutschte neben sie auf die Bank und war froh, daß der Vogt ihre Ankunft nicht bemerkt hatte.

Gelangweilt hörte Ita dem Geplänkel zwischen Ermentrudis und den Stiftsherren zu, die sich über ihre geschmälerten Rechte am Stadelhof beschwerten. Als ob alle anderen Höfe zusammen nicht ausreichten, um die Nonnen zu verpflegen. Sie seien entrüstet und würden die Beichten der Frauen künftig weniger fleißig abnehmen können.

Ita hörte nur mit halbem Ohr zu und stürzte sich mit Heißhunger auf das Festmahl. Da standen Schüsseln mit gefüllten Tauben und Braten, andere mit Dörrbohnen, Erbsen, Kohl. Ita kostete auch vom Fisch, der besser schmeckte als im Refektorium des Klosters.

Da Mundschenke die Becher nachfüllten, wußte Ita nach den Honigplätzchen nicht mehr, wieviel Wein sie getrunken hatte. Sie hörte sich kichern und fühlte, wie die Schüchternheit von ihr abfiel. Einmal diskutierte sie mit, als von Wegelagerern entlang der Fernhandelsstraße von Zürich nach Kempraten die Rede war.

Man müsse stets bewaffneten Geleitschutz mitnehmen, sagte ein Chorherr. Gefährlich sei es besonders dort, wo der Wald vor Meilen das Seeufer erreiche. Ita erzählte von Gesindel in der Gegend von Ulm, das ihren Haushofmeister überfallen hatte.

Als die beiden Chorherren sich mit einem durchreisenden Abt in ein Gespräch über den heiligen Chrysostomos verstrickten, flüsterte Ita der Äbtissin zu: »Hier sind ja nur ungefähr doppelt so viele Leute, wie es Nonnen im Kloster gibt.« Ermentrudis zuckte mit den Augenlidern. Das tat sie immer, wenn sie etwas nicht begriff, wenn sie sich nicht erinnern konnte und doch fühlte, daß es etwas gab, das sie hätte wissen müssen. Ita nahm einen zweiten Anlauf: »Wenn selbst am Weihnachtstag kaum fünfzig Gäste hier sind, wie kann die Pfalz da alle Vorräte der Abtei verschlingen?«

»Das ist Sache des Vogts«, raunte die Äbtissin zwischen den langen Fingern hindurch, die sie vor ihre Lippen hielt.

Ita sagte nichts mehr und schaute sich in der Halle um. Da die Mahlzeit beendet war, saßen nicht mehr alle Gäste an der Tafel. Als der Vogt aufstand und auf sie zusteuerte, flüsterte Ita der Äbtissin eine Entschuldigung zu und hastete weg.

Ohne zu überlegen, ging sie zum nördlichen Ende der Halle und öffnete eine Tür. Im hinteren Teil der Pfalz stieß sie auf eine winzige Kapelle und auf die Wirtschaftsräume. Ita ging weiter. Erleichtert öffnete sie eine Tür, die ins Freie führen mußte. Aber da war ein weiterer Raum, der bis zur Decke mit Säcken und Fässern gefüllt war.

Plötzlich hörte Ita, daß sie nicht allein war. Erschrocken duckte sie sich hinter einen Karren und sah zwischen den Rädern hindurch Diener, die Mehlsäcke ins Freie schleppten und auf Pferden festbanden. Als alle draußen waren, stand sie auf und lief zur Pfalzhalle. Vor dem Eingang zur Kapelle wäre sie fast mit dem Vogt zusammengestoßen.

»Ihr könnt das Beten offenbar nicht lassen«, sagte Ulrich von der Lenzburg belustigt.

Ita klammerte sich an das Stichwort des Vogts wie an einen Pfahl im Sturm. »Das stimmt. Bald werde ich Novizin.«

Der Vogt lachte: »Neben den gefräßigen grauen Mäusen aus den Abteien habt Ihr wie eine Königin ausgesehen. Ihr paßt so gut in ein Kloster wie ein Braten in die Fastenzeit.«

Ita gefiel nicht, wie Ulrich sie musterte, aber er hatte recht. Weniger nonnenhaft hätte sie kaum aussehen können. Sie hatte für das Weihnachtsmahl ein violettes Seidenkleid mit kostbaren Borten und Flatterärmeln angezogen, darüber eine kürzere silberdurchwirkte Tunika, die von einem geflochtenen Band zusammengehalten wurde. Der Schleier war von ihrem Kopf gerutscht und baumelte am Ende des Zopfs.

»Ihr fastet wohl nie?« fragte Ita, und da der Wein noch wirkte, vergaß sie ihre Angst vor dem Vogt und fuhr fort: »Sogar am Weihnachtstag laßt Ihr Vorräte wegtragen, die für die Pfalz oder die Abtei bestimmt wären.«

Ulrich zog die Augenbrauen hoch, aber er ging nicht auf ihre Frage ein. »Ihr habt mir noch nicht gesagt, wer Ihr seid und woher Ihr kommt.«

»Mein Vater ist Graf in Kirchberg bei Ulm.«

»Und da wollt Ihr ins Kloster eintreten, ohne das Leben kennenzulernen?« murmelte der Vogt und strich mit den Fingern über Itas Schläfe. Sie hörte ihm wie gebannt zu. Noch nie hatte sie eine schmeichelndere, zärtlichere Männerstimme gehört. »Ein Engel mit Goldfäden im Haar.«

»Ich bin die Braut des Reichenauer Vogts«, flüsterte Ita. »Er heißt Manegold, und ich bin gar keine Novizin.« Sie wollte sich zum Gehen zwingen, aber er nahm sie bei der Hand und führte sie zu den Wirtschaftsräumen.

»Dort werden wir allein sein«, sagte der Vogt.

Ita fühlte, wie etwas sie überströmte, das mehr berauschte als der Wein. Willenlos ließ sie sich ans Ende der Pfalz ziehen. Als Ulrich eine Tür aufstieß, erwachte sie aus ihrem Traum. »Nein«, flüsterte sie, »nein. Da sind Eure Leute, die das Mehl aufladen.«

Als sie den Lagerraum betraten, sah Ita durch das Tor, wie die Männer aus dem Hof ritten. Jeder führte an der Leine zwei mit Säcken beladene Lasttiere.

Zu Itas Verblüffung wurde der Vogt wütend und vergaß sein Schäferstündchen. Er schrie, so laut er konnte, zog das Schwert und stürzte ins Freie. Aber die Männer hatten das Pfalzgelände bereits hinter sich gelassen und ritten auf die Fernhandelsstraße zu, die Zürich mit dem Aargau verband.

Ita war so verdutzt, daß sie sich nicht von der Stelle rührte, während der Vogt an ihr vorbei zum Kaisersaal hetzte. Als er mit einer Schar von Kriegern zurückkehrte und hinter den beladenen Pferden hergaloppierte, stand sie immer noch neben der Pfalzkappelle und wußte nicht, ob sie Gott danken oder sich bei ihm beklagen sollte.

7

Eberhards Seele war gefangen in seinem eigenen Körper. Er sah, aber er nahm nicht wahr, er hörte, aber da waren nur Geräusche. Tage, Wochen, Monate – er hatte jedes Zeitgefühl verloren. In ihm tobten Erinnerungen, verschmolzen mit so viel Leid, daß er sie vergessen wollte und doch nicht konnte. Manchmal spürte er Menschen um sich, die auf ihn einredeten, seine Hand nahmen, ihm Brei einflößten. Er wollte ihnen in die Augen schauen, aber er starrte durch sie hindurch ins Leere. Nicht einmal mit der Wimper zucken oder die Mundwinkel hochziehen konnte er. Eberhard wollte schreien, aber da waren keine Töne, keine Worte. Selten waren die Erinnerungsblitze so klar, daß er sie zu ordnen vermochte Aber die Gedanken entwanden sich ihm wie zappelnde Fische. Kaum hatte er einen Gedankenfetzen mit einem anderen verbunden, glitt alles davon, versank alles in Dunkelheit.

Dann, lange bevor er sprechen konnte, waren einzelne Erinnerungen wieder faßbar. Manegold, sein schöner, mutiger Bruder Manegold. Blutüberströmt. Und Burkhard, der sich zwischen Eberhard und das Schwert warf, das zwischen den Ästen im Schwarzwald auftauchte. Die Abtei von Einsiedeln, versunken im Feuer, das die Welt verschlang. Eppo, grinsend noch im Tod und er, Eberhard, der sein nutzloses Gelübde ins Leere schrie. Alles ist anders, hörte er seine eigene Stimme, die in der Brust gefangen war wie seine Seele.

Und dann war sie da, Ita, wie er sie nie gesehen hatte. Mit einem Strauß Herbstblumen im Arm. Ita, die zu ihm sprach, ohne daß er sie hören konnte, die seine Hand hielt – und das war keine Erinnerung. Das Jetzt blitzte in Eberhard auf, die Gegenwart, die wie Balsam von seinen Wunden verschlungen wurde. Dann stürzte er wieder zurück in die Erinnerungen und in den blutigen Fluß.

Alles hatte kurz nach Weihnachten begonnen. Der Meier von Eschenz am Bodensee war gestorben, und Manegold mußte als Vogt nach dem Rechten sehen. Ein Bote der Reichenau hatte berichtet, die bäuerlichen Hintersassen hätten den vom Abt ernannten Meier im Streit erschlagen.

Es sei ohnehin Zeit, zur Reichenau zu reiten und den Abt auszuhorchen, erklärte Manegold seinen Brüdern. Berno wisse meist, was der Kaiser plane und denke, da er viel mit ihm korrespondiere. Ihn, Manegold, interessiere, ob der Einsiedler Abt sich wegen des Kirchenbrands bei Kaiser Konrad beschwert habe.

Der Schnee auf der Straße war von Bauern und Lasttieren hart getreten, und man erwartete für den nächsten Tag keine Niederschläge. Das wußte Eberhard von einem alten Hörigen. Der hatte ein von der Gicht befallenes Bein und spürte Wetterveränderungen im voraus.

Trotz der guten Sicht dauerte die Reise bis zum Abend. Eberhard war noch nie im Winter so weit geritten. Sie hatten Pelze angezogen, aber die Beine und die Füße in den Stiefeln waren steif vor Kälte.

Unterwegs erklärte Manegold, die Eschenzer Angelegenheit sei heikel. Eberhard wollte wissen weshalb, denn von erschlagenen Bauern oder Meiern hatte er schon oft gehört.

»Als die Heiligblutrelique in die Abtei gebracht wurde, installierte man viele Lichter«, erzählte Manegold. Das sei vor etwa achtzig Jahren gewesen. Der Unterhalt der Lichter sei so aufwendig gewesen, daß der damalige Kaiser eigens eine Stiftung einrichtete. »Der Herrscher hat der Reichenau die Kirche zu Burg mit ihrem Zehnten geschenkt«, fuhr der Bruder fort. »Aus diesen Einkünften werden noch heute die Lichter unterhalten.« Die Mönche hätten abwechselnd Lichterdienst und seien stolz darauf, denn wegen der Reliquie geschähen in dem Inselkloster immer wieder Wunder. Schon mancher Todkranke habe vor der blutgetränkten Erde von Golgatha und dem Splitter des heiligen Kreuzes wieder ins Leben zurückgefunden. Nun seien die Reichenauer Klosterbrüder untröstlich, daß ausgerechnet der Meier getötet worden war, der den Zehnten der Kirche zu Burg eintreiben mußte.

Im Meierhof von Eschenz öffnete ein alter Diener, den sie aus dem Bett geklopft hatten. Das Feuer war bereits ausgegangen, so daß Eberhard nach der kurzen Nacht wie gerädert erwachte und noch mehr schlotterte als bei ihrer Ankunft.

Manegold verlor am Morgen keine Zeit und ließ die Bauern zusammentrommeln, aber niemand wußte etwas über den Tod des Meiers.

»Schau gut zu, Eberhard«, flüsterte Manegold seinem Bruder zu. »Es gibt nur einen Weg, mit diesem Gesindel fertig zu werden.« Er warf einen Blick auf sein bewaffnetes Gefolge, schnellte vorwärts und setzte einem jungen Bauern das Schwert an die Kehle.

»Es ist mir gleich, wer den Meier getötet hat«, sagte er und ritzte den Hals des Hörigen, bis Blut herauslief. »Aber ich will wissen, wer euch angestiftet hat.« Ratlose Blicke wurden gewechselt, aber niemand sprach. Manegold bewegte sein Schwert.

Nein, schrie ein alter Bauer, an dessen Hakennase ihn Eberhard als den Vater des bedrohten Hörigen erkannte. Sein Sohn habe nichts damit zu tun, der Dorfgeistliche von der Kirche zu Burg sei an allem schuld. »Wer so groß ist, muß ja mit dem Teufel im Bund sein, trotz seiner vielen Gebete«, bekräftigte der junge Bauer und drückte sich einen Hemdzipfel auf die Schwertwunde, nachdem Manegold von ihm abgelassen hatte. Und daß nicht der Abt, sondern der Bischof von Konstanz den Priester empfohlen habe, sei auch ein schlechtes Zeichen.

Die Bauern blieben in ihren Hütten, während Manegold und Eberhard zum Haus neben der Kirche ritten. Als der Dorfgeistliche aus dem Haus trat, war Eberhard so verblüfft, daß er einige Schritte zurückging und über einen Schneehaufen stolperte. Der Mann überragte den groß gewachsenen Manegold um anderthalb Köpfe. Selbst der für seine riesenhafte Gestalt berühmte Abt Berno von der Reichenau hätte dem Priester höchstens bis zum Kinn gereicht.

»Ich bin Andreas«, stellte der Dorfgeistliche sich vor und führte die Gäste in einen wohnlichen Raum, wo ein Herdfeuer prasselte. Er mußte den Kopf zur Seite neigen, um den Türrahmen zu passieren. »Für den Streit um den Meier bin ich verantwortlich.«

Sie ließen sich auf einer Bank nieder, doch Manegold sprang auf, kaum hatte er sich gesetzt. Er hob das Schwert und setzte dem Priester die Spitze an die Brust.

»So hört doch zu. Ich will dem Kloster nicht schaden.« Andreas schob das Schwert mit der bloßen Hand weg. Der Zehnte der Kirche zu Burg gehöre der Reichenau, bestätigte Andreas. Leider habe der Meier die Abgaben aber immer doppelt eingezogen, einmal für sich selbst und einmal für das Kloster.

»Und deshalb habt Ihr, ein Priester, ihn erschlagen?«

»Nicht ich. Es ist im Streit unter Bauern passiert.«

Eberhard sah, wie Manegold sich an der Schläfe kratzte. Schließlich grinste der Vogt und sagte: »Du wirst bald Verantwortung übernehmen müssen, Eberhard. Los, sag schon! Was würdest du tun?«

Verlegen zupfte Eberhard sich am Ohrläppchen. Er trat von einem Fuß auf den anderen, nicht nur weil ihm kalt war, sondern weil er nach einer Antwort suchte. Lange überlegte er, bevor er den Geistlichen fragte: »Was wollt Ihr eigentlich erreichen?«

»Wir müssen wollen, nicht er«, fuhr Manegold dazwischen. »Du gehst das falsch an.«

Eberhard schwieg und starrte auf seine Stiefel.

»Ich möchte, daß die Bauern aus ihren eigenen Reihen einen Meier wählen können«, sagte der Riese. »So werden sie und das Kloster nicht betrogen, und der Meier könnte sich unmöglich maßlos bereichern.«

»Das stimmt«, entfuhr es Eberhard. Er hielt sich die Hand vor den Mund und beobachtete ängstlich den Bruder.

Manegold klopfte ihm auf den Rücken. »Das ist zwar neu, doch wollen wir es so versuchen.« Er wandte sich dem Priester zu und befahl: »Ruft die Bauern zusammen! Morgen früh werden sie einen Meier bestimmen. Aber ich warne Euch. Wenn der auf die Idee kommt, statt seine Bauern mich zu betrügen, so lasse ich Euch schoren.«

Manegold packte den Bruder am Ärmel und zog ihn mit sich. Für ihn war die Angelegenheit erledigt.

Aber Eberhard dachte noch lange über die Ideen des Priesters von Eschenz nach. Auf der Fähre, die sie am Morgen zur Abtei auf der Reichenau brachte, fragte er sich, ob ein von seinesgleichen gewählter Meier wirklich ehrlicher sein würde als einer, den der Abt bestimmte.

Das Gespräch mit dem Abt der Reichenau verlief anders, als Manegold erwartet hatte. Eberhard durfte dabeisein und mußte genau zuhören. Es sei wichtig, Bernos Gedanken zu verstehen, nicht nur seine Worte, hatte Manegold vorher zu ihm gesagt.

Sie wurden von Berno ins Abthaus geführt. Wie die Reichenauer Kirche und das Scriptorium hatte es Fenster aus Glas. Eberhard war beeindruckt von den kunstvoll gearbeiteten Stühlen und dem Teppich. Auf dem Tisch befanden sich Pergamentstücke mit aufgebrochenen Siegeln, ein Tuschfaß und Federkiele.

Es bereitete Eberhard Vergnügen, Bernos eigentümlich singender Stimme zuzuhören. Die Körpergröße des Abts beeindruckte ihn jetzt nicht mehr; seit Eberhard den Dorfgeistlichen von Eschenz gesehen hatte, konnte kein Riese ihn mehr erstaunen.

Manegold sprach mit dem Abt über den Kaiser, dann kam er auf den Tod des Vaters und schließlich auf den Einsiedler Brand zu sprechen. Aber offenbar hatte sich Embrich von Einsiedeln nicht wegen Eppos Brandstiftung beschwert. Berno sagte jedenfalls kein Wort davon. Er fragte im Gegenteil, ob die Vogtei über das Kloster beim finsteren Wald in der Familie bleibe. Manegold zuckte nur die Achseln.

Erst als Manegold sich verabschieden wollte, rückte der Abt mit seinem dringendsten Anliegen heraus. »Ich habe erfahren, daß Ihr eine Burg mit Klosterhörigen baut«, sagte Berno. »Das geht nicht, das sind nicht Eure eigenen Arbeitskräfte. Und was soll die Befestigung überhaupt? Wollt Ihr von dort aus das Klostergebiet beherrschen?«

»Nicht beherrschen, sondern schützen.«

Berno sagte nichts. Er schaute von Manegold zu Eberhard, und Eberhard schien es, als könne der Abt mit seinen dunklen Augen in seiner Seele lesen. Dann kreuzten sich wieder Manegolds und Bernos Blick und hielten einander stand. »Ich könnte ein Auge zudrücken und Euch auch sonst helfen«, sagte Berno schließlich vorsichtig.

Eberhard atmete auf, er merkte aber bald, daß der Abt nicht ohne Grund einlenken wollte.

»Ich habe einen Brief von der Hofkanzlei bekommen«, erzählte Berno. »Kaiser Konrad will in den nächsten Monaten Jagd auf den flüchtigen Werner von der Kyburg machen, und dazu braucht er einen Heerführer. Wollt Ihr, Manegold, das übernehmen?« Eberhard sah, wie sein Bruder ohne zu überlegen nickte. Wie seine Augen strahlten, wie er vibrierte vor Erwartungslust. Ein Hund, der Blut gerochen hat, dachte Eberhard.

Als Manegold und Eberhard in den Zürichgau zurückkehrten, lag nur eine feine Schneedecke über den Hügeln, aber es war kalt. Zu Hause ging alles drunter und drüber, weil es an Lebensmitteln fehlte. Der Großhaushalt und das Gefolge hatten alles Getreide, Pökelfleisch und Dörrgemüse verbraucht, das eingelagert worden war. Burkhard war verzweifelt, weil nichts von den zu Abgaben verpflichteten Höfen einging.

Am nächsten Tag zogen Burkhard und Eberhard mit ihrem Gefolge los, um im südlichen Zürichgau nach dem Rechten zu sehen. Manchmal gingen sie zu Fuß, weil es schneite und die Pferde tief einsanken. Es war eine mühevolle Reise fast ohne Erfolge. Da jeder Meier versicherte, alle Vorräte seien aufgebraucht und er könne weder Hühner noch Mehl auftreiben, gerieten die Brüder immer weiter nach Südwesten, bis nach Höngg bei Zürich.

Sie kamen Ende Februar gegen Mittag beim Höngger Meierhof an. Eberhard sah sofort, daß etwas nicht stimmte. Aus der Dachöffnung über der Küche zog kein Rauch ab, also gab es im Innern kein Herdfeuer. Vor den Wirtschaftsgebäuden war alles still, und in der viele Tage alten Schneedecke fanden sie keine Spuren, weder von Menschen noch von Tieren. Dann sah Eberhard, daß die Tür zum Haupthaus offen stand und vom Sturmwind hin und her geschlagen wurde.

Als sie eintraten, lag der verwehte Schnee auch in der Halle mit der Küche. Neben dem verlöschten Herdfeuer sahen sie zwei Männer auf dem Boden liegen. Getrocknetes Blut auf ihren Kleidern und Gesichtern verriet Eberhard, daß die beiden erschlagen worden waren. Im Haus fanden sie keine weiteren Menschen.

Burkhard und Eberhard gingen weiter zum Stall, der auch den Hörigen als Schlafplatz diente. Dort entdeckten sie drei Bauern und den Meier von Höngg tot im Stroh. Von den Pferden, Kühen und Schweinen keine Spur.

Von diesem Moment an verwirrten sich Eberhards Erinnerungen. Auch viel später in seinem Leben sollte er sich nie klar an die Zeit erinnern können, die zwischen ihrer Ankunft in Höngg und der endlosen Hölle im befestigten Haus des Lenzburgers lag.

Wie vom Teufel gehetzt, galoppierte er am Tag nach dem grausigen Fund mit Burkhard und den bewaffneten Gefolgsleuten dem Ütliberg entgegen. In der Erinnerung jedenfalls flogen die Pferde, obwohl Eberhard sich später nur schlecht galoppierende Pferde im hohen Schnee vorstellen konnte.

Sie waren überzeugt, daß hinter dem Überfall auf den Gutshof in Höngg die Horden des Kyburgers steckten und hatten nichts im Kopf als Vergeltung.

Es war ein langer Aufstieg. Der Schnee lag im Wald höher als auf Wiesen und Feldern. Sie mußten zu Fuß gehen und die Pferde am Zügel führen. Eberhard sank immer wieder ein und ging seinem Braunen voran, der bei jedem Hindernis ängstlich wieherte. Manchmal standen sie vor einem undurchdringlichen Gewirr von Ästen und dürren Sträuchern und mußten rückwärts gehen, bis sich irgendwo zwischen den Tannen ein Durchgang fand.

Endlich erkannte Eberhard in der Ferne die Befestigung, und plötzlich waren sie umzingelt. Er sah, wie Männer auf sie zuritten, wie einer das Schwert hob.

Als Eberhard wieder zu sich kam, dröhnte sein Kopf vor Schmerz. Das rechte Auge war so geschwollen, daß er es nicht öffnen konnte. Mit dem linken sah er, daß er sich in einem gemauerten Raum befand, der nicht viel größer war als die Latrinen auf der Reichenau. Es roch nach Moder und abgestandener Luft. Das spärliche Licht kam von einer Kerze an der Mauer, ein Fenster gab es nicht.

Eberhard versuchte sich aufzurichten, aber seine rechte Schulter schmerzte. Er streckte einen Arm aus und betastete vorsichtig die Unterlage. Offenbar lag er auf einer Bank aus Steinblöcken, die mit Sacktuch bedeckt war.

Stunden folgten Stunden, Tage den Tagen. Eberhard wußte nicht, wie viel Zeit vergangen war, als mit dem Wächter, der ihm täglich eine Brühe brachte, ein vornehm aussehender Herr mit rötlichem Haar eintrat. Eberhard schloß das linke Auge und stellte sich schlafend.

Als der Wächter ihn schüttelte und er sich nicht regte, trat der Vornehme zu ihm. Er riß Eberhards Augenlid hoch, zu dessen Erleichterung das linke, nicht das geschwollene rechte. Eberhard sah dem Fremden mit starrem Blick in die grünen Augen.

»Der braucht nichts mehr zu essen«, hörte Eberhard den Mann sagen. »In zwei oder drei Tagen ist er ohnehin tot.«

Erschrocken sprang Eberhard auf, wurde aber von der Wucht seines Schmerzes auf die Bank zurückgepreßt.

Der Edelmann lachte. »Wenn du meine Fragen nicht beantwortest, hören wir auch so auf, Brei an dich zu verschwenden. Hast du verstanden?« Diesmal riß der Fremde Eberhards geschwollenes rechtes Auge auf, bis der empört aufschrie. Er heiße Ulrich, stamme von der Lenzburg und sei der Vogt von Zürich, fuhr der Herr mit dem rötlichen Haar fort. »Werners Leute sind von der Ütliburg geflohen.«

Eberhard verstand überhaupt nichts. »Die Männer, die bei mir waren?«

»Die auch. Aber einige davon haben wir ins Jenseits befördert. Das wird euch lehren, die Pfalz für euren geächteten Anführer auszurauben.«

»Mein Bruder Burkhard …«, flüsterte Eberhard. Dann wurde der Schmerz in der Schulter so stark, daß er wieder ohnmächtig wurde.

Der Vogt kam wieder, und mit der Zeit begriff Eberhard, daß er und sein hoffentlich geflüchteter Bruder Burkhard mit den Gefährten Werners von der Kyburg verwechselt worden waren. Er nannte Ulrich seinen Namen, aber das verschlimmerte nur seine Lage.

Bei einem Sohn des brandschatzenden Eppo verwundere ihn nichts, sagte der Vogt. Es sei gut möglich, daß der sich auf die Seite des gebannten Kyburgers geschlagen habe.

»Im Gegenteil«, keuchte Eberhard, dem man drei Tage lang das Essen verweigert hatte. »Mein Bruder Manegold ist Vogt der Reichenau. Kurz nach Weihnachten hat der Abt ihn zum Heerführer gegen den Kyburger bestellt. Da kann doch ich, sein Bruder, nicht im Namen Werners Eure Pfalz ausrauben.« Eberhard berichtete vom Überfall von Höngg, vermochte den Lenzburger aber nur halb zu überzeugen. Überprüfen konnte Eberhards Geschichte niemand, denn der Schnee lag so hoch, daß bis März nicht ans Reisen zu denken war.

In den nächsten Tagen schrie Eberhard sich heiser, er versuchte Steine aus der Mauer herauszubrechen und kratzte sich die Finger wund. Dann dämmerte er vor sich dahin, bis Ulrichs Bote nach Ostern endlich von der Reichenau zurückkehrte. »Die Geschichte hat sich bestätigt, Euch trifft keine Schuld«, sagte Ulrich und händigte dem Freigelassenen den Pelz, die Stiefel und das Schwert aus. Das Pferd stehe im Stall.

Eberhard war empört. Noch nie im Leben hatte er vor Hunger Magenkrämpfe gehabt, noch nie hatte man ihn mit schmerzhaften Verletzungen einfach liegen gelassen, noch nie hatte er in der Dunkelheit solche Todesangst ausgestanden. Und jetzt kein Wort der Entschuldigung, des Bedauerns, nicht einmal gute Wünsche für die Zukunft. Er wollte sich wenigstens Geleit erbeten oder nach dem Weg fragen, aber dann ließ er es bleiben. Sonst würde Ulrich von der Lenzburg sich womöglich anders besinnen und ihn erneut einkerkern.

Lange mußte Eberhard seine Augen zusammenkneifen, ehe sie sich an das Licht gewöhnten. Seine Beine waren so schwach, daß er sich von den Stallknechten des Lenzburgers auf seinen Braunen heben lassen mußte. Orientierungslos sah er sich um. Da entdeckte er auf der anderen Seite des Flusses das Pfalzgebäude. Er ließ das Großmünster hinter sich und ritt über die Brücke. Vielleicht würde ihm in der Pfalz jemand helfen, womöglich waren da Grafen oder Vasallen, die seinen Vater gekannt hatten. Eberhard ritt an einer

Kirche und am Klostertor vorbei. Plötzlich schien ihm, als tanze sein Pferd. Eberhard wankte und fiel aus dem Sattel.

Wie im Traum spürte er Mägde um sich, die ihn in den Klostergarten trugen. Er lag auf dem Boden und sah durch die halb geschlossenen Augenlider Nonnengesichter, eines neben dem anderen. Dann glaubte er zu träumen. Da schob sich ein von braungoldenem Haar umrahmtes Gesicht zwischen die Schleier, ein Mund lächelte und zeigte spitze Zähne.

Als Eberhard wieder zu sich kam, saß Ita an seinem Bett und wartete mit einem Becher heißen Breis. »Du mußt gesund werden, Eberhard«, sagte sie. »Du mußt nach Hause gehen. Manegold zieht in den Krieg, da braucht er einen, der treuer ist als alle seine Gefolgsleute. Dich, Eberhard.«

Später konnte Eberhard sich nicht mehr erinnern, wie er nach Hause gekommen war. Ohne den Vogt zu fragen, hatte die Äbtissin ihm drei Dienstleute mitgegeben. Ita sagte, niemand würde es merken. Seit der Herzog fort war, gehe alles drunter und drüber in Zürich und vor allem in der Pfalz.

Die drei Gefolgsmänner hielten Eberhard abwechselnd vor sich auf dem Pferd, denn allein auf seinem Braunen wäre er vor Schwäche aus dem Sattel gerutscht. Manchmal hießen sie Eberhard absteigen. Er mußte mit den Füßen stampfen und die Arme hin und her bewegen, um seinen Körper auch dort zu wärmen, wo ihn kein Pelz bedeckte. Denn in diesem Jahr war es auch nach Ostern noch kalt wie im Winter.

Bei seiner Rückkehr traf Eberhard weder Manegold noch Burkhard zu Hause an. Als er erfuhr, daß sein Bruder Burkhard von der Ütliburg hatte flüchten können und tagelang nach ihm gesucht hatte, beruhigte Eberhard sich. Er war dankbar, daß man ihn zum Bett trug und ihm die Stiefel auszog. In den Kleidern und im Pelz ließ er sich fallen und war eingeschlafen, ehe die Knechte den Raum verlassen hatten.

In den nächsten Tagen wurde Eberhard mit Dörrgemüse, Fisch und Käse aufgepäppelt. Obwohl seine Mutter die knappen Vorräte eingeschlossen hatte und nur sparsam verteilte, geizte sie bei ihrem Jüngsten nicht. Sie war es auch, die Eberhard vom Osterhoftag in

Ingelheim erzählte, sobald er kein Fieber mehr hatte und länger als nur Augenblicke wach war.

»Jetzt gibt es Krieg«, sagte die Mutter. »Das öffnet Manegold alle Türen. Er wird gegen den Kyburger und den Herzog Ernst ins Feld ziehen.«

Weshalb gegen den Herzog? wollte Eberhard fragen. Aber wie immer ließ Hedwig sich nicht unterbrechen. Sie redete und redete, ohne sich dafür zu interessieren, ob Eberhard die Zusammenhänge verstand.

»Ein erfolgreicher Heerführer wird vom Kaiser geehrt, Eberhard«, setzte die Mutter ihren Monolog fort. »Wenn er Ernst schlägt, ist es gut möglich, daß Manegold seine Stelle einnimmt und zum neuen Herzog von Schwaben ernannt wird.«

Eberhard ließ sie reden. Als Hedwig sich in ihre Gebetsstube zurückgezogen hatte, ging er zum Priester Liutpald und bekam Antworten auf seine Fragen.

Konrad habe seinen Stiefsohn Ernst zum Osterhoftag nach Ingelheim eingeladen, weil er sich mit ihm versöhnen, weil er Ernst wieder in alle seine Rechte als Herzog von Schwaben einsetzen und ihm sein Erbe wieder zuerkennen wollte. Nur eine Bedingung hatte der Kaiser gestellt. Der Herzog mußte sich endgültig von seinem Vasallen und Freund Werner von der Kyburg lossagen. Und nicht nur das. Ernst mußte sich mit einem Eid verpflichten, die Verfolgung des geächteten Kyburgers selbst in die Hand zu nehmen. Aber Ernst lehnte ab.

»Da hat man dem Herzog Ernst wegen Hochverrats den Prozeß gemacht«, berichtete Liutpald. »Durch Fürstenspruch wurde er zusammen mit seinen wenigen Anhängern abgesetzt, dann haben die Bischöfe ihn exkommuniziert.«

»Ist er auf seine Güter geflohen?« fragte Eberhard.

»Er besitzt nichts mehr. Ernst und seine Freunde sind vogelfrei.«

»Eingekerkert?« Eberhards Stimme zitterte, als er die Frage stellte. Die Erinnerung an nicht enden wollende Tage, die man nicht von den Nächten unterscheiden konnte, blitzte in ihm auf. Die Steinbank, der Hunger, die Feuchtigkeit in der fensterlosen Kammer des Zürcher Vogts. Und seine bodenlose Verzweiflung.

»Der Herzog ist geflüchtet«, riß die priesterliche Stimme Eberhard aus seinen Erinnerungen. »Es geht das Gerücht, er versuche, den Grafen Odo von der Champagne zum Bundesgenossen zu gewinnen.«

»Mutter hat gesagt, Manegold werde nun Herzog.«

»Vorläufig nicht. Der Kaiser hat Ernsts Bruder zum Nachfolger ernannt. Der ist allerdings noch so jung, daß er der Obhut des Konstanzer Bischofs anvertraut worden ist. Der Bischof ist jetzt Verweser des Herzogtums Schwaben. Er und Abt Berno haben Manegold beauftragt, mit den Kriegern der Reichenau und denen von Konstanz gegen den geflüchteten Ernst vorzugehen.«

»Und wo ist Manegold jetzt?« wollte Eberhard wissen. Er erinnerte sich an Manegolds Gesichtsausdruck, als Abt Berno ihm eine Zukunft als Heerführer des Kaisers ausgemalt hatte. An das freudige Aufleuchten seiner Augen, an Manegolds Lechzen nach Krieg und nach Blut.

Liutpald ging auf alle Fragen ein. Manegold sei unterwegs. Er reite mit seinen Kriegern zu den Burgen und Häusern von Ernsts Vasallen. Ein Nest um das andere werde ausgehoben und zerstört. Burkhard helfe seinem Bruder dabei. Die Rebellen selbst aber hätten die Flucht ergriffen. Ob sie in Frankreich seien oder in Schwaben, wisse niemand genau.

Es wurde Frühsommer, ehe die Wunde an Eberhards Schulter ausgeheilt war. Er konnte nichts tun als warten. Morgens erwachte er mit einem dumpfen Schmerz in der Brust, der nichts mit der Schwertwunde zu tun hatte. Eberhard deutete ihn als sein schlechtes Gewissen. Er mußte sich aufraffen, er mußte seinen Bruder suchen und ihm im Kampf helfen, wie immer er selbst über den abgesetzten Herzog Ernst und den Grafen von der Kyburg dachte. Aber Eberhard konnte sich nicht entscheiden, er war gefangen in einer tiefen Mutlosigkeit.

Dann erschien im Juli ein Bote der Reichenauer Abtei. Der geächtete Ernst sei mit seinen Verbündeten in den Schwarzwald geflüchtet, jetzt brauche der Heerführer Manegold jeden Mann. Eberhard solle mit den im Zürichgau gebliebenen Kriegern in den Schwarzwald kommen.

Auf der Reichenau schlossen sich Eberhard weitere Kämpfer an, die von ihren Herren zum Inselkloster geschickt worden waren. Eberhard war erleichtert, als er unter den bewaffneten Männern auch einen ehemaligen Vasallen seines Vaters erkannte. Vielleicht würde der die Führung übernehmen.

Nach einer einzigen Nacht in der Klosterpfalz zog Eberhard mit den vierzehn Männern los. Ziel war kein geheimes Versteck, sondern die Burg Falkenstein im Schwarzwald. Die Männer hätten den Weg bis an den Rand des Schwarzwalds auch ohne den Führer gefunden, den Abt Berno ihnen zur Begleitung mitgegeben hatte. Jeder Meier, bei dem sie haltmachten, beklagte sich über Plünderungen. Eberhard sah nicht nur verzweifelte Hofherren. Auch einfache Bauern sagten, ihre wenigen Vorräte seien geraubt worden.

Je näher die Krieger dem Schwarzwald kamen, desto stärker fürchteten sich die Menschen, auf die sie trafen, vor den Rebellen. An manchen Orten war die Kornernte schon beendet. Bei den Säcken mit den entspelzten Getreidekörnern stellten die Bauern auch in der Nacht Wachen auf. Aber immer wieder tauchten die Horden wie aus dem Nichts auf und raubten das Korn.

Endlich kamen sie zum letzten Hof vor der Wildnis des Schwarzwalds, wo sie auf einen Boten Manegolds warten sollten, der sie zur Burg der Aufständischen führen würde. Eberhard kam jeder Tag wie ein Jahr vor. Er wollte seine Brüder erreichen, wußte aber nicht auf welchem Weg. Es blieb nichts als das Warten.

Nach zwei Wochen, es war bereits Mitte August, hielt Eberhard es nicht mehr aus. Er rief den noch nicht zur Reichenau zurückgekehrten Führer zu sich und fragte ihn, ob er sie zur Burg der Aufständischen begleiten könne. Der Mann wand sich, nickte aber schließlich.

Ohne auf den Protest des ehemaligen väterlichen Vasallen zu achten, gab Eberhard am Morgen das Zeichen zum Aufbruch. Neben dem Führer ging er seinen Männern in den Wald voran. Auf den schmalen Pfaden zwischen den Bäumen kamen sie nur langsam vorwärts. Als kein Weg mehr erkennbar war, gab der Führer zu, er wisse nur ungefähr, aber nicht genau, wo die Felsenburg Falkenstein liege und wo sie zu Manegolds Heer stoßen sollten.

Der einstige Vasall Eppos riet, in alle Richtungen Späher auszusenden. Eberhard konnte sich nicht vorstellen, wie diese Leute später wieder zu ihnen zurückfinden sollten. Aber da ihm kein besserer Vorschlag in den Sinn kam, stimmte er zu. Vier Leute wurden ausgeschickt, die anderen warteten mit Eberhard am Ufer eines Bachs.

Eberhard döste vor sich hin, als ein Geräusch ihn aufschreckte. Er wollte einen Krieger nachschauen lassen, besann sich aber anders. Vielleicht hatte er ja nur einen Hasen oder ein Reh gehört. Er umschloß den Knauf seines Schwerts fest mit der rechten Hand, mit der linken hielt er den Schild und schob damit Äste zur Seite. Vorsichtig machte er alle paar Schritte halt und spähte zwischen den Bäumen hindurch, bis er eine nur mit Sträuchern bewachsene Lichtung entdeckte. Er sah drei Männer, die dabei waren, Säcke auf Lasttieren zu befestigen. Eberhard erschrak. Das mußten Aufständische sein, die irgendwo Korn geraubt hatten und die offenbar hinuntergerutschte Beute jetzt besser auf den Tieren befestigten wollten.

Nach einigem Überlegen beschloß Eberhard, sich vorsichtig zurückzuziehen und seine Männer zu verständigen. Zusammen würden sie die Feinde leicht überwältigen können. Und die konnten ihnen den Weg zur Felsenburg zeigen.

Bevor er den Rückzug antrat, suchte Eberhard mit den Augen auch den Wald hinter und neben der Lichtung ab, denn er wollte sicher sein, daß nicht noch mehr Geächtete zu den anderen stießen. Als er sich umdrehete, sah Eberhard in der Ferne Burkhard. Der Bruder hatte nur einen Mann bei sich und ging geradewegs auf die Waldlichtung zu. Offenbar verdeckten Büsche den beiden die Sicht auf die drei Männer.

Ohne zu überlegen, stürzte Eberhard auf den Bruder zu. Er dachte nicht daran, daß er den Feinden dabei den Rücken zudrehte. Er sah nur den Bruder. Burkhard, der ihn plötzlich erkannte, schrie laut auf, hob das Schwert und zeigte damit nach vorn zur Lichtung. Da erst drehte Eberhard sich um, sah die drei Männer und geriet in eine Panik, die gleichzeitig lähmte und Kraft gab. Während er zögerte, kämpften die Geächteten sich durch das Gehölz auf ihn zu und hoben die Schwerter zum Schlag.

Eberhard hastete vorwärts. Er fiel zu Boden. Wollte sich wieder aufrichten. Wollte mit dem Schwert kämpfen. Da sah er von unten, wie Burkhard und sein Gefolgsmann einfach über ihn hinwegsprangen und sich den Feinden stellten. Eberhard stand auf, aber es war zu spät. Er sah das fremde Schwert auf Burkhards Schulter niedersausen, der zweite Schlag riß dem entwaffneten Bruder die Brust auf. Burkhard ging in die Knie. Jetzt war Eberhard wieder auf den Füßen und schlug gegen den Waffenarm des Feindes. Aber der Mann hatte bereits ausgeholt und dem niedergegangen Burkhard das Schwert ins Herz gestoßen.

Eberhard schlug zu, immer wieder, bis der Feind, von mehreren Hieben schwer getroffen, sterbend zusammenbrach. Ohne auf die anderen zu achten, warf er sich neben dem Bruder auf den Boden, nahm seinen Kopf zwischen die Hände, schrie: »Burkhard, du darfst nicht gehen! Burkhard, öffne die Augen!« Der Wald um Eberhard färbte sich rot wie Burkhards Brust und wie sein eigenes blutbeflecktes Panzerhemd. Plötzlich riß ein Schrei ihn aus der lähmenden Verzweiflung. Der kam vom Gefolgsmann seines Bruders, der es mit zwei Feinden gleichzeitig zu tun hatte.

Was ihn jetzt bewegte, konnte Eberhard später nur noch als Wahn bezeichnen. Der Haß stärkte seine Kräfte, er stürzte auf einen der Widersacher zu und streckte ihn mit zwei Schlägen nieder. Sofort wollte er sich dem anderen zuwenden, aber Burkhards Gefolgsmann hatte den Feind bereits getötet. Eberhard lief zurück zum Mörder des Bruders, schrie ihn an, als ob er noch lebte. Und er schlug zu, immer wieder, bis die Waffe ihm aus der Hand fiel.

Der Schmerz in seiner Seele tobte, aber Eberhard fühlte auch eine Kriegslust in sich, die neu für ihn war. Mit Burkhards Gefolgsmann trug er den Bruder zur Waldlichtung am Bach, wo seine anderen Leute sich immer noch ratlos umsahen. Der Gefolgsmann sagte, bei Falkenstein könne es jeden Moment zur Schlacht kommen. Er sei ausgeschickt worden, die Nachzügler unter den Kriegern beim Meier am Waldrand abzuholen. Burkhard habe ihn unbedingt begleiten wollen, da sein jüngster Bruder erwartet wurde, dem er Schutz bieten müsse. Als Eberhard das hörte, schluchzte er auf. Er wollte um Burkhard weinen, aber es kamen keine Tränen.

In der Zwischenzeit waren die ausgeschickten Späher zur Waldlichtung am Bach zurückgekehrt, aber keiner hatte die Felsenburg entdecken können. Burkhards Gefolgsmann aber kannte seinen Weg. Eberhard ging dicht hinter ihm. Seit er seine peinigenden Gefühle beiseite geschoben hatte, war seine Angst wie weggeblasen, er fühlte Kraft und Mut in sich.

Aber die Felsenburg Falkenstein lag verlassen da. Ein Gefolgsmann Manegolds trat hinter einem Baum hervor und sagte, die Aufständischen hätten einen Ausbruch gewagt und seien entkommen. Manegold sei mit seinen Reitern hinter ihnen her. Zusammen zogen sie in die Richtung weiter, in die Eberhards Bruder verschwunden war.

In der Baar hörten sie das Schlachtgetöse von weitem. Die Ebene war vor langer Zeit gerodet worden. Eberhard sah, daß die Burgmannen seinen Bruder eingekreist hatten. Offenbar hatte ein Teil von ihnen das Feld umgangen und näherte sich nun vom Waldrand her. Manegolds Krieger waren umzingelt.

Eberhard zögerte keinen Augenblick. Er stürzte auf die Feinde am Rand des Schlachtfelds zu, die ihm den Rücken zuwandten. Er und seine Männer schlugen auf die Gegner ein und streckten einen nach dem anderen nieder. Mann um Mann kam Eberhard der Mitte des Schlachtfelds näher. Da entdeckte er seinen Bruder Manegold, der ein schöneres Panzerhemd trug als alle anderen Krieger.

»Laß!« schrie ein Gefolgsmann ihm zu. »Dein Bruder kämpft mit dem Anführer, mit Werner von der Kyburg.«

Eberhard beschloß, sich mit anderen Gegnern zu schlagen und den Bruder im Auge zu behalten. Bald sah er, wie Manegold im Vorteil war, wie der Kyburger zu Boden ging und tot liegen blieb.

Da stürzte der geächtete Herzog Ernst auf Manegold zu wie ein wildes Tier. Eberhard war ihm so nahe, daß er seine Augen sehen konnte. Darin las er die gleiche Verzweiflung, die ihn selbst gepackt hatte, als Burkhard fiel. Er fühlte Ernsts unendliche Trauer, die sich in Kraft und Leichtsinn verwandelte. Der kaum zwanzigjährige Sohn der Kaiserin war schmächtig und als Kämpfer Manegold nicht gewachsen. Trotzdem stürzte er ihm entgegen. Manegold hatte Mühe, die gezielten Hiebe auf seinen Schwertarm abzuwehren.

Eberhard stellte sich an die Seite seines Bruders, um ihm zu helfen. Manegold schaute kurz zu ihm hin. Er sagte nichts, aber sein Blick war wie ein Befehl. Eberhard verstand, daß sich hier niemand einmischen durfte. Auch die Rebellen taten es nicht. Wenn der Heerführer und der Sohn der Kaiserin einander auf dem Feld gegenüberstanden, war dies ein Zweikampf.

Später sollte Eberhard Mühe haben, vor sich selbst eine Entschuldigung oder wenigstens eine Erklärung zu finden. Er streckte Feinde um Manegold nieder, aber er griff den jungen Ernst nicht an. Eberhard konnte später niemals begreifen, daß er nicht allen Regeln zum Trotz zugeschlagen und den Feind niedergestreckt hatte, als es noch nicht zu spät war. Ehe Ernst und Manegold einander gleichzeitig tödlich trafen, ehe sie zu Boden sanken und die Schlacht zu Ende war. Und ehe er, Eberhard, in einem Meer von blutigen Erinnerungen versank, aus dem es kein Entrinnen gab. Weil der eigene Körper zum Gefängnis seiner Seele wurde.

8

Ita wurde mehr und mehr in die Tiefe des Klosterlebens hineingezogen, ohne sich dessen bewußt zu sein. Sie hatte schon immer gebetet, gebeichtet, die Messe besucht und in der Kirche die Reliquien der Heiligen verehrt. Alle taten dies, auch ihr Vater. Jetzt suchte Ita Gott, nicht weil es sich so gehörte oder weil sie sich die Voraussetzungen für ein ewiges Leben schaffen wollte, sondern weil sie ihn brauchte. Weil andere sie nach dem Sinn des Lebens und des Sterbens fragten und sie auf nichts eine Antwort wußte. Ihre Suche nach dem göttlichen Mantel, der alles umhüllt, hatte nichts mit dem Besuch beim kranken Eberhard im Herbst nach der Schlacht im Schwarzwald zu tun. Auch nicht mit Manegolds Tod und ihrer wieder ungewissen Zukunft.

Den Ausschlag gab das Pfingstfest. Die Prozession, so hatte Cristildis erzählt, war schon immer ein Nährboden für Rivalitäten zwischen den Großmünster-Chorherren und den Nonnen gewesen.

An diesem Pfingstsonntag des Jahres 1030 begannen die Streitereien bereits bei der Aufstellung der Prozessionsordnung. Ermentrudis wollte den Umzug mit ihren kerzentragenden Nonnen anführen. Das sei unmöglich, protestierte der Großmünster-Probst. Vorn müsse gehen, wer die Reliquien der Märtyrer trage, und das seien die Chorherren. Schließlich einigte man sich. Die Stiftsherren trugen die Reliquien und Särge, in ihrer Mitte und keinen Schritt weiter vorn oder hinten gingen in der ersten Reihe Ermentrudis und die ältesten Klosterfrauen. Dahinter folgte eine weitere Nonnengruppe, flankiert von Diakonen, die vergoldete Weihrauchfässer schwangen. Die Menschenreihen waren so breit, daß sie fast den Marktplatz ausfüllten.

Beim Aufgang nach Sankt Peter und zur Pfalz gab es ein Gedränge, weil die Prozession nicht in ihrer ganzen Breite in die Straße paßte. Ermentrudis und einige Nonnen wurden von den Männern nach hinten gestoßen. Sie bückten sich und schlüpften unter den Särgen durch, die von den Chorherren auf den Schultern gehalten wurden.

Ein Träger wollte das verhindern und packte ausgerechnet Anna, Ermentrudis' beleibteste Nonne mit dem Vollmondgesicht, an der Kutte. Die riß sich los und brachte dadurch den Mann aus dem Gleichgewicht. Er ließ den Sarg fahren, der zu Boden krachte und einem anderen Chorherrn auf den Fuß. Nonnen und Stiftsherren schrien einander Beschuldigungen zu und übertönten den Lobgesang der Priester.

Ita ging weit hinten zwischen den Nonnen und den freien Bauern und führte Cristildis' kleines Mädchen an der Hand. Sie hörte das Geschrei und dachte mit leisem Spott, daß der Pfingstgeist sich eigenartig entwickelt hatte.

Später verließ die Prozession die bewohnte Siedlung und folgte dem Weg durch Felder und Wiesen bis zur Sihl. Ita sah zum ersten Mal die Kaplanei von Sankt Jakob mit dem Siechenhaus. Das sei der Ort für die Aussätzigen und Sterbenden, erklärte Cristildis, die jetzt neben Ita ging, sich aber nicht getraute, das eigene Töchterchen bei der Hand zu nehmen.

Die Prozession machte einen Bogen um das Siechenhaus. Trotzdem sah Ita vor dem schäbigen Holzgebäude Menschen mit Krücken, die nur ein Bein hatten, andere waren abgemagert wie Skelette, wieder andere hatten Pusteln auf dem Gesicht und auf den nackten Armen.

»Wer kümmert sich um die Leute?« flüsterte Ita Cristildis zu.

Die Nonne zuckte mit den Achseln. »Die Priester, die Männer in der Kaplanei. Das Essen liefert unser Kloster, weil das Siechenhaus als Stiftung dazugehört.«

Ita sah eine magere, mit roten Flecken übersäte Frau, die in der Prozession ihren Mann und ihr Kind entdeckt hatte und zu ihnen laufen wollte. Aber bewaffnete Männer hielten sie zurück. Das ist unmenschlich, sagte Ita leise. Cristildis erklärte, die Frau habe eine schlimme Krankheit. Falls sie überlebe, dürfe sie zur Familie zurückkehren. Aber bei der Pflege …

Ohne zu überlegen, verließ Ita die Prozession und ging auf die Frau zu. Etwa zehn Fuß von der Kranken entfernt blieb sie stehen und fragte: »Was hast du?«

»Vor allem Hunger«, jammerte die Frau. »Die Flecken vergehen wieder, aber wir bekommen fast nichts zu essen.«

Plötzlich stob Ita eine Staubwolke ins Gesicht, die das Pferd des Vogts aufgewirbelt hatte.

»Geht zurück in die Prozession und entfernt Euch von den Kranken!« befahl Ulrich von der Lenzburg Ita und trieb die magere Frau zurück zum Siechenhaus. Er stieg aus dem Sattel und führte das Pferd am Zügel, während er mit der anderen Hand nach Itas Arm griff. »Seid Ihr nicht bei Sinnen? Diese Menschen sind aussätzig. Deshalb leben sie von der Stadt entfernt.«

»Niemand kümmert sich um sie«, wandte Ita ein und befreite ihren Arm.

»Doch, die Priester. Ihr jedenfalls dürft nie mehr herkommen. Ist das klar?«

»Nur wenn Ihr versprecht, daß die Kranken genug zu essen bekommen«, entschlüpfte es Ita. Sie hielt sich die Hand vor den Mund, aber die Worte waren ausgesprochen.

Zu ihrer Verwunderung lachte Ulrich. »Ihr haltet mich offenbar für den Kaiser. Aber ich bin nicht allmächtig. Die Äbtissin hat ihre Ministerialen, die den Feldbau und das Handwerk überwachen. Diese Dienstleute sorgen auch dafür, daß die Kranken versorgt werden.« Der Vogt drehte sich um, weil sein Gefolgsmann eine Botschaft brachte.

»An der Spitze der Prozession ist wieder Streit ausgebrochen«, sagte Ulrich belustigt zu Ita. Ein Diakon des Chorherrenstifts habe mit seinem Weihrauchfaß eine Nonne so hart am Kopf getroffen, daß die bewußtlos geworden sei. Der Vogt machte eine Verbeugung vor Ita und bestieg sein Pferd. Bald werde der Bischof von Konstanz eine Reise in den Süden seiner Diözese unternehmen, er käme auch nach Zürich, sagte Ulrich. Da gebe es in der Pfalz wieder ein Festmahl.

Ita hastete an ihm vorbei zur Prozession zurück, erreichte aber nur das Ende, wo die Ärmsten der Armen, die Hörigen, gingen. Sie wollte sich an ihnen vorbeidrängen, ließ es aber bleiben. Die Leute trugen Kleider, die sie seit Wochen nicht mehr gewaschen hatten. Der Gestank war nicht weniger schlimm als in der Gasse, wo Cristildis' Kind lebte. Ita vermutete, daß die Armen nur diese Kleider besaßen und nichts zum Wechseln. Sie versuchte einen Bogen um die Leute zu machen und wich auf das Feld aus, blieb aber mit dem Rocksaum an einer Baumwurzel hängen. Da sah sie, wie Ulrich sein Pferd in ihre Richtung trieb, wie er ihr die Hand hinstreckte. Sie zögerte, aber dann ergriff sie seine Hand und ließ sich auf das Pferd heben. Wieder spürte sie den Zauber seiner Nähe.

Nach den Festtagen sprach Ita mit der Äbtissin über das Siechenhaus und die ungenügende Versorgung der Kranken. Das sei echte Not im Vergleich zur Lage der Nonnen.

Ermentrudis meinte, Ita solle endlich ins Kloster eintreten, da könne sie sich selbst darum kümmern. »Wenn wir die Dienstleute wirtschaften lassen, so heißt das noch lange nicht, daß ich, die Herrin der Stadt, nichts zu sagen habe«, meinte die Äbtissin. Leider hätten die Nonnen aber keine Ahnung von der Güterverwaltung. Nicht einmal Urkunden läsen sie, das sei unter ihrer Würde. Auch sie, Ermentrudis, widme sich lieber theologischen Abhandlungen als alten Verträgen. Aber wenn Ita sich darum kümmern wolle ...

Ita nickte, aber die Ausflüchte der Klosterherrin überzeugten sie nicht.

Am nächsten Tag packte Ita alle ihre Kräuter und die aus Kirchberg mitgebrachten Salben und ging zum Siechenhaus an der Sihl. Sie wollte einem Priester erklären, wie welche Krankheiten behandelt werden mußten. Aber bald merkte sie, daß sie sich kaum an Rezepte erinnern konnte. So oft hatte die alte Adelheid vor ihren Augen Tinkturen gemischt, und jetzt kamen ihr die Zusammensetzungen nur unvollständig in den Sinn.

Zu ihrer Erleichterung sagte der Priester, es liege nicht an den Heilmitteln. Da sei genügend vorhanden, auch aus dem Kräutergarten der Abtei. Was fehle, sei die Verpflegung.

»Wir leben an der Sihl, aber das Fischen ist uns verboten worden«, klagte der Priester. »Und von den umliegenden Feldern dürfen wir weder Korn noch Gemüse ernten. Selbst wer Äpfel von den Bäumen pflückt, wird vertrieben.«

»Von wem?«

»Von den Dienstleuten des Klosters, von wem sonst? Sie beaufsichtigen das Land, das zur Siechenstiftung gehört. Aber anstatt die Kranken zu verpflegen, stecken sie die Produkte selbst ein.« Auch ihnen, den Priestern fehle es an allem, fügte der Geistliche hinzu. Er drückte die Kukulle eng an seinen Leib, und Ita sah, daß er hager war wie die hungrigsten seiner Kranken.

Da sie von Ermentrudis nichts erwarten konnte, beschloß Ita, den Armen im Siechenhaus selbst zu helfen. Sie erkundigte sich, wo Lebensmittel zu haben waren. Aber man sagte ihr, die Mühlen, die Backhäuser seien Eigentum der Abtei und das Korn und das Brot würden von der Äbtissin verteilt.

Ermentrudis hingegen konnte ihr dazu keine Einzelheiten mitteilen. Das Mehl, das Brot, das Fleisch werde eben gebraucht, in der Pfalz, vom Vogt, von den Nonnen. Und von den Ministerialen, den Dienstleuten des Klosters. Wie alles genau aufgeteilt werde, wisse sie nicht. Auch nicht, wo wieviel hergestellt werde.

Schließlich gelang es Ita, beim Müller ihren Pelzumhang gegen einige Säcke Mehl einzutauschen. Die wenigen Silbermünzen, die der Vater zu ihrer Aussteuer gelegt hatte, wollte sie nicht antasten. Aber die Kleider und der Schmuck reuten sie nicht, die würde man ihr nach dem Gelübde ohnehin abnehmen.

Weil Ita dem Müller im letzten Moment eine goldene Brosche zuschob, ging er in seine Vorratskammer und legte zwei getrocknete Schinken und einige Käselaibe zu den Säcken.

Mit zwei voll beladenen Packtieren und einem Helfer des Müllers zog Ita zum Siechenhaus an der Sihl. Als die Priester die Waren abluden, staunte sie. Der Müller hatte von sich aus zwei Säcke mit Dörrbohnen hinzugefügt.

Als Ita fast den ganzen Inhalt ihrer Truhen gegen Lebensmittel eingetauscht hatte, kam die Erntezeit. Es gab viel Getreide, das Siechenhaus wurde häufiger beliefert.

Aber Ita wußte, daß der Winter neue Not bringen würde und suchte nach einer Lösung. Da Ermentrudis auf ihre Fragen ausweichende Antworten gab, zerbrach sie sich selbst den Kopf über die Aufgaben der Höfe. Aber sie kam zu keinem Resultat. Dann, langsam, regte sich ein neuer Wunsch in ihr. Obwohl die Meier und Müller und anderen Dienstleute kaum etwas aufschrieben und die Mehlsäcke an den Fingern abzählten, schlich sich in Itas Denken die Idee ein, daß das Lesen und das Schreiben vielleicht etwas ändern würden.

Im August, als Ulrich von der Lenzburg ihr die Nachricht von Manegolds Tod auf dem Schlachtfeld im Schwarzwald brachte, sah Ita das eigene Leben wie an einer Wegkreuzung. Da war der Vogt, der ihr den Hof machte, der von Heirat sprach, der ihr versicherte, seine Frau sei gestorben und seine Söhne erwachsen. Und da waren in Kirchberg der verwitwete Lehnsherr mit den fünf Kindern und ihr Vater, dessen Bote von einem neuen, reichen Bewerber um ihre Hand berichtete. Ita wollte von allen Heiratsmöglichkeiten nichts wissen. Wenn schon, würde sie nicht einen alten, sondern einen jungen Mann heiraten. Aber einen, der sie nicht wie Mangold wie eine Magd im Kuhstall behandeln würde. Ob es so einen überhaupt gab?

Im September teilte Ita der Äbtissin mit, sie wolle als Novizin ins Kloster eintreten und auch in die Lateinschule. Ermentrudis fragte nach der Mitgift und Ita beteuerte, die sei unterwegs, obwohl sie ihren Vater noch gar nicht um die Erlaubnis gebeten hatte, Nonne zu werden.

Bevor sie die Novizinnenkutte zum ersten Mal überzog, machte Ita einen letzten Besuch in der Kaplanei an der Sihl. Die Kranken waren immer wieder andere, denn im Siechenhaus starben viele. Wie oft in der letzten Zeit teilte Ita Früchte und Brot aus und setzte sich zu den Kranken. Immer in einem gewissen Abstand, ohne je einen von ihnen zu berühren.

Die Sterbenden strömten Hoffnungslosigkeit aus wie eine Latrine ihren Geruch. Fortwährend, aber am Abend mehr als am Morgen. Es gab nichts anderes als die Verzweiflung. Selbst der Tod war für viele keine Erlösung, die Hoffnung auf das ewige Leben hatte hier keinen Platz. Die Männer dachten an ihre Familien, die sie in der Armut zurücklassen mußten, junge Frauen an die Kinder. Allein würden sie sein, Waisen vielleicht oder mit einer Stiefmutter, die zuerst ihren eigenen Kindern die Mäuler stopfen würde.

Ita betete mit ihnen und hörte zu, wenn die Priester mit den Kranken sprachen. Aber angesichts des Sterbens um sie herum wuchs ihre eigene Mutlosigkeit.

Bis ein Priester kam, den Ita bisher nie getroffen hatte. Ihm gelang es besser als den anderen Geistlichen, Trost zu spenden. Ita sah, wie er mit den Kranken sprach und sie in die Arme nahm, trotz der Ansteckungsgefahr. Er tat es wie eine Frau, nicht wie ein Mann. Er strich diesem über das Haar, malte jener sanft ein Kreuz auf die Stirn.

Der Priester hieß Siegfried und war jung. Ita schien er nicht mehr als zwanzig Jahre alt zu sein. Sie sah zu, wie er auf die Sterbenden einredete und wie sie Hoffnung schöpften. Die Armen lagen in ihren zerfetzten ungewaschenen Kleidern, starben unter Schmerzen und doch leuchtete Zuversicht in ihren Augen.

Ob man im Kloster zu dieser Freude findet? fragte sich Ita. Sie hätte Siegfried gern gefragt, aber sie getraute sich nicht.

Da kam er zu ihr, im letzten Moment, als sie von Sankt Jakob Abschied nahm. »Du hast viel Gutes getan«, sagte Siegfried. »Weshalb gehst du weg?«

»Ich trete als Novizin ins Kloster ein.« Ita lächelte. »Was ich künftig darf und was nicht, werde ich erst lernen müssen.«

»Und das wird dir Mühe machen«, erriet der Priester. »Du bist ein ungeduldiger Mensch.«

Ita wurde rot. »Ich möchte mich im Kloster nützlich machen und dafür sorgen, daß die Armen mehr zu essen bekommen.«

«Manche dienen Gott außerhalb der Klausur besser«, sagte Siegfried vorsichtig.

»Ich weiß. Aber allein könnte ich das nicht. Um andern zu helfen, müßte ich als Frau heiraten. Wer gäbe mir sonst die Mittel dazu?«

»Wen würdest du denn heiraten?«

»Irgendwen. Ich will keinen Alten, also sucht Vater mir einen Jungen, aber damit ist es nicht getan. Ich möchte einen heiraten, den ich vorher kennenlernen darf, den ich ...«

»Glaub mir, das Kloster ist nichts für dich«, sagte Siegfried und strich Ita über das Haar. Sie ließ es geschehen, obwohl er vorher Kranke und Sterbende berührt hatte. »Und die Liebe findest du, wo und wann du selbst es willst.«

Ita fühlte eine neue Sehnsucht in sich. Die Sehnsucht, geduldig suchen zu dürfen. »Wenn ich kann, komme ich wieder her«, sagte sie.

Siegfried zuckte mit den Achseln. »Vielleicht bin ich noch hier, vielleicht nicht. Ich halte es nie lange an einem Ort aus. Immer habe ich das Gefühl, daß man mich anderswo mehr braucht.«

Als Ita ins Gästehaus der Abtei zurückkehrte, wurde sie zur Äbtissin gerufen. Sie vermutete, Ermentrudis wolle ihr Anweisungen für die Einkleidung zur Novizin am nächsten Tag geben. Aber die Äbtissin führte Ita in einen Nebenraum, wo der Priester Liutpald wartete. Ermentrudis blieb und hörte zu.

Liutpald erzählte von Eberhards Rückkehr aus der Gefangenschaft beim Lenzburger, von der Genesungszeit und von Eberhards verwundeter Seele. Eberhard sei an Ostern erst fünfzehn geworden, erzählte Liutpald. Er sei kein Knabe mehr, aber auch noch kein Mann und habe mit eigenen Augen das Sterben der Brüder mit ansehen müssen. Nun sei Eberhard lebendig und gleichzeitig tot. Er atme, er esse sogar Brei, aber aus seinem Mund kämen nur Schreie, besonders nachts.

»Kürzlich hat er erste verständliche Wort ausgesprochen«, sagte Liutpald. »Es waren Namen. Manegold, Burkhard und Euer Name, Ita. Da dachten Eberhards Mutter und ich, daß Ihr ihn vielleicht ins Leben zurückrufen könntet, mit Euren Blumen.«

In Itas Augen brannten Tränen. »Ich kann nicht«, flüsterte sie. »Morgen werde ich Novizin.«

»Eberhard ist ein Nachkomme der Äbtissin Reginlind und des Herzogs Burkhard«, wandte Liutpald sich an Ermentrudis. »Er ist der letzte Sproß der Familie. Er ...«

Die Äbtissin ließ den Priester nicht ausreden. Ita könne, nein, sie müsse gehen, sagte Ermentrudis. Sie selbst stelle Ita und Liutpald am nächsten Tag das Geleit.

Auf einem Meierhof lange vor dem Ziel ihrer Reise suchte Ita nach Blumen, denn sie wußte, daß in der Umgebung von Eberhards Haus keine wuchsen. Als sie an sein Krankenbett trat, hielt sie einen Strauß Herbstblumen im Arm.

Er starrt mich an, und doch sieht er mich nicht; er sieht durch mich hindurch, dachte Ita, als Eberhard sich nicht regte. Ohne darauf zu achten, ob er verstand oder nicht, begann Ita mit ihm zu sprechen, wie sie es mit den Sterbenden an der Sihl getan hatte. Nur ging sie hier weiter. Sie erzählte Eberhard von Gott, so wie sie ihn empfand.

Ich kann in Zürich sein oder hier bei dir, Eberhard. Ich kann in Kirchberg sein oder in Konstanz. Aber immer leuchten dieselben Sterne über uns, und die Heiligen sind Leitern, die in den Himmel wachsen. Überall ist Gott, wie ein Mantel über der Welt, wie ein Netz, das alles auffängt. Wenn du Gott zu dir läßt, Eberhard, bist du nie mehr allein. Er macht, daß wir alle zusammengehören.

Ita war erstaunt über sich selbst. Gedanken strömten leise aus ihr heraus, die ihr bisher fremd gewesen waren, weil sie dem Priester Siegfried gehört hatten. Sie empfand sie plötzlich als ihre eigenen. Behutsam sprach sie weiter und nahm Eberhards Hand, sie ließ ihre Sehnsucht nach Leben in ihn überströmen. Einmal, einen Augenblick lang, glaubte Ita, Eberhards Hand erwidere ihren Druck. Seine Augen schauten weniger stumpf als sonst. Er erkennt mich, dachte Ita. Aber der Moment ging vorbei.

Zwei Tage lang blieb Ita, bis Hedwig sie an das Kloster erinnerte. Die Braut eines gefallenen Heerführers gehöre in die Klausur. Ita wollte aufbegehren. Sie sei nicht mehr Braut, sondern Ita von Kirchberg, und was sie mache, gehe nur sie und ihren Vater an. Aber sie ließ es bleiben. Hedwig hätte ihr ohnehin nicht zugehört.

»Die Blumen lasse ich hier in deiner Kammer«, sagte Ita beim Abschied. Sie sah Eberhard ein letztes Mal in die Augen. Da erst fiel ihr auf, daß er nicht mehr der Knabe war, den sie in Kirchberg kennengelernt hatte. Eberhard sah erwachsener aus. Die Nase war nicht mehr übergroß, und das dunkelblonde Haar umrahmte ein

Gesicht ohne Pickel. Noch nicht ganz, aber ein bißchen mehr als vor einem Jahr, glich er jenem Mann, den sie als ihren Bräutigam herbeifabuliert hatte, als Manegold für sie noch ein Unbekannter war.

Weil Eberhards Mutter drängte, kehrte Ita am nächsten Tag nach Zürich zurück. Mit der Kraft, die sie früher für die Sterbenden an der Sihl gegeben hatte, stürzte Ita sich als Novizin ins Meer der Zeichen. Buchstabe um Buchstabe kam sie dem Geheimnis der lateinischen Sprache näher. Aus den Buchstaben wurden Worte, aus den Worten Inhalte.

Auch nach Monaten hätte Ita sich nicht zugetraut, mit der Äbtissin oder mit Cristildis über theologische Abhandlungen zu disputieren. Aber in manchen Schriften, nicht in den berühmten, die sie noch nicht verstand, sondern in Büchern von Unbekannten, fand Ita Antworten auf ihre Fragen, erkannte sie Gedanken, die schon der Priester Siegfried in ihr geweckt hatte. Und irgendwie paßte alles zusammen. Das Klosterleben mit den Gebeten, der Sinn der Bücher und die Armenpflege, Itas Ziel, das sie nie aus den Augen verlieren wollte.

9

Der Priester Liutpald hatte alle Hände voll zu tun. Benachbarte Lehnsherren, der Abt der Reichenau und der Bischof von Konstanz sandten Boten, weil sie Auskunft brauchten über die Besitzverhältnisse Eppos, Manegolds oder Burkhards. Verwandte wollten sich einmischen, doch da Eberhard mit seinen fünfzehn Jahren volljährig war, hatten sie keine Vollmacht über den Kranken.

Von allen Seiten machte man der Familie Lehen oder Grundeigentum streitig. Liutpald hatte noch nie so oft vor Gericht erscheinen müssen. Zur Abklärung solcher Fälle fand Liutpald nur wenige Urkunden, denn Eppo hatte auf Schriftliches nie viel Wert gelegt. So kramte der Priester in der Erinnerung. Und da er sechzehn seiner dreiunddreißig Lebensjahre im Dienst des Zürichgaugrafen verbracht hatte, konnte er sich an alle Grundbesitzänderungen der letzten Zeit erinnern. Denn Liutpald hatte ein Gedächtnis, das selbst den klugen Klosterschüler von der Reichenau erstaunte.

Hermann der Lahme hatte einmal gesagt, Liutpald habe mehr Einzelheiten im Kopf als er, Herrmann, in einem ganzen Gelehrtenleben werde aufschreiben können. Liutpald hatte über das Komplimente gelacht, sich über den Kopf gestrichen und angekündigt, er würde bald eine Glatze bekommen, denn ein gutes Gedächtnis brauche Platz und Luft.

Den Gerichtsherren konnte Liutpald jede Gebietsübertragung und die Zeugen der Vertragsabschlüsse nennen. Die Urteile, die meist von Gerichten unter freiem Himmel gefällt wurden, auch bei Regen, was Liutpalds chronischen Husten verschlimmerte, fielen immer zu Gunsten Liutpalds und Eberhards aus. Die meisten Kläger zogen verdutzt wieder ab, andere, wenige, nahmen mit Gewalt entlegenen Streubesitz der Familie in Besitz und preßten aus den

Meiern und den Bauern Abgaben heraus. Immer wieder mußte der Priester Liutpald berittene Krieger ausschicken, um im Zürichgau Macht zu zeigen.

Daneben war die Haus- und Hofwirtschaft zu überwachen. Die Müller, Meier und Schreiner, auch die Gerber. Denn die Krieger brauchten Stiefel, Sättel, Gurte.

Hedwig half Liutpald nicht. Sie ließ den Haushalt schleifen, und Liutpald mußte selbst eine Hörige bestimmen, die für das Gefolge kochte.

Jeden Tag ging der Priester zu Eberhard. Itas Blumen blieben stehen, bis sie vertrocknet waren, denn Eberhard hielt starr den Blick darauf gerichtet, wenn jemand mit ihm sprach.

Anfang November versuchte Liutpald auf neue Art, Eberhard aus der Erstarrung zu wecken.

In den ersten Tagen hatte er den Oberkörper des Kranken aufgerichtet und in den Armen gehalten, aber Eberhard ließ sich fallen.

Einmal hatte Liutpald Eberhards Lippen mit den Händen auseinandergezogen und wieder zusammengeschoben. Es schien ihm, als helfe Eberhard bei den Bewegungen, aber Worte kamen keine aus seinem Mund.

Noch vor wenigen Tagen hatte der Priester einzelne Quietschlaute ausgestoßen, immer dieselben. Täuschte er sich, oder war da in Eberhards Gesicht anstatt Stumpfheit plötzlich ein belustigtes Staunen? Liutpald quietschte und hoffte weiter, aber Eberhard imitierte die Töne nicht.

Jetzt kitzelte er Eberhard mit einer Feder an den Lippen, und als der Mund sich öffnete, kitzelte er die Zunge. Weit hinten, so daß Eberhard nach Luft schnappen und husten mußte. Liutpald wartete nicht ab, was passieren würde. Er nahm die verdorrten Blumen aus der Vase und warf sie an Eberhards Nase vorbei aus der schmalen Fensteröffnung.

Plötzlich prallten Eberhards Worte und Schreie nicht mehr an der Gefängnismauer seiner Seele ab. »Nein«, schrie er, »nein!« und ein Blick auf Liutpald zeigte ihm, daß der Priester ihn gehört hatte. Endlich, nach so vielen vergeblichen Versuchen.

Eberhard hatte vor wenigen Tagen Liutpalds Quietschtöne gehört und sich gewundert. Er wollte die Lippenenden belustigt kräuseln, aber sie regten sich nicht. Er stieß Luft aus den Lungen, um Töne nachzumachen. Vergebens. Liutpald konnte ihn nicht hören. Dann warf Liutpald Itas Blumen aus dem Fenster. Es schien Eberhard, als fielen seine wirren Träume mit ins Leere. Und plötzlich konnte er schreien, nicht stumm in der Seele, sondern richtig, mit lauten Tönen.

Dem Priester Liutpald schossen Tränen in die Augen, die er nicht einmal bei Manegolds und Burkhards Tod hatte vergießen können. Er ging auf Eberhard zu und nahm ihn in die Arme.

Noch nie in seinem Leben wurde Liutpald soviel Geduld abverlangt wie in diesem Winter. Er hätte Eberhard, dem Erben Eppos und Manegolds und des gesamten Familienbesitzes, am liebsten sofort alle Kenntnisse vermittelt, die er selbst besaß. Aber er tat es nicht. Er ging behutsam vor. Als Eberhard wieder fest auf den Füßen stand, durfte er ausreiten und sich mit dem Waffenmeister messen wie früher. Er besuchte die Mutter in der Gebetsstube und zog in freien Stunden mit den Söhnen der Vasallen über Land.

Nur die Schulstunden waren anders als früher. Eberhard mußte nicht mehr das Latein der Kirchenväter lernen. Er bekam Unterricht in Rechtsgepflogenheiten, in der Bewirtschaftung von Lehnshöfen und in Familiengeschichte.

Einmal erzählte Liutpald vom burgundischen König, der den Thurgau mit Zürich erobert hatte, und von Burkhard, Eberhards Ahne, der das gesamte Gebiet vor etwa hundert Jahren für den Kaiser zurückerobert und Zürich zu einem wichtigen Ort im Herzogtum Schwaben gemacht hatte. Burkhard und spätere Herzöge waren auf der Klosterinsel Reichenau bestattet worden. Sie alle schenkten der Abtei Ländereien, forderten sie aber als Lehen für die Familie wieder zurück. Deshalb habe Eberhard Anspruch auf die Vogtei der Reichenau und auf die Ländereien mit der Burg, beendete Liutpald seine Geschichtslektion.

Eberhard hörte zu und stellte keine Fragen. Für Liutpald ein Zeichen, behutsam fortzufahren. Solange Eberhard nur aufnahm, aber kein Interesse zeigte, war es zu früh für den Kampf um die Familienrechte.

Manchmal verstand Eberhard sich selbst nicht mehr. Früher, als man ihn wie ein Kind behandelt und von wichtigen Gesprächen ferngehalten hatte, war seine Neugier unendlich gewesen. Jetzt setzte Liutpald alles daran, ihn im Eiltempo zum Erwachsenen zu machen, und er sträubte sich dagegen. Eberhard war nicht bereit, zu feilschen, zu kämpfen, andere mit Worten zu bezwingen.

Bis zu jenem letzten Sonntag in der Fastenzeit. Wieder, wie damals mit Itas verdorrten Herbstblumen, beendete Liutpald die Schonzeit mit dem Unerwarteten, das Eberhard aus seiner Lethargie riß.

»Morgen mußt du zur Reichenau reiten und mit Abt Berno verhandeln, dann mit dem Bischof von Konstanz«, sagte der Priester. »Auch gilt es, im Zürichgau, in Einsiedeln und am Bodensee nach dem Rechten zu sehen. Ein Tauschhandel wartet auf deine Zustimmung. Du mußt zur Burg reiten, du mußt alle Familienländereien, die Lehen ...« Liutpald ließ nichts aus. Er zählte alle Verpflichtungen auf, alle Schwierigkeiten und Kämpfe, die Eberhard erwarten würden.

Eberhard fühlte Panik in sich. Er weigerte sich zu denken. Die Angst vor der Zukunft war so erdrückend, daß er sich wieder wie gelähmt vorkam.

Da nahm Liutpald ihn in die Arme, strich ihm über die Stirn wie einem Kind. »Eberhard, was du denkst, ist falsch«, sagte er. »Du bist zwar ein großer Lehnsherr und Erbe, aber du bist nicht allein. Niemand verlangt, daß du alles selbst tust. Dazu haben hohe Herren ihre Ratgeber. Ich werde dir Schreiber sein, Verwalter, Ratgeber und vor allem Freund.«

Eberhard kämpfte mit den Tränen. Er sah aus dem Fenster, und plötzlich sah er die Sonnenstrahlen. Der Angstschmerz fiel von ihm ab, seine Lungen füllten sich mit Luft, und er empfand ein Gefühl von Freude. Trotzdem sagte er leise: »Ich werde Vater und Manegold nie ersetzen können.«

Liutpald ließ seinen Arm auf Eberhards Schulter. »Auch Manegold hätte Eppo nicht ersetzen können. Niemand ist gleich wie der

Vorgänger. Du wirst alles anders machen, aber das heißt nicht, daß es schlechter oder besser sein wird.«

»Manegold ist sich so sicher gewesen.«

»Du stehst jetzt wieder am Anfang, Eberhard. Wir müssen die Familienherrschaft neu aufbauen. Das verlangt vor allem Geduld. Und mit der Zeit und der Erfahrung wirst du auch Sicherheit gewinnen.«

Eberhard fühlte, wie Liutpalds Stimme ihm Ruhe und Zuversicht gab. »Ist die Burg fertig, Liutpald?« fragte er. Und ehe der Priester antworten konnte: »Hat man uns die Vogteien eigentlich gelassen?«

»Jetzt bist du in die Welt zurückgekehrt!« sagte der Priester. »In deine Welt, die ich dir von nun an Schritt für Schritt zeigen werde. Morgen reiten wir zur Reichenau, und du kannst die Burg sehen.«

Es waren die gleichen Aussichten, die in Eberhard Angst ausgelöst hatten. Jetzt weckten sie Tatendrang. Er konnte es kaum erwarten, loszureiten.

Auf dem Weg zum Abthaus der Reichenau sah Liutpald, wie Eberhards Blick auf das Scriptorium gerichtet war. Er werde zu Abt Berno vorausgehen, sagte Liutpald, ob Eberhard zuerst Hermann besuchen wolle? Eberhard nickte dankbar.

Der Weg zur Schreibschule kam ihm vor wie ein Nachhausegehen. Die Glasfenster leuchteten in der Herbstsonne, und Eberhard dachte an die Burg im Norden des Bodensees, die längst fertig ausgebaut sein mußte. Er fragte sich darauf, ob sie Glasfenster hatte und freute sich, sie zu sehen, aber das Gespräch mit Hermann war ihm wichtiger.

Der lahme Hermann, der jetzt mit seinen bald achtzehn Jahren ein Gelehrter war und kein Klosterschüler mehr, saß schief in seinem Tragsessel. Doch er schien es nicht zu merken. Mit seinen gekrümmten Fingern hielt er den Federkiel und führte ihn über ein Stück Pergament. Um sich herum hatte er Schriftstücke ausgebreitet. Eine Pergamentrolle ragte über den Tisch hinaus, und Eberhard streifte sie im Vorbeigehen. Das rutschende Schriftstück fegte Federn zur Seite und kippte das Tuschfaß um. Der Inhalt spritzte über Hermanns rechte Hand, über den Ärmel seiner Kutte.

Der Klosterbruder zuckte zusammen, sah Eberhard und verzerrte den schiefen Mund zu einem Lächeln. Er versuchte seinen Arm zu heben. »Willkommen, Eberhard. Aber ich bin naß geworden, du wirst mir eine andere Kukulle bringen müssen«, stieß er zwischen den Zähnen hervor.

Das sei sein Schicksal, sagte Hermann später, als Eberhard seine Hand gereinigt und ihm eine saubere Kutte übergezogen hatte, was sich als schwierig erwies, denn einen Lahmen hochzustemmen und ihn gleichzeitig anzuziehen, war eine neue Aufgabe für Eberhard. »Ich kann ohne Hilfe nichts tun. Wenn ich an den fünf Hochfesten des Jahres ein Bad nehmen muß, braucht es zwei oder drei Mitbrüder, die mich in den Waschzuber heben. Nicht einmal mit Talg einreiben kann ich mich selbst.«

»Du bist gefangen, wie ich es nach Manegolds Tod gewesen war.« Eberhard sprach den Namen ohne Zögern aus. Er mußte zu Hermann vom Bruder sprechen. »Ich war wochenlang noch unbeweglicher als du, Hermann. Mein Wille war wie gespalten. Ich wollte mich aufrichten, ich wollte sprechen und schreien und weinen um Burkhard und Manegold, aber mein anderer Wille hielt mich zurück. So war ich gefangen im eigenen Körper, wie du.«

»Begreifst du jetzt, daß mir nur die Freiheit der Gedanken und die Unendlichkeit der Bücher bleibt?«

»Können Bücher unendlich sein?« fragte Eberhard, der froh war, daß er und Liutpald für Leseübungen keine Zeit mehr hatten.

Hermann verzerrte die Lippen zu einem Lachen. »Wie weit wirst du als Graf reisen? Nach Aachen an den Hof oder nach Rom, vielleicht sogar nach Jerusalem?«

»Ich bin kein Graf«, warf Eberhard ein, dann lächelte er verschmitzt. »Jedenfalls jetzt noch nicht.«

»Aber du verstehst, was ich meine.« Hermann verschluckte sich, weil er die Zunge ungeschickt bewegt hatte. Nach einem Hustenanfall fuhr er fort: »In Gedanken und mit meinen Büchern kann ich die ganze Erde kennenlernen. Ich habe im Sinn, eine Weltgeschichte zu schreiben.«

Er müsse sich jetzt um seine eigene kleine Welt kümmern, sagte Eberhard, da habe er keine Zeit, von der großen zu träumen.

»Geschichte ist eine Sammlung von Tatsachen, Eberhard. Ich bin kein Träumer wie Augustin, der die Welt verändern und Gottes Staat auf Erden bringen wollte. Das Gottesreich wird nur vorübergehend auf glücklichen Inseln wie der Reichenau Wirklichkeit. Die große Welt aber ist nicht gemacht für das dauernde Glück der Menschen.«

»Ich glaube, für mich werde ich es suchen.« Eberhard wunderte sich über seine Worte. Sie waren wie von selbst aus seinem Mund gekommen.

»Nur Gott ist Glück«, sinnierte Hermann. »Und das Gottesreich ist nirgends, wenn es nicht inwendig in uns Menschen wohnt.« Der lahme Mönch sah, wie Eberhard verträumt zu den Glasfenstern sah. Er versuchte zu grinsen, aber seine Muskeln zogen nur einen Mundwinkel hoch. Er könne sich denken, welches Glück Eberhard suche, krächzte der Klosterbruder. Er selbst sei gefesselt an seinen Stuhl, außerdem Asket. »Aber du, Eberhard, du darfst nicht, du mußt heiraten, das verlangt deine Stellung.«

Seit Manegolds Tod hatte Eberhard nicht mehr an seinem Ohrläppchen gezupft. Jetzt tat er es wieder, und er spürte, wie das Blut ihm in den Kopf schoß.

»Siehst du«, sagte Hermann. »Du denkst immer noch an die Grafentochter aus dem Norden.«

»Nein. Wie könnte ich. Sie ist, sie war Manegolds Braut.«

»Das will nichts heißen«, warf der Lahme ein. »Jetzt ist sie frei.«

Eberhard sagte nichts. Er erinnerte sich an die Blicke, die Manegold und Ita vor ihrer Abreise nach Zürich getauscht hatten, an Itas dringendes Bitten, als er, Eberhard, vor der Abtei in Zürich vom Pferd gefallen war. Nur an Manegold hatte sie gedacht und daß er seinen kleinen Bruder in der Schlacht brauchen würde. Keinen Gedanken hatte sie an ihn, Eberhard, verschwendet, obwohl er beim Zürcher Vogt fast verhungert war.

Eberhard klopfte Hermann auf den buckligen Rücken und grüßte, ohne ihm ins Gesicht zu sehen. Er schämte sich, dem Klosterbruder zu zeigen, wie empfindsam er war.

Bevor er ins Abthaus ging, brauchte Eberhard eine Atempause. Er spazierte durch den Kräutergarten, wo die ersten Pflanzen Blätter trieben. Eberhard sog die kühle Luft ein und war froh, daß er das Scriptorium verlassen hatte. Er sprach gern mit Hermann, aber Klosterbrüder schienen sich noch seltener zu waschen als Krieger. Hermanns Ausdünstung war beißender als alles, was seine Nase sonst zu riechen bekam.

Liutpald und Abt Berno gaben sich Mühe, Eberhard wie einen Erwachsenen zu behandeln. Sie setzten sich zu dritt in die Stube des Abthauses, wo ein Kohlebecken Wärme ausstrahlte.

»Meine Lage ist heikel«, begann der Abt und wickelte eine Decke um seine Beine. »Eigentlich habe ich keine großen Befugnisse.« Seit der minderjährige Herzog von Schwaben der Obhut des Konstanzer Bischofs anvertraut worden sei, habe der die weltliche Macht über ganz Schwaben und die kirchliche über das halbe Herzogtum in Händen. »Da nützt es wenig, daß der Heilige Vater sich für mein Kloster interessiert«, sagte Berno. »Im Gegenteil. Je mehr Privilegien der Papst der Reichenau gibt, desto eigenwilliger verhält sich Bischof Warmann in Schwaben.«

»Immerhin korrespondiert Ihr mit dem Kaiser«, warf Liutpald ein.

»Mit Kaiser Konrad leider seltener als früher mit seinem Vorgänger.«

»Ihr wißt also nichts Neues über die Situation der Familie?« Eberhard hatte seiner Stimme einen festen Ton geben wollen, und nun scherbelte sie. Er hüstelte, um sich aus der Verlegenheit zu helfen.

Der Abt strich beruhigend über Eberhards Hand. »Nein, ganz so schlimm ist es nicht. Aber ich habe weniger Macht, als mir für dich lieb wäre.« Berno wechselte einen Blick mit Liutpald, der leise nickte. »Das wird dir auch Bischof Warmann bestätigen, wenn du ihn in Konstanz besuchst«, fuhr der Abt fort. »Da dein Bruder Manegold in der Schlacht gegen den Herzog Ernst gestorben ist, wird der Kaiser dir alle Ehren geben, die einem siegreichen Heerführer zustehen.«

»Werde ich Graf im Zürichgau?«

»Du verlangst zuviel, Eberhard. An Ostern bist du fünfzehn geworden. Kaum volljährig, willst du schon eine Gaugrafschaft?«

»Der kleine Hermann ist jünger als ich und bereits Herzog von Schwaben.«

»Ja, aber ohne Macht. Der Bischof von Konstanz entscheidet in allem. Du aber brauchst keinen Vormund mehr und bist noch nicht alt genug für ein derartiges Amt.«

»Und die Vogteien?« fragte Eberhard schnell.

Berno sagte nichts. Er beugte seine riesenhafte Gestalt über den Tisch und faltete die Hände.

Da stand der Priester Liutpald auf, ging zu Eberhard und legte ihm seine Hände auf die Schultern. »Du mußt jetzt stark sein, Eberhard. Die Vogtei von Einsiedeln ist deiner Familie entzogen worden. Ich fürchte, da ist nichts mehr zu machen. Dein Vater ist zu weit gegangen. Der Brand ...«

Eberhard ließ ihn nicht ausreden. Plötzlich war er ungeduldig, alle schlechten Nachrichten auf einmal zu hören. Er sah Berno offen in die Augen. »Und was ist mit der Reichenauer Vogtei?«

»Eberhard, du hast mich vorher nicht ausreden lassen.« Die singende Stimme des Abts beruhigte diesmal nicht, sie irritierte Eberhard. »Aber gut, wie du willst«, sagte Berno. »Reden wir zuerst von der Reichenau. Diese Vogtei kann ich nicht einem unerfahrenen Jungen anvertrauen. Das mußt du verstehen, Eberhard. Die Abtei muß sich nach allen Seiten gegen die Übergriffe der Lehnsherren und des Bischofs von Konstanz wehren. Die Aufgabe erfordert einen Mann. Später vielleicht, wer weiß.«

»Und welches ist die gute Nachricht?« fragte Eberhard schnippisch. Er hatte seinen Respekt vor dem Abt verloren, es war ihm gleichgültig, was die Männer von ihm dachten.

Bernos Augen leuchteten weiter freundlich. »Der Kaiser hat dir neue Lehen gegeben. Er ist auch einverstanden, daß du den Zürichgau behältst. Graf wirst du dort, aber erst in einigen Jahren. Für die Zwischenzeit wird der Kaiser eine Übergangslösung finden. Außerdem bist du Graf über alle Lehen der Reichenau, über die vorher Manegold verfügte und die jetzt auf dich übergehen.«

Die Worte des Abts klangen in Eberhards Ohren nach, als er am übernächsten Tag mit Liutpald das Schiff nach Konstanz bestieg. Eberhard wunderte sich, daß der Verlust der Einsiedler Vogtei ihm nicht weh tat. Er dachte nach, und schließlich kam es ihm so vor, als habe die Familie nichts anderes verdient. Als sei der Verzicht auf jene Vogtei Teil seines Gelübdes, das er für Einsiedeln und für die Seele des Vaters ins Feuer geschrien hatte. Was schmerzte, war Abt Bernos Entschluß, ihm die Vogtei über die Reichenau nicht zu geben.

Beim Aufstieg zur Burg führten sie die Pferde am Zügel. Eberhard ging mit Liutpald vorn, drei Krieger folgten. Aber Eberhard war tief in seinen Gedanken versunken. Die Reichenauer Vogtei wollte ihm nicht aus dem Sinn. Er empfand das Verhalten des Abts als eine persönliche Beleidigung. Sein Bruder Manegold war als Vogt geeignet gewesen, aber er, Eberhard, genügte nicht. Wenn sogar die Grafschaft im Zürichgau für ihn frei gehalten wurde, weshalb dann ausgerechnet die Vogtei der Reichenau nicht? Eberhard hatte das Gefühl, versagt zu haben. Wie würde sein Vater schreien und fluchen. Schon die Ahnen waren im Inselfriedhof bestattet worden, und er war drauf und dran, jede Beziehung zum Kloster zu verlieren. Der Gedanke an Eppo erinnerte Eberhard an sein Gelübde, für den Vater eine Grabkirche zu errichten und ein Kloster. Hier auf dem Hügel ist jedenfalls kein Platz, dachte er, als sie die Kuppe erreichten.

In diesem Moment kam Eberhard das Gespräch mit Manegold in den Sinn, als sie das erste Mal die Burg besucht hatten. Manegold, der nachdenklich wurde und der fühlte, daß dies nicht seine, sondern Eberhards Burg sein würde. Der Schmerz über den Verlust des Bruders vermischte sich mit der Freude über die Burg. Eberhard drückte einem Gefolgsmann die Zügel in die Hand und trat neben dem Priester durch die Toröffnung.

Die Burg sah anders aus, als Eberhard sie in Erinnerung hatte. Sie war zweistöckig und aus Steinblöcken gebaut. Nur die Decke und der Dachstuhl waren aus Holz. Neben der geräumigen Halle, die noch leer stand, aber eine große Feuerstelle hatte, lagen die Speisekammer und die Küche. Eberhard ging in den oberen Stock. Er bestand nicht, wie das üblich war, aus einem einzigen Raum. Ein Teil war durch Mauern abgetrennt und hatte eine Türöffnung.

Diese Kammer sei für den Burgherrn und seine künftige Frau bestimmt, sagte Liutpald.

Eberhard durchquerte den Raum und ging zur schmalen Fensteröffnung. Enttäuscht sah er, daß es keine Glasfenster gab. Die Aussicht aber war überwältigend. Von seinem Haus im Zürichgau aus hatte er nur die nächsten Hügel sehen können. Hier war der Blick frei. Im Westen sah Eberhard wieder die Wälder und Wiesen, die wie beim ersten Besuch eine seltsame Sehnsucht in ihm weckten

»Wo ist der Rheinfall?« fragte er Liutpald.

»Genau dort, wo du hinsiehst, aber viel weiter weg.« Der Priester streckte den Arm aus und zeigte mit dem Finger in die Ferne. »Dort hinten irgendwo. Dort, wo du zwischen den Wäldern Felder siehst, dort stürzt der Fluß als Wasserfall in die Tiefe.«

»Das muß schwierig sein für die Schiffe«, bemerkte Eberhard.

»Die müssen umkehren. Unter dem Wasserfall warten andere und transportieren die Waren weiter.«

Eberhard wurde durch zwei Hörige abgelenkt, die vor der Burg die Erde mit Hacken bearbeiteten. »Legen sie einen Garten an?« fragte er.

»Ja, einen Kräutergarten. Wenn wir im Sommer hier einziehen, müssen wir essen. Da dachte ich, Kräuter machen jeden Braten schmackhaft.«

Eberhard erinnerte sich an Ita und die Freude, die ihr der Kräutergarten gemacht hätte. Aber ihr Bräutigam Manegold war tot. Eberhard dachte wieder an sein Gelübde und daß er die Grabkirche nicht nur dem Vater, sondern auch den Brüdern weihen wollte.

»Wir müssen eine Grabkapelle bauen«, hörte Eberhard sich selbst sagen. »Aber hier ist kein geeigneter Ort.«

»Entscheiden mußt natürlich du«, meinte Liutpald vorsichtig. »Eine Idee allerdings hätte ich.«

»Dann sag schon!«

»Wir könnten auf der Reichenau am Rand des Mönchsfriedhofs eine Kapelle errichten. Dort, wo Eppo und deine Brüder begraben sind.«

»Ja. Und wir wollen sie dem heiligen Laurentius weihen, weil Manegold im August sein Leben für den Kaiser verloren hat.«

»Berno wird sich freuen. Jedes Bauwerk erhöht das Ansehen der Abtei. Allerdings werden wir ihm am Tag der Weihe auch einige Ländereien übergeben müssen.«

»Haben die Ahnen dem Kloster nicht genug geschenkt?«

»Das hat nichts miteinander zu tun. Außerdem nützt die Schenkung dir selbst. Denn die Herrschaft über deine Kirche und diese Ländereien steht dir zu, Eberhard.«

»Und wenn ich die erst habe ... «

»... wird ein Teil deines Gelübdes erfüllt sein«, beendete der Priester den Satz. Er schmunzelte. »Du lernst schnell, seit du erwachsen bist. Es macht mir fast angst, wie du Zusammenhänge verstehst.«

Ich verstehe noch mehr, dachte Eberhard. Abt Berno hat »später vielleicht, wer weiß« gesagt. Wenn ich erst Vogt über die Ländereien der Laurentiuskirche bin, ist es nur noch ein Schritt bis zur Vogtei über die ganze Reichenau. Und wenn ich Vogt bin wie meine Ahnen ... »Weshalb kann nicht ich auf das Herzogtum Schwaben hoffen wie vorher Manegold?« träumte Eberhard laut.

Liutpald lachte, er lachte und konnte nicht mehr aufhören. So laut, daß er Eberhard aus seinen Träumen riß. »Ich lache nicht über dich, sondern mit dir, Eberhard«, sagte Liutpald und schnappte nach Luft. »Ich lache aus Freude, weil deine Welt sich jeden Tag vergrößert.«

»Hast du Angst, daß sie dir über den Kopf wächst?« Eberhard fühlte sich übermütig, er empfand Liutpald als Freund, dem man alles sagen konnte. Er war wie ein Vater, aber kein grimmiger. Vor ihm brauchte man keine Angst zu haben.

»Nein, aber meine Rolle im Spiel ändert sich.« Liutpald griff nach Eberhards Arm und führte ihn zum Pferdestall. »Du hast die alten Lateiner ja nie mit Freude gelesen, Eberhard. Ich erinnere mich da an einen Bericht über die Wagenrennen im alten Rom. Vier Pferde wurden vor einen Wagen gespannt, das äußerste mußte am stärksten ziehen, das innere bremsen. Ich bin an deinem Gespann das äußere Pferd gewesen. Aber nur für Tage. Nun bin ich das innere, das bremsen muß, damit dein Wagen sich nicht überschlägt.«

Eine neue Burg könne man nicht im Winter beziehen, sagte der Priester Liutpald wieder und wieder, weil Eberhard nach Weihnachten zum Umzug drängte. Um ihn abzulenken, begann Liutpald mit Eberhard die Grabkirche für die Insel Reichenau zu entwerfen. Er sprach von Wänden aus Kalktuffblöcken. Sogar zwei Sandsteinsäulen wollte Liutpald im Chor einbauen. Damit Eberhard sich alles besser vorstellen konnte, zeichnete Liutpald die Form der Kirche auf eine Wachstafel.

»Gibt es denn auf der kleinen Insel so viel Baumaterial?« fragte Eberhard. Ihm ging die Kirche durch den Kopf, die er nach dem Einsiedler Brand Gott versprochen hatte. In seinen Träumen war sie so groß, daß sie unvorstellbar viele Steine verschlingen mußte.

»Nein, nur rundgeschliffene Steine.« Liutpald legte die Wachstafel zur Seite. »Die sind zum Teil zwar groß, aber sie lassen sich nicht behauen. Nur für das Mauerwerk können wir sie verwenden. Schöne Blöcke gibt es auf der Insel nicht. Aber der Abt besitzt Schiffe, einige sind für schwere Transporte eingerichtet. Er wird uns helfen, er selbst will ja deine Kirche.«

Die Klosterbrüder hätten die Idee gehabt, für Eberhards verstorbene Verwandte eine Grabkirche zu errichten, hatte Abt Berno gesagt. Und der Wunsch von Mönchen sei für die Seelen Eppos, Manegolds und Burkhards bestimmt heilbringend. Er, Berno, würde den Kirchenbau begrüßen, denn Manegold sei als Vogt der Reichenau zum Heerführer des Kaisers ernannt worden, also habe er sein Leben für die Abtei gegeben. Außerdem seien da Ahnen der Familie begraben ...

»Und womit sollen wir die Bauerei bezahlen?« fragte Eberhard und warf Liutpald einen verstohlenen Blick zu.

»Es gibt ebenso viele andere Klosterleute wie Mönche auf der Reichenau. Zum Teil sind das Steinhauer und Zimmermänner. Es wird auch Hütten geben, wo wir eigene Hörige unterbringen können. Wir brauchen keine Silberdenare, es wird reichen, wenn wir sie verpflegen, ihnen etwas Tuch und Wachs überlassen.«

»Und den Stein? Bezahlen wir den vielleicht mit Hühnern oder mit Eiern?«

Liutpald lachte. »Du begreifst langsam, wie ein Kirchenbau angepackt wird, Eberhard. Für die Mauern gibt es Material auf der Insel. Damit alles schön aussieht, müssen wir uns auch weißes Gestein beschaffen. Vielleicht aus Schaffhausen. Das ist die kleine Fischersiedlung, die oberhalb des Wasserfalls am Rhein liegt.«

»Sind wir schon in Schaffhausen gewesen?« Eberhard dachte an seine Besuche auf der Burg und daß er jedes Mal Lust verspürt hatte, das Gebiet am Rhein zu sehen, und eine seltsame Sehnsucht, die er sich nicht erklären konnte.

»Nein. Aber du hast dort ein Haus mit etwas Land. Wenn wir in der Burg wohnen, können wir Schaffhausen im Sommer mit dem Schiff besuchen.«

Als die Fastenzeit des Jahres 1031 vorbei war, brachte die Mutter alle Pläne durcheinander. Ein Umsiedeln in die Burg am Bodensee komme für sie nicht in Frage. Sie wolle noch in diesem Jahr ihr Kloster bauen und sich bald dorthin zurückziehen.

Eberhard dachte, daß dies vielleicht das Kloster sein könnte, das er dem Himmel nach Eppos Brandstiftung versprochen hatte. Aber Hedwig wollte die Hilfe des Sohnes nicht. Ihr Kloster sei ihre Sache, sie plane es nicht in Schwaben, sondern südwestlich von Mainz. Was sie von Eberhard brauche, sei lediglich ihre Mitgift und alle Ländereien, die sie in die Ehe gebracht habe.

Da Hedwig unerträglich war, wenn sie sich etwas in den Kopf gesetzt hatte, da sie bei Tisch von nichts anderem als von ihrem Kloster sprach, gab Eberhard nach.

Nach Ostern reiste Eberhard mit Liutpald und seinem Gefolge in den Südwesten von Mainz und ordnete die Dinge. »In Pfaffenschwabenheim kannst du gleich Erfahrungen für unsere Kirche sammeln«, meinte Liutpald, als sie nach einem Baumeister Ausschau hielten und nach geeigneten Steinbrüchen für das Kloster. Vorsichtshalber suchte Eberhard auch nach einer Hofstätte auf Hedwigs Ländereien, wo sie vorübergehend wohnen konnte, denn wie er die Mutter kannte, würde sie nicht lange im Zürichgau bleiben, sondern den Bau ihres Klosters selbst überwachen wollen.

Nach der Rückkehr war es Zeit, mit Abt Berno den Bau der Kirche zu besprechen, aber aus dem Ritt zur Reichenau wurde nichts, denn Hedwig hatte eine neue Idee.

»Du mußt nach Zürich reiten!« sagte sie. »Ita von Kirchberg wird bald das Gelübde ablegen. Das müssen wir verhindern.«

Eberhard spürte sein Herz in der Brust und im Hals hämmern. Er wurde rot, starrte auf seine Füße, zupfte sich am Ohrläppchen, nahm ein Pergamentstück in die Hand und legte es wieder auf den Tisch. »Weshalb sollten wir das verhindern müssen?« fragte er und zwang sich, das Vibrieren in seiner Stimme zu unterdrücken.

Hedwigs Antwort enttäuschte Eberhard, obwohl sein Herz sich beruhigte. »Sie war Manegolds Braut«, sagte die Mutter. »Es gehört sich nicht, daß sie in der Abtei in Zürich bleibt. Ich möchte, daß sie mit mir nach Pfaffenschwabenheim kommt. Du mußt ihr das sagen, Eberhard. Ich werde auch einen Boten zu ihrem Vater schicken, wegen der Mitgift.«

Eberhard glaubte sich verhört zu haben. »Bedeutet sie dir eigentlich etwas, Mutter? Oder willst du nur die Brautgabe?«

»Ich kenne Ita kaum«, sagte Hedwig ehrlich. Ihr Blick war in die Ferne gerichtet. Als ob sie in Gedanken schon weit weg wäre, dachte Eberhard. Er weigerte sich, ihrer Laune nachzugeben, aber Hedwig ließ nicht locker, bis er Anfang Mai mit zwei Knechten losritt.

Im letzten Waldstück vor dem Zürichsee machte Eberhard Rast, weil er nicht mit leerem Magen in der Abtei ankommen wollte. Es gab Käse und Brot und aus einer Holzflasche Wein. Der kräftige Knecht, der Schild und Lanze trug, sah seinem Herrn beim Essen zu, während der andere die Pferde zum Wasser führte.

Plötzlich hörte Eberhard einen Schrei. Er sprang auf und lief zum Bach. Der Knecht, der es nicht gewohnt war, Waffen zu tragen, packte Schild und Lanze und stürzte hinter seinem Herrn her. Sie kamen gleichzeitig beim anderen an, der sich gegen einen Wegelagerer wehren mußte. Immer wieder schlug der Fremde mit einer Keule zu, die aber so schwer war, daß er nicht gut zielen konnte und sein Opfer verfehlte.

Eberhard zögerte einen Moment lang. Er trug das Schwert am Gurt, aber mit der Keule wollte er es nicht aufnehmen. Da stieß der starke Knecht ihn zur Seite und stürzte auf den Wegelagerer zu. Mit der einen Hand schlug er ihm mit der Lanze die Keule aus der Hand, mit der anderen ließ er den Schild auf seinen Kopf niedersausen. Der Wegelagerer griff sich an den blutenden Arm, bevor er zu Boden fiel.

Erleichtert wollte Eberhard dem Knecht danken, aber der andere schrie, die Pferde seien verschwunden. Sie ließen den Verletzten liegen und spähten in alle Richtungen. Da, vorn bei der Straße. Ein Hüne hatte sich in den Sattel geschwungen und hielt die Zügel der anderen Reittiere.

Zum Glück hatte der Dieb sich den Braunen ausgesucht. Eberhard hatte seinen Hengst schon als neugeborenes Fohlen ins Herz geschlossen. Keiner außer ihm durfte das Pferd reiten. Als sich eine Masse in den Sattel schwang, die doppelt soviel wog wie sein Herr, wieherte der Braune, bäumte sich auf und warf den verblüfften Mann aus dem Sattel. Der sprang auf die Füße, suchte nach einem Holzstück und ging breitbeinig auf seine Verfolger los. Da tauchte der starke Knecht mit dem Schild und der Lanze hinter Eberhard auf. Der Wegelagerer bekam es mit der Angst zu tun, ließ den Stock fallen und lief davon.

Eberhard kam sich wie ein Landstreicher vor, als er in Zürich über die Brücke ritt und vor dem Tor der Abtei aus dem Sattel stieg. Sein Umhang war zerrissen und von Baumharz verklebt, die Stiefel starrten vor Schmutz. Außerdem tropfte Blut aus einer Wunde an seiner Stirn. Offenbar war er beim Lauf durch den Wald gegen einen spitzen Ast gestoßen.

Zu seiner Erleichterung wurde Eberhard von der Pförtnerin in einen düsteren Raum geführt, der von der Klausur durch eine verriegelte Tür getrennt war. Bei dem schwachen Öllicht würde Ita die Flecken und Risse kaum sehen, aber Eberhard strich seinen Umhang trotzdem glatt und wischte die Stiefel am Teppich ab. Er setzte sich, stand auf, kämmte mit den Fingern das zerzauste Haar, schüttelte trockene Tannenzweiglein von sich ab, setzte sich und sprang wieder auf, als Ita kam.

Selbst mit der formlosen Kutte war Ita schöner als in Eberhards Erinnerung. Das Oval ihres Gesichts war wieder etwas schmaler geworden, die braungrünen Augen schimmerten golden. Als sie lächelte, schien es Eberhard, als hätte jemand ein Licht angezündet. Die Mohnblumenfelder in Kirchberg kamen ihm in den Sinn.

Ita ging auf ihn zu, lächelte immer noch, öffnete die Arme und ließ sie wieder sinken. Als sie ihm die Hand gab, schauten beide auf ihre Finger.

Eberhard trat einige Schritte zurück. Weil er spürte, wie ihm das Blut in den Kopf schoß, drehte er sich um und bearbeitete mit seinem Stiefel einen Teppichzipfel.

»Ich bin jetzt bald siebzehn«, sagte er schließlich, weil er Ita nicht gleich mit dem Wunsch seiner Mutter überfallen wollte. Als sie keine Antwort gab, kam er auf Itas Krankenbesuch bei ihm zu sprechen. Kurz nach ihrer Abreise sei er aus seiner Erstarrung erwacht, habe plötzlich wieder sprechen und schreien und gehen können. »Es waren deine Blumen«, sagte Eberhard. »Als Liutpald sie achtlos aus dem Fenster warf, habe ich protestiert, und er hat meinen Schrei gehört. Plötzlich war ich wieder gesund.«

»Und die Wunde an deiner Stirn?« Ita streckte die Hand aus, um die Verletzung zu berühren, ließ es aber bleiben.

»Die habe ich mir vorhin im Wald eingehandelt. Wegelagerer ...«

Ita fiel ihm ins Wort: »Wo?« fragte sie.

»Auf der Straße von Kempraten nach Zürich.«

»Ich habe gehört, daß die Strecke unsicher ist. Da soll es immer wieder Wegelagerer geben. Aber erzähl, was ist heute passiert?«

»Diebe haben meinen Knecht angegriffen und die Pferde stehlen wollen. Aber mein Brauner hat den einen abgeworfen, dem anderen hat mein Gefolgsmann seinen Schild über den Kopf gehauen.« Wie ein Held kam sich Eberhard beim Erzählen nicht vor, aber er wollte ehrlich sein. Deshalb zögerte er nicht mehr lange und rückte mit dem Grund seines Besuchs heraus. »Sobald es warm ist, ziehe ich mit Liutpald und dem Gefolge aus dem Zürichgau weg.«

»Dann ist das also ein Abschied.« Ita wußte nicht, worauf Eberhard hinauswollte. Aber sie fühlte sich unruhig. »Geht ihr auf die Burg?« ermunterte sie ihn zum Weiterreden.

»Ja. Sie ist schön und groß.« Manegold kam ihm in den Sinn und daß Ita sich vielleicht darauf gefreut hatte, neben ihm als Herrin in die Burg einzuziehen.

Ita wartete, bis er fortfuhr. Als Eberhard aber nichts sagte und sich ein Anflug von Traurigkeit auf seinem Gesicht zeigte, nahm sie seine Hand, ließ sie aber sofort wieder los. »Du hast den Vater und die Brüder verloren. Woher nimmst du den Mut, weiterzumachen?«

»Ich muß. Für die Familie und für mein Gelübde. Liutpald und ich werden auf der Reichenau eine Grabkirche für meinen Vater bauen, für Burkhard und für Manegold.«

Zerstreut zupfte Eberhard sich am Ohrläppchen, sah Ita in die Augen, wurde rot und starrte auf seine Hände. Er hatte keine Ahnung, wie er fortfahren sollte.

Er überlegt, wie er es mir sagen soll, dachte Ita. Sie wußte nicht, ob sie sich freuen oder fürchten sollte. Als er den Kopf hob und sie wieder ansah, begann ihr Herz stärker zu klopfen.

»Mutter kommt nicht mit zur Burg«, sagte Eberhard. »Sie will in Pfaffenschwabenheim bei Mainz ein Kloster stiften. Wir haben mit dem Bau schon begonnen.«

Ita fühlte sich erleichtert. Hedwig mit ihren Monologen und ihrer Weltfremdheit würde ihr nicht fehlen.

»Sie hat mich zu dir geschickt, Ita. Sie möchte, daß du als Braut Manegolds mit ihr gehst.« Als Ita ihn verblüfft anstarrte, redete er weiter. »Vielleicht kannst du eines Tages Äbtissin ihres Stifts werden.«

Aber Eberhard wußte, daß er nicht das Gleiche wollte wie die Mutter. Der Gedanke, daß Ita an einen Ort reisen würde, der doppelt so weit weg war wie Ulm, tat ihm weh. Plötzlich sah er sie so jung, so verletzlich, daß er sie am liebsten beschützt und gefragt hätte, ob sie mit ihm kommen wolle auf die Burg. Aber Ita war Novizin. Deshalb verbarg er diese Gedanken vor ihr.

Ita wollte ihm verraten, daß Demut, Gehorsam und Schweigen Nonnentugenden waren, die ihr fehlten. Daß sie sich einer Äbtissin nicht blind unterwerfen konnte, die am nächsten Tag nicht mehr wußte, was sie am vorigen beschlossen hatte. Und daß sie Ermentrudis nur für eines dankbar war. Die Äbtissin und die Mitschwestern drängten sie nicht zum Gelübde. Ermentrudis, weil sie in der Zeit schwebte wie eine vom Wind hin und her getriebene Wolke, und die anderen Benediktinerinnen, weil sie Itas Träume in ihren

Köpfen weiterträumten, jede für sich, jede anders, und ohne sich dessen bewußt zu sein. Aber Ita sagte ihm von alledem nichts, denn Eberhard wollte, daß sie als Braut eines verstorbenen Heerführers im Kloster lebte. Das erwartete er von ihr.

»Ich bleibe in der Klausur«, sagte sie deshalb. »Hier in Zürich. Sag deiner Mutter, ich lasse danken.«

»Sie hat einen Boten nach Kirchberg geschickt, um mit deinem Vater über die Mitgift zu verhandeln.« Eberhard schämte sich, aber er war froh, daß er Ita die Wahrheit gesagt hatte.

Wenn Eberhard etwas sagt, meint er es, dachte Ita. Er ist grundehrlich. Deshalb unterdrückte sie die Wut, die in ihr aufstieg, weil man wieder mit ihr Handel treiben wollte wie mit einer Ware auf dem Markt. »Ich werde Vater schreiben und ihn bitten, daß ich in der Abtei in Zürich bleiben kann.« Als Eberhard sie verdutzt anschaute, fügte sie hinzu: »Ich möchte auch, daß er mir gibt, was mir zusteht. Einige Monde kann ich es noch hinauszögern, aber im Herbst werde ich das Gelübde ablegen müssen, da brauche ich meine Mitgift.«

Eberhard hatte die letzten Worte nur mit halbem Ohr gehört. »Kannst du denn schreiben?« fragte er verwundert.

»Alle Nonnen hier können es. Die meisten sind im Lesen erfahrener. Aber mir gefällt beides. Ich glaube, wenn man lesen kann, versteht man die Welt und vor allem die Zusammenhänge besser.« Ita wollte von ihrer Freude an der Abteiwirtschaft und der Armenpflege erzählen, aber sie ließ es bleiben. Das würde Eberhard noch bestärken, sie ins Kloster nach Pfaffenschwabenheim zu schaffen. Um vom Thema abzulenken, erzählte sie vom Baden im Fluß und im See.

»Wir sind hier keine Gefangenen. Im Sommer dürfen die Nonnen sogar im Fluß schwimmen. An einzelnen Stellen ist das Ufer so von Bäumen und Büschen umgeben, daß man uns von der anderen Seite der Limmat nicht sehen kann.«

»Du kannst schwimmen?« echote Eberhard ungläubig.

»Ja. Du nicht?«

Als Eberhard den Kopf schüttelte, lächelte Ita, und er sah ihre spitzen Zähne. Aber sie machten sie nicht häßlich. Im Gegenteil. Er hätte sich Ita mit geraden Zähnen nicht mehr vorstellen können. Erst wenn sie den Mund öffnete, war sie für ihn ganz sie selbst.

»Ja, es ist einfach. Du mußt dich nur fragen, weshalb Hunde oder Pferde schwimmen können. Sie tun, was sie an Land auch tun würden, nämlich schnell laufen. Diese Bewegungen genügen, sie über Wasser zu halten.«

»Und da wir Menschen nur mit zwei Beinen gehen, müssen wir die Arme eben richtig bewegen lernen«, ergänzte Eberhard. Er hätte am liebsten ewig mit Ita weitergesprochen, aber die Äbtissin kam, hüstelte und entfernte sich wieder.

Ita ging so nahe zu ihm, daß ihre Kleider sich berührten, stellte sich auf die Zehenspitzen und flüsterte Eberhard ins Ohr: »Könntest du mir vielleicht einige Denare leihen?«

Erstaunt fragte er ebenso leise: »Braucht ihr denn Münzen im Kloster?«

»Nein, aber außerhalb. Ich kann dir das jetzt nicht erklären, das wäre zu kompliziert.«

Als er zögerte, verstand sie ihn falsch und sagte: »Das bleibt unser Geheimnis, Eberhard!« Sie wartete, bis er nickte und fuhr fort: »Eine Mitschwester betreut ein Kind, das in der Siedlung der Klosterleute wohnt. Da gibt es immer Notfälle ...«

»Du mußt mir nichts erklären. Ich habe mir nur überlegt, daß ich Silber mitgenommen habe, weil ich den Markt besuchen wollte. Aber dazu ist es fast zu spät, außerdem habe ich keine Lust. Und wenn mein Knecht nicht gewesen wäre, hätte ich jetzt ohnehin nichts mehr.« Eberhard drehte der Tür den Rücken zu und schüttete den Inhalt seines Lederbeutels auf Itas Handfläche. Eine Münze behielt er zurück, für den Knecht, wie er sagte.

Ita versteckte das Silber unter der Kutte. Tränen stiegen ihr in die Augen, die Armen im Siechenhaus kamen ihr in den Sinn und Cristildis mit ihrem Kind. Rasch hauchte sie einen Gruß, drehte sich um und ging hinaus.

10

Als Eberhard mit seinen Knechten davongeritten war, mischten sich in Ita Freude und Traurigkeit. Sie war froh, daß es Männer wie Eberhard gab, nicht nur Draufgänger von der Sorte des Zürcher Vogts oder Manegolds.

Im Sommer, bei der Arbeit im Kräutergarten, dachte sie oft an Eberhard. In ihren Träumen sah er genauso aus, wie sie sich damals in Kirchberg Manegold vorgestellt hatte. Nur stimmte dieser Eberhard mit der Wirklichkeit überein. Er hatte sich seit dem Herbst wieder verändert. Mit dem Bart und der markanten Nase, die zu seinen schmalen Lippen paßte, sah er älter aus, als er war. Vielleicht hat all das Leid sich eingeprägt wie die Ringe in die Bäume, dachte Ita. Sie träumte oft von Eberhard, und sie träumte gern. Es war so einfach, sich ein anderes Leben auszumalen.

Im Sommer war Ita zufriedener als im Winter. Wenn es warm war, konnte sie im Kräutergarten hacken, Pflanzen ziehen und versetzen. Die Äbtissin wehrte sich nicht mehr dagegen, weil Ita sich darauf berief, daß auch das Arbeiten zur Regel der Benediktinerinnen gehöre, nicht nur das Beten und das Gehorchen. Auch die Armenpflege sei Aufgabe der Nonnen. Aber Ita durfte nicht mehr zum Siechenhaus an der Sihl gehen. Manchmal gab sie an der Klosterpforte Almosen ab oder half bei der Speisung der Armen.

Die Äbtissin wurde immer vergeßlicher, und an guten Tagen war sie verzweifelt, weil sie dann erkannte, daß es so nicht weitergehen konnte. Die Dienstleute, der Vogt, die Nonnen, alle wußten, wie es um sie stand, niemand konnte sich auf sie verlassen. Da begann Ermentrudis, die wichtigsten Dinge aufzuschreiben. Nicht ganze Sätze, nur Worte. Oben auf ihrer Gedächtnisstütze in Form einer Wachstafel stand Itas Name. Nun halfen Ausflüchte nichts mehr.

Ita wußte, daß sie im Oktober das Gelübde ablegen und daß ihr Vater die Mitgift dem Kloster übergeben mußte. Je näher der Zeitpunkt rückte, desto unruhiger fühlte sie sich.

Ich werde in der Klausur ein wertvollerer Mensch, versuchte Ita sich einzureden. Aber das half nichts, denn im Kloster hatte sie sich selbst kennengelernt. Eingeschlossen in der Dunkelheit der Abtei werde ich verkümmern, dachte sie, ich brauche Licht.

Als die Blätter der Bäume sich rot und gelb färbten, sorgte Cristildis für Aufregung und schob Itas Probleme für eine Weile in den Hintergrund.

An einem regnerischen Nachmittag stürzte die Nonne, die sonst bedächtig einen Fuß vor den andern setzte und das auch von ihren Mitschwestern verlangte, auf Ita zu.

»Die Amme ist in der Nacht gestorben. Jemand hat das Kind mitgenommen«, flüsterte Cristildis und drängte Ita von den anderen Nonnen weg. »Wir müssen es suchen. Wo sind deine Kleider?«

»Ich weiß nicht. Weg.«

»Dann gehe ich in der Kukulle«, jammerte Cristildis. »Das Kind ist mir wichtiger als alles andere.«

»Ich habe einige Kleider unter den Leintüchern im Gästehaus versteckt. Meine Truhen hat Ermentrudis wegschließen lassen. Es war ohnehin fast nichts mehr drin«, hörte Ita sich sagen. Da erst sah sie die Äbtissin neben sich und erschrak.

Ermentrudis vergaß vieles, aber nie alte Traditionen wie die Schweigepflicht. Ohne ein Wort zu sagen, machte sie mit den Händen Zeichen, die Ita und Cristildis verstanden. Wohin wollt ihr gehen?

»Nach draußen. Ein Notfall.« Ita schüttelte die Äbtissin ab, die ihr mit beiden Händen den Mund zuhalten wollte, dann selbst das Schweigen brach und heiser flüsterte, es gebe für Nonnen keine Notfälle. »Wirklich, Ihr müßt uns glauben«, gab Ita zurück. »Auch wenn Ihr uns mit Gewalt zurückhalten wollt, wir gehen trotzdem.« Ita sah, wie Ermentrudis sich umdrehte und beleidigt auf das Abthaus zuging. Sie schreibt es auf, dachte Ita. Sie schreibt auf, daß wir die Regel verletzen, daß wir den Gehorsam verweigern und die Klausur verlassen.

Die anderen Nonnen hielten ihre Köpfe über Bücher gebeugt und mischten sich nicht ein. Ita und Cristildis konnten sich davonstehlen. Unter aufgestapelten Leintüchern fand Ita im Gästehaus die Tuniken und Umhänge, wo sie sie nach ihrem letzten Besuch an der Sihl versteckt hatte. Sie streiften die Kleider über, ohne ihre Kutten auszuziehen, und passierten die Klosterpforte, bevor Ermentrudis ihre Dienstleute verständigen konnte.

Im Quartier der Klosterleute stand die Hütte leer. Der Knabe war im Winter gestorben, und die tote Hörige hatte man weggetragen.

»Es ist niemand hier. Woher weißt du überhaupt, daß das Kind verschwunden ist und nicht irgendwo bei Nachbarn lebt?« fragte Ita und sah sich um. Auch die Kochtöpfe, die Holzschüsseln und das Huhn waren nicht mehr da.

»Die junge Frau aus der Hütte nebenan hat mich benachrichtigt.« Cristildis durchsuchte das Bett, und als sie nichts fand, bückte sie sich, tastete den Fußboden unter dem Strohsack ab. Nichts. »Auch ihre Kleider sind weg, Ita.«

Die Nachbarin war zu Hause. Sie sagte, ihr Vetter habe die Kleine mitgenommen. Wohin, wisse sie nicht. Der Vetter wohne gleich neben der Mühle.

Dort mußte Ita aus ihrem Beutel, den sie in die Kutte eingenäht hatte, eine Münze herausklauben und dem Mann geben, um ihn dazu zu bewegen, überhaupt mit ihr zu sprechen. Allein wäre die Kleine verhungert, rechtfertigte er sich schließlich, da habe er sie zum Markt gebracht und zwei Männern mitgegeben. Die würden gut für sie sorgen. Wenn ein so schönes Kind mit Gauklern reise …

»Du hast das Kind verkauft? Wieviel hast du dafür eingehandelt?« schrie Cristildis lauter, als Ita sie je gehört hatte.

Der Mann drehte sich um und wollte in seiner Hütte verschwinden. Cristildis hetzte ihm hinterher. Wo die Gaukler hingegangen seien, in welche Richtung. Nach Basel vielleicht oder dem See entlang nach Süden, war die einzige Antwort, die der Mann geben konnte, bevor er die Hüttentür zuschlug.

»Wir brauchen Pferde«, sagte Ita und war froh über ihren Sinn für das Praktische. »Aber an meine Fuchsstute kommen wir nicht heran. Sie steht im Stall der Abtei, und der wird bewacht. Ein Tausch ist auch nicht möglich, dazu fehlt uns das nötige Silber.«

»Dann stehlen wir sie eben.« Cristildis war rot vor Aufregung, in ihrer Verzweiflung gab es für sie keine Schranken mehr.

Ita überlegte. Sie konnten versuchen, sich auf der Pfalz Pferde zu beschaffen, aber was würde geschehen, wenn man sie entdeckte? Ita wußte nicht, ob man Pferdedieben die Hand abhackte oder sie blendete. Sie zwang sich, nicht an das Schlimmste zu denken. »Wir müssen es wagen, Cristildis«, sagte sie schließlich. »Auf der Pfalz gibt es genügend Reittiere. Wenn uns jemand sieht, werden wir uns auf den Vogt berufen.« Schließlich ist er der Vater des Kindes, dachte Ita, sprach es aber nicht aus.

Sie überquerten unterhalb des Großmünsters den Fluß und kamen zum Marktplatz. Weil er nicht weit vom Kloster entfernt lag, zogen sie sich die Tücher tief in die Stirn. Cristildis wollte alle Marktstände nach dem Kind absuchen. Sie fanden es nicht, und auch die Gaukler waren verschwunden. Aber Cristildis gab nicht auf, bis sie einen Fellhändler fand, der sich an die Männer und das hübsche Kind mit den Locken erinnern konnte. Sie seien nach dem Süden unterwegs gewesen, hätten wohl die alte Straße den See entlang genommen, um vor dem ersten Schnee die Berge zu überqueren. Ob sie das mit dem kranken Mädchen schaffen würden, sei allerdings ungewiß. Es habe ständig geweint.

Cristildis lief verzweifelt um den Mann herum und jammerte, ihre Elisabeth sei erst sechs Jahre alt. Und jetzt sei sie krank, vielleicht schon tot. Der Pelzhändler zuckte die Achseln.

Rasch ließen die Frauen den Markt hinter sich und stiegen zur Pfalz hinauf. Itas Herz klopfte wild, sie spürte die gleiche Angst wie damals in Kirchberg, als sie vor dem böse gewordenen Johannes geflüchtet war. Ob die Gaukler Elisabeth etwas angetan hatten? Ita verdrängte den Gedanken und ging Cristildis voran zu den Ställen. Neben dem hinteren Eingang zur Pfalz sah sie Körbe liegen. Sie nahm zwei auf und drückte den einen Cristildis in den Arm. Falls Knechte sie sehen sollten, würde man sie auf den ersten Blick für Eier oder Beeren sammelnde Bedienstete halten.

Ita atmete auf, als sie den Stall betreten konnten, ohne jemandem zu begegnen. Aber es würde nicht einfach sein, Reittiere ungesehen wegzuführen. Plötzlich hörten sie, wie jemand einen Sattel auf einen Pferderücken fallen ließ. Ita und Cristildis duckten sich und warteten. Zwischen den Pferdebeinen hindurch sahen sie, wie ein Mann sich hin und her bewegte. Offenbar sattelte er mehrere Pferde.

»Jetzt!« flüsterte Ita, als der Knecht auf die Tür zuging. Sie nahm an, er werde den Vogt suchen und ihm sagen, daß die Pferde zum Ausritt bereit seien.

Erst als sie ein Pferd bestieg und Cristildis unschlüssig neben ihr stehen blieb, begriff Ita, daß die Nonne nie reiten gelernt hatte. »Ich kann nicht«, flüsterte Cristildis, »vor Pferden habe ich immer Angst gehabt.«

Ita wartete ungeduldig, aber schweigend. Die Nonne mußte selbst über ihren Schatten springen. Da bestieg Cristildis einen Schemel, um unbeholfen aufzusteigen. Aber sie hatte die falsche Seite gewählt. Die Stute rückte weg und Cristildis wäre fast aus dem Sattel gerutscht. Verzweifelt klammerte sie sich an den Zügeln und am Lederknauf fest, während das Pferd sie aus dem Pfalzgelände trug.

Zum Glück kannte Ita die Straße. Mit dem Priester Liutpald war sie im Vorjahr am See entlang nach Kempraten und von dort aus zu Eberhards Hof im Zürichgau gereist. Aber damals hatten bewaffnete Gefolgsleute sie begleitet.

Ita bekam Angst, als ihnen außerhalb von Zürich immer weniger Leute begegneten. Das Weihnachtsessen auf der Pfalz kam ihr in den Sinn und die Chorherren, die den Weg bis Meilen als gefährlich bezeichnet hatten. Und Eberhard, der an dieser Stelle überfallen worden war.

Es wurde dunkler, und Ita sah, wie sich am Himmel Wolken zusammenballten. Bald würde es wieder regnen wie am Morgen. Und sie hatten nur Tücher aus Leinen, um sich zu schützen. Und keinen Geleitschutz, dachte Ita, als sie ärmlich gekleidete Männer überholten, offenbar Hörige, die Hühner oder Schafe zum Markt geführt hatten und nun zu Fuß auf dem Heimweg waren, während ihr Herr zu Pferd und mit den eingehandelten Münzen im Beutel bestimmt längst zu Hause war. Am liebsten wäre Ita an den Leuten vorbeigeprescht, aber sie traute sich nicht. Cristildis konnte sich im Schritt kaum auf dem Pferd halten, im Galopp wäre sie hinuntergefallen.

Auf langen Strecken begegneten sie niemandem. Es regnete jetzt, und die aufgeweichte Erde spritzte bis zu ihren Füßen hoch. Ita und Cristildis ritten an keinem Haus vorbei, ohne anzuhalten. Überall fragten sie nach den Gauklern und nach dem kleinen Mädchen. Dreimal wurden die Frauen eingeladen, sich am Herdfeuer zu trocknen. Ita wäre gern geblieben, aber Cristildis drängte darauf, weiterzureiten.

Es war fast dunkel, als sie nach Meilen kamen. Sie ritten zum Meierhof, um nach Elisabeth zu fragen. Im Haus sahen sie kein Licht, im kleinen Küchenbau daneben aber loderte ein Herdfeuer. Cristildis und Ita baten um Tücher und um die Erlaubnis, sich umzuziehen.

»Macht schnell!« sagte die Köchin. Es gebe gleich zu essen. Später könne sie ihnen nicht mehr helfen, auch die Dienerschaft dürfe in der Halle den Gauklern zusehen.

»Gauklern?« schrie Cristildis. Als die Köchin verwundert nickte, spürte Ita die Spannung von sich abfallen. Die Nonne wäre am liebsten tropfnaß in die Halle gerannt, aber Ita hielt sie zurück. Erst mußten sie sich umziehen.

Die Köchin brachte Kleider, in die jede zweimal hineingepaßt hätte. Aber es gab Hanfschnüre, die das Tuch über den Hüften zusammenhalten konnten. Dankbar zogen die beiden Frauen sich um und hängten die nassen Kleider beim Herdfeuer zum Trocknen auf.

Ita spürte, daß sie sich erkältet hatte. Als sie in die Halle gingen, mußte sie ein Tuch vor Mund und Nase pressen, sonst hätten alle sie niesen gehört.

Die Gaukler waren zwei lustige Männer, die ihre Zuschauer mit Geschichten zum Lachen brachten, die Bälle in die Luft warfen und sie wieder auffingen, jeder drei oder vier gleichzeitig. Cristildis und Ita durften hinter der Köchin stehen und zuschauen. Aber statt den Bällen zu folgen, suchten sie mit ihren Augen jeden Winkel der Halle ab. Keine Spur von Elisabeth.

Nach der Vorstellung fragte Cristildis die Köchin nach dem Kind. Es schlafe schon, bekam sie zur Antwort, es habe immer nur geweint.

Als Cristildis sich vor den Gauklern ereiferte und lautstark wie eine Marktfrau ihr Kind zurückforderte, sträubten sie sich nicht, im Gegenteil, sie waren froh, das jammernde Kind los zu sein. Man habe ihnen das Waisenkind an einem Stand in Zürich verkauft, sagten sie. Weil das Mädchen hübsch war und der Mann, der bei ihm war, so aussah, als würde er es von früh bis spät schlagen, hätten sie Mitleid gehabt.

Am nächsten Tag wollte Elisabeth bei der Mutter auf dem Sattel sitzen, obwohl Cristildis sich selbst kaum gerade auf dem Pferd halten konnte. Aber das Kind umklammerte sie wie einen Rettungsanker.

Ita und Cristildis ritten Zürich entgegen und dachten an ihre Zukunft, die gleich war und doch verschieden, denn die Nonne wußte nicht, wo sie ihr Kind unterbringen sollte.

»Komm, wir machen eine Rast«, sagte Ita, als es am Mittag warm war fast wie im Sommer. »Die Sonne wird mir guttun. Ich habe mich gestern erkältet.« Ita drückte sich den Zipfel ihrer Tunika an die Nase, weil ein neuer Niesanfall kam. »Cristildis, wir müssen uns für das Kind etwas einfallen lassen. Jetzt, nicht erst, wenn wir in Zürich sind.«

»Sie wird im nächsten Jahr sieben«, sagte Cristildis. »In manchen Klöstern nehmen sie Oblatenkinder auf. Weshalb nicht auch in der Zürcher Abtei?«

Ita strahlte vor Freude. »Das ist die Lösung, Cristildis. Sie kann die Schule besuchen, und du kannst sie erziehen, besser, als wenn Elisabeth irgendwo anders leben müßte.«

Cristildis malte sich die Zukunft ihrer Tochter aus. Sie wollte ihr das Lesen und das Schreiben beibringen, vielleicht auch die Kräuterkunde und das Schwimmen. Cristildis redete und redete und freute sich. Plötzlich hörte sie mitten im Satz zu sprechen auf, schlug sich mit der Hand gegen die Stirn. »Wie konnte ich nur so dumm sein! Das geht nicht, Ita. Ohne Mitgift nimmt ein solches Kloster niemanden auf. Außerdem wollen sie nur Edeldamen, aber es darf niemand wissen, wer ihre Mutter und wer ...« Cristildis errötete und sprach weiter: »... ihr Vater ist.«

Ita fühlte sich mutlos. Gab es denn keine Lösung für das kleine Mädchen? Einen Moment lang dachte sie daran, Ulrich von der Lenzburg alles zu sagen. Schließlich war er Elisabeths Vater. Große Herren kümmerten sich meist um ihre außerehelichen Kinder, manche stiegen zu hohen Ehren und Ämtern auf. Aber was immer der Vogt tun mochte, er würde das Kind von der Mutter trennen, und das wollte Ita verhindern. Angestrengt suchte sie nach weiteren Möglichkeiten.

»Ich weiß, was wir machen«, rief sie und achtete nicht auf die Landstreicher, die an ihnen vorüberzogen. »Bald kommt der Burgkapellan mit den Urkunden, die Teil meiner Mitgift sind. Ich werde einfach sagen, Elisabeth sei eine verwaiste Verwandte aus Kirchberg. Niemand merkt es, wenn ich auf einem Pergament meinen Namen abkratze und ihren hinschreibe. So hat Elisabeth eine Mitgift, Cristildis, so kann sie für immer bei dir sein.«

Cristildis kämpfte mit den Tränen.

Dann glaubte Ita, ihr sei eine bessere Lösung eingefallen. »Oder ich werde die Mitgift dir geben, dann kannst du aus dem Kloster austreten und heiraten. Wenn du dich als Witwe ausgibst ...«

»Ich will nie mehr einen Mann«, protestierte die Nonne. »Nein, gib alles dem Kind, zusammen sind wir in der Abtei am besten aufgehoben.«

Plötzlich sah Ita, wie ein Landstreicher zurückgekehrt war und sich im Schatten der Bäume an den Pferden zu schaffen machte. Cristildis wollte aufspringen, aber Ita sagte: »Laß nur, was hätten wir in Zürich mit den Pferden machen sollen? Bei den Dieben sind sie am richtigen Ort. Das kurze Wegstück bis Zürich schaffen wir auch zu Fuß.«

Sie machten sich auf den Weg. Nach fast zwei Stunden drehte Ita sich um und sah in der Ferne über einer Wegkuppe Pferdeköpfe auftauchen. Reiter kamen hinter ihnen her. Als sie sich so weit genähert hatten, daß Ita das Gesicht des Anführers mit dem dunkelblonden Haar, mit dem Bart und der verwegenen Nase sehen konnte, begann ihr Herz wie rasend zu klopfen.

11

Der Reichenauer Abt machte mit seinen Besuchern viele Rundgänge durch den Klosterbereich. Eberhard sah das als verlorene Zeit an. Keine der Bauflächen gefiel ihm, denn er wußte genau, wo seine Grabkirche gebaut werden mußte. Im Südosten der Abteikirche, neben dem Mönchsfriedhof. Schließlich gab Abt Berno nach und schaute zu, wie der Bauplatz abgesteckt wurde.

Eberhard sah, daß das Gelände nahe beim Seeufer lag, und wurde übermütig. »Wir können die Kirche mindestens hundert Fuß lang bauen, denn die Beschaffung des Baumaterials ist einfach«, sagte er zu Liutpald. »Wenn Schiffe die Steine an das Ufer transportieren, müssen diese nur noch über eine kurze Strecke getragen werden.«

Berno schüttelte den Kopf. Dieses Gelände hätten die Äbte schon vor Jahrhunderten aufschütten lassen. Trotzdem sei es sumpfig, erzählte er, und Schiffe könnten nicht anlegen. Berno führte Eberhard und Liutpald zum Holzsteg am Damm, der etwa viermal soweit entfernt lag.

»Nur hier können die Schiffe entladen werden«, erklärte Berno. »Das ganze Erdmaterial, das beim Aushub der Abteikirche angefallen ist, haben die Baumeister zu diesem Damm aufgeschüttet.« Da die Füllung von Pfosten und Dielen zusammengehalten werde, stehe die Anlegestelle sicher da wie die Abteikirche selbst.

Eberhard staunte über das Geschick der Baumeister, aber von seiner Idee einer hundert Fuß langen Basilika war er nicht mehr abzubringen.

Wochenlang wurde geredet, über Steine und Säulen und die Form der Apsis. Eberhard und Liutpald waren so oft auf der Reichenau, daß sie sich in der Klosterpfalz häuslich eingerichtet hatten.

Eberhard ging gern mit Liutpald zum Bauplatz. Als der Priester mit einem Baumeister in kleinen Abständen Pfähle einschlug und damit die Form der Kirche festlegte, kniete er neben ihnen auf der Erde.

Gegen Münze stellte Abt Berno zwanzig Männer aus der Siedlung der Klosterleute zur Verfügung, kräftige Handwerker, keine Mönche. Als der Boden nach einem Regentag wieder trocken war, aber noch nicht ausgebrannt und hart, wurde mit dem Aushub des Fundamentgrabens begonnen. Gleichzeitig schafften Hörige mit Karren Material vom See zum Bauplatz. Die von der Natur geschliffenen Steine wurden nicht zu einem Hügel aufgehäuft, sondern zu einem breiten Wall.

Liutpald sagte, daraus würde das Fundament gelegt. Es sei für die Bauleute wichtig, eine große Auswahl an Steinen vor sich zu sehen. »Die Formen der Bausteine sollten zueinander passen, denn sie werden nur lagenweise verlegt«, erklärte er. »Wir dürfen unter dem Grundwasserspiegel keinen Mörtel verwenden, der würde Feuchtigkeit anziehen.«

Im Sommer war es an der Zeit, die Burg über dem Bodensee zu beziehen. Auf der Reichenau gebe es jetzt für sie nichts zu tun, meinte Liutpald, den Aushub würden die Bauleute auch ohne sie beenden können.

Eberhard wunderte sich, daß er nicht Luftsprünge machte vor Freude. So oft hatte er davon geträumt, und nun war die Begeisterung weg. Die Burg kam ihm vor wie ein Schiff, mit dem sein Leben ruhig dahingleiten oder in Stürme geraten konnte, von denen er noch keine Ahnung hatte. Es war eben nicht dasselbe, nur mit Liutpald statt mit einer Familie ein neues Heim zu gründen.

Auf der Reichenau fühlte Eberhard sich wohl. Da war der lahme Hermann, mit dem er sich unterhalten konnte wie sonst mit keinem Gleichaltrigen. Zudem hatte Eberhard eine andere, eine aufregende Bekanntschaft gemacht. Eine Hörige aus dem Dorf war ihm über den Weg gelaufen, ein Mädchen mit blonden Zöpfen, das kaum älter war als er selbst.

Es war so schwül gewesen an jenem Morgen, daß Eberhard vor den Bauleuten aufgestanden und zum Fundamentgraben gegangen war. Er schlenderte den Wall entlang, um die Bausteine zu betrachten. Da stand sie plötzlich neben ihm und fragte, ob er ihr eine Münze aus Zürich zeigen könne, sie habe noch nie eine gesehen.

Eberhard wunderte sich, daß eine Reichenauer Klosterhörige von einem so weit entfernten Ort wußte, aber offenbar kannte inzwischen die ganze Insel die Geschichte des Bauherrn der neuen Kirche und seiner Herkunft aus dem Zürichgau.

Als die Frau den Pfennig in der Hand hielt, strich sie ehrfürchtig mit dem Finger über das Silberblech, gab es aber zu Eberhards Überraschung wieder zurück und flüsterte, er dürfe sie am Gesicht streicheln, am Hals und auch etwas weiter unten.

Eberhard wurde rot und fühlte sich hitzig wie am Morgen beim Aufwachen. Als er die Bauleute kommen hörte, nahm er das Mädchen bei der Hand und führte es auf die andere Seite des Steinhaufens, damit niemand sie sehen konnte. Sie spazierten am Seeufer entlang, dort, wo die Erde fest war und nicht sumpfig. Der Wind umspielte sanft das Schilf, das sich verneigte wie unendlich viele Untertanen vor dem König. Eberhard war dankbar, daß er so nahe beim Ufer seine Kirche bauen durfte.

Mit der Hörigen spazierte Eberhard schweigend hin und her; er wußte nicht, was er hätte reden können. Ita kam ihm in den Sinn und ihre langen Gespräche.

Da fragte sie, ob er am nächsten Tag bei Sonnenaufgang zu den Hütten hinter dem Wirtschaftshof komme, mit einer Münze aus Konstanz, die habe sie auch noch nicht gesehen.

Die halbe Nacht lag Eberhard wach und dachte an die junge Frau, und als er einschlief, träumte er von Manegold und der Magd beim Meier im Thurgau. Auch Ita kam in seinen Träumen vor, aber am Morgen konnte er sich nicht mehr genau daran erinnern.

Die Hörige erwartete Eberhard, als der erste Hahn krähte. Diesmal wollte sie die Münze nicht nur anfassen, sie steckte sie in ihre Rocktasche, nahm ihn bei der Hand und führte ihn in eine halb zerfallene Hütte, die keine Tür mehr hatte.

Wieder kam ihm sein Bruder in den Sinn und die Magd, die Manegold als Klotz bezeichnet hatte. Da Eberhard kein solcher »Klotz« sein wollte, tat er nichts. Er wartete, bis sie seine Hand nahm und auf ihre Brüste legte. Mit den Fingern spürte er die Wärme ihrer Haut, die nach Heu roch und nach Minze. Eberhard sah, daß sie ihr Hemd nach oben gezogen hatte, er sah tief hinunter, und erblickte, was er noch nie gesehen hatte. Sie lächelte und legte sich auf den Strohsack in der Ecke, sie streckte die Arme nach ihm aus, sie sagte, komm zu mir, komm über mich, tu es ganz zart.

Der Umzug zur Burg gestaltete sich einfacher, als Eberhard gedacht hatte. Im alten Haus im Zürichgau blieb der meiste Hausrat zurück, denn als Graf mußte er auch weiterhin manche Nächte dort verbringen. Die Wirtschaftsgebäude mit dem Vieh vertraute Liutpald einem Meier an. So waren die Wagen nur mit Teppichen, Kissen und Truhen mit dem persönlichen Besitz beladen.

Alle Krieger und auch die Söhne von Vasallen aus dem Zürichgau trugen ihre gepanzerten Tuniken und die volle Bewaffnung. Sie hatten keine Ahnung von dem Schatz, den sie mitführten. Aber Eberhard hatte gesehen, wie viele Silbermünzen sich in einer kleinen Schatulle häuften.

Eberhard winkte den freien Bauern und den Hörigen zu, als sie vom Hof ritten. Er hatte sie immer gegrüßt, schon als kleines Kind. Die Mutter hatte das nie verstanden und ihn oft ermahnt, sich nicht mit niedrigem Gesinde abzugeben.

Er werde wiederkommen, gelegentlich, rief Eberhard den Leuten am Wegrand zu, die er am besten kannte. Der Abschied tat nicht weh, denn von der Familie gab es hier niemanden mehr. Die Mutter war nach Norden abgereist, um den Bau ihres Stifts voranzutreiben. Eberhard dachte, daß er das Haus im nordöstlichen Zürichgau nie als Heim empfunden hatte. Als er noch ein Kind war, hatten sie oft mehrmals im Jahr den Wohnsitz gewechselt. Man zog vom Zürichgau in den Thurgau und wieder zurück, man lebte auf den eigenen Ländereien, solange sie die Familie und das Gefolge versorgen konnten, dann zog man weiter.

Als er bei der Hütte des Hörigen vorbeiritt, der mit seinem gichtgeplagten Bein das Wetter spüren konnte, gab Eberhard Liutpald das Zeichen, den Weg mit den Wagen fortzusetzen. Er stieg vom Pferd und ging zum Alten, der vor der Hütte saß und ihm zugewinkt hatte.

»Möchtest du zur Burg mitkommen?« fragte Eberhard, weil er wußte, daß der Mann allein war auf der Welt und sich mit dem kleinen Gemüsegarten vor der Hütte nicht mehr lange selbst würde ernähren können. Und weil er es nützlich fand, jemanden um sich zu haben, der das Wetter im Gespür hatte wie der Bär den Honig.

»Geh!« sagte der Hörige, der sich noch nicht daran gewöhnt hatte, daß Eberhard jetzt erwachsen und außerdem sein Herr war und daß man ihn höflich anreden mußte. »Einen alten Baum verpflanzt man nicht. Und schau doch! Der Wagenzug ist schon hinter dem Hügel verschwunden. Wie könnte ich dem folgen? Außerdem schmerzt mein Bein wieder.«

»Du bist kein Baum, los, hol dein Bündel!«

Er habe nichts außer dem Hemd und dem Gemüsegarten, meinte der Alte, doch den würde der Nachbar gern übernehmen, der habe ihn schon immer bestohlen. Unschlüssig schielte der Mann ihn an.

Eberhard flüsterte dem Braunen etwas ins Ohr, hob den Mann hoch und in den Sattel. Er nahm das Pferd beim Zügel und folgte zu Fuß dem Wagenzug.

»Wie der König mit dem Papst«, grinste der Hörige, der Geschichtenerzähler mochte und manchmal in die Halle hatte kommen dürfen, wenn einer bei Eberhards Familie abgestiegen war.

Weil es auf der Reise zu regnen anfing und die Wagen immer wieder in den aufgeschwemmten Fahrrinnen steckenblieben, beschlossen sie, nicht den Landweg um den Bodensee herum zu nehmen, und reisten geradewegs Steckborn entgegen. Die Reichenau hatte dort ein Fährlehen. Es war einfach, Schiffe zu finden. Ab Steckborn würden sie auf dem Wasser an Konstanz vorbei bis ans Ende des nördlichen Bodenseearms fahren können. Von da aus war es nicht mehr weit zur Burg.

Am Morgen der Abfahrt war das Ufer vom Sonnenlicht überflutet, es wehte nur ein schwacher Wind. Trotzdem warnte der alte Hörige, sein Bein traue dem Wasser nicht. Eberhard lachte und erklärte ihm, er habe eben noch nie einen See gesehen, darauf reagiere sein Bein wohl wie auf Regen. Weil er das Gejammer des Alten nicht mehr hören wollte, schickte er ihn auf das andere Schiff.

Eberhard war froh über seinen Entschluß, denn das Gleiten auf dem See war eine Freude. Er fühlte, daß er das Wasser mochte, so wie man in eine Landschaft, in einen Ort oder in einen Menschen Hoffnung setzt, ohne zu wissen warum. Man sieht oder spürt etwas zum ersten Mal und erahnt eine Verknüpfung mit dem eigenen Schicksal.

Vom langen Ritt des Vortags tat Eberhard das Gesäß immer noch weh, er war froh, daß es auf dem Schiff genügend Platz gab, um zwischen den Pferden hin und her zu gehen.

Bei Konstanz fuhren sie auf den offenen See hinaus. So muß das Meer sein, dachte Eberhard, denn wenn er nach Osten sah, reichte das Wasser bis zum Horizont. Ein seltsames Fernweh packte ihn, eine Sehnsucht, immer weiterzusegeln.

Eberhard war so in Gedanken versunken, daß er den Wind erst spürte, als er ihm um die Ohren raste. Schwarze Wolken ballten sich am Himmel zusammen. Ohne sich abzusprechen, hielten die beiden Schiffsführer auf die Meersburg zu, aber der Sturm tobte, bevor sie die Anlegestelle erreichten. Eberhard kämpfte sich gegen den Wind zur Schiffsmitte durch, wo keine Pferde standen. Hinten waren Krieger damit beschäftigt, die Reittiere zu beruhigen, und Liutpald redete auf den Schiffsführer ein.

Von da an achtete Eberhard nicht mehr auf die anderen. Er zog sein Panzerhemd aus, legte sich auf den Schiffsboden und hielt von unten eine Bank umklammert.

Als das Schiff schwer in ein Wellental krachte wie ein achtlos in den Brunnen geworfener Kessel, bäumten sich die Pferde auf. Sie waren kaum noch zu halten. Ein Krieger hielt zwei Zügel umklammert, mit der freien Hand tastete er nach einem Halt. Plötzlich verlor er das Gleichgewicht und stürzte kopfüber in den See. Eberhard erschrak, als die beiden Reittiere vom schwankenden Schiff auf ihn zugeschleudert wurden. Aber das Schiff kippte wieder in die andere Richtung. Die Pferde stemmten sich gegen den Boden, verloren ihren Halt, rutschten ins Wasser. Eberhard drehte sich zum Mast um und erkannte seinen Braunen, der zehn Fuß von ihm entfernt angebunden war. Er dachte daran, zum Pferd zu kriechen und sich in den Sattel zu schwingen. Der Braune konnte schwimmen, der Braune mußte ihn retten. Aber Eberhard hatte Angst. Sein Pferd bäumte sich so wild auf, daß es den eigenen Herrn abgeworfen hätte.

Panik ergriff Eberhard, als eine Welle ihn überflutete und er den Halt verlor. Er wollte nach dem Zügel des Braunen greifen, aber der wurde neben ihm über Bord gespült. Bevor die Wellen sich über ihm schlossen, sah Eberhard das Ufer. Es lag so nah vor ihm, daß er es mit wenigen Schritten erreicht hätte, aber seine Füße fanden keinen Grund. Unter Wasser hielt er sich mit einer Hand die Nase zu. Um nicht die Besinnung zu verlieren, sagte er in Gedanken Gebete auf und dachte an die heiligen Reliquien der Reichenau.

Als sein Kopf zwischen den Wellen auftauchte und er mit Mund und Nase Luft schnappen konnte, streckte er die Hand aus, um sich am trügerischen Wasserspiegel festzuhalten. Aber je mehr er sich streckte, desto schneller sank er nach unten. Die Luft wurde ihm knapp. Ich ertrinke, dachte er, das kann nicht sein, nicht heute. Ita kam ihm in den Sinn, ihr Lächeln, Mohnblumenfelder. Und ihre Stimme. Tiere schwimmen, weil sie laufen wie auf dem Land, hörte er sie sagen.

Da begann er wie ein Hund mit den Armen und Beinen Kreise zu ziehen, immer schneller, bis seine Nase wieder an die Oberfläche kam. Eberhard sah den Braunen mit einer Schiffsplanke kämpfen, die sich in seinem Zügel verheddert hatte. Wild schüttelte der Hengst den Kopf hin und her, bis das Holzstück aus dem Zügel rutschte.

Plötzlich war Eberhard sich bewußt, daß er sein Pferd die ganze Zeit über beobachtet hatte. Ich gehe nicht unter, dachte er triumphierend, ich kann schwimmen. Wie ein Hund ruderte er im warmen Seewasser auf sein Pferd zu, packte die Zügel und hielt sich am Sattel fest. Der Braune brachte ihn zum Ufer, wo das zweite Schiff heil auf den Wellen schaukelte.

Vier Männerarme packten zu und trugen Eberhard aufs Trockene. Andere Helfer waren dabei, Gepäck aus dem Wasser zu fischen. Da erinnerte Eberhard sich an den Priester und bekam Angst.

Wenn auch Liutpald stirbt, was wird dann sein? Aber als er sich umdrehte, sah er seinen Ratgeber tropfnaß zwischen den Truhen liegen und Wasser ausspucken.

Viel Transportgut und die Pferde konnten gerettet werden, zwei bewaffnete Krieger und ein Diener aber waren beim Schiffbruch ertrunken. Eberhard und Liutpald reisten mit dem alten Hörigen auf dem Landweg weiter.

Als sie auf den Burghügel ritten, standen die Wagen mit dem Gepäck bereits vor dem Tor, denn der Wind war bald nach dem Unglück abgeflaut. Das heile Schiff hatte bis ans See-Ende weiterfahren können.

Am nächsten Morgen, bevor Eberhard die Burg richtig gesehen hatte, drängte Liutpald ihn, einen Umritt zu machen, um Grafen, Vögte, Vasallen und die Meier seiner Höfe zu besuchen. Es sei für einen Burgherrn wichtig, daß man ihn kenne. Zudem könne der Haushofmeister in der Zwischenzeit die Burg wohnlich einrichten.

Eberhard mußte neue Beinkleider anziehen und, obwohl es warm war, über der Tunika einen violetten Mantel mit gelben Borten, den eine Fibel an der rechten Schulter zusammenhielt. Am Gurt trug er das vergoldete Schwert, das Manegold gehört hatte.

Das ist wie wenn ein neuer König durchs Land reitet, erklärte Liutpald. Der müsse sich auch in seiner ganzen Pracht zeigen, das fördere die Achtung und die Verehrung. Besonders das Schwert sei wichtig, da Manegold es für den Kaiser geführt und damit die Schlacht gewonnen habe. Auch Krieger müßten mitreiten, möglichst viele. Damit könne Eberhard zeigen, daß er über eine große Streitmacht verfüge und fähig sei, die Burg und all seinen Besitz und die Vasallen zu verteidigen.

Offenbar flößten Eberhards Kleider und das vergoldete Schwert den Leuten Respekt ein, denn überall wurde er freundlich empfangen und geehrt. Er selbst mußte nicht viel sagen, meist lenkte Liutpald das Gespräch. Je unwichtiger ein Besuch war, desto weniger lang dauerte er. Eberhard merkte bald, daß der Priester am längsten blieb und mehr sprach, wenn sie bei Grafen oder Vögten waren. Da beschrieb Liutpald die neue Burg in allen Einzelheiten und schilderte die Glasfenster in der Halle, als ob sie Wunder des Himmels wären. In solchen Momenten folgte Eberhard dem Gespräch nur mit halbem Ohr.

Er dachte zurück an ihre Ankunft nach dem Schiffbruch …

Als sie dem Weg zum Burghügel gefolgt waren, spiegelte sich die Abendsonne in den schmalen Glasfenstern, die an der Südmauer der Halle zu sehen waren. Eberhard war erstaunt, als er auch in seiner Kammer dieselben Fenster sah, obwohl alle anderen Maueröffnungen im oberen Stock nur hölzerne Fensterläden hatten. Da fing er Liutpalds Blick auf. Der Priester freute sich wie ein Kind, weil er ihm diese Überraschung bereitet hatte.

Der Graf des Linzgaus ehrte Eberhard und sein Gefolge in seiner Burghalle mit einem Festmahl. An den Tischen saßen Vasallen und Grundbesitzer. Auch die Gräfin, ein Sohn und zwei Töchter waren dabei. Eberhard sah, daß sie alle älter waren als er. Eine Tochter schaute immer in seine Richtung. Sie hatte krauses rotes Haar, Sommersprossen und dunkle Augen, die zu nah bei der Nase lagen. Eberhard wich ihr aus, aber sie starrte ihn an und wurde rot, wenn ihre Blicke sich kreuzten.

Als Eberhard beobachtete, wie der Graf auf Liutpald zuging und auf ihn einredete, wie die beiden die Köpfe zusammensteckten und immer wieder in seine Richtung schauten, gab er das Zeichen zum Aufbruch.

Trotzdem strahlte der Gastgeber, er schüttelte Eberhard die Hand und sagte, er werde in der kommenden Woche einen Gegenbesuch machen.

Auf dem Heimweg sagte Liutpald: »Der Linzgaugraf will dir seine jüngere Tochter zur Frau geben. Die wird dir das Leben leichter machen, Eberhard. Eine ideale Partie. Mit Hilfe eines reichen benachbarten Grafen kannst du deine Stellung schnell festigen.«

»Das kommt nicht in Frage«, empörte sich Eberhard. »Du bist mein Ratgeber, nicht mein Vater, der mir die Braut aussucht.«

Liutpald lachte. »Du mußt als Lehnsherr denken. Wenn du dich mit der Familie des Linzgaugrafen verbindest, bist du jemand in Schwaben. Allein der Besuch bei ihm heute könnte dir neuen Landbesitz einbringen. Hast du nicht gesehen, wie die Vasallen dich und die Grafentochter angestarrt haben? Viele haben den Braten gerochen. Das wird sich bald unter den kleinen Edelleuten unserer Gegend herumsprechen.«

»Weshalb sollte mir das neues Land einbringen?«

»Du wirst schon sehen. Wir wollen einige Tage auf der Burg bleiben. Ich bin sicher, sie werden kommen.«

Eberhard hatte keine Ahnung, was der Priester meinte, aber statt darüber zu grübeln, freute er sich auf die erste Zeit im neuen Zuhause.

Bei klarem Wetter ritt er aus dem Tal zum Ufer und sah auf den Bodensee hinaus. Manchmal schaute er im Garten nach den Kräutern, oder er saß einfach da und bestaunte seine Burg von außen. In solchen Momenten war er glücklich. Aber gerade da wechselte oft seine Stimmung wie der Wind im Segel, der die Flaute zur rasenden Fahrt macht. Die blutigen Bilder aus dem Schwarzwald kehrten zurück, seine eigenen tonlosen Schreie und das brennende Einsiedler Kloster.

Wenn Liutpald ihn zu Gerichtsverhandlungen, Meiern oder Vasallen mitnahm, war Eberhard zufriedener als beim Nichtstun. Auch die Träume plagten ihn nach ausgefüllten Tagen seltener, oder jedenfalls erinnerte er sich am Morgen nicht mehr an sie.

In den nächsten Tagen geschah, was Liutpald vorausgesagt hatte. Kleine Grundbesitzer aus der Gegend kamen und boten Eberhard ihre Ländereien zu Eigentum an. Obwohl Eberhard nicht verstand weshalb, sah er Liutpald nicken und willigte vor Zeugen mit Handschlag ein. Als Gegenleistung für das Land mußte er die Freien zu seinen Vasallen machen und ihnen ihr früheres Eigentum als Lehen zurückgeben.

»Was soll der Tausch eigentlich bedeuten?« wollte Eberhard von Liutpald wissen, als sie wieder allein waren.

»Du bist jetzt reicher, Eberhard, du hast mehr Ländereien zu Eigentum. Zudem schicken die Vasallen dir Frondienstleute. Wenn es Krieg gibt, müssen sie Reiter stellen oder selbst mit dir ins Feld ziehen. Jedenfalls sind sie dir Treue schuldig.«

»Aber was gewinnen sie dabei?«

»Du hast ja beim Linzgaugrafen gehört, wie viele Fehden es zwischen den kleinen Edelleuten gibt. Unsere Burg liegt im Hegau. Die Grafschaft umfaßt das Gebiet zwischen dem Bodensee und der Donau. Seit deinem Ahnen Burkhard üben die Herzöge von Schwaben meist auch das Amt der Hegaugrafen aus.«

»Ist das jetzt Hermann, das Kind?«

»Nein. Er ist minderjährig, er hat nichts zu sagen. Und sein Vormund, der Bischof von Konstanz, hat anderes zu tun als im Hegau für Ordnung zu sorgen. Deshalb ist hier keiner seines Lebens sicher. Wenn die Freien ihr Eigentum nun dir übergeben, bist du verpflichtet, sie mit deinen Kriegern zu schützen. Da sie ihr früheres Land als Lehen von dir zurückbekommen, können sie es für ihre Versorgung nutzen wie bisher und verlieren nichts dabei.«

An einem Regentag am Ende des Sommers stand Eberhard mit Liutpald im Trockenen und schaute von der Burg aus in die Ebene. Von weitem sahen sie den Linzgaugrafen mit seinem Gefolge den gewundenen Weg hinaufreiten. Die Besucher kamen nur langsam vorwärts, denn es goß in Strömen.

Liutpald sagte, er müsse zu einer Gerichtsverhandlung reiten. Er murmelte etwas vom Gewohnheitsrecht, das ein Nachbar mißbraucht habe, und ließ seinen jungen Herrn stehen.

Eberhard war unsicher. So eigenartig hatte er den Priester nur einmal erlebt, als sie bei Embrich im Abthaus von Einsiedeln saßen und Liutpald sich derart für Eppo schämte, daß er sich gern in Luft aufgelöst hätte.

Am liebsten wäre Eberhard seinem Ratgeber nachgelaufen, aber da tauchte über der Wegkuppe der Kopf des Linzgaugrafen auf. Obwohl er tropfnaß und mit Schlamm bespritzt war, strahlte der Feudalherr über das ganze Gesicht wie eine Sonne, die sich in den Regen verirrt hat.

Es kam, wie Eberhard befürchtet hatte.

Der Besucher ließ sich mit seinem Gefolge bewirten, er bewunderte die Halle und konnte sich nicht satt sehen an den Glasfenstern. Höflichkeitsbekundungen wurden ausgetauscht, die Eberhard inzwischen gelernt hatte.

Jedes Mal, wenn der Graf ins Persönliche abschweifen wollte, lenkte Eberhard ab. Er schenkte seinem Gast Wein ein, er rief nach dem Haushofmeister, er sprach vom Bischof von Konstanz und sogar vom Polenkönig, der einem Gerücht nach im Osten Sachsens ins Reich eingefallen war, um Kaiser Konrad in einen Krieg zu verwickeln.

Aber alle Ausflüchte halfen nichts. Der Linzgaugraf blieb, bis gesagt war, was er sagen wollte. Seine Tochter Gertrud sei fromm und mild den Armen gegenüber, begann er. Ihre Schönheit habe Eberhard ja mit eigenen Augen gesehen. Dann zählte der Graf die Mitgift der Tochter auf. Am Schluß schüttelte er Eberhard die Hand und betonte, wie glücklich er über die Verbindung sei. Nun müsse lediglich noch der Tag der Eheschließung festsetzt werden.

Eberhard erschrak und wußte nicht, was er sagen sollte. Vergeblich schickte er nach Liutpald. Die Luft war zum Schneiden dick, als er schweigend neben dem Grafen saß und wartete. Dann versuchte Eberhard es mit Ausflüchten, aber sein Gast hörte nicht zu, denn für ihn war die Ehe beschlossene Sache. Da griff Eberhard in der Not zur Ehrlichkeit, einer Waffe, die sich, wie Liutpald später meinte, seltener bewährte als die List. Eberhard sagte, daß er Gertrud nicht heiraten werde, daß er …

»Ihr wollt mir eine Absage erteilen?« schnitt der Linzgaugraf ihm ungläubig das Wort ab.

Die Gefolgsmänner des Grafen standen auf, tasteten nach ihren Schwertern. Eberhard zupfte sich am Ohrläppchen und fixierte ein Glasfenster. Aber er sagte nichts.

Der Ton des Gasts wurde heftiger: »Ihr weigert Euch, das Eheversprechen einzuhalten, obwohl Euer Priester und ich alles ausgehandelt und mit einem Handschlag besiegelt haben?«

»Er ist nicht mein Vormund, ich habe davon nichts gewußt. Ich bin …« Eberhard hörte der eigenen Stimme an, wie kläglich seine Ausrede wirken mußte. Aber offenbar nahm der Besucher ihn ernst. Vielleicht weil er spürte, daß Eberhard ehrlich war.

»Ich lasse Euch jetzt allein«, sagte der Graf schneidend. »Da könnt Ihr mit Eurem Priester reden. Bis zum Tag des heiligen Laurentius erwarte ich Euren Boten.«

Als der Graf weggeritten war und Liutpald zurückkam, wollte der nicht glauben, was Eberhard ihm erzählte. Die reichste Braut mit den besten Verbindungen habe er ausfindig gemacht, die für Eberhard zu haben war. Da werfe der alles über den Haufen und stoße zudem einen mächtigen Grafen vor den Kopf.

»Du hättest mich fragen sollen«, sagte Eberhard leise. »Du kannst nicht über mich bestimmen wie Eppo über Manegold. Ich bin nicht dein Sohn und du bist nicht wie Eppo. Jedenfalls hatte ich das gehofft.«

»Stimmt, ich habe dich nicht gefragt.« Liutpald war wütend, er sprach schnell und mußte husten. »Aber in diesem Fall war das unnötig. Ich konnte keinen Augenblick lang zögern, weil du zu einer besseren Ehe gar nicht kommen könntest.«

»Ich will die Rothaarige mit den schielenden Augen nicht.« Eberhard zwang sich, nicht an seinem Ohrläppchen zu zupfen und strich sich statt dessen durch den Bart.

»Wie sie aussieht, spielt keine Rolle, Eberhard. Sie ist fromm und gut, und wenn du willst, kannst du dich an die Mägde halten wie Manegold. Oder an Töchter von hörigen Klosterleuten.«

»Du weißt ...« Eberhard schämte sich, aber er dachte nicht daran, aufzugeben. »Wie du es dem Linzgaugrafen sagst, ist deine Sache. Aber eins ist sicher. Ich werde diese Gertrud nicht heiraten.«

Sie spürten beide, daß etwas am Zerbrechen war. Sie lasen es in den Augen des jeweils anderen. Da schob Liutpald alle Ratschläge beiseite und sagte: »Gut. Vielleicht ist es besser, wenn diese Ehe nicht geschlossen wird. Ich werde einen Boten schicken und alles auf mich nehmen. Wir geben dem Grafen keine Absage, sondern stellen ein Mißverständnis klar.«

Am übernächsten Tag meinte Liutpald, es sei klüger, eine Antwort des Linzgaugrafen nicht abzuwarten und die Burg für einige Zeit zu verlassen. Sie müßten ohnehin auf der Reichenau nach dem Rechten sehen. Auch sei in Schaffhausen eine Gerichtsverhandlung angesetzt. Der Klettgaugraf Radbot komme persönlich, und den zu treffen sei für sie wichtig.

Auf Liutpalds Rat hin ließ Eberhard den Großteil des Gefolges auf der Burg zurück. Mit drei bewaffneten Gefolgsmännern und zwei Knechten ritten sie über den Seerücken nach Allensbach und nahmen die Fähre zur Reichenau.

Eberhard hatte so oft von seiner Kirche geträumt, daß der leere Fundamentgraben neben dem Klosterfriedhof ihn jetzt enttäuschte. Aber Liutpald sagte, das sei zu erwarten gewesen. In einer vom Gewitterregen aufgeweichten Mulde könne niemand arbeiten.

Sie blieben bis Ende August. Als sie das Schiff bestiegen, schien die Sonne wieder und hatte den Fundamentgraben ausgetrocknet. Eberhard sah Männer, die Steine verlegten.

Auf dem Rhein fuhr das Schiff ohne Segel mit dem Strom. Eberhard war erst einmal auf einem Fluß gefahren, aber der war nicht so breit gewesen. Das Gleiten auf dem Wasser ist wie ein Abenteuer, wie eine Reise ins Ungewisse, dachte Eberhard. Er hatte von der Burg aus so oft westwärts geschaut, daß er es jetzt nicht erwarten konnte, in Schaffhausen anzulegen. Er prägte sich die Uferlandschaft mit den Weinbergen, den Obstbäumen und Wäldern in die Erinnerung ein. Je näher sie Schaffhausen kamen, desto schneller wechselte die Landschaft. Eberhard fühlte wieder die Freude am Wasser und die Liebe zum Fluß, dessen Ufer ihm wie ein neues Zuhause vorkamen. Dieses Empfinden von Heimat teilte Eberhard mit Liutpold. Wenn der Priester vom Fluß erzählte, leuchteten seine Augen, er kam ins Schwärmen, was sonst nicht Liutpalds Art war.

Eberhard wurde bewußt, wie wenig er seinen Ratgeber und Freund kannte. Deshalb fragte er: »Warum ist dir diese Gegend so wichtig, Liutpald?«

Der Priester gab keine Antwort und strich sich über die Glatze.

»Du sprichst so gern von der Landschaft am Rhein, da dachte ich ...« Eberhard zupfte sich am Ohrläppchen, »... sie bedeute dir persönlich etwas.«

»Das stimmt«, antwortete Liutpald. »Ich bin im Kloster Rheinau aufgewachsen. Dort habe ich lesen und schreiben gelernt und mich auf das Priesteramt vorbereitet. Als du ein Kleinkind warst, habe ich deinen Brüdern oft davon erzählt. Manchmal bist du dabeigesessen und hast mich mit großen Augen angeschaut.«

Eberhard dachte an Ita, die freiwillig das Gelübde ablegen wollte. »Hast du gern im Kloster gelebt?«

»Du kennst ja Hermann den Lahmen«, sagte Liutpald. »Da weißt du, was es bedeutet, ein Oblatenkind zu sein. Die werden dem Kloster geschenkt, Eberhard. Man will sie los sein. Entweder weil sie behindert sind wie Hermann oder weil man nicht genug Mittel hat, ihnen ein anderes Leben zu bieten. Mein Vater hat dem Kloster eine Schenkung gemacht und damit die Verantwortung für mich den Mönchen übertragen.«

Eberhard schwieg.

Da erzählte der Priester von der ersten Zeit im Kloster, als man ihm mit Schlägen das Weinen ausgetrieben hatte, weil er immer an sein Heimweh dachte und selten demütig an die Heiligen. Am liebsten ließ der Knabe seine Tränen in den Rhein strömen, das tröstete ihn mehr als der Gedanke an die Mutter, die ihn nie besuchen kam. Mit der Zeit empfand er den Fluß als seine Heimat, das Fischen mit den Mönchen wurde ihm wichtig wie das Lernen. Als Liutpald schon Novize war und das Gelübde ablegen wollte, geriet Eppo in Händel mit dem Rheinauer Klostervogt. Schließlich einigte man sich, und als die Abmachung besiegelt wurde, fragte Eppo nach einem Schreiber, den er in seine Dienste nehmen konnte.

»Ich wußte, wie grimmig dein Vater war«, erzählte Liutpald. »Er benahm sich zänkisch vom ersten Augenblick an. Trotzdem sagte mir eine innere Stimme, sag ja, das ist das Richtige.«

»Es war richtig«, sagte Eberhard leise. Er legte Liutpald die Hand auf die Schulter, wie er es nie getan hatte, denn er wollte ihm zeigen, daß der Zwist um die Grafentochter aus dem Linzgau vergessen war.

»Ich bin wegen der Kinder mit ihm gegangen«, erinnerte Liutpald sich. »Eppo erzählte von Manegold und von Burkhard, die noch klein waren. Ich hatte das Gefühl, daß sie mich brauchen würden ...«

»Das stimmt, ich habe dich nötig.«

»Ja, du am meisten, obwohl du noch nicht geboren warst, als dein Vater zur Abtei Rheinau kam.«

Eberhard war enttäuscht von seinem ersten Blick auf Schaffhausen. Nur ein einziges Schiff war zu sehen. Der Ort wirkte so verschlafen wie das Rheinufer. Außer der Kapelle, die dem heiligen Johannes geweiht war, gab es keine Steinbauten. Die paar Holzhäuser waren von ärmlichen Hütten umgeben, die Unfreien gehören mußten.

»Und hier besitze ich Ländereien?« fragte Eberhard ungläubig.

»Keine ausgedehnten, leider. Nur ein Haus.«

»Weshalb leider?« fragte Eberhard zurück.

»Das erkläre ich dir, wenn wir zum Wasserfall reiten. Schau, die Kapelle! Sie gehört zu Sankt Georg, dem Kloster, das wir vom Schiff aus gesehen haben. Es untersteht dem Bistum Bamberg und liegt in Stein. Dort, wo der Rhein aus dem Bodensee fließt.«

Nachdem Eberhard die Kapelle flüchtig angesehen hatte, erzählte Liutpald von der Gerichtsverhandlung. Alle freien Männer müßten erscheinen. Das sei so Brauch und Gesetz. Bisher habe er, Liutpald, Eberhard nur zu kleineren Verhandlungen mitgenommen. Diese aber sei von Bedeutung. Es gehe um einen kleinen, aber wichtigen Landbesitz.

»Werde ich vor Gericht aufgerufen?« fragte Eberhard.

Liutpald wehrte ab. »Besser ist es, wenn du mich sprechen läßt. Heute werden bedeutende Herren Schwabens vor Gericht erscheinen, da könntest du nicht mit deiner Ehrlichkeit herausplatzen wie vor dem Linzgaugrafen.«

»Wer kommt?« fragte Eberhard und malte sich in Gedanken die Begegnung mit einem Herzog oder mit Verwandten des Kaisers aus.

»Kläger ist Bertold von Zähringen. Er ist Graf in der Ortenau und im Breisgau und hat dich verklagt, weil wir auf einen kleinen Flecken Land in Schaffhausen Anspruch erheben.«

»Gehört der uns denn?«

»Ja, aber Bertold weiß das offenbar nicht.«

Eberhard atmete auf. »Wir werden also recht bekommen.«

»Ich hoffe es.« Liutpald schwieg, weil sie nicht mehr allein waren. Viele Männer strebten dem Platz mit der uralten Linde entgegen. »Du mußt aufpassen und auf mich hören«, sagte der Priester so leise, daß nur Eberhard ihn verstehen konnte.

Am Ort, wo der Klettgaugraf Gericht halten wollte, stiegen sie von den Pferden. Obwohl sie nun wie alle zu Fuß gingen, sah Eberhard, daß die Leute ihn anstarrten. Das sind die Kleider, dachte er. Liutpald will, daß ich meinen Reichtum überall zur Schau stelle.

Ehrfürchtig bildeten die Menschen eine Gasse. Eberhard und Liutpald gingen nach vorn.

»Gerichtsherr ist der Klettgaugraf«, flüsterte Liutpald Eberhard zu. »Seine Mutter war eine deiner Großtanten, Eberhard. Nun werden wir sehen, wie gut die Familienbande noch halten.«

Zuerst wurde ein Bauer verurteilt, weil er seine Schwiegereltern geschlagen hatte, dann kamen Fälle von Friedensbruch und Gotteslästerung zur Sprache, schließlich eine Mordtat.

So viele Männer wurden angehört, daß Eberhard fast eingeschlafen wäre. Als sein und Eppos Name fielen, wurde er schlagartig hellwach.

Liutpald rief Zeugen auf, um die Anklage Bertold von Zähringens zu widerlegen. »Das Stück Land in Schaffhausen gehörte Eppo und ist auf Eberhard übergegangen«, sagte er zum Schluß.

Ein verschlagenes Grinsen breitete sich auf Bertolds Gesicht aus. Der Graf mochte ungefähr dreißig Jahre alt sein. Obwohl er klein war, wirkte sein kräftiger, gerade aufgerichteter Körper imposant. Bertold hatte schwarze Schlitzaugen, die zuckten, wenn er die Mundwinkel nach oben schob. Er nannte Namen von Zeugen, die dabeigewesen seien, als er den Landflecken anno domini 1012 erworben habe.

Eberhard beobachtete Liutpald. Er sah, daß der Priester angestrengt nachdachte.

Plötzlich sagte Liutpald: »Als Zeuge nennt Bertold den Bruder des Rheinauer Vogts. Dieser Arnulf ist aber bereits zwei Jahre vor dem von Bertold genannten Datum gestorben, ich habe ihn selbst gekannt. Folglich gehört das Stück Land neben der Kapelle Eberhard.«

Als das Urteil verkündet wurde, starrte Bertold von Zähringen wütend auf Eberhard. Dann machte er kehrt und verließ den Platz.

Der Landbesitz wurde Eberhard bestätigt. Bevor der Klettgaugraf zum nächsten Fall überging, winkte er Liutpald zu sich. Selbst

Eberhard, der dem Priester gefolgt war, konnte nicht hören, was er sagte. Der Graf nickte Eberhard freundlich zu.

»Wir werden den Klettgaugrafen bei Sonnenuntergang treffen«, sagte Liutpald, als sie zu den Knechten mit den Pferden gingen. »Ich glaube, wir haben Glück und er erinnert sich an die alte Verwandtschaft.«

Eberhard war gespannt. Nicht auf die Begegnung mit dem Grafen, sondern auf das Naturschauspiel, zu dem Liutpald ihn führen wollte.

Sie ritten den Rhein entlang nach Westen, bis der Fluß einen Bogen machte. Liutpald folgte nicht mehr dem Ufer, sie überquerten ein steiniges Wegstück, bis das Gelände leicht anstieg. Oben auf der Kuppe blieb der Priester stehen. »Die Siedlung dort unten heißt Neuhausen. Seit Jahren versuche ich, sie im Tausch einzuhandeln.«

Eberhard hatte keine Ahnung, welchen Wert der Landflecken haben konnte. »Was ist so wichtig an diesem Ort?« fragte er. »Kann man da besser ein Feld anlegen als anderswo?«

»Nein. Trotzdem hatten Eppo und ich im Sinn, hier möglichst viel Land zu bekommen. Am liebsten wäre mir, dir würden alle Ländereien zwischen Schaffhausen und dem Wasserfall gehören.«

»Hast du deshalb so erbittert um das Stück Land gekämpft?«

»Ja, es befindet sich mitten im Ort Schaffhausen, zwischen deinem Haus und der Kapelle. Für Bertold ist es wichtig, weil er Vogt des Bistums Bamberg ist, und zu diesem gehört die Kapelle.«

»Aber weshalb sind dieses Landstück und Neuhausen für dich von so großer Bedeutung?«

Liutpald schwieg und schmunzelte.

»Du meinst ...« Eberhard begann etwas zu ahnen. »Du meinst wegen der Schiffe, die in Schaffhausen anlegen? Und wegen der Waren, die zu den anderen Schiffen unter dem Wasserfall getragen werden müssen?«

»Genau. Du mußt bedenken, daß der Handel zwischen der Lombardei und dem Reich nördlich der Alpen immer wichtiger wird. Das fördert auch den Verkehr zwischen Konstanz und Basel. Bald werden mehr Schiffe in Schaffhausen anlegen. Waren müssen ausgeladen und auf dem Landweg um den Wasserfall herumgetragen werden.«

»Und wer dieses Gelände besitzt ... «

»... kann Geleitschutzrechte anmelden«, beendete der Priester Eberhards Satz. »Und auch Zölle einstreichen.«

Eberhard war von Liutpalds Ideen nicht überzeugt. Auf der Reise vom Bodensee nach Schaffhausen hatten sie nur ein einziges Schiff gesehen. Das hatte Baumaterial zum Kloster Reichenau transportiert und keine Waren, die um den Wasserfall herum getragen werden mußten. Er zuckte die Schultern und beendete das Gespräch; sie hatten das Flußufer wieder erreicht. Eberhard hörte ein ohrenbetäubendes Rauschen und drehte den Kopf. Da sah er den niederstürzenden Fluß.

Zwischen mit Moos bewachsenen Kalkfelsen schäumte der Rhein ins Tal. Oben schien das Wasser unbeweglich wie eine schillernde Wand, unten aber spritzte mit Höllengewalt Gischt auf, wurde hochgewirbelt, verlor sich zwischen den Felsen wie Nebel. Es schäumte so stark, daß Eberhard Angst hatte, der Wasserfall könne alles in seinen Sog ziehen, auch Pferde und Menschen.

Ohne auf Liutpald zu achten, setzte Eberhard sich auf den Boden. Er brauchte Zeit, um das Wunder zu verstehen. Die Gewalt des Wassers weckte Erinnerungen und Angst, Eberhard schien es, als seien der Fluß und das Leben dasselbe. Niemand konnte ihren Sturz aufhalten; aber wenn der Fluß seine Kraft verloren hatte, plätscherte das Wasser ruhig dahin wie das Leben nach einem Unglück. Der Wasserfall kam ihm vor wie die Brücke zur Zukunft, zur Ewigkeit, er weckte Vertrauen in Gott, denn wer so etwas erschaffen hatte, konnte auch sein Leben lenken.

Als sie nach Schaffhausen zurückritten, war Eberhard sich sicher, daß der Fluß und dieser Tag ihm Glück bringen sollten. Vielleicht würde sich die Schiffahrt tatsächlich so entwickeln, wie der Priester das voraussah.

Graf Radbot empfing sie auf einem Meierhof, den er bewohnte, wenn er im Klettgau Recht sprechen mußte. Sonst lebte der Feudalherr auf der Habichtsburg, auf der Habsburg an der Aare, die er zusammen mit seinem Bruder, dem verstorbenen Bischof von Straßburg, erbaut hatte.

In der Halle waren außer dem Meier einige Vasallen des Grafen versammelt. Beschriebene Pergamentstücke lagen neben Tuschfaß und Feder auf dem Tisch.

Der Graf lächelte, streckte die Hand aus und ging ihnen entgegen. Das Schicksal von Eberhards Vater tue ihm leid, begann Radbot das Gespräch. Eppos Tante sei mit ihm verwandt gewesen, das verbinde. Er könne sich vorstellen, wie hart das Leben ohne Vater und ohne Brüder sei.

»Solange Ihr einen Ratgeber wie Liutpald habt, seid Ihr vom Himmel gesegnet.« Radbot nickte Eberhard freundlich zu. Er winkte den Mundschenk herbei und ließ die Becher auf dem Tisch mit Wein füllen. »Ihr habt mich schon zu Eppos Lebzeiten um ein Tauschgeschäft gebeten«, wandte er sich an Liutpald.

Eberhard drehte sich zum Priester um. Er war gespannt, was jetzt kommen würde.

Radbot fuhr fort: »Das Landstück am Ufer des Wasserfallbeckens will ich zu Euren Bedingungen, Liutpald, gern Eberhard überlassen. Die Urkunde ist aufgesetzt worden, und wie Ihr seht, warten die Zeugen.«

Liutpald strahlte, aber Radbot schien der Handel nicht zu interessieren. Er schaute aus dem Fenster, als das Schriftstück vor den Zeugen verlesen wurde. Dann winkte er einen Diener herbei und ließ mehr Wein auftragen, dazu Käse, Brot und gebratenen Fisch.

Eberhard wurde rot, als Radbot ihn ehrerbietig aufforderte, sich zu ihm zu setzen. Liutpald schob sich neben ihm auf die Bank.

Der Gastgeber füllte Eberhards Becher bis zum Rand. »Bertold von Zähringen wird es nicht wagen, Eure Rechte im Klettgau nochmals anzutasten. Ich habe ihm gesagt, daß es zwischen uns Familienbande gibt.« Radbot trank, strahlte Eberhard an und trank weiter.

Plötzlich läutete es in Eberhard Sturm wie mit Feuerglocken. Radbots treuherziges Lächeln, die ausgestreckte Hand, der wissende Blick, den er mit Liutpald tauschte. Es kam Eberhard vor, als hätte er das schon einmal erlebt. Bevor er richtig begriffen hatte, worauf der Gastgeber hinauswollte, sprach Radbot weiter.

»Ihr müßt mich auf der Habichtsburg besuchen, Eberhard, ich werde ein Bankett für Euch geben.«

Eberhard zupfte sich am Bart und am Ohrläppchen. »Ich werde kommen, aber wir müssen jetzt aufbrechen. Das Schiff wartet.«

»Ihr wollt bei Dunkelheit den Rhein gegen den Strom befahren?« Radbot kräuselte amüsiert seine Lippen. »Bleibt und setzt Euch!« Er nahm einen Fisch aus der Schüssel und schob ihn Eberhard zu. »Du brauchst eine eigene Familie, Eberhard, möglichst bald.«

Panik stieg in Eberhard auf, als Radbot ihn so vertraulich ansprach. Nun wird er von seiner Tochter erzählen, ging es ihm durch den Kopf. Er wird schwärmen, wie fromm und schön sie ist.

Der Linzgaugraf kam ihm in den Sinn. Wie dessen Tochter Gertrud ihm Honigplätzchen angeboten und sich über ihn gebeugt hatte. Er hatte ihre schielenden Pupillen wie Habichtaugen über sich gesehen, hatte ihren fauligen Atem gerochen. Und dabei an Ita gedacht, die jeden Morgen in Blütenstaub baden mußte, so süß war ihr Blumenduft.

Plötzlich fürchtete Eberhard sich vor dem Leben. All die Forderungen, die an ihn gerichtet wurden, waren zuviel für ihn, er kam sich wieder vor wie ein Knabe, dessen Leben von den Erwachsenen gelenkt wird, ohne daß er sich dagegen wehren könnte.

»Da du keinen Vater mehr hast, muß ich dich selbst fragen«, begann der Klettgaugraf.

Eberhard sah Aufrichtigkeit in Radbots gut geschnittenem Gesicht mit den vollen Lippen und den braunen Augen. Vielleicht ist die Tochter schön, dachte Eberhard, vielleicht gefällt sie mir. Aber er fühlte, daß Schönheit nicht wichtig war. Eberhard dachte an Itas spitze Zähne, an ihre goldenen Haarsträhnen. Und plötzlich wußte er, was er dem Habsburger und allen anderen Feudalherren mit heiratsfähigen Töchtern zu sagen hatte.

Die Angst machte einem Gefühl Platz, das Eberhard noch nie empfunden hatte. Glück, Euphorie, überwältigend wie der Wasserfall, der ins Tal stürzte.

»... meine jüngste Tochter zur Frau«, übertönte Radbots Stimme das Glücksrauschen in Eberhards Seele.

Liutpald wollte ihm ins Wort fallen, als er zu sprechen begann, aber Eberhard war nicht aufzuhalten. »Nichts wäre mir lieber als eine Verwandtschaft mit Euch, Radbot«, sagte er aufrichtig. »Aber um Eure Tochter zu heiraten, müßte ich ein Eheversprechen lösen. Das läßt meine Ehre nicht zu.«

»Ihr seid versprochen?« fragte Radbot und kehrte zur förmlichen Anrede zurück.

»Ja, mit Ita von Kirchberg, der Braut meines verstorbenen Bruders Manegold.«

»Das kann niemand von Euch verlangen«, wandte Radbot ein. »Das Wort des Bruders zählt nicht für Euch.«

Liutpald stimmte zu. »Ein solches Eheversprechen kann gelöst werden.«

Radbots und Liutpalds Meinungen änderten nichts an Eberhards Entschluß, aber er wußte nicht, was er sagen sollte. Es muß einen Weg geben, dachte er verzweifelt. Er fühlte, wie wichtig Ita ihm war. Da fiel ihm das Gelübde ein, das er in Einsiedeln in den Wind geschrien hatte. Hatte es in der langen Zeit der Verzweiflung im Schwarzwald und im Gefängnis seiner Seele vielleicht ein zweites Gelübde gegeben? Hatte er es ausgesprochen, ohne daß er sich daran erinnerte?

Eberhard zweifelte einen Windhauch lang, dann ließ er seine Gedanken Wirklichkeit werden und deutete die Vergangenheit neu. Und er kam sich nicht als Lügner vor, als er sagte: »Manegold ist im Schwarzwald für den Kaiser gefallen. Sein letzter Gedanke galt Ita von Kirchberg. Ich habe gelobt, sie an seiner Stelle zu heiraten.«

Liutpalds Blick meißelte sich in Eberhards Erinnerung ein wie das Einsiedler Feuer. Der Priester starrte ungläubig von Radbot zu Eberhard, aber er fing sich rasch, legte seinen Arm um Eberhard und sagte laut, daß der Klettgaugraf es hören konnte: »Es ist schön, daß die Familie dir wichtiger ist als alles, Eberhard.« Und zu Radbot: »Wir werden Euch trotzdem besuchen, der alten Verwandtschaftsbande wegen. Eberhard könnte mit seiner Frau reisen, die Ehe wird im Frühherbst geschlossen.«

12

Auf der alten Straße, die von Stein am Bodensee entlang nordwärts durch den Hegau führte, kam ihnen in gestrecktem Galopp ein Reiter entgegen. Eberhard und Liutpald wollten ausweichen, aber der Mann brachte sein Pferd zum Stehen. Es war ein Krieger von der Burg.

Der Linzgaugraf habe die Festung stürmen wollen, berichtete der Gefolgsmann atemlos. Rammböcke seien vor das Tor getragen worden, aber der Besatzung sei es gelungen, die Angreifer mit Pfeilen in die Flucht zu schlagen. Allerdings habe der Graf vor dem Rückzug den Pferdestall in Brand gesteckt und alle Reittiere davontreiben lassen. Nun befürchte man seine Rückkehr mit noch mehr Kriegern; man sei auf Verstärkung angewiesen.

Eberhard schlug vor, vom Abt der Reichenau bewaffnete Reiter zu erbitten, aber Liutpald war dagegen. Bestimmt komme der Linzgaugraf bald zurück, zudem sei es mit mehr Kämpfern auch nicht getan.

»Wir müssen die Fehde mit dem Grafen beenden«, sagte der Priester. »Andernfalls ist deine Burg so sicher wie ein Schaf in einem Wolfsrudel.«

Beim Ritt auf den Hügel sahen sie den schwarzen Rauch von weitem. Das Dach des Pferdestalls war über eingestürzten Balken zusammengebrochen.

Oben in der Burg schleppten Frauen Wasserkessel zur Treppe, der Anführer der Burgmannen war dabei, Anweisungen zu erteilen. Neue Pfeile wurden nach oben getragen und bei den Zinnen deponiert.

»Es darf keinen zweiten Angriff geben«, sagte Liutpald zu Eberhard. »Da du Ita heiraten willst, müssen wir dem Linzgaugrafen sagen, die Ehe sei von dir und ihrem Vater längst beschlossen worden. Als Zeugen nennen wir Radbot von der Habichtsburg.«

Am nächsten Morgen wurde ein Eilbote nach Kirchberg geschickt. Als er nach zehn Tagen zurückkehrte, ritt Itas Vater mit zahlreichem Gefolge neben ihm. Otto von Kirchberg erklärte, er habe genug von Itas Launen, er sei gleich selbst gekommen und bleibe, bis die Ehe geschlossen sei. Am liebsten wäre er sofort nach Zürich weitergereist.

Eberhard kamen die Tage wie Ewigkeiten vor.

Liutpald war ohne Begleitschutz zum Linzgaugrafen geritten und hatte für seinen Herrn um eine Unterredung gebeten. Als er zurückkam, erzählte er, der Graf habe eine große Kriegerschar aus der Umgebung gesammelt, um die Burg zu stürmen. Wenn Eberhard ihm entgegenreite, sei der Feudalherr aber bereit zu einem Gespräch. Das Treffen war auf den drittletzten Septembertag festgesetzt worden.

Je mehr er darüber nachdachte, desto entschlossener war Eberhard, nicht nachzugeben. Er wollte Ita heiraten und keine andere. Selbst wenn der Linzgaugraf die Fehde weiterführen, selbst wenn er Eberhards Burg zerstören und ihn aus dem Hegau vertreiben würde, sein Entschluß war gefaßt.

Trotz der Spannung war Eberhard glücklich. Er erinnerte sich an die Gespräche mit Ita, an ihre braungrünen Augen, den schön geschnittenen Mund. Dann, langsam, schlich sich eine neue Unsicherheit in Eberhards Denken ein. Ita hatte gesagt, sie wolle das Gelübde ablegen. Vielleicht würde auch die Meinung des Vaters sie nicht davon abbringen können. Vielleicht war ihr das Kloster so wichtig, daß sie gar nicht heiraten wollte. Und wenn er zu spät kam? Ita wollte im Herbst Nonne werden. Was war, wenn sie das Gelübde bereits abgelegt hatte? Oder die schlimmste Möglichkeit. Ita konnte nein sagen, weil er Eberhard und nicht Manegold war und sie in ihm noch immer den Knaben sah.

Die letzten Stunden vor dem Treffen mit dem Linzgaugrafen waren für Eberhard wie das Warten auf den Tod. Immer wieder sah er Ita vor sich, wie sie in der Zürcher Abtei kniete und Jesus als Braut die Treue schwor.

»Du mußt dem Grafen Ländereien zu Eigentum anbieten, die er dir dann wieder als Lehen gibt, das wird ihn beruhigen«, sagte Liutpald auf dem Ritt zur Begegnung. Er habe eigens zu diesem Zweck in Eberhards Namen Besitz im Hegau gegen solchen im Linzgau eingetauscht.

Weil Otto von Kirchberg und Liutpald ihn begleiteten, verspürte Eberhard keine Angst, als er dem Linzgaugrafen gegenüberstand. »Es kann keine Fehde zwischen uns sein«, sagte er, nachdem Liutpald alle einander vorgestellt hatte. »Ihr habt mich damals nicht zu Ende reden lassen. Letztes Jahr habe ich Ita, der Tochter Ottos von Kirchberg, die Ehe versprochen. Sie war die Braut meines Bruders Manegold, der die Schlacht gegen Herzog Ernst angeführt hat und der für den Kaiser gefallen ist. Ich habe ihm geschworen, Ita an seiner Statt zu heiraten. Ihr Vater hier ... « Eberhard warf Otto von Kirchberg einen Seitenblick zu. »Itas Vater und der Klettgaugraf Radbot sind Zeugen.«

Als er das hörte und weil auch seine Vasallen es hörten, mußte der Linzgaugraf die Fehde beenden. Das Gebiet, das Eberhard ihm zu Eigentum anbieten wollte, lehnte er ab. Es sei um Freundschaft und um neue Familienbande gegangen, nicht um mehr Land. Mit seinen Hörigen werde er den Stall bei der Burg wieder aufbauen.

Am Abend wurde in der Burg ein Verbrüderungsmahl aufgetischt. Der Linzgaugraf und Eberhard saßen nebeneinander, es gab viel Wein, sie schworen sich Treue gegen Feinde, mit denen in der Zukunft bestimmt zu rechnen sein würde. Eberhard trank viel, aber er zähmte seine Zunge wie ein wildes Pferd. Kein falsches Wort kam über seine Lippen. Er sprach nur wieder und wieder von Manegold und der Brudertreue, die er ihm schuldete.

Die Reise nach Zürich war ein Ritt durch Feuer. Eberhard war abwechselnd heiß und kalt und dann wieder heiß. Seine Seele litt Höllenqualen, denn je näher sie Zürich kamen, desto unsicherer wurde er. Schließlich nahm er sich vor, Ita nichts von seinen Gefühlen zu sagen. Sonst würde sie sich womöglich über ihn lustig machen, wie damals, als sie sein Gelübde nach dem Einsiedler Feuer nicht ernst genommen hatte.

Am Zürichseeufer wollte Eberhard sich die Worte zurechtlegen, mit denen er vor sie hintreten würde. Die Straße lag einsam vor ihnen, kein Mensch war unterwegs. Da wurden an einer Wegbiegung in der Ferne drei Gestalten sichtbar. Als sie näher kamen, erkannte Eberhard zwei Frauen und ein Kind.

In seiner Brust begann es zu toben. Bevor seine Augen ihr Bild erkannten, war Ita in seinem Herzen und trieb es an, er glaubte zu ersticken wie damals, als er den trügerischen Wasserspiegel des Bodensees von unten gesehen hatte.

»Vater! Eberhard!« rief Ita und begann zu laufen. Sie wollte sich dem Vater in die Arme werfen, aber der blieb auf dem Pferd sitzen und streckte ihr die rechte Hand hin. Ita wandte sich Eberhard zu, lachte und weinte gleichzeitig. Eberhard stieg vom Pferd.

»Wir sind gekommen, weil Eberhard und ich uns geeinigt haben«, sagte der Graf von Kirchberg. Er trieb sein Pferd vorwärts, bis Ita wieder ihn anschaute. »Du wirst ihn heiraten, das ist besser für dich als das Klosterleben.«

Ita blieb stehen und sagte nichts, sah Eberhard an, der auf sie zukam. Als er vor ihr stand, mußte sie niesen.

»In der letzten Zeit haben mir viele Väter von heiratsfähigen Töchtern zugesetzt«, sagte Eberhard leise. »Da dachte ich, es ist besser, ich heirate. Weil du Manegold wolltest, könnte es ja sein, daß du nun ... « Eberhard wurde rot und fixierte seine Stiefel. »Ich weiß, ich bin zu jung, aber wenn ich sagen kann, daß wir heiraten, läßt man mich in Ruhe.«

»Und weshalb willst du mich und nicht eine der anderen?« Ita schämte sich, die Frage zu stellen, aber sie tat es trotzdem, weil sie nicht durch die Launen des Zufalls in ein neues Leben eintreten wollte.

Eberhard wand sich. Am liebsten hätte er die Wahrheit gesagt. Las sie die denn nicht in seinen Augen? Als er sie weder lächeln noch strahlen sah, kniff er die Lippen zusammen und sagte: »Unsere Väter waren sich damals schon einig. Nun haben dein Vater und ich das Versprechen erneuert. So bleibt Manegolds Braut bei uns.«

Ita wußte nicht, wie sie sich verhalten sollte. Sie sah sich nach

Cristildis um, die mit dem Kind hinter ihr stehengeblieben war. Die Nonne nickte, sie lächelte, freute sich. Weil sie gerettet waren und weil ihre eigenen Träume in Ita leben würden.

Wir haben uns früher gemocht, dachte Ita, und Wärme durchflutete ihren Körper. Wenn ich ihm sage, wie oft ich an ihn gedacht habe und wie ich mich jetzt freue, bei ihm zu sein ... Aber sie sah, daß Eberhard den Blick krampfhaft auf ihre Lippen gerichtet hielt, nicht auf ihre Augen. Fast hätte sie nein gesagt, sie wolle lieber die Nonnenkutte als einen gleichgültigen Mann. Wahrscheinlich gefalle ich ihm gar nicht, dachte Ita, er heiratet mich nur, weil er es seinem toten Bruder schuldet. Sie mußte wieder niesen, sie fühlte, wie ihre Nase brannte und geschwollen war. Damit und mit den abgebrochenen Zähnen sah sie wohl eher aus wie ein Ungeheuer als wie eine strahlende Braut.

Ita wollte nachdenken und schloß die Augen. Bilder von Mohnblumen wehten durch ihre Erinnerung, von Mohnblumen und von Eberhards Finger, wie er zärtlich ihren spitzen Zahn berührte. Eberhard ist nun ein Mann, aber etwas vom Knaben wird geblieben sein, dachte sie. Seine Freundlichkeit vielleicht, sein Verständnis oder wenigstens seine Ehrlichkeit. Und wenn ich ihm nichts bedeute, so kann sich das noch ändern.

An das Kloster erinnerte Ita sich, an die dunklen Stunden im Winter, an endlose Gebete, die nie zu Brot für die Armen werden konnten. Und plötzlich war sie entschlossen, nicht in die Zürcher Abtei zurückzukehren. Die Freiheit, wie immer sie mit Eberhard aussehen mochte, war ihr wichtig wie die Luft zum Atmen. Deshalb sagte sie: »Wenn Vater einverstanden ist, so bin ich es auch. Das Klosterleben ist schwierig, wenn man sich gern draußen im Leben bewegt wie ich.«

Otto von Kirchberg stieg vom Pferd, nahm Itas und Eberhards rechte Hand und drückte sie so ungeschickt zusammen, daß die Braut aufschrie.

Der Priester Liutpald schmunzelte. Als er Eberhards Blick begegnete, drehte er sich um und machte sich am Sattel seines Pferdes zu schaffen.

Ita erwachte mit geschwollenem Hals und tropfender Nase. Weil ihr heiß war, strampelte sie die Decke weg. Da spürte sie, daß man ihr Umschläge um die Waden gewickelt hatte, um das Fieber zu senken. Rasch zog sie die Decke wieder hoch und sah sich um. Ihr Kastenbett stand in einer Kammer, die einen Fensterschlitz aus Glas hatte. Ita wäre am liebsten aufgesprungen, um es aus der Nähe zu bewundern. Aber sie fühlte sich schwach, sie blieb liegen und döste vor sich hin, bis der Vater an ihr Bett trat.

»Gut, daß du wieder gesund bist«, sagte Graf Otto. »Da kann die Ehe gleich geschlossen werden. Ich muß nach Kirchberg zurückreiten.«

In diesem Moment kam Liutpald herein, nahm ihn beim Arm und führte ihn ohne ein Wort aus der Kammer.

Meist schlief Ita, in den wachen Phasen hatte sie Zeit zum Nachdenken. An die Reise an den Bodensee erinnerte sie sich nur lückenhaft, denn vom Thurgau an hatte das Fieber sie geschüttelt. Zuvor waren sie nach Zürich zurückgekehrt und hatten Ermentrudis die Mitteilung gemacht, daß Ita das Kloster verlassen und heiraten werde. Graf Otto von Kirchberg übergab der Äbtissin eine Schenkung, die für das kleine Mädchen Elisabeth bestimmt war. Einen Moment lang hatte Ita daran gedacht, Cristildis und das Kind zur Burg mitzunehmen, als Gesellschafterinnen. Als sie sah, wie ihr Vorschlag die Nonne in Verlegenheit brachte, kam sie davon ab. So ritten Ita und ihre Begleiter mit den fast leeren Truhen, die vor zwei Jahren noch ihre Mitgift nach Zürich gebracht hatten, Richtung Bodensee davon. Der Abschied tat weniger weh als damals in Kirchberg, aber Ita reiste wieder in eine unbestimmte Zukunft.

Am zweiten Tag kam Eberhard in ihre Kammer. Ita schloß die Augen, aber nur so weit, daß sie ihn durch die Wimpern verschwommen sehen konnte. Er legte die Hand auf ihre Stirn, strich ihr eine verklebte Haarsträhne aus dem Gesicht. Als er sich zu ihr niederbeugte, schloß Ita die Augen ganz. Sie hörte, wie er flüsterte, Ita, du mußt gesund werden, Ita, du mußt weiterleben, aber die Tränen in seinen Augen sah sie nicht.

Als Eberhard nach Tagen wiederkam, hatte er einen Medicus

von der Reichenau bei sich. Der flößte ihr Tinkturen ein und ließ sie zur Ader.

Einmal fing Ita Eberhards Blick auf und sah, daß er besorgt war. Da freute sie sich darauf, gesund zu werden. Als sie wieder aufstehen durfte, wurde die Eheschließung für den drittletzten Oktobertag geplant.

Am Vorabend der Hochzeit kam Eberhard mit einem Mann zu ihr, der im Kloster Reichenau das Pergament glattrieb.

Sachte schliff der Handwerker zuerst die Spitze von Itas abgebrochenen Zähnen ab, dann noch etwas mehr und noch etwas mehr, bis die Schneidezähne gleich lang waren wie die Eckzähne. Ita war erstaunt, daß es nicht schmerzte. Sie fuhr mit dem Finger über die neuen Schnittkanten, spürte, daß sie scharf waren und ungleichmäßig.

Die Herrin müsse Geduld haben, sagte der Mann und strich einen Sandbrei auf die Kanten, den er mit einem Instrument, das Ita noch nie gesehen hatte, zu reiben begann. Als er fertig war, hielt er ihr einen Handspiegel vor die Nase.

Eberhard stand neben ihr. Ihn hatten die spitzen Zähne nie gestört, im Gegenteil, aber er wußte, daß Ita jetzt mit ihrem Aussehen zufriedener sein würde. Er sah, wie sie sich im Spiegel musterte und wie sie lächelte, als ihre Zunge die Zahnflächen abtastete.

»Endlich brauche ich keine Angst mehr zu haben, mich beim Essen mit den Zahnspitzen zu verletzen«, sagte sie und legte Eberhard dankbar die Hand auf den Arm.

Zur Eheschließung rief Liutpald Zeugen herbei. Sie kamen am Abend vorher und übernachteten in der Halle. Vor benachbarten Grafen, Vasallen und weit entfernten Verwandten Eberhards wurde der Ehevertrag am frühen Morgen geschlossen. Otto von Kirchberg übergab die Liste mit Itas Mitgift, und Eberhard legte als Gabe des Bräutigams an die Braut eine kleine Schatulle und einen Schlüssel in Itas Hände.

Dann ritt die Hochzeitsgesellschaft zum See und bestieg ein Schiff, das der Reichenauer Abt geschickt hatte, obwohl er an der Eheschließung nicht teilnehmen konnte. Er legte aber Wert auf die

Einhaltung des römischen Pontifikale, das verlangte, daß die Frau nach der Heirat mit ihrem Gatten in die Kirche ging.

Bischof Warmann gab dem Paar in der Konstanzer Bischofskirche seinen Segen, und in einem ruhigen Moment nach der Messe flüsterte er Eberhard zu, auf das Grafenamt im Zürichgau werde er weniger lang warten müssen als vorgesehen. Eberhards Herz klopfte schneller. Er fühlte sich, als hätte man ihm an diesem Tag zweimal die Zukunft geschenkt

Als spät am Abend in der Burghalle das Festmahl aufgetragen wurde, war Eberhard in Hochstimmung. Außer den Zeugen nahmen ihre Frauen und erwachsenen Kinder teil. Obwohl der Bischof verfügt hatte, daß der Pfarrklerus sich von weltlichen Eheschließungen fernhalten mußte, schmausten und tranken bei der Feier auch Geistliche mit. Sie und die Vasallen verstrickten Eberhard in Gespräche, die kein Ende nehmen wollten.

Ita war froh, daß ihre golden und silbern durchwirkte Tunika schöner war als die Roben der anderen Frauen. Auch ihr Schmuck, die Halskette mit den grünen Steinen, die der Vater ihr am Morgen geschenkt hatte, und die goldenen Armreifen paßten zur Stellung der Burgherrin. Eberhard zuliebe trug sie nur einen hauchdünnen Schleier, denn sie wußte, wie gern er ihre blonden Strähnen sah.

Etwas steif saß Ita da, sie durfte den Kopf kaum bewegen, sonst wäre der schwere Goldreif von ihrem Haar gerutscht. Diese Haltung gab ihr ein stolzes Aussehen, sie verstand, daß die Gäste immer wieder in ihre Richtung schauten. Aber niemand traute sich, sie in ein langes Gespräch zu verwickeln. Eine Dame sprach von der schwierigen Aufsicht über die Weberinnen ihres Hofs.

Je später es wurde, desto häufiger begegnete Ita neugierigen Männerblicken, die zwischen ihr und Eberhard hin und her wanderten.

Dann waren plötzlich alle auf den Füßen. Eberhard und Ita wurden an den Händen genommen und durch die Burg bis zur Kammer im ersten Stock begleitet, wo Ita seit ihrer Ankunft allein geschlafen hatte. Nachdem sich die Tür hinter dem Hochzeitspaar geschlossen hatte, ging unten das Gejohle weiter.

Umständlich legte Eberhard den Gurt ab. »Das hier ...«, sagte er leise und wurde zu seinem Ärger rot. »Das hier gehört zur Eheschließung. Die Tanten werden es dir erzählt haben. Aber wenn du dich noch krank fühlst ...«

»Ohne wäre die Ehe nicht gültig«, flüsterte Ita nervös. Wo war ihre Sicherheit geblieben, die im Kloster in Zürich und bei den Kranken an der Sihl Teil von ihr geworden war? In ihrer eigenen Hochzeitsnacht kam Ita sich fehl am Platz vor. Vielleicht ist das alles ein Muß für ihn, weil er nicht mich, sondern die Braut seines Bruders geheiratet hat, dachte sie. Als er stehen blieb und nichts tat, sagte sie: »Ich ziehe jetzt das Nachtgewand an.«

Eberhard hätte Ita gern geküßt, als sie nebeneinander im Bett lagen. Aber er hatte Angst, sie würde ihn zurückweisen. So tastete er nach ihrem Arm, nach ihren Hüften. Ita drehte sich ihm zu und zog das Nachtgewand nach oben. Als er sich über sie schob, hielt sie sich so, wie die Tante ihr in Kirchberg geraten hatte.

»Vielleicht tue ich dir weh«, flüsterte Eberhard, als er sie suchte. Er wollte sanft mit ihr umgehen. Aber das Zu-ihr-Wollen war plötzlich da, viel stärker, als es ihn früher zu den Hörigen getrieben hatte. Eberhard konnte sich nicht zurückhalten.

Ita streckte die Arme wieder aus, die sie um ihn geschlungen hatte. Kaum hatte sie etwas gespürt, von dem sie nicht recht wußte, ob es schmerzhaft war oder angenehm, strich Eberhard ihr das Haar aus der Stirn, flüsterte, es tut mir leid, ich wollte dir nicht weh tun, und wälzte sich auf die andere Seite. Ita war zu müde, um nachzudenken.

»Wir müssen der Burg einen Namen geben«, sagte Eberhard am nächsten Morgen. Er hatte sich angezogen und setzte sich neben sie aufs Bett. Als sie keine Antwort gab, sagte er: »Gestern war der Tag lang, ich hatte getrunken. Hoffentlich habe ich dir nicht weh getan.« Er nahm die Hand vom Ohrläppchen und legte sie auf Itas Arm.

Ita ging nicht auf seine letzte Bemerkung ein. »Wie heißt denn der Berg hier?« fragte sie.

»Nenzingerberg.« Eberhard war ihr dankbar, daß sie ihm aus der Verlegenheit half. Einen Moment lang nahm er ihre Hand und drückte sie gegen seine Lippen. »Meinst du, wir sollten sie Nenzingerburg nennen?«

»Nein, das ist zu lang. Lenzburg oder so klingt besser.« Das Wort Lenzburg weckte Erinnerungen in Ita, sie wich Eberhards Blick aus und schaute zum Fenster. Der Zürcher Vogt Ulrich kam ihr in den Sinn; wie zart seine Stimme und sein Wesen sie umschmeichelt hatten! Mit Eberhard war alles anders. Schöner und doch weniger schön. Ita ärgerte sich über ihre widersprüchlichen Gedanken und sagte: »Wie wäre es mit Nenzerburg?«

»Zu hart. Außerdem gibt es Leute, die stottern, wenn sie vom Nenzingerberg sprechen.«

»Du hast recht, aber Nenner- oder Nemmer- oder Nepperburg klingt auch nicht gut. Wie wäre es mit Nenerburg?«

»Es soll hier eine Fee gegeben haben, die Nella hieß.«

»Das ist es!« rief Ita. »Nellenburg.«

Eberhard stand auf und verbeugte sich galant vor ihr. »Mein Name ist Eberhard von der Nellenburg. Wie hört sich das an?«

»Fast so gut wie Ita von der Nellenburg.« Sie lachte und ging mit Eberhard hinunter in die Halle.

Am dritten Tag wollte Eberhard seiner Frau den Haushofmeister vorstellen. Ita brauche keine Angst zu haben, sie könne selbst bestimmen, welche Aufgaben sie auf der Nellenburg übernehmen wolle und welche nicht. Als Eberhard den neuen Namen aussprach, lachten sie einander zu wie Komplizen.

Von der Kammer aus sah Ita später, wie Eberhard mit ihrem Vater und einigen Vasallen zur Jagd ritt. Sie hatten die Hundemeute bei sich und die Falken. Bestimmt würde die Jagd bis zum Abend dauern. Sie nahm sich vor, trotzdem in die Halle zu gehen.

Vom Haushofmeister erfuhr Ita, daß er verantwortlich war für die Getreidespeicher und Vorratskammern, daß er von den Hörigen die Abgaben entgegennahm, den Haushalt organisierte und manchmal zum Markt nach Konstanz fuhr, um einzuhandeln, was die Ländereien nicht selbst abwarfen. Er hieß Kuno und war ein älterer Mann von über fünfzig Jahren mit einem langen Gesicht. Seine Augen erinnerten Ita an die Frösche im Teich von Kirchberg. Kuno hatte als Sohn eines Hörigen durch sein Organisationstalent auf sich aufmerksam gemacht. Ihm wurde die Freiheit gegeben, und er nutzte seine Chance, sich bei Eppo emporzuarbeiten.

Ita hätte ihm gern Fragen zur Haushaltung gestellt, merkte aber, daß ihm das unangenehm war. Um den Mann nicht aus der Fassung zu bringen, hörte sie ihm zu und sagte nichts. Ita dachte an die Zürcher Abteiwirtschaft und daran, daß sie vergeblich versucht hatte, die Einzelheiten zu verstehen. Deshalb nahm sie sich vor, hier nur wenige Aufgaben zu übernehmen und diese gründlich kennenzulernen, ehe sie etwas Neues anpacken wollte.

»Was tut auf anderen Burgen die Herrin und was der Haushofmeister?« fragte sie und gab so Kuno die Möglichkeit, ihr Aufgaben zuzuteilen.

»Und was der Herr und was der Hauspriester, müßtet Ihr auch fragen.« Kuno lächelte ihr wohlwollend zu. »Das ist schwierig«, fuhr der Mann fort. »Die Aufgaben überschneiden sich. Eigentlich hätte Eberhard das Sagen, aber er ist so jung, er richtet sich meist nach Liutpald. Hauptsächlich kümmern sie sich um die Vasallen, um neue Ländereien und Meier oder Bauern, die ihre Pflicht nicht erfüllen.« Wenn Eberhard später einmal Grafenämter ausübe oder Vogteien übernehme, werde noch mehr auf ihm, dem Haushofmeister, lasten. Da wäre er froh, wenn Ita sich um die Schneiderinnen, um die Spinnerinnen oder um die gesamte Tuchherstellung kümmern könnte.

Nach einer Woche reiste Itas Vater heim nach Kirchberg. Eberhard erklärte, er müsse vor dem Wintereinbruch zur Reichenau gehen, weil er mit Liutpald das Fundament der neuen Grabkirche besichtigen wolle. Ita hätte ihn gern begleitet, um die Gegend kennenzulernen. Aber Eberhard forderte sie nicht dazu auf. Da er sie in den letzten Nächten nicht berührt und ihr nur freundlich einen guten Schlaf gewünscht hatte, vermutete Ita, er habe kein großes Interesse an ihr und blieb auf der Burg, als Eberhard mit dem Priester davonritt.

Itas Eindrücke von ihren neuen Aufgaben rundeten sich zu einem Bild, das sich mit der Zeit veränderte wie die Landschaft für eine Reiterin. Sie erkundigte sich nach der Größe der Schafherden und nach der Wollmenge, die bei jeder Scherung anfiel. Beim Gang durch die Burg merkte sie, daß vor allem Teppiche und Kissen fehlten.

Am meisten faszinierte sie das Weben. Der Haushofmeister sprach von Faserpflanzen, die in der Umgebung auf Feldern wuchsen. Ita wollte alles wissen über die Verwertung von Hanf und Leinen und darüber, mit welchen Pflanzen die gewebten Stoffe gefärbt wurden. Im Gespräch mit Kuno merkte sie, daß er ihr gern die Verantwortung über die gesamte Tuchherstellung überlassen hätte. Deshalb beschloß sie, die Arbeitsabläufe vom Anpflanzen bis zum Weben zu studieren.

Ita hielt sich am liebsten bei den Schneiderinnen auf, aber sie freundete sich mit niemandem an. Die Hörigen zeigten ihr Respekt, nie ein Lächeln. Ita mußte sich langsam daran gewöhnen, die Herrin zu sein. Im Kloster hatte sie als Novizin unter anderen gelebt und in Cristildis eine Freundin gehabt. Hier war sie einsam und mächtig wie eine Königin.

Manchmal hörte sie das Geflüster der Weberinnen oder der Spinnerinnen. Als die Tage kürzer wurden, hörte sie immer dasselbe. Die Frauen klagten über Hunger und Kälte.

»Ihr habt euren täglichen Brei und dazu ein Stück Brot«, sagte Ita einmal so laut, daß alle drei Weberinnen es hören mußten. Sie hatte genug von den versteckten Klagen. Da alle sich an den Webstühlen zu schaffen machten, fuhr sie fort: »Außerdem bekommt ihr Kleider.«

»Aber zu Hause ist es kalt und die Kleinen hungern«, sagte eine junge Frau. Aus Verlegenheit machte sie eine ungeschickte Bewegung und stieß mit dem Knöchel gegen ein Webgewicht. Sie stolperte und stürzte gegen den Webstuhl. Ita sah, wie der Beutel, der am Gurt ihres Leinenkleids befestigt war, naß wurde und zu tropfen begann. Sie fragte, ob die Frau sich verletzt habe. Die Weberin schüttelte den Kopf und sprang auf, streifte dabei ihre Herrin, die mit der Hand an den Beutel geriet. Ita bekam etwas Glitschiges zwischen die Finger und hielt es sich an die Nase. Das ist ja Ei, dachte sie und begriff.

Die Weberin lief davon, Ita hinter ihr her den Hügel hinunter. Weil sie Lederschuhe mit festen Bändern um die Knöchel trug und die Weberin nur Bundschuhe ohne Sohlen, hatte sie die Frau auf dem steinigen Weg bald eingeholt.

»Wie sind die Eier in deinen Beutel gekommen?« fragte Ita und nahm die Frau beim Arm.

»Auch wenn Ihr mir die Hand abhacken laßt, ich werde es weiter tun«, gab die Weberin trotzig zur Antwort. Ihre Augen hielt sie auf den Boden gerichtet.

Ita sah, daß die Frau ein hübsches schmales Gesicht und von vielen Schwangerschaften schwere Brüste hatte. »Was willst du weiter tun?«

»Eier in der Burgküche nehmen, für meine Kleinen.«

»Los, geh mir voraus! Zeig mir, wo du wohnst!« Ita ließ den Arm der Weberin los.

»Aber haltet Euch die Nase zu!« Die Frau führte sie zu einer Siedlung von Hörigen. Bei einer Hütte neben dem Haus des Gerbers machte sie halt. Ita sah, daß die Tür schief in den Angeln hing. Neben der Hütte standen Bottiche mit Tierhäuten. Ein ätzender Gestank nahm Ita fast den Atem. Sie war froh, daß die Frau ihr in die Behausung voranging. Aber hier roch es nicht viel besser. Die Dielen der Wand fügten sich schlecht zusammen. Durch die Spalten drang der Gestank in die Hütte wie der Schweiß aus den Poren. Er vermischte sich mit dem Rauch des Herdfeuers, an dem eine alte Frau mit der Kelle in einem Kessel rührte. Zwei Kinder klammerten sich an ihre Tunika, ein Neugeborenes weinte auf dem Strohsack hinter dem Tisch. Daneben standen zwei magere Ziegen.

»Hier lebe ich mit meiner Mutter, seit mein Mann tot ist.« Die Weberin ging zum Säugling und nahm ihn an die Brust. »Zum Glück darf ich zum Stillen nach Hause gehen. Aber die verlorene Arbeitszeit muß ich am Abend nachholen.«

»Weshalb bebaust du nicht eure Hufe Land, anstatt zu weben?« fragte Ita und war froh, daß sie über die Arbeit der Unfreien Bescheid wußte. »Du bist doch keine Haushörige.«

»Der Nachbar benutzt die Hufe.«

»Der Gerber?«

»Nein, ein höriger Bauer. Er hat mir versprochen, uns dafür mit dem Nötigsten zu versorgen. Aber er gibt uns nichts. Wenn ich etwas verlange, schlägt er mich oder ...«

»Und da schleichst du dich nach dem Stillen in die Herrschaftsküche und stiehlst Eier.«

Die Weberin gab dem Kind die andere Brust und begann zu weinen. »Was soll ich denn sonst tun?«

Ita legte ihr die Hand auf die Schulter. »Es gibt doch das Hörigengericht. Weshalb hast du nicht gegen den Mann geklagt?«

»Er hätte mir oder den Kindern etwas angetan. Ich höre oft, wie er seine Frau schlägt, bis sie schreit.«

Am nächsten Tag gab Ita der Weberin eine Hufe Land und ließ für sie einen Wohnstall und für den Webstuhl ein Grubenhaus bauen. Sie sah zu, wie Hörige Pfosten in die Ecken einer anderthalb Fuß tiefen Grube versenkten und dazwischen Bohlenwände hochzogen. Das Dach wurde mit Schindeln gedeckt.

Auf dem Landstück neben dem Gerber siedelte Ita Flüchtlinge an, einen kräftigen Mann mit Familie und zwei halbwüchsigen Brüdern. Ita war sicher, daß der Nachbar es nicht wagen würde, diesen Leuten das Land streitig zu machen.

Die neue Familie war aus dem Hegau geflohen, weil ihr Herr, ein kleiner freier Landbesitzer, immer mehr Abgaben aus ihnen herausgepreßt hatte. Zuerst wanderten sie umher, aber die Freiheit war hart, denn nur mit dem Jagen und dem Fischen konnte eine Familie sich im Winter nicht durchbringen. Schließlich war der Familienvater froh, daß Ita ihm eine Hufe Land gab, eine Hütte und Holz, um die Behausung instand zu setzen. Für diese sichere Zukunft wollten sie gern Hörige der Burgherrschaft werden.

Nach der Umsiedlung der Weberin widmete Ita der Situation der Armen große Aufmerksamkeit, und auf Eberhards Ländereien sprach man bald voller Respekt von der Burgherrin, die nicht nur mit Flatterärmeln und Goldreifen beim Brettchenweben saß, sondern Anteil nahm am Leben der Unfreien. Ita fühlte sich wohl trotz Eberhards Abwesenheit. Sie konnte tun, was die Zürcher Äbtissin ihr als Novizin verboten hatte: für die Armen und Kranken sorgen.

Lange vor Weihnachten kam Eberhard mit Liutpald zurück. Ita sah, daß er sich freute, sie wiederzusehen. Verlegenheit gab es keine zwischen ihnen, denn sie hatte viel zu erzählen und er auch. Bis spät in die Nacht hinein blieben sie am Tisch in der Halle sitzen, dort, wo die Sitzbänke der Feuerstelle am nächsten waren. Eberhard trank wenig Wein, einmal füllte er Itas Becher nach. Er bewunderte den neuen Wandteppich und die mit Borten verzierten Kissen.

Vom Kirchenbau auf der Reichenau berichtete er dann, und weil Ita viele Fragen stellte, holte er immer weiter aus. Liutpald und er hätten gern noch im Herbst die Grundmauern ein Stück weit hochgezogen, aber es habe an Steinblöcken gefehlt.

»Ich möchte eine farbige Kirche«, hatte Eberhard auf der Reichenau zu Liutpald gesagt. »Und ich meine auch die Pfeiler und Bögen, nicht nur die Fenster.«

Liutpald hustete. Eberhard hatte längst gelernt, daß der Priester immer dann hustete, wenn er aufgeregt oder mit etwas nicht einverstanden war. Trotzdem fuhr er fort: »Im Chor hätte ich gern roten und weißen Stein.«

»Roten hat Bertold von Zähringen. Der wird aber nur gegen Silber bereit sein, dir Blöcke aus seinen Steinbrüchen zu überlassen. Und weil du ihn in Schaffhausen vor dem Klettgaugrafen gedemütigt hast, wird das nicht billig sein.«

»Was meinst du mit Silber? Silberdenare?«

»Nein, reines Silber. Es geht das Gerücht, Bertold wolle eigene Münzen prägen.«

»Ist Silber so schwierig zu bekommen?«

»Eine Silbergrube liegt in Bertolds Grafschaft, dem Breisgau. Früher konnte er dort soviel gewinnen, wie er wollte, obwohl er einen Teil dem Kaiser abliefern mußte. Aber vor drei Jahren hat Kaiser Konrad die Silbergrube dem Bischof von Basel verliehen. Seither bekommt Bertold nur noch einen kleinen Anteil. Zu wenig für die eigenen Münzen, die er mit seinem Namenszug versehen will.«

Liutpald und Eberhard waren dann zu den Steinbrüchen geritten. Eberhard zeigte sich von der roten Farbe begeistert, und so beschlossen sie, bei nächster Gelegenheit mit Bertold zu verhandeln. Der Priester sagte, das würde nicht einfach sein. Bertold sei immer zwischen seinen Grafschaften und Vogteien unterwegs. An Weihnachten oder an Ostern würden sie ihn vielleicht in Konstanz treffen können.

Von ihren letzten Tagen auf der Reichenau erzählte Eberhard seiner Frau nicht alles. Eberhard hatte bei Hermann seinen letzten Besuch vor dem Wintereinbruch gemacht. Er fand den lahmen Mönch, wie er ihn das letzte Mal verlassen hatte: in seinem Sessel, mit einem Federkiel in der Hand. Neben dem Klosterbruder lagen Wachstafeln, die mit Zeichnungen bedeckt waren. Eberhard konnte nicht erkennen, was die Striche darstellten.

»Das ist ein neuartiges Astrolabium«, krächzte Hermann und wischte sich mit einem Tuch den Speichel vom Mund. »Es dient der Sternbeobachtung, der Geometrie und der Zeitmessung.«

Eberhard staunte, aber er hatte keine Lust, sich das Gerät erklären zu lassen. Wie immer hätte Hermann weit ausgeholt, trotz seiner kaum verständlichen Stimme. »Ich habe geheiratet, Hermann«, platzte Eberhard heraus. »Ita von Kirchberg, wie du …«

»Wie ich dir geraten habe. Und? Gibt es sie, die Liebe?«

Eberhard griff sich ans Ohrläppchen. »Ich glaube, ich liebe sie, aber woher soll ich wissen, ob sie mich ebenfalls liebt?«

»Indem du sie fragst. Oder hast du Angst davor?«

»Nein, ja, vielleicht …« Eberhard drehte dem Mönch den Rücken zu und zeigte auf ein Wandgestell mit Büchern. »Ist das Kräuterbuch immer noch hier?«

Hermann lachte, weil Eberhard dem Gespräch über Ita auswich. Er verschluckte sich, keuchte wie ein Ertrinkender und nickte dabei.

Erschrocken zog Eberhard an der Glocke neben dem Tragstuhl, bis ein Mönch erschien, begriff, hinauslief, mit einem Becher Bier wiederkam und dem Lahmen das Getränk behutsam einflößte.

»Ita kann lesen«, sagte Eberhard, als Hermanns rot angelaufenes Gesicht wieder die gewohnte Blässe zeigte. »Ich möchte ihr ein Geschenk machen, den Hortulus von Walafried Strabo.« Als der Mönch ihn verdutzt anschaute, fuhr Eberhard fort: »Erinnerst du dich nicht? Das Kräuterbuch, das der Reichenauer Mönch vor hundert Jahren geschrieben hat.«

»Zweihundert«, flüsterte Hermann, weil er seine Stimme schonen wollte. »Aber wie stellst du dir das vor? Ein so umfangreiches Buch?«

»Ita interessiert sich nur für Kräuter. Alle Gedichte, die nicht mit Kräutern und mit ihrem Anbau zu tun haben, kannst du weglassen.«

»Ich werde sehen, was sich machen läßt. Aber vor Ostern werden die Novizen nicht in der Lage sein, auch nur Teile der Schrift zu kopieren.«

Nachdem der Preis ausgehandelt war, bedankte Eberhard sich und wollte gehen, da rief Hermann ihn zurück. »Ich sage Gott immer, daß ich ihn liebe, und er sagt es mir. Manchmal, vor dem Einschlafen, höre ich Stimmen. Damit will der Herr zeigen, daß er bei mir ist.«

Eberhard wußte nicht, was er sagen sollte. »Ich bete auch, wir beten alle. Nach der Eheschließung hat der Bischof von Konstanz Ita und mich gesegnet.«

Hermann verzog den rechten Mundwinkel zu einem Grinsen. »Was ich damit gemeint habe, Eberhard. Du mußt ihr sagen, daß du sie liebst, dann tut sie es vielleicht auch.«

Eberhard ging zum Seeufer und schaute ins Schilf. Es war ruhiger als im Frühherbst. Die Vögel waren weitergezogen. Eberhard dachte über Ita nach und darüber, wie er sich ihr gegenüber verhalten sollte. Vielleicht ist sie unglücklich auf der Burg, vielleicht hat sie Heimweh nach Kirchberg oder nach den Nonnen im Kloster. Ein Mensch ist wie ein Baum, hatte der Hörige gesagt. Ita war schon zweimal verpflanzt worden, von Kirchberg in die Abtei in Zürich und von dort an den Bodensee. Würde sie bei ihm Wurzeln schlagen wie ein junger Baum in neuer Erde?

Nach seiner Heimkehr erzählte Eberhard nichts von seinen Gedanken und auch nichts von der Hörigen, die sich auf der Reichenau neben ihn gesetzt, die ihn gefragt hatte, weshalb er nicht mehr zur Hütte komme.

Da Sträucher die Sicht verdeckten und niemand sie sehen konnte, setzte die junge Frau sich auf seinen Schoß und streichelte seine Brust. Eberhard spürte Glut in sich aufsteigen, stärker als er sie früher empfunden hatte. Aber die Hörige kam ihm plötzlich vor wie eine blutleere Hülle.

Da stand Eberhard auf, ging zu Liutpald und sagte energisch: »Wir müssen nach Hause reiten, wer weiß, was alles passiert ist, wer weiß, ob der Linzgaugraf oder ein anderer Lehnsherr uns wieder angegriffen hat!«

Spät in der Nacht streckte Ita die Hand nach Eberhard aus. Er hatte ihr nach seiner Heimkehr interessiert zugehört, und sie war ihm dankbar dafür, daß er sie in sein Leben einbezogen und ihr seinerseits viel erzählt hatte. Eberhard nahm ihre Hand, und sie lagen da, einfach so.

Ihre Finger schmiegten sich in seine Hand, er spürte, wie sie ihm entgegenkam. Als er über ihr war, hätte er sie gern so geküßt, wie die Hörige auf der Reichenau es mit ihm getan hatte. Aber er hatte wieder Angst, Ita könne sich zurückziehen. Da preßte er das Gesicht gegen ihre Schläfe und umschlang sie mit den Armen. Seine Sehnsucht verglühte schnell, für Ita wie eine Sternschnuppe, die erlischt, ehe sie die Seele berührt.

13

Der erste Winter auf der Nellenburg war mild. Er brachte nicht die schneidende Kälte, die Ita von der Zürcher Abtei oder von Kirchberg her kannte. Weil Eberhard Liutpalds Ratschlag befolgte und oft Gäste einlud, wurde in der Halle vom Morgen bis zum Abend eingeheizt. In der Nacht strömte die Wärme in den oberen Stock. Manchmal ließ Ita ein Kohlebecken in die Kammer tragen.

Als Anfang Januar das Wasser in den Pfützen gefror, hatte Ita ihre erste Auseinandersetzung mit Liutpald. Es ging um das Brennholz und um die Rechte, es in den Wäldern zu sammeln.

Die junge Weberin Johanna erzählte Ita von der Schwierigkeit, Brennholz zu bekommen. Auch nachdem Ita für sie einen Wohnstall mit Grubenhaus gebaut hatte, ließ die Frau sich gelegentlich in der Nähe der Burg sehen. Ita gewöhnte sich an sie und war froh, daß eine Hörige den Mut hatte, offen mit ihr zu reden.

Ihr Haus habe trockene Bohlenwände, sagte Johanna und wickelte ihr Jüngstes enger in ein Wolltuch. Nur weil der Wind draußen bleibe, sei es aber noch lange nicht warm. Da habe sie sich wie die anderen Hörigen auf den Weg gemacht, in den Wäldern im Norden des Burghügels Brennholz zu sammeln. Ihr Nachbar, der mehr Holz als andere auf dem Rücken trug, weil er eine kranke Frau zu Hause hatte, sei von Bewaffneten gefaßt worden.

»Zur Strafe haben die Burgmannen ihn kahl geschoren«, berichtete die Hörige.

Ita winkte ab. Sie hatte genug gehört. »Wo könntet Ihr denn ungestraft Holz holen?«

»Auf unserem eigenen Land. Aber wer hat schon Bäume? Wir pflanzen Getreide an und Gemüse. Und das Holz, das wir am Winteranfang sammeln und vor der Hütte aufstapeln dürfen, reicht nicht bis zum Frühling.« Mit dem Holzsammeln sei es wie mit dem Jagen oder mit dem Fischen, klagte Johanna. Wer schlau sei und nicht erwischt werde, habe es warm und könne sich jeden Abend den Magen füllen.

Ita sprach Eberhard auf die Angelegenheit an, und er ließ die beiden Bewaffneten holen, die den Holzfrevler geschoren hatten. Sie sagten, sie hätten Liutpalds Anweisungen befolgt.

»Bitte tu etwas!« bat Ita, als sie wieder mit Eberhard allein war. »Es geht nicht, daß du Wälder besitzt und deine Leute frieren läßt.«

Eberhard sprach mit Liutpald. Aber der Priester erklärte, wenn man den Hörigen erlaube, jederzeit Brennholz im Wald zu sammeln, so würden sie Äste absägen und dann Bäume fällen und schließlich den Wald und die Wildbestände schädigen.

»Nein, Eberhard, da darfst du nicht nachgeben«, beharrte der Priester. »Am Anfang des Winters haben die Hörigen Holz sammeln und vor ihren Behausungen aufstapeln dürfen. Das muß bis zum Frühling reichen.«

Wie ein Getreidekorn zwischen zwei Mühlsteinen fühlte Eberhard sich, als er wieder mit Ita sprach. Ihre Stimme war sanft, ihre braungrüngoldenen Augen leuchteten, aber sie blieb hart. »Versuch es, Eberhard! Gib deinen Hörigen das Recht, Brennholz zu sammeln. Du kannst ihnen ja verbieten, Äxte mitzunehmen. Dann können sie keine Bäume fällen.«

Eberhard wußte nicht, für welche Seite er sich entscheiden sollte. Er fühlte, daß Ita recht hatte, aber Liutpald war klug und erfahren, vielleicht hatte er auf seine Weise ebenfalls recht. Während er überlegte, nahm Ita seine Hand und flüsterte: »Mir war kalt gestern nacht. Du bist so weit von mir weggerückt.«

Im Bett schmiegte Ita sich an Eberhard und war verwundert über sich selbst. Das hatte sie noch nie getan. Sie empfand sich selbst als weicher, sanfter als sonst. Vielleicht weil sie dankbar war, daß Eberhard ihre Vorschläge ernst nahm und sie abwog gegen Liutpalds Ideen. Daß er nicht über ihren Kopf hinweg entschied, nur weil sie eine Frau war. Ita hätte ihre Lippen gern auf Eberhards Mund gepreßt, aber er vergrub sein Gesicht im Kopfkissen neben ihrem Hals.

In der Nacht schrie Eberhard so laut, daß Ita aus dem Schlaf hochschreckte. Er schrie, bis sie ihn in die Arme nahm und seinen Kopf hin und her wiegte, wie die Mutter es mit ihr getan hatte, als sie ein kleines Kind war.

Eberhard zitterte. »Ich habe von Vater geträumt«, flüsterte er. »Vater war hier und steckte unsere Burg in Brand. Mir war heiß wie damals in Einsiedeln.« In Itas Armen schlief er wieder ein, aber später in der Nacht träumte er nochmals. Ita lag wach und konnte hören, wie er die Namen von Eppo und von Liutpald ins Kopfkissen schrie. Da nahm Ita sich vor, nie mehr zwischen Eberhard und seinem Ratgeber zu stehen.

Am Morgen sagte sie Eberhard, die Sache mit dem Brennholz sei nicht wichtig, er könne seinen Hörigen schließlich verbieten, was er wolle. Zudem sei die Luft wärmer geworden. Er gab keine Antwort, nahm den Umhang und ging zu den Ställen.

Lange stand Ita in der Schlafkammer am Fenster und rang mit sich selbst. Schließlich nahm sie all ihren Mut zusammen und ging zu Liutpald.

Der Priester saß in seiner Schreibstube im oberen Stock und ordnete Pergamente. Ita sah ihm an, daß er erstaunt war, sie zu sehen. Täuschte sie sich oder drückte sein Gesicht Ablehnung aus oder gar Kälte?

»Eberhard hat heute nacht vom Einsiedler Feuer geträumt«, sagte sie. »Er hat Euren und Eppos Namen geschrien und gezittert wie ein kleines Kind.« Als Liutpald keine Antwort gab und zu husten begann, fuhr sie fort: »Der Haushofmeister hat mir geraten, mich um die Weberinnen zu kümmern. Ich tue das gern, aber so sehe ich auch das Leid und die Not der Hörigen.«

Liutpald sah sie lange an, ohne ein Wort zu sagen. Ita getraute sich nicht weiterzusprechen. Sie spürte, daß er mit sich selbst kämpfte. Dann sah sie, wie die Kälte in seinen Augen einem tiefen Verständnis wich. »Es war richtig, daß Ihr zu mir gekommen seid, Ita. Wenn wir uns nicht einig sind, wollen wir in Zukunft direkt miteinander sprechen.«

»Eberhard leidet schon genug an der Vergangenheit«, flüsterte Ita. »Ich danke Euch.« Sie wandte sich zur Tür.

»Ita!« rief der Priester sie zurück. Als sie sich umdrehte, lächelte er. »Ich habe damals in Kirchberg gut daran getan, Eure spitzen blutigen Zähne zu übersehen. Wer weiß, ob Ihr sonst hier wärt. Und nun setzt Euch, wir wollen über das Holz sprechen!«

»Ihr habt es die ganze Zeit gewußt und nichts gesagt?« Ita spürte Dankbarkeit in sich aufsteigen, denn wenn Liutpald sich in Kirchberg gegen sie entschieden hätte, wäre sie jetzt vielleicht die Frau des häßlichen Witwers mit den fünf Kindern. Sie erwiderte Liutpalds verschwörerisches Lächeln und kam dann auf das Brennholz zu sprechen.

Ita verlangte für die Hörigen freien Zugang zum Wald, aber Liutpald hielt entgegen, daß die Leute da auch wildern würden. Schließlich einigten sie sich auf einen Holzsammeltag pro Woche. Bewaffnete sollten aufpassen, Wilderer strafen und auch Leute, die ohne Erlaubnis Bäume fällten.

Am Abend teilten Ita und Liutpald, jeder für sich, ihren Vorschlag Eberhard mit. Als der begriff, daß der Priester und seine Frau dasselbe wollten, war für ihn die Welt wieder in Ordnung wie die Waage, die im Gleichgewicht steht. Er ließ ein Festmahl ausrichten, zu dem er Vasallen einlud. Als alle satt waren, der Tisch in der Halle sich aber noch unter den Schalen mit Fisch und Wild und Brot bog, ließ er die ärmsten Hörigen in die Burg führen, zur Armenspeisung.

Im Februar merkte Ita, daß sie ein Kind erwartete. Sie sagte es ihrem Mann, als sie in der Schlafkammer nahe beim glühenden Kohlebecken saßen.

Eberhard wußte nicht, ob er sich fürchten oder freuen sollte. Er war kaum siebzehn Jahre alt, fast zu jung, um Vater zu werden. Aber das beunruhigte ihn nicht. Er wußte, daß man für Königskinder, lange bevor sie volljährig wurden, Brautwerber ausschickte. Oft heirateten Edelleute früh und hatten früh Kinder, besonders wenn große Aufgaben auf sie zukamen.

Was Eberhard Sorge bereitete, war Itas Schwangerschaft selbst. Als er noch klein war, hatte er oft in der Halle bei der Mutter gesessen und den Gesprächen mit ihren Damen zugehört. Da war manchmal die Rede von Geburten, von Schmerzen und von Frauen, die die Geburt ihres Kindes mit dem Leben bezahlen mußten. Eberhard hatte Angst, Ita zu verlieren. Schon so viele Menschen waren aus seinem Leben gegangen. Zuerst die Mutter, die ihn mit Zärtlichkeit verwöhnt hatte, als er noch ein Kleinkind war. Später, irgendwann, hatte sich ihre Liebe verflüchtigt. Und dann Eppo. Eberhard hatte ihn nicht geliebt, aber geachtet und gefürchtet. Schließlich Manegold und Burkhard, seine Brüder.

Eberhard verbarg all diese Gedanken vor Ita. Er nahm sie in die Arme, flüsterte, wie glücklich er sei. Sag ihr, daß du sie liebst, hörte er in der Erinnerung den lahmen Mönch flüstern, aber auch in diesem Moment brachte er den Mut nicht auf. Solange ich warte, kann ich hoffen, dachte er. Wenn er die Worte aber aussprach, wäre er vielleicht am Ende seiner Hoffnung angelangt. Weil er dann die Gewißheit haben würde, daß er nur der Ersatz für Manegold war. Für immer.

Als kein Schnee mehr lag, ritten Eberhard und Liutpald zur Reichenau, um die letzten Arbeiten am Fundament der Kirche zu begutachten. Von dort aus nahmen sie das Schiff nach Konstanz, denn Eberhard wollte den Markt besuchen. Bei einem Händler suchte er einen Spiegel aus und einen Kamm, der nicht aus Holz war und auch nicht aus Horn. Er war weiß, und der Händler erklärte ihm, das sei Elfenbein und stamme von den Zähnen riesenhafter grauer Tiere. Eberhard staunte, wie viele Orientwaren in Konstanz zu haben waren. Liutpald sagte, es gebe immer mehr schwäbische Händler, auch Dienstleute von Klöstern oder von Edelleuten, die bis in die Lombardei reisten.

Auf Liutpalds Vorschlag hin machten sie dem Bischof und seinem Mündel, dem jungen Herzog von Schwaben, die Aufwartung. Eberhard lud den Bruder des gefallenen Ernst zum Osterfest auf die Burg ein, aber der sagte ab, er dürfe nicht ohne seinen Vormund reisen. Vielleicht kämen der Kaiser und die Kaiserin, seine Mutter, an Pfingsten nach Konstanz, dann richte der Bischof bestimmt ein Festmahl für vornehme Gäste aus. Eberhard und die Gräfin seien eingeladen. Liutpald ließ sich die Liste der Gäste aufzählen, und als der Name Bertolds fiel, nahmen sie die Einladung mit doppelter

Freude an. Eberhard konnte es nicht erwarten, den Zähringer zu treffen und mit ihm über den Abbau des roten Steins zu verhandeln.

Ita freute sich wie ein Kind über den Kamm aus Elfenbein und über den Spiegel. Sie kämmte das Haar, steckte es auf und schaute sich an. Nur braunes Haar umrahmte ihr Gesicht, die goldenen Strähnen waren fast verschwunden. Sie nahm sich vor, im Sommer wieder Kamillenaufgüsse zu machen und das Haar an der Sonne zu trocknen, denn sie wußte, wie gut Eberhard die blonden Strähnen gefielen.

Als Ita vom Kaiserbesuch in Konstanz erfuhr, prüfte sie ihre Kleidung und sah, daß ihre neuesten Tuniken drei Jahre alt waren. Wer wußte, ob die Ärmel immer noch bis zu den Knien reichten? Und welche Form die neuen Halsausschnitte hatten? So schickte sie einen Boten nach Kirchberg und bat den Vater, ihr Nachrichten über die neuesten Frauenkleider zu schicken, aus Ulm oder vom Hof. Als die Antwort kam und der Bote verlegen Tuniken beschrieb, wie die Kaiserin sie trug, war Ita noch ratloser als zuvor. Es würde kein Problem sein, Flatterärmel zu schneidern, die den Boden streiften, oder in Konstanz bei einem fahrenden Händler ein Stück Seide zu finden. Was ihr Probleme bereitete, war der Schnitt der neuen Tuniken, die schmaler waren und gerader zu Boden fielen. Wie sollte sie da ihren Bauch verstecken?

Ende März brachte Eberhard ein Stück blauer Seide aus Konstanz mit. Ita beriet sich mit den Näherinnen. Sie beschlossen, eine untere und eine obere Tunika mit langen Ärmeln zu schneidern und mit brettchengewebten Borten zu verzieren. In die blauen Kettfäden wollte Ita auch goldene eindrehen lassen.

»Wir müssen die Tunika weit schneidern, weil Euer Kind wächst«, sagte eine Schneiderin. Sie legte die Seide auf einem Tisch aus und nahm Maß. »Seht Ihr. Wenn wir hier das Loch für den Halsausschnitt herausschneiden und den untersten Teil des Stoffs für die Ärmel nehmen, wird alles zu schmal. Das geht nicht. Das ganze Stoffstück muß breiter sein.«

»Fallen aus der Ärmelseide denn keine Reste an?« fragte Ita.

»Doch, aber was sollen wir damit?«

»Wir könnten sie als Keile einsetzen, so wird die Tunika unten weiter als oben.« Ita zeichnete ein, an welcher Stelle des Seidenstücks Schnitte für das Einsetzen der spitzen Stoffbahnen gemacht werden mußten. Die Keile wurden der Länge der Einschnitte angepaßt.

Zuerst staunten die Näherinnen, aber bald machte eine Frau, die im achten Monat schwanger war und deren Kleid so eng war, daß sie bei jedem Schritt fast über die eigenen Füße stolperte, selbst davon Gebrauch. Mit der Zeit nähten sie kein Frauenkleid mehr ohne Stoffkeile, jedes weggeschnittene Flachs- und Leinenstück konnte so verwertet werden.

Lange vor Ostern im Jahre 1032 zeichnete sich ab, daß der Kaiser über Pfingsten in Polen bleiben würde. Der junge Herzog verließ Konstanz und ging an den Hof, um die kirchlichen Feiertage mit seiner Mutter, der Kaiserin, zu begehen. Das Ostermahl in Konstanz würde nur für Prälaten ausgerichtet, denn Bischof Warmann hatte eine Synode einberufen.

Ita beschloß, ihr neues Kleid schon am Osterfest zu tragen, das sie mit ihrem Mann auf der Habsburg verbringen würde.

Eberhard war besorgt um das Kind und hätte seine Frau lieber auf der Burg zurückgelassen. Aber Ita sagte, sie könnten das Schiff nehmen und fast bis zur Habsburg auf dem Wasser fahren. Er habe ihr so oft vom Rhein und vom Wasserfall erzählt, daß sie beides endlich sehen wolle. Eberhard befand sich in einem Zwiespalt. Er fürchtete, die Reise könne Ita und dem Kind schaden, aber er hatte als Knabe von der Mutter und ihren Damen aufgeschnappt, daß man Schwangeren ihren Willen lassen müsse, das fördere das Wachstum des Ungeborenen. Als Liutpald versicherte, er werde persönlich auf Ita aufpassen, gab Eberhard nach.

Schon oft hatte Ita Reisen gemacht, von Kirchberg zum Zürichgau und von Zürich an den Bodensee, aber keine war so schön gewesen wie die Fahrt auf dem Wasser. Vielleicht liegt es daran, daß ich glücklich bin, dachte Ita. Die Sorgen um die Zukunft mit Eberhard waren wie weggeblasen. Und selbst mit Schwierigkeiten auf der Burg und mit den Hörigen war sie in letzter Zeit leicht fertig geworden. Was auch geschah, plötzlich kam ihr das Kind in den Sinn, und alle Sorgen lösten sich in Glück auf. Ita freute sich, wie sie sich noch nie im Leben auf etwas gefreut hatte.

Im Schiff saß Ita auf einer Holzbank, die Liutpald mit Decken ausstaffiert hatte. Es schien ihr, als sei die Landschaft mit den Weinbergen, Wäldern und Feldern vom Wasser aus noch schöner anzusehen als sonst. Ita sah auf den See und dankte Gott, daß er Eberhards Leben gerettet und ihn schwimmen gelehrt hatte.

Seit sie schwanger war, nahm sie sich mehr Zeit für das Gebet. In einer Ecke im oberen Stock der Burg hatte sie einen Altar aufstellen lassen. An die Wand darüber hatte sie das Kreuz gehängt, das ihrer Großmutter gehört hatte. Da kniete Ita jeden Morgen und dachte nach. Die alte Adelheid kam ihr in den Sinn und ihre Worte, ein Kind im Arm sei das größte Glück. Ita dachte auch an den Priester Siegfried und die Kranken im Siechenhaus. Blutige Bilder von Not und Elend kehrten zurück. Aber auch böse Erinnerungen taten nicht weh. Das Glück fing sie ab und hielt sie von Itas Seele fern.

Unterwegs machten sie auf der Reichenau halt. Als Eberhard und Liutpald den Abt besuchten, mußte Ita in der Pfalz bleiben, denn eine Frau hatte in der Klausur nichts zu suchen.

Sie fanden Berno geknickt und eingefallen. »Der Kaiser hat sich gegen mich gestellt«, sagte der Abt leise. Die Faszination, die sonst von seinen Augen ausging, war einer stumpfen Mutlosigkeit gewichen. Bernos riesenhafte Gestalt schien plötzlich kleiner, denn er ließ die Schultern hängen. »Die päpstlichen Sandalen habe ich dem Konstanzer Bischof ausliefern müssen. Er will sie am Gründonnerstag während der Synode öffentlich verbrennen.«

Eberhard und Liutpald kannten die Rivalität zwischen der Reichenau und Konstanz. Seit jeher versuchten der Abt und der Bischof, einander auszubooten. Im letzten Jahr hatte Berno sich wieder einmal bemüht, sein Kloster der Aufsicht des Bischofs zu entziehen. Er bat den Papst um Bestätigung der Privilegien, die ihm der heilige Stuhl in Rom einst verliehen hatte. Im Herbst erfüllte Papst Johannes sein Verlangen. Er schickte Berno die gewünschte Urkunde und die päpstlichen Sandalen: Die Erlaubnis für den Reichenauer Abt, während der Meßfeiern bischöfliche Insignien zu tragen. Bischof Warmann von Konstanz aber hatte sich beschwert. Und Kaiser Konrad reagierte so harsch, wie Berno es nie erwartet hätte. Er verbot Berno den direkten Verkehr mit dem Papst.

»Der Kaiser hat mich gezwungen, das Dokument und die Sandalen des Heiligen Vaters an den Bischof auszuliefern«, schloß Berno seine Erzählung. »Nun will der alles öffentlich verbrennen.«

Eberhard und Liutpald schauten mitfühlend auf den Abt. Sie wußten nicht, was sie sagen sollten.

Da richtete Berno sich auf, sie sahen, wie Hoffnung in ihn zurückfloß. »Ich werde um meine Rechte kämpfen, denn ich unterstehe dem Papst« sagte er. Seine Stimme hatte wieder den singenden Unterton. »Ein Kaiser sollte einem Abt nicht verbieten dürfen, vom Papst Urkunden entgegenzunehmen. Und bestimmt gehe ich Bischof Warmann künftig aus dem Weg. Ich werde ihn nie mehr darum bitten, ein Klostergebäude auf der Reichenau einzusegnen.«

Eberhard dachte an seine Grabkirche, die im nächsten oder übernächsten Jahr fertig gebaut sein würde. Er hätte sie gern von Bischof Warmann weihen lassen. Weil er den Prälaten mochte, weil er gern in Konstanz mit Herzog Hermann sprach, der rascher zum Erwachsenen heranwuchs als andere Knaben.

Tage später, auf dem Weg nach Schaffhausen, überraschte Eberhard Ita mit einem Geschenk. Es war die Kopie von Walafried Strabos Schrift über die Kräuter. Ita wäre am liebsten aufgesprungen und ihm um den Hals gefallen, aber Eberhard war immer so besorgt um das Kind. So ließ sie es bleiben. Sie sah das Buch durch, steckte es aber bald wieder in den Wachsumschlag.

Die Nächte der letzten Wochen kamen ihr in den Sinn und Eberhard, der sich an den äußersten Bettrand gewälzt hatte. Ita müsse sich jetzt schonen, wegen des Kindes, murmelte er, als sie einmal die Hand nach ihm ausstreckte und seinen Arm streichelte. Ita war sich nicht sicher, ob er wegen des Kindes oder aus anderem Grund Abstand hielt. Seit er sie nicht mehr berührte, war er aber zärtlicher mit Worten, er erzählte viel und fragte sie um Rat.

Ita verscheuchte ihre Gedanken, weil Schaffhausen in Sicht kam und weil Eberhards Verhalten ihr nicht weh tat. Nichts tat ihr weh – sie dachte an ihr Kind, und alles war gut.

Die Unterkunft in Schaffhausen war ärmlich eingerichtet. Früher war Eberhard das nicht aufgefallen. Aber nun schämte er sich, mit Ita einzutreten.

»Leider besitze ich hier nur dieses eine Haus«, entschuldigte er sich. »Aber wir sind ja fast nie in Schaffhausen.«

»Vielleicht kann sich das ändern«, sagte Liutpald mit gedämpfter Stimme und trat näher an Eberhard heran.

Ita hörte sie nicht mehr. Sie hatte die Hütten entdeckt, die zu nahe am Ufer standen. Die ganze Siedlung sah vernachlässigt aus. Sie war froh, daß die Reise am Morgen weiterging.

Das Donnern und Schäumen des herabstürzenden Rheins dröhnte Ita noch in den Ohren, als sie wieder ruhig mit dem Wasserlauf fuhren. Später, auf der Aare, wurde das Schiff von Pferden gegen den Strom gezogen, bis sie am Berghang die Habsburg sehen konnten.

»Ihr habt gut daran getan, diese schöne Dame zu Eurer Frau zu machen«, sagte Radbot galant, als Eberhard und Ita in seiner Halle standen. »Bevor ich von Eurem Eheversprechen wußte, Ita, habe ich Eurem Gatten die Hand meiner Tochter angeboten.« Das Lächeln erstarb auf seinen Lippen, Traurigkeit überschattete Radbots Gesicht. Sein Kinn zuckte, als er leise weitersprach. »Sie ist inzwischen gestorben, am heftigen Fieber des Winters, das mich auch viele Dienstleute und Hörige gekostet hat.«

Eberhard hatte keine Zeit, darüber nachzudenken, wie er sich fühlen würde, wenn er Radbots Tochter geheiratet hätte und jetzt verwitwet wäre. Er begegnete den Blicken der Gäste, die auf Ita gerichtet waren. Eberhard konnte sie verstehen. Ita trug über den hochgesteckten Zöpfen einen hauchzarten Schleier und den Goldreif, den sie am Tag ihrer Hochzeit getragen hatte. Die braungrünen Augen, der schöne Mund. Eberhard war glücklich, weil seine Frau ihm so sehr gefiel. Die blaue Tunika mit den goldenen Borten umschmeichelte ihren Körper, dem man die Schwangerschaft noch nicht ansah. Was Eberhards Seele bewegte, war die Ausstrahlung seiner Frau. Er fühlte einen Stich der Eifersucht, denn er ahnte, daß Itas glückliche Stimmung mit dem Kind zu tun hatte und nicht mit ihm.

Ita sagte freundliche Worte zu Radbot und zu seinen Vasallen. Dann war sie von Frauen eingekreist, die ihre Tunika bewunderten und die wissen wollten, wie man die neuartigen Stoffkeile einsetzte.

Eberhard wandte sich den Männern zu. Wieder irritierten ihn Bertold von Zähringens schwarze Augen, aber er zwang sich zu einem gleichgültigen Tonfall, als er beim Festmahl neben dem Grafen zu sitzen kam. Im letzten Moment, bevor er zu sprechen begann, sah Eberhard Liutpalds Gesicht und seine Hand, mit der er in der Luft ruderte, als wolle er ihn zurückhalten. Aber die Worte kamen wie von selbst aus seinem Mund: »Ihr besitzt Steinbrüche, Bertold. Ich möchte gern roten Sandstein wegführen.«

»Wofür, wenn ich fragen darf?« Bertolds Augen verengten sich zu Schlitzen und zuckten.

Obwohl Eberhard spürte, daß Liutpald hinter ihm stand und Zeichen geben wollte, beschloß er, dieses Gespräch selbst zu führen. Schließlich war er seit dem Ostersamstag siebzehn und erwachsen genug, um über Gestein zu verhandeln. »Für die Grabkirche, die ich meinem Vater und den Brüdern auf der Reichenau baue«, gab er zur Antwort.

Einen Augenblick schwieg Bertold, griff zu seinem Becher und zu einem Stück Braten. Er lächelte, aber Eberhard sah, daß der Zähringer erstaunt war, denn seine Augen zuckten weiter. »Ihr versteht, daß ich die Steinblöcke selbst benötige …«

»Ich bezahle mit Denaren, oder, wenn Ihr wollt, beschaffe ich reines Silber.«

»Wo denn?«

»In Basel zum Beispiel.«

»Wenn die Basler es mir nicht geben …«

»… geben sie es vielleicht mir.« Eberhard schluckte trocken, er fühlte sich plötzlich unsicher; ihn beschlich Angst vor seinem eigenen Mut. Wie sollte Bertold ihn ernst nehmen, wenn er kühn auftrat wie ein ungezogener Knabe?

Aber Bertold grinste. »Versucht es! Sagt Eurem Priester, er möge mit meinem neuen Schreiber verhandeln! Er steht dort drüben, bei Radbots Sohn.«

Als das Vertrauliche besprochen war, wurde Bertolds Stimme

lauter. Er erzählte vom Polenaufenthalt des Kaisers und verwickelte seine Tischnachbarn dann in ein Gespräch über das Burgund. Der König sei krank und habe keine Nachkommen, sagte der Zähringer und sah in die Runde. Eberhard freute sich, daß Bertolds Blick ebenso auf ihn gerichtet war wie auf die anderen Männer. Offenbar hatte es den Grafen beeindruckt, wie Eberhard mit ihm verhandelt und daß er von Bertolds Bedarf an Silber gewußt hatte.

»Wenn der Burgunderkönig stirbt, gibt es Krieg«, sagte Bertold. »Und der wird sich nicht im fernen Polen abspielen, sondern hier, gleich im Westen von Radbots Burg.«

Eberhard war froh, daß Liutpald ihm von früheren Zeiten erzählt hatte und davon, daß Graf Odo von der Champagne Erbansprüche auf das Burgund anmelden würde.

Weil niemand etwas sagte, fuhr Bertold fort: »Bestimmt will der Kaiser das Burgund für das Reich, denn Kaiserin Gisela ist eine Nichte des Burgunderkönigs. Ob der Herrscher das Burgund dem Grafen Odo oder Hermann von Schwaben, seinem Stiefsohn, streitig machen muß, ändert für uns wenig. Jedenfalls wird es Krieg geben wie vor zwei Jahren, als Herzog Ernst sich wegen des burgundischen Erbes gegen den Kaiser auflehnte.«

Eberhard murmelte eine Entschuldigung, stand geräuschvoll auf, stolperte fast über Bertolds Schuhe und ging zum Fenster.

Die Sonne schien, aber in Eberhard war es finstere Nacht. Die Bilder aus dem Schwarzwald kehrten zurück, er sah sein Schwert, an dem das Blut der Aufständischen klebte. Jetzt waren ihm die Gründe, die den Herzog getrieben hatten, plötzlich klar. Durch seine Mutter Gisela hatte Ernst mehr Anspruch auf das Burgund gehabt als der Kaiser, deshalb hatte er sich mit ihm um das Erbe gestritten. Ob Ernsts Bruder, der junge Hermann in Konstanz, ebenfalls gegen den Kaiser rebellieren und Schwaben mit Krieg überziehen würde? Und er selbst, Eberhard? Würde er als Kämpfer oder als Heerführer auf der einen oder anderen Seite stehen müssen? Und sein ungeborenes Kind vielleicht niemals sehen? Eberhard bekam Angst. Die Ruhe der letzten Monate schwand dahin, auch Liutpalds Worte würden nichts daran ändern oder Itas Arme, so liebevoll sie seinen Kopf manchmal umfingen.

Ita spürte die Veränderung an Eberhard. Aber sie traute sich nicht, ihn darauf anzusprechen. Vielleicht sorgt er sich um das Kind, dachte sie.

Im Sommer ritt Eberhard oft mit Liutpald zur Reichenau. Er berichtete, wie die Mauern der Grabkirche wuchsen, wie die Säulen gesetzt und rote und weiße Steine verlegt wurden. Aber das Feuer war aus seinen Erzählungen verschwunden. Er schien den Bau der Grabkirche nur noch als Pflicht zu betrachten, nicht mehr als Freude. Ita spürte, daß etwas seinen Lebensmut überschattete, aber sie behielt dieses Gefühl für sich. Sie war hellhörig geworden; bei Tisch war sie jetzt besonders aufmerksam, und auch in Liutpalds Worten suchte sie nach Gründen für Eberhards Veränderung.

Mit der Zeit aber gewöhnte sie sich an Eberhards Stimmungen und widmete sich wieder der Hanf- und der Leinengewinnung. Manchmal ritt Ita aus, und als sie schwerer wurde, machte sie Spaziergänge zu Fuß. Je kräftiger das Kind in ihr strampelte, desto mehr lebte Ita in ihrer eigenen Welt. Wenn sie sich umschaute, sah sie überall kleine Kinder. Um sie kümmerte Ita sich besonders. Den schwangeren Weberinnen und Schneiderinnen gab sie Leinenstücke für neue Kleider.

Im August wurde am Fuß des Burghügels, neben der Kapelle, die für die Hörigen und die Bauern gebaut worden war, ein toter Säugling gefunden. Von Johanna, der Weberin, hörte Ita, das Neugeborene sei erwürgt worden. Das habe eine junge Heilerin festgestellt, nachdem sie das Kind untersucht hatte.

Ita ging zum Geistlichen, der die Kapelle betreute, und erfuhr, daß man die Heilerin als Mörderin angeklagt hatte. Man wolle kurzen Prozeß mit ihr machen, das Urteil werde am Nachmittag gefällt.

Bevor ich selbst ein Kind in mir hatte, hätte ich mich um die Sache nicht gekümmert, dachte Ita. Aber die Geschichte machte sie neugierig. Und sie konnte nicht heimgehen und zulassen, daß vielleicht eine Unschuldige angeklagt und eine Mörderin nicht bestraft wurde.

Ita bat Liutpald, mit ihr zu gehen. Er nickte, bestand aber darauf, daß sie in einem Tragsessel zur Siedlung gebracht wurde, wo man die Frau richten wollte.

Da die Heilerin unfrei war, stand sie vor dem Hörigengericht, mit dem Eberhard als Graf nicht persönlich zu tun hatte. Trotzdem schauten die Schöffen in Liutpalds Richtung, während sie verkündeten, als Frau könne die Angeklagte keinen Eid leisten, deshalb werde sie dem Gottesurteil unterworfen. Da ein Weiher in der Nähe sei, wolle man keine Zeit verlieren und sie mit gebundenen Händen und Füßen ins Wasser werfen.

»Wir haben die Befragung der Angeklagten verpaßt«, schnitt Liutpald den Schöffen das Wort ab. »War das ihr Kind oder hat die Frau ein fremdes getötet?«

»Es wird wohl ihr eigenes gewesen sein, denn keine Frau in der Gegend vermißt ihr Kind«, antwortete ein Schöffe mit grauem Haar.

»Habt Ihr sie denn nicht gefragt?« mischte Ita sich empört ein.

»Frauen dürfen hier keine Fragen stellen, auch Gräfinnen nicht.« Der Mann konnte nicht mehr verbergen, wie ungehalten er war.

»Antwortet, sonst seid Ihr zum letzten Mal Schöffe gewesen!« Liutpald ging nach vorn und zog Ita mit sich. Die umstehenden Hörigen hielten den Atem an.

»Es ist nicht mein Kind. Ich habe als Hebamme vielen auf die Welt geholfen, aber selbst keines geboren«, zerriß plötzlich die Stimme der Angeklagten die Stille.

Ita, die Johannas Brüste oft gesehen hatte, während die ihr Kind stillte, sagte, die Frau müsse untersucht werden. Der Schöffe gab nach und rief eine Hebamme herbei. Als eine ältere Frau nach vorn geschoben wurde und sich als Berta vorstellte, erkannte er in ihr die Alte, die gegen die Heilerin geklagt hatte, sagte aber nichts.

Vor dem Gericht mußte Berta verkünden, die Heilerin habe kein Kind geboren, weder jetzt noch früher. Da forderte der Grauhaarige nochmals die Kindsmutter auf, sich zu melden. Niemand trat vor.

»Es müssen Eideshelferinnen ernannt werden«, flüsterte Ita dem Priester ins Ohr.

Liutpald staunte, wie gut Ita Bescheid wußte. Er gab ihre Forderung an die Schöffen weiter, die fünf ältere Frauen auswählten. Dann wurden die jüngeren Hörigen eine nach der anderen in ein Grubenhaus geführt und untersucht. Schließlich fanden sie die eine, die schwanger gewesen und heimlich entbunden hatte. Sie war erst vierzehn Jahre alt und hatte ein kindliches Gesicht. Aber ihre Lippenwinkel zeigten nach unten wie bei einer alten verbitterten Frau.

»Ich hätte das Kind gehaßt«, rechtfertigte sie sich. »Der häßliche Alte, der mich gezwungen hat ... ich weiß nicht einmal seinen Namen.«

Ita hatte plötzlich Mitleid mit der Frau. Weil sie wußte, daß man Kindsmörderinnen ertränkte und weil sie das Urteil nicht hören wollte, bat sie Liutpald, mit ihr zur Burg zurückzukehren. Bevor die Träger ihren Sessel hochhoben, fragte Ita nach dem Namen der jungen Heilerin.

Anfang September starb der Burgunderkönig Rudolf, ohne einen Erben zu hinterlassen. Ita verstand nun, was Eberhard seit Ostern geplagt hatte. Die Vasallen, durchreisende Prälaten und Edelleute, die auf der Nellenburg haltmachten, sprachen von nichts anderem. Von Krieg, der das Land überziehen und der auch das Bistum Basel und den Aargau nicht verschonen würde. Man munkelte, der Kaiser wolle seinen Aufenthalt in Polen abbrechen und gegen den anderen Bewerber um das Burgund, den Grafen Odo von der Champagne, ins Feld ziehen. Vom jungen Herzog Hermann von Schwaben und davon, wie sich sein Erzieher, der Bischof von Konstanz, verhalten würde, sagte niemand etwas. Aber wenn Hermanns Name fiel und man sich an seinen Bruder, den Herzog Ernst erinnerte, sah Ita Angst in Eberhards Augen.

»Der Kaiser wird sein Heer sammeln, das betrifft uns alle«, hörte sie einmal Liutpald sagen, als Eberhard nicht da war. »Wenn auch Herzog Hermann sein Recht am Burgunder Erbe anmeldet, wird Konrad diesen Stiefsohn ebenso bekämpfen, wie er es mit dem anderen, mit Ernst, getan hat, und dann sind wir mitten drin im Krieg.«

Für Ita war das Kind wichtiger. Sie freute sich und hatte keine

Zeit, sich Sorgen zu machen. Seit sie denken konnte, wurde irgendwo im Reich Krieg geführt. Bewaffnete Reiter waren ihren Augen so vertraut wie Bauern oder Fischer. Wenn Gott bei ihnen war, würde er sie schützen. Und Ita fühlte, daß sie ihm näher war als damals in der Abtei. Mit dem Kind war sie Teil vom ewigen Kreislauf des Lebens, den Gott umhüllte.

Mitte September fragte Ita bei den Weberinnen und Spinnerinnen nach der Heilerin Anna, die fast das Gottesurteil hatte erleiden müssen. Sie erfuhr, daß die junge Frau die Heilkunst und Geburtshilfe von ihrer Großmutter gelernt hatte, einer weisen Frau, die im Hegau bekannt war. Weil Anna viele Heiltränke kannte und bei Geburten Handgriffe anwandte, auf die keine andere sich verstand, riefen immer mehr Frauen sie herbei. Zur alten Berta ging man nach dem dritten oder vierten Kind, für das erste wollten alle Anna um sich haben.

»Ich glaube, mein Kind lebt nicht mehr«, sagte Ita, als die Heilerin sie zum ersten Mal besuchte. Sie drückte mit den Fingern gegen ihren Bauch. »Früher hat es mich mit dem Fuß getreten, jetzt spüre ich nichts mehr.«

»Das kann auch andere Gründe haben.« Anna legte ihren Beutel ab und führte Ita zum Bett. »Legt Euch hin!« Sie untersuchte mit den Händen Itas Bauch und legte das Ohr darauf. Dann lächelte sie. »Ihr braucht Euch nicht zu sorgen. Das Kind lebt, es hat sich aber gedreht. Die Füße sind nicht mehr oben. Spürt Ihr manchmal unten Druck?«

»Ja, ich muß dauernd ...«

Anna ließ sich nicht anmerken, daß sie besorgt war. »Das ist der Fuß des Kindes.« Sie berührte Itas Stirn und lächelte, bevor sie fortfuhr: »Ihr seid groß und habt keine schmalen Hüften. Es wird gutgehen.« Die Hebamme nahm sich Zeit und erklärte Ita, wie die Geburt vor sich ging und was sie, Ita, tun konnte.

Aber Ita spürte, daß etwas nicht stimmte. In den nächsten drei Wochen verlor sie an Gewicht, anstatt zuzunehmen, und sie wußte, daß es die Angst war, die ihr den Appetit nahm.

Als es so weit war, ging Eberhard hastig vor der Tür auf und ab. Immer wieder bekam er Atemnot, und sein Herz schlug wild. Liutpald schrieb an einer Urkunde, aber seine Hand zitterte. Ein Tuschflecken nach dem anderen tropfte auf das Pergament. Schließlich ging er zu Eberhard, aber der schaute zu Boden und lief weiter auf und ab. Keiner der beiden traute sich, an die Tür der Schlafkammer zu klopfen und nachzufragen.

Ita lag auf dem Bett und verspürte in regelmäßigen Abständen Schmerzen, so wie sie sie jeden Monat gehabt hatte, nur stärker; allerdings auch nicht so stark, wie sie es nach den Erzählungen anderer Frauen erwartet hätte.

»Ich hatte Angst um Euch«, gab die Hebamme zu. Sie drückte Itas Hand. »Aber Ihr habt Platz genug, so groß der Kopf des Kindes auch ist.« Anna griff zu einem Krug und flößte Ita ein Getränk ein, das in der Kehle brannte wie Feuer. »Das ist stärker als Wein und gibt Euch Kraft«, sagte die Hebamme und leerte sich den Rest über die Hände. Als Ita verblüfft die Augenbrauen hochzog, meinte Anna: »Ich habe die Erfahrung gemacht ...« Sie hörte zu sprechen auf, weil Ita von einer Wehe geschüttelt wurde und ihren Arm umklammerte. Dann sprach sie ruhig weiter: »... seit ich meine Hände in Branntwein wasche, werden die Frauen schneller gesund.«

Zwischen einer Wehe und der nächsten sagte die Hebamme: »Danke, daß Ihr mich damals gerettet habt.«

»Du hättest das Gottesurteil bestanden.«

»Ja, aber tot. Die Richter sagen, das reine Wasser stoße Schuldige ab. Wer obenauf schwimmt, gilt als schuldig und wird verurteilt. Nur wenn ich versunken wäre, hätte ich meine Unschuld bewiesen. Aber dabei wäre ich ertrunken.«

Anna beugte sich nieder, untersuchte Ita erneut und rief: »Da, ein Fuß hat mich getreten. Es ist soweit.« Sie rief eine zweite Frau herbei, die über dem Herdfeuer heißes Wasser bereithielt. »Habt Ihr Preßdrang?« fragte die Hebamme.

»Was ist das? Ah, ich weiß wieder ... Nein.« Ita stöhnte und strich vom Schweiß verklebte Haarsträhnen aus ihrem Gesicht.

»Gott sei Dank«, flüsterte die Hebamme. »Später, wenn ich es Euch sage, müßt Ihr mit aller Kraft drücken, so als ob Ihr ...«

»Ja, daran erinnere ich mich«, sagte Ita.

»Ihr müßt dann sofort pressen, auch wenn Ihr keinen Drang verspürt, davon hängt das Leben des Kindes ab.«

Die Hebamme wartete, bis der kleine Körper bis zur Brust aus der Mutter glitt. Dann geschah, was sie befürchtet hatte. Das Kind blieb stecken, die Ärmchen waren oben eingeklemmt. Da ergriff Anna das Kind mit der linken Hand und ließ die rechte in Itas Körper gleiten. Rasch und erfahren drehte sie das Kind, bis zuerst der eine und dann der andere Arm zum Vorschein kam. »Jetzt drückt!« flüsterte sie heiser vor Anstrengung.

Ich kann nicht, dachte Ita und regte sich nicht. Erst als die Hebamme ihr eine Ohrfeige gab und »Drück!« schrie, preßte sie mit aller Kraft und hörte wenige Atemzüge später einen dünnen Schrei, der nicht ihr eigener sein konnte.

Die Helferin stemmte Itas Oberkörper hoch und sagte strahlend: »Los, beugt Euch vor! Es ist ein wunderschönes Kind mit offenen Augen.« Sie nahm es auf und legte es Ita auf den Bauch, bevor die Nabelschnur durchtrennt war. Als Ita die nackte Haut des Kindes spürte, stieg ein Triumphgefühl in ihr auf. Ich habe es geschafft, dachte sie selig, das Glück liegt in meinen Händen.

Später, als die Hebamme Ita das gewickelte Kind an die Brust legte, kamen Eberhard und Liutpald herein.

»Ein Sohn?« fragte der Priester.

»Ich weiß es nicht«, gestand Ita und war stolz, weil ihr Neugeborenes Eberhard mit offenen Augen empfing.

»Danach vergessen die wenigsten Mütter zu fragen«, sagte Anna. »Das bedeutet, daß Ihr viele Kinder haben werdet.«

»Wir möchten es trotzdem wissen«, beharrte Liutpald.

»Es ist ein Knabe, Ihr könnt beruhigt sein.« Die Hebamme drehte sich um und machte sich daran, die Nachgeburt zu untersuchen.

»Wir werden ihn Manegold nennen«, sagte Eberhard. »Wenn du einverstanden bist, Ita.«

Ita erschrak. Manegold war jung gestorben – ob das dem Kind Glück bringen konnte? Aber Eberhard beruhigte sie. Er habe Vorfahren mit diesem Namen gehabt, die fünfzig oder gar sechzig Jahre alt geworden seien. Das sei so Brauch in der Familie, die Kinder

Manegold oder Burkhard zu nennen. Mit Glück oder Unglück habe das nichts zu tun.

»Aber den nächsten Sohn wollen wir Eberhard taufen«, verlangte Ita, weil sie gern das letzte Wort hatte. Und weil sie fühlte, daß sie diesen Moment der Dankbarkeit für sich nutzen mußte.

Das Kind war klein und leicht und schwächlich. Am Tag nach der Geburt wurde es von Liutpald auf den Namen Manegold getauft. Ita wollte ihren Sohn keiner Amme anvertrauen und ließ die Wiege in ihrer Schlafkammer aufstellen.

Nach sieben Wochen hatte Ita keine Milch mehr, aber sie wollte auch jetzt keine Amme rufen. Sie flößte dem Kind durch das glatt gehobelte Horn einer jungen Kuh mit Wasser und Honig vermischte Tiermilch ein. Als sie sah, daß Manegold die Nahrung so gierig aufsog wie die Muttermilch, war sie beruhigt. Und in ihrer Freude rief sie auch Eberhard oft zum Kind. Der lächelte, als eine winzige Hand seinen Finger umklammerte. Als Manegolds Augen zum ersten Mal nicht durch ihn hindurch, sondern bewußt auf ihn, den Vater, schauten.

Auch im Winter kamen Nachrichten vom Hof oder von benachbarten Bistümern auf der Nellenburg an. Immer häufiger berichteten Durchreisende vom Burgund. An solchen Tagen versank Eberhard in sich selbst, und Ita spürte, daß seine Sorgen Schatten waren, die sich vor ihr Glück schoben.

Der Bastardsohn des verstorbenen Burgunderkönigs, der Waadtlandgraf und Bischof Hugo, sei bereit, die Burgunderkrone an Kaiser Konrad zu übergeben, erzählte ein Bote, der von Genf nach Ulm unterwegs war. Die kaiserfeindlichen Edelleute im Burgund aber wollten lieber Odo von der Champagne, den Neffen des verstorbenen Königs, auf dem Thron sehen. Nun versuche Odo, einen Teil der begehrten Gebiete in seine Gewalt zu bringen.

Als er das Wort Gewalt hörte, zuckte Eberhard zusammen.

Liutpald winkte den Boten aus der Halle und ließ sich den Rest im geheimen erzählen. Kaiser Konrad habe den Polenfeldzug abgebrochen und sei auf dem Weg nach Straßburg. Von dort aus wolle er Verbindung mit dem Bischof von Basel und reichstreuen Burgundern aufnehmen.

An Weihnachten hörte Liutpald in Konstanz andere Neuigkeiten, die er für sich behielt. Eberhards Onkel zweiten Grades, der Bischof von Toul, war im Auftrag Kaiser Konrads zum König von Frankreich gereist, um ein Bündnis gegen Odo von der Champagne vorzubereiten.

Dann tobte der Sturm plötzlich nicht mehr in der Ferne, sie waren mittendrin. Der Kaiser beschloß, noch im Winter ins Burgund einzurücken. Er reiste von Straßburg nach Basel und zog unterwegs sein Heer zusammen. Vor allem Vasallen aus dem Elsaß und aus Schwaben wurden aufgeboten.

Auch Eberhard.

Du kannst ablehnen, du bist der einzige Erbe der Familie, sagte Liutpald, aber Eberhard wußte, daß sein Bruder Manegold dem Ruf des Kaisers gefolgt wäre. Dafür hatte Ita ihn bewundert, deshalb hatte sie Eberhard damals in Zürich angefleht, ihrem Bräutigam in der Schlacht zu helfen. Wenn ich nicht gehe, verliere ich die Achtung vor mir selbst, dachte er. Und wer weiß? Vielleicht kehre ich als Sieger aus einer Schlacht zurück. Und Ita sieht dann einen Helden in mir und keinen Lückenbüßer.

So wie der Kaiser ihn gerufen hatte, rief Eberhard seine Lehnsleute, rüstete sie mit Lanzen, Schwertern und Schlachtrossen aus.

Der Hörige aus dem Zürichgau sagte einen bitterkalten Februar voraus, und das Gichtbein des Alten täuschte sich selten. Eberhard fiel es schwer, Ita und das Kind allein zu lassen. Er tat seine Pflicht und zog in den Krieg, aber er hatte trotzdem ein schlechtes Gewissen.

In der Nacht vor der Abreise hätte er Ita am liebsten in seine Arme gezogen, aber es waren nach Manegolds Geburt noch keine drei Monate vergangen. Eberhard verschob die Liebe auf später. Später, wenn er aus der Schlacht zurückkehren und Ita ihn stolz vor der Burg empfangen würde.

Als Eberhard und Liutpald mit ihren Reitern und dem Fußvolk in Basel ankamen, befand der Hof sich im Aufbruch. Sie ordneten sich ins Heer ein und zogen über die Jurapässe zur Pfalz Solothurn und von dort weiter nach Süden. Die feindlichen Kastelle Murten und Neuenburg konnten umgangen werden, aber ein schneller Vorstoß auf Lausanne erwies sich wegen der Festung Moudon als unmöglich. Da entschloss sich der Kaiser, sein Amt als Burgunder König unterwegs anzutreten.

Statt Feinde zu bekämpfen, erlebte Eberhard im Kloster von Peterlingen eine Krönungszeremonie mit. An Maria Lichtmeß anno domini 1033 wurde Konrad vom Bischof von Basel, von Vasallen aus dem Elsaß und Schwaben und wenigen burgundischen Herren durch Akklamation zum Regenten Burgunds erwählt.

Mit der Mauritiuslanze und der Krone zog der Kaiser in die Kirche von Peterlingen ein. Eberhard sah, wie Konrad auf den Altar zuging und die Krone für die Dauer der Messe niederlegte. Dann nahm der Basler Bischof sie auf, sagte feierlich *pro rege* und drückte sie dem Kaiser wieder auf den Kopf.

»Das heißt anstelle des Königs«, flüsterte Liutpald Eberhard ins Ohr. »Denn als eigentlicher König wird Konrad im Burgund nicht anerkannt.« Der Priester sah, wie ein Elsässer sich umdrehte, und sprach leiser. Lieber hätten die Burgunder Konrads Sohn, den jungen Heinrich, gekrönt. Der sei aber mit Kaiserin Gisela nach Zürich weitergereist. Vielleicht, weil Heinrich noch minderjährig war, vielleicht auch, weil er die Regentschaft selbst antreten wollte, hatte Kaiser Konrad sich zwischen seinen Sohn und die Burgunder Krone gestellt.

Die Wochen im Burgund gehörten zu den schlimmsten in Eberhards Leben. Da sich die Besatzungen von Murten und Neuenburg in ihren Festungen halten konnten, mußte sich Konrads Heer auf eine Belagerung einrichten, um die Feinde auszuhungern. Mitte Februar brach aber ein außergewöhnlich kalter Winter über das Feldlager herein.

Eberhard und Liutpald trugen Pelze und bewegten sich viel, in der Nacht nahmen sie die Pferde mit in ihr Zelt. Immer wieder wachten sie auf, weil Ungeziefer sie plagte, aber wenigstens rettete die Wärme der Tiere sie vor dem Erfrieren.

Als es kälter und noch kälter wurde und andere nicht daran dachten, ihre Schlachtrosse zu schützen, gingen viele Tiere zugrunde. Die Krieger suchten sich in der Umgebung Ersatz, aber bald erfroren auch Menschen. Da gab der Kaiser das Zeichen zum Aufbruch nach Zürich.

Unterwegs verbrachten Konrad und seine nächsten Gefolgsleute die Nächte in Burgen oder Häusern am Weg, der Großteil des Heers aber mußte mit Feldlagern vorlieb nehmen.

Bis zum letzten Halt vor Zürich schliefen Eberhard und Liutpald in Zelten. Dann wurden sie mit der Aufforderung überrascht, in der Halle eines Meierhofs zu übernachten.

Kaiser Konrad kannte die Pfalz in Zürich von anderen Besuchen her, hatte aber keine Vorstellung von den Verhältnissen dort im Winter. Deshalb hatte er nach einem Lehnsmann aus dem südlichen Schwaben gefragt und zur Antwort bekommen, der Sohn des früheren Zürichgaugrafen reite im Heer mit.

Als Eberhard die Halle betrat, war er froh, daß Liutpald bei ihm war. So oft hatte er sich eine Begegnung mit dem Kaiser erträumt, der ihn für Heldentaten im Krieg loben oder zum Herzog von Schwaben ernennen würde. Und jetzt kreisten seine Gedanken wild durcheinander. Er spürte eine solche Unruhe, daß er sich wieder beim Griff zum Ohrläppchen ertappte. In diesem Augenblick sah er, wie der Kaiser neben der Feuerstelle die Füße ausstreckte und den Blick auf ihn richtete. Rasch ließ Eberhard die Hand über die Wange gleiten und strich sich durch den Bart.

Was er wohl von mir will? fragte sich Eberhard. Vielleicht wird er mich rügen, weil er weiß, daß ich in den letzten Tagen nur gewartet und nicht gekämpft habe. Eberhard erinnerte sich aber, daß vor Murten niemand im Kampf gegen Menschen gestorben war – nur gegen den Winter. Er nahm all seinen Mut zusammen und ging auf Konrad zu.

»Ich habe gehört, daß Ihr der Bruder des Vogtes Manegold seid, der für mich die Schlacht im Schwarzwald gewonnen hat«, sagte der Kaiser freundlich.

Da Eberhard nicht klar war, ob das eine Frage oder eine Feststellung war, schwieg er.

»Ihr seid meinem Ruf gefolgt«, fuhr Konrad fort. »Das haben nicht alle Lehnsmänner aus Schwaben getan.«

Der Kaiser lächelte, und Eberhard lächelte zurück. »Mein Bruder hätte es auch getan«, sagte er leise.

»Für Zürich ist der Vogt Ulrich zuständig«, holte Konrad aus. Trotzdem hoffe er, daß Eberhard sich als Sohn des Zürichgaugrafen dort auskenne. Wie viele Getreidespeicher es in Zürich gebe, wie viele Mühlen und Bäckereien, wollte der Kaiser wissen.

Eberhard berichtete vom Kornhaus und den Wirtschaftsgebäuden mit gedörrten Hülsenfrüchten, Äpfeln und Birnen. Auch Schweine, Hühner und Kühe gäbe es im Sankt Peterhof und im Stadelhof. Und Korn im Überfluß. Der Kaiser könne beruhigt sein, Zürich sei wie keine andere Stadt in Schwaben in der Lage, ein kleines Heer im Winter zu verpflegen.

Als Eberhard nicht mehr weiter wußte, rief er Liutpald herbei. Der Priester kramte in seiner Erinnerung und konnte alle Fragen beantworten. Konrad nickte gelegentlich, während Liutpald sprach. Er fragte immer weiter, es schien Eberhard fast, als wolle der Kaiser Liutpalds Gedächtnis prüfen.

In Zürich wartete Kaiserin Gisela mit ihrem Sohn Heinrich. Auch der Bischof von Konstanz war angereist. Eberhard kam sich wieder vor wie ein Blatt im Wald, unauffällig und einer von vielen.

Zu Konrads Verblüffung warteten in der Pfalz die kaisertreuen Burgunder, die er in Genf hatte treffen wollen. Da ihnen der Weg nach Norden von den Feinden versperrt worden war, hatten sie mitten im Winter den Mont Cenis überschritten und, auf dem Umweg über Turin, die rätischen Pässe und den Walensee Zürich erreicht. Eine einzige Frau war mit ihnen durch Schnee und Eis geritten. Ermengard, die Witwe des verstorbenen Burgunderkönigs.

Tagelang wurde in der Pfalz beraten, bis die ersten warmen Sonnenstrahlen den Frühling brachten. Schließlich schworen die Kaisertreuen aus dem Burgund Konrad und seinem Sohn Heinrich den Treueid.

Eberhard hatte gehofft, von Zürich aus zur Nellenburg zurückkehren zu können. Da traf die Nachricht ein, Odo von der Champagne brandschatze das Bistum Toul, weil Bischof Bruno für den

Kaiser mit Frankreich verhandelt habe. Konrad beschloß, von Zürich nach Lothringen weiterzureisen.

Wir müssen ihm nicht folgen, sagte Liutpald zu Eberhard. Es ist besser, wenn wir an den Bodensee zurückkehren.

Eberhard hatte Sehnsucht nach Ita und seinem Sohn, aber er dachte auch an seine Mutter. Was würde Hedwig denken, wenn er ihren Vetter, den Bischof von Toul, im Stich ließe? So meldete Eberhard dem Kaiser, er werde mitkommen, denn beim Herrn des belagerten Toul handle es sich um seinen Onkel.

Am Abend vor der Abreise gab der Kaiser ein Festmahl. Nachdem er sich mit der Äbtissin und mit der Hofkanzlei beraten hatte, rief er Eberhard an die Fürstentafel.

Sein Stiefsohn Hermann werde im nächsten Jahr volljährig, begann Konrad. Da werde er in alle Ehren und Pflichten des Herzogs von Schwaben eingesetzt.

»Hermanns Vormund, Bischof Warmann, hat nur Gutes über Euch berichtet, Eberhard.« Der Kaiser raunte einem Diener die Anweisung zu, den Bischof von Konstanz zu holen. »Weil er mir dazu rät und weil Ihr nun achtzehn Jahre alt seid, ernenne ich Euch zum Grafen des Zürichgaus.« Konrad nahm aus der Hand des Bischofs ein vergoldetes Schwert und berührte die Schultern Eberhards, der vor ihm kniete. »Mit dem Schwert werdet Ihr Witwen und Waisen beschützen und Euch für den Frieden einsetzen.«

In seinem Glück hätte Eberhard den Kaiser gern daran erinnert, daß er sein Neffe zweiten Grades war. Aber vielleicht wäre das unverschämt gewesen, so ließ er es bleiben.

Auf der Reise nach Lothringen kamen ihnen Meldereiter entgegen. Sie sagten, Toul habe der Belagerung durch die Champagner standgehalten. Daraufhin reiste der Kaiser nordwärts und widmete sich der Grenzsicherung im Osten des Reichs.

Eberhard ritt mit Liutpald und den Vasallen zur Nellenburg zurück. Er fühlte sich glücklich. Nicht nur weil der Kaiser ihn zum Grafen im Zürichgau ernannt hatte. Konrad hatte ihm auch eine Schenkung in Aussicht gestellt. Zudem war Eberhard um eine Erfahrung reicher, und die Angst vor dem Krieg hatte sich von einer schwarzen Gewitterwolke auf einen feinnebligen Sprühregen reduziert. Erinnerungen an Gespräche am nächtlichen Feuer, an Feldlagerkameradschaften, die in der Kälte des Winters fast wie Freundschaften wärmten, überdeckten die blutigen Bilder aus dem Schwarzwald. Seit er dem Kaiser gegenübergestanden hatte, fühlte Eberhard sich sicherer, ruhiger. Er freute sich, zu Ita zurückzukehren.

Die Grabkirche auf der Reichenau ..., dachte Eberhard, als sie den Burghügel erreichten. Bestimmt sind die Mauern hochgezogen, und wir können mit dem Bau des Dachs beginnen. Auf dem letzten Wegstück gab er dem Pferd die Sporen, weil er vor der Burgmauer eine Frau erkannte. Aber es war nicht Ita. Er sprang vom Pferd und ging in die Halle, in die Küche, zu Itas Altar, schließlich in die Schlafkammer.

Sie kniete am Boden, mit dem Rücken zum Fensterladen. Es war Ita und doch eine andere. Eberhard glaubte, sein Herz stehe still. Das Blut gefror in seinen Adern.

14

Nach Eberhards Abreise zum fahrenden Hof in Basel malte Ita sich die Wochen aus, die ihr ohne ihn bevorstanden. Andere Burgherrinnen hatten erzählt, daß sie für vieles die Verantwortung übernehmen mußten, wenn ihre Männer in den Krieg zogen. Ita wußte von einer Gräfin, die mit Bewaffneten den Angriff eines Vasallen abgewehrt und von einer anderen, die zum Schutz Palisaden um ihre Burg hatte bauen lassen. Aber es hatte keinen Sinn, sich um Dinge zu sorgen, die in der Zukunft verborgen waren. Ita schob den Gedanken an die neuen Aufgaben zur Seite. Das wäre mir ohnehin zuviel, dachte sie, weil ich nur über das Spinnen, das Weben und die Küche Bescheid weiß. Und das Kind war klein und verletzlich. Vor allem fürchtete sie sich vor einem Angriff, der ihren Sohn in Gefahr bringen konnte.

Zu ihrem Schutz umgab Ita sich mit mächtigen Herren. Sie machten mit ihrem Gefolge oft für mehrere Tage auf der Nellenburg halt, sie gaben ihr ein Gefühl der Sicherheit. Verläßliche Vasallen oder Lehnsherren wie der Linzgaugraf, der oft ohne seine Frau erschien. Manchmal nahm er Itas Hand, er verwickelte sie in Gespräche und umschmeichelte sie wie eine Königin. Sie sah die gleiche Sehnsucht in seinen Augen, die den Zürcher Vogt bewegt hatte.

Im Februar war es so kalt, daß Ita den Hörigen erlaubte, jederzeit Holz zu sammeln. Da kein Schnee lag, gingen sie häufig in den Wald. Ita sah, wie über den Dachfirsten der Hütten Tag und Nacht der Rauch der Herdfeuer abzog. Viele Hörige benutzten das im Wald geholte Reisig, um es zu flechten und damit die Ritzen zwischen den Dielen oder Balken ihrer Häuser abzudichten. Außen verstrichen sie den Reisig mit Lehm, das schützte gegen Wind und

Wetter. Wenn der Sturm tobte, wurden die Schindeldächer mit Steinen beschwert.

In der Burghalle war es bitter kalt. So groß die Feuerstelle war, sie vermochte den Raum nie richtig zu wärmen. Ita nahm sich vor, mit Eberhard und Liutpald darüber zu sprechen. Radbot von der Habsburg hatte erzählt, daß im Norden die offenen Feuerstellen durch Öfen ersetzt wurden, die mehr Wärme abgaben.

Ita nahm die sinkende Temperatur als Ausrede und lud keine Gäste mehr ein. Die Hartnäckigen, die von selbst kamen, empfing sie in der kalten Halle und sagte ihnen, die Vorräte an Essen, Wein und Holz seien aufgebraucht. Der Linzgaugraf verstand, daß Ita sich seinetwegen so kühl verhielt, und verzichtete auf weitere Besuche.

Tagsüber hüllte Ita sich in Wolltücher, und nachts legte sie ein Stück Pelz über die Wiege ihres Sohnes. Von Zeit zu Zeit kam Anna, die junge Heilerin, und schaute nach dem Kind. Als rund um die Nellenburg Menschen erfroren und eine Fieberepidemie ausbrach, ließ Ita niemanden mehr in ihre Kammer, nicht einmal die Hausmägde.

Dann begann Manegold zu wimmern. Das Kind klagte fast ununterbrochen, auch nachts.

Am dritten Tag rief Ita die Heilerin und führte sie in die Burgküche. Es tue ihr leid, sagte Ita, aber Anna komme mit so vielen Kranken zusammen, da sei es besser, sie berühre das Kind nicht.

Die Heilerin nickte. »Das ist nicht nötig«, sagte sie und verschlang dankbar den Brei, den Ita ihr auf den Tisch gestellt hatte. »Ich glaube, Euer Sohn bekommt seinen ersten Zahn. Bei den meisten Kindern passiert das erst nach fünf oder sechs Monden. Einige zahnen aber auch früher.« Sie erklärte Ita, wie sie Manegold untersuchen und mit dem Finger über das Zahnfleisch streichen müsse. Dann fragte sie: »Habt Ihr etwas Branntwein?«

Ita nickte.

»Gut, leert etwas über die Finger, bevor Ihr zum Kind geht. Und laßt den Krug hier stehen, ich habe einen Schluck nötig.«

Als Ita in die Küche zurückkehrte, war die Heilerin über dem Tisch eingeschlafen. Sie weckte Anna und sah die dunklen Ringe unter ihren Augen. »Du mußt dich schonen«, forderte Ita. »Du kannst nicht Tag und Nacht Kranke betreuen.«

»Und woher soll ich Hilfe bekommen? Der Medicus der Reichenau und seine Gehilfen haben mit der Insel und mit Allensbach genug zu tun. Überall ist das Fieber ausgebrochen. Nachwuchs gibt es kaum. Solange man Heilerinnen behandelt wie mich vor dem Hörigengericht, haben Frauen Angst, sich mit der Krankenpflege zu befassen.«

»Du hattest recht«, wechselte Ita das Thema. »An einer Stelle ist Manegolds Zahnfleisch geschwollen. Mit dem Finger habe ich die Schneidefläche darunter gespürt.«

»Ich werde Euch eine Paste schicken, die Ihr ihm auf das Zahnfleisch streichen müßt. Wenn das Kind wieder schreit, so reibt von Zeit zu Zeit etwas Branntwein ein. Das macht schläfrig.«

Als die Heilerin aufstand, legte Ita ihr einen Umhang über die Schultern, den man vorn mit Bändern schließen konnte. »Hier, nimm das Wolltuch! Ich habe es in Zürich getragen, aber es ist noch gut.« Bei der Tür wiederholte Ita: »Du mußt dich schonen und genügend essen.«

»Das würde ich gern tun.« Annas Stimme klang bitter. »Aber Euer Haushofmeister treibt in letzter Zeit so viel ein, daß uns kaum das Nötigste bleibt. Und die Kranken? Im Sommer überhäufen sie mich mit Geschenken. Eier, Hühner und frisch gemahlenes Getreide. Aber wenn es kalt ist, danken sie mit Worten. Selten gibt mir jemand ein Stück Brot. Von einem Lohn für meine Dienste kann nicht die Rede sein.«

»Du bist eine Hörige«, sagte Ita.

»Ja, aber eine Arbeitskraft weniger auf der Hufe meines Vaters. Und essen muß ich, auch wenn ich keine Felder pflüge.«

»Geh, Anna, und schlaf dich aus! Ich werde Kuno sagen, daß dein Vater bis zum Sommer keine und von da an nur noch die Hälfte der Abgaben machen muß.«

Anna lächelte dankbar und stand auf. Als sie schon im Hof bei der Zisterne war, rief Ita ihr nach. »Wenn du willst, finde ich dir einen Schlafplatz auf der Burg, da kannst du dich jeden Tag satt essen und brauchst dich nur um Manegold zu kümmern.«

»Nein.« Die Heilerin schüttelte den Kopf. »Nehmt Euch lieber eine Amme, wie dies andere Gräfinnen tun! Ihr wißt, wie viele Menschen mich brauchen. Ihr habt selbst ein Herz für die Armen.«

Mitte März wurde es warm wie im Frühling. Die Wiesen bedeckte ein sattes Grün, und überall in den Wäldern zeigten sich Knospen und junge, helle Blätter, die in der Sonne schimmerten wie Gold.

Ita war es satt, allein vor dem Burgaltar zu beten. Sie wollte Menschen und Gemeinschaft um sich, aber die Konstanzer Bischofskirche war zu weit entfernt. So ging sie manchmal, wenn das Kind schlief, in die Kapelle am Fuß des Burghügels, obwohl die einfach und voll von Knechten und Mägden war. Hier fühlte Ita sich trotz ihrer Stellung als Teil von allen.

Am ersten Apriltag wurde das Vieh aus den Ställen auf die Weiden getrieben. Auch die Schweine, die nachts in umzäunte Pferche zurückgeführt werden mußten.

Am anderen Morgen kam der Haushofmeister zu Ita.

»Habt Ihr es bemerkt?« fragte Kuno und Ita sah, wie er seine Froschaugen aufgeregt rollte. »Im Pferch sind nur noch drei Schweine.«

Ita hatte keine Ahnung, was sie tun oder sagen sollte. Schließlich beauftragte sie zwei Knechte mit der Suche. Sie kamen zurück und meldeten, die Herde sei in die Wälder eingedrungen und richte an Eichen und Buchen Schäden an.

»Das haben die Bauern provoziert«, klärte Kuno seine Herrin auf. »Wenn die Schweine genügend Bäume zerstört haben, muß der Wald aufgegeben werden. Das ist den Bauern, die mehr Land möchten, willkommen.«

Ita nahm die Sache selbst in die Hand, als sie hörte, wer die Schweinehirten anführte. Es war der Bruder des Hörigen, der ihrer Weberin Johanna das Land weggenommen und sie geschlagen hatte.

»Holt den Mann her! Er wohnt in einer Hütte gleich neben dem Gerber«, befahl sie. »Er soll auch die anderen Schweinehirten mitbringen.«

Vom oberen Stock her hörte Ita das Kind weinen. Weil ihre Gesellschafterin, die der Linzgaugraf ihr geschickt hatte, noch schlief, wies sie eine Hausmagd an, sich um Manegold zu kümmern.

Nach einer harten Auseinandersetzung mit den Schweinehirten wies Ita den Anführer den Köhlern zu. Er mußte sich an den Ofen stellen und Tag und Nacht Kohle hineinschütten für die Eisenverhüttung. Die anderen Männer verpflichtete sie, die Tiere von den Wäldern fernzuhalten. Burgmannen halfen ihnen, die Schweine zurück auf die Weiden zu treiben.

Als Ita zu Manegold zurückkehrte, war er allein und schrie. Die Hausmagd, sagte man ihr, sei nach Hause gegangen. Krank.

Ita erschrak. Sie nahm ihr Kind in die Arme, sie gab ihm warme Honigmilch zu trinken. In der Nacht wimmerte Manegold, und wenn er nicht wimmerte, schrie er. Ita wußte nicht, ob es an der Krankheit lag oder ob der Kleine ihre eigene Angst spürte.

In den nächsten Tagen wurde das Kind so schnell vom Fieber verzehrt, daß die Tinkturen der Heilerin nicht wirken konnten. Itas Angst wuchs, und aus der Angst wurde Schmerz. Sie nahm Manegold in die Arme und wickelte ihn in Decken. Sie saß zwei Nächte lang an seiner Wiege und flößte ihm Kräuterwasser mit Honig ein. Manegold schrie, dann wimmerte er. Schließlich war er still, atmete schneller und schneller wie ein Erstickender.

In der dritten Nacht starb das Kind. Ita nahm es wieder und wieder in ihre Arme, um ihm Leben einzuhauchen. Als sie begriff, daß Manegold tot war, ging ein Beben durch ihren Körper, von unten nach oben, von oben nach unten, und blieb als Schmerz in ihrer Brust.

Der Ortsgeistliche ließ Manegolds Körper wegtragen und unter der Traufe der Kapelle bestatten. »So fällt das gesegnete Wasser auf sein Grab«, sagte er und führte Ita ins Gotteshaus. Sie werde andere Kinder haben, sagte er. Fast jede Frau müsse das erleiden, da mache Gott keinen Unterschied zwischen Gräfinnen und Hörigen. Was helfe, sei das Gebet und die Gewißheit, daß die Kinderseele im Himmel sei. Und was weiter helfen könne, sei bald ein anderes Kind.

Ita saß in der Kapelle und war froh, daß der Priester nach vorn zum Altar gegangen war. Sie drehte sich zu den Kirchgängern um.

Und plötzlich sah sie sich mit den Augen der anderen. Eine Hülle aus Angst und Schmerz, aus der nackte Augen starrten. Ita spürte Kälte in sich wie von einer Mauer aus Eis, die sie von allem trennte. Die anderen verband Wärme und Gemeinschaft. Sie war allein. Draußen blühte der Frühling, nur in ihr war Winter, sie war wie in Schmerz erstarrt. Ihr Blick richtete sich auf die Kapellenwand. Blieb an einem Spinnennetz hängen, in das eine Fliege hineinfiel und die Zukunft verlor. Ich bin wie sie, dachte Ita. Doch bei ihr war es anders. Zuerst war sie da, Ita, dann umspannen sie die Fäden. Hüllten sie ein. Bis sie im Netz ihres Schmerzes gefangen war.

Die Linzgaugräfin und Frauen von Vasallen kamen, auch Hörige, die selbst Kinder verloren hatten. Alle wünschten ihr Mut und Kraft für die Trauerzeit, die für alle schmerzhaft sei, die aber vorübergehe, denn der Tod gehöre zum Leben wie die Geburt.

Ita versuchte ihren Schmerz mit trostvollen Gedanken zu vertreiben. Allen Frauen sterben Kinder, sagte sie sich. Auch Mutter hat zwei verloren und die Tanten, die Nachbarinnen in Kirchberg. Aber sie fühlte, daß ihre Leere eine besondere war. Das Kind war für sie alles gewesen. Was sollte jetzt aus ihr werden? Ohne Kind und mit einem Mann, der sie nur geheiratet hatte, weil er es seinem toten Bruder schuldig war. Und der ihr Vorwürfe machen, der sie für den Tod des Kindes verantwortlich machen würde. Ita gab ihm in ihrem Innersten recht. Sie hatte die Magd zum Kind geschickt, ohne zu fragen, ob sie gesund war oder krank.

Die Zeit heilt alle Wunden. Das hatte sie so oft gehört. Daran dachte Ita, wenn Gefühle der Schuld sich mit Trauer mischten, so schmerzhaft, daß es nicht mehr schlimmer werden konnte. Selbst in der Nacht ließen sie nicht los. Es war nicht so, daß sie schlief und beim Aufwachen begriff, daß ihr Kind nicht mehr lebte. Nein, der Schmerz war immer da, auch im Schlaf. In ihren Träumen stürzte sie in ein Loch, dunkel ohne Ende.

An einem Nachmittag verspürte Ita plötzlich Heimweh nach der Abtei und schickte einen Boten mit einem Brief nach Zürich. Vielleicht würden die Nonnen Trost für sie finden, vor allem Cristildis, ihre Freundin, die selbst ein Kind hatte. In ihrem Brief fragte Ita auch nach Siegfried, dem Priester vom Siechenhaus an der Sihl.

Nachdem der Bote sich auf den Weg gemacht hatte, kniete sie in ihrer Kammer auf dem Steinboden, wie sie es immer tat. Sie betete für Manegolds Seele und um Trost und Erbarmen für sich selbst. Bis sie ein Geräusch hörte.

Ita hob den Kopf und sah Eberhard in der Tür stehen. Sie sah, wie er auf die leere Wiege starrte und dann auf sie. Sie las in seinen Augen, daß er wußte, ohne zu begreifen. Eberhard bewegte sich nicht, er sprach nicht, er ließ die Arme hängen und wartete. Ita fühlte sich wie eine Erfrierende, die im Eis gefangen ist und sich nach Wärme sehnt. Und sie empfand etwas, das stärker war als der eigene Schmerz. Mitleid mit Eberhard, für den der Sohn die Zukunft gewesen war. Dessen Schicksalskette von Schmerz und Blut und Tod sich um einen zweiten Manegold verlängert hatte.

Nie, auch später nicht, konnte Ita verstehen, weshalb diese Heimkehr der Anfang ihrer Liebe bedeutete. Ohne zu denken, ohne sich um Worte zu sorgen, ging sie auf ihn zu. Vielleicht, weil sie nichts zu verlieren hatten und weil das tote Kind beiden weh tat, umklammerten Eberhard und Ita einander wie zwei Ertrinkende. »Das Kind ist am Fieber gestorben«, flüsterte sie, und, »es tut so weh, Eberhard, so weh.«

Der Schmerz verschmolz mit Sehnsucht und wurde betäubt, als Ita ihren Mann umarmte. Eberhard fand den Mut, in Itas Augen nach ihrer Seele zu suchen, und dann, sie zu küssen. Ita zog ihn zum Bett. Sie wollte ihn über sich, schwer und lebendig, sie wollte, daß er ihr das Denken nahm.

»Wir sind beisammen«, flüsterte er. »Das Kind wird mit uns sein, in der Erinnerung.« Er nahm Ita in die Arme, er ging auf ihre Sehnsucht ein, langsam, ohne Hemmungen, denn wovor sollte er sich jetzt noch fürchten? Ich liebe dich, dachte er, ich will deinen Schmerz betäuben, tiefer und tiefer. Eberhard nahm sich Zeit. Er spürte, wie sie den Kopf hin und her wiegte, um die Gedanken auszulöschen und nur mit dem Körper zu hören. Um ihn, seinen Schmerz und seine Sehnsucht in ihrem Innersten zu finden.

Später, als es fast Morgen war, erwachten beide, weil der Hahn krähte. Ita tastete nach Eberhards Hand.

»Daß es so sein kann, wußte ich nicht«, flüsterte sie. »Ich meine, bisher …« Als Eberhard nicht antwortete, schmiegte sie ihren Kopf an seine Brust, so daß er ihre Augen nicht sehen konnte.

»Bereust du nicht mehr, daß du mich geheiratet hast?« fragte er.

Ita hob den Kopf, stützte sich auf die Arme, sah ihm in die Augen. »Das habe ich nie getan. Als ich noch in Kirchberg war, habe ich von Manegold geträumt, meinem Bräutigam. In meinen Vorstellungen war er freundlich und sah aus wie du. Er hatte dein Gesicht, deine Augen, dein Haar. Nur war er kein Knabe, sondern ein Mann, so wie du jetzt.«

»Ich dachte, ich sei nur ein Lückenbüßer. Ein Ersatz für Manegold«, sagte Eberhard leise. »Und alles sei dir unangenehm.«

Ita streckte die Hand aus. »Ich hatte Angst, das sei ein Muß für dich, ein schnelles.«

Eberhard erinnerte sich an Hermann den Lahmen und an seinen Rat, offen mit Ita zu reden. »Ich war vom ersten Moment an verliebt in dich«, sagte er. »Damals in Kirchberg. Du warst wie eine Königin und ich ein ungeschickter Bub. Ich habe Angst gehabt, das sei ich heute noch für dich.«

»Und ich habe geglaubt, du hättest mich Manegolds wegen aus Pflichtgefühl geheiratet.«

»Ich habe mich nicht getraut, dir zu sagen, daß ich dich …« Eberhard zögerte. Das habe ich noch nie einer Frau gesagt, dachte er. Das tun nur die Figuren der Geschichtenerzähler. Er strich Ita eine Haarsträhne aus dem Gesicht, er folgte mit dem Finger den Konturen ihrer Nase, strich zart über ihren Mund, spürte, daß ihre Lippen sich öffneten. »… daß ich dich liebe«, beendete er seinen Satz.

Ita wollte es auch sagen, aber da waren wieder die Bilder vom toten Kind. Sie klammerte sich an Eberhard, schob sich über ihn, suchte seine Lippen. Später, als sie erschöpft und glücklich auf dem Rücken lag und immer noch seine Hand hielt, sagte sie: »Ich bin froh, daß ich deine Frau bin«, und dann, »ich liebe dich, Eberhard.«

Nun begann für Ita eine Zeit der Widersprüche. Sie war glücklich mit Eberhard. Wenn er von der Jagd oder von einem Ritt zur Reichenau zurückkam, zeigten die Fältchen um seine blauen Augen nach oben wie ein lachender Mund. Sie sah, wie er sich freute, bei ihr zu sein, und sie freute sich auch. Aber tief in sich, ob er da war oder nicht, hatte Ita ein schlechtes Gewissen dem Kind gegenüber. Wie konnte sie lieben und glücklich sein, anstatt um ihren Sohn zu trauern?

Ita spürte, daß Eberhard ein weiteres Kind wollte und daß auch Liutpald auf einen Erben wartete. Aber sie war nicht bereit. Wie eine Verräterin am toten Manegold wäre sie sich vorgekommen. Daß sie zur Heilerin ging und sich von ihr beraten und eine Tinktur mischen ließ, verschwieg Ita ihrem Mann. Er hätte es nicht verstanden. Ita spürte, daß der tote Sohn für ihn keine Bedeutung mehr hatte. Nur sie, Ita, und die Grabkirche auf der Reichenau und seine Aufgaben als Zürichgaugraf zählten.

Als ein Bote von Zürich zurückkam, brachte er einen Brief aus der Abtei mit. Cristildis schrieb, sie könne nicht kommen. Aber sie wünsche ihr Mut und bald weitere Kinder. Ihr und der Tochter Elisabeth gehe es im Kloster gut. Vom Priester Siegfried wußte Cristildis nichts, aber aus dem Siechenhaus von Sankt Jakob an der Sihl sei er weggezogen, vielleicht nach Basel.

In diesem Sommer vertiefte Ita sich in die Wissenschaft der Kräuter. Sie studierte Walafried Strabos Buch und erweiterte den Garten. Was man nicht anpflanzen konnte, suchte sie im Wald. Ita sprach viel mit Anna, der Heilerin, und ließ sich erklären, wo welches Kraut zu finden war und wie man die Substanzen mischen und wofür man sie einsetzen konnte. Langsam, ohne daß Ita es merkte, nahm Anna den Platz der alten Heilerin aus Kirchberg ein. Ita fragte sie um Rat, und Anna war die einzige, der sie von ihrer Liebe und von ihrer Schuld dem Kind gegenüber erzählte. Helfen konnte Anna nur manchmal, wenn es um Fragen der Krankenpflege ging. Aber sie hörte Ita zu, und das bedeutete viel.

Wenn Eberhard sich auf Reisen befand, half Ita dem Haushofmeister bei der Beaufsichtigung der Wirtschaftsbetriebe. Selten saß sie bei ihrer Gesellschaftsdame und half ihr beim Weben von farbigen Borten für eine neue Tunika.

Mein Leben ist ausgefüllt und mir fehlt nichts, dachte Ita, wenn sie vor dem Hausaltar kniete. Gott hat es gut mit mir gemeint. Aber manchmal schien es ihr, als warte sie und wisse nicht worauf.

15

Eberhard erlebte seine Rückkehr aus dem Burgund wie ein Wechselbad. Kaum spürte er den Schmerz über den Verlust des Kindes, fing Itas Liebe ihn auf. Manchmal kam es ihm vor, als schwebe der Schmerz in der Luft oder sei in der Zeit hängengeblieben, um sich später, irgendwann, wie eine Gewitterwolke über ihm zu entladen. Aber es passierte nichts. Eberhard verdrängte die Gedanken an seinen Sohn, und wenn sie trotzdem kamen, dachte er: Die meisten Frauen bekommen mehrere Kinder. Auch Ita wird weitere Söhne haben. Aber der Sommer und der Herbst und der Winter kamen und gingen, ohne daß sich eine neue Schwangerschaft eingestellt hätte.

Im Frühling 1034 betrat Eberhard mit Liutpald seine fertig gebaute Kirche auf der Reichenau. Stolz war er vor allem auf den *Porticus*, eine Vorkirche, durch die man das Hauptgebäude betrat.

Für die Grabplatten, die an die hochwohlgeborenen Toten erinnerten, für die Eckverbände der Mauern und für den Altar hatten Eberhard und Liutpald grauen Sandstein vom Bodenseerücken kommen lassen.

Die größte Aufmerksamkeit zog der Chor auf sich, das sah Eberhard einigen Vasallen an, die er zum ersten Mal in die Kirche führte. Gern hätte er sein Bauwerk auch Bertold von Zähringen gezeigt, weil der ihm die roten Steinblöcke überlassen hatte. Aber der Graf antwortete auf Eberhards Einladung, er werde erst zur Einweihung kommen. Sogar eine Schenkung stellte er Eberhard in Aussicht.

Die Arkaden waren mit rotem und weißem Stein ausgekleidet. Zwei Rotsandsteinsäulen trennten das Hauptschiff vom vorderen Kirchenteil. Von Einsiedeln hatte Eberhard Steinmetzen kommen lassen, die Basen und Kapitelle formten, wie er es in anderen Kirchen gesehen hatte.

Eberhard freute sich, als der Abt die Grabkirche betrat und ihn beglückwünschte. Berno fragte nach dem Tag der Einweihung, aber statt einer Antwort sah Eberhard zu Liutpald.

Man warte auf die Reliquien aus Rom, sagte der Priester. Eberhard wunderte sich, denn davon hatte er nie etwas gehört. Vielleicht, fuhr Liutpald fort, sei es möglich, vom Papst eine Reliquie des heiligen Laurentius zu bekommen, des Patrons der Kirche.

Später, auf dem Rückweg zur Nellenburg, erklärte Liutpald, die Kirche müsse nicht vom Abt allein, sondern auch vom Konstanzer Bischof Warmann geweiht werden. Das fördere Eberhards Ansehen, besonders da der Bischof immer noch Verweser des Herzogtums Schwaben sei.

»Unser Abt weigert sich aber, irgend etwas gemeinsam mit Warmann zu weihen«, fuhr Liutpald fort. »Seit der Bischof Bernos Sandalenprivileg in Konstanz verbrannt hat, will er mit ihm keine Kirche mehr betreten.«

»Der Zwist kann Jahre dauern«, protestierte Eberhard. »Bis dahin wird meine Kirche zerfallen.«

»Die Zeiten ändern sich. Und die Namen der Päpste noch schneller. Wer weiß, ob nicht einer kommen wird, der Abt Berno erneut das Sandalenprivileg gibt und auch dafür sorgt, daß er es behalten kann? Und der zwischen den Äbten und den Bischöfen endlich Frieden schafft?«

Eberhard war nicht überzeugt, aber er schwieg. Wenn Liutpald die Zukunft voraussah, gab die Zeit ihm fast immer recht.

»Wir müssen abwarten«, bekräftigte Liutpald. »Denn du hast keinen Grund, Bischof Warmann vor den Kopf zu stoßen und Abt Berno Wünsche zu erfüllen.«

»Das stimmt. Der Kaiser hat mich mit achtzehn zum Zürichgaugrafen gemacht. Da könnte auch Berno mir die Vogtei über die Reichenau geben.«

»Solange er das nicht tut, rate ich dir, mit der Weihe zu warten.«

»Wann kommen die Reliquien aus Rom?« fragte Eberhard.

»Keine Ahnung. Ich habe einen Boten, der zum Papst unterwegs war, um Vermittlung gebeten. Aber ob wir eine Reliquie des heiligen Laurentius bekommen und ob es solche überhaupt gibt, weiß ich nicht.«

Eberhard war enttäuscht. Mit Gebeinen des Heiligen in seiner Grabkirche wäre er der Erfüllung seines Gelübdes näher gekommen. Bestimmt hätte der Märtyrer im Himmel Fürbitte geleistet für Eppo und vor allem für Manegold, der kurz nach dem Laurentiustag in der Schlacht gefallen war.

»Du hast einen Abt angelogen«, sagte Eberhard.

»Nur geschwindelt«, grinste der Priester. »Damit wir mit der Weihe warten können, solange wir wollen. Und wer weiß? Vielleicht findet sich irgendwo in Rom tatsächlich eine Reliquie des Laurentius.«

Eberhard nahm sich vor, bei seiner ersten Reise nach Rom danach Ausschau zu halten. Er dachte oft daran. Jetzt war er Zürichgaugraf und im kaiserlichen Heer mitgeritten. Wenn der Kaiser nach Süden zog, nahm er oft Lehnsleute aus Schwaben mit. Eines Tages vielleicht auch ihn, Eberhard. Und wenn er erst mit dem fahrenden Hof nach Italien reiste, würde auch der Traum seines Bruders Manegold, die Regentschaft über das Herzogtum Schwaben, wieder in Reichweite rücken.

Das war Eberhards Ziel, an das er sich klammerte, als die Monate vergingen, ohne daß er die Grabkirche hätte einweihen können. Und ohne daß Ita von einem zweiten Kind sprach. Deshalb nahm er sich vor, seine Aufgaben als Gaugraf ernst zu nehmen und die Adligen Schwabens großzügig zu bewirten. Und sie mit Silber oder Gold zu beschenken, wenn sie auf der Nellenburg haltmachten.

Liutpald dachte wie Eberhard. Er sagte immer, alles hänge davon ab, wie gut man sich mit dem Kaiser stelle und mit den Großen Schwabens. Dank Beziehungen könne selbst Eberhard, der wieder unten angefangen habe, mit der Herzogskrone liebäugeln.

Eberhard und Liutpald ritten oft in den Zürichgau. Vor allem mit dem Straßenbau mußten sie sich befassen. Nun erfuhr Eberhard, was es bedeutete, vom Kaiser mit einer Gaugrafschaft auch die Hoheitsrechte über Straßen und Flüsse zu erhalten.

Zuerst ließ er den Weg von Kempraten zu seinem früheren Heim im Zürichgau an den schadhaftesten Stellen ausbessern. Die Anlieger mußten Fronarbeit leisten, aber auf weiten Strecken, vor allem in den Wäldern, gab es niemanden. Dort mußten Hörige aus der Umgebung Sträucher herausschneiden und an sumpfigen Stellen Steine verlegen.

Liutpald sagte, das könne Jahre dauern, und während all der Zeit müßten die hörigen Arbeitskräfte verpflegt werden. Obwohl Eberhard die Zölle einstreichen dürfe, würden die Einnahmen nicht die Kosten decken.

Sie beredeten alle Möglichkeiten, und schließlich entschieden Liutpald und Eberhard sich dafür, einen Dienst für sicheres Geleit zwischen Meilen und der Zürcher Pfalz gegen Entgelt einzurichten. Verläßliche Dienstmannen mit Lanzen und Schwertern sollten gegen Silberlinge oder Tauschgut Händler beschützen, die von der Lombardei Waren nach Zürich brachten. Einen solchen Dienst hatte es früher schon gegeben, aber seit die Uferlandschaft dem Kloster Einsiedeln gehörte, kümmerte sich niemand mehr darum.

Die ersten Händler, mit denen Liutpald sprach, protestierten gegen die neuen Abgaben. Auf den Pässen und zwischen dem Walensee und Kempraten biete ihnen auch niemand Geleitschutz an. Deshalb hätten sie selbst bewaffnete Begleiter in ihren Dienst genommen. Besonders empört waren die Waffenhändler aus dem Norden. Für sie sei das Metallgeklirr der Schwerter und Lanzen Alltag wie für den Priester die Meßglocke, da wollten sie keine fremden Kämpfer bezahlen.

Liutpald sprach mit vielen Reisenden. Die meisten waren Schwaben oder kamen aus Basel. Orientalen und Venezianer überquerten selten die rätischen Pässe. Sie fuhren auf dem Po zwischen der Adria und dem Tessin hin und her. In Pavia gaben sie ihre Orientwaren an Schwaben weiter, an Bayern und Burgunder, die Pferde, Zinn oder Waffen aus dem Norden mitbrachten.

Im Gespräch mit Basler Händlern merkte Liutpald, daß fast alle nur die Fernhandelsstraße kannten, die vom Septimer über den Walensee und Zürich führte. Den Weg Richtung Bodensee benutzten fast nur Männer, die nach Konstanz oder in den Norden Schwabens reisten.

Liutpald rechnete Eberhard einmal vor, wieviel Zeit die Händler mit der Bodenseestrecke würden einsparen können, er sprach von den Schiffen des Reichenauer Abts und von der Rheinschiffahrt.

»Wenn die Händler eines Tages auf diese Idee kommen oder wenn jemand sie auf den Weg Richtung Bodensee aufmerksam macht«, sinnierte Liutpald, »dann sind deine Flecken Land in Schaffhausen plötzlich viel wert.«

Eberhard erinnerte sich an sein schäbiges Haus dort und schüttelte den Kopf.

Aber Liutpald dachte laut weiter: »Wir könnten versuchen, in Schaffhausen weiteres Land im Tausch einzuhandeln.«

Das Problem der Einrichtung des sicheren Geleits konnte Liutpald im Gespräch mit den Händlern nicht lösen. Schließlich fragte Eberhard den Bischof von Konstanz um Rat, und der gab ihm das verbriefte Recht, im Zürichgau auf der Fernhandelsstraße Denare für den Geleitschutz einzuziehen. Als sie die Bestätigung des Bischofs auf Pergament sahen, widersetzten sich die Reisenden den Vorschriften nicht mehr.

Eberhard kehrte meist rasch zur Nellenburg zurück, aber Liutpald blieb manchmal tagelang in Meilen. Er wählte die Männer gut aus, die Geleitdienst taten. Zwei waren ehemalige Schafhirten, die Liutpald am Bodensee als zuverlässig aufgefallen waren. Vor allem hatten sie ein gutes Gedächtnis und konnten sich Namen und Begriffe und sogar Mengen merken.

Liutpald wies seine Männer an, die Händler zu beobachten und ihm zu melden, wie rasch sie reisten und welche Waren sie mit sich führten. Er gab den Bewaffneten auch andere Aufträge, von denen niemand im Zürichgau erfahren durfte.

Im Sommer 1034 unternahm Kaiser Konrad einen neuen Kriegszug gegen das Burgund. Monatelang hatte sein Gegner Odo von der Champagne Ländereien verwüstet. Als Odo im Herbst endlich um Waffenstillstand bat, fiel seine Bestrafung so mild aus, daß er seinen Eid vergaß und erneut das Burgund überfiel. Das ging Konrad zu weit. Er plante einen Feldzug, wie ihn noch nie ein Kaiser seines Reichs geführt hatte.

Konrad wollte Odos Widerstand durch einen Zangengriff von Norden und Süden her brechen. Dazu mußte er auch ein lombardisches Heer einsetzen.

Als zu Ostern am Reichstag von Regensburg die Vorbereitungen getroffen wurden, waren auch mächtige Verbündete aus Italien dabei. Ihnen erklärte Konrad seinen Plan. Die Taktik sei ein Wagnis, denn noch nie zuvor seien lombardische Krieger außerhalb ihres Landes eingesetzt worden. Außerdem könne der Plan nur funktionieren, wenn alles geheim bleibe. Denn ein Erfolg, erklärte der Kaiser, hing vom Zusammenwirken von zwei getrennt vorwärts gehenden Heeren ab, die gleichzeitig zuschlagen konnten.

Wie im Vorjahr sammelte der Kaiser das Heer in Basel. Eberhard reiste im Gefolge des Herzogs Hermann von Schwaben, der nun volljährig war.

Keinen Augenblick lang hatte Eberhard daran gedacht, dem Ruf des Herrschers nicht Folge zu leisten. Niemand hätte ihm Vorwürfe gemacht, wenn er als Erbe seiner Familie auf der Burg geblieben wäre, schon gar nicht der Kaiser. Aber Eberhard wollte gehen. Denn Liutpald sagte, Beziehungen schaffe man sich am besten am Hof oder im kaiserlichen Heer.

Der junge Hermann war dankbar, daß Eberhard mit ihm reiste. Seit Bischof Warmann gestorben war, hatte er keinen Vormund mehr und mußte selbst über sein Leben und sein Herzogtum entscheiden.

Eberhard unterhielt sich mit ihm über Warmann und spürte aus Hermanns Worten, wie wichtig der Vormund für ihn gewesen war. Ein Trost war für den Herzog, daß Warmanns Bruder als neuer Bischof von Konstanz eingesetzt worden war. Ernannt hatte ihn Kaiser Konrad, nicht der Papst.

Während der Schiffahrt nach Basel erzählte Eberhard dem Herzog von seiner Grabkirche und kündigte an, daß der neue Bischof sie irgendwann zusammen mit Abt Berno weihen müßte.

Aber da es sich beim Nachfolger um Warmanns Bruder handelt, dachte Eberhard, könnte Berno sich nach wie vor weigern, und dann stünde ich ewig mit einer Kirche da, die niemand weihen will. Aber er sagte nichts davon zu Herzog Hermann, der schon genug eigene Schwierigkeiten hatte.

Als das Heer sich von Basel nach Genf vorschob, blieb der Herzog bei den Schwaben. Kämpfen mußten weder die Reiter noch das Fußvolk, denn Widerstand gab es nicht. Nur Murten umgingen sie wegen der starken Besatzung.

Manchmal lud der Herzog Eberhard in sein Zelt ein. Aber es war schwierig, ein Gespräch zu führen. Dauernd hatte Hermann Besuch, alle bemühten sich um seine Gunst.

»Das war früher anders«, sagte Hermann, als sie südlich von Murten vor dem Zelt saßen. Beide waren gut gelaunt, denn der Herzog hatte an diesem Abend darauf bestanden, mit Eberhard ein Verbrüderungsmahl zu feiern, bei dem viel Wein ausgeschenkt wurde. »Als Warmann für mich regierte, haben mich alle wie Luft behandelt. Nur du, Eberhard, bist manchmal gekommen, einfach so.«

»Weil ich gespürt habe, daß es dir gleich geht wie mir«, sagte Eberhard offen, denn der Wein hatte seine Zunge gelöst. »Du hast früh den Vater und deinen Bruder Ernst verloren, und die Mutter siehst du fast nie. Mir geht es ähnlich.« Nur habe ich jetzt Ita, dachte Eberhard, aber das sagte er nicht. Vielleicht war der Kaiser dafür, Hermann eine wildfremde Frau auszusuchen. Da wollte Eberhard lieber nicht erzählen, wie er Ita selbst gewählt hatte.

Als sie von ihren Brüdern sprachen und Ernsts Name fiel, spürte Eberhard, wie Hermann zögerte. Dann griff der Herzog zum Weinbecher, trank ihn aus und fragte leise: »Findest du, daß Ernst recht hatte?«

»Er war der direkteste Thronanwärter für das Burgund«, sagte Eberhard diplomatisch. »Ob er das Recht hatte, deshalb gegen euren Stiefvater, den Kaiser, zu rebellieren, weiß ich nicht.«

»Eigentlich wäre ich jetzt der Thronanwärter ...«

Eberhard sah Hermann an. Wie ein König sah der Herzog nicht aus. Er war zartgliedrig und hatte blaue Augen, die bei Kerzenlicht violett und am Tag manchmal meergrün schimmerten. Hermann hatte dichtes braunes Kraushaar, das sich an der Stirn verklebte, wenn er sich ereiferte und ins Schwitzen kam. »Ja, du könntest um den Burgunder Thron kämpfen«, sagte Eberhard, »aber es lohnt sich nicht, Hermann. Mit dem Herzogtum Schwaben fährst du besser als mit dem Burgund. Laß es dem Kaiser oder deinem Stiefbruder, dem Thronfolger! Wahrscheinlich wird das Burgund nicht einmal Teil des Kaiserreichs.«

Eberhard hielt den Becher hoch und lächelte Hermann zu. Er las Bewunderung in den Augen des jungen Herzogs, hatte aber ein schlechtes Gewissen, sich darin zu sonnen. Sein Wissen über das Burgund verdankte er Liutpald. Dem hätte Hermanns Bewunderung gebührt.

»Ich hätte ohnehin nicht gegen Konrad rebelliert«, sagte Hermann leise. »Für meine Mutter war es schrecklich, sich zwischen dem Kaiser und Ernst zu entscheiden. Und zuzusehen, wie ihr Mann ihren Sohn auf dem Schlachtfeld in den Tod schickte.«

»Durch meinen Bruder.« Eberhard sah dem Herzog offen in die Augen.

Aber die Feindschaft ihrer Brüder spielte keine Rolle zwischen ihnen. Eberhard hatte das Gefühl, es verbinde ihn mit Hermann eine tiefere Freundschaft als vor dem Verbrüderungsessen.

Im Burgund erlebte Eberhard zum zweiten Mal einen Krieg, der keiner war. Noch stärker als während des ersten Feldzugs rückten Blut und Tod in den Hintergrund. Was zählte, war die Nähe zum Kaiser und zu den Großen, für Eberhard vor allem zu Hermann, dem Herzog von Schwaben. Manchmal dachte Eberhard, daß er das Herzogtum besser nicht mehr als Ziel seiner Wünsche sehen sollte. Hermann war jünger als er. Wie konnte er auf Hermanns Würde hoffen und ihm gleichzeitig als Freund ein langes Leben wünschen? Das war ein Widerspruch. Nein, Eberhard sah jetzt andere Wege vor sich. Er mußte auf ihre Freundschaft bauen.

In Genf geschah, wie Eberhard, wie Liutpald vorausgesagt hatte. Das Burgund wurde dem Kaiserreich nicht einverleibt.

Kampflos bezog das Heer in der Nähe von Genf Stellung. Gleichzeitig rückten vom Sankt-Bernhard-Paß her die lombardischen Krieger an. Die Rebellen waren umzingelt und gaben auf.

An Petri Kettenfeier, dem ersten Augusttag des Jahres 1034, zog Konrad in Genf ein und erklärte die Zeit des Unfriedens durch eine

Festkrönung für beendet. Einzig die Burg von Murten wurde noch gestürmt und zerstört. Aber auch dort setzte der Kaiser auf fürstliche Milde. Er beließ die burgundischen Großen in ihren Ämtern, auch die Bischöfe. Die schworen ihm Treue, denn Konrad hatte im Burgund keinen Grundbesitz, und, was noch wichtiger war, er verfolgte dort keine persönlichen oder Reichsinteressen.

Als Eberhard Mitte August nach Hause ritt, war es ihm, als schließe sich ein Kreis. Von weitem sah er die Mohnblumenfelder am Fuß des Burghügels. Er kam sich vor wie in Kirchberg, am ersten Tag seiner Liebe, als er noch ein Knabe gewesen war. Die Bilder von seiner letzten Rückkehr und von der leeren Wiege Manegolds verblaßten wie ein Fleck an der Sonne. Eberhard ritt schneller, obwohl sein Brauner Zeichen von Altersschwäche zeigte. Ich brauche ein neues Pferd, dachte Eberhard, ein Füllen, das ich später selbst zureiten kann.

Ita stand in der Halle und ordnete Mohnblumen in einem Gefäß. Sie hatte wieder helle Strähnen im braunen Haar. Eberhard erschien sie schöner als im Frühsommer. Aber da war noch etwas anderes. Eberhard ging zu ihr und sah sie lange an, bevor er sie in die Arme nahm. Der Schatten von Leid und Schmerz war aus ihrem Gesicht verschwunden. Ita strahlte von innen heraus. Genau wie ihre Blumen, dachte Eberhard.

»Danke, daß du die Mohnblumenfelder hast anlegen lassen«, sagte Ita, als Eberhard sie stürmisch küßte. Er hob sie hoch und spürte, daß sie leichter und schlanker war als vor seiner Abreise. Sie ist nicht schwanger, dachte er.

Die ganze Zeit habe sie sich auf ihn gefreut, beteuerte Ita. Auf ihn und die Mohnblumen, die erst spät zu blühen angefangen hatten. Dann fragte sie nach dem Burgund, und Eberhard erzählte, bis es dunkel war.

Es war der Sommer ihrer Liebe, an den Ita sich noch im nächsten Jahrhundert erinnern sollte, als uralte Frau, bei der Weihe des Münsters.

Nachdem Eberhard ins Burgund geritten war, hatte Ita sich in die Arbeit vertieft. Der Armenfürsorge galt ihre besondere Aufmerksamkeit. Im Gespräch mit Hörigen und mit Flüchtlingen fand sie heraus, daß vor allem Waisenkinder und Witwen Hunger litten.

Ita ließ ihre Gesellschaftsdame auf der Burg, wenn sie mit dem Pferd und zwei Knechten durch die Ländereien weite Kreise zog, um das Leben der Armen zu beobachten. Eberhards Lehen und Eigenbesitz waren verstreut. Ita wußte, daß er auch im Zürichgau, im Klettgau und von seiner Mutter her sogar im Elsaß Besitz hatte. So weit konnte Ita allein nicht gehen, doch sie nahm sich vor, wenigstens für die Ärmsten im Umkreis der Burg zu sorgen. Aber wie?

Johanna, der Ita anstelle der zerfallenen Hütte ein neues Haus gebaut hatte, war kein gutes Beispiel. Auf Druck der Verwandten und, wie Ita erfuhr, des Dienstmanns, der ihre Abgaben einziehen mußte, hatte die Weberin wieder geheiratet. Einen jungen Knecht, der sie schlug und hart arbeiten ließ, während er Branntwein trank.

Eine Heirat um jeden Preis, dachte Ita, ist keine Lösung. Im Gespräch mit dem Haushofmeister fand sie heraus, daß Hörige mit eigenen Hütten und eigenem Land heiraten konnten, wen sie wollten. Die *servi casati* aber, die Haushörigen, durften nur eine Ehe eingehen, wenn die Herrschaft einverstanden war.

»Das ist unmenschlich«, protestierte Ita. »Wenn die Hörigen nicht einmal diese Freiheit haben ...« Aber sie besann sich und schwieg. Ihr fiel ein, daß es für Grafentöchter nicht anders war. Ihr Vater hätte sie selbst fast an den alten Lehnsherrn mit den fünf Kindern verschachert. Es war Zufall, nicht ihr eigener Wunsch, daß sie den Mann heiraten konnte, der ihr gefiel.

Kuno sah die Sache von einer anderen Seite. »Unfreie Bauern dürfen von ihrem Herrn aus heiraten, wen sie wollen. Das stimmt. Aber tatsächlich werden die meisten von ihren Vätern in eine Ehe gezwungen, ob ihnen das gefällt oder nicht.«

»Und die Haushörigen?«

»Die müssen ihre Herrschaft fragen oder werden von ihr verheiratet wie andere von den Vätern.«

Ita fand heraus, daß die Haushörigen der Nellenburg in Hütten hinter den Wirtschaftsgebäuden oder in den Ställen der Burg hausten. Ärmlicher als die meisten unfreien Bauern. Ich werde ein großes Haus für sie bauen, dachte Ita. Vor allem für junge Frauen und für Witwen. Wenn sie heiraten wollen, brauchen sie Eberhards Erlaubnis. Das gibt mir die Möglichkeit, vorher mit den Hörigen zu sprechen und herauszufinden, was sie wirklich wollen. So kann ich Frauen vor Männern schützen, die sie verabscheuen.

Als der Juli vorbei war und Eberhard noch immer im Burgund, wollte Ita nicht länger warten. Sie ging zum Burgzimmermann, der in Gedanken für sie ein Haus für die Hörigen plante. Ita wollte eine Zeichnung haben, aber der Mann erklärte, er habe noch nie eine Feder oder eine Kreide in der Hand gehabt. Sie brauche ihm nur das Land zu zeigen und das Holz, dann baue er ihr Haus, einfach so, aus seinem Kopf heraus.

Ita war unentschlossen, ob sie bauen lassen oder auf Eberhard warten wollte. Ich bin ungeduldig, dachte sie und erinnerte sich an den Priester Siegfried in Zürich, der ihr diesen Charakterzug angemerkt hatte.

Dann entschied sie, wenigstens ein Stück Bauland auszuwählen. Zu Fuß ging sie den Burghügel hinunter und suchte auf halber Höhe nach Landstücken, die eben waren und möglichst nahe zur Burg lagen.

Plötzlich sah sie die Mohnblumenfelder, die ihr von weitem grün wie Hanffelder vorgekommen waren. Erst wenige Blüten hatten sich geöffnet. Ita ging zwischen den Blüten hindurch und fühlte sich nach Hause, in ihre Kindheit zurückversetzt. Eberhards Besuch in Kirchberg kam ihr in den Sinn. Zum ersten Mal seit Monaten fühlte sie etwas, das stärker war als die Gedanken an ihr totes Kind. Die Mohnblumen hat Eberhard ansäen lassen, dachte sie, und dann: Er hat mich gern, er hat es gesagt.

Anfang August leuchteten die Mohnblumen wie rotes Gold zur Burg. Ita ging durch die Felder und pflückte Blüten für die Halle. Ihre Sehnsucht nach Eberhard wurde größer. Sie vergaß, zur Heilerin zu gehen.

Als Eberhard zurückkam und sie in die Arme nahm, war das dunkle Bild des Kindes nicht mehr in ihr. Ita vergaß Manegold nie. Sie dachte oft an ihn, aber es war nur mehr eine Erinnerung, die keinen Schmerz mehr verursachte. Die Liebe war jetzt mehr als Betäubung.

In der Nacht suchte Ita Eberhard, nackt und ohne Hemmungen. Sie wollte seine Hände auf ihrem Körper spüren, sie sog seine Worte auf, sie öffnete ihre Lippen und küßte selbst, drängend, wie sie es nie getan hatte. Jede Nacht schlief sie glücklich in seinen Armen ein, und am Morgen träumte sie sich in einen anderen goldenen Tag hinein.

Manchmal, wenn sie ein Neugeborenes sah, durchzuckten sie alte Gedanken wie ein Blitz, der nicht schmerzt, weil er in der Ferne eingeschlagen hat.

Kann man immer glücklich sein? fragte sich Ita, während sie zusah, wie Zimmerleute die Pfosten des neuen Hörigenhauses mit Holznägeln fixierten. Das Gegenteil habe ich mich früher auch gefragt, dachte sie dann. Kann man ewig leiden und trauern? Aber solche Gedanken kamen ihr selten. Das Glück war stärker als die Vergangenheit und die Zukunft, und Ita ließ sich von ihm treiben. Sie spürte, daß Eberhard sie genauso wollte wie sie ihn. Daß er sich zu ihr hingezogen fühlte und sie in die Arme nehmen mußte, wenn sie ihm in die Nähe kam. Am Morgen genauso wie in der Nacht.

Eberhard ritt selten fort. Im Herbst mußte er einmal nach Konstanz und zur Reichenau, aber in den Zürichgau ließ er Liutpald allein reisen.

Ita wußte nicht, ob es nur die Liebe war, die ihn bei ihr hielt, oder ob er vor allem bald ein Kind von ihr wollte. Aber das war nicht wichtig, denn sie spürte, daß beides zusammengehörte. Ihre Liebe und der Wunsch nach einem Kind waren eins. Als Ita das vor sich selbst zugab, fühlte sie, daß sie wieder schwanger war.

»Es wird um den Laurentiustag herum auf die Welt kommen, im nächsten August«, sagte Ita nach Weihnachten zu Eberhard. Sie war nun sicher und wollte ihre Freude mit ihm und auch mit Liutpald teilen.

In der Nacht nahm Eberhard sie zärtlich in die Arme und sagte, das Kind sei nicht die einzige gute Nachricht, die mit dem Laurentiustag zusammenhänge. »Es ist schön, dich in den Armen zu halten, einfach so«, flüsterte er.

»Für einfach so ist es zu früh, Eberhard«, lachte Ita und streichelte seinen Körper. »Die Liebe kann dem Kind nicht schaden. Erst vom Sommer an müssen wir aufpassen.«

»Ich habe gemeint ...« Eberhard hörte mitten im Satz zu sprechen auf, weil Ita ihn kitzelte und er lachen mußte.

»Erzähl mir lieber von der zweiten Überraschung«, sagte Ita verschmitzt und streichelte seine Brust, ließ die Finger weiter nach unten gleiten.

Eberhard nahm ihre Hand und gab ihr einen Klaps wie einem kleinen Kind. »Wenn du meine Gedanken einschläferst, kann ich nicht reden.«

Ita lachte und rückte von ihm ab.

»Liutpald war gestern in Konstanz«, erzählte Eberhard. »Bei Herzog Hermann und beim neuen Bischof, der Eberhard heißt wie ich. Ein ehemaliger Einsiedler Mönch.«

»Der Bruder des verstorbenen Bischofs?«

»Ja, auch Warmann begann als Mönch von Einsiedeln. Aber komm her, Ita, schmieg dich ganz eng an mich!« Als sie sich an ihn herangekuschelt hatte, fuhr er fort: »Der neue Bischof hat Abt Berno befohlen, meine Grabkirche im Sommer gemeinsam mit ihm zu weihen. Am Laurentiustag.«

»Aber die Reichenau untersteht dem Kaiser und dem Papst, nicht dem Bischof der Diözese. Wie kommt der dazu, dem Abt zu befehlen?«

»Berno hat sich damals auch gefügt und dem Bischof das päpstliche Privileg und die Sandalen ausgeliefert. Nun hat er noch einmal klein beigegeben, zu meinem Glück.«

»Der Papst ist wohl zu weit weg«, vermutete Ita. »Da hat Berno nicht den Mut, sich dem Bischof zu widersetzen.«

»Wie recht du hast, Ita. Seit anderthalb Jahren sitzt in Rom ein Papst auf dem Thron, der fast noch ein Kind ist. Dem käme im Traum nicht in den Sinn, für die Rechte alemannischer Äbte zu kämpfen.«

Stunden später, als Eberhard Ita wieder zärtlich umschlang, fragte er leise: »Bist du sicher, daß wir dem Kind nicht schaden werden?«

»Ja. Ich weiß es von Anna, der Hebamme. Warum glaubst du mir nicht?«

»Ich dachte, für dich sei es schwierig, Kinder zu bekommen. Seit Manegolds Geburt ist viel Zeit vergangen.«

»Weil ich kein Kind wollte.« Ita biß sich auf die Lippen, aber es war zu spät. Ihre Worte konnte sie nicht zurücknehmen. Sie spürte, wie Eberhard sich verspannte und von ihr abrückte. Itas Herz begann heftig zu klopfen. Trotzdem fuhr sie leise fort: »Ich habe eine Tinktur getrunken und manchmal ... Kopfweh gehabt.«

»Bist du noch bei Trost, Ita? Ich sehne mich nach einem Sohn, ich bin der letzte Erbe meiner Familie und du ...« Eberhard spürte, wie er wütend wurde. Er kam sich verraten und betrogen vor. Während das erste Morgenlicht in die Kammer fiel, sprang er aus dem Bett, streifte sich die Beinkleider und eine Tunika über und ging zu den Ställen.

Ita fürchtete um seine Liebe, Angst stieg in ihr hoch um das Kind, das vielleicht spüren konnte, was sie empfand, obwohl es noch winzig klein war. Später sah sie aus dem Fenster. Eberhard und Liutpald ritten mit bewaffneten Gefolgsleuten und drei Knechten in die Kälte hinaus. So viel Gefolge nahmen sie nur mit, wenn sie zum Zürichgau unterwegs waren. Ita fühlte sich allein, als ob Eberhard sie verlassen hätte.

Als Eberhard drei Tage lang wegblieb, vermischte Itas Angst sich mit Wut und Enttäuschung. Wie hatte er wegreiten können, mitten im Satz, ohne daß sie die Möglichkeit gehabt hätte, irgend etwas zu erklären? Ita beschloß, ihn wie Luft zu behandeln, wenn er zurückkäme. Aber sie spähte immer wieder am Fensterladen vorbei nach Süden. Als er am vierten Tag kam, rannte sie hinunter und spürte, wie ihre Wut mit jeder Treppenstufe kleiner wurde und sich in Freude und Glück auflöste. In der Halle prallten sie fast aufeinander. Eberhard umarmte sie, nahm ihr Gesicht zwischen die Hände, flüsterte: »Es tut mir leid, Ita, ich hätte nicht so weggehen sollen«, und alles war wieder gut.

»Ein anderes Kind hätte ich nicht lieben können, so bald nach Manegolds Tod«, sagte Ita. »Ewig wäre ich mir schuldig vorgekommen.«

Eberhard küßte ihre Tränen weg. »Du tust nie etwas ohne Grund. Ich hätte das wissen müssen. Aber ich war so enttäuscht, da war kein Platz für klare Gedanken.«

»Tu es nie wieder, Eberhard!« flüsterte sie.

»Was?«

»Weglaufen im Streit. Es tut so weh. Anderseits …« Ita lachte und nahm ihn bei der Hand, zog ihn zur Treppe. »Komm, Eberhard, ich freue mich jetzt noch mehr auf dich.«

16

Am Laurentiustag des Jahres 1035 durfte Eberhard den Triumph seines zwanzigjährigen Lebens feiern: die Einweihung seines Gotteshauses, die Erfüllung seines Gelübdes. Und in seinem Innersten empfand er überschwengliche Freude, weil Ita ein Kind geboren hatte.

Eberhard stellte sich während der Messe seinen Sohn vor, wie der jetzt in Itas Armen lag. Sie hatte sich durchgesetzt und ihn am 5. August, drei Tage nach der Geburt, auf den Namen Eberhard taufen lassen. Während die Diakone ihre Weihrauchgefäße schwangen, sah er sie vor sich. Strahlend und glücklich. »Dieses Kind«, hatte sie gesagt, »ist kräftig, es wird leben und dein Erbe sein.«

Der Anflug eines schlechten Gewissens überkam Eberhard, als er in seiner Grabkirche auf der Reichenau die Worte des Konstanzer Bischofs hörte. Der lobte die Architektur des Bauwerks; dabei hatte Eberhard viele Ideen aus Einsiedeln geholt. Dort war eine neue Kirche gebaut worden, weil sein Vater Eppo die alte in Brand gesteckt hatte. Und nun sonnte er, Eberhard, sich in den Strahlen, die von Einsiedeln ausgingen.

Bischof Eberhard von Konstanz sprach von den großen Vorfahren des Kirchenstifters, die Herzöge von Schwaben gewesen und auch auf der Reichenau begraben worden seien.

»Wie Eberhard haben sie der Abtei Güter vermacht. Sie warten hier im Inselfriedhof auf den Tag des jüngsten Gerichts«, sagte der Prälat. »Nun hat Eberhard für das Seelenheil seines Vaters und seiner Brüder und für sein eigenes diese Grabkirche errichtet und mit Reliquien ausgestattet.« Er weihe sie jetzt zu Ehren der Gottesmutter Maria und des heiligen Laurentius.

Nach der Zeremonie in der Kirche sprach Abt Berno draußen

weiter zu den Gästen. Er lobte Eberhard, der für den Totendienst seiner Brüder und seines Vaters den Mönchen Weiler und Wälder und Weiden überlassen hatte. Über diese Gebiete gebe er Eberhard nun die Vogtei.

Aber Berno sagte nichts von der Vogtei über die gesamte Abtei und daß er diese jetzt oder später Eberhard überlassen wollte. Er verlor kein Wort darüber, obwohl er wußte, daß Eberhard und der Bischof von Konstanz und alle Gäste dies von ihm erwarteten.

Eberhard und Liutpald sahen einander in die Augen und schätzten die Lage ab, ohne ein Wort zu wechseln. Schließlich nickte Liutpald, und Eberhard wandte sich so laut an den Abt, daß alle es hören mußten. »Als mein Vater neben dem Mönchsfriedhof auf der Reichenau begraben wurde, habe ich Land für sein Seelenheil gestiftet. Ihr habt diese dreieinhalb Hufen den Klosterbrüdern weggenommen, die für Eppo Totendienst taten.« Berno sagte nichts, und Eberhard fuhr fort: »Waren die Einkünfte aus diesem Land überflüssig, daß ihr es als Lehen anderen gegeben habt?«

Der Abt wand sich. Wieder einmal sah Eberhard, wie die Schultern des Riesen sich senkten und er in sich selbst zu schrumpfen schien. Weil Eberhard aufgeregt war und sich nicht beruhigen wollte, sagte Berno schließlich mit singender Stimme: »Das wollte ich gerade bekanntmachen. Für den Altar der Laurentiuskirche stifte ich einen Weinberg auf der Insel Reichenau.« Zum unrechtmäßig vergebenen Lehen sagte Berno nichts.

Für Eberhard war das nicht wichtig. Hauptsache, alle Großen Schwabens hatten seine Einwände gehört. Da er sich an diesem Tag freigebig zeigen wollte, sagte er: »Wenn Ihr einverstanden seid, Vater Abt, möchte ich die beiden Weinberge bei Allensbach erwerben und damit auf den Jahrtag meines Vaters ein Liebesmahl für die Mönche ausgeben.«

Als der Abt nickte, ging Eberhard zu Bertold von Zähringen, seinem vornehmsten Gast, und dankte ihm für sein Kommen.

Bertolds dunkle Augen, die sich zu Schlitzen verengten, wenn er wütend war, sahen jetzt gutmütig auf den Gastgeber. »Ihr habt erreicht, was Ihr wolltet, und mit meinem Stein eine schöne Kirche gebaut. Ich hoffe, daß die Mönche auch für das Seelenheil meines

Großvaters, unseres gemeinsamen Ahnen, beten werden.« Bertold hatte die letzten Worte einzeln betont und lauter gesprochen, denn er wollte, daß alle zuhörten. »Für das Andenken unseres Ahnen stifte ich Eurer Laurentiuskirche hier vor Zeugen einen Weiler im Klettgau.«

Später, auf dem Heimritt, sprachen Eberhard und Liutpald von Radbot von der Habsburg, der nicht zur Einweihung gekommen war, weil seine Frau seiner Unterstützung bedurfte, um Schwierigkeiten mit dem Bau ihres Klosters in Muri zu bewältigen.

»Wie lange dauert so ein Klosterbau?« wollte Eberhard wissen.

Liutpald dachte nach. »Das kann ebenso gut fünf wie zehn oder zwanzig Jahre dauern«, sagte er schließlich. »Aber lohnen tut sich die Sache auf jeden Fall. Radbot wird mit dem Eigenkloster seine Macht ausbauen.«

Eberhard erinnerte sich an sein Gelübde, das er mit der Einweihung der Laurentiuskirche erst zur Hälfte erfüllt hatte. Vielleicht kann ich auf der Reichenau ein Eigenkloster errichten, dachte er. Neben der Grabkirche. Aber er sagte nichts. Liutpald hätte seine Idee, auf dem Gelände einer mächtigen Abtei ein zweites, kleineres Kloster zu stiften, als Hirngespinst abgetan.

»Das war großzügig von Bertold«, wechselte der Priester das Thema. »Nun besitzt du Felder im Klettgau, nicht weit von Schaffhausen. Auch die Verhandlungen über einen Landstrich zwischen dem Rheinfall und Schaffhausen sind fast abgeschlossen. Der Flecken, den wir im Tausch erwerben können, heißt Neuhausen.«

Obwohl Eberhard in diesem Sommer und Herbst oft fortritt, war Ita glücklich. Sie hatte ihre Schwangerschaft ohne Schwierigkeiten erlebt, wie die erste. Nun war das Kind da.

Ita hatte auch mit dem neuen Hörigenhaus, der Burgwirtschaft, dem Kräutergarten zu tun. Von Kuno ließ sie sich die Zusammenhänge so oft erklärten, bis sie über die Höhe der Abgaben in Naturalien und in Münzen Bescheid wußte. Ita achtete darauf, daß nicht nur die Herrschaft, die Krieger und die Burgmannen ausstaffiert wurden. Auch die Unfreien im Hörigenhaus bekamen einmal im Jahr Tuch für neue Kleider. Um die Bauernfamilien brauchte Ita sich nicht zu kümmern. Sie kamen selbständig für ihren Lebensunterhalt auf und konnten für sich auch Möbel zimmern und Kleider anfertigen.

Wenn Eberhard und Liutpald unterwegs waren, überwachte Ita, wie der neue Steinanbau in den Himmel wuchs. Er wurde beim alten Eingang an die Burg angefügt. Das neue Haupttor befand sich auf der Höhe des ersten Stocks. So würde die Burg bei Überfällen unangreifbar sein.

Beim Gedanken an den Überfall im August bebte Ita …

Eberhard war wegen der Einweihung seiner Grabkirche zur Reichenau geritten, und sie hatte noch im Wochenbett gelegen. Da kam der Stiefsohn des Linzgaugrafen mit Vasallen und Knechten zur Nellenburg. Er ließ sich mit zwei Begleitern in die Halle führen und wollte die Burgherrin sprechen. Ita übergab ihren Sohn der Amme, einer Schwester von Anna, der Hebamme, und streifte sich eine Tunika über. Als sie das Tuch glatt strich, sah sie, daß der Bauch fast verschwunden war. Sie hatte wieder ihre alte Figur. Stolz knüpfte sie die Kordel um die Taille und ging hinunter in die Halle.

»Ich stehe mit meinem Stiefvater in Fehde«, erklärte der junge Besucher. Er brauche einige Dienstleute von der Nellenburg, um einen hölzernen Turm an der Donau einzunehmen, der aus dem Familienbesitz seiner Mutter stamme. Sein Stiefvater wolle ihm diesen nicht freiwillig geben.

Ita wußte nicht, was sie tun sollte. Dem Linzgaugrafen zu schaden wäre falsch gewesen, aber die kühnen buschigen Augenbrauen des jungen Edelmannes zuckten bedrohlich, als er mit der Stiefelspitze auf den Fußboden scharrte. Schließlich hüstelte Ita, entschuldigte sich und ging hinaus, um sich mit dem Haushofmeister und dem Anführer der Burgmannen zu beraten.

»Ihr müßt den Besucher auf später vertrösten«, sagte Kuno und rollte seine Froschaugen. »Das Wichtigste ist, daß Ihr die bewaffneten Leute aus dem Haus bringt und wir das Tor hinter ihnen verschließen können.« Der Anführer der Burgmannen fügte hinzu, daß er sich mit seinen Leuten in der oberen Kammer verstecken werde. So könne der Stiefsohn des Linzgaugrafen die Bewaffneten der Burg nicht sehen.

»Graf Eberhard hat alle Krieger zur Reichenau mitgenommen«, sagte Ita zu den Fremden. »Er kommt aber bald zurück, da könnt Ihr ihn selbst fragen und gleich einige unserer Leute zur Verstärkung mitnehmen.«

»Gut«, antwortete der Besucher und durchkämmte mit den Fingern sein krauses rotes Haar. »Dann werden wir hier warten.« Als Ita nichts sagte, fuhr er fort: »Ihr seid berühmt für Eure Festmähler, Herrin. Ein- oder zweimal bin ich mit meinem Stiefvater hier gewesen, als Graf Eberhard im Burgund war.« Wie um Ita an die Werbung des Linzgaugrafen zu erinnern, nahm er ihre Hand und hauchte einen Kuß darauf.

Ita bat die Herren an den Tisch. Dann entschuldigte sie sich, sie müsse in der Küche Anweisungen geben. Sie beriet sich aber nur kurz mit Kuno, dann schlich sie zur Halle zurück und belauschte das Gespräch der Gäste.

Sie redeten laut über Waffen und Schilder, dann, leiser, sagte der Stiefsohn des Grafen zu seinen Begleitern, den Linzgau müßten sie ohnehin verlassen. Wenn sein Stiefvater erfahre, daß er den Turm an der Donau schon einmal angegriffen habe, würde er ihn dem Blutgericht übergeben oder fortjagen. Da hätten sie eigentlich nichts zu verlieren. Dann dämpfte er seine Stimme noch mehr. »Auf der Nellenburg ist viel zu holen. Das weiß ich von Bodenseefischern, die vor Jahren geholfen haben, Eberhards Hausrat aus dem gesunkenen Schiff zu retten.« Eine Schatulle mit vielen Silberdenaren und einer Goldmünze aus dem Orient seien dabei gewesen. Das habe ein Helfer erzählt, der sie geöffnet habe, dabei aber von Eberhards Priester überrascht worden sei.

Als Ita das hörte, wartete sie, bis die Männer von etwas anderem sprachen. Dann lief sie die Treppe hinauf, so schnell sie konnte, und kehrte atemlos in die Halle zurück. »Ich war oben am Fenster«, sagte sie keuchend. »Euer Stiefvater reitet mit seinem Gefolge auf den Burghügel zu. Soll ich auch für ihn anrichten lassen?«

Erschrocken sprangen die Besucher auf, liefen aus der Halle, aus dem Tor, schwangen sich in ihre Sättel und sprengten mit ihren Knechten den Hügel hinunter.

Der Anführer der Burgmannen schickte einen seiner Leute

Eberhard entgegen, dann wurde das Burgtor verbarrikadiert. Die Fensterschlitze stellten keine Gefahr dar, denn Liutpald hatte sie so schmal bauen lassen, daß kein Mann durchschlüpfen konnte. Zudem waren sie mit dickem Glas verschlossen.

Der Stiefsohn des Linzgaugrafen begriff bald, daß Ita ihn überlistet hatte.

Sie spähte durch das Fenster ihrer Schlafkammer und sah, wie er wütend auf das Tor zuritt.

Aber alle Rufe und alles Hämmern mit den Fäusten nützten nichts. Niemand ließ die Fremden ein. Da wies der Stiefsohn des Linzgaugrafen zwei Bogenschützen an, hinter den nächsten Bäumen in Stellung zu gehen. Seine anderen Leute schwärmten in den Wald aus und kehrten mit einem Baumstamm zurück. Als das Tor dem Rammbock standhielt, sammelten die Angreifer Reisig und häuften ihn vor dem Burgtor auf.

Durch die Fensterschlitze im oberen Stock warfen Burgmannen Steine, die so wenig trafen wie die Schwerthiebe eines Blinden. Schließlich spähten die Krieger hinaus, um die Angreifer sehen zu können.

Darauf hatten die Schützen gewartet. Sie traten hinter den Bäumen hervor und schossen ihre Pfeile ab. Ein Mann der Nellenburg wurde getroffen, die anderen traten zurück. Unten vor dem Tor steckten die Feinde das Holz in Brand.

Ita wies die Hausmägde an, Wasserkessel nach oben zu tragen.

Als der erste Rauch hochstieg, versuchten die Burgmannen, Pfeile senkrecht nach unten zu schießen. Doch keiner traf, denn in diesem Winkel konnten die Schützen nicht sorgfältig zielen. Sie mußten immer wieder in Deckung gehen. Andere Männer kippten Wasserkessel über dem Feuer aus, aber der Wind verteilte das Wasser in alle Richtungen, die Flammen griffen vom Reisig auf Holzscheite über, die locker vor dem Tor aufgeschichtet worden waren.

Von ihrer Kammer aus sah Ita nichts, denn die dicken Burgmauern versperrten den Blick in die Tiefe. Aber sie roch den Rauch, und sie hörte das Feuer knistern. Am liebsten hätte sie ihr Neugeborenes in den Arm genommen, um sich an irgend etwas festzuhalten. Aber Eberhard schlief in der Wiege, und sie wollte ihre Unruhe nicht auf ihn übertragen.

Ich habe Angst, dachte Ita. Was macht ein Angreifer, der nichts mehr zu verlieren hat, mit einer Gräfin und ihrem Kind? Mit einer, die ihn mit List aus ihrer Burg geworfen hat? In diesem Moment kam ihr in den Sinn, daß das ebenerdige Tor ungünstig war, weil es Angriffe erleichterte. Und daß sie auf anderen Burgen Eingänge auf der Höhe des ersten Stockes gesehen hatte, die nur über eine Holztreppe zu erreichen waren, die im Notfall rasch abgebrochen werden konnte.

Als Eberhard zurückkam, hatte er Vasallen und bewaffnete Gefolgsleute bei sich, denn er wollte zur Einweihung seiner Grabkirche ein Festessen geben und den Gästen seinen Sohn zeigen. Weil der Bote der Nellenburg sie gewarnt hatte, ritten die Männer nicht einer hinter dem anderen den Burghügel hinauf. Sie schwärmten so aus, daß sie den Angreifern den Weg abschneiden konnten. Das war einfach. An drei Seiten der Burg fiel das Gelände steil ab. Nur im Osten, dort, wo sich das Tor befand, gab es einen Zugang.

Der Kampf war kurz. Zwei Männer konnten die Kette von Eberhards Leuten durchbrechen und fliehen, auch ein Knabe, der krauses rotes Haar hatte. Der Stiefsohn des Linzgaugrafen lief Eberhard geradewegs in die Arme.

Die Wut und die Angst, die Eberhard seit der Begegnung mit dem Boten ausgestanden hatte, verwandelten sich in Kraft wie der Sturm, der aus Flammen eine Feuersbrunst macht. Bei jedem Schwerthieb dachte Eberhard an Ita und seinen Sohn und an die Gefahr, der sie ausgesetzt waren. Ein Vasall wollte ihm helfen, aber Eberhard lehnte ab. Seine Wut hatte sich in Raserei verwandelt, und sein Denken war erstarrt. Keinen Augenblick kam ihm in den Sinn, daß er sich vielleicht mit dem Linzgaugrafen in eine neue Fehde verstrickte, wenn er sich mit seinem Stiefsohn anlegte. Oder daß der Graf den Angriff selbst befohlen haben könnte. Eberhard schlug zu, immer wieder, bis ein Schwerthieb den Rothaarigen tödlich traf.

Jetzt brannte das Tor lichterloh, eine Rauchsäule zog an der Außenmauer entlang nach oben und färbte sie schwarz. Mit um die

Hände gebundenen nassen Tüchern rissen Burgmannen die glühenden Balken aus den Verankerungen und zogen das brennende Tor auf. Sie schütteten Wasser ins Feuer, blind und halb erstickt, weil der Rauch jetzt nach innen abzog.

Kaum waren die Flammen gelöscht, machten Hörige sich daran, die Toröffnung vor Einbruch der Nacht mit Dielen zu verbarrikadieren.

Ita saß in der Kammer mit dem Rücken zum Fenster, das gegen die Wetterseite von innen mit einem Laden verschlossen war. Sie hielt das Kind im Arm und gab ihm die Brust. Eberhard erschien sie verletzlich wie noch nie. Behutsam legte er seine Arme um sie und um das Kind. Ita sah das Blut an seiner Tunika und auf den nackten Armen. Sogar in seinem dunkelblonden Haar hatte es sich verklebt. Sanft bettete sie den kleinen Eberhard zurück in die Wiege, schlang ihrem Mann die Arme um den Hals und flüsterte: »Ich hatte Todesangst um unseren Sohn und um dich.« Dann küßte sie ihn, zärtlich und sehnsüchtig, und wünschte sich, es wären Monate und nicht Tage seit der Geburt vergangen.

Am Abend zeigte Eberhard den Vasallen seine Dankbarkeit für die Rettung der Burg. Er hob den Weinkrug auf dieses Verbrüderungsessen und schenkte jedem Gast einen Becher aus Silber.

Weil Eberhards Blick sich selten von ihr löste und zärtlich war wie vor einem Jahr, im ersten Sommer ihrer Liebe, blieb Ita zwischen den Männern nicht still. Sie erzählte von ihrer Idee eines Burgeingangs auf der Höhe des ersten Stocks. »Ein Anbau ist nötig, wir haben zu wenig Platz in der Burg.«

Eberhard stand auf und rief in die Halle: »Ita hat recht. Wir könnten einen Anbau mit einem neuen Eingang im ersten Stock erstellen, zu dem außen eine Holztreppe führt, die bei Angriffen abgebrochen oder hochgezogen werden kann. Im Innern müßte eine Treppe nach unten führen, zur jetzigen Eingangstür der Nellenburg.«

»Ja«, bekräftige Liutpald zu Itas Freude. »Der Bau muß aber dreistöckig sein, und über dem Tor müssen die Burgmannen Steine hinauswerfen können.«

Im Herbst, als Eberhard oft auf Reisen war, verhandelte Ita selbständig mit dem Baumeister. Sie erklärte ihm, welche Größe das obere Fensterpaar haben und in welcher Ecke des Baus er einen Schacht erstellen mußte. Die Latrine wurde neben der neuen Eingangstür im ersten Stock durch Holzwände abgegrenzt. Zur Sicherung der Burg ließ Eberhard Palisaden errichten.

Aus dem Ofen für die Halle der Nellenburg wurde vor dem Winter aber nichts. Liutpald hatte im Herbst versprochen, einen Boten nach Norden zu schicken, zu den Burgen, die bereits neuartige Öfen besaßen. Aber der Mann kam zurück und meldete, er habe keinen einzigen Ofen gefunden. Auch Radbot wußte nicht weiter, obwohl Ita und Eberhard auf der Habsburg zum ersten Mal von Öfen gehört hatten.

Der kleine Eberhard änderte nichts an der Beziehung seiner Eltern. Wenn sie zusammen lagen, war die Liebe für Ita wichtig und schön wie im Sommer, als die ersten Nellenburger Mohnblumenfelder das Tal mit rotgoldenen Flecken durchsetzt hatten. Tagsüber sprach Eberhard oft mit ihr, und abends, wenn Gäste da waren, sah sie den Stolz in seinen Augen. Frau und Sohn waren ihm alles. Das sagte er Ita wieder und wieder. Er kam nie nach Hause, ohne sie zu umarmen, ohne sein Lächeln, das Mund- und Augenwinkel gleichzeitig nach oben zog.

Aber langsam, irgendwie, trat die Liebe in den Hintergrund. Im Herbst merkte Ita, daß sie wieder schwanger war. Sie freute sich, doch es bedeutete einen weiteren Sommer ohne Bewegungsfreiheit. Und dabei wäre so viel zu tun, sagte sie sich. Sie hatte im Frühling nach Zürich reiten, Cristildis besuchen und sich in der Abtei erkundigen wollen, wie Ackerbau betrieben wurde. Denn ihrer Erinnerung nach hatten die Hanf- und Flachs-, aber auch die Getreidefelder in Zürich mehr abgeworfen als auf Eberhards Ländereien im Hegau. Das mußte seinen Grund haben, und da Eberhard mit seinen Verpflichtungen als Graf beschäftigt war, wollte sie die Sache selbst klären.

Doch aus der Reise wurde nichts. Itas Schwangerschaft war anders als die früheren. Schon im vierten Monat verlor sie Blut. Die Heilerin Anna verbot ihr die Liebe und verordnete Bettruhe. Im

Juli, in der Nacht nachdem Eberhard an der Hand seines Vaters die ersten Schritte gemacht und Ita ihn trotz ihres Leibesumfangs begeistert hochgehoben und durch die Luft gewirbelt hatte, kam Udo zur Welt.

Ita wollte dieses Kind lange selbst stillen, denn Anna meinte, während der Stillzeit sei eine neue Schwangerschaft unwahrscheinlich. Ich brauche eine Pause, sagte sich Ita. Ich weiß kaum mehr, wie es ist, eine Tunika eng zu binden. Und, kann ein Mann eine Frau wollen, die ständig schwanger ist?

Ende September hatte Ita keine Milch mehr. Auch diesmal gab sie ihr Kind nicht einer Amme außer Haus. Sie ließ Annas Schwester zur Burg kommen, die ihr eigenes Neugeborenes mitbrachte. Der kleine Eberhard quengelte, bis auch er vom Raum der Eltern zur Kammer der Amme übersiedeln durfte.

Als Eberhard im Oktober 1036 von der neuen Äbtissin nach Zürich gerufen wurde, wollte Ita mit ihm reisen. Es sind anderthalb Monate seit der Geburt vergangen, sagte sie zu ihm, da kann ich wieder reiten. Und die Kinder sind bei der Amme gut aufgehoben.

Eberhard war unentschlossen. In der Zürcher Pfalz waren Festessen angesagt, denn auch Herzog Hermann wurde erwartet. Auf dem Heimweg hatte Eberhard Gerichtsverhandlungen zu leiten, und er mußte die Geleitschutzeinnahmen seiner Dienstleute zur Burg zurückbringen. Die Verpflichtungen würden ihn tagelang im Zürichgau festhalten. Vielleicht dauerte die Reise auch Wochen. Konnte Ita so lange ohne die Kinder sein? Er wollte abwinken, aber da sah er seine Frau wieder mit den gleichen Augen, mit denen er sie in Kirchberg gesehen hatte. Mit zweiundzwanzig Jahren aber war Ita noch schöner als damals, fraulicher, glücklicher. Und in ihren braungrüngoldenen Augen leuchtete die Vorfreude. »Ja«, sagte er, »komm mit, Ita, so wird die Reise schöner, und du kannst mich beraten, denn Liutpald hat in Schaffhausen zu tun.«

Für Reisevorbereitungen war keine Zeit. Ita nahm die blaue Seidentunika mit den goldenen Borten mit, die sie auf der Habsburg getragen hatte. Da Röcke mit Stoffkeilen jetzt auch am Hof in Mode gekommen waren, würde das Festkleid mit den bodenlangen Flatterärmeln in die Zürcher Pfalz passen.

Ohne daß Eberhard es sah, versteckte Ita noch eine zweite Tunika im Gepäck. Der Schnitt war nicht neuartig, auch wenn der Rock unten etwas mehr Weite hatte. Aber das Seidenstück, das Liutpald ihr nach Udos Geburt mitgebracht hatte, war unwiderstehlich. Goldbraun und glänzend wie Honig.

Er habe die Seide von einem Händler, der über Zürich nach Straßburg gereist sei, hatte Liutpald gesagt. Vielleicht könne sie mit einer neuen Tunika Eberhard überraschen, bei einer besonderen Gelegenheit. Liutpald verschwieg Ita aber, daß er bei dem Mann auch ein Goldhalsband aus Byzanz eingehandelt hatte, das Eberhard auf der Nellenburg in einer Truhe versteckt hielt.

Das Festessen in der Zürcher Pfalz wurde zu einem unvergeßlichen Erlebnis. Vielleicht blieb es auch deshalb tief in Itas Erinnerung, weil sie im Mittelpunkt stand. Als Ulrich von der Lenzburg sie während ihrer Abteizeit zu einem Mahl eingeladen hatte, war sie an einem Nebentisch zwischen Domherren und Nonnenkutten ein Schatten im Dunkeln gewesen. Jetzt saß sie an der Tafel des Herzogs, zwischen Gräfinnen und Vögten.

Ita wußte, wie schön sie war. Das Goldband, das Eberhard ihr Augenblicke vorher, im Gästehaus der Pfalz, um den Hals gelegt hatte, schmiegte sich an die Borte ihrer Tunika und verschmolz mit der Honigfarbe der Seide. Ein Netz aus Goldfäden hielt ihren braunen Haarknoten im Nacken zusammen. Darüber trug sie einen hauchdünnen Schleier und ihren Goldreif.

Beim Essen hatte Ita Mühe mit den Flatterärmeln. Sie wollte zu einem Hühnerschenkel greifen, aber der Ärmel verfing sich in ihrem Becher und stieß ihn um. Ein Diener eilte herbei und wischte den Wein auf. Ita schaute sich nach Eberhard um, aber der war in ein Gespräch mit einer Dame vertieft.

»Bitte, Herrin«, flüsterte eine Stimme hinter ihr. Zwei Hände hielten Ita eine mit Braten überladene Schale vor die Nase. »Riecht Euer Näschen die Gewürze aus dem Kräutergarten?«

Ita drehte sich um und schaute in das amüsierte Gesicht Ulrichs. Man sah ihm jetzt an, daß er weit über fünfzig war. Fast ein Greis, dachte Ita, aber von seiner Ausstrahlung hatte der Zürcher Vogt nichts eingebüßt. Obwohl weiße Strähnen sein nachgedunkeltes rötliches Haar durchzogen.

»Hättet Ihr doch mich geheiratet«, sagte Ulrich noch leiser. »Im letzten Winter habe ich die Lenzburg und all meinen Besitz einem Enkel überschrieben, weil meine Söhne vor mir gestorben sind. Und Ihr bringt ein Kind nach dem anderen zur Welt.«

»Das macht der junge Ehemann aus«, lachte Ita und zwinkerte mit den Augen.

Eberhard hatte die letzten Worte gehört. »Sprichst du von mir, Ita?« Er drehte sich zum Vogt um. »Wenn Ihr erlaubt, Ulrich, werde ich mich auch gleich mit Braten bedienen. Auf Vorrat zu essen schadet nie. Wer weiß, wann ich wieder von irgendwelchen Vögten in dunkle Kammern geworfen werde und hungern muß.« Eberhard lachte, aber in seinem Innern erwachte die Erinnerung an seine Gefangenschaft. Und er hatte gesehen, wie der Lenzburger seine Frau umschmeichelte und wie Ita sich in seiner Bewunderung sonnte. Eberhard spürte einen Stich der Eifersucht, der verging, als Ita seine Hand nahm und ihre Augen unter den langen Wimpern sehnsüchtig schimmerten.

Ulrich sah nur Eberhards Lachen. »Freut mich, daß unser kleines Mißverständnis Eurer Lebensfreude nicht geschadet hat.« Er zeigte seine Zähne. »Ihr habt eben Glück. Eure Gattin ist noch schöner als zu ihrer Novizinnenzeit, und schon damals hat sie allen den Kopf verdreht.«

Ulrich ging zu seinem Platz zurück, und Eberhard sprach leise auf Ita ein. Er hatte Wein getrunken, er fühlte sich beschwingt und glücklich. Als seine Augen sich für einen Moment von Ita lösten, begegnete er Herzog Hermanns Blick. Der schaute zu ihnen, als hätte er sie schon lange beobachtet.

Später nahm Hermann Eberhard beim Arm und zog ihn von der Tafel fort. »Du hast Glück«, begann er, und Eberhard dachte, das hat mir heute abend schon einer gesagt. »Du hast Glück, weil du dir die Frau selbst hast aussuchen dürfen.«

Eberhard war verlegen. Wollte Hermann sich über Adelheid, seine junge Frau, beklagen? Alle wußten, daß der Herzog ein Spielball der kaiserlichen Heiratspolitik gewesen war. Aber nur weil

Adelheid die Erbin der Markgrafschaft Turin war und der Kaiser das Gebiet durch Hermann besser in seinen Herrschaftsbereich einzubinden hoffte, brauchte sie kein Scheusal zu sein.

»Ganz selbst habe ich sie nicht gewählt«, sagte Eberhard schließlich. »Mein Vater hat sich für Ita entschieden und sie in den Zürichgau kommen lassen.«

»Sie war für deinen Bruder bestimmt, ich weiß. Aber du hast sie geheiratet, weil du es so wolltest.«

»Ja«, gab Eberhard zu. Dann lachte er. »Wie seltsam das Leben manchmal ist, Hermann. Richtig lieben tun wir uns erst, seit ich am Fuß meines Burghügels Mohnblumen angepflanzt habe.«

»Und trotzdem willst du in den Zürichgau ziehen?«

»Wie kommst du denn darauf?«

»Gerüchte. Man munkelt, du habest die Nellenburg nur zur Absicherung deiner Ländereien im Osten gebaut und wollest nun eine Stammburg im Zürichgau erstellen.«

»Da täuschst du dich.«

Hermann schaute auf seine Hände, und Eberhard wußte, daß er noch etwas auf dem Herzen hatte.

»Ich habe gehört, die Nellenburg stehe auf einem Lehen der Reichenau und nicht auf deinem eigenen Land«, sagte Hermann schließlich.

»Das hast du vom Abt.«

»Ja, Berno erzählt es jedem, der es hören will. Er hat wohl Angst, du könntest ein Machtzentrum von der Reichenau aus aufbauen. Deshalb sagt er allen, deine Burg gehöre gar nicht dir.«

Eberhard dachte an seine Pläne, ein kleines Kloster neben der Abtei zu stiften, und war froh, daß er Liutpald nichts davon gesagt hatte. Die Idee war wohl verkehrt. Als der Herzog ihn fragend ansah, sagte er: »Hermann, die Nellenburg ist mein Heim, und das werde ich behalten, mag der Abt sagen, was er will.«

»Wenn das so ist, dann muß ich dich etwas fragen.« Hermann strich sich durch das braune Haar, das so lang war, daß er es hinten mit einem Band zusammenhalten mußte. Seine Augen waren rund und durchsichtig blau. Wenn die Flammen der Kerzen sich darin spiegelten, schimmerten sie violett und geheimnisvoll. »Du weißt, daß ich oft an den Hof und nach Turin gehen muß. In Konstanz und Zürich werde ich nur noch selten sein.« Hermann sah sich um, aber es war niemand in der Nähe. Etwas lauter fuhr er fort: »Den Hegau werden die Dienstleute des Konstanzer Bischofs weiter verwalten, aber was ist mit dem Neckargau?«

Eberhard stutzte. Er hatte keine Ahnung, worauf der Herzog hinauswollte. Vom Neckargau wußte er nicht viel, denn die meisten seiner Ländereien befanden sich im Süden des Bodensees.

Hermann bemerkte Eberhards Verlegenheit und lachte. »Die Nellenburg liegt näher beim Neckar als der Zürichgau. Da du von dort nicht wegziehst ...«

Eberhard zuckte die Achseln, und zu seinem Ärger ertappte er sich dabei, daß er gerade wieder an seinem Ohrläppchen zupfte. »Ich weiß nicht, was du meinst«, grinste er verlegen. »Immerhin habe ich erfahren, daß der Neckargaugraf im Sommer gestorben ist.«

»Ja, und sein Sohn ist erst elf Jahre alt. Deshalb muß für die nächste Zeit eine andere Lösung gefunden werden. Was ich sagen möchte, Eberhard: Ich mache dich zum Grafen im Neckargau, weil ich dir und deinem Ratgeber Liutpald vertraue. Kommt im November nach Konstanz, da setzen die Notare des Bischofs das Dokument auf.«

Eberhard mußte husten.

»Mein Stiefvater, der Kaiser, ist einverstanden. Genauer gesagt – es ist sein Wunsch. Er will dir auch ausgedehnte Ländereien schenken, weil du ihm im Burgund zweimal treue Dienste geleistet hast.«

»Ländereien im Neckargau?«

»Da bin ich überfragt.«

Eberhards Gedanken überschlugen sich. Er dachte an Liutpalds Träume von Schaffhausen, an den Handel auf dem Rhein, an die Zölle und Geleitschutzrechte, mit denen dort viel zu verdienen sein würde. Es ist ungebührlich, Wünsche an einen Herzog und an den Kaiser zu richten, dachte Eberhard und zögerte. Plötzlich sah er Itas Augen vor sich, wie sie leuchteten, als er mit ihr im Rheinfallbecken das Schiff bestiegen hatte. Noch stundenlang hatte sie von der Gischt erzählt, von den Kalkfelsen, die in den Himmel ragten.

Und von den ärmlichen Hütten in Schaffhausen, deren Bewohnern sie am liebsten geholfen hätte. Hermann ist ein Freund, dachte Eberhard und nahm all seinen Mut zusammen.

»Hermann, den Neckargau bekomme ich vielleicht nur für einige Jahre. Ich habe dort sonst keinen Besitz ...«

Der Herzog sah, wie Eberhard sich verlegen durch den Bart strich, und ermunterte ihn: »Sprich nur weiter!«

»Wenn der Kaiser mir die Siedlung Schaffhausen zwischen Stein und dem Wasserfall überschreiben könnte, würde das viel besser in meine und Liutpalds Pläne passen.«

»Ich werde sehen, was sich machen läßt.« Hermann drehte sich um und nahm seinen Mantel auf. Dann ging er ganz nah zu Eberhard und flüsterte ihm ins Ohr. »Interessiert dich denn nicht, ob Adelheid mir gefällt?«

»Ich dachte ... »

»Was du denkst, ist falsch. Als wir einander vorgestellt wurden, stand sie zwischen ihren Schwestern und Gesellschafterinnen. Ich weiß nicht weshalb, aber ich habe sie sofort erkannt. Sie paßt zu mir, Eberhard, als hätte ich sie selbst gewählt. Ich gehe gern nach Turin. Und ich hoffe, daß wir so glücklich sein werden, wie du es mit Ita bist.«

Eberhard kam sich vor wie in einem Traum. Nun verfüge ich über zwei Grafschaften, wie Bertold von Zähringen, dachte er, während er in der Abtei einen Tauschhandel als Zeuge mitverfolgte. Am nächsten Tag, während einer Jagdpartie, mischten sich Bedenken unter die Freude. Werde ich mit immer neuen Ämtern fertig? fragte er sich. Und nun vielleicht auch noch mit Schaffhausen? Aber dann dachte er an Liutpald und daran, daß der ihm helfen würde, Aufgaben an Dienstleute weiterzuverteilen. Außerdem hatte er zwei Söhne, für die er seine Lehen, seinen Besitz und seine Macht vermehren mußte.

Ita empfand die Reise nach Zürich wie eine Heimkehr. Erst jetzt merkte sie, wie wichtig ihr die Abtei geworden war.

Ermentrudis lebte nicht mehr, ihre Nachfolgerin setzte sich energisch durch, und alles wirkte anders als früher. Aber Cristildis war da. Die vergaß ihre Zurückhaltung, sie fiel Ita in die Arme. Ita weinte und war über sich selbst erstaunt. Irgendwie kam es ihr vor, als sei sie zu ihrer Mutter zurückgekehrt. Ich muß auch am Bodensee Freundinnen haben, dachte sie.

Cristildis verstand ihre Tränen falsch. »Was ist, Ita? Tut dir der Tod des Kindes noch immer weh?«

»Ich habe geweint, weil du mir wichtig bist und weil ich mich freue, dich zu sehen.« Ita sah Verständnis in den Augen der Nonne. Sie waren immer noch groß und rund und die Lider schwer. Darunter hatten sich feine Fältchen eingegraben. »Manegold, mein Kind ... Ich habe ihn nicht vergessen, aber der Schmerz hat sich irgendwie im Alltag aufgelöst.«

Für Cristildis war Manegold das Stichwort für einen Monolog. Sie erzählte von Elisabeth. Die Tochter habe sich in der Abteischule eingelebt und freue sich auf ihr Noviziat. Ita hörte geduldig zu und lächelte. Es war wie immer, die Glockenstimme der Nonne klang hell und ihre Erzählung plätscherte und plätscherte.

»Und du?« fragte Cristildis plötzlich und tauchte wieder aus ihrer eigenen Welt auf. »Hast du die Liebe gefunden? Wenn du wüßtest, wie oft wir von dir reden.«

»Im vorletzten Sommer, als Eberhard vom Burgund zurückkam und alles voller Mohnblumen war wie in Kirchberg, da war das Leben ein Traum.«

»Dann hast du dein Glück gefunden?«

»Kann man das finden und behalten? Einfach so, ohne daß etwas Neues geschieht?« Ita schwieg und dachte nach. »Denk an die Trauer, Cristildis. Das Gute ist, daß man sich daran gewöhnt und sie mit der Zeit vergißt. Mit dem Glück ist es, glaube ich, nicht anders. Glück ist nur Glück, wenn es neu ist und wenn es Leid oder Schmerz oder Sehnsucht vertreiben kann.«

»Hat Eberhard sich in den zwei Jahren so verändert?«

»Du verstehst mich falsch. Er ist lieb und verständnisvoll, er beschenkt mich, er zeigt mir, wie gern er mich hat. Aber gerade daran gewöhnt man sich. Ich habe versucht, das Glück festzuhalten. Unser erster Sommer war ...« Ita hielt sich die Hand vor den Mund. Plötzlich war ihr in den Sinn gekommen, daß Cristildis eine Nonne war. Dann aber dachte sie an Elisabeth und an das Abenteuer der Nonne mit dem Vogt und lachte über ihre eigenen Bedenken. »Unser erster Sommer war wie ein Rausch, Cristildis. Ich war glücklich, am Morgen, am Abend, in der Nacht. Aber dann war mein Mann oft weg, ich hatte eine schwierige neue Schwangerschaft. Ein Jahr nach Eberhard kam Udo zur Welt. Und dann gab es die Abteiwirtschaft. Da war der Überfall auf die Burg, der wehrhafte Anbau ...«

»Du bist glücklich, aber du hast keine Zeit dafür«, sinnierte Cristildis.

»Sagen wir es anders. Ich bin zufrieden, und manchmal erlebe ich Glücksmomente. Gerade daran erkenne ich sie, daß sie sich von den Zeiten der Sorgen und Mühsal unterscheiden wie das Osterfest vom Alltag.«

Cristildis sagte nichts. Sie schaute verträumt zum Fenster.

»Für dich müßte die Ehe sein wie die eine Nacht mit dem Vogt«, lachte Ita. »Ein Honigfließen in Ewigkeit. Weshalb hast du nicht den Mut, es zu versuchen? Einen Gatten würde Eberhard dir bestimmt finden.«

Cristildis lachte. »Du hast nur Männer im Kopf, Ita. Ich habe an meine Bücher gedacht. Wenn ich eines zu lesen anfange, so bin ich glücklich, weil ich verstehe und neue Gedanken finde. Dann, mit der Zeit, gewöhne ich mich daran, und es wird Alltag wie dein Liebesglück.« Ita wollte etwas sagen, aber Cristildis holte rasch Luft und redete weiter. Mit der Musik sei es ähnlich. Seit Irmgard Äbtissin sei, hätten die Melodien größere Bedeutung in der Abtei erhalten. Irmgard korrespondiere sogar mit Abt Berno von der Reichenau, der sich intensiv mit Musik befasse.

»Musik ist auch Glück«, beendete Cristildis das Gespräch, weil die Glocke zur Messe läutete. »Aber sie ist verläßlicher als die Männer.«

Auf der Heimreise erzählte Ita Eberhard von ihrem Gespräch mit der Äbtissin und mit dem Meier des Stadelhofs. Dort habe man sich mit dem Dreifachen der Aussaat als Ernte nicht mehr zufrieden gegeben und eine neue Art des Anbaus entwickelt. Auch bessere Pflüge, die den Boden bis in die Tiefe aufreißen und lockern konnten, würden eingesetzt.

»Vor allem überläßt der Stadelhofmeier die Fruchtfolge nicht mehr dem Zufall«, berichtete Ita begeistert und lenkte ihr Pferd neben Eberhards jungen Rappen, der scheu wieherte. »Einmal wird im Herbst Getreide angesät, dann im Frühling und im dritten Jahr liegt der Acker brach. Diese Ruhepause tut den Feldern so gut, daß sie mehr abwerfen.«

»Wir können es versuchen«, sagte Eberhard. »Und wie kommen wir zu den neuartigen Pflügen?«

»Du kennst doch den Sohn des Schmieds, der bessere Hufeisen macht als sein Vater.«

»Kann der Pflüge herstellen?«

»Noch nicht. Aber die Äbtissin hat mir erlaubt, ihn nach Zürich zu schicken. Im Stadelhof kann er lernen, wie man die Pflüge mit Eisen schwerer macht und mit Rädern versieht.«

»Damit werden wir es auch in Schaffhausen versuchen«, sagte Eberhard.

»Auf den paar Feldern?«

»Vielleicht überschreibt der Kaiser mir alles.«

»Die ganze Siedlung?«

»Ich hoffe es. Und daß Liutpald Ländereien zwischen dem Wasserfall und dem Ort eingehandelt hat, weißt du ja schon.«

Ita lächelte verträumt. »Zuerst werde ich mich dort um die Armen kümmern.«

»Nicht so stürmisch, Ita«, lachte Eberhard. »Der Kaiser kann sich auch anders besinnen. Aber wenn er ja sagt, will ich schon im Frühling in Schaffhausen ein Haus für uns bauen.«

»Anstelle des ärmlichen ...« Ita schwieg, weil Eberhard nach vorn schaute und ihr nicht mehr zuhörte. Sie sah, daß eine Reiterschar ihnen entgegenkam.

»Das werden unsere Dienstleute mit den Geleitschutzabgaben sein«, murmelte Eberhard und trieb sein Pferd an. Bald konnte er die Gesichter der Reiter erkennen. Er traute seinen Augen nicht und hielt abrupt an. Seine Dienstleute hielten die Zügel ihrer Pferde nicht selbst. Man hatte ihnen die Arme auf dem Rücken zusammengebunden.

Als die Gruppen zwei Pferdelängen voneinander entfernt waren, ließ einer der fremden Reiter seinen Schimmel an den gefesselten Dienstleuten vorbeitänzeln und blieb vor Eberhard stehen. Ob der Graf ein Wort erlaube, fragte der Mann freundlich. Eberhard nickte.

»Euer Priester Liutpald kennt mich«, sagte der Fremde und stellte sich als Einsiedler Vogt vor. »Ich habe Eure Dienstleute gefangengenommen, weil sie von Händlern am Zürichseeufer Denare für den Geleitschutz eingezogen haben.«

Eberhard ließ sich nicht aus der Ruhe bringen. Das sei richtig, Herzog Hermann habe ihm, dem Zürichgaugrafen, die Sicherheit der Fernhandelsstraße anvertraut.

»Ihr wißt aber, daß die Ländereien am Ufer Einsiedler Besitz sind.«

»Fernhandels- und Heerstraßen gehören nicht dazu.«

»Sie könnten aber. Der Abt braucht nur dem Kaiser zu schreiben. Ihr wißt, daß kein Herrscher dem Kloster Einsiedeln einen Wunsch abschlägt.«

Eberhard nickte. Er wußte es nur zu gut. Gern hätte er die Vogtei von seinem Vater übernommen, aber Abt Embrich hatte sich vom Kaiser das Recht bestätigen lassen, selbst einen neuen Vogt zu ernennen. Und hatte ihn, Eberhard, ausgeschlossen.

»Wenn das so ist, könnten wir vielleicht Ländereien tauschen.«

»Das geht nicht. Die Uferlandschaft hat der Kaiser der Abtei persönlich überschrieben.«

»Ich werde mich mit Liutpald beraten, mit dem Herzog und mit dem Abt. Und nun laßt meine Leute frei!«

Eberhard ritt auf die Männer des Vogts zu und riß ihnen die Zügel der Pferde seiner Dienstleute aus den Händen. Während die Fesseln gelöst wurden, sah Eberhard erleichtert, daß der Vogt mit seinem Gefolge davongaloppierte.

»Die Münzen!« schrie einer der befreiten Männer. »Der Vogt hat uns alles abgenommen.«

Eberhard gab seinen Bewaffneten den Befehl, mit ihm zu reiten und preschte hinter dem Vogt her, der hinter einer Wegbiegung verschwunden war. Als die Straße wieder geradeaus führte, sah Eberhard, daß sie leer war. Nicht einmal Staubwolken schwebten über dem Boden.

Eberhard sah sich um und entdeckte den Vogt mit seinen Dienstleuten bei einer Baumgruppe. Sie waren aus den Sätteln gestiegen und hielten ihre Reittiere an den Zügeln.

Er habe sich gedacht, daß Eberhard das Gespräch fortsetzen wolle, grinste der Mann. Aus seinen unklaren Worten erriet Eberhard, daß der Vogt kein Interesse hatte, die Geleitschutzfrage vor dem Abt von Einsiedeln zu besprechen. »Falls der Abt den Dienst selbst übernehmen will, muß ich ihm Leute stellen, und das käme mich teuer zu stehen. Von den eingezogenen Denaren würde der Knauser mir wenig überlassen.«

Eberhard nickte. Er erinnerte sich, wie sein Vater sich über Einsiedeln geärgert hatte, weil die Vogtei nie einbrachte, was er von ihr erwartete. Der andere schwieg, und Eberhard wußte nicht, was er sagen sollte. Erwartete der Mann einen Vorschlag von ihm? Er versuchte zu rechnen, aber da er das immer Liutpald überlassen hatte, konnte er einfach so, im Kopf, nicht einschätzen, wieviel er dem Vogt überlassen mußte. Der zuckte ungeduldig mit den Augen, und Eberhard schwieg. Er ließ den Mann zappeln, bis der offen mit seiner Forderung herausrückte. Eberhard war verblüfft, wie maßvoll sie war. Der Vogt war dankbar für den Zehnten, weil sein Abt ihm noch weniger gegeben hätte, und galoppierte zufrieden davon.

17

»Ich will den Puppenspieler sehen«, krähte Eberhard. Er ließ die Hand der Mutter los und zwängte sich an den Beinen der Erwachsenen vorbei nach vorn. Ita fügte sich und folgte dem Kind.

Immer mußte Eberhard seinen Willen haben. Seltsam, dachte Ita, während sie vor dem Münster in Basel den Puppen zuschaute. Ich habe keine Mühe, gegenüber meinem Mann und Liutpald meinen Willen durchzusetzen. Aber mein Dreijähriger benimmt sich wie ein Tyrann, und ich lasse es zu.

Deshalb hatte Ita ihren Sohn auf die Reise nach Basel mitgenommen. Die Amme und Udo hatten eine Ruhepause nötig. Seit Udo laufen konnte, nahm er alles, was er zu fassen bekam und zerquetschte es oder warf es umher. Auch Eberhards Windrädchen, seinen Kreisel und das Steckenpferd. Der ältere Bruder wehrte sich und warf mit Kissen, dann mit Steinen. Gute Worte nützten nichts. Udo verstand nicht, und Eberhard ignorierte Itas Mahnungen. Die Amme wußte nicht mehr, wie sie die Knaben voreinander schützen sollte.

Ita liebte Eberhard, aber er war ein Trotzkopf, seit er auf der Welt war. Als Säugling hatte er so laut geschrien, daß Liutpald befürchtet hatte, er sei vom Teufel besessen. Ita fragte die Linzgaugräfin um Rat, und die meinte, am besten helfe, wenn man schreiende Kinder in ein Erdloch stecke. Ita war empört, als sie erfuhr, daß dieses Mittel oft angewandt wurde. Schließlich drängte sie ihren Mann zu einer richterlichen Verfügung. Eltern, die ihre Kinder in Erdlöcher steckten, wurden künftig mit fünf Tagen Fronarbeit bestraft.

Als Liutpald im Juli 1038 eine Reise nach Basel plante, beschloß Ita, ihn zu begleiten und Eberhard mitzunehmen. Die Schiffahrt auf dem Rhein würde sie ablenken von der Sorge um ihren Mann.

Eberhard war vor mehr als einem Jahr mit dem kaiserlichen Heer in die Lombardei gezogen, weil in Mailand ein Aufstand wütete. Ita hatte genug davon, auf der Nellenburg nach einem Boten Ausschau zu halten, der vielleicht schlechte Nachrichten brachte. Gerüchte von Gefechten und von Plünderungen drangen trotzdem bis zu ihr, aber sie weigerte sich, darüber nachzudenken.

Ita hatte noch einen anderen Grund, für eine Weile von der Nellenburg wegzugehen. Der alte Haushofmeister Kuno war im Frühling gestorben, und mit seinem Nachfolger, den Liutpald aus dem Neckargau geholt hatte, kam sie nicht gut zurecht. Mit seinem übertriebenen Ordnungssinn und seiner Angewohnheit, die anderen ständig an ihre Pflichten zu erinnern, paßte er nicht zur Familie. Ita ging ihm aus dem Weg, aber manchmal prallten ihre Ideen aufeinander. Sie sagte weiter, was sie zu sagen hatte, ob es um den Burghaushalt, die Weberinnen oder die Saat auf den Feldern ging. Der neue Haushofmeister lächelte süßlich, aber Ita spürte, daß er sie nicht mochte. Am liebsten würde er allen Frauen das Denken verbieten, dachte sie manchmal, wenn er sie mit seinen schwarzen Knopfaugen fixierte. Ita beklagte sich bei Liutpald, aber der Priester sagte, Eberhard habe den Mann selbst ausgewählt. Die Lage wurde immer gespannter, und mit den Wochen kam es Ita vor, als nähme der Mann ihr die Luft zum Atmen.

Sie blieben vor dem Münster stehen, bis der Puppenspieler seine Figuren in einen Tragkorb packte. Ita nahm Eberhard bei der Hand und spazierte zur Burg des Bischofs. Irgendwann würde Liutpald ja herauskommen müssen. Plötzlich riß der Knabe sich los und rannte an den Häusern vorbei zur Stelle, wo der Hügel steil abfiel. Ita raffte ihren Rock und hetzte dem Kind hinterher. Im letzten Moment konnte sie es am Hemd packen.

»Wenn du noch mal wegläufst, ziehe ich dir Zügel an, wie man es bei den Pferden tut«, schimpfte Ita. Am liebsten hätte sie Eberhard in die Arme genommen, denn wenige Fuß weiter wäre er in die Tiefe gestürzt. Aber sie wollte seine Launen nicht belohnen.

Ita blieb stehen und umklammerte Eberhards Hand. Unten im Tal sah sie eine neue Siedlung. Dort mußten die Krämer und die Handwerker wohnen. Weiter hinten die ärmeren Hörigen.

Liutpald hatte ihr auf dem Schiff erzählt, daß in Basel alles vom Bischof abhing. Ihm hatte das Kaiserhaus reiche Schenkungen gemacht, ihm hatte es das Münz- und das Zollrecht gegeben. Sein Vogt hielt in Basel Blutgericht. Ita hätte den Bischof gern kennengelernt, aber Liutpald wußte, daß der gegen die Frauen voreingenommen war. Wenn Ita während des Gesprächs mit einer eigenen Meinung herausrücke, könne die ganze Reise ihren Zweck verfehlen.

»Alles läuft wie geplant«, sagte Liutpald, als er endlich herauskam. »In der Bischofsburg wird heute ein Festmahl gegeben, und der Herr von Basel hat doch tatsächlich auch die Frauen seiner wichtigsten Ministerialen eingeladen. Außerdem Vasallen aus der Landschaft. Ihr kommt doch mit, Ita?«

»Ja, aber sagt, ist der Tausch gelungen?«

»Der Bischof scheint einverstanden, seine Ländereien gegen unsere im Breisgau zu tauschen. Ihm ist bewußt, daß der Breisgau näher bei Basel liegt. Da er dort ohnehin schon Besitz hat ...«

»Weshalb habt Ihr den Handel nicht sofort abgeschlossen?« fiel Ita ihm ins Wort. Sie war ungeduldig geworden, weil Eberhard einen Händler mit Honigkuchen entdeckt hatte und an ihrer Hand zerrte.

Liutpald hustete und strich sich mit einem Tuch über die verschwitzte Glatze, an die sich hinten und seitlich ein schmaler Haarkranz schmiegte. »Morgen wird die Urkunde vor Zeugen verlesen.«

»Ich dachte, morgen begleitet Ihr mich zur Hörigensiedlung. Ihr wißt doch, daß ich Siegfried suchen möchte. Den Priester vom Siechenhaus der Zürcher Abtei.« Ita war enttäuscht. Aber sie hörte Liutpalds Antwort nicht mehr, weil Eberhard auf einen Eseltreiber zulief, der ein Muttertier mit einem Jungen am Zügel hielt. Der Kleine bekam einen Hanfstrick zu fassen und riß daran. Das Jungtier gab nach. Eberhard quietschte vor Freude, er trieb es neben eine Bank. Mit beiden Händen klammerte er sich an das Fell und versuchte, dem Eselchen auf den Rücken zu steigen.

»Ebos Pferd«, schrie er und stemmte beide Füße gegen den Boden, als Ita ihn zu Liutpald schleifte.

Gut, daß ich eine Magd mitgenommen habe und nicht nur bewaffnete Gefolgsleute, dachte Ita. Sie freute sich auf einen Abend, an dem sie nicht ihrem Kind nachlaufen mußte.

Das Essen in der Bischofsburg war so gut, daß Ita nach dem Koch schickte und sich erklären ließ, wie er den Fisch zubereitete und wie den Hasenbraten. Aber Liutpald verdarb ihr den Abend, weil er ihr ankündigte, daß aus dem Besuch der Hörigensiedlung nichts werde. Sie müßten bereits in zwei Tagen abreisen. Ein kleines Handelsschiff laufe nach Schaffhausen aus, und das könne er sich nicht entgehen lassen.

Ita glaubte ihm nur halb. Hatte Liutpald die Abreise vielleicht absichtlich so arrangiert, damit sie Siegfried nicht treffen konnte? Hatte er Angst, ein anderer könnte auf der Nellenburg seine Aufgaben übernehmen? Beim Gedanken daran mußte Ita lachen. Siegfried hätte bestimmt keine Erfahrung im Reisen als Brautwerber gehabt.

Am Morgen übergab Ita ihren Sohn der Magd und ritt mit zwei bewaffneten Gefolgsleuten zum Fluß hinunter. Sie begegneten vielen Geistlichen, und jeden fragte Ita nach dem Priester Siegfried aus Zürich. Schließlich verwies man sie auf eine Kapelle außerhalb der Stadt, auf der anderen Seite des Flusses.

Ich hätte es wissen müssen, dachte Ita. Auch hier in Basel kümmert er sich um die Sterbenden.

Aber Siegfried war nicht in der Kaplanei. Einer der Dienstleute des Bischofs sagte, der Prälat habe seinen Ministerialen die Betreuung der Armen und Kranken aufgetragen, auch die geistliche. Da sei kein Platz mehr für Wanderpriester.

»Ihr kennt Siegfried also?« fragte Ita hoffnungsvoll.

»Ja, und mir persönlich tut es leid, daß er weg ist. Schaut!« Der Mann winkte und ging Ita voran in die Kapelle. »Seht Ihr die Malereien dort vorn? Es sind Bilder aus der Bibel, von Siegfried.«

»Der Priester kann malen?«

»Ja, das heißt, er hat die Bilder entworfen und dann den Malern beim Auftragen der Farben zugeschaut.«

»Wo ist er hingegangen?«

»Wenn Ihr Glück habt, findet Ihr ihn in der kleinen Kapelle in

Nellenburger Wappen von 1529 mit Eberhard und Ita
(Schweizerisches Landesmuseum Zürich, Foto Nr. 41082)

Ausschnitt aus dem Stifterdenkmal (kurz nach 1100). Links Ita; rechts die heilige Agnes, der das für Ita gestiftete Kloster geweiht war. *(Kantonsarchäologie Schaffhausen)*

Dreiergrabmal der Nellenburger (kurz nach 1100) in der Eberhardskapelle, Kloster Allerheiligen. Ursprünglich (bis in die 1750er Jahre) sichtbar im Schaffhauser Münster. In der Mitte die Grabplatte von Eberhard als Klostergründer mit Kirchenmodell. Rechts (Fragment) Grabplatte seiner Frau Ita. Links Grabplatte des Sohnes Burkhard mit Wurzelbäumchen als Symbol der Eigentumsübertragung an die Kirche. *(Bildarchiv ETH-Bibliothek, Zürich)*

Das 1103/04 eingeweihte Münster von Schaffhausen heute.
(Kantonsarchäologie Schaffhausen)

der Handwerkersiedlung gleich unter dem Münsterhügel. Dort wollen sie das Leben Noahs malen lassen.«

Ita ging hin, aber auch dort traf sie Siegfried nicht mehr an. Neue Malereien sah sie keine. Jemand erzählte ihr, die Geistlichen hätten genaue Wünsche gehabt und Siegfried sei nicht bereit gewesen, sich danach zu richten. Da habe er den Auftrag abgelehnt. Wo er jetzt sei, wisse niemand.

Am nächsten Tag ging Ita früh zur Anlegestelle am Rhein, nachdem Eberhard schon bei Sonnenaufgang zu ihr ins Bett geschlüpft war und sie so lange geschubst hatte, bis sie aufstand. Sie sahen zu, wie die Händler und ihre Knechte Schwerter, Waffen und Kisten mit Zinnkrügen auf das Schiff trugen.

Liutpald entschuldigte sich dafür, daß sie seinetwegen schon abreisen mußten, aber Ita entgegnete, der Besuch in der Hörigensiedlung habe sich erübrigt.

Das freute den Priester. »Diese Reise ist wichtig«, flüsterte er ihr zu. »Durch Vermittlung des Bischofs ist es mir gelungen, einen Schiffseigner zu überzeugen, zwei Basler Fernhändler mit ihren Waren nach Schaffhausen mitzunehmen. Normalerweise reisen die auf dem Landweg über Zürich nach Chur und in die Lombardei. Jetzt wollen sie schauen, ob sie mit der Strecke vom Bodensee das Rheintal hinauf Zeit sparen.« Liutpald hastete weiter, als der Schiffsbesitzer kam.

Der Betrieb am Ufer faszinierte Eberhard. Ita merkte, daß er ruhig dastand, ohne an ihrer Hand zu zerren. Er hielt seine Augen auf einen Mann gerichtet, der auf Händen und Füßen ging und ab und zu ausschlug wie ein Pferd. Mit immer neuen Kapriolen brachte der Fremde Eberhard zum Lachen. Schließlich sprang er auf, verbeugte sich vor Ita. Dann kam er ihr so nah, daß seine Nase ihre Wange berührte.

»Ist auf dem Schiff Platz für einen Wanderpriester, Schwester Novizin?« flüsterte er.

Ita merkte, wie ihr die Freudentränen in die Augen stiegen. Siegfried wiederzusehen war wie ein Nach-Hause-Kommen. Der Priester war nicht ihr Mann und nicht ihr Bruder, für sie war er mehr. Denn er konnte den Menschen in die Seele schauen, sie ohne Worte verstehen, ihnen Kraft geben wie die Sonne, die nichts tat und doch wärmte und Leben bedeutete.

Siegfried sah mit seinen blauen Augen von Ita zu Eberhard. Sein Haar war blond, aber etwas dunkler und länger als damals in Zürich. »Ist das dein Sprößling?«

»Ja, ich habe deinen Rat befolgt und bin vom Kloster weggegangen.« Ita beugte sich hinunter zum Kind. »Eberhard, das ist Siegfried. Er wird uns nach Schaffhausen begleiten.« Sie sagte dem Priester nicht, daß sie auch seinetwegen nach Basel gereist war. Siegfried ließ sich nicht gern in etwas hineinzwingen. Besser, er würde die Siedlung beim Rheinfall selbst entdecken.

»Und was bist du jetzt? Herzogin?«

»Gräfin.« Ita lachte. »Zweifache sogar. Mein Mann heißt auch Eberhard.«

»An ihn hast du gedacht, damals in Zürich, bei deinem letzten Besuch?«

»Weshalb antworte ich überhaupt? Du fühlst, was ich sagen will, bevor ich es ausspreche.«

»Darf ich?« fragte Siegfried. Er nahm Eberhard in die Arme und setzte ihn sich auf die Schultern. »Du reitest gern, habe ich recht?« Eberhard jauchzte vor Freude, als Siegfried mit ihm über den Steg galoppierte.

Um die Mittagszeit legte das Schiff ab. Die Windrichtung war günstig, das Segel konnte gesetzt werden. Als der Münsterhügel von Basel am Horizont verschwand, schlief Eberhard in Itas Armen ein.

»Und, hast du in der Tiefe deiner Seele gesucht und bist fündig geworden?« fragte Siegfried leise. Das Schiff war klein, und er wollte nicht, daß die anderen ihn hörten.

Ita wurde verlegen, weil Siegfried so direkt fragte. Da sagte sie trotzig: »Ich habe eine Familie, eine sichere Burg und kann für die Armen tun, was ich will.«

»Und einen Mann, der dich liebt.«

»Ja, ich habe alles, wirklich, Siegfried.«

»Aber manchmal, am Morgen, wenn der Himmel grau ist ...«

Ita fühlte einen Stich in der Brust. Mußte er immer in ihren Gedanken lesen? Sie preßte die Lippen zusammen, schaute auf das schlafende Kind, auf das Wasser, auf die eigenen Füße.

Siegfried sprach nicht weiter. Seine Worte schwebten in der Luft wie eine zerrissene Kette von Wolken, die wartet, bis der Wind sie wieder zusammenfügt.

»Manchmal, im Winter, am Morgen«, sagte Ita leise, »habe ich Angst und weiß nicht, weshalb. Ich schaue aus dem Fenster und sehe immer die gleichen Hügel. Der Talkessel unter der Burg kommt mir dann so eng vor. In solchen Momenten sehne ich mich nach Wasser, nach Ferne. Ich möchte immer weiterlaufen oder weiterreiten bis ...«

»... bis in die Welt der Träume«, beendete der Priester den Satz. »Hast du Angst, daß Eberhard in der Schlacht sterben könnte? Daß jemand deine Burg überfällt?«

»Das hatte ich früher. Angst vor etwas Bestimmtem. Vor einem Mann, mit dem man mich verheiraten wollte. Vor dem Eingesperrtsein im Nonnenkloster. Aber da wußte ich, was es war. Jetzt habe ich einfach Angst, ohne Grund, und das tut so weh, als ob jemand dir die Brust zusammendrückt und du keine Luft bekommst.« Ita sah Siegfried in die Augen und wartete auf eine Antwort. Als er schwieg und ins Wasser schaute, fuhr sie fort: »Es fing an, als mein Kind starb. Manegold wäre jetzt sechs Jahre alt ...« Für einen Moment dachte sie an die Kinderseele, die für einige Monate Manegold gehört hatte.

»Hast du auch jetzt Angst, in diesem Moment?«

»Du hast vom grauen Himmel gesprochen, und da war sie wieder, diese Kraft, die mir den Atem nahm. Aber jetzt scheint die Sonne, schau, wie sie sich im Wasser spiegelt!« Ita legte dem Priester das Kind in den Schoß. Sie stand auf, streckte die Arme aus. Am liebsten hätte sie gesungen. »Es tut gut, mit einem Freund zu sprechen«, sagte sie und lächelte Siegfried zu.

In Laufenburg mußten die Waren ausgeladen werden, und die Menschen gingen auf dem Landweg weiter. Das Schiff seilten erfahrene Laufenburger durch die Stromschnellen. Pferde wurden zum Ziehen eingesetzt. Oberhalb der kritischen Stelle beluden die Männer das Schiff wieder.

Später sahen sie den Schiffern beim Staken mit den Stangen und beim Rudern zu. Das Schiff mußte mit menschlicher Kraft gegen den Strom getrieben werden.

Als der Wind wieder die Segel blähte, spielte der Priester mit Eberhard. Ita dachte an Cristildis. Auch die Nonne hatte sie gefragt, ob sie glücklich sei. Ihr hatte Ita anders geantwortet als Siegfried. Was man sagt, hängt von dem Menschen ab, mit dem man spricht, dachte sie. Cristildis habe ich viel von mir erzählt, aber Siegfried mehr. Wahrscheinlich hat die Seele Ringe wie der Baum.

Das sagte sie dem Priester kurz bevor der Rheinfall in Sicht kam.

»Ja«, meinte Siegfried. »In jedem Kreis der Seele sind Wahrheiten enthalten, innen sind die tiefsten. Manche Menschen läßt du hineinschauen. Und wenn du in der Mitte bist, hast du Gott gefunden.«

Ita dachte, das alles könnte ich Eberhard nicht sagen. Er möchte, daß ich immer glücklich bin.

Dann sahen sie den Rheinfall, und Siegfried war überwältigt vom Wasser. »Das ist Kraft von Gott«, murmelte er, aber Ita hörte ihn nicht, weil das Rauschen lauter wurde. Da schrie der Priester gegen den Wind. »Hier vergißt du, Träumen nachzulaufen. Dieser Wasserfall ist Macht und Leben. Hier, liebe Novizin, ist alles möglich.«

Auf dem Weg vom Rheinfallbecken nach Schaffhausen ritt Ita neben Liutpald, der Eberhard vor sich auf dem Sattel hielt. Der Schiffseigner und die Händler, sagte der Priester, wollten das Umladen ihrer Waren selbst überwachen und würden später nachkommen. »Das gibt uns Zeit, nach einem Schiff Ausschau zu halten, das sie nach Konstanz und an das Ostende des Bodensees bringt.«

Ita sah Schaffhausen so, wie es auf reiche fremde Händler wirken mußte und auf Siegfried, der einen Ort wie Basel erlebt hatte. Schaffhausen war wenig mehr als bei ihrem ersten Besuch. Ein unbedeutender Fleck. Neben dem neuen Holzhaus, das Eberhard im vergangenen Jahr erbaut hatte, wirkten die Hütten der Fischer und Bauern noch schäbiger als früher. Ruhig zog der Fluß eine Schlaufe durch die Landschaft. Neben dem Steg schaukelten nur einige Fischerboote, kein einziges Schiff war angebunden. Einige Wegminuten rheinabwärts hatte Eberhard einen Kanal ausheben lassen, der immer gleichviel Wasser führte. Daran lag die neue Mühle, in der alle ihr Korn mahlen lassen mußten, auch die freien Bauern.

Der suchende Blick, den Liutpald flußaufwärts richtete, beunruhigte Ita. Kein Schiff war zu sehen. Sie wollte zu ihm gehen und mit ihm reden. Da sah sie, wie Siegfried den kleinen Eberhard in die Arme nahm und wieder absetzte. Es sah aus wie ein Abschied.

Ita ging zu Siegfried, sie zwang sich, ruhig zu sprechen. »Hier ist Schaffhausen. Ein kleines Nest, in dem Bauern und Fischer und Hörige leben, die mit dem Warentransport um den Rheinfall herum zu tun haben. Im vorletzten Jahr hat Eberhard die Siedlung vom Kaiser erhalten.«

»Eine Kapelle und einen Priester habt ihr auch.«

»Ja, aber keinen, der sich um die Kranken kümmert. Die Kapelle ist dem heiligen Johannes gewidmet. Sie gehört nicht Eberhard, sondern zum Bistum Bamberg.« Ita biß sich auf die Lippen. Das von den Kranken hätte sie nicht sagen sollen. Jetzt mußte Siegfried klar geworden sein, daß sie ihn hier behalten wollte. »Wohin bist du eigentlich unterwegs?« fragte sie deshalb und lächelte. »Kehrst du nach Zürich zurück?«

»Ich gehe dahin und dorthin und lasse mich treiben. Vielleicht mache ich auf der Reichenau halt.«

»Komm, wir reiten mit Eberhard auf den Hügel! Von dort aus sehen wir die Siedlung und das andere Ufer.« Ita wollte ihren Sohn hochheben, aber der streckte die Arme nach Siegfried aus.

Sie kamen am neuen Haus vorbei, wo Liutpald die Dienstleute anwies, die Halle zu räumen. Ita sah, wie der Priester sich vor die Tür stellte und immer wieder auf den Fluß schaute. Aber kein Schiff kam.

Ita führte Siegfried nicht direkt auf den Hügel. Zuerst ritten sie zur Hörigensiedlung am Rhein. Am Wegrand saßen Fischer auf Steinen und knüpften an Netzen. Sie hatten alle braune Kutten an und trugen weder Beinkleider noch Schuhe. Auch ihre Gesichter sehen alle gleich aus, dachte Ita. Braun gegerbt von Sonne und Wind, mit Furchen auf der Stirn. Selbst die jungen Fischer wirkten alt, so, als säßen sie schon immer am Rheinufer.

Auf dem Weg kamen ihnen Leute entgegen, die ein Boot auf ihren Schultern trugen. Der jüngste Mann wollte ehrerbietig ausweichen, aber die anderen hielten nicht Schritt. Da glitt das Boot von den Schultern der beiden hinteren Männer und schlug gegen das Schienbein des jüngsten. Der Mann fiel auf den Boden und starrte ungläubig auf sein Bein, der Unterschenkel stand in einem unnatürlichen Winkel vom Knie ab.

Ita wollte vom Pferd steigen, aber Siegfried winkte ab. Er setzte Eberhard vor ihr auf den Sattel und übergab ihr die Zügel. Neben dem Verletzten kniete Siegfried auf die Erde und untersuchte das Bein.

Der Mann stöhnte, sein Bein würde nie wieder heil werden. Hinten, in den letzten Hütten, lebten alte Leute, deren Beinknochen auch irgendwann einmal gebrochen seien. Sie hätten nie wieder gehen, nie wieder fischen können.

»Das Kloster Rheinau ist nicht weit entfernt«, sagte Ita. »Da gibt es bestimmt einen Medicus.«

»Was ist das, ein Medicus?« fragte der Verletzte und schrie auf, weil Siegfried eine Holzflasche mit Branntwein aus der Taschen gezogen hatte und etwas davon über die Wunde leerte, dort, wo ein spitzer Knochen das Fleisch durchbohrt hatte und in die Luft ragte. Dann hielt er dem Verletzten die Flasche an den Mund.

»Ein Heiler, einer, der sich um die Kranken kümmert.« Ita verwarf die Hände, wie um die Heiligen anzurufen, damit sie ihr halfen, dem Mann das Wort Medicus zu erklären.

»Hier sind nur Bauern und Fischer und neuerdings die Karrer, die Waren um den Rheinfall herum nach Schaffhausen bringen.« Der Mann warf einen Blick auf Ita und fuhr fort: »Nicht einmal eine Hebamme haben wir. Jede Frau hilft der andern, wie das immer war.«

Der Priester wies die Fischer an, ihren Kameraden in eine Hütte zu tragen. Gemeinsam richteten sie das Bein. Siegfried verband es und legte mit Holzstäben eine Schiene an. Der Verletzte grunzte, nachdem man ihm zum dritten Mal Branntwein einflößte, und schlief ein.

»Du kennst dich doch mit Kräutern aus«, flüsterte Siegfried Ita ins Ohr. »Wenn wir zu Fuß auf den Hügel steigen, finden wir vielleicht unterwegs etwas. Der Mann braucht einen Aufguß, sonst wird das Bein bös und stirbt ab.«

Am Ende der Siedlung kamen sie an einer alten Frau vorbei, die mit roten Pusteln bedeckt war. Mit der Hand verscheuchte sie Mücken, die um ein Kind herum summten, das in ihren Armen lag. Sie sah auf zu den Reitern. Ob Ita gekommen sei, das Kind mitzunehmen? Es habe außer ihr niemanden mehr. Und sie müsse bald sterben.

Ita und Siegfried sprachen eine Weile mit ihr, und da berichtete die Frau, ihre Tochter, die Mutter des Kindes, habe beim Umladen der Waren am Rheinufer geholfen. Ein Mast sei niedergestürzt und habe sie in den Fluß gestoßen. Vermutlich habe es niemand bemerkt, sagte die Frau, jedenfalls habe niemand ihre Tochter gerettet.

Ita wollte sich zum Kind niederbücken, aber Siegfried kam ihr zuvor. Er nahm es auf und zeigte es Ita. »Siehst du den gelben Schimmer in seinen Augen?« fragte er so leise, daß die Alte sie nicht hören konnte. Ita nickte. Sie brachten das Kind in der Nähe der Kapelle zu einer Hörigen, die als Magd für sie Dienst tat.

Aus dem gemeinsamen Ritt auf den Hügel wurde nichts. Siegfried kehrte zum Fischer mit dem gebrochenen Bein zurück, und Ita ging mit Eberhard Kräuter suchen. Sie brauchten nicht weit zu gehen. Nach den letzten Behausungen kamen ein paar Felder, dahinter begann der Wald.

Eberhard riß sich immer wieder los. Einmal entdeckte er Vögel, die am Boden Körner aufpickten. Er rannte auf sie los, und als sie aufflogen, kreischte er vor Freude.

Der Wald war nicht dicht, das letzte Sonnenlicht spielte zwischen den Bäumen mit der Erde. Hier müssen Waldblumen und Kräuter wachsen, dachte Ita und ging weiter, Eberhard wieder fest an der Hand. Da sah sie in einer Waldlichtung einen Weiher. Wie in Kirchberg, ging es ihr durch den Kopf. Verträumt stand sie da und schaute auf den Wasserspiegel.

Eberhard jauchzte. Er machte sich los und begann im Wasser zu pantschen. Zum Glück war es warm, sein Leinenhemd würde rasch trocknen. Ita sah sich am Weiherrand um und fand mehr Kräuter, als sie brauchte.

Im Haus hatte Liutpald ungeduldig gewartet. Die Händler mußten jeden Augenblick mit den Karren nach Schaffhausen kommen, und von einem Schiff für den Weitertransport gebe es keine Spur. Der Schiffseigner, der immer Güter zwischen Basel und Konstanz transportiere, sei das Warten gewohnt. Aber die beiden Fernhändler …

»Wir müssen ihnen Unterkunft und die Halle für ihre Waren anbieten«, sagte Liutpald. »Vielleicht regnet es heute nacht, da können wir nicht riskieren, daß die Waffen auf den Wagen Schaden nehmen.« Dann hustete Liutpald wie immer, wenn er etwas im Sinn hatte, von dem er nicht wußte, wie es bei anderen ankommen würde.

»So sagt schon, Liutpald!«

»Könntet Ihr heute abend ein Essen anrichten lassen und unsere Gäste so verwöhnen, daß sie ein paar Tage bleiben?«

»Wollt Ihr, daß ich sie verführe?« lachte Ita und hob tadelnd die Hand.

»Macht einfach, daß sie sich wohl fühlen. Es ist Juli, Ita. Da kommen viele Schiffseigner aus Konstanz, um ihre Waren an Händler aus Basel zu verkaufen. Einer von ihnen wird die beiden mitnehmen.«

»Hier legen höchstens zwei Schiffe im Monat an«, sagte Ita. »Glaubt Ihr an Wunder? Daß ausgerechnet in diesen zwei oder drei Tagen jemand kommt?«

»Unsere Dienstleute sagen, es habe seit zehn Tagen kein Schiff mehr angelegt. Da ist bald eines fällig.«

Die Fernhändler aus Basel waren überrascht über den freundlichen Empfang. Am Abend trug Ita ihr honigfarbenes Seidenkleid. Den Goldreif hatte sie auf der Nellenburg gelassen. Trotzdem wirkte sie in diesem kleinen Ort am Rhein wie eine Königin. Ihre Gäste verwöhnte sie mit Leckerbissen. Barsch mit Fenchel und Senf, Lammbraten, dann Brombeeren, Himbeeren und die letzten Kirschen.

Nach dem Essen zog Siegfried die Flöte hervor und verzauberte die Gäste mit seinen Melodien. Ita erzählte Geschichten, und als Eberhard sie darum bat, sang sie ein Lied. Sie strahlte Wärme und Glück aus und einen Hauch von Geborgenheit, was die beiden Fernhändler, die immer unterwegs waren, zum Träumen brachte.

Die Männer aus Basel blieben zwei und drei und vier Tage. Sie verloren viel Zeit. Ihre Erwartungen erfüllten sich vielleicht nicht, und doch dachten sie an die Möglichkeit, in Zukunft immer über Schaffhausen und den Bodensee in die Lombardei zu reisen.

Am fünften Tag ritt Ita mit Siegfried und Eberhard auf den unbewaldeten Hügel. Sie war guter Laune, weil der Priester noch in Schaffhausen geblieben war. In den letzten Tagen hatte er sich um die kranke alte Frau, um das Kind mit den gelblich verfärbten Augen und um den Fischer gekümmert. Immer mehr Menschen hörten von ihm und kamen. Auch Gesunde, die einfach mit Siegfried reden oder die ihm danken wollten, daß er da war, für den Notfall. Nur Liutpald hatte es nicht einfach mit Siegfried. Der ältere Priester beobachtete den jüngeren mit einer gewissen Skepsis, denn er wußte nicht, was Ita mit ihm vorhatte. Einmal fragte er, ob sie einen Erzieher für ihre Söhne suche und ob er, Liutpald, ihr dafür zu alt sei. Ita lachte und antwortete, nein, sie würde Siegfried gern auf Dauer in Schaffhausen behalten, aber das sei ein Geheimnis, das Liutpald nicht weitersagen dürfe, besonders Siegfried nicht.

Vom Hügel aus konnten sie die Rheinschlaufe besser sehen. Wälder säumten das andere Ufer. Oberhalb der Furt war der Fluß so breit, daß er flach wirkte wie ein fast ausgetrockneter See.

Ita schaute zu Siegfried, der mit Eberhard einen Kranz aus Blumen flocht. Er denkt, daß ich ihn zum Hierbleiben überreden will, durchfuhr es Ita plötzlich. Das ist ihm unangenehm, weil er sein Leben selbst bestimmen möchte und weil es ihn immer weiter in die Welt hinauszieht. Sie war überrascht, daß sie erriet, was er dachte. Sonst war es umgekehrt.

Ein etwas schlechtes Gewissen hatte Ita, als sie sich zu einer List entschloß. Aber auf das Ziel kam es mehr an als auf den Weg. »Siegfried, meine Söhne wachsen auf einer Burg auf«, sagte sie deshalb. »Eberhard und Udo brauchen einen Lehrer, nicht nur eine Amme. Möchtest du sie betreuen?«

»Und dir ein Beichtvater sein, der deine Angst vertreibt? Der Augen hat, durch die der Talkessel unter der Burg dir weit vorkommt wie das Meer?« Siegfried lachte. »Nein, an einen solchen Ort möchte ich mich nicht verkriechen. Aber ich werde eine Weile hier in Schaffhausen bleiben. Die Leute brauchen mich. Das Wasser macht so viele krank. Hast du bemerkt, wie runzlig die Fischer wirken? Sie sind nicht alt, sie sehen nur so aus.«

Ita drehte sich um, damit er ihre Augen nicht sehen konnte. Er hätte die Freude, den Triumph in ihrem Innersten erkannt. Sie schaute hinunter zum Fluß, und in diesem Moment sah sie das Schiff. Es war von der Reichenau gekommen, um Steine zur Abtei zu transportieren, weil Berno eine neue Kirche baute. Ita sah, daß es eine Lädine war. So schwere Schiffe mußte man stromaufwärts mit Pferden ziehen.

»Willst du die Lädine sehen, Eberhard?« fragte Ita ihren Sohn.

»Ja, Ebo will Schiff fahren«, jauchzte der Kleine und schlang ihr die Ärmchen um den Hals. Ita reichte dem Priester das Kind, strich Eberhard zärtlich über den blonden Haarschopf und preschte davon, um Liutpald über die Ankunft des Schiffes zu informieren. Siegfried folgte im Schritt, er hielt Eberhard vor sich im Sattel.

Diesen Tag empfand Liutpald als Schritt in eine goldene Zukunft. So oft hatten er und Eberhard von Schaffhausen als Umschlagplatz für den Handel mit der Lombardei geträumt, und nun war der Anfang gemacht. Es schien Liutpald, als flössen Gold und Silber im Rhein, als gebe es Kräfte im Wasserfall, die zaubern konnten.

Das Schiff brachte zwei Händler aus Konstanz mit. Liutpald führte sie zum Haus. Der Basler Schiffseigner und die Leute aus Konstanz verhandelten lang, ehe ein Tauschgeschäft zustande kam. Liutpald sprach persönlich mit dem Bodenseeschiffer und bat ihn, auch die beiden Reisenden aus Basel mitzunehmen.

»In Konstanz können sie sich Fernhändlern anschließen, die in Gruppen das Rheintal hinunter und über den Septimer nach Süden ziehen«, sagte Liutpald später zu Ita. »Wenn sie wiederkommen, werden sie berichten ...«

Ita war skeptisch und fiel ihm ins Wort. »Seid Ihr sicher, daß sie über Schaffhausen nach Basel zurückreisen werden?«

»Nein«, gab Liutpald zu. »Vielleicht werden wir nie erfahren, ob sie mit diesem Reiseweg Zeit verloren oder gewonnen haben.«

»Dann gebt ihnen doch einen Ministerialen mit«, schlug Ita vor.

»Wir haben nur drei Dienstleute hier. Ihr wißt ja, wie wenig der Geleitschutz und das Zollwesen zu tun geben. Unsere meisten Ministerialen sind von der Nellenburg aus tätig.«

»Wenn Ihr einen erübrigen könntet ...« Ita strich die Falten ihrer Tunika glatt. Sie war verlegen, weil ihre Idee Liutpald selbstsüchtig vorkommen mußte. »In Basel hat mir eine Frau erzählt, ihr Mann sei schon zweimal im Auftrag des Bischofs nach Süden gereist. Um in Pavia Orientstoffe zu kaufen. Mit den Gruppen von Händlern reiten manchmal auch Ministeriale von Edelleuten, hat die Frau gesagt. Da könnten vielleicht auch wir ...«

»... Seide für neue Kleider der Burgherrin selbst kaufen gehen?« Liutpald lachte und mußte husten, er wußte nicht, was er von Itas Idee halten sollte.

»Nicht nur das, Liutpald. Eberhard möchte die Grabkirche auf der Reichenau mit Altartüchern ausstatten. In der Halle der Nellenburg fehlen Teppiche und feine Stoffe für Kissen. Eberhard sagt immer, in Konstanz sei alles unerschwinglich.«

Liutpald überlegte nicht lang. Er war ein Schnelldenker, er verband Itas Gedanken mit seinen eigenen und malte sich Schaffhausens Zukunft aus. »Ihr habt recht«, sagte er nur. »Wir wollen Carolus schicken.«

Dankbarkeit leuchtete in Itas Augen. Sie war glücklich, weil Liutpald ihre Idee akzeptiert hatte. Carolus ist eine gute Wahl, dachte sie bei sich. Ihn hatte Eberhard im letzten Sommer nach Schaffhausen geschickt, um den Hausbau zu überwachen. Seit Carolus hier war, gab es mehr Einnahmen von Zoll, Geleitschutz und vom Stapelplatz beim Steg am Flußufer.

Vor der Rückkehr zur Nellenburg schaute Liutpald sich nach Hörigen um, die Bauerfahrung hatten. Ein weiteres Haus mußte erstellt werden, in dem zusätzliche Dienstleute wohnen konnten. Vor allem brauchten sie eine zusätzliche Halle mit Platz für Händler und ihre Waren. Liutpald wollte nicht sofort mit dem Bau beginnen. Jetzt eine Entscheidung zu fällen wäre Eberhard gegenüber kühn gewesen, obwohl auch Ita seiner Meinung war. Aber Vorbereitungen zu treffen war bestimmt nicht falsch.

Liutpald fand hörige Bauern, die beim ersten Bau geholfen hatten, aber der Zimmermann, der das Haus erstellt hatte, war von Abt Berno auf die Reichenau geholt worden. Ohne ihn, erklärten die Bauern, könnten sie allein eine Hütte, aber kein Haus mit einer großen Halle zimmern. Der Priester nahm sich vor, einen Halt auf der Reichenau einzuplanen.

Am Tag der Abreise kam Siegfried zum Schiff am Flußufer. Er wirbelte Eberhard durch die Luft, und er sagte: »Komm mich bald besuchen, Ebo!«

In den letzten Tagen hatte der Priester oft mit Itas Sohn gesprochen und immer wieder Ebo zu ihm gesagt. Auch Ita ertappte sich manchmal dabei, wie sie ihren Sohn so rief.

Der Name ist anders als Eppo, dachte sie, und er unterscheidet sich von Eberhard. Es wäre einfacher, einen Eberhard und einen Ebo in der Familie zu haben. Wir würden ihn nur auf der Burg so nennen, unter uns. Später, als Erwachsener, könnte er wieder Eberhard heißen. Ita nahm sich vor, mit ihrem Mann darüber zu sprechen. Aber vielleicht war das nicht nötig. Der Kleine sprach ständig von sich selbst und nannte sich dabei Ebo. Der Name würde so oder so Teil ihres Lebens werden.

»Du bleibst also?« fragte Ita und legte die Arme um Siegfried, obwohl Liutpald ihnen zusah.

»Wenn die Gräfin uns manchmal besucht.« Siegfried drückte ihr einen Kuß auf die Stirn.

»Das muß ich ja wohl. Die Leute aus Basel werden von der Burgherrin berichten, die gestrandete Fernhändler bewirtet wie die Fürsten.« Ita lachte. Sie schaute zum Fluß und atmete den Geruch von Wasser und von Fischen ein. »Von der Nellenburg aus sieht die Landschaft immer gleich aus, nur die Farben ändern sich. Hier ist alles in Bewegung. Du hast recht, Siegfried. Schaffhausen lebt wie der Rhein, hier ist alles möglich.«

»Ich werde von ihm lernen.«

»Von wem?«

»Vom Fluß. Vom Wasserfall. In seinem Strömen liegt ein Zauber, der dem menschlichen Willen helfen kann wie die Sonne den Blumen.«

Ita zuckte die Achseln. Manchmal schwebte Siegfried in einer Welt, die ihr fremd war. »Ich werde mit Anna, meiner Heilerin, im Hegau Kräuter sammeln«, sagte sie. »Wir wollen Pasten und Salben anfertigen und sie dir mit einem Boten schicken.«

»Lieber wäre mir ein Medicus. Ich bin Geistlicher, ich kuriere die Seelen, nicht die Körper.«

Ita nickte. Dann sagte sie: »Versprichst du mir etwas, Siegfried?« Als der Priester lachte und Ebo das Haar zerzauste, fuhr sie fort: »Du mußt mir sagen, wenn du weggehen solltest. Du darfst nie mehr einfach verschwinden wie aus Zürich, ohne zu sagen, wohin.«

Während Liutpald auf der Reichenau mit dem Abt sprach, verlangte Ita beim Pförtner nach dem Bruder Kräutergärtner. Sie beschrieb ihm die Heilpflanzen, die ihr auf der Nellenburg fehlten. Der Mönch ließ einige in Töpfe setzen und verstaute sie in den Taschen eines Packpferds.

Während Liutpald auf sich warten ließ, ging Ita zur Klosterkirche. Vor dem Baubeginn am Westquerhaus hatte der Abt die alte Pforte abreißen lassen. Ita konnte ungehindert durchspazieren. Überall sah sie Haufen von Kieselbollen. Daneben lagen kostbare graue und rote Sandsteinquader.

Ita sah den Steinhauern zu und wurde plötzlich müde. Da Liutpald Ebo mitgenommen hatte, um dem Abt Eberhards Sohn zu zeigen, konnte Ita sich eine Ruhepause gönnen. Sie suchte ein schattiges Plätzchen, setzte sich auf einen Stein und schlief ein.

»... könnte ich Euch einige Hörige schicken, die beim Bau der Kirche helfen«, hörte Ita Liutpald sagen, als sie erwachte.

»Und die sollen hier wohl das Bauhandwerk lernen«, sagte Abt Berno. »Will Eberhard schon wieder eine Burg oder eine Kirche bauen?«

»Nein, nur ein Haus in Schaffhausen, für die Händler, die mit

Schiffen auf dem Bodensee und auf dem Rhein reisen. Es sind teilweise Schiffe der Reichenau.«

Ita schmunzelte über Liutpalds Antwort, am liebsten hätte sie gelacht. Aber sie wollte nicht, daß die Männer sie bemerkten. Still hörte sie zu, wie Liutpald Berno vorrechnete, was die Fernhändler aus Basel für seine Bodenseeschiffe bedeuten konnten.

Eine Weile schwiegen die Männer. Ita hörte Geräusche wie von Stiefeln, die auf Stein knirschten.

»Liutpald«, sagte Berno leiser und singend. »Bevor wir zu Ita zurückgehen, muß ich Euch noch etwas sagen.«

Ita stand auf und stellte sich neben der Mauer auf die Zehenspitzen, um besser zu verstehen. In ihrem Magen breitete sich ein Gefühl von Unwohlsein aus.

»Ich habe Nachrichten vom Kaiser.«

»Und?«

Itas ganzer Körper versteifte sich, als sie Liutpald husten hörte. Sie wollte gehen, aber sie war wie gelähmt. Sie wollte die Ohren verschließen, wie Eberhards Mutter es getan hatte, aber sie hörte Abt Bernos Worte, die sie wie Hammerschläge trafen.

»Der Hof befindet sich in Ravenna«, flüsterte Berno. »Dort ist der Hitze wegen eine Seuche ausgebrochen. Es gibt jeden Tag mehr Tote.«

18

Die Pfalz von Pavia kam Eberhard vor wie einer jener antiken Paläste, von denen Liutpald erzählt hatte. Alles erschien ihm gigantisch und prunkvoll in der Pfalz von Pavia. Seine eigene Burg, der Bischofspalast von Konstanz und selbst die Zürcher Pfalz schienen ihm winzig im Vergleich.

Eberhard war stolz, daß er als zweifacher Graf und Freund des Herzogs von Schwaben im Hauptgebäude wohnen durfte. In seiner Kammer gab es Teppiche, Kissen und Bettvorhänge. Auch eine Wasserschüssel mit Tüchern.

An diesem Abend genoß Eberhard den Badezuber. Verschwitzt und verstaubt vom Ritt nach Turin war er zurückgekehrt. Herzog Hermann, der den Kaiserhof nicht verlassen konnte und doch in den Markgrafschaften Turin und Ivrea regieren mußte, hatte ihn mit einer Botschaft zu Adelheid, seiner Frau, geschickt. Obwohl Hermann nur gefragt und nicht befohlen hatte, war Eberhard das Ja leichtgefallen.

Hermanns neue Lehen sind wichtig, hatte Liutpald vor der Abreise zu Eberhard gesagt. Sie sind verbunden mit den Pässen über die Berge und mit dem Herzogtum Schwaben. Deshalb will der Kaiser Hermanns Macht in Turin stärken, und das ist auch gut für uns.

Nun saß Eberhard in der Bütte und sah dem Dampf zu, der zur Decke des Raumes hochtanzte. Das Wasser roch nach Lavendel. Wahrscheinlich hatten die Mägde dem Bad Kräuter beigemischt, wie dies Ita auf der Nellenburg manchmal tat. Beim Gedanken an Ita kam Eberhard ins Träumen. Er dachte an das Bad im ersten Sommer, als sie sich gegenseitig bespritzt und untergetaucht hatten, bis Eberhard sie tropfnass aus dem Zuber hob und zum Bett trug.

Die Sehnsucht war süß und schmerzhaft wie Honig in einem kranken Zahn. Eberhard zwang sich, an seinen Auftrag als Herzogsbote zu denken.

Hermann würde mit ihm zufrieden sein. Eberhard hatte der Herzogin Adelheid den Brief übergeben und ihr auch mündliche Botschaften ausgerichtet. Adelheid und ihre Mutter hatten sofort Vertrauen zu ihm gefaßt, hatten ihm Nachrichten mit auf den Weg gegeben, die nur für Hermanns Ohren bestimmt waren.

Eberhard trocknete sich ab, streifte eine Tunika über und ging zurück in seine Kammer. Für das Abendessen war es zu spät. Glücklicherweise hatte Adelheids Magd ihm Brot und Käse mitgegeben. Nachdem er gegessen hatte, ging er zum Fenster. Er beugte sich weit hinaus, denn die dicke Mauer versperrte fast den Blick in die Tiefe.

In der Ferne schimmerte die Stadtmauer mit den Türmen rötlich. Neben dem Hauptgebäude der Pfalz sah Eberhard die Kirche mit den Rundbogenfenstern. Weiter hinten die Schule und ein Wirtschaftsgebäude neben dem anderen.

Eberhard setzte sich auf das Bett und überlegte, ob er gleich zu Hermann gehen oder ob er seine Botschaft erst am Morgen übergeben sollte. Da klopfte es an die Tür. Der Herzog trat ein.

»Nun sag schon, wie geht es meiner Adelheid!«

»Gut.« Eberhard war verlegen, weil er wußte, daß Hermann gern gehörte hätte, Adelheid sei schwanger. Aber davon hatte seine Frau nichts gesagt. Eberhard dachte an Ita und daß sie vielleicht wieder ein Kind erwartete. Obwohl erst ein halbes Jahr seit Udos Geburt vergangen war. Bei seiner Abreise im Februar hatte sie nichts davon erwähnt, aber möglich war es.

Hermann las das Pergament, das Eberhard aus Turin mitgebracht hatte. »Es ist für den Kaiser wichtig, daß ich meine neuen Markgrafschaften fest in der Hand habe«, sagte er. »Seit der Mailänder Erzbischof seine Macht auf Kosten der Nachbarn immer weiter ausdehnt, traut mein Stiefvater ihm nicht mehr.« Deshalb habe der Kaiser Edelfrauen aus der Lombardei mit Großen aus Schwaben oder Kärnten verheiratet und umgekehrt. Diese Lehnsleute würden Konrad helfen, die kaiserlichen Interessen südlich der

Alpen zu vertreten. Allen voran er, Hermann, der nun auch Markgraf von Ivrea und Turin war.

»Erzbischof Aribert von Mailand führt sich auf, als wäre er ein König«, fuhr Hermann fort. Wie Eberhard schon oft miterlebt hatte, bekam der Herzog Atemnot, wenn er schnell sprach. Ein pfeifendes Keuchen kam aus seinem Mund. »Adelheids Onkel ist Graf von Mailand, aber er wird von Aribert nicht anerkannt. Er darf dort nicht einmal Gericht halten. Seit der Erzbischof die Valvassoren aus der Stadt vertrieben hat, macht er, was er will.«

Die Valvassoren, das wußte Eberhard, waren die kleinen Edelleute der Lombardei, die Vasallen der Vasallen, die der Erzbischof entmachtet und enteignet hatte. Denen er keinerlei Rechte zugestand. Deshalb hatten sie vor zwei Jahren einen Aufstand angezettelt, der sich über die ganze Lombardei ausbreitete. Die Valvassoren hatten Rechte gegenüber der Kirche und ihren Lehnsherren verlangt und den Kaiser nach Italien gerufen. Eberhard war von Anfang an mitgereist, als der Hof im Februar 1037 über Mailand nach Pavia gezogen war.

Obwohl er müde war, diskutierte Eberhard mit Hermann bis in die Nacht hinein. Der Herzog war erst achtzehn und hatte trotz seines Rangs weniger Erfahrung in einer Herrschaftsposition als er. Eberhard wußte, daß Hermann sich vor seinem Stiefvater fürchtete, daß er glaubte, den Anforderungen des Kaisers nicht zu genügen. Und tief in seinem Innern, das spürte Eberhard, hatte Hermann Angst, Konrad mißtraue ihm, weil er der Bruder des aufständischen Herzogs Ernst war. Und weil jeder kaiserliche Stiefsohn eine Gefahr darstellte, denn er konnte einen Aufstand anfachen oder sogar nach der Krone greifen.

Während der Reise hatte Eberhard zweimal mit dem Kaiser gesprochen. Er hatte gespürt, wie froh Konrad über seine Freundschaft mit Hermann war. Nein, der Kaiser mißtraute seinem Stiefsohn nicht, im Gegenteil, er überhäufte ihn mit Ehren und Lehen und Schlüsselstellungen. Eberhard sagte dies Hermann wieder und wieder, aber seine Worte blieben an der Oberfläche. In seiner Seele hatte Hermann weiter Angst.

Am Reichstag von Pavia saß Eberhard in der Pfalzhalle neben Hermann. Sie war größer als die in der Zürcher Pfalz und so dicht mit Menschen gefüllt, daß die hintersten stehen mußten. Auch an den Seitenwänden entlang hatten sich Edelmänner und Kirchenfürsten aufgestellt.

Die Bürger der Stadt setzten sich für Aribert ein. Umgekehrt beschuldigten die Valvassoren den Mailänder Erzbischof, er habe ihre Rechte mit Füßen getreten und ihnen Lehen weggenommen. Auch der Graf von Mailand, Adelheids Onkel, beschwerte sich wegen Behinderung seiner Amtstätigkeit unter Einsatz brutaler Gewalt. Der Kaiser, das ahnte Eberhard, mußte sich wehren, weil der Erzbischof Ländereien und Lehen und Rechte des Reichs an sich gerissen hatte.

»Ihr müsst die Ländereien zurückgeben, Aribert«, rief der Kaiser in die Halle, als er alle Stimmen für und gegen den Erzbischof gehört hatte. »Über Eure Verfehlungen solltet Ihr Rechenschaft ablegen und Sühne für den angerichteten Schaden leisten.«

Der Erzbischof entgegnete nichts. Er trat zur Seite und drehte sich um. Eberhard sah, wie er sich mit Rechtsverständigen aus seinem Gefolge beriet. Sie bildeten eine Gruppe, die sich Schritt um Schritt vom Herrscher entfernte.

»Wenn wir nur hören könnten, was sie sagen«, flüsterte Hermann.

Eberhard stand auf und drängte sich an der Wand entlang nach vorn. Aber es war unmöglich, die Ratgeber des Erzbischofs zu belauschen. Bewaffnete Gefolgsleute Ariberts bildeten einen Ring um die Gruppe. Eberhard umkreiste sie und sah jedem Mann ins Gesicht. Er hoffte, der eine oder andere würde ihn durchlassen, wenn er treuherzig lächelte. Aber die Mailänder musterten ihn nur kühl. Eberhard fiel ein junger Mann mit wilden Locken auf, dem ein Ohrläppchen fehlte. Ein anderer hatte glühende schwarze Augen. So muß eine Schlange in die Welt schauen, dachte Eberhard. Die Leute rochen auch schlecht. Eberhard hätte sich am liebsten die Nase zugehalten, um dem Geruch von Schweiß und verklebten Haaren zu entgehen. Er schnappte nach Luft, mußte husten, verschluckte sich. Enttäuscht wandte er sich ab und kehrte zu Hermann zurück.

In diesem Moment trat Aribert vor den Kaiser. Überlaut sagte er: »Was ein Bischof bei der Weihe in seinen Besitz bekommt und was er später hinzugewinnt, muß er bewahren und gegen jedermann verteidigen.« Auch gegen den Kaiser. Diese Worte sprach Aribert nicht aus. Aber alle wußten, daß er sie dachte. Es war, als hätte er sie laut in den Raum gestellt.

Eberhard hielt den Atem an. Konrad mußte Ariberts Ausspruch als Infragestellung seiner von Gott gegebenen Herrschermacht empfinden und empört sein. Neben ihm sprang Herzog Hermann auf und lief nach vorn. Auch andere Fürsten umringten den Erzbischof. Sie sagten, der Kaiser sei der Herr der Reichskirche und der oberste Richter. Da müsse Aribert wenigstens die kaiserliche Majestät von seiner Aussage ausklammern.

Aber Aribert blieb stur. Statt etwas zurückzunehmen, wiederholte er Wort für Wort seinen Satz.

Der Kaiser nahm sich nicht einmal die Mühe, ein geistliches Gericht einzuberufen. Weil Aribert die Treuepflicht verletzt hatte, verurteilte das Hofgericht den Erzbischof von Mailand wegen Hochverrats. Alle Güter und Rechte wurden ihm aberkannt. Konrad ließ Aribert verhaften und in Aquileia in den Kerker werfen.

Viele Fürsten und Bürger murrten. Auch Eberhard dachte, da sei der Kaiser zu weit gegangen, aber er behielt seine Gedanken für sich. Schließlich schickte Konrad eine Gesandtschaft nach Rom, um nachträglich das Einverständnis des Papstes einzuholen.

Aber Aribert blieb nicht lange in Gefangenschaft. Ein Mailänder Mönch, der für seine Betreuung abgestellt worden war, organisierte seine Flucht. In einer mondlosen Nacht vertauschte der Erzbischof mit dem Mönch die Kleider, schlich aus dem Kerker, schwang sich auf ein Pferd und entkam über den Po. Mailand empfing seinen Erzbischof wie einen Märtyrer.

Der Kaiser rief die Fürsten aus Italien zum Kampf auf und schickte nach seinem Sohn Heinrich, der mit bayerischen Kriegern zu Hilfe kommen mußte. Vor Mailand schlugen die Kaiserlichen ihr Feldlager auf und begannen mit der Belagerung der Stadt.

Eberhard kam dies alles so vor wie damals im Burgund. Sie befanden sich in einem Krieg, der nicht stattfand. Sie mußten warten, ohne daß der Kaiser sich zum Angriff entschloß. Eberhard gewöhnte sich daran und wurde leichtsinnig.

An einem Abend ritt er los, um Hermann zu besuchen. Weil Zelt an Zelt stand, machte er einen Bogen um das Lager. Er kam an einer Wiese mit Feldblumen vorbei, die ihn an Itas ersten Strauß erinnerten. Eberhard verspürte wieder Sehnsucht, er griff unter seinen Sattel, um Itas Miniaturbild hervorzuziehen. Plötzlich tauchte wie aus dem Nichts eine Gruppe von Mailändern vor ihm auf, die einen Ausfall machten.

Es war zu spät, um zu fliehen, aber Eberhard versuchte es trotzdem. Gegen fünf Feinde hatte er keine Chance. Da sah er, wie seine Gefolgsleute von der Nellenburg in gestrecktem Galopp auf ihn zukamen. Sie haben gesehen, wie ich fortgeritten bin und sind mir gefolgt, dachte Eberhard dankbar. Er preschte ihnen entgegen, er ließ die Zügel locker und bohrte dem Pferd die Stiefel in die Flanken, er schrie dem Rappen ins Ohr. Aus dem rechten Augenwinkel sah er, wie ein Feind aufholte und das Schwert hob. Aber der Angreifer hatte auf Eberhard geschaut und nicht auf die Reiter, die ihnen in der Dämmerung entgegenkamen. Als er zuschlug, machte der Rappe vor Schreck einen Sprung, Eberhard bückte sich, und das feindliche Schwert sauste ins Leere.

Eberhard erreichte die Gasse, die seine Leute gebildet hatten, und ritt in den sicheren Hintergrund. Voller Ungestüm schlugen sich die Schwaben mit den Angreifern. Sie waren in der Überzahl. Trotzdem riß Eberhard sein Schwert aus der Scheide und kämpfte mit.

Der Zusammenstoß endete blutig. Zwei von Eberhards Gefolgsleuten verloren ihr Leben. Von den Feinden überlebte ein einziger schwer verletzt. Die Schwaben schleiften ihn zum Zelt des Herzogs Hermann, aber er wußte nicht viel. Immerhin verriet er, welche Außenposten der Mailänder am schwächsten besetzt waren.

Am Himmelfahrtstag Mitte Mai kam es zur Schlacht. Eberhard war nicht dabei. »Ich brauche dich«, hatte Hermann gesagt. »Du darfst nicht gehen, Eberhard. Das gibt ein Blutbad, ich habe es heute nacht geträumt.«

Eberhard empfand den Zwiespalt zwischen Hermanns Wunsch

und seiner Pflicht dem Kaiser gegenüber. Vielleicht ernennt Konrad mich zum Heerführer, ging es ihm durch den Kopf, vielleicht ehrt er mich wie damals Manegold. Aber er spürte kein Kriegsfieber in sich. Er dachte an Ita und an die Kinder und tat, was Hermann ihm befahl. Ein schlechtes Gewissen hatte er nicht, denn auch Bertold von Zähringen blieb im Feldlager zurück, obwohl Hermann ihn nicht darum gebeten hatte.

Die Bürger von Mailand und die Vasallen des Erzbischofs scharten sich auf dem Schlachtfeld um einen Wagen. Eberhard sah, daß Stiere ihn zogen. Auf diesem Carroccio entdeckte er das Banner und ein Kreuz. Konrads Krieger rückten gegen den Feind vor, aber es kam, wie Hermann geträumt hatte. Die Führer des kaiserlichen Heers fanden alle den Tod. Verluste gab es auf beiden Seiten, aber zu einer Entscheidung kam es nicht. Nachdem er mit militärischen Mitteln nichts erreicht hatte, versuchte der Kaiser es mit Worten. Er erließ die Costitutio de feudis, ein Gesetz, das den Valvassoren Rechtsschutz gab, ihnen ihre Ländereien zusicherte und ihnen erlaubte, ihre Lehen an die Söhne zu vererben.

Eberhard war erstaunt, daß der Kaiser nicht auch den Bürgern der Stadt neue Rechte gab, denn sie waren zu einer bedeutenden Gruppe herangewachsen.

Konrad muß sich mit den Bürgern verbinden, denn sie sind die Zukunft, hatte Liutpald vor Eberhards Abreise gesagt. Und Liutpald wußte, wovon er sprach, denn er hatte mit Händlern und Notaren aus der Lombardei gesprochen, die Teil dieses neuen Bürgertums waren.

Aber der Kaiser erwähnte die Bürger mit keinem Wort. Eberhard hatte Hemmungen, ihn darauf aufmerksam zu machen. Er erzählte Hermann, was Liutpald gesagt hatte, aber der Herzog war in Gedanken bei seiner Adelheid.

Bis in die Nacht hinein dachte Eberhard an Liutpalds Worte und daran, daß sein Ratgeber bisher immer recht gehabt hatte, wenn er in die Zukunft sah. Es schien Eberhard auch, als sei der Kaiser dem Erzbischof von Mailand gegenüber zu hart gewesen. Durfte der Herrscher einen Erzbischof absetzen wie einen Hofkapellan? Diese Frage behielt Eberhard für sich, denn er wäre sich als Verräter vorgekommen, wenn er sie nur ausgesprochen hätte. Aber er wurde noch tagelang das Gefühl nicht los, daß den Heiligen nicht gefallen konnte, was da in der Lombardei mit einem Kirchenfürsten geschah.

Der Sturm an Pfingsten kam Eberhard vor wie eine Antwort Gottes auf die jüngsten Ereignisse. In einer kleinen Kirche vor den Toren von Mailand feierte der Kaiser mit seinem Gefolge das Fest.

Während der Messe tobte ein Unwetter, Regen peitschte auf die Gefolgsleute nieder, die im Gotteshaus keinen Platz gefunden hatten. In Eberhards unmittelbarer Nähe schlug ein Blitz ein und brachte einen Baumstumpf zum Glühen. Der Donner dröhnte so laut, daß Eberhard sich am liebsten die Hände an die Ohren gepreßt hätte. Aber er mußte sich festhalten, der Sturm hätte ihn sonst fortgetragen. Plötzlich hörte Eberhard Schreie hinter sich. Er erkannte Bertolds Stimme.

Der Zähringer starrte auf einen Mann, der vom Blitz getroffen am Boden lag. Dann sah Bertold die Pferde, wollte ihnen nachlaufen, aber es waren zu viele, die sich losgerissen hatten und vor Angst wieherten. Bertold packte Eberhard am Arm, zeigte mit der freien Hand zum Himmel und schrie, der heilige Ambrosius reite über den Himmel.

Eberhard sah nur verzerrte Wolken. Vielleicht ist der Heilige wieder verschwunden, dachte er. Vielleicht hatte er selbst zu lange auf Bertolds vor Schreck verzerrtes Gesicht geschaut.

Obwohl Eberhard sich sonst vor Bertolds schwarzen Augenschlitzen fürchtete, legte er ihm den Arm um die Schultern und sagte: »Komm ins Gotteshaus, Bertold. Wenn es der heilige Ambrosius, der Schutzheilige von Mailand, war, dann müssen wir jetzt die Mutter Gottes um Gnade bitten.«

»Ambrosius war nicht einfach da«, flüsterte Bertold. »Es war eine Gestalt aus Feuer und Blut. Sie hob zornig den Arm und drohte den Verwüstern des Erzbistums Mailand mit Strafe.«

Eberhard sagte nichts. Auch in der Kirche ließ er seinen Arm auf Bertolds Schultern. Er spürte, wie seine eigene Ruhe, die er sich selbst nicht erklären konnte, sich auf den Zähringer übertrug, wie

Bertold begriff, was der fremde Arm bedeutete, wie er ihn abschüttelte.

»Danke«, sagte Bertold rauh, bevor er sich abwandte. Eberhard sah seinen Augen an, daß der andere sich schämte, weil er sich vor ihm schwach gezeigt hatte.

Ob Bertold mir das je vergessen wird? fragte sich Eberhard. Er, der sonst stark und mächtig ist und allen Angst einjagt?

Mit der Sommerhitze kehrten viele Kaiserliche in den Norden zurück. Herzog Hermann wollte sich um seine Markgrafschaften kümmern. Er bat Eberhard, mit ihm nach Turin zu reiten. Konrad aber wollte mit dem Stiefsohn nach Verona ziehen und dort Gericht halten.

So machte der Herzog Eberhard zu seinem Missus und schickte ihn mit Botschaften nach Turin, mit schriftlichen und mit geheimen mündlichen. Eberhard wußte, daß einige Briefe für den König von Frankreich bestimmt waren. Die brachte er an die Grenze zum Burgund, von dort aus ritt ein anderer Bote westwärts.

Als er dann Adelheid in Turin abholte, um sie nach Verona zu begleiten, nahm Eberhard viele Gefolgsleute mit. Zurück blieb als Regentin Hermanns energische Schwiegermutter Berta von Turin.

Die Markgräfin war älter als Ita, aber die Frauen, so schien es Eberhard, waren einander ähnlich. Das hatte nichts mit dem Aussehen zu tun. Berta war eine kleine, kräftige Frau mit schwarzem Haar, ganz anders als die großgewachsene Ita mit ihren braungrüngoldenen Augen und mit dem Goldschimmer im braunen Haar. Beim Vergleichen kam Eberhard ins Schwärmen. In solchen Momenten tat ihm leid, daß er nicht nach Hause zurückgekehrt war. Was Berta und Ita gemeinsam haben, dachte Eberhard, ist die Art, sich dem Leben zu stellen und wie ein Mann zu handeln, wenn die Situation es erforderte. Mutig und entschlossen.

In diesen Wochen bekam Eberhard nur am Rande mit, was im Norden und in Italien geschah. Es war, als reise er zwischen den Zeiten, als sei ein Missus Vermittler zwischen dem Jetzt und der Zukunft. Eberhard merkte auch, wie hart das Botenleben war. Von Turin nach Verona fuhr er mit dem Schiff auf dem Po, aber stromaufwärts hätte die Reise auf dem Wasser zu lange gedauert. In dieser Richtung entschloß sich Eberhard fast immer, zu reiten.

Manchmal, wenn Botschaften eilig waren, gab es fliegende Pferdewechsel, da ritt Eberhard Tag und Nacht, ohne Halt und ohne Schlaf. Essen und beten und denken – alles tat er im Sattel. Der Pferderücken war wie ein Teil seines eigenen Körpers. Zwei oder drei bewaffnete Gefolgsleute von der Nellenburg folgten ihm stets.

Oft brannte die Sonne so heiß, daß sie die Straße dem Po entlang verließen und im Wald weiterritten, obwohl man da langsamer vorwärts kam und es wilde Tiere gab. Vieles erlebte Eberhard in seiner Botenzeit. Sie kämpften mit Wölfen, schlugen Wegelagerer in die Flucht und gerieten in Gewitterregen. Manchmal kam Eberhard mit Dreck bespritzt oder durchnäßt bis auf die Haut in Turin an.

Aber wie er auch aussah, die Regentin empfing ihn wie einen Freund und nicht wie einen Vasallen ihres Schwiegersohns. Manchmal schien es Eberhard, als lächle Berta ihm zu wie eine Mutter. Dann wieder leuchtete ein Feuer in ihren Augen, das ihn an Ita erinnerte. Berta war noch keine vierzig Jahre alt und auf ihre Art schön. Eberhard senkte die Augen, wenn er diesem Feuer begegnete, und er wollte auch nicht darüber nachdenken. In solchen Nächten in Turin wuchs seine Sehnsucht nach Ita ins Unermeßliche.

Ende August machte Eberhard mit seinen Gefolgsleuten in einem Weiler drei Wegstunden vor Turin halt. Es war heiß, sie führten die Pferde zum Brunnen im Hof eines Landwirtschaftsbetriebs. Weil es Mittagszeit war, zogen sie Brot und Käse hervor und streckten sich nach dem Essen im Schatten aus.

Eberhard schreckte aus dem Schlaf hoch, weil zwei Reiter herangaloppierten, aus ihren Sätteln sprangen und wie gehetzt zum Brunnen liefen. Er schloß die Augen bis auf einen Spalt und stellte sich schlafend. Später konnte er sich nicht erklären, weshalb er sich so verhalten hatte.

Einer der Männer entdeckte Eberhard und seine Gefolgsleute. Er kam bis auf fünf Fuß an sie heran und starrte Eberhard ins Gesicht. Plötzlich zuckte der Fremde mit den Augen, beugte sich zu ihm nieder, zögerte, tat dann erschrocken einen Schritt rückwärts. Eberhard konnte ihn durch die Augenwimpern nur verschwommen sehen, aber er merkte, daß der andere ihn erkannt hatte. Als der Fremde sich umdrehte, sah Eberhard sein Profil und das angeschnittene Ohrläppchen.

Der Mann aus Pavia, der ihm am Reichstag den Weg versperrt hatte, als er das Gespräch des Erzbischofs mit dessen Ratgebern belauschen wollte! Eberhard zögerte. Die Fremden waren nur zu zweit, er selbst hatte außer dem eigenen drei Schwerter auf seiner Seite. Aber sein Gefolge schlief. Wenn er jetzt aufsprang, wäre es für die Lombarden leicht, sie alle zu überwältigen. Eberhard dachte, der Mann starrt mich nur an, und das ist nicht verboten. Mit welchem Recht sollte ich mit ihm kämpfen? Aber er spürte am Verhalten des Fremden, daß etwas nicht stimmte. Der Mann hatte ein schlechtes Gewissen. Jedenfalls war er zu Tode erschrocken gewesen, als er Eberhard erkannt hatte.

Bevor Eberhard sich zu einer Reaktion entschließen konnte, entfernte sich der Fremde wieder und winkte seinem Gefolgsmann. Einen Augenblick später preschten zwei Pferde Richtung Turin davon.

Jetzt muß ich mich entscheiden, dachte Eberhard. Vielleicht mache ich mich lächerlich. Aber der Zwang etwas zu tun war stärker als die Angst, sich zu blamieren. Er weckte seine Gefolgsleute, trieb sie in die Sättel, stieg selbst ebenfalls auf und ritt seinen Leuten in gestrecktem Galopp voran.

Die Männer aus Pavia hörten die Pferde hinter sich, sie trieben ihre Tiere an, aber die waren erschöpft vom harten Ritt. Eberhards ausgeruhten Pferden gelang es, aufzuholen.

Als Eberhard das angeschnittene Ohr vor sich sah und fast Flanke an Flanke mit dem Fremden ritt, befahl er ihm, anzuhalten. Der Lombarde zügelte sein Reittier, sprang aus dem Sattel, zog das Schwert und ging auf Eberhard los. Der schlug zurück, und seine Gefolgsleute stürzten sich zu dritt auf den anderen Mann.

»Ich bin Ministerialer der Pfalz von Pavia«, protestierte der Fremde, als Eberhards Leute ihm die Hände hinter dem Rücken fesselten. »Wenn der Kaiser erfährt, daß Ihr ... «

»Ein Unterhändler des Erzbischofs seid Ihr, und der ist kein Freund des Kaisers.« Eberhard war selbst erstaunt, wie ruhig seine Stimme klang. Er zwang sich, einen härteren Ton anzuschlagen. »Und nun sagt mir, weshalb Ihr nach Turin reitet!«

»Weil es uns so paßt. Was geht Euch das an?«

Eberhard wies seine Leute an, die Sättel der Fremden zu durchsuchen. Vielleicht waren Botschaften Ariberts darin versteckt. Als seine Männer nichts finden konnten, wandte Eberhard sich wieder dem Mann mit dem fehlenden Ohrläppchen zu.

»Wie ist Euer Name?«

»Guido«, antwortete der Mann mit seltsam weicher Stimme.

»Und wohin seid Ihr unterwegs?«

»Zu den Ländereien meines Onkels, hier in der Nähe.«

Eberhard kam sich plötzlich wie ein Dummkopf vor. Da hatte er einen Dienstmann der Pfalz von Pavia überfallen und gefesselt, der brav zu den Ländereien seines Onkels unterwegs war. Wie sollte er das dem Kaiser, wie Herzog Hermann erklären? Fast hätte er den Männern die Fesseln abgenommen und sich entschuldigt. Er dachte aber nochmals über die Worte des Fremden nach. Zuerst hatte der Mann unverschämt geantwortet, dann, als Eberhards Leute die Sättel durchsuchten, war er zahm geworden.

Die haben etwas zu verbergen, durchfuhr es Eberhard. Er befahl seinen Gefolgsleuten, den Fremden festzuhalten, und zog ihm Tunika, Beinkleider und Stiefel aus. Der Mann protestierte lautstark, aber Eberhard ließ sich nicht beirren. Ruhig betastete er ein Kleidungsstück nach dem anderen. Da, eingenäht in die Beinkleider, drei Briefe; alle trugen das Siegel des Erzbischofs von Mailand.

Eberhard dankte Gott und Liutpald, daß er lesen gelernt hatte. Er versuchte den Brief zu überfliegen. Aber das war unmöglich, denn wenn Eberhard etwas überflog, bedeutete es, daß er Wort für Wort entziffern mußte oder gar nichts verstand. So ließ er es bleiben. Hauptsache, er hatte Ariberts Unterschrift erkannt und den letzten Satz gelesen.

Ein Gefolgsmann erkundigte sich nach dem Inhalt des Briefs. Eberhard sagte, er könne nur Namen erkennen, nicht den Inhalt. Am besten sei es, mit den Gefangenen nach Turin zu reisen.

Die Regentin Berta verschlang den Inhalt der Briefe, während Eberhard bei ihr am Tisch saß und wartete.

»Da habt Ihr mir einen großen Gefallen getan«, sagte sie zwischen einem Brief und dem nächsten. »Wenn der Kaiser erfährt, daß ich die Schreiben der Verräter abgefangen habe ...«

Sie hat schon vergessen, daß *ich* die Männer hergebracht habe, dachte Eberhard. Plötzlich hoffte er, daß Ita nicht so werden würde wie Berta von Turin. Wenn der Ehrgeiz jemanden auffrißt, dann vergißt er, was gut ist und was nicht, was gerecht ist und was nicht. Und vor allem vergißt er die anderen Menschen. Nur der eigene Erfolg zählt und die Bewunderung, die einem zuteil wird, ob verdient oder erschwindelt.

Am liebsten wäre Berta selbst nach Verona gereist, aber sie mußte als Regentin auf ihrem Posten bleiben. So schrieb sie Briefe an den Kaiser und an Herzog Hermann und legte dem Konvolut die Botschaften bei, die Eberhard den Leuten aus Pavia abgenommen hatte. Lange zögerte sie, ehe sie einen Brief wieder aus dem Bündel entfernte.

»Dieses Schreiben behalte ich zurück. Ihr müßt es lesen und Wort für Wort dem Kaiser wiederholen«, schärfte sie Eberhard ein.

Als er sie fragend ansah, hob Berta das Kinn. Er merkte, daß sie schlechter Laune war. Sie hätte mir am liebsten überhaupt nichts gesagt, dachte Eberhard. So wäre das ganze Verdienst ihres gewesen.

Berta wartete, bis Eberhard das Schreiben gelesen und wieder gelesen hatte. Dann bestätigte sie seine Gedanken. »Lieber hätte ich dem Kaiser auch diesen Brief mitgegeben und keine mündliche Botschaft. Aber wenn jemand Euch die Schreiben stehlen sollte ...«

Eberhard hörte ihre Stimme wie das ferne Summen von Bienen. Er hatte nicht zugehört. Er las den Brief ein drittes Mal, weil sein Verstand den Augen nicht trauen wollte.

Es war ein Schreiben des Erzbischofs von Mailand an Odo von der Champagne. Aribert bot dem alten Rivalen des Kaisers die Krone von Italien an. Und nicht nur das. Er stellte Odo sogar die Kaiserwürde in Aussicht.

»Hier, schaut!« sagte Berta und wies mit dem Finger auf eine

Seite des Briefes. Ihre Stimme klang abgehackt, sie hatte vor Eifer ein rot angelaufenes Gesicht und merkte gar nicht, wie sie mit dem Schuh immer wieder auf dem Boden aufstampfte. »Ich kann dem Kaiser die Verräter in der Silberschale präsentieren. Da steht es. Am 3. September wollen sie sich in einem Weiler in der Nähe von Turin treffen, die Abgesandten Odos und die Botschafter des Erzbischofs.« Plötzlich besann Berta sich und sprach aus, was Eberhard bei sich auch gedacht hatte. »Der 3. September ist ja in vier Tagen! Da haben wir keine Zeit, den Kaiser zu informieren. Eberhard, Ihr müßt mir helfen!«

So kam es, daß die Dienstleute der Nellenburg zusammen mit den Männern der Markgräfin Berta zum geheimen Treffpunkt südlich von Turin ritten. Es war leicht, die schlecht bewaffneten Unterhändler Ariberts und Odos zu überwältigen. Eberhard brachte die Gefangenen mit den Briefen der Regentin nach Verona.

Nachdem er die Botschaft der Turiner Markgräfin erhalten hatte, reagierte Kaiser Konrad selbstherrlich wie schon zuvor in Pavia. Er bezeichnete Aribert von Mailand als überführten Verräter und hielt es nicht für nötig, ein geistliches Gericht einzuberufen. Als Herr der Reichskirche setzte Konrad Aribert ab und an dessen Stelle den Mailänder Domherrn Ambrosius auf den Thron des Erzbistums. Dann ließ er drei weitere mit Aribert verbündete Bischöfe wegen Hochverrats festnehmen und in die Verbannung nach Norden bringen.

Als Eberhard das hörte, bereute er für einen Moment, die Boten des Verräters abgefangen zu haben. Es ist richtig, daß der Kaiser Aribert und die anderen Bischöfe bestraft, dachte er, aber er hätte den Papst benachrichtigen müssen. Nur der Heilige Vater darf ein Erzbistum neu besetzen.

Manchmal fragte Eberhard sich, weshalb er sich solche Gedanken machte. Das Verhalten des Kaisers war nichts Neues; seit Eberhard sich erinnern konnte, hatte Konrad Bischöfe abgesetzt oder bestimmt. Vielleicht macht sich Liutpalds Einfluß bei mir bemerkbar, dachte er. Liutpald ist in einem Kloster groß geworden. Und die Abteien sind auf den Papst angewiesen, von ihm erhalten sie Rechte gegenüber den mächtigen Bischöfen.

Nun war Aribert wegen Treulosigkeit abgesetzt und Ambrosius regierte als neuer Erzbischof von Mailand. Aribert ergab sich aber nicht in sein Schicksal, und die Mailänder dachten nicht daran, Ambrosius zu akzeptieren. Zusammen mit seinen Anhängern verwüstete Aribert die Güter der Valvassoren, die Konrad gehorchen wollten.

Odo von der Champagne wußte noch nicht, was in der Lombardei geschehen war. Im Herbst fiel er wieder in Lothringen ein und prahlte, das Weihnachtsfest wolle er in der Pfalz von Aachen feiern, als neuer Kaiser. Mitte September stießen das Heer Odos und das der Lothringer aufeinander. Der Graf der Champagne, der einstige Widersacher Konrads in der Nachfolge um den burgundischen Königsthron, wurde in der Schlacht getötet. Die Lothringer hatten ihn so sehr gehaßt, daß seine Leiche mißhandelt und erst am Tag danach von seinen Anhängern gefunden wurde.

Für ihre Dienste erhielt Berta von Turin Privilegien vom Kaiser. Eberhard wurde nicht belohnt. Aber der Nellenburger war zufrieden. Seinetwegen war Konrad den Feind Odo endlich los, und irgendwann, das nahm Eberhard sich vor, würde er seinem Onkel, dem Bischof von Toul, die Geschichte erzählen. Eberhard war froh, daß der Verwandte sich in seiner Bischofsburg endlich sicher fühlen konnte, weil der ewige Aufständische Odo ihn nicht mehr bedrohte.

Von Herzog Hermann ausgefragt, rückte Eberhard wenigstens teilweise mit der Geschichte heraus. Er sagte nicht, er habe die Verräter allein gefaßt, aber er gab Hermann zu verstehen, die Markgräfin Berta habe die Sache mit seiner Hilfe abgewickelt.

Der Kaiser beschloß, Aribert seinen lombardischen Verbündeten zu überlassen und im Süden Italiens einen Umritt zu machen. Eberhard hätte es vorgezogen heimzureiten, aber Hermann gab zu bedenken, der Kaiser sei auf der Reise vielleicht ansprechbarer als sonst, da wenig Gefolge mitkomme. Es könne gut sein, daß die Geschichte von den Verrätern nochmals und anders zur Sprache komme. »Wenn mein Stiefvater erfährt, wie tatkräftig du zur Festnahme der Rebellen beigetragen hast, kannst du mit dem kaiserlichen Dank und mit neuen Lehen rechnen.«

Die Entscheidung fiel Eberhard nicht leicht. Er hatte Sehnsucht nach Ita und war beunruhigt, weil er im Zeltlager um Mailand und später in Verona Gespräche von kaiserlichen Gefolgsleuten gehört hatte. Da war die Rede von zurückgelassenen Frauen auf ihren Burgen und von Verehrern, denen schöne Worte nicht genügten. Von Treubrüchen hatten die Männer am Rand des Schlachtfelds erzählt, von Frauen, die von ihren Ehemännern mit dem Tod bestraft wurden.

Nächtelang litt Eberhard Höllenqualen, weil er sich Ita in den Armen eines anderen vorstellte. Noch schmerzhafter war der Gedanke, sie bestrafen zu müssen. Aber nein, meldete sich sein Innerstes, Ita liebt mich, und außerdem ist Liutpald dort. Diese Stimmen gewannen schließlich die Oberhand, zumal Eberhard den Hof nach Süden begleiten wollte. Weil er wußte, daß da etwas für die Zukunft zu holen war. Und weil sein Vater und sein Bruder Manegold das von ihm erwartet hätten. Beim Gedanken daran, daß Herzog Hermann ihn vielleicht auch von Rom oder Apulien aus als Boten nach Turin schicken könnte, weil seine Adelheid den Hof nicht begleiten wollte, schauderte Eberhard, denn der Weg war lang. Trotzdem sagte er zu.

Das Weihnachtsfest feierte der Hof in Parma beim Bischof, Konrads früherem Kanzler. Auch der Thronfolger Heinrich und dessen Frau Gunhild waren dabei.

Eberhard genoß die Reise mit dem Hof. Er war viel mit Hermann zusammen, seit er Ariberts Hochverrat auf die Spur gekommen war, vertraute der Herzog ihm blind. Hermann war unternehmungslustig und doch ängstlich, oft fürchtete er sich vor dem eigenen Mut. Aber wenn Eberhard bei ihm war, fühlte er sich sicher.

Es war Hermann, der Bertold von Zähringen und Eberhard an einem lauen Abend nach Weihnachten einen Streifzug durch die Stadt vorschlug. Weil die Männer nicht auffallen wollten, nahmen sie nur einige Krieger mit. Heinrich schloß sich ihnen an, obwohl sein Vater, der Kaiser, das nicht gutgeheißen hätte. Lange wurde diskutiert, ob sie die Pferde nehmen oder zu Fuß gehen wollten. Sie entschlossen sich für einen Spaziergang in der Umgebung der Bischofsburg und ließen die Reittiere in den Ställen.

Eberhard staunte über die Häuser, die im Mondlicht gewaltiger wirkten als bei Tag. Rund um die Bischofsburg hatten reiche Bürger Steinhäuser mit roten Dächern gebaut. Kaufleuten gehörten sie, Richtern, Notaren. Auch Edelmänner vom Land besaßen in der Stadt befestigte Wohnsitze. Handwerkersiedlungen mit Tavernen schlossen sich an die Steinhäuser an.

»Kommt, wir kehren ein!« schlug Herzog Hermann vor.

Eberhard zögerte und sah zu Heinrich, mit dem er bisher nur wenige Worte gewechselt hatte. Kaiser Konrads Sohn schien ihm zurückhaltend und stolz. Jetzt sagt er nein, dachte Eberhard. Vielleicht ist er anders als wir, weil er schon seit dem elften Lebensjahr die Königskrone trägt. Konrad hatte den einzigen Sohn vor fast zehn Jahren krönen lassen, um ihm die Nachfolge zu sichern.

»Ein Gläslein würde nicht schaden«, sagte Heinrich und wies die Bewaffneten an, vor der Taverne zu warten.

Die Höflinge setzten sich an einen Tisch in der Ecke, keiner kehrte dem Schankraum den Rücken zu. Eberhard sagte wenig und schaute immer wieder auf die Einheimischen, die ihm bedrohlich vorkamen. Die Leute starrten unverhohlen auf die vergoldeten Schwerter der Kaiserlichen, auf ihre Fibeln und die kostbaren Beinkleider und Tuniken.

Eberhard hatte Erfahrung mit dem Wein, aber an diesem Abend übersah er, wie Bertold von Zähringen seinen Becher immer wieder füllte. Er war unruhig, und der Wein tat gut.

»Wein schärft den Verstand«, sagte Eberhard, als die anderen ihre Becher hoben. Wie er das meine, fragte der junge König höflich.

»Man erkennt Dinge, die noch gar nicht passiert sind.«

»Was merkt Ihr jetzt?«

»Die Feindschaft, die uns entgegenströmt wie schlechte Luft. Man könnte sie mit dem Messer schneiden.«

»Die Lombarden sind ein eigentümliches Volk«, sagte Bertold so leise, daß die Höflinge sich vorbeugen und ihre Köpfe zusammenstecken mußten. »Die alte Ordnung ist ihnen nicht mehr recht. Jetzt wollen sie Bürger sein und die Lehnsherren entmachten.«

»Wird das auch bei uns in Schwaben so sein?« fragte Eberhard, der an Schaffhausen denken mußte, aus dem er eine Stadt machen wollte. Mit einer Mauer vielleicht, wie er sie in Verona oder hier in Parma gesehen hatte. Und mit Berufsleuten, die schreinern, mauern und Schmuck schmieden konnten.

»Wenn die Bürger reich sind, vermögen sie alles«, sagte Bertold. »Sie sind dann eine Macht so stark wie die Edelleute, weil sie eng zusammenleben und sich absprechen können. Und weil unser Kaiser meist weit entfernt ist und sie schlecht kontrollieren kann.«

»Mein Vater meint, hier in Parma habe der Bischof das Sagen.« Heinrich flüsterte, denn Einheimische schauten in ihre Richtung. »Er hat auch die gräfliche Gewalt, das gibt ihm Einkünfte und stärkt die Reichskirche.«

Wieder spürte Eberhard die Gefahr und griff zum Becher. Er wechselte abrupt das Thema und begann von seiner Burg zu sprechen.

Heinrich sah ihn erstaunt an, stieg aber auf das neue Thema ein. Er selbst sei immer auf Reisen wie sein Vater, er habe keine Stammburg und kein Heim. Sein Zuhause sei seine Königin.

Die Höflinge nickten. Es war bekannt, wie zärtlich Heinrich die Tochter des Dänenkönigs ins Herz geschlossen hatte. Bei seiner Hochzeit im vorletzten Sommer war Gunhild ihm so schmächtig und ängstlich vorgekommen, daß er mit seiner kindlichen Braut Mitleid hatte. Das war der Anfang ihrer Liebe.

»Wir sind seelenverwandt«, sagte Eberhard offen, weil der Wein ihm alle Hemmungen nahm. »Auch ich liebe meine Frau. Sie hat mir schon zwei Söhne geboren.«

Herzog Hermann und der König tauschten Blicke, die Eberhard übersah. »Nicht nur unsere Seelen sind verwandt. Wir haben auch den gleichen Urgroßvater.«

Der König ging nicht auf Eberhards Bemerkung ein. Er schaute auf Hermann und dann auf sein Glas.

Später sollte sich Eberhard das Gespräch wieder und wieder in Erinnerung rufen und begreifen, daß es falsch gewesen war, von seinen Söhnen und von der Verwandtschaft zu sprechen. Die junge Königin hatte Heinrich erst eine Tochter geboren, noch keinen

Sohn. Bestimmt lag da der Grund für Heinrichs späteres Verhalten. Vielleicht war er, Eberhard, dem König auch einfach zu unwichtig gewesen und Heinrich überging ihn, weil er von Anfang an als Herzog nicht in Betracht gekommen war.

Von der Tür der Taverne her war plötzlich Tumult zu hören. Ein Stein flog gegen den Fensterladen. Die Höflinge sprangen auf und liefen hinaus.

In der Gasse hatten sich Menschen zusammengerottet, die einander gegenseitig aufwiegelten. Sie zeigten bedrohlich auf die fremden Krieger und dann auf die Höflinge.

Heinrich gab das Zeichen zum Weitergehen. Von Kriegern flankiert ließen sie das Handwerkerquartier hinter sich und näherten sich der Bischofsburg. Eberhard atmete auf, als ihnen rheinfränkische Vasallen des Kaisers entgegenkamen. Erst jetzt bemerkte er, wieviel Volk sich vor der Burg zusammengerottet hatte. Die Einheimischen warfen Steine, sie schrien, und aus den Fenstern kamen Pfeile geflogen. Eberhard wollte sich ducken, wie gehetzt warf er aber zuvor einen Blick über die Schulter. Da sah er, daß der König mit dem Rücken zu ihm stand. Eberhard fühlte sich plötzlich blockiert, er konnte sich weder vorwärts- noch zurückbewegen. Aufrecht blieb er wie ein Schild vor dem König stehen und sah einem Pfeil entgegen. Das Geschoß flog haarscharf an ihm vorbei und traf einen rheinfränkischen Vasallen in die Brust.

Eberhard drehte sich zu Heinrich um. Der hatte von all dem nichts gesehen, denn er kämpfte nach wie vor mit dem Rücken zu ihm. Aber Hermann schaute in Eberhards Richtung und nickte ihm zu. Eberhard sah, wie Bertold von Zähringen zum König trat, wie Heinrich ihm den Arm um die Schultern legte und ihn an sich drückte wie einen geretteten oder einen rettenden Freund. Eberhard wunderte sich, aber der Kampf ging weiter und ins Leere der Gedankenblitz, der ihn durchzuckt hatte.

Schritt für Schritt kämpften die Höflinge sich vorwärts. In der Bischofsburg hatte man die Unruhen bemerkt. Pfeile flogen auf Einheimische nieder, die weit genug von den Kaiserlichen entfernt waren. Aber das Tor zur Burg öffnete sich nicht, keine Krieger kamen ihnen zu Hilfe, denn der Großteil des Heers war in Quartieren außerhalb der Stadt untergebracht worden. Mit seinen wenigen Leuten wollte der Kaiser keinen weiteren Ausfall wagen.

Seltsam, schoß es Eberhard durch den Kopf, während er mit der einen Hand Steine abwehrte und mit der andern das Schwert führte. Zwei Kriege habe ich im Burgund mitgemacht, aber die erste Schlacht seit dem Schwarzwald erlebe ich hier, vor der Bischofsburg von Parma. Eberhard sah Hermann neben sich, der mit der Hand eine blutige Wunde an der Stirn abtastete. Er wollte dem Freund ein Tuch um den Kopf binden, aber Hermann winkte ab. Was der Herzog sagte, konnte Eberhard nicht verstehen. Das Geschrei wurde immer lauter.

Sie hatten jetzt die Ecke der Burg erreicht und waren sich nicht sicher, ob sie sich zum Haupttor oder zu einem Hintereingang durchkämpfen sollten. Da die Höflinge aber keine Ahnung hatten, ob es einen solchen überhaupt gab, wählten sie das Tor. Bevor die Seitenmauer aus seinem Blickfeld verschwand, schaute Eberhard nach oben. Da sah er, wie Kaiserliche aus den Fenstern der Bischofsburg abgeseilt wurden. Er entdeckte sie von weitem, weil jeder Mann eine Fackel trug.

Auch ein Einheimischer, der schon beinahe neben ihm stand, hatte die Männer im Feuerschein gesehen. Er wollte andere Aufständische alarmieren, aber bevor er schreien konnte, schlug Eberhard ihm das Schwert über den Kopf.

Jetzt waren die Männer mit den Fackeln auf dem Boden angekommen; sie bogen in eine Seitengasse ein und liefen auf das Handwerkerquartier zu. Eberhard folgte den Höflingen, die das Haupttor fast erreicht hatten. Aber es öffnete sich nicht. Um sie herum wurde die Menge dichter, es war kaum mehr möglich, das Schwert zu heben. Herumfliegende Steine und Pfeile trafen die Rebellen ebenso wie die Kaiserlichen.

Plötzlich schimmerte der Himmel rot. Die aus der Burg gekletterten Leute hatten Holzhäuser in Brand gesteckt, um dem Heer außerhalb der Stadtmauer ein Zeichen zu geben. Auch die Einheimischen sahen das Feuer und waren verwirrt. Sie glaubten, die kaiserlichen Truppen seien in der Stadt und rannten auf die Flammen zu.

In diesem Augenblick öffnete sich das Burgtor, Heinrich und seine Höflinge konnten sich retten.

Konrad erfuhr als erstes, daß die Aufständischen seinen Sohn angegriffen hatten. Er wurde unerbittlich wie immer, wenn jemand ihn persönlich traf. Als sein Heer sich bis zur Bischofsburg vorgekämpft hatte, war der Platz mit Toten übersät. Konrad war das nicht genug. Er sah zu, wie das Feuer immer mehr Häuser erfaßte, aber er setzte keine Krieger ein, um das Inferno zu bekämpfen. Später wies er seine Untergebenen an, einen Teil der Stadtmauern niederzureißen. Aufständischen, sagte der Kaiser, muß man die Hausmauern einschlagen, damit sie ihre Überheblichkeit verlieren. Konrads Augen leuchteten, als er Parma zur Plünderung freigab.

Eberhard war froh, daß er die Bischofsburg heil erreicht hatte. Die halbe Nacht lang saß er mit Hermann zusammen und sprach über das Erlebte. Er wollte dem Herzog auch erklären, daß Konrads hartes Strafgericht kaum von Nutzen sein konnte. Aber Hermann hörte nicht zu. Wieder einmal erlebte Eberhard, wie der Herzog sich gegen jede Kritik an seinem Stiefvater verschloß. Es war die Angst, vom Kaiser abgelehnt und bekämpft zu werden wie sein Bruder Ernst, die Hermanns Leben bestimmte.

Auf der Reise nach Süden erkundigte Eberhard sich bei einem Ratgeber des Kaisers nach dem Grund des Aufstands. Der Mann erklärte, das gute Einvernehmen zwischen dem Kaiser und dem Bischof von Parma sei den Bürgern schon lange ein Dorn im Auge gewesen. Die bischöfliche Macht habe die Bildung eines selbständigen Bürgertums bisher verhindern können.

In Lucca durfte Bertold von Zähringen als kaiserlicher Missus Gericht halten. Zu Eberhards Enttäuschung wurde ihm keine Aufgabe zugewiesen. Weiter südlich dann aber, in Perugia in Umbrien, war er an der Reihe. Anfang März durfte Eberhard ein Placitum abhalten und im Namen des Kaisers Klagen anhören und Entscheide verkünden.

Das Osterfest verbrachte der Hof mit Papst Benedikt, der von Rom nach Umbrien angereist war. Endlich konnte der Heilige Vater sich dazu aufraffen, den Mailänder Erzbischof Aribert wegen

Hochverrats zu exkommunizieren. In der Lombardei änderte sich deswegen nichts. Mailand blieb auf der Seite Ariberts und fügte sich weder dem Kaiser noch dem Papst.

Nach einer langen Reise Richtung Süden, die an Rom vorbeiführte, weil der Kaiser es als Territorium des Papstes für jedermann sichtbar respektieren wollte, kehrte der Hof von Apulien aus an der Adria entlang nach Norden zurück.

Eberhard war enttäuscht, weil sie auch auf dem Rückweg nicht westwärts abbogen, Rom entgegen. Wie oft hatte er von der Hauptstadt der Christenheit geträumt, und nun war er ihr so nah und durfte als Kaiserlicher die Stadt nicht betreten. Er hätte gern am Grab des Apostels für seine Brüder und seinen Sohn gebetet. Beim Gedanken an den Vater Eppo kam ihm sein Gelübde in den Sinn. Er versprach allen Heiligen, bald ein Kloster zu bauen.

Im Juli 1038 rief der Kaiser die verbündeten Lombarden in Ravenna zusammen, um über Strafmaßnahmen gegen das aufständische Mailand zu beraten. Da brach im sumpfigen Gelände die Malaria aus. Konrad gab den Befehl zum Rückzug nach Norden. Beschlüsse gegen Mailand wurden in der Hektik des Aufbruchs nicht mehr gefaßt. Das Ziel, die Stadt zu belagern, wie auch die Hoffnung auf eine freiwillige Unterwerfung hatte der Kaiser aufgegeben.

Der Rückmarsch war beschwerlich und traurig. Auch wenn der Kaiser kein Wort darüber verlor, wußten Eberhard und die anderen Vasallen, daß dieser Italienzug ein Mißerfolg gewesen war. Entlang der Via Emilia reihte sich ein Grab an das andere. Wegen der Sommerhitze und wegen der vielen Malariakranken kamen Hof und Heer nur langsam voran.

Eberhard sehnte sich nach seiner Burg. Er war die Hitze nicht gewohnt. Die Mücken, die sie Tag und Nacht umschwirrten, machten ihn nervös. Er bat eine Hofdame der Königin um einen Schleier und wickelte in der Nacht Kopf und Oberkörper darin ein. Das Summen hielt ihn trotzdem wach, aber wenigstens erwachte er am Morgen nicht mehr mit zerstochenem Gesicht.

Mitte Juli starb die junge Königin Gunhild und wurde in Parma einbalsamiert.

Dann merkte Eberhard, daß Hermann krank war. Ohne daß der Herzog ihn darum gebeten hätte, gab er sein eigenes Zelt auf und zog zu seinem Freund. In der Nacht hatte Hermann Fieberanfälle. Er war glühend heiß, und einen Augenblick später bekam er Schüttelfrost.

»Du mußt Adelheid in Turin helfen!« sagte Hermann an einem Abend, als Eberhard ihm einen kühlen Wickel gegen die Kopfschmerzen auflegte.

Eberhard sagte nichts und schob dem Freund das verklebte Haar aus dem Gesicht.

»Ich werde das nicht überleben«, flüsterte Hermann. »Du mußt ihr helfen. Es ist auch wichtig, daß du ...« Der Herzog schlief mitten im Satz ein. Nach Stunden erwachte er und flüsterte: »Versprich, daß du Adelheid in Turin helfen wirst.«

»Dazu bin ich zu klein, Hermann.«

»Ich werde dafür sorgen, daß du größer wirst.«

Eberhard sollte nie erfahren, daß Hermann sich beim Kaiser und bei König Heinrich für ihn eingesetzt, daß er ihn als seinen Nachfolger für das Herzogtum Schwaben empfohlen hatte.

An einem guten Tag ging der Herzog mit Eberhard zum Kaiser und bat ihn, seinem Freund von der Nellenburg eine weitere Grafschaft zu verleihen.

»Ihr habt mich dazu bestimmt, Schwaben und meine südlichen Markgrafschaften fest aneinander zu binden«, sagte Hermann. Wie immer, wenn er zum Kaiser sprach, formte er lange und umständliche Sätze. »Diese Brücke könnt Ihr weiter ausbauen, wenn Ihr mir erlaubt, Eberhard zum Grafen von Chiavenna zu ernennen. Es gehört zum Herzogtum Schwaben und ist wichtig wegen der rätischen Pässe und wegen der Verbindung zu Turin.«

Konrad sagte nichts. Er ließ seinen Blick von Hermann zu Eberhard wandern.

Der Herzog holte weiter aus: »Im Frühling habt Ihr Ländereien in der Grafschaft Chiavenna dem Bistum Como entzogen und dem Churer Bischof überschrieben. Vereint könnten ein Graf und ein Bischof aus Schwaben mehr tun. Sie könnten den Septimer kontrollieren und die Verbindungen zwischen Schwaben und der Lombardei sichern. Außerdem würde ein Graf aus dem Norden Euren Entscheidungen mehr Nachdruck verleihen.«

Eberhard war so aufgeregt, daß er kaum zuhören konnte. Er dachte an Liutpald und was er zur neuen Grafschaft sagen würde. Chiavenna nahm eine Schlüsselposition nicht nur in der Hinsicht ein, wie Hermann sie ausgemalt hatte, sondern auch wegen des Fernhandels. Wenn er Chiavenna kontrollierte, würde er Einfluß auf die Verbindungen über die Pässe nehmen und Gebühren für Wege, Zölle und Geleitschutz einziehen können.

»... habt uns in Turin unschätzbare Dienste geleistet«, rissen Konrads Worte Eberhard aus seinen Träumen. »Kniet nieder, Eberhard. Ich will Euch gleich hier, trotz der Mückenplage, zum Grafen von Chiavenna ernennen. Ich hoffe, Ihr werdet dort zusammen mit Eurem Ratgeber genauso für Kaisertreue sorgen wie im Zürichgau und im Neckargau.«

Hermann war zufrieden, aber nicht ganz. Lieber hätte er dem Kaiser das Versprechen abgenommen, Eberhard zu seinem Nachfolger im Herzogtum Schwaben zu machen. Aber wenn er vom eigenen Tod sprach, winkte Konrad ab, lachte und sagte, Hermann sei nur leicht erkrankt, er werde noch fünfzig Jahre leben.

Eberhard wachte nächtelang an Hermanns Bett. Er flößte dem Freund Obstsaft ein, er benetzte Tücher und kühlte damit dessen fieberheißen Körper.

»Sag Adelheid, wie wichtig sie mir war«, sagte der Herzog am Abend im Delirium. »Von allen Frauen der Welt hätte ich sie ausgesucht. Und, Eberhard ...« Hermann verlor das Bewußtsein.

Als er wieder sprechen konnte, fuhr er fort: »Ich habe sie geliebt, Eberhard.« In der Nacht sprach er im Fieber von einem Besuch im Kloster Einsiedeln. Eberhard konnte fast nichts verstehen. Auch Ernsts Name fiel, und Hermann flüsterte, er wolle neben dem Bruder in Konstanz bestattet werden. Später, bevor er so stark glühte, daß er das Bewußtsein für immer verlor, flüsterte er: »Geh nach Hause zurück! Bleibe nicht hier! Die Seuche kann auch dich treffen. Und ... noch etwas, Eberhard. Hunfried von Embrach ...«

Die Kaiserin und ihr Sohn gaben Königin Gunhild und Herzog Hermann von Schwaben das letzte Geleit nach Norden. Konrad reiste nicht mit, weil er selbst krank war. Eberhard blieb bei ihm, bis er nach Schwaben aufbrach.

Bevor Eberhard zur Nellenburg zurückkehrte, traf der Hof wieder mit König Heinrich zusammen. Gemeinsam schenkten der Kaiser und sein Sohn Eberhard Ländereien im Norden von Schaffhausen. In Konstanz verlieh der Kaiser seinem verwitweten Sohn das Herzogtum Schwaben. Die große Bitte seines Stiefsohns Hermann, Eberhard zu seinem Nachfolger zu machen, schlug er in den Wind.

Eberhard wußte nichts von Hermanns Wunsch, aber er war trotz der erhaltenen Ländereien enttäuscht. Der Kaiser hat Heinrich nicht nur zum Trost zum Herzog ernannt, dachte er. Er will Schwaben durch seinen Sohn in der eigenen Hand behalten.

Weil die Bischöfe von Konstanz und Chur und die großen Vasallen Schwabens keinen Einspruch erhoben, sagte auch Eberhard nichts. Wahrscheinlich ist das nur eine Übergangslösung, tröstete er sich. Wenn Heinrich die Nachfolge seines Vaters antritt, wird alles anders aussehen.

Auf dem Heimritt zur Nellenburg schämte Eberhard sich, weil er mit dem Tod des Kaisers spekulierte. Aber alle rechneten damit, denn Konrads Anfälle wurden immer heftiger.

Eberhard fühlte sich einsam, obwohl er Ita entgegengaloppierte. Hermanns Tod hatte eine Lücke gerissen. Sie hatten füreinander gekämpft und einander geholfen, erwachsen zu werden. Eberhard hatte ein schlechtes Gewissen, es zuzugeben, aber in seinem Innersten fühlte er, daß Hermann ihm wichtiger gewesen war als sein Bruder Manegold. Denn der Herzog war verletzlich und mutig gleichzeitig gewesen, er hatte Eberhard geführt und sich von ihm führen lassen. Nicht wie ein großer Bruder, sondern wie ein Freund.

19

»Berno möchte eine große Prozession veranstalten«, sagte Eberhard. »Da kann ich mich nicht weigern.«

»Ich komme mit.«

»Die Überführung von Reliquien in ein Mönchskloster ist Männersache.«

»Dann sei wenigstens jetzt lieb zu mir!« Itas Ton war schmeichelnd mit einem trotzigen Unterton. Sie rollte von ihrer Betthälfte zu Eberhard hinüber und kuschelte sich in seine Arme.

»Ich muß die Grafen der Nachbarschaft aufbieten. Der Reichenauer Abt erwartet das von mir«, wehrte Eberhard ab und wich an den Rand des Kastenbetts zurück. Als Ita nachrückte, schob er ihre Hände von seinem Körper, aber sie begann sein Bein mit dem Fuß zu massieren.

»Willst du ein drittes Kind?« Eberhard hob drohend den Finger und lachte. In Itas braungrüngoldenen Augen blitzte es. Er nahm sie in die Arme, sanft, dann stürmisch. Wie immer, wenn Ita es darauf anlegte, hatte er Feuer gefangen.

Eberhard merkte nicht, wie Itas Glück sich mit Wehmut mischte, weil er von einem dritten Kind gesprochen hatte. Es wäre das vierte und nicht das dritte, dachte sie, für mich wird Manegold immer weiterleben. Aber der Schmerz war kurz. Ita dachte an Ebo und Udo und war dem Leben dankbar. Beim Küssen schloß sie die Augen. Sie genoß es, Eberhard zu suchen und zu spüren, blind, während durch die Lider das Gold der Sonne leuchtete.

»Kann eine Frau immer schöner werden?« flüsterte Eberhard und löste seinen Mund von ihren Lippen. Mit den Fingern zeichnete er die Wölbungen ihres Körpers nach. Ita stöhnte, weil ihr Innerstes zu ihm drängte.

»Wann will Berno die Prozession nach Einsiedeln stattfinden lassen?« fragte Ita später, während sie ihren braunen Zopf zusammenband.

»In zehn Tagen werde ich auf der Reichenau erwartet.«

»Und weshalb begleitet sie nicht der Vogt?«

»Berno hat sich mit ihm überworfen. Da möchte er ihn bei der heiligen Prozession nicht dabeihaben.« Er wollte weitersprechen, aber Ita schnitt ein anderes Thema an.

»Die Pflüge für Schaffhausen sind fertig. Im Frühling werden die neuen Felder angesät.«

»Die gerodeten?«

»Ja. Die Wurzelstöcke sind ausgegraben, aber vor der ersten Bestellung ist es einfacher, wenn die Bauern unsere schweren Pflüge mit den Rädern benutzen. Am besten jetzt im Herbst und dann nochmals vor der Aussaat im Frühling.«

Eberhard fragte, wie sich die neuartige Dreifelderwirtschaft rund um die Nellenburg bewährt habe. Um das zu beurteilen, sei es zu früh, meinte Ita. Zwei Jahre lang seien die Felder bestellt worden, und jetzt lägen sie brach.

»Im nächsten Sommer werden wir wissen, ob die Ernte besser ist als bisher«, schloß Ita.

»Du solltest Äbtissin werden«, grinste Eberhard. »Die müssen sich auch darum sorgen, daß die Felder möglichst viel abwerfen.«

Ita winkte ab. »Hat Liutpald dir schon gesagt ... «

Eberhard unterbrach sie. »Ich muß gehen, Ita. Das kann ich keinem Boten überlassen. Die Grafen der Nachbarschaft wären beleidigt, wenn ich nicht selbst käme.«

»Es ist aber wichtig!«

»Wenn du diesen Ton anschlägst, hat Ebo wieder etwas ausgefressen.«

Ita strahlte. Es machte sie glücklich, wenn Eberhard sich für die Kinder interessierte. Und daß er Ebos Kosenamen akzeptiert hatte. »Nein, seit er vier ist, spielt er sich auf, als sei er ein Erwachsener. Direkt vernünftig.« Ita legte ihm die Arme um den Hals. »Du mußt mir noch einen Augenblick zuhören. Die neu angesiedelten Flüchtlinge auf den gerodeten Hufen in Schaffhausen haben bis zur Frühlingssaat wenig zu tun. Da dachten Liutpald und ich, wir könnten ein Haus mit einer großen Halle bauen, für die Händler.«

»Liutpald hat doch schon letztes Jahr ein zweites Gebäude erstellt. Wer wird das alles beaufsichtigen?«

»Keine Sorge. Liutpald hat da eine Idee.«

»Gut. Baut das Haus! Von der Idee erzählt ihr mir ein anderes Mal.«

Eberhard ritt ohne seinen Ratgeber zur Reichenau. Es kam immer häufiger vor, daß er und Liutpald getrennte Wege gingen. Nicht weil Eberhard kein Vertrauen mehr in den Priester gehabt hätte – im Gegenteil. Er verließ sich so sehr auf ihn, daß er Liutpald Vollmachten gab, in seinem Namen zu handeln. Besonders, wenn es die Händler, die Rheinschiffahrt, die Zölle und Gebühren für den Stapelplatz in Schaffhausen anging. Der Grund war ein anderer. Eberhard kam immer besser selbst zurecht. Was er früher nur mit Hilfe Liutpalds angepackt hatte, gelang ihm jetzt allein. Er hielt Gerichtsverhandlungen ab, schlichtete zwischen Parteien, nahm manchen Tauschhandel vor und kümmerte sich um die Vasallen und um die Lehen.

Auf der Reichenau war Eberhard froh, daß der Priester nicht bei ihm war und zum Weiterreisen drängte. Hier auf dem Mönchsfriedhof, wo sein Vater und die Brüder begraben waren, wollte er sich Zeit nehmen. Auch für Hermann, den lahmen Mönch.

»Jetzt habe ich nur noch einen Freund namens Hermann und nicht mehr zwei«, sagte Eberhard zum lahmen Klosterbruder, weil er vom verstorbenen Herzog sprechen wollte.

Der Mönch faßte die Bemerkung als Kompliment auf und versuchte zu lächeln. Eine Lippenecke blieb unten, die andere ging nach oben. Vom linken Augenrand breiteten sich Fältchen über seine Wange aus wie die Wellen, die ein Schiffskiel auf dem See verursacht. »Der Tod des Krüppels hätte niemanden verwundert«, sagte er. »Und nun lebe und schreibe ich, und der Herzog Hermann ist tot.«

»Königin Gunhild auch. Und jetzt der Kaiser.«

Eberhard dachte an seine Rückkehr auf die Nellenburg im Sommer des Vorjahrs. Kaum war er bei Ita gewesen, hatte es nur noch die Liebe gegeben. Dann mußte er sich um die Grafschaften kümmern.

An Herzog Hermann hatte Eberhard oft abends vor dem Einschlafen gedacht. Aber der Hof war weit weg, der stand ihm kaum noch vor Augen. Bis vor wenigen Monaten, als die Nachricht vom Tod des Kaisers durch das Reich fegte wie ein Sturmwind. Nachfolger wurde im Sommer 1039 Konrads schon gesalbter und gekrönter Sohn Heinrich.

Weil Hermann ihn erwartungsvoll anschaute, fuhr Eberhard fort. »König Heinrich wird einen Umritt machen. Nur im Norden, hoffe ich. Vom Süden wird er für einige Zeit genug haben, auch wenn in Rom die Kaiserkrone winkt.«

»Ich glaube wie du, daß wir für die nächsten Jahre einen König haben werden und keinen Kaiser. Hoffentlich führt der Umritt Heinrich zur Reichenau. Abt Berno freut sich darauf. Er sagt nichts und betet für Konrads Seele. Aber ...« Hermann unterbrach sich, weil er husten mußte.

Eberhard verstand auch so. Berno war im Grunde seines Herzens froh, daß Heinrich jetzt König war. Konrads Regierungsjahre waren für die Reichenau eine schwere Zeit gewesen. Er hatte sich Klöstern gegenüber willkürlich und unfreundlich verhalten. Es war Konrad gewesen, der Berno gezwungen hatte, dem Bischof von Konstanz das päpstliche Sandalenprivileg zurückzugeben.

»Jetzt wird alles anders«, keuchte Hermann und schnappte nach Luft. »In der kurzen Zeit, seit Heinrich auch Herzog von Schwaben ist, hat er die Reichenau einmal besucht, und zweimal hat er Berno zu sich nach Konstanz gerufen. Das ist der Anfang goldener Zeiten, Eberhard. König Heinrich ist fromm, er will Frieden und Gerechtigkeit.«

»Siehst du, Hermann, nun kommt der Gottesstaat doch auf Erden.«

»Nein. Zum frommen König gehört auch ein frommer Heiliger Vater. Den haben wir leider nicht. Papst Benedikt ist unwürdig, einen so hohen Rang zu bekleiden.«

Eberhard sagte nichts. Er bewunderte Hermann, der in seinem

Tragsessel saß und doch wußte, was die Menschen am anderen Ende der Welt dachten und taten. »Hast du immer noch viel Besuch?«

»Ja, aber ich weiß nicht, was die Leute wollen. Die meisten sitzen einfach da, schauen mir beim Schreiben zu oder möchten mit mir beten.«

Eberhard dachte an das Ansehen, das Hermann bei jedermann genoß. Schon lebend war der Mönch ein Heiliger. Alle bewunderten die geistige Ausstrahlung, die von seinem behinderten Körper ausging. Eberhard hatte Geschichten von Sterbenden gehört, die mit dem lahmen Klosterbruder gesprochen hatten und gesund geworden waren, wie durch ein Wunder.

»Manchmal haben krumme Bäume die besten Früchte«, grinste Hermann und war stolz, daß er Eberhards Gedanken erraten hatte. »Meine Mutter hat mir erzählt, vor meiner Geburt sei ihr die Gottesmutter erschienen, die ihr eine Tugend für mich gewähren wollte. Gesundheit oder Weisheit. Was meine Mutter gewählt hat, kannst du dir vorstellen.«

Von der Prozession nach Einsiedeln, das spürte Eberhard, als sich der Zug am Südufer des Bodensees in Bewegung setzte, würden noch die Kindeskinder der Menschen am Wegrand erzählen. Es war die prunkvollste Reliquienüberführung, an die er sich erinnern konnte.

Vorn gingen Kerzenträger und Weihrauchfässer schwingende Diakone. Vier Mönche trugen den Schrein mit den Gebeinen des heiligen Meinrad. Dann folgten auf ihren Pferden der Abt und einige Priester, zuletzt kam der lange Zug der Mönche mit den Dienstleuten der Reichenau. Seitlich ritten Krieger auf und ab.

Eberhard ritt der Prozession weit voran, aber er konnte mit den Grafen und Vasallen, die ihn begleiteten, kaum ein Wort wechseln. Der Lobgesang der Priester übertönte alles, der Wind trug die Melodien in Wellen über Felder und Hügel.

Wie immer, wenn das Heilige in der Luft lag wie der Geist Gottes an Pfingsten, dachte Eberhard an den Vater und an sein Gelübde. Er nahm sich vor, den Schwur in der Kirche von Einsiedeln zu erneuern. Und endlich ernsthaft mit Liutpald über sein Kloster zu sprechen. Wo er es bauen wollte, war Eberhard unklar. Rund um den Bodensee und am Rhein schossen die Klöster wie die Keimlinge aus dem Boden. Um Erfolg zu haben, mußten sie sich etwas Besonderes einfallen lassen.

Als die Prozession mit der Fähre den Zürichsee überquerte, dachte Eberhard an seinen ersten Ritt nach Einsiedeln, an den Kirchenbrand und an Eppos Tod. Die Grafen und Vasallen schwiegen, sie fühlten Eberhards schwere Gedanken und trugen sie mit.

Einmal stimmten Eberhards Gefolgsleute in den Lobgesang der Priester ein. Dann wieder, als das andere Schiff mit den Mönchen und Reliquien weit entfernt war, wollten sie alles über den heiligen Meinrad erfahren.

Obwohl Eberhards Vater Einsiedler Vogt gewesen war, hatte er nie davon gesprochen. Hedwig aber kannte sich aus in Heiligenleben, sie hatte Eberhard wieder und wieder vom Reichenauer Klosterbruder erzählt, der die Insel verlassen hatte, um als Eremit zu leben. Eberhard erinnerte sich nicht, ob das vor hundertfünfzig oder vor zweihundert Jahren geschehen war. Jedenfalls gründete Meinrad im finsteren Wald seine Einsiedelei und wurde dort als heiliger Mann verehrt. Bis Fremde kamen und ihn erschlugen. Sein Leichnam wurde zur Reichenau gebracht und im Mönchsfriedhof bestattet. In seiner Klause lebten dann andere fromme Männer. Hundert Jahre später wurde das Kloster gebaut.

Alles flog der Abtei von Einsiedeln zu. Privilegien und Ländereien, hohes Ansehen bei Kaisern und Königen. Nur eines hatte ihr bisher gefehlt. Die Reliquien des heiligen Meinrad, der als erster dort gebetet und gelitten hatte. Die Äbte von Einsiedeln und Reichenau schrieben einander Briefe, Mönche und Gelehrte wurden ausgetauscht und Verbrüderungsbücher geführt. Aber kein Abt vor Berno hatte daran gedacht, dem Kloster Einsiedeln die Reliquien Meinrads zu überlassen. Diese Tat, das wußte Eberhard, würde der junge König Abt Berno hoch anrechnen, denn er war ein Bewunderer des Einsiedler Königsklosters.

Am letzten Reisetag, kurz vor Einsiedeln, ließ Berno Eberhard zu sich rufen und dankte ihm für das Geleit. Ihre Pferde ritten Flanke an Flanke. Eberhard mußte sich zur Seite neigen, um Bernos singende Stimme zu verstehen. Der Abt sprach von der Treue, die Eberhards Ahnen mit der Reichenau verbunden hatte.

Jetzt hat er ein schlechtes Gewissen, dachte Eberhard. Jetzt will er sich entschuldigen, weil er schon wieder von mir geschenkte Güter an Laien verliehen hat, statt das Einkommen den Mönchen zu lassen. Und weil Klosterfremde diese Höfe besitzen und ich dort meine Vogteirechte nicht mehr ausüben kann.

Berno ritt schweigend neben Eberhard und lächelte ihm zu. Plötzlich durchfuhr Eberhard eine Glücksahnung. Wie konnte er so dumm sein! Berno hat sich mit dem Vogt überworfen, dachte er. Jetzt, an diesem heiligen Tag, wird er mir und meiner Familie die Vogtei über die Reichenau zurückgeben. Eberhard richtete seinen Blick erwartungsvoll auf Berno.

»Ich werde für die Seele Eures Vaters beten, sobald die Reliquien in der Kirche beigesetzt sind«, begann Berno. »Embrich wird es auch tun, ich habe ihn darum gebeten. Wenn zwei Äbte sich um das Seelenheil Eures Vaters bemühen …«

… so sind sie auch bereit, zu verzeihen und dem Sohn des Sünders die verlorenen Rechte zurückzugeben. Eberhards Gedanken flogen, er spürte, wie sein Herz schneller schlug. Er erinnerte sich an Eppo und daran, wie er im letzten Augenblick seines Lebens mit dem Höllenfeuer gespielt hatte. Wie er geglaubt hatte, beim Teufel zu landen und diesem die Stirn bieten zu können. Das Gebet der Äbte wird ihn erlösen, dachte Eberhard und fühlte wieder Ruhe in sich.

»König Heinrich hat seinem letzten Brief an mich eine Urkunde beigelegt, eine weitere Schenkung für Euch«, fuhr Berno geheimnisvoll fort. »Er ist Euch dankbar, daß Ihr ein treuer Vasall seid und den Hof nach Italien begleitet habt.«

Eberhard sagte nichts. Was interessierte ihn eine Schenkung, wenn die Vogtei der Reichenau auf dem Spiel stand? Ich muß nur abwarten, dachte er. Berno wird schon mit der Neuigkeit herausrücken. Also schwieg Eberhard, aber auch der Abt sagte nichts mehr.

Sie ritten weiter Pferd neben Pferd, bis das Einsiedler Kloster zwischen den Weiden am Horizont auftauchte. Berno räusperte sich und begann zu sprechen. Seine Stimme sang nicht mehr, jetzt klang sie enttäuscht.

»Seid Ihr so reich, daß eine königliche Schenkung Euch nichts mehr bedeutet?«

Eberhard schwieg weiter.

»Ihr habt nicht einmal gefragt, was der König Euch schenkt!«

»Was hat der König mir geschenkt?« leierte Eberhard vor sich hin, weil der Abt es so wollte.

»Einen Hof und eine Mühle und noch einiges mehr in Maienfeld. Das liegt im Bistum Chur. Fühlt Ihr Euch nicht geehrt?«

Eberhard konnte sich nicht mehr zurückhalten. Wie in seiner Knabenzeit fühlte er, daß die Wahrheit ausgesprochen werden mußte, um jeden Preis. Ohne auf Bernos Frage einzugehen, sagte er: »Jetzt, an diesem heiligen Ort, drei Schritte von den Gebeinen des heiligen Meinrad, müßt Ihr mir die Wahrheit sagen. Habt Ihr Euren Vogt abgesetzt?«

Bernos Schultern senkten sich, sein Oberkörper war jetzt gebeugt wie bei einem alten Mann. Er wußte, worauf Eberhard hinauswollte. »Du mußt Gottes Handeln nicht in Frage stellen, Eberhard.« Bernos Stimme klang abgehackt, er redete weiter und merkte nicht, daß er Eberhard ansprach wie ein unmündiges Kind. »Dieser Vogt wird gehen. Aber ich habe bereits einen neuen bestellt.«

»Ich bin jetzt vierundzwanzig Jahre alt. Mein Bruder Manegold war jünger, als Ihr ihn zu Eurem Vogt ernannt habt. Weshalb verweigert Ihr mir, was Ihr versprochen habt?«

»Es gibt Gründe, es gibt Fragen, die auch ich nicht … ich habe versiegelte Lippen, mein Sohn.« Berno schob Eberhard die Urkunde über die Schenkung in die Hand und lenkte sein Pferd nach vorn, zwischen die Diakone und die Kerzenträger.

Eberhard fühlte sich wie erschlagen. Da blieb keine Hoffnung mehr. Das war ein Nein für immer. Deshalb gab Berno ihm die Vogtei nicht. Deshalb entzog er mehr und mehr Ländereien der Reichenau seinem Einfluß, selbst jene, die Eberhard der Abtei selbst geschenkt hatte. Berno, das verstand Eberhard jetzt, war nicht sein eigener Herr. Ein Geheimnis zwingt ihn, mich auf der Reichenau zu entmachten, dachte er. Aber wer konnte dahinterstecken? Der Kaiser? Konrad war tot, sein Wille konnte Berno nicht mehr binden. Außerdem war die Vorstellung lächerlich, ein Kaiser könne sich in Kleinigkeiten wie die Vergabe einer Klostervogtei einmischen. Oder Konrads Sohn, König Heinrich? Eberhard erinnerte sich an die Taverne in Parma, an Heinrichs seltsames Verhalten. Aber Heinrich konnte nichts mit der Sache zu tun haben. Die Geschichte hatte bei Manegolds Tod begonnen, nach der Schlacht im Schwarzwald, als Berno einen neuen Vogt ernannte und ihn, Eberhard, überging. Damals war Heinrich erst dreizehn Jahre alt gewesen. Aber wer konnte einen Abt lenken und ihn zum Schweigen verpflichten?

Je mehr Eberhard nachdachte, desto weniger konnte er sich die Sache erklären. Aber ich werde es herausfinden, dachte er, selbst wenn Liutpald und ich die halbe Welt befragen müssen.

Bei der feierlichen Überführung von Meinrads Gebeinen in die Klosterkirche von Einsiedeln war Eberhard mit seinen Gedanken woanders. Er hörte die Lobworte des Einsiedler Abts, aber als die priesterlichen Gesänge nicht enden wollten, schlich er aus der Kirche, setzte sich neben der Klosterpforte auf einen Steinblock und faltete die Urkunde des Königs auseinander.

Wort für Wort entzifferte Eberhard das Schreiben der Hofkanzlei. Er brauchte viel Zeit, bis er die Zusammenhänge erfaßte. Manchmal kratzte er sich am Bart, und wenn er etwas nicht lesen konnte, glitt seine Hand zum Ohrläppchen.

Von einer Taverne in Maienfeld war die Rede, von einer Mühle und einem Hof. Auch eine Fähre am Rhein wurde erwähnt. Den Namen Maienfeld hatte Eberhard schon gehört. Aber er konnte sich nicht erinnern, wann und wo. Schade, daß Liutpald nicht da war. Der wußte bestimmt, wo dieser Ort lag. Im Zürichgau oder im Thurgau konnte er nicht sein, die kannte Eberhard zu gut. Dann kam ihm in den Sinn, daß Berno vom Bistum Chur gesprochen hatte.

Die Klosterglocken läuteten die feierliche Beisetzung der Märtyrergebeine ein. Eberhard sah Menschen aus der Kirche strömen.

Auch einige seiner Vasallen und Grafen der Nachbarschaft. Einer wußte, daß Maienfeld irgendwo zwischen dem Walensee und Chur lag. Eberhard bat die Männer, beim Abt zu bleiben und die Delegation der Reichenau am nächsten Tag zum Bodensee zurückzubegleiten. Er selbst habe Geschäfte zu erledigen.

Ohne die Äbte zu grüßen, ritt Eberhard mit zwei Dienstmännern von der Nellenburg davon. Er kannte den Weg zum Walensee, weil Liutpald und er einmal Händler dorthin begleitet hatten.

Auf dem See segelte das Schiff mit gutem Wind. Eberhard schaute zur Bergkette hinauf, deren Spitzen aussahen wie die Zacken einer Krone aus Stein. Als wollten sie jeden Augenblick abbrechen und auf ihn niederstürzen wie Abt Bernos Geheimnisse.

Eberhard und seine Leute hatten Glück. Am Morgen konnten sie sich einer Gruppe von Händlern anschließen, die nach Süden reisten. Sie seien immer auf der gleichen Strecke unterwegs, sagten die Männer. Von Basel nach Pavia und dann wieder zurück. Offenbar hatten sie noch nie vom Weg am Rhein entlang zum Bodensee gehört. Eberhard verschob es auf später, ihnen die Vorteile der Schiffahrt auf dem Rhein zu schildern. Jetzt interessierte ihn die Schenkung in Maienfeld. Ob die Händler wußten, wo das lag?

Die Männer lachten. Wer Maienfeld nicht kenne, der klettere wie die Gemsen über die Bergspitzen oder gleite auf den Schwingen der Adler über die Alpen. Zu Fuß oder mit Packpferden aber komme niemand um Maienfeld herum.

»Wenn wir an diesem Berg vorbei sind, weitet sich die Landschaft«, sagte ein Händler. »Wir kommen ins Rheintal. Dort, wo die alte Straße sich mit dem Fluß kreuzt, liegt Maienfeld.«

Eberhard mußte vor Aufregung husten. Er glaubte, sich verhört zu haben. »Ihr meint, Maienfeld liegt an der Fernhandelsstraße?«

»Und wie! Reitet voraus! Ihr könnt den Flecken nicht verfehlen.«

»Ich erwarte Euch in Maienfeld«, schmunzelte Eberhard. »Mit einem Abendessen, an das Ihr Euch noch lange erinnern werdet.«

Der Fährmann am Rhein wollte das Schiff für drei Leute nicht bewegen, weil er in der Ferne den Zug der Händler kommen sah. Das sei ein königliches Schiff wie auf dem Walensee, sagte er, und nicht zu dirigieren wie ein Fischerboot. Die Herren müßten warten.

Eberhard zog seine Urkunde hervor und erklärte, alles gehöre jetzt ihm. Auch der Hof mit der Taverne auf der anderen Seite des Rheins.

Das müsse er den Dienstleuten des Grafen von Achalm sagen, erwiderte der Fährmann. Er könne mit Geschriebenem nichts anfangen. Eine Münze überzeugte den Mann aber, sofort abzufahren.

Eberhard konnte es nicht erwarten, bis das Schiff anlegte. In *seinem* Maienfeld, wo *seine* Taverne stand. Weiter hinten sah er in einiger Entfernung voneinander zwei Häuser mit Wirtschaftsgebäuden. Eines davon mußte der Hof sein, den König Heinrich ihm geschenkt hatte.

Die Dienstleute in der Taverne kümmerten sich ebensowenig um Eberhards Urkunde wie der Fährmann. Sie und alle Hörigen seien dem Grafen von Achalm unterstellt, dem die mit der Schiffahrt verbundenen Rechte in Maienfeld gehörten. Als Eberhard nach dem Grafen fragte, lachten sie. Der sei am anderen Ende der Welt zu Hause, in einer Gegend, die Neckargau heiße.

»Im Neckargau?« fragte Eberhard ungläubig. »Ich bin Graf des Neckargaus. Von einem Herrn von Achalm habe ich nie etwas gehört.«

»Aber wir. Und wir können keine Urkunden lesen.« Eberhard solle es beim Meier versuchen.

Eberhard fand den Meier im näher gelegenen Haus. Er atmete auf, als der Mann bekannte, er habe einen Brief seines Grafen erhalten und sich den vom Ortsgeistlichen vorlesen lassen. Ihm, dem Meier, sei angekündigt worden, der neue Herr von Maienfeld sei ein Graf Eberhard von der Nellenburg.

»Der kleinere Hof bleibt bei meinem Herrn«, sagte der Meier. »Wenn Ihr Graf Eberhard seid, so hat Euch der König diesen hier und die Taverne mit dem Steg am Rhein überschrieben. Da werdet Ihr die Schiffahrtsrechte gemeinsam mit dem Grafen von Achalm ausüben müssen.«

Eberhard musterte den Meier, dessen Ton ihm nicht gefiel. Der Mann war jünger als er selbst, er hatte ein grobes bäuerliches Gesicht und trug verschmutzte Kleider. Obwohl er für einen Königshof zuständig war, beschloß Eberhard, ihn wie einen Bauern und nicht wie einen Herrn anzureden.

»Seit wann bist du Meier hier?«

»Seit einigen Wochen. Seit mein Vater tot ist.«

»Gut. Da mir der Königshof gehört, bist du künftig mein Meier und nicht mehr für diesen Grafen von Acham tätig.«

»Achalm, Herr. Wie Ihr wünscht. Wenn der Hof hier absteigt, wohnt der König in Eurem Gebäude, und ich bin der Meier, der für ihn das Festessen bestellt.«

»Dann zeig uns heute abend, was du kannst. Gleich kommen Händler, die ich verwöhnen möchte.«

Die Taverne hatte eine Halle, in der die Reisenden ihre Waren unterbringen konnten. Bis in die Nacht hinein saß Eberhard mit ihnen bei Käse und Wildbraten. Er war erstaunt über den ausgezeichneten Wein, für den der Meier sich selbst nicht genug loben konnte.

Eine junge Frau mit dunklem, in Wellen nach hinten gekämmtem Haar füllte Becher um Becher. Eberhard lächelte ihr zu und dachte an Ita. Einmal streifte sein Arm ihre Tunika, er merkte, daß ihr Bauch gewölbt war. Sie ist schwanger, dachte Eberhard. Früher hätte er das nicht bemerkt. Das ungeborene Kind mußte noch klein sein, wahrscheinlich kam es erst in fünf Monaten zur Welt. Aber Eberhard hatte Ita dreimal in diesem Zustand gesehen, er wußte, wie eine Frau sich veränderte.

Eberhards Dienstleute saßen an einem anderen Tisch. Ihm fiel auf, wie der jüngste von ihnen die Dunkelhaarige mit den Augen verschlang.

Als die Frau mit einer beladenen Schale in die Halle kam, befahl Eberhard dem Meier, er solle einen Knecht rufen, seine Frau dürfe nichts Schweres tragen.

»Sie ist die Magd, nicht meine Frau«, sagte der Meier abschätzig. Die junge Frau stolperte und fiel mit der Schüssel hin. Sie schämte sich, wurde rot, versuchte, die zu Boden gefallenen Speisen einzusammeln, wischte den Boden mit einem Tuch auf, stammelte Entschuldigungen, bis der Meier sie anschrie, sie solle verschwinden.

Spät in der Nacht trat die Magd in Eberhards Kammer und schloß die Tür hinter sich. Eberhard erschrak. Die Nacht beim Meier im Thurgau kam ihm in den Sinn und Manegold, der sich mit einer Hörigen vergnügt hatte.

Aber diese Magd schluchzte und flehte, der fremde Herr möge sie wegbringen, das sei kein Leben für sie und für das Kind.

»Ist es vom Meier?« fragte Eberhard.

»Ja, von Maiorin, aber er ist gar nicht Meier.« Sie hielt sich erschrocken die Hand vor den Mund, weil sie Angst hatte.

»Sprich weiter!«

»Der alte Meier, der vor fünf Wochen gestorben ist, war seit Jahren Witwer. Seine Frau hatte nie Kinder. Maiorin ist der Sohn einer Hörigen.«

»Einer Hörigen und des alten Meiers?«

»Ja, damit brüstet Maiorin sich seit jeher. Der Alte habe ihn nach irgendeinem Abt Maiorin getauft, weil der Name zur Siedlung passe. In seinen Adern fließe drei Generationen altes Meierblut.«

Weil Maiorin das Kind einer Hörigen war und sie selbst auch, habe sie sich mit ihm angefreundet. »Aber seit der Meier tot ist, behandelt er mich wie Dreck«, klagte die Magd. »Der Priester hat mit einem Ministerialen in Chur verhandelt, weil Maiorin eine vornehme Ehefrau sucht.«

»Was? Der Priester und dieser falsche Meier stecken unter einer Decke?« fragte Eberhard ungläubig.

»Die Höfe und die Fähre werfen viel ab. Maiorin läßt den Priester gut leben.«

Eberhard versicherte ihr, sie brauche sich nicht zu sorgen, der Meier werde sie in Zukunft gut behandeln, und schickte die Magd hinaus. Er brauchte Ruhe. Er mußte überlegen. Sollte er den Betrüger fortjagen, wie Manegold es mit dem diebischen Dienstmann im Thurgau getan hatte? Aber wer konnte ihn ersetzen? Eberhard brauchte seine Ministerialen auf der Nellenburg. Gern hätte er auch mehr Dienstleute nach Schaffhausen geschickt, aber zuverlässige und kluge waren selten.

Er beschloß, den Meier auf die Probe zu stellen und mit Liutpald zu sprechen, ehe er eine Entscheidung traf.

Am nächsten Morgen sagte er Maiorin auf den Kopf zu: »Du bist nicht der eheliche Sohn des Meiers. Solche Aufgaben sind ohnehin nicht erblich.« Es käme vor, daß ein Sohn den Vater ablöse, aber bestimmt nicht ... der Bastard einer Hörigen. »Ich könnte mich mit dem Grafen von Achalm beraten«, fuhr Eberhard langsam fort. »Oder aber deine Abstammung für mich behalten.«

»Herr, wenn Ihr das tut ...« Die Augen des jungen Mannes leuchteten, er verbeugte sich so tief, daß er fast das Gleichgewicht verlor.

Am nächsten Tag kamen Händler aus dem Süden nach Maienfeld, die in der Taverne Quartier bezogen und dann die Fähre nehmen wollten. Eberhard sah, wie leicht Maiorin mit den Leuten ins Gespräch kam und wie gern sie ihm beim Erzählen zuhörten. Am Abend setzte Eberhard sich zu ihnen, er wollte sie überreden, ihn den Rhein entlang zum Bodensee zu begleiten. Aber die Leute zeigten kein Interesse. Sie schauten zu Maiorin und hofften auf eine weitere lustige Geschichte.

Als Eberhard am Morgen abreiste, zog er mit den Fernhändlern zum Walensee und ritt von Kempraten aus heim.

In Maienfeld hatte er außer einer Abschrift der Urkunde auch den jüngsten Dienstmann von der Nellenburg zurückgelassen. Der mußte die Fahrten über den Fluß und die Händler zählen und sich merken, wie viele Waren sie transportierten.

»Sagt dem Grafen von Achalm nichts, wenn Ihr wollt, daß ich Meier bleibe«, hatte Maiorin ihm im letzten Moment zugeflüstert. »Und wenn Ihr Euch viele Händler wünscht, die am Rhein entlang nach Norden reisen.«

»Willst du mir drohen?« fragte Eberhard und bereute, daß er den unverschämten Hörigen nicht davongejagt hatte.

Maiorin verbeugte sich. Der Geruch von ungewaschenen Kleidern wehte zu Eberhard hinüber.

»Im Gegenteil, ich will sie dazu überreden. Ich bin Euer Diener, Herr.«

Während er zur Nellenburg ritt, freute Eberhard sich darauf, Liutpald und Ita von den neuen Einkünften zu erzählen. Es geht nicht um den Reichtum an sich, dachte er, als er zwei Klosterbrüdern begegnete, die zu Fuß unterwegs waren und einen ausgehungerten Eindruck machten. Ich brauche Mittel, um mein Gelübde zu erfüllen. Beim Gedanken an sein Kloster konnte er sich überwinden, den Mönchen in die Augen zu schauen und sie freundlich zu grüßen.

Dann kam ihm wieder Maiorin in den Sinn. Der falsche Meier, das spürte Eberhard, verehrte ihn. Er würde die eingezogene Münze abliefern und die Händler aus Basel, die auf dem Rückweg nach Norden waren, mit seinen Geschichten begeistern. Der eine oder andere *mußte* sich überreden lassen, den Weg zum Bodensee und nach Schaffhausen zu nehmen.

20

Im Juni des Jahres 1040 kam Ekkehard zur Welt. Er war ein stiller Säugling und blieb ein stilles Kind. Eberhard stand oft lange an seiner Wiege. Als Ekkehard die Augen zum ersten Mal auf ihn richtete, kam es ihm vor, als schaue das Kind in seine Seele. Manchmal erzählte Eberhard dem Kleinen Geschichten. Die Worte konnte Ekkehard nicht verstehen, aber Eberhard schien es, als nehme er seine Gedanken auf, irgendwie, durch ein heiliges Wunder vielleicht.

Der vierjährige Udo schloß Ekkehard ins Herz, als er ihn am ersten Tag in Itas Armen sah. Ebo war eifersüchtig. Er hatte sich daran gewöhnt, Udos Leben zu bestimmen, und nun stand der Bruder stundenlang an der Wiege, manchmal mit dem Vater und manchmal allein.

In der ersten Freude nach Ekkehards Geburt forderte Eberhard seine Frau auf, sich etwas zu wünschen. Er dachte an Schmuck, ein neues Pferd oder an ein Stück Seide. Ita lächelte und sagte nichts. Einen Monat später, bei Ekkehards Taufe, als Liutpald das Kind mit Weihwasser benetzte, flüsterte Ita Eberhard ins Ohr, sie wünsche sich ein viertes Haus in Schaffhausen.

Eberhard war nicht einverstanden, aber er äußerte das erst später, als er mit Ita allein war. Sie diskutierten so laut, daß Liutpald sie hörte.

Ita habe recht, mischte der Priester sich ein. Ein Ort mit drei Häusern und vielen Hütten sei keine Stadt.

»Und dann ein fünftes und sechstes«, wandte Eberhard ein, der ein schlechtes Gewissen hatte, wenn von anderen Bauten als von einem Kloster die Rede war. Sein Vater war seit mehr als zehn Jahren tot, und noch immer hatte er sein Gelübde nicht erfüllt.

»Die Häuser dienen den durchreisenden Händlern, und die bringen Einkünfte. Damit werden wir genug einnehmen, um dein Kloster zu bauen.«

Eberhard legte dem Ratgeber die Hand auf den Arm. Er war Liutpald dankbar, daß er *wir* gesagt hatte, daß er den Klosterbau als Aufgabe sah, die sie drei zusammen erfüllen mußten.

»Laß dir Liutpalds Idee nochmals erklären, Eberhard«, schlug Ita vor. »Er kennt viele Händler, die in der Lombardei waren, er weiß, wie Städte entstehen.«

»Wollt ihr um die paar Hütten eine Stadtmauer mit Türmen bauen?« spöttelte Eberhard und erinnerte sich an Verona und an Parma. Und wie er dort von einer eigenen Stadt geträumt hatte.

»Darum geht es nicht.« Liutpald wischte sich mit einem Tuch den Schweiß von der Glatze. Er war jetzt zweiundvierzig Jahre alt. Sein Haarkranz mit den weißen Strähnen leuchtete in der Sonne wie ein Heiligenschein. »Schaffhausen wird wachsen, Eberhard. Das ist nicht mehr aufzuhalten. Aber es muß mit uns wachsen und nicht ohne uns. Dazu hast du selbst am meisten beigetragen, mit Maienfeld ...«

Liutpald schwieg. Wenn er an Maienfeld dachte, überhauchten ihn die Erinnerungen. Er wußte noch genau, welch grauschwarze Wolkenstreifen der Wind über den Himmel geweht hatte, als Eberhard von seiner Reise nach Einsiedeln zurückgekommen war. Es waren keine Wolken, es waren Zeichen. Mäanderartig bewegten sie sich vorwärts,wie eine Mauerkrone, die wächst und wächst.

Dann hatte Eberhard Liutpald die Urkunde mit der Schenkung gezeigt. »Das ist es«, hatte Liutpald ausgerufen, »das letzte Glied, das die Kette zusammenhalten wird.«

Eberhard konnte sich nicht erinnern, daß sein Ratgeber jemals vor Freude geschrien hätte oder daß ihm Worte ungeordnet aus dem Mund gekommen wären. Liutpalds Gedanken waren weit vorausgeeilt. Wie Hermann der Lahme, dachte Eberhard. Auch er denkt so schnell, daß die Sprache ihm nicht folgen kann.

»Weißt du, was Maienfeld bedeutet?« fragte Liutpald, als Eberhard ihn beruhigt und mit einem Becher Bier versorgt hatte. »Wer von Pavia oder von Mailand nordwärts reitet, kommt um Chiavenna nicht herum. Dort verzweigen sich die Straßen über den Septimer. Genauso ist es mit Maienfeld. Alle müssen dort durch. Jetzt sind zwei Knotenpunkte in deinen Händen, Eberhard. Mit Schaffhausen sogar drei.«

Eberhard wußte das alles. Er hatte die Handelswege gesehen, die sich bei Maienfeld kreuzten. Der eine führte den Rhein entlang nordwärts Richtung Bodensee, der andere bei Maienfeld über den Fluß und dann zum Walensee, nach Zürich. Langsam, ausführlich erzählte Eberhard dem Priester von Maiorin und dessen Auftrag, die Basler Händler, die auf dem Heimweg nach Norden waren, für die Bodenseestrecke zu begeistern ...

»Liutpald, deine Idee!« Itas Stimme riß die Männer aus ihren Gedanken.

»Was ich sagen wollte, ist ...«, Liutpald unterbrach sich, suchte nach Worten, wußte nicht, wo er beginnen sollte. »Wir können uns in Schaffhausen nicht mehr selbst um alles kümmern«, sagte er nach einem Hustenanfall. »Wenn wir unsere besten Leute zu Ministerialen im Sinn fast von Untervasallen machen, läuft die Sache mit der Zeit von selbst.«

Eberhard schüttelte den Kopf. »Damit geben wir Schaffhausen aus der Hand.«

»Nein. Wir suchen die treuesten Männer aus. Sie bekommen ein Haus als Lehen, aber nicht zu Eigentum. Außerdem einen Hof im neu gerodeten Gebiet und Hörige als Arbeitskräfte. In seinem Haus kann jeder Ministeriale Handelswaren einlagern oder eine Gaststätte betreiben oder beides. Wie es ihm selbst gefällt. Je freier wir die Dienstleute machen lassen, desto besser wird jeder das tun, was ihm liegt und womit er am meisten einnehmen kann.«

»Und was haben wir davon?« fragte Ita.

Liutpald drehte sich zu ihr um. Wenn es Wichtiges zu besprechen gab, nahm er Itas Meinung immer ernst. Schloß er sie von einer Diskussion aus, so kam es vor, daß sie später zu ihm kam und seine Ideen wieder ändern wollte. Oder noch schlimmer – sie setzte Eberhard zu, und der beklagte sich anschließend bei Liutpald. Waren beide da, sagte Ita ihre Meinung, und die wurde beachtet wie die Vorschläge der Männer.

Der Priester wußte, daß dies auch auf anderen Burgen so war. Besonders Frauen aus mächtigen Familien wollten mitreden, wenn es um die Wirtschaftsbetriebe oder um Baumaßnahmen ging. Die Burgherrinnen sind nicht anders als die Königinnen, hatte Bischof Warmann einmal zu Liutpald gesagt. Wenn ihr Mann herrscht, bleiben sie im Schatten. Stirbt er aber und läßt sie als Regentinnen zurück, so befehlen sie, als ob sie es immer getan hätten.

»Wir belegen die Tavernen mit Abgaben. In Silberdenaren«, beantwortete Liutpald Itas Frage.

Das müßte funktionieren, dachte Eberhard bei sich. Mit den Einkünften könnten wir ein Kloster bauen. »Und wer kümmert sich um den Geleitschutz und den Stapelplatz am Fluß?« fragte er.

»Auch die Ministerialen. Die treuesten, die am meisten Abgaben einbringen, berücksichtigen wir zuerst. Der eine wird mit seinen Leuten die Gebühren für die Benutzung des Stegs einziehen. Ein anderer den Zoll, ein dritter die Abgaben für den Geleitschutz.«

Diese Aufgaben, sagte Liutpald, dürften nicht wie Lehen verliehen werden. Sonst würden sich die Dienstleute bald wie die Valvassoren in der Lombardei verhalten und alles an sich reißen und an die eigenen Söhne vererben wollen.

Ita war der Meinung, der Plan sei gut, aber die Armen und die Hörigen kämen schlecht weg dabei. Aller Verdienst würde den Ministerialen zufallen.

»Sie liefern nur viel ab, wenn sie viel einnehmen«, sagte Eberhard.

Aber Ita beharrte auf ihrem Standpunkt. »Die Hörigen werden vielleicht genug zu essen haben. Aber wer gibt ihnen Hütten, die nicht vom Hochwasser überschwemmt werden? Und was ist mit einem Haus für die Siechen? Davon wollt ihr auch nie sprechen.«

Wenn sie sich ereifert, ist sie noch schöner als sonst, dachte Eberhard. Ita schob in solchen Momenten das Kinn nach vorn, ihre braungrüngoldenen Augen blitzten, und die blonden Strähnen züngelten wie Flammen über dem braunen Haar. »Sag schon, was du willst!« lachte Eberhard und streichelte ihre Hand. »Manchmal bist du wie ein Hund, der einen Knochen gewittert hat. Wenn du den Geruch in der Nase hast, läßt du dich durch nichts aufhalten.«

»Deshalb muß ich jeden Wunsch zehnmal wiederholen. Was ich möchte, ist eine Verpflichtung der Dienstleute, sich um die Armen zu kümmern. Laß sie wenigstens eine Hütte für die Siechen bauen! Und da sie ohnehin den Weg der Karrer von Schaffhausen bis unter den Wasserfall instand halten müssen, könnten sie auch die Hörigensiedlung beim Fluß erneuern.«

Eberhard und Liutpald schwiegen.

»Ihr habt auf der Reichenau eine Kirche mit Fundament gebaut«, fuhr Ita fort. »Da könnt ihr auch das Gelände am Fluß aufschütten und einen Fundamentgraben für die Hütten ausheben.«

»Ein Fundament?« fragte Liutpald ungläubig. Da könne man die Hütten auch gleich mit einem Glockenturm ausrüsten, wie ihn die Reichenau habe, oder den Bauern goldene Messer geben.

Ita sprang auf, strich sich das Haar nach hinten, stützte die Hände in die Hüften, erinnerte sich, daß sie eine Gräfin und keine Bäuerin war, und setzte sich wieder. »Und deshalb sollen sie im Schlamm versinken?« fragte sie wütend.

»Nein, ich habe eine bessere Idee.« Liutpald warf einen Blick auf Eberhard, bevor er weitersprach. »Wir reißen die Siedlung ab. Und bauen weiter oben eine neue.«

Bis in die Nacht hinein blieben sie in der Halle und diskutierten. Ita holte eine Wachstafel und zeichnete das Rheinufer ein und die Kapelle. Neben der Kapelle standen zwei von Eberhards Häusern. Westlich davon, entlang der Straße, die durch den Ort und dann zum Rheinfall führte, konnten freie Männer, Handwerker oder Händler, ihre Häuser aufrichten.

Ita war begeistert, weil die Hörigen ihre neuen Hütten im Osten etwas mehr gegen den Hügel hin bauen durften. So würden sie nicht dauernd vom Hochwasser überschwemmt. Ita schlug den Ort für die Siechenbehausung vor, und Eberhard und Liutpald waren einverstanden.

Im September wollten Eberhard und Ita nach Schaffhausen reisen und den Platz für das neue Haus bestimmen. Mit dem Bau würde man erst im Frühling beginnen. Während des Winters mußten die besten Zimmerleute, die Eberhard vor Jahren von der Nellenburg abgezogen und in Schaffhausen einquartiert hatte, die Balken vorbereiten. Auch Steine für das Fundament mußten zum Bauplatz geschafft werden.

Ita freute sich auf die Reise. Sie war glücklich, weil Eberhard bei ihr war und niemand mehr von Krieg sprach. Die Neuigkeiten vom Hof waren meist erfreulich. Erzbischof Aribert habe sich König Heinrich unterworfen, berichtete ein Bote, und das Gesetz zu Gunsten der lombardischen Valvassoren akzeptiert. Endlich war wieder Frieden in der Lombardei.

Um so mehr wünschte sich Eberhard die Herzogskrone von Schwaben. Er konnte die Verkehrswege nach Süden besser als jeder andere für den König sichern, davon war er überzeugt.

Aber der Herrscher dachte nicht daran, irgendein Herzogtum zu vergeben. Im Gegenteil. Im Jahr 1039, einen Monat nach Kaiser Konrads Tod, war der Herzog von Kärnten gestorben. Auch dort wie in Bayern und in Schwaben setzte König Heinrich keinen Nachfolger ein. Die drei Herzogtümer unterstanden damit ihm selbst. Noch nie zuvor hatte ein Reichsherrscher mit zweiundzwanzig Jahren und bei Antritt seiner Regierung eine so breite Machtbasis besessen.

Liutpald meinte, dieser Zustand sei nur vorübergehend. Ein Herrscher könne ohne Zwischengewalten nicht auskommen. Dazu seien die Fernstraßen zu schlecht und die Edelmänner zu unverschämt. Früher oder später, sagte der Priester voraus, werde Heinrich die Herzogtümer wieder besetzen, sonst gebe es keinen Frieden.

So hoffte Eberhard, obwohl er wußte, daß es fern vom Hof wenig zu hoffen gab. Da Heinrich ihn nicht zu sich rief wie andere Edelleute aus Schwaben und Bayern, blieb ihm nur das Warten.

Manchmal, wenn Eberhard an Heinrichs seltsames Verhalten in Parma dachte, fühlte er sich mutlos. In diesen Momenten kamen zu den dunklen Gedanken noch dunklere. Eberhard erinnerte sich an Bernos Worte, die Lippen seien ihm versiegelt. Und an die Vermutung, der Reichenauer Abt habe ihm nicht aus eigenem Antrieb die Vogtei weggenommen. Aber er konnte sich einfach nicht vorstellen, wer dahinterstecken sollte. Mit Ita hatte er nicht darüber gesprochen. Sie hätte sich Sorgen gemacht. Liutpald aber erzählte er alles. Sein Ratgeber meinte, das könne auch eine Redensart von Berno gewesen sein und müsse nichts bedeuten. Er riet Eberhard aber, bei Hermann dem Lahmen nachzufragen.

An solchen Tagen spürte Ita Eberhards Mutlosigkeit. Aber sie wußte nicht, woher sie kam. Ob er wieder an die Brüder dachte, an den Vater oder an sein Gelübde? Ita wollte mit Eberhard darüber sprechen, aber sie merkte, daß er nicht bereit war dazu.

Bei Sonnenschein lief sie mit den Kindern an den Schafen vorbei über die Weiden, sie nahm Ekkehard in den Arm und sonnte sich im warmen Blick seiner großen blauen Augen. Seltsam, wenn sie Ekkehard in die Augen sah, waren trübe Stimmungen wie weggeblasen. Sie sah in seiner Seele eine Zukunft, und diese Zukunft war unruhig aber gut.

Wenn Ekkehard bei der Amme war und Ebo und Udo sich stritten, hielt Ita sich meist heraus. Oft lagen sie einander schon in den Haaren, wenn sie hinzukam. Ita hatte keine Ahnung, weshalb Ebo und Udo sich dauernd zankten. Die Knaben wußten es wohl ebensowenig.

Manchmal hielt Ita das Geschrei nicht aus und zog sich in ihre Ecke mit dem Altar zurück. Das hatte sie seit Ebos Geburt nur noch selten getan. In die Kirche ging sie oft, aber den Hausaltar hatte sie der Kinder wegen kaum noch genutzt. Jetzt betete Ita wieder, und es kam ihr vor wie eine Rückkehr zu Gott. Aber dieses Bild stimmte nicht: Sie war immer bei ihm gewesen und er bei ihr. Es war eine Rückkehr zur Zweisamkeit. Nur sie und Gott wie im Kloster. Aber dann stand sie auf und dachte, nein, ich will nicht wie Hedwig werden und, ich tue das nur, um vor den Kindern zu flüchten.

Ende August saßen Eberhard, Ita und Liutpald in der Halle und sprachen über Maiorin. Der unrechtmäßige Meier hatte alle Erwartungen übertroffen. Maienfeld brachte so viel ein, daß Eberhard daran denken konnte, den Königshof durch ein größeres Haus zu erweitern. Er wollte eine prunkvolle Kammer herrichten, die nur der König bewohnen durfte.

»Einmal möchte ich hinreisen«, sagte Ita, die sich unternehmungslustig fühlte. Von Ekkehards Geburt hatte sie sich gut erholt, und seit sie keine Milch mehr hatte, betreute die Amme den Kleinen.

»Womöglich trefft Ihr in Maienfeld Handelsreisende, die Ihr mit Eurer Schönheit umgarnen könnt«, lachte Liutpald, »damit sie nach Schaffhausen reiten.«

Eberhard hörte Anspielungen auf die alte Geschichte gern. Er war nicht dabeigewesen, als Ita und Liutpald die beiden Händler aus Basel dazu gebracht hatten, mit dem Schiff ans Ostende des Bodensees und von dort aus den Rhein entlang nach Süden zu reisen. Aber Ita und Liutpald hatten ihm davon erzählt. Der Versuch war fehlgeschlagen. Die zwei waren nicht über Schaffhausen heimgekehrt. Auch die meisten anderen Händler aus Basel zogen weiterhin den Weg über Zürich und den Walensee vor. Dafür hatte sich Itas Idee bewährt, Carolus zum Handelsreisenden zu machen. Seither hatte Eberhard seinen Ministerialen immer wieder nach Pavia geschickt, und nun reisten bereits drei Dienstleute zwischen Schaffhausen und der Lombardei hin und her. Sie brachten Waffen, verarbeitetes Metall, Leinen und Wolltücher aus Schwaben in die Lombardei und kehrten mit Gewürzen, feinen Stoffen aus Seide und Purpur und fremdländischem Schmuck zurück. Die meisten Waren aus der Lombardei wurden den Basler Händlern in Schaffhausen angeboten, die begeistert ja sagten, weil die Preise niedriger waren als auf dem Markt in Konstanz. Ita behielt meist nur etwas Zimt, Pfeffer oder Ingwer zurück und selten ein Stück Seide. Einmal brachte Carolus ein golddurchwirktes Altartuch aus Konstantinopel mit, das Eberhard in seine Kirche auf der Reichenau brachte.

Glücklich lächelte Ita ihrem Mann zu und griff nach seiner Hand. Sie war zufrieden, wenn etwas gelang, weil sie dazu beitrug. »Wäre ich in Maienfeld«, sagte sie und lachte, »würden die Handelsleute aus Basel sich darum reißen, im Königshof mit der Burgherrin zu speisen.«

»Ja, aber das gehört sich nicht. Händler …«

Ita hörte vom neuen Burgteil her Lärm und ging aus der Halle. Ein Wächter hatte das Tor geöffnet und stand mit einer Frau im Eingang. Er wollte sie zurückdrängen, aber die Frau zwängte sich an ihm vorbei. Ita ging auf sie zu und erkannte die Heilerin.

»Sie sind wieder hinter mir her«, keuchte Anna. Sie schüttelte den Arm des Wächters ab und setzte sich auf die Treppe. »Entschuldigt, ich kann nicht mehr, ich bin den ganzen Weg gerannt.«

»Wer verfolgt dich?« fragte Ita.

»Alle. Eine Frau ist gestorben, da hat die alte Berta wieder mich angeklagt. Diesmal sind sie nicht vor den Richter gegangen. Sie haben Steine nach mir geworfen, um mich zu töten.«

Ita erfuhr, daß man Anna zu einer Frau gerufen hatte, die ein Kind bekam. Kaum stand Anna an ihrem Bett, war es so weit. Aber mit der Nachgeburt trat Blut aus, so viel, daß die Hebamme sich nicht zu helfen wußte. Sie versuchte es zu stillen, aber das war ihr nicht möglich. Als die Frau starb, rief ihr Mann die halbe Nachbarschaft zusammen. Auch die alte Hebamme Berta kam und behauptete, Anna habe ihre Tochter getötet.

»Die Frau hatte schon zwei Kinder mit meiner Hilfe geboren«, sagte Anna. »Sie rief mich jedesmal im letzten Moment, weil Berta nicht wissen durfte, daß sie mir als Hebamme mehr vertraute als ihr, der eigenen Mutter.« Als Berta die Tochter im eigenen Blut sah, verstand sie. Ihr Leid verwandelte sich in Haß. Sie schrie, Anna habe ihre Tochter getötet.

»Es war schrecklich«, wimmerte Anna. »Sie haben vergessen, wie vielen ich geholfen habe. Wenn jemand zum Haß aufruft und zur Hetze, so machen alle mit, es ist wie ein Wahn. Berta hat die ersten Steine geworfen. Plötzlich bückten sich alle und holten aus. Hexe riefen sie und schrien, als sei der Teufel los. Da bin ich weggerannt.«

Ita legte der Hebamme den Arm um die Schulter. »Du solltest aufhören mit dem Heilen, Anna. Das ist kein Leben für dich.«

»Hebamme bleibt man, ob man will oder nicht. Wenn jemand schwanger oder krank ist, muß ich hingehen. Mein Wille ist dann stärker als die Vorsicht. Auch wenn ich weiß, daß nichts zu machen ist und daß man mich als Versagerin ausschimpfen wird.«

»Sie werden sich beruhigen«, sagte Ita leise. »Du mußt Berta vor dem Hörigengericht anklagen, weil sie dich zu töten versucht hat. Die Schöffen werden begreifen, daß die Frau bei der Geburt gestorben ist.«

»Berta wird sagen, es sei Zauberei gewesen.«

Eberhard und Liutpald waren aus der Halle getreten und hatten die letzten Worte gehört. »Ja, du bist eine Zauberin, aber eine gute«, lobte Eberhard und strahlte, weil er guter Laune war. »Alle meine Kinder hast du gesund zur Welt gebracht ... mit Itas Hilfe.«

»Geh nach oben!« lachte Ita. »Ihr auch, Liutpald. Anna wird hier übernachten, bei ihrer Schwester und den Kindern.«

»Ewig kann ich nicht hierbleiben«, klagte Anna, als sie wieder allein waren. »Aber wenn ich zurückgehe, werden sie weiter gegen mich hetzen. So etwas wird man nie mehr los.«

»Alle Heiler machen Fehler. Und wenn sie keine machen, sterben trotzdem Menschen, weil wir gegen die meisten Krankheiten machtlos sind. Die Leute wissen das.«

»Ja, aber jetzt hassen sie mich. Ich will nicht mehr zurück.«

»Möchtest du hier leben auf der Burg?«

»Ich will weglaufen. Wenn ich ein Pferd hätte, würde ich reiten und reiten bis in eine andere Welt.«

Anna, du bist eine Träumerin, dachte Ita, und plötzlich kam ihr der Priester Siegfried in den Sinn. Er braucht eine Heilerin, triumphierte sie bei sich. Zwar hat er mich um einen Medicus gebeten, aber eine Hebamme ist besser als gar nichts.

»Geht jetzt schlafen, Anna!« sagte sie und lächelte geheimnisvoll. »Du wirst mit dem Schiff in eine andere Welt fahren, in eine, die dich braucht.«

Im September reisten Eberhard und Ita nach Schaffhausen. Zwei Dienstmänner ritten mit ihnen, Söhne des Meiers, den Eberhard in seinem früheren Heim im Zürichgau zurückgelassen hatte. Schon Eppo hatte sich auf den Mann verlassen, und die Söhne glichen dem Vater. Sie hatten sich auf der Nellenburg bewährt. Wenn sie nicht gewesen wären, das wußte Eberhard, hätte er den Ausfall der Aufständischen in der Lombardei nicht überlebt. Botho und Azzo hatten ihn als treue Krieger begleitet und vor Mailand Alarm geschlagen, als er allein weggeritten war. Auch in Turin, als sie den Mann mit dem abgeschnittenen Ohrläppchen faßten, war Azzo dabeigewesen. Botho und Azzo konnten Geheimnisse für sich behalten, und sie waren jung.

Bis zum Bodensee kamen sie nur langsam vorwärts, weil die Pferde einen Karren mit Hausrat ziehen mußten. Zwischen Truhen und Tüchern kauerte Anna, die Hebamme. Ita hatte sie seit August in der Burg versteckt, und Mägde verbreiteten das Gerücht, die Heilerin sei geflohen.

»Nun werde ich meine Kinder in Schaffhausen bekommen müssen«, sagte Ita zu Eberhard, als beim Steg am Seeufer Anna aus dem Wagen hervorkroch. »Anna wird Heilerin in Schaffhausen sein. Dort haben die Fischer sie bitter nötig.«

Eberhard hatte den letzten Satz nicht gehört. »Bist du schon wieder ...?« fragte er zärtlich.

»Nein, Eberhard, hoffentlich nicht.« Ita nahm Ebo und Udo an die Hand und bestieg das Schiff. Die Amme hielt den schlafenden Ekkehard. Auf dem Schiff bastelte Anna aus Holzstücken ein Männchen und winkte den Kindern. Ita nickte ihr dankbar zu und setzte sich neben ihren Mann.

Eberhard strich ihr eine Haarsträhne aus dem Gesicht, die der Wind zum Tanzen brachte. Er nahm sie bei der Hand, und als der Wind stärker blies, legte er seinen Arm um ihre Schultern. »In Schaffhausen geschehen Wunder«, flüsterte er. »Vielleicht bringst du dort ein Mädchen zur Welt.«

»Wollt ihr Männer nicht immer Söhne?«

»Drei sind genug. Stell dir ein Mädchen vor, Ita. Schön wie du, mit goldenen Strähnen.«

»Und eine Handelsware, mit der du Allianzen eingehen kannst.«

»Du bist nie eine gewesen.«

»Für unsere Väter und für deinen Bruder Manegold schon.«

»Aber nicht für mich. Wenn du wüßtest, welche Handelswaren, wie du es nennst, man mir angeboten hat.«

»Ich weiß, Ratbots Tochter. Jetzt wärst du Witwer und mit der Habichtsburg verschwägert.«

»Schau, unsere Kirche!« rief Eberhard und zeigte auf das Ufer. Sie näherten sich der Reichenau.

»Ich will sie den Kindern zeigen.«

»Den Kleinen nehme ich mit. Ihn hat Hermann noch nicht gesehen.« Behutsam nahm Eberhard das Kind in die Arme. Ekkehard erwachte und begann zu schreien. Die Amme wollte ihn stillen, aber er hatte keinen Hunger und schrie weiter. »Mach dir keine Sorgen, er beruhigt sich bald«, sagte Eberhard und ging an Land.

»Warte!« rief Ita ihm nach. »Bitte schick den ältesten Medicus zur Pfalz! Er weiß mehr als Anna, er hat Bücher aus Salerno gelesen. Sie hat Fragen an ihn.«

Eberhard nickte. Allein mit Ekkehard ging er an der Pforte vorbei ins Kloster. Der Kleine schrie so laut, daß die Mönche zusammenliefen und Berno aus dem Scriptorium kam.

Der Abt hieß Eberhard willkommen, seine Stimme sang. Er streckte die Hände nach dem Kind aus. Zärtlich wiegte er den Kleinen in seinen Riesenarmen. Ekkehard hörte auf zu schreien, richtete seine blauen Augen auf den Abt und lächelte.

»Willkommen zu Hause, mein Sohn«, flüsterte Berno und zwinkerte Eberhard zu. »Du mußt wissen«, sagte der Abt später im Kräutergarten, »daß du hier immer willkommen bist. Das gilt auch für deine Kinder. Ich hoffe, Reichenauer Mönche dürfen eines Tages für deine Seele beten.« Berno kniete nieder und hielt das Kind zwischen Blüten und Blätter.

Ekkehard atmete tief ein und lachte. Es war ein Lachen wie eine Melodie, ein Perlen von Tönen, wie Eberhard es noch nie von einem Kind gehört hatte.

Gespannt richtete Eberhard die Augen auf den Abt und wartete. Vielleicht würde Berno noch mehr sagen. Vielleicht würde er auf ihr Gespräch in Einsiedeln zurückkommen und ihm endlich anvertrauen, weshalb er ihm die Reichenauer Vogtei verweigert hatte. Und weshalb er von versiegelten Lippen gesprochen hatte. Aber der Abt erwähnte nichts davon. Er erzählte von seiner neuen Kirche und von einer Kapelle für den heiligen Meinrad, dessen Gebeine zwar nach Einsiedeln überführt worden waren, aber der doch für immer zur Insel gehörte, weil der Reichenauer Geist ihn zur Gründung seiner Einsiedelei getrieben hatte.

»Ich möchte Hermann besuchen«, sagte Eberhard enttäuscht und wollte das Kind aus Bernos Armen nehmen.

»Nein, der Kleine bleibt besser bei mir. Im Scriptorium ist die Luft schlecht, Eberhard. Ich will Ekkehard ein Monocord zeigen.

Wer weiß, ob so kleine Kinder schon auf Musik reagieren.« Ohne Eberhards Antwort abzuwarten, galoppierte Berno davon. Ekkehard quietschte vor Vergnügen.

Eberhard ging ins Scriptorium und sah mit einem Blick auf Hermann, daß etwas Wichtiges geschehen war.

Der lahme Mönch stützte sich mit den Armen auf den Tragsessel, als wolle er sich aufschwingen und auf Eberhard zulaufen. »Ich darf die Geschichte schreiben, Eberhard!« rief er dem Besucher entgegen. So schnell kamen die Worte aus seinem Mund, daß Hermann sie nur zur Hälfte aussprach; vor Anstrengung verschluckte er sich und mußte husten. Als Eberhard neben ihm stand, sah er ihn erwartungsvoll an. Die rechte Schulter zuckte, von der Feder tropfte Tusche auf das Pergament.

»Sag das noch einmal, Hermann!«

»Der Vater Abt ist einverstanden, daß ich meine Weltgeschichte schreibe. Er verlangt es sogar von mir.«

»Vielleicht will er sich selbst ein Denkmal setzen.«

»Nein, das ist es nicht. Ich glaube, er hat mit König Heinrich eine Freundschaft aufgebaut. Die beiden schreiben einander häufig. Für Berno ist Heinrich der frömmste und vornehmste Herrscher.«

Hermann erzählte, Berno habe dem jungen König alle seine theologischen Schriften geschickt und auch Abhandlungen über die Musik. Um den Herrscher noch mehr zu beeindrucken, plane er nun endlich die Weltchronik. »Das wird noch Jahre dauern. Aber ich bin zufrieden, Eberhard. Endlich darf ich offen tun, was ich längst heimlich begonnen habe.«

»Geheimnisse liegen euch Reichenauer Mönchen offensichtlich.«

Hermann ging nicht auf Eberhards spitzen Ton ein. »Ich habe keine. Aber die Welt hat welche, und das ist spannend.«

»Hast du daran gedacht, zurückzukehren in die Welt?«

»Zum Erbe meines Vaters, des Grafen von Altshausen? Nein, Eberhard. Mein Vater hat jahrelang mit Berno um einige Höfe gefeilscht, er hat den Reichenauer Abt öffentlich einen Lügner genannt. Ich weiß nicht, wer recht hatte. Es ist nicht wichtig für mich. Was ich will, ist hierbleiben und forschen, anstatt um irgendwelchen Besitz zu kämpfen.«

Eberhard wollte Hermann über das Geheimnis um die Vogtei ausfragen, aber er wußte nicht, wie er beginnen sollte.

»Du«, fuhr Hermann fort, »hast wenigstens eine Kirche gestiftet. Auch wenn du sonst nur daran denkst, deinen Reichtum zu vermehren.«

»Ist das falsch?«

»Augustin sagte, daß Reiche nichts anderes seien als Wegelagerer, weil ihnen die Gerechtigkeit fehle, und Wegelagerer seien kleine Reiche, da gebe es keinen Unterschied.«

»Und was sagt dein Augustin dazu, daß ich eine Stadt gründen will?«

»Das ist mir nicht ganz klar. Alexander der Große eroberte aus Habgier ein Reich und ging straflos aus, das hat Augustin mißfallen. Aber wenn einer selbst eine Siedlung gründet und Kirchen baut und für die Armen sorgt ...«

»Siehst du«, lachte Eberhard, »da habe ich doch Hoffnung. Auch wenn dein Abt mich von der Reichenau verdrängen will.«

»Deine Kirche ist hier, und für die Seelen deiner Lieben wird gebetet.«

»Ja, aber der Abt vergibt meine Lehen an Fremde. Und er darf meiner Familie die Vogtei nicht zurückgeben.«

Hermann wurde hellhörig. Er legte die Feder zur Seite. »Was heißt das, er darf nicht?« krächzte er.

»Hermann, was ich dir jetzt sage, bleibt unter uns. Versprichst du mir das?«

Als der Klosterbruder nickte, fuhr Eberhard fort: »Ich habe Berno in Einsiedeln gefragt, weshalb er die Vogtei nicht mir gab wie zuvor Manegold. Er hat gesagt, das gehe nicht. Den Grund dürfe er nicht nennen, seine Lippen seien versiegelt.«

Hermann schaute ihn erstaunt an. »Versiegelt? Hat Berno denn ein Geheimnis?«

»Das möchte ich von dir wissen. Du erfährst doch, was hier vorgeht. Hat Berno die Vogtei etwa verkauft? Oder haßt jemand mich so, daß er Berno gezwungen hat, mich zu übergehen?«

»Ich erinnere mich nur, daß Berno damals, als Manegold starb, mit dem Bischof von Konstanz korrespondierte.«

»Und sonst? Hatte er Besuch?«

»Willst du mein Gedächtnis prüfen, Eberhard? Ich bin auch nur ein Mensch. Wie soll ich mich erinnern, wer vor zehn Jahren hier zu Besuch war? Hier, wo es so viele Gäste gibt wie Steine im See?«

»Ich dachte, daß vielleicht etwas Ungewöhnliches geschehen ist.«

»Weshalb fragst du nicht Bertold von Zähringen? Der hat sich damals, glaube ich, auch um die Vogtei beworben.«

»Und ist abgewiesen worden?« fragte Eberhard. Er versuchte, Hermann nicht zu zeigen, wie verblüfft er war.

»Das muß ja wohl so sein, denn zum Vogt hat Berno deinen Bruder Manegold ernannt.«

Eberhard beschloß, Bertold gelegentlich darauf anzusprechen. Den Prälaten von Konstanz zu befragen schien ihm überflüssig, da der erst seit kurzer Zeit Bischof war.

In Schaffhausen lag soviel Hoffnung und Freude in der Luft, daß Eberhard nicht mehr an den Reichenauer Abt und dessen versiegelte Lippen dachte. Als sie sich dem Steg beim Stapelplatz näherten, flüsterte Ita ihm zu: »Anna kann gut mit Kindern umgehen, wie ihre Schwester.«

Eberhard gab leise zurück: »Ja, und Botho bekommt von der Flußlandschaft überhaupt nichts mit. Er starrt nur auf Anna.«

»Da wird er sich die Zähne ausbeißen«, lachte Ita. »Anna will keinen Mann und keine Kinder. Außerdem ist sie schon achtundzwanzig, ein Jahr älter als ich.« Schade, dachte Ita bei sich. Anna wäre eine gute Mutter geworden, und sie ist hübsch. Neidlos bewunderte sie Annas gelocktes helles Haar und die schräg gestellten Augen, die ein wenig zu weit auseinander lagen. Die Heilerin hatte eine faszinierende Ausstrahlung, ein Gemisch wohl von all dem Leid und den Befriedigungen, die ihr Leben zu einem Auf und Ab machten.

»Botho scheint das nicht zu stören«, grinste Eberhard. »Wenn ich frei wäre und dich alte Dame von siebenundzwanzig Jahren zum ersten Mal sähe, würde ich mich wieder in dich verlieben, Heiratsalter hin oder her.«

»Ich bin ja schließlich meine Mitgift wert.« Ita drehte sich nach Ebo und Udo um, aber Anna war schon dabei, mit den Kindern von Bord zu gehen.

Diesmal waren am Steg drei Schiffe angebunden. Ita sah zur Kapelle hinüber und zu Eberhards Häusern. Ihr Blick streifte die verwahrlosten Hütten am Ufer. Wie kann man ein solches Nest ins Herz schließen? dachte Ita, und dann: Ich liebe das, was sein wird, nicht das Jetzt. Plötzlich waren die Hütten verschwunden, Ita sah Häuser und Dächer und Mauern wachsen. Ein Marktplatz breitete sich vor ihrem inneren Auge aus, mit Ständen, Packpferden und vielen Wagen. Und dort, wo jetzt Wald war, sah sie satte Weiden und grüne Felder.

»Komm, Anna, wir nehmen uns Pferde und reiten in eine andere Welt!« rief Ita der Heilerin zu, als Eberhard mit Liutpald und den Ministerialen Richtung Kapelle verschwunden war. »Ebo und Udo nehmen wir mit.«

Selbst der bockige Ebo schwieg und staunte, als sie den tosenden Wasserfall sahen. Wild kämpfte sich die Gischt an den Felsen vorbei. Udo nahm die Hand der Mutter und stellte viele Fragen. Weshalb Gott den Rhein hier so geschaffen habe, wollte er wissen, ein Fluß müsse fließen und nicht fallen.

»Das weiß ich auch nicht, mein Schatz.« Ita war glücklich, als sie sah, wieviel Eindruck der Rheinfall auf die anderen machte. Mein und Eberhards Wasserfall, dachte sie. Auch Anna spürte die Magie.

Nur Udo war auch dann nicht sprachlos, als sie die Feuchtigkeit der niederstürzenden Wassermassen auf ihrer Haut spürten. Die Gischt spritzte über den Kalkfelsen hoch auf und formte eine Wolke, die weiß zum tiefblauen Himmel aufstieg.

»Jetzt weiß ich, warum«, schrie der Vierjährige gegen das Getöse an. »Das Wasser gibt Kraft, und die ist gut für uns.«

Ita staunte immer wieder über Udos Aussprüche. Ebo hätte nie solche Fragen gestellt und solche Antworten gefunden. Bei Tisch krähte er so oft dazwischen, daß die Kinder mit der Amme in der Küche essen mußten, wenn Gäste da waren. Udo hingegen saß still zwischen den Erwachsenen, richtete seine dunklen Augen auf die Gäste und sog jedes Wort in sich auf. Kommentare gab er erst später ab, aber sie waren meist so treffend, daß Ita und Eberhard sich voller Freude zulächelten. Einmal hatte er Itas Buch über die Kräuter gesehen und verlangt, sie solle ihm die Zeichen erklären.

»Kommt, wir schauen uns die Schiffe an«, schlug Ita vor. Sie sah, wie Anna sich niederbeugte und die Kräuter am Ufer inspizierte. Hier gedeiht alles, wie wir es wollen, dachte sie und spürte, daß Anna sich an diesem ungewöhnlichen Ort wohl fühlen würde.

Als Ita gegen Abend zur hintersten Hütte am schlammigen Ufer ritt, nahm sie nur Ekkehard mit. Sie hatte den Kleinen mit Tüchern vor ihre Brust gebunden. Irgendwann wird Eberhard Siegfried kennenlernen, dachte Ita. Aber sie erinnerte sich, wie Liutpald auf den Priester reagiert hatte, und wollte die Begegnung hinauszögern oder dem Zufall überlassen.

Ita klopfte an die Hüttentür und stieß sie einen Spalt weit auf. Wenn Kranke bei Siegfried waren, wollte sie mit Ekkehard nicht hineingehen. Aber der Priester war allein und füllte Kräuter in ein Gefäß ab.

»Liebe Novizin«, rief Siegfried und sprang von der Bank auf. Er schloß Ita in die Arme, und für sie war es wieder ein Heimkommen. Schaffhausen kam ihr vor wie Eberhards Brettspiel. Mit jedem Stein, den man setzte, wurde es aufregender und gehörte mehr zu einem selbst. Siegfried, Anna, Botho und Azzo waren nur der Anfang.

»Hat die Burgdame es nicht mehr nötig, sich regelmäßig in Schaffhausen zu zeigen? Weil die Schiffe von selbst kommen?« Siegfried hatte Ita das Kind aus dem Arm genommen und hob es hoch. »Welche Augen!« staunte er. »Erinnerst du dich an das Gespräch auf dem Schiff? An die Kreise unserer Seele? Ekkehard schaut in meinen innersten. Es ist, als ob seine Augen in Gedanken eintauchen könnten, auch in geheime, die man für sich behalten will.«

»Ich habe dir eine Heilerin mitgebracht«, platzte Ita mit ihrer Neuigkeit heraus. »Sie ist auch Hebamme und hat allen meinen Kindern auf die Welt geholfen.«

»Anna, die Freundin, der du fast alles anvertraust, obwohl sie eine Hörige ist?«

Ita lächelte dem Priester zu. Er erinnerte sich an jede Einzelheit, von der sie gesprochen hatten. Es tat gut, Siegfried zu kennen, der Anteil an ihrem Leben nahm, obwohl er nur wenig dazugehörte. »Sie ist keine Hörige mehr«, sagte Ita. »Eberhard und ich haben ihr nach Ekkehards Geburt die Freiheit geschenkt.«

Siegfried sagte nichts und wiegte das Kind.

»Ja«, fuhr Ita fort. »Dieses Kind, das auf alle wirkt, als hätte Gott selbst es geschickt, war meine schwerste Geburt. Wenn Anna nicht gewesen wäre mit ihrem Mut, ihren Händen und ihrer Zauberei ...«

»Wo wird die Heilerin leben?«

Ita merkte zu ihrem Ärger, daß sie rot wurde. »Das wissen wir noch nicht, vielleicht bauen wir ihr ein Haus am Fuß des Hügels.«

»Und weshalb wirst du rot wie eine Novizin beim Anblick des Vogtes?«

Das war Siegfried. Keine Seelenregung entging ihm. Was sie für sich behalten wollte, lockte er an die Oberfläche. »Wir haben zwei neue Ministeriale mitgebracht. Freie Männer, die in den großen Häusern leben und Höfe betreiben werden. Es sind zwei Brüder aus dem Zürichgau. Botho hat sich, glaube ich, auf dem Schiff in Anna verliebt.«

»Ein Dämchen können die Kranken hier nicht brauchen.«

»Komme ich dir wie ein Dämchen vor?«

»Du bist Prinzessin und Bäuerin in einem, Ita, aber daß es gleich zwei Frauen deines Schlags geben soll, erstaunt mich.«

»Eberhard hat mir von Königinnen und Markgräfinnen erzählt, die denken und handeln wie die Männer.«

»Auch die hörigen Frauen handeln wie Männer, wenn sie Felder pflügen, Korn dreschen und die Ernte einbringen. Ob sie so denken, ist eine andere Frage.«

Ita wechselte das Thema. Bei Diskussionen über die Denkfähigkeit der Frauen hatte sie immer den Kürzeren gezogen. Der neue Haushofmeister kam ihr in den Sinn und wie er einmal zu Liutpald gesagt hatte, Frauen seien zum Gehorchen, nicht zum Denken da. »Du mußt sie beschützen, Siegfried«, sagte sie. »Im Hegau haben sie Anna mit Steinen beworfen.«

»Ist sie eine Zauberin?« fragte der Priester amüsiert.

»Nein, aber die alte Hebamme Berta war eifersüchtig und verfolgte sie mit ihrem Haß. Wenn der einmal gesät ist, gibt es kein Entkommen. Hier kann Anna neu anfangen. Aber sie ist schön und klug und ohne Beschützer. Wenn sich Neid und Haß auch hier gegen sie richten …«

»Falls dieser Botho es nicht tut, werde ich sie schützen. Komm, wir gehen zur Kapelle. Ich möchte dir etwas zeigen!«

Ita drehte sich um, ihr Blick fiel auf die Hüttenwand. Sie sah, daß das Holz unten feucht war. Ob er seine Hütte gewaschen habe, fragte Ita lachend.

Aber Siegfried blieb ernst. »Während die Herrin in ihrer Burg sitzt, müssen wir hier mit dem Fluß kämpfen. Viermal ist er über das Ufer getreten, seit ich in Schaffhausen bin. Wenn das Hochwasser kommt, überschwemmt es alles und bleibt stundenlang in den Hütten, bevor es wieder abfließt. Manchmal vergehen sogar Tage.« Siegfried zog seine Stiefel an und ging zur Tür. »Komm, wir gehen zur Kapelle!«

Ita saß mit dem Kind auf dem Pferd, Siegfried führte das Tier am Zügel. Wie die heilige Familie, dachte Ita. Es war ihr nicht wohl bei dem Gedanken, Eberhard könne sie so sehen. Aber sie behielt ihre Gefühle für sich. Um nichts in der Welt hätte sie Siegfried verletzen oder gar vertreiben wollen, denn er war für sie Schaffhausens Seele.

Als sie bei der Kapelle waren, stieg Ita vom Pferd. Sie gingen über das freie Gelände zu Eberhards Häusern. Dahinter würden freie Männer der Straße entlang ihre Häuser bauen, erklärte Ita. Sie drehte sich um und zeigte auf die Hörigensiedlung. »Das alles wird abgerissen. Die Leute dürfen neue Hütten näher beim Hügel errichten, vielleicht sogar Wohnställe. Auch für dich bauen wir ein Haus, Siegfried.«

»Und der Marktplatz?« fragte der Priester, der in Zürich und in Basel gelebt hatte.

»Davon träume ich auch. Aber die Waren werden hier nur umgeladen und den Schiffseignern angeboten, nicht an einzelne Leute verkauft.«

»Man sieht, daß du selten hier bist. Wenn Schiffe anlegen, kommen freie Bauern aus der Umgebung und bieten den Händlern Käse, Trockenfleisch und Früchte als Reiseproviant an. Dafür handeln sie Gewürze oder Stoffe ein, die sie auf dem Land weiterverkaufen.«

»Wo findet der Tauschhandel statt?«

»Auf den Schiffen oder auf dem Stapelplatz beim Steg.«

Ita drehte sich um und schaute zum Rheinufer. In diesem Moment sah sie Eberhard mit Liutpald auf sie zureiten. Der Ratgeber beugte sich zu seinem Herrn hinüber und redete auf ihn ein.

Jetzt erzählt er Eberhard von Basel und wie ich Siegfried zum Abschied umarmt habe, dachte Ita.

Aber Eberhard stieg vom Pferd, nahm Siegfrieds Hand. »Der Priester Liutpald hier, den Ihr ja kennt, hat mir Gutes über Euch erzählt. Auch der Ortsgeistliche ist froh, daß Ihr ihm die Sorge um die Armen und Kranken abgenommen habt. Und daß er ab und zu einen hat, mit dem er über die Kirchenväter disputieren kann. Wir danken Euch.«

Ita war froh, daß sich alles harmonisch fügte. Sie hatte Liutpalds Neid und Eberhards Eifersucht befürchtet, und nun lobten beide Siegfried. Ich sehe kleine schwarze Teufel, wo gar keine sind, ging ihr durch den Kopf. Laut sagte sie: »Siegfried hat mir erzählt, daß freie Bauern den Schiffseignern Käse, Gemüse und Trockenfleisch verkaufen. Dafür handeln sie Gewürze oder Stoffe ein.«

»Ihr braucht einen Marktplatz«, sagte Siegfried, obwohl niemand ihn gefragt hatte. »In Konstanz, in Zürich und in Basel gibt es welche, sie sind der Anfang einer Stadt.«

»Ich habe das auch in Parma und in Florenz gesehen«, bestätigte Eberhard. Wie immer, wenn jemand ihm einen Vorschlag machte, nahm er ihn ernst, als hätte er ihn selbst ausgedacht.

Ita war glücklich, weil dies ihr Eberhard war. Auf der Burg lehnte er ihre Ideen nie unbesehen ab, auch wenn sie noch so verrückt waren und obwohl sie von einer Frau kamen. Sie war stolz auf ihren Mann, sie lächelte ihm zu. Siegfried sollte ruhig wissen, daß sie den grauen Himmel blau sah, wenn ihr Mann bei ihr war.

»Dürfen wir ohne König Heinrichs Erlaubnis einen Marktplatz betreiben?« fragte Eberhard seinen Ratgeber.

Liutpald sah von Eberhard zu Siegfried, wollte etwas sagen und spürte Hustenreiz im Hals. »Ein königliches Privileg schützt und fördert einen Markt«, sagte er schließlich, »aber es schafft ihn nicht. Aus deiner gräflichen Machtfülle heraus und als Landeigentümer und Lehensträger kannst du sehr wohl einen Flecken bestimmen, wo die Leute ihre Waren anbieten dürfen.«

»Wo?« fragte Eberhard. »Neben dem Stapelplatz? Nein«, korrigierte er sich selbst. »Dort ist das Hochwasser eine Gefahr.« Er sah, wie Ita mit Ekkehard im Arm an den Häusern vorbei auf die Kapelle zuging. »Ita hat ihn gefunden!« rief er. »Vor dem Kirchenportal wollen wir einen Wochenmarkt einrichten.«

»Und bald wirst du eigene Denare prägen wie Bertold«, träumte Liutpald in die Zukunft.

Beim Gedanken an den Zähringer kehrte Eberhards Erinnerung an Abt Berno zurück. Jemand stand ihm im Weg, jemand wollte ihn am Weiterkommen hindern, und Bertold wußte vielleicht wer. Aber irgendwie schien Eberhard die Macht über die Reichenau jetzt weniger wichtig. Hier in Schaffhausen lag seine Zukunft.

21

Als Adalbert ein halbes Jahr alt war, lernte Eberhard Hunfried von Embrach kennen. Weil in jenen Herbsttagen des Jahres 1042 Regen in der Luft lag und er im nördlichsten Zipfel des Zürichgaus zu tun hatte, nahm Eberhard sein schnellstes Pferd. Wie immer, wenn es um Edelleute ging, hatte er seine Kleider sorgfältig ausgewählt. Eine rote Tunika mit blauen Borten und darüber einen Umhang aus Wolltuch, dazu sein neustes Paar Stiefel. Am Gurt hing das vergoldete Schwert seines Bruders Manegold. Auch der junge Notar, der mit Eberhard ritt, gab dem Herrn der Nellenburg Glanz.

Ita blieb in Schaffhausen. Seit Adalberts Geburt plagte sie ein hartnäckiger Husten, und niemand konnte ihr helfen.

Am Tag von Eberhards Abreise inhalierte Ita wieder Kräuterdämpfe, und es schien ihr besserzugehen. Im neusten Haus, in dem Eberhard über einer Halle auch Kammern für seine Familie eingerichtet hatte, würde Ita den Winter besser überstehen als auf der feuchten Nellenburg. Hier in Schaffhausen waren die Kammern klein und konnten mit Kohlebecken geheizt werden.

Unterwegs machte Eberhard sich Sorgen um Ita, aber er konnte seine Pflichten nicht aufschieben. Zu einem Hof westlich von Bülach war er gerufen worden, wegen eines Streits um Ländereien.

Der Besitzer, ein Edelmann, mit dem Eppo entfernt verwandt gewesen war, empfing Eberhard wie einen Fürsten. Er bewirtete den Zürichgaugrafen, wollte ihm schon am Mittag Wein vorsetzen, aber Eberhard lehnte ab. Nach dem Essen erzählte der Gastgeber von seinen Schwierigkeiten. Ein Nachbar im Osten habe sich seine Felder angeeignet und vom neuen Thurgaugrafen recht bekommen. Nur lägen die Ländereien nicht im Thurgau, sondern im Zürichgau. Deshalb erwarte er von Eberhard einen anderen Rechtsspruch.

Eberhard wunderte sich, von einem neuen Thurgaugrafen zu hören. Davon hatte er bisher nichts erfahren. Dann überlegte er sich, wie er zwischen den Streithähnen vermitteln konnte.

Schließlich ritten sie zum Nachbarn, einem wohlhabenden Edelmann, der Eberhard triumphierend ein Pergament vor die Nase hielt, das ihm den Besitz aller Felder bestätigte. Unterzeichnet war das Dokument vom Thurgaugrafen Bertold. Eberhard wollte seinen Augen nicht trauen und fragte nach. Als man ihm sagte, es handle sich beim neuen Grafen um Bertold von Zähringen, schlug sein Herz schneller. Dann beruhigte er sich. Auch ich habe drei Grafschaften, das will nichts heißen, dachte er. Wenn König Heinrich auch Bertold mit Grafschaften abspeist, so liegt der um das Herzogtum Schwaben nicht besser im Rennen als ich.

Den Streitfall verfolgte Eberhard nur noch mit halbem Ohr. Aber die innere Abwesenheit ließ ihn eine Ruhe ausstrahlen, die die Beteiligten als Autorität empfanden. Als er vorschlug, abzuklären, was zum Thurgau gehöre und was zum Zürichgau, lenkte der Angeklagte trotz seines Dokuments ein. Man handelte aus, jeder Grafschaft die Hälfte zuzuordnen. Als Eberhards junger Notar, ein Zögling Liutpalds aus dem Kloster Rheinau, die Urkunde aufsetzte, waren alle einverstanden. So schnell hatte sich für Eberhard noch nie eine Klage erledigt.

Am nächsten Tag wollte Eberhard die Straße nehmen, die von Zürich nach Schaffhausen führte. Der Gedanke machte Eberhard stolz. Vor ihm hatte es südlich von Schaffhausen nur unwegsame Pfade gegeben, die immer wieder unterbrochen waren. Die Fernhandelsstraße hatte bei Stein am Bodensee über den Rhein geführt. Jetzt gab es eine zweite Verbindung, und die machte Schaffhausen zu einem Knotenpunkt. Bei der Furt kreuzten sich die Wasser- und die Landstraße.

Als Eberhard nach Embrach kam, erinnerte er sich an den Eremiten, von dem er durch Liutpald gehört hatte. Es war ein Heiligenleben wie das Meinrads von Einsiedeln, das alle Lehrer allen Zöglingen erzählten.

Eberhard war sieben Jahre alt gewesen. Es war die Zeit, als Liutpald ständig von Kirche und von Religion sprach. Bis sich die Eltern an einem Abend so laut stritten, daß Eberhard alles hören konnte. Er erfuhr von Hedwigs Absicht, ihn zur Erziehung in ein Domstift zu stecken. Eberhard ist der Jüngste, sagte die Mutter, und einen Sohn müssen wir der Kirche weihen. Aber Eppo bekam einen Wutanfall. Er wolle nie wieder davon hören, einen seiner Söhne den Pfaffen zu überlassen. Hedwig schwieg beleidigt, Liutpald hörte auf, Eberhard mit Märtyrergeschichten zu umgarnen, und Eberhard war dem Vater zum ersten Mal dankbar, daß er mehr auf den Teufel fluchte als zu den Heiligen betete.

Jetzt in Embrach kam ihm der Eremit wieder in den Sinn, von dessen Geschichte er damals sehr beeindruckt gewesen war. Vielleicht gerade, weil Liutpald nicht wußte, wie er hieß. Der Waldbruder mußte Wundervolles gesagt und noch wundervoller gebetet haben. Man erinnerte sich an seine Worte und Gedanken, sogar an seine Wunden, aber an seinen Namen erinnerte sich niemand. Trotzdem kamen Menschen von weither nach Embrach, um die Gebeine des Waldbruders zu verehren. Liutpald erzählte, daß mehrere Geistliche nötig waren, um die Pilger zu betreuen.

Eberhard fand den heiligen Ort in einer Waldlichtung. Dort, wo die Gebeine des Waldbruders bestattet worden waren, gab es jetzt ein Kanonikerstift.

Auf dem letzten Wegstück mußten Eberhard und sein Gefolge im Schritt reiten, weil ein Karren vor ihnen hergestoßen wurde, auf dem ein Gelähmter lag. Ehrfürchtig sah Eberhard zum Kranken hinunter. Er fühlte Mitleid und gleichzeitig Hoffnung. Wenn in Embrach solche Krankheiten geheilt werden konnten, würde die Fürbitte des namenlosen Waldbruders bestimmt auch Itas Husten aus der Welt schaffen.

Im Kanonikerstift, das spürte Eberhard von weitem, als er den lebhaften Betrieb sah, begann man einen besonderen Tag. Pferde waren angebunden und Menschen strömten dem Tor zu. Der Straßburger Domherr sei persönlich hier, flüsterte man ihnen entgegen.

Eberhard wollte sich nicht ablenken lassen. Er ging zu den Reliquien des Waldbruders, kniete nieder und betete für Ita. Die Zeit stand still. Eberhard merkte nicht, wie das Gotteshaus sich füllte und Priester in prachtvollen Gewändern zum Altar schritten. Wie

Weihrauch die Luft erfüllte und sie heiligte. Er kniete am Boden und dachte an Ita. Die Worte für den Waldbruder verschmolzen mit Erinnerungen, und die Liebe wurde zum Gebet. Laß mir Ita, mach sie gesund!

Als Eberhard Ruhe und Zuversicht in sich spürte, stand er auf. Die Kirche war leer. Am Ausgang erwartete ihn ein Kanoniker, der von seinem Notar erfahren hatte, wer Eberhard war. Er begrüßte den Besucher und sagte, er wolle ihn zum Domherrn von Straßburg führen. Hunfried sei der Gründer des Kanonikerstifts und stamme aus Embrach. Neugierig folgte Eberhard dem Mann.

»Der Sohn Eppos, des Brandstifters von Einsiedeln!« sagte Hunfried ohne Grußwort. Er öffnete kaum die Lippen, wenn er sprach, er kräuselte sie.

Eberhard wußte nicht, ob der prächtig gekleidete Domherr lachte oder schlechter Laune war. Weil ihm keine Antwort in den Sinn kam, wartete er ab. Er sah dem ungefähr vierzigjährigen Mann in die Augen und fand ein erwartungsvolles Leuchten darin wie manchmal bei Liutpald, wenn er ehrgeizige Pläne ausbrütete. Hunfried hatte rötlichbraunes Haar. Seine Gesichtshaut war mit Sommersprossen übersät und glatt. Das Alter sah Eberhard seinem Hals an, an dem die Haut Fältchen warf.

»Ich teile gewisse Sympathien mit Eurem verstorbenen Vater, Gott sei seiner Seele gnädig«, fuhr Hunfried fort und bekreuzigte sich. »Wer kommt nicht mit Abt Embrich von Einsiedeln in Konflikt?«

»Ihr auch?«

»Ja. Meine Eltern hatten das Stift hier dem Kloster Einsiedeln unterstellt. Aber das war auf die Dauer keine Lösung. Die Mönche wollen immer alles oder nichts.«

»Wie soll ich das verstehen?«

Er sei als Zögling des Domstifts in Straßburg erzogen worden, erzählte Hunfried. Seit er erwachsen sei, läge der Einsiedler Abt ihm in den Ohren, aus dem Stift ein Mönchskloster zu machen und dessen Prior zu werden. »Aber ich habe eine Pfründe im Domkapitel in Straßburg angenommen«, berichtete Hunfried. »Da kann ich hier nicht Prior sein. Der Abt hat sich ereifert und mich beschimpft. Eine Schenkung, die ich dem Kloster Einsiedeln gemacht habe, hat er aus Trotz einem Fremden als Lehen überlassen. Seither sind wir geschiedene Leute.«

Eberhard wußte nicht, was er denken sollte. Streitereien zwischen heiligen Stätten gingen ihn nichts an. Aber irgendwie, das spürte er, hatten sie Einfluß auf den Zauber des Orts. Ob der erschlagene Waldbruder ihm wirklich helfen konnte, im Himmel Itas Genesung zu bewirken?

»Ihr seid als Pilger gekommen.« Hunfrieds Stimme klang freundlicher. »Und ich habe Euch gestört.«

»Meine Frau ist krank. Ich dachte, mein Gebet bei den Reliquien ... «

»Vergeßt mein Kanonikerstift nicht, wenn sie wieder gesund ist!« Als Eberhard zögerte, fügte Hunfried hinzu. »Ich gebe am Abend ein Verbrüderungsmahl. Bleibt als mein Gast! Morgen werde auch ich abreisen. Nach Basel und dann nach Straßburg.«

Am Tisch sprach Eberhard mit Hunfried über die Grafschaft Chiavenna, den jungen König Heinrich und die Schriften des heiligen Gregor. Er war froh, daß etwas von Liutpalds Lehren hängengeblieben war, und Hunfried dankte Gott, weil er den Grafen von der Nellenburg zu den Reliquien des Waldbruders nach Embrach geführt hatte. Hier hätte er keinen Menschen erwartet, der allem zugänglich war, dem Klatsch vom Hof ebenso wie den göttlichen Geheimnissen der Kirchenväter.

»Nehmt Ihr morgen den Landweg nach Basel?« fragte Eberhard vor dem Schlafengehen.

»Welchen könnte ich sonst wählen?«

»Den Rhein. Er ist nicht weit von hier.«

Als Hunfried schwieg, fuhr Eberhard fort: »Wenn Euch ein Umweg nicht stört, so reist mit mir nach Schaffhausen. Von dort aus laufen jetzt häufig Schiffe aus. Mehr Zeit als über Land werdet Ihr auch nicht brauchen.«

»Schaffhausen, ist das Euer Ort?« Hunfried wartete keine Antwort ab. Der Wein hatte Brücken in den Himmel gebaut, spontan rief der Domherr aus: »Einverstanden. Ich komme mit Euch.«

Hunfried von Embrach blieb drei Tage in Schaffhausen. Wie erstarrt vor Ehrfurcht stand der Geistliche der Kapelle im Hintergrund, als der vornehme Domherr eine Messe zelebrierte. Eberhard saß neben Ita, die während des Gottesdiensts kein einziges Mal hustete. Er nahm dies als Zeichen des Himmels und beschloß, dem Kanonikerstift von Embrach eine Schenkung zu machen.

Am Abend bevor Hunfried ein Schiff nach Basel bestieg, saß Eberhard mit ihm in Bothos Halle neben Stapeln von Stoffen und Teppichen aus dem Orient.

»Vergeßt mein Kanonikerstift nicht!« erinnerte ihn Hunfried.

»Denkt Ihr an eine Schenkung?« fragte Eberhard. »Das habe ich schon beschlossen. Ich glaube, die Fürbitte Eures Waldbruders hat Itas Husten zum Verschwinden gebracht.«

»An eine Schenkung habe ich nicht gedacht, sondern an Euren Schutz.«

»Embrach liegt beinahe im Thurgau.«

»Das ist es ja. Verzeiht, wenn ich offen spreche. In jener Gegend des Zürichgaus kann jeder tun, was er will. Schon mehrmals ist mein Stift überfallen worden.«

»Das tut mir leid«, sagte Eberhard vage.

»Tut, was Ihr könnt!« Hunfried wollte sich für die Nacht verabschieden, besann sich aber und sagte leise: »Habt Ihr gehört, daß Bertold der neue Thurgaugraf ist?« Als Eberhard nickte, fuhr der Domherr fort: «Ich mag Bertold nicht. Er hat mir vor Jahren Ländereien weggenommen.«

Eberhard erinnerte sich an seine erste Begegnung mit Bertold und mit Radbot von der Habsburg. Er sah in Hunfrieds grünen Augen Freundschaft und guten Willen und hielt sich nicht zurück. »Mir hat Bertold im Klettgau einen ähnlichen Streich spielen wollen. Ich weiß nicht, ob ich ihn mag oder nicht. Seine schwarzen Augenschlitze sind unberechenbar.« Als Hunfried ihn erwartungsvoll anschaute, fuhr Eberhard fort: »Daß er mich mag, bezweifle ich, obwohl wir Waffengefährten waren.« Eberhard erinnerte sich an das Gewitter in der Lombardei und daran, wie er den zu Tode erschrockenen Bertold hatte trösten müssen. »Ich habe ihm Mut zugesprochen, und Menschen wie Bertold lassen sich nicht gern helfen.«

»Wer Bertolds Schwäche erlebt, ist sein Feind, das kann ich mir denken.«

Eberhard wußte nicht weshalb, aber er fühlte, daß der Straßburger Domherr ihm vertraute. »Kommt, wir machen ein paar Schritte an der frischen Luft«, sagte er und nahm Hunfried beim Arm.

Sie kamen an Itas Kräutergarten vorbei, der die letzten Blüten trieb. Eberhard atmete den Duft ein und spürte, daß etwas in der Luft lag. Etwas Wichtiges für die Zukunft, das sein Leben verändern konnte.

Eberhard und Hunfried blieben am Flußufer stehen. Der Vollmond malte eine goldene Straße auf den dunkel dahinfließenden Rhein.

»Ich bin Mitglied der königlichen Kanzlei«, unterbrach Hunfried die Stille. »Es gefällt mir nicht, daß Bertold möglicherweise Herzog von Schwaben wird. Mein Schwager, der Graf von Achalm, unterstützt ihn dabei.«

Auf Eberhard stürzten die Eindrücke nieder wie Hagel und Regen gleichzeitig. Sollte er über den Grafen von Achalm sprechen, der ihm in Maienfeld in die Quere gekommen war? Oder Hunfried von seinen eigenen Hoffnungen auf das Herzogtum erzählen? Obwohl er dem Domherr vertraute, war er noch ein Fremder. Eberhard beschloß, seine Pläne für sich zu behalten.

»Euren Schwager kenne ich«, sagte er statt dessen. »Wir besitzen gemeinsam die Schiffereirechte von Maienfeld.«

»Dann sind wir bereits geschäftlich miteinander verbunden. Die Rechte in Maienfeld hat meine Schwester dem Grafen als Mitgift in die Ehe gebracht. Sie gehören zur Hälfte mir.«

Eberhard kam es gelegen, daß Hunfried über das Bistum Chur und die rätischen Pässe redete. Vielleicht würde er so das Herzogtum Schwaben vergessen.

Aber der Domherr von Straßburg hatte ein gutes Gedächtnis. »Auch Ihr wart als Anwärter auf Schwaben im Gespräch, als Herzog Hermann starb«, sagte Hunfried unvermittelt. »Ich weiß das von Kapellanen, die mit dem Hof reisten.«

Eine Wolke dämpfte das Mondlicht, und Eberhard war froh, daß Hunfried sein Gesicht nicht sehen konnte. Er fühlte Hitze in sich aufsteigen wie Fieber und wurde rot. Im Sitzen hätte er gezappelt vor Aufregung, so übertrug er seine Unruhe auf die Füße und traktierte eine Staude mit der Stiefelspitze. »Davon habe ich nichts gehört. Aber ich war enttäuscht, daß König Heinrich alle südlichen Herzogtümer selbst an sich riß.« Die letzten Worte bereute Eberhard. Am liebsten hätte er sich die Zunge abgebissen. Weshalb habe ich nicht *bekam* gesagt anstatt *an sich riß*? dachte er. Der Domherr muß glauben, ich sei dem König Feind.

»Das Herzogtum Bayern hat König Heinrich soeben verliehen. Habt Ihr davon gehört?« Als Eberhard nicht antwortete, fuhr Hunfried fort: »Vielleicht ist das ein Zeichen, daß der Herrscher auch Schwaben und Kärnten bald vergeben will. Ich werde sehen, was sich für Euch machen läßt.« Hunfrieds Stimme klang unverbindlich, aber für Eberhard waren seine Worte das schönste Versprechen, das ihm je ein Kirchenmann gegeben hatte. Er ging schweigend neben Hunfried her. Seine Güter im Elsaß kamen ihm in den Sinn, die Hedwig ihm nach Eppos Tod überschrieben hatte. Er dachte an den mächtigen Bischof von Toul, seinen Onkel zweiten Grades, dessen Heimat ebenfalls das Elsaß war.

»Vielleicht werde ich in Eurem Bistum ein Kloster bauen«, sagte Eberhard spontan. »Ich habe dort Ländereien.«

»Ich bin nur Domherr und habe kein Bistum«, lachte Hunfried und kräuselte die Lippen.

»Bischof Bruno von Toul ist verwandt mit mir. Ich werde ihm von Euch erzählen.« Eberhard wußte nicht, weshalb er das gesagt hatte. Er kannte den Vetter seiner Mutter nicht einmal persönlich. Aber er hatte mitgeholfen, daß Kaiser Konrad Odo von der Champagne besiegt hatte. Und der war für den Bischof von Toul der Feind seines Lebens gewesen.

Eberhard sah Hunfrieds Gesichtsausdruck. Es war ihm, als könne er seine Gedanken lesen, seinen Ehrgeiz und Zukunftspläne, die für Hunfried selbst noch verschwommen waren, die aber in der Luft lagen und zu denen er, das wußte Eberhard, beitragen konnte. Hunfried nahm seine Worte wie ein Versprechen auf, und Versprechen mußte man halten.

Nach Hunfrieds Abreise beschloß Eberhard, seiner Mutter eine

Nachricht zukommen zu lassen. Vielleicht konnte sie mit dem Bischof von Toul korrespondieren oder ihm, Eberhard, wenigstens ein Begleitschreiben schicken. Im Sommer will ich ins Elsaß reisen, nahm er sich vor. Mit einem Handelsschiff nach Straßburg, wie die Händler, die Reichtum nach Schaffhausen bringen.

Aber zuerst kam der Winter, und im darauffolgenden Frühsommer, als Eberhard seine Reisevorbereitungen getroffen hatte, fiel das Hochwasser wie eine Sturmflut über Schaffhausen her.

Der Juni 1043 meißelte sich in Itas und Eberhards Erinnerung ein wie der erste Sommer ihrer Liebe. Nur war es eine Zeit der Angst und des Leids, nicht der Glücksgefühle.

Weil Itas Husten sich zwar gebessert hatte, aber nicht verging, beschlossen sie, den Winter über im neuen Haus zu bleiben, das neben Azzos Taverne als einziges zweistöckig und aus Stein gebaut war. Es stand noch weiter bergwärts als die Kapelle. Im Frühling hatten Ita und die Kinder sich so gut eingelebt, daß niemand ans Abreisen dachte.

Als es zu regnen begann und nicht mehr aufhörte, flossen die Niederschläge mit dem Schmelzwasser aus den Bergen zusammen. Der Bodensee stieg an und ergoß sich in den Rhein. Die Furt konnte nicht mehr benutzt werden. Eberhard mußte einen Fährmann bestimmen, der die Menschen über den Fluß brachte.

In der Nacht auf den zweiten Junisonntag stürzte das Wasser wie die Sintflut vom Himmel. Eberhard, Botho und die Knechte wurden aus dem Schlaf gerissen, weil Siegfried durch Schaffhausen rannte und schrie. »Der Fluß ist über die Ufer getreten!« brüllte der Priester ihnen entgegen. »Er schwemmt die unteren Häuser fort.«

Aber es kam noch viel schlimmer. Um die Hütten am Ufer konnten Eberhard und Botho sich nicht mehr kümmern. Viele waren überflutet. Als sie fast beim Wasser angekommen waren, sahen sie im Morgengrauen den sonst ruhig dahinfließenden Rhein als reißenden Strom. Die Fluten brandeten gegen den hölzernen Steg und rissen ihn zusammen mit einem Schiff dem Wasserfall entgegen. Eberhard und seine Leute mußten zusehen, wie das unbemannte

Schiff vorwärts schoß und an den Kalkfelsen bei den Stromschnellen zerschellte.

Erst jetzt wurde Eberhard bewußt, daß er bis zu den Waden im Wasser stand. Und der Rhein stieg weiter an. Er stieg und stieg bis an die Türschwellen der Häuser an der Straße.

Eberhard bat Siegfried, sich nicht um die Hörigen am Fluß zu kümmern. Helfen könne man dort ohnehin nicht mehr. Gerade hätten die Fluten eine weitere Hütte fortgetragen. Jetzt gelte es, die Häuser mit den Warenhallen und der Taverne zu retten und die Handwerkersiedlung.

Als Siegfried trotzdem dorthin watete, wo früher das Ufer gewesen war, ließ Eberhard ihn gehen und hastete hinter Botho her zu den Häusern.

Knechte hatten vor den Türen Sandsäcke gestapelt. Andere schleppten Steine herbei und beschwerten die Säcke. Azzo kontrollierte, daß sie nicht umkippten. Der Wasserspiegel stieg weiter an.

Mit den Knechten kletterten Eberhard und Azzo über die Sandsäcke hinweg in die Halle eines Holzhauses. Dort war ein Schiffseigner aus Konstanz dabei, Stoffe und Teppiche vom Boden auf den Tisch zu heben.

Der Tisch sei nicht hoch genug, schrie Eberhard ihm zu. Aber einen zweiten Stock hatte das Pfostenhaus nicht, wo die kostbaren Gegenstände vor den Fluten sicher gewesen wären. Zusammen mit dem Händler und den Knechten trugen sie die Waren zu Azzos Taverne. Als sie die letzten Teppiche auf ihre Schultern luden, standen sie bis zu den Knien im Wasser. Der Wall aus Sandsäcken hatte nachgegeben, der Lehmboden war überflutet.

Auch die Türschwelle der Taverne umspielte der Rhein. Azzo beobachtete den Wasserstand mit Schrecken, während Eberhards Knechte und der Händler die Waren nach oben brachten.

»Sind Leute in der Taverne?« fragte Eberhard und trat in die Halle. Er hatte Azzo erlaubt, in diesem Haus eine Weinschenke und im oberen Stock eine Herberge für durchreisende Händler zu betreiben.

Die Halle stand fast leer. Drei junge Männer saßen am Tisch. Der eine hatte krauses rotes Haar und starrte ihn an, als hätte er einen

Geist vor sich. Eberhard wunderte sich über den seltsamen Blick, hatte aber keine Zeit, darüber nachzudenken. Er forderte alle auf, nach oben oder ins Freie zu gehen. Vor der Tür würden Sandsäcke aufgestapelt.

Die drei Männer standen auf und gingen zu ihren Pferden. Der Regen hatte für kurze Zeit nachgelassen. Bevor der Rothaarige sein Tier am Zügel bergwärts führte, drehte er sich nochmals zu Eberhard um.

Draußen stapelten Azzos Knechte Sandsäcke, legten Balken darauf und klemmten diese mit Holzkeilen zwischen die Türpfosten. Eberhard stand im Freien und sah so konzentriert den Männern zu, daß er den Regen nicht bemerkte, der auf sie niedertröpfelte. Erst als der Himmel wieder alle Schleusen öffnete, suchte er einen Unterstand.

Plötzlich wurde das Hämmern der Knechte vom Geschrei des Schiffseigners aus Konstanz übertönt, der vom Fenster des ersten Stocks aus den Fluß gesehen hatte. Sein Schiff war verschwunden. Da auch der Steg weg war, malte der Mann sich aus, wie sein ganzer Besitz als Trümmerhaufen den Rheinfall hinunterstürzte.

Eberhard rief ihm zu, er solle oben bleiben und sich schlimmstenfalls durch die Fensteröffnung ins Freie retten.

Als sie weitergehen wollten, merkten Eberhard und seine Ministerialen, daß der Wasserspiegel nicht mehr stieg. Es hatte endlich zu regnen aufgehört, die letzten Wolken fegten über den Himmel. Eberhard atmete auf. Vielleicht mußten sie die Häuser nicht aufgeben.

Botho und Azzo beschlossen, zu den Hütten zu gehen und Siegfried zu suchen. Eberhard zögerte. Er hatte Ita allein mit einer Magd bei den Kindern gelassen. Bis zu ihrem Haus würde das Hochwasser nicht kommen, beruhigte er sich. Und Ita würde es mir nie verzeihen, wenn dem Priester etwas passieren sollte. Außerdem ist Azzo dabei.

Im Gegensatz zu seinem feingliedrigen Bruder Botho, der Pläne ausdenken und Berechnungen anstellen konnte, aber nicht sehr kräftig wirkte, hatte Azzo alles. Er war klug und einfallsreich und stark wie ein Bär. Auf der Nellenburg war es dem Waffenmeister unmöglich gewesen, für die Schwertübungen einen Gegner für Azzo zu finden. Niemand wollte sich mit ihm messen, denn wer mit Azzo kämpfte, hatte von vornherein verloren.

Eberhard schloß sich den Brüdern an. Als das Wasser seine Knie erreichte, kämpfte er sich zu Azzo vor und hielt sich dicht an dessen Seite.

Ita riß die Fensterläden auf. Sie hielt es nicht mehr aus, im Trockenen zu sitzen und nicht zu wissen, was um sie herum geschah. Im ersten Morgenlicht sah sie, wie das Wasser die Hütten am Ufer überflutete und vor den Häusern nicht haltmachte. Der Rhein stieg, und der Regen prasselte auf das Dach über ihr.

Die drei größeren Kinder schliefen noch. In der Ecke auf einer Strohmatratze saß die Amme und hielt den einjährigen Adalbert im Arm. Annas Schwester war im Winter bei der Geburt ihres dritten Kindes gestorben. Die neue Amme kümmerte sich liebevoll um Adalbert, aber zu den anderen Kindern fand sie keinen Zugang.

Als Ebo, Udo und Ekkehard erwachten, schloß Ita die Fensterläden. Sie wollte die Kleineren nicht mit der Überschwemmung beunruhigen. Und der siebenjährige Ebo wäre imstande gewesen, davonzurennen, um seinem Vater zu helfen. Er war ein tapferes Kind, ihr Ältester. Zu Hause stritt er sich dauernd mit Udo, und Ekkehard versuchte er zu befehlen, aber wenn Fremde da waren, hielt er zu den Brüdern und schlug sich für sie.

Ita nahm das Kräuterbuch zur Hand. Interessiert fragte Udo nach der Bedeutung der Zeichnungen. Er wollte, daß die Mutter ihm Gedichte vorlas. Ekkehard saß still daneben und richtete seine Augen auf das Buch. Nur Ebo hatte kein Interesse.

So oft hatte Ita versucht, mit Udo zu lesen und damit Ebo anzuspornen. Aber sie erreichte damit genau das Gegenteil. Ebo verstand, was sie von ihm wollte und weigerte sich, die Buchstaben zu erkennen. Schließlich hatte Ita Liutpald um Hilfe gebeten. Der Priester stellte Ebo vor die Wahl, entweder eine Stiftsschule zu besuchen oder zu Hause lesen zu lernen. Eberhard und Ita waren mit Liutpalds Maßnahme einverstanden. Widerwillig erklärte Ebo sich zu einer Lesestunde pro Woche bereit. Er handelte aber mit Liutpald aus, daß er nach jeder Leseübung mit dem Waffenmeister Bogenschießen üben durfte.

Da der Waffenmeister den Sommer auf der Nellenburg verbrachte, sah Ebo jetzt keinen Grund, mit der Mutter zu lesen. Gelangweilt zupfte er an der Ecke eines Pergamentstücks.

Ita ignorierte ihren Ältesten und erklärte Udo ein Gedicht. Plötzlich sagte Ekkehard: »Geh nicht, Mutter! Ich habe Angst.«

»Wohin soll ich nicht gehen, mein Schatz? Ich glaube, du …« Ita schwieg, weil jemand heftig an die Haustür klopfte. Sie sah sich nach der Amme um, aber die hatte Adalbert an der Brust. Ita befahl den Kindern, oben zu bleiben, und ging in die Halle. Ebo schlich hinter ihr die Treppe hinunter.

Ita hatte Eberhard erwartet und war erstaunt, drei junge Männer vor der Tür zu sehen. Es waren Fremde, aber einer kam ihr bekannt vor. Sie war sicher, ihn schon gesehen zu haben.

»Wir waren in der Taverne«, sagte der Älteste, ein Schwarzhaariger mit einem zerzausten Bart. »Wegen des Hochwassers haben sie uns fortgeschickt. Nun gießt es wieder. Können wir uns hier unterstellen?«

Ita war die Situation nicht geheuer. Eberhard, die Dienstleute und auch die Knechte waren weg. Was sollte sie tun? Einen Augenblick lang dachte sie daran, die Tür zuzuwerfen und den Balken vorzuschieben. Aber der Rothaarige stand mit einem Fuß in der Halle. »Wir brauchen nichts, wir werden zum Essen wieder in die Taverne zurückkehren«, sagte er.

Diese Augen, die buschigen Brauen! Plötzlich erkannte Ita den Mann. Aber das ist unmöglich, dachte sie. Den aufständischen Stiefsohn des Linzgaugrafen hatte Eberhard vor der Nellenburg im Kampf getötet.

Der Fremde bemerkte ihr Zögern, stieß die Tür ganz auf und trat in die Halle. Die beiden anderen folgten ihm. Alle drei setzten sich an den Tisch und schauten erwartungsvoll auf Ita.

»Leistet uns Gesellschaft«, bat der Rothaarige galant. »Der Mann, den wir in der Taverne getroffen haben, der Graf Eberhard, ist das Euer Gatte?«

»Ja.«

»Dann seid Ihr die Herrin der Nellenburg.«

Ita sah etwas Lauerndes im Blick des Rothaarigen. Er musterte sie mit offenem Haß. Plötzlich begriff sie. Das mußte der Bruder des Mannes sein, den Eberhard vor der Burg getötet hatte.

»Ich habe Euch nie gesehen, aber Ihr habt mich erkannt. Ich bin der jüngere Stiefsohn des Linzgaugrafen. Und ich gebe nicht auf, bis ich meinen Bruder gerächt habe.« Der Mann sprang auf, war in einem Satz bei Ita und umklammerte ihre Handgelenke. »Wo ist die Truhe mit den Münzen?«

»Es gibt keine Silbertruhe. Das hier ist unsere Reiseunterkunft. Allen Besitz haben wir auf der Nellenburg.« Ita hätte sich am liebsten die Zunge abgebissen. Nun reiten sie heim, dachte sie. Und dort sind so wenige Bewaffnete, daß sie es womöglich schaffen werden, die Burg zu plündern.

»Wollen wir mit der schönen Dame spielen?« grinste der Mann seinen Freunden zu und strich über Itas braune Locken. »Singen wir ihr zuerst ein Lied, wie es sich für edle Freier gehört.« Er grölte und hörte erst auf, als Adalbert im oberen Stock zu schreien begann. Der Rothaarige hielt sich spielerisch die Hand ans Ohr. »Was haben wir denn da? Eine kleine Geisel?« Er ließ Ita los und ging auf die Treppe zu. Aber Ebo stellte sich ihm in den Weg und schlug mit einem Scheit nach ihm, das er vor der Feuerstelle gefunden hatte.

»Ah, ein mutiger Kämpfer wie sein Vater!« Der Stiefsohn des Linzgaugrafen hob Ebo auf, stieß Ita zu Boden, die sich auf ihn stürzte, schrie, sie solle sich ruhig verhalten, sonst schlage er ihr Gesicht zu Brei. Ebo trug er zu seinen Begleitern. Sie banden dem Knaben die Hände auf dem Rücken zusammen.

Ita gab nicht auf. Am Boden kroch sie auf die Angreifer zu, umklammerte die Beine des Rothaarigen, schlug auf ihn ein, flehte ihn an, ihr das Kind zu lassen. Sein Bruder hätte auch lieber weitergelebt, gab der Mann hämisch zurück. Ita versuchte es bei den anderen, aber die taten blind, was der Stiefsohn des Linzgaugrafen verlangte.

»Sagt Eurem Gatten, wir geben den Kleinen für die Kiste Silbermünzen frei, die er versteckt hält. Wir werden dort auf ihn warten, wo die Schiffe unterhalb des Wasserfalls anlegen. Wenn er bis Sonnenuntergang nicht kommt, nehmen wir Euren Sohn mit.«

Ebo schrie, aber der Fremde schlug ihm über den Mund, trug ihn hinaus und warf ihn vor dem Sattel auf sein Pferd.

Wie eine Salzsäule kam Ita sich vor. Aber nur für einen Augenblick. Dann hastete sie nach oben, schrie der Amme zu, sie solle die Haustür hinter ihr verbarrikadieren und niemandem öffnen, absolut niemandem, bis sie ihre oder Eberhards Stimme höre.

Als Ita ins Freie stürzte, trug sie leichte Hausschuhe und hatte den Umhang vergessen. Es war kühl und der Wind blies, aber sie merkte es nicht. Ihre Gedanken waren bei Ebo, vermischten sich mit Bildern der brennenden Burg und mit dem Schmerz über den Verlust ihres ersten Kindes. Zwischen der Angst und den Erinnerungen tauchte sie auf wie aus einem Schlund und konnte klar denken. Augenblicklich beschloß sie, das Pferd aus dem Stall zu holen. Es würde ihr im Hochwasser Halt geben.

Zuerst ritt Ita zu Eberhards Häusern. Sie standen verlassen in der Flut. Ita lenkte ihre Stute westwärts zur neuen Siedlung der Dienstleute und Handwerker. Das Hochwasser hatte einige der etwas höher gelegenen Bauten verschont.

Von Eberhard war keine Spur. Ita fragte nach ihm, aber die Menschen schrien durcheinander, weil Männer weggelaufen waren, um andere zu retten, und man nun auch sie vermißte. Frauen riefen nach ihren Kindern. Ita fühlte dasselbe wie sie, aber helfen konnten sie einander nicht.

Ita ritt durch die Siedlung zurück zur Kapelle. Das Wasser umspielte die Steinmauer des Gotteshauses, ging aber so rasch zurück, daß sie sehen konnte, wie es Fuß um Fuß abfloß. Dort, wo Ita den Stapelplatz am Ufer vermutete, breitete sich der Rhein zu einem See aus. Schiffe waren keine mehr da. Ita sah Dächer und den oberen Teil von Hüttenwänden aus dem Wasser ragen. Sie wollte dorthin reiten, aber das Pferd weigerte sich, durch die Fluten zu gehen. Hilflos blieb sie am Ort und schrie in den Wind.

Als Eberhard kam, trugen Botho und er einen Mann an Armen und Beinen. Nach ihnen kamen Knechte mit anderen Verletzten. Azzo zog drei schreiende Kinder hinter sich her. Eberhard hatte seine Frau nicht gesehen und watete an ihr vorbei die überschwemmte Straße hinauf.

Ita folgte ihm. Sie sah, wie die Männer zu einem Haus gingen, das im Trockenen stand. Den verletzten Siegfried legten sie in der Halle auf den Tisch. Er hatte eine Wunde an der Stirn und ein verdrehtes Bein. Ita wollte auf ihn zustürzen, seine Verletzungen untersuchen, doch sie blieb wie angewurzelt stehen. Jetzt zählte Ebo und sonst nichts. Aber sie brachte keinen Ton heraus.

»Das sind die letzten Leute aus den Hütten«, stieß Eberhard atemlos hervor. Plötzlich wurde er stutzig. »Was machst du hier, Ita? Wo sind die Kinder?«

Ita spürte, wie der Damm ihrer Gefühle brach. Die Worte kamen nun wie ein Sturzbach aus ihrem Mund. »Ebo! Sie haben ihn mitgenommen.« Eberhard schrie *wo* und *wohin* dazwischen, aber Ita hörte ihn nicht: »Es war der jüngere Stiefsohn des Linzgaugrafen. Er sagt, er lasse Ebo frei, wenn du ihm Silber gibst.«

»Wo sind sie?« Eberhard schrie, er packte Ita bei den Schultern und schüttelte sie.

»Die anderen Kinder sind allein mit der Amme im Haus«, schluchzte Ita. »Drei Männer haben mich zu Boden gestoßen. Ich habe alles versucht, Eberhard. Ich habe gekämpft, aber sie haben Ebo ins Gesicht geschlagen. Ich ...«

»Es ist gut«, flüsterte er und nahm Ita in die Arme. »Wir werden ihn finden, ich bin bei dir, Ita, ich liebe dich. Du hast gekämpft wie eine Wölfin, ich glaube dir ja.« Eberhard wartete geduldig, bis Ita sich weniger verkrampft an ihn klammerte, bis ihr Schreien und Schluchzen in ein stilles Weinen überging und sie wieder sprechen konnte.

»Sie warten beim Steg unterhalb des Wasserfalls«, flüsterte Ita. Sie spürte Eberhards Wärme, die Muskeln seiner Arme durch seine nassen Kleider. »Schick deine Leute! Geh nicht selbst, Eberhard! Sie sind gerissen, sie werden dir eine Falle stellen. Der Rothaarige will nicht nur Silber, er haßt dich und möchte den Bruder rächen.«

Eberhard schickte zwei Knechte mit Ita zur Amme und versammelte alle Bewaffneten beim hintersten Haus. Bestimmt hält einer sich mit Ebo irgendwo versteckt, dachte er. Am Steg unter dem Wasserfall werden nicht alle warten. Laut sagte er: »Wir müssen das Gebiet umgehen und den Hang um das Rheinfallbecken einkreisen.« Eberhard dachte an die Schiffe aus Basel, die unter dem Wasserfall angebunden waren. Aber die Sorge um die Schiffe war jetzt so unwichtig wie der Wassertropfen im Meer. Eberhard hatte Angst um Ebo. Er erinnerte sich an das Blitzen in den Augen des Angreifers, den er damals vor der Nellenburg getötet hatte. An den rothaarigen Knaben, der davongerannt war und sich bestimmt nie verzeihen konnte, daß er dem Bruder nicht geholfen hatte. Der alles zerstören würde, um sich zu rächen. Selbst das Leben eines unschuldigen Kindes.

Als Eberhard mit zwei Männern den Weg entlangritt, den sonst die Karrenführer mit den Waren nahmen, fühlte er, wie bisher Entscheidendes nicht mehr zählte. Es war nicht wichtig, daß Schiffe anlegten und wieviel Silber sie einbrachten, ob Schaffhausen zu einer Stadt wurde oder nicht. Selbst das Geheimnis des Reichenauer Abts schien ihm eine Sorge aus einer anderen Welt. Was zählte, war Ebo, sein Ältester, der mutig war und schlagfertig. Eberhard liebte ihn; dieser Sohn war ihm ähnlich, ihm und auch Manegold, der den Krieg geliebt hatte und in der Schlacht gefallen war. Plötzlich rauschte der Wasserfall nicht neben ihm, er tobte in ihm selbst. Gefühle trugen Eberhard davon, die nicht nur mit der Gegenwart zu tun hatten. Es war das Ertrinken in der Angst, diese Ohnmacht ohne Worte, das Gefängnis seiner Seele.

Eberhard war selbst erstaunt, daß er sprechen konnte und daß Worte ruhig und geordnet aus seinem Mund kamen, als er dem ältesten der drei Entführer, dem Schwarzhaarigen, entgegentrat. Weitab von der Gischt des tobenden Wasserfalls schaukelten zwei Schiffe. »Was habt Ihr mit meinem Sohn gemacht?« fragte Eberhard. »Wohin habt Ihr ihn gebracht?«

»Ich sehe keine Silbertruhe.«

»Hier gibt es keine Münzen, das hat meine Frau Euch gesagt.«

»Gut«, sagte der Fremde, den Eberhard in der Taverne gesehen hatte. »Dann besorgt sie Euch und kommt wieder! Übermorgen bei Sonnenuntergang bin ich hier. Aber macht Euch keine Illusionen, Euren Sohn zu befreien. Meine Freunde sind längst so weit weg, daß Ihr sie nicht finden könnt.«

Eberhard hätte in seiner Verzweiflung am liebsten das Schwert gezogen und dem Schwarzhaarigen den Schädel gespalten. Aber er hielt sich zurück. Er verwickelte den Mann in ein Gespräch, diskutierte Einzelheiten, um Zeit zu gewinnen. Wenn die Kumpane noch in der Nähe waren, würden sie sich in der Kette seiner Männer verfangen, die von allen Seiten zum Wasserfallbecken vorrückten.

Die Minuten vergingen, und Eberhards Angst mischte sich mit einem Gefühl von Ohnmacht. Wieder gefangen im eigenen Schmerz. Dort war alles möglich. Zeiten, Bewußtseinsebenen, Hoffnungen verschoben sich. Wahrheiten verloren ihre Bedeutung, und Träume wurden Wirklichkeit. Da war Ebo, wie er schreiend auf ihn zulief, wie er sich nasse Erde aus den Augen wischte, wie er sich in seine Arme warf. Erst als Eberhard die schlammverschmierten Kinderhände an seinem Hals spürte, war es kein Traum mehr. Ebo, sein Sohn, sein Ältester, war Wirklichkeit, und er lag heil in seinen Armen.

»Die haben dich töten wollen, Vater«, keuchte Ebo ihm ins Ohr. »Ich habe es gehört. Mich wollten sie gegen dich und das Silber tauschen.«

»Es ist gut, Ebo, es ist alles gut.« Eberhard wiegte den Sohn in den Armen, wie er es mit Ita getan hatte. Er merkte nicht, was um ihn herum vorging. Knechte hatten den Schwarzhaarigen entwaffnet und gefesselt. Von den Wäldern her kamen, einer nach dem anderen, seine Männer. Zwei trieben einen Gefangenen vor sich her. Die hintersten trugen den leblosen Körper des Rothaarigen.

Eberhard wußte nicht, wie er allen danken sollte. Plötzlich fehlten ihm die Worte, und er mußte zu Ita zurückkehren. Da hob er einfach die Arme, als wolle er die Welt umschließen. Ihr und ich, Schaffhausen und der Fluß, ihr und alles, was ich liebe und wofür ich lebe, wir gehören zusammen.

Spät in der Nacht erzählte Ebo seine Geschichte. Und er wiederholte sie am nächsten Tag. Wieder und wieder wollten die Eltern und Geschwister sie hören. Ita hielt ihn in ihren Armen, während er sprach. Am liebsten hätte Ebo sie abgeschüttelt. Er war immerhin bald acht Jahre alt. Aber er getraute sich nicht, und er freute sich auch, daß er der Mutter so wichtig war, obwohl sie sonst dauernd Adalbert in den Armen hielt oder Udo und Ekkehard lobte.

Der Stiefsohn des Linzgaugrafen und sein Helfer hatten sich in der Nähe des Stegs versteckt, erzählte Ebo. Als sie ihren Kumpan mit Eberhard sprechen sahen, zogen sie sich außer Hörweite zurück. Ebo hatten sie ein Tuch in den Mund gestopft, damit er nicht schreien konnte. Aber seine Augen waren frei, er merkte sich den Weg. Daß Ebo mithörte, was sie sagten, kümmerte die Entführer nicht.

»Wir tauschen ihn gegen seinen Vater und das Silber«, sagte der Rothaarige, drehte sich zu Ebo um und gab ihm einen Stoß in die Rippen. Die Männer saßen auf Baumstümpfen, Ebo lag hinter ihnen auf der nassen Erde. »Wenn ich mit Eberhard fertig bin, werden sie uns jagen wie Freiwild.«

»Aber wir können fliehen, wir haben ja eine Schatulle mit Münzen«, grinste sein Komplize.

»Ich hasse ihn«, stieß der Stiefsohn des Linzgaugrafen wie Gift zwischen den Lippen hervor. »Er gleicht meinem Stiefvater. Den hat der Tod meines Bruders auch nicht gekümmert. Mutter hat im Verborgenen weinen müssen.«

Sie schwiegen eine Weile. Der Rothaarige wurde unruhig, weil sein Helfer vom Steg nicht zu ihnen kam. »Ich werde mich rächen«, flüsterte er, wie um sich selbst zu beruhigen. »Eberhard wird am Schwert verbluten wie mein Bruder.«

Als er das hörte, schob Ebo sich Fuß um Fuß von den Männern weg, die ihm den Rücken zukehrten. Er war an den Händen gefesselt, aber seine Beine waren frei. Trotzdem stand er nicht auf. Erst mußte er genügend Abstand zwischen sich und die Männer bringen. Etwa zehn Fuß schaffte er mühelos, dann stieß er gegen einen Baumstamm. Aufzustehen wagte er nicht, das hätten sie gehört. Aber sie konnten sich auch jeden Moment umdrehen.

Plötzlich durchdrang das Knacken von Zweigen die Stille im Wald. Die Männer standen auf, der Rothaarige drehte sich zu Ebo um, aber der war schon auf die Füße gesprungen und rannte auf das Rheinfallbecken zu. Zum Glück hatte er sich den Weg zwischen den Bäumen hindurch gemerkt. Ebo traute sich nicht, den Kopf zu drehen, aber er spürte, wie der Abstand sich verringerte. Die Männer hetzten hinter ihm her. Da sah er in der Ferne den hölzernen Steg. Schreien konnte er nicht, sie hatten das Tuch um seinen Kopf gut verknotet. Es gab nur eines: weiterlaufen. Als Ebo fast da war, rutschte er auf der schlammigen Erde aus und fiel hin. Es schien ihm, als brauche er unendlich viel Zeit, um ohne Hilfe seiner Arme wieder aufzustehen. Ebo hatte Angst. Jeden Augenblick erwartete er die Angreifer über sich, die ihn blutig schlagen und wegschleifen würden. Aber es passierte nichts. Der Stiefsohn des Linzgaugrafen hatte verstanden, daß sie eingekreist waren, und kehrte um. Dabei lief er Eberhards Getreuen in die Arme.

Wenn Ebo an dieser Stelle seiner Erzählung angelangt war, lobte Eberhard ihn. Die Freude war so groß, daß sie auch die Ernüchterung überstrahlte. Die Ernüchterung, die über alle hereinbrach, als Eberhard mit den Dienstleuten durch die Siedlung ging und das Ausmaß der Hochwasserschäden langsam erfaßte. Schaffhausen war eine Ansammlung von Schlamm und halb zerstörten Häusern, von fortgeschwemmten Marktbänken und einem Stapelplatz, der keiner mehr war. Es sah aus wie nach einer Schlacht, nicht wie die Stadt, von der Eberhard und Ita geträumt hatten.

22

Nur Ebo war glücklich über die Rückkehr auf die Nellenburg. Hier hatte er seinen Waffenmeister, hier konnte er sich im Pfeilschießen mit ihm messen. Und er trug die Verantwortung für die Mutter und die Geschwister. Er sei jetzt bald acht Jahre alt, hatte der Vater ihm vor der Abreise aus Schaffhausen gesagt. Einem solchen Sohn könne ein Vater seine Familie anvertrauen.

Udo und Ekkehard hatten in Schaffhausen mehr Spaß gehabt. Dort war niemandem aufgefallen, mit wem sie sich abgaben und mit wem nicht. Da liefen sie mit ihren Steckenpferden zum Markt oder galoppierten auf der von Häusern gesäumten Straße mit den Kindern des Schmieds um die Wette. Wenn es heiß war, planschten sie im Bach, der in der Nähe des Stapelplatzes in den Rhein floß.

Jetzt waren sie für sich auf der Nellenburg und durften nur mit Kindern von Ministerialen spielen. Liutpald wollte nicht, daß sie zu den Hörigen gingen.

Auch Ita langweilte sich auf der Burg. Vor allem litt sie darunter, daß der Haushofmeister sie dauernd belehren wollte. Und niemand stellte sich auf ihre Seite. Eberhard und Liutpald waren in Schaffhausen geblieben, weil sie sich um die Unwetterschäden kümmern wollten. Ita hätte am liebsten mitgeholfen, aber Eberhard sagte, nur auf der Nellenburg sei seine Familie sicher.

Im Sommer blühten die Mohnblumen. Ita erlebte zum dritten Mal, wie reich die Ernte auf den Feldern ausfiel, die ein Jahr lang brach gelegen hatten. Auch die schweren Pflüge mit den Rädern bewährten sich und die neuen Düngemethoden, die sie vom Zürcher Stadelhof übernommen hatten. Dank der reicheren Ernte konnte sich die Nellenburg mehr Burgmannen leisten, meist Söhne von freien Bauern oder freigelassenen hörigen Handwerkern, die beim Waffenmeister in die Schule gingen.

Für sie ist die Nellenburg ein Durchgangsort, dachte Ita. Sie lernen hier, sie müssen sich bewähren, und dann werden sie nach Schaffhausen gerufen. Alle kommen von hier fort, nur ich nicht.

Manchmal kamen Lehnsherren aus der Umgebung zu Besuch, auch der Linzgaugraf, obwohl er an Gicht litt und das Reiten ihm Schmerzen bereitete. Als die letzten Herbstblumen verwelkt waren, erschien unangemeldet Ulrich von der Lenzburg. Er sei beim Bischof von Konstanz gewesen und habe von da aus einen Umweg gemacht, um den berühmten neuen Ofen der Nellenburg zu besichtigen.

Der Lenzburger mußte über sechzig Jahre alt sein, aber er strahlte die gleiche Lebensfreude aus wie damals in Zürich. Ulrich nahm Itas Hand, machte ihr Komplimente für ihre Schönheit und die vielen Söhne.

Ita erklärte, der neue Ofen befände sich im Bau und werde im Winter in Betrieb genommen. Sie hätten lange gesucht und erst vor ein paar Monaten im Norden des Reichs einen Ofenbauer gefunden. Der Mann aus Franken sei jetzt auf der Nellenburg und überwache den Bau. Stolz führte Ita ihren Besucher in die Halle.

Beim Abendessen erzählte Ulrich Neues vom Hof. Als er von der Königshochzeit berichtete, war Ita wieder am Pulsschlag der Welt. Sie fühlte sich mitten im Leben wie damals in Zürich. Und wie in Schaffhausen, wo sich die Wasser- und die Landfernstraße kreuzten und Reisende Neuigkeiten von Norden nach Süden und von Westen nach Osten brachten.

»Im April haben der König von Frankreich und Heinrich die neue Ehe ausgehandelt«, erzählte Ulrich. »König Heinrich wird Agnes von Poitou heiraten. Ihre Erbansprüche auf das Burgund werden Heinrichs Stellung im Westen des Reichs nützen.«

Ita wollte alles über die Hochzeit wissen, aber Ulrich winkte ab. Erst werde Agnes in Mainz gekrönt, dann fänden im November die Hochzeitsfeierlichkeiten in Ingelheim statt. Er selbst werde nicht dabei sein, die Reise sei zu umständlich.

»Ihr seid eingeladen?« fragte Ita.

»Wer ist das nicht, wenn ein König heiratet?«

Ita war verunsichert. Hatte Eberhard eine Einladung erhalten? Nein, dachte sie, er ist alle zehn Tage heimgekommen und hat nichts davon erzählt. Außerdem hätte der König seinen Boten zur Nellenburg geschickt, nicht nach Schaffhausen.

Plötzlich kam Ita das Gespräch mit Eberhard zwei Monate nach der Reliquienüberführung in den Sinn. Er hatte sie gebeten, den Lenzburger zu befragen, wenn sich die Gelegenheit ergab. Nach Gründen für König Heinrichs seltsames Verhalten Eberhard gegenüber und für die versiegelten Lippen des Reichenauer Abts. Ob der Herrscher hinter allem steckte? Hatte er schon gegen Eberhard intrigiert, als Heinrichs Vater, der Kaiser, noch lebte? Haßte er Eberhard und lud ihn deshalb nicht zur Hochzeit ein wie die anderen Großen aus Schwaben?

Ulrich, das wußte Ita, unterhielt als Zürcher Vogt Beziehungen zum Einsiedler Kloster. Und der dortige Abt stand in ständigem Briefwechsel mit dem Abt der Reichenau. Zudem war Ulrich ein Vertrauter des Bischofs von Konstanz, der ebenfalls mit den Geschehnissen auf der Reichenau vertraut war. Aber was genau hätte sie Ulrich fragen sollen?

»Habt Ihr oft mit Bertold von Zähringen zu tun?« fragte Ita, nur um etwas zu sagen. »Er ist jetzt auch Thurgaugraf.«

»Begegnungen lassen sich nicht vermeiden«, antwortete Ulrich vorsichtig.

»Bertold hat den Hof in die Lombardei begleitet ...«

»Wie Eberhard. Nur stand Bertold nicht gerade als Held da. Er soll sich vor Heiligen am Himmel gefürchtet haben und vor dem Sturm.«

»Ja. Eberhard hat es selbst erlebt.«

»Und herumerzählt. Das hat Bertold nicht gefallen.«

Ita versuchte ihren Mann in Schutz zu nehmen. »Alle haben es gesehen. Bertold soll vor Schreck wie gelähmt gewesen sein und vor aller Welt gejammert haben.«

»Ich erzähle nur, was ich gehört habe.« Ulrich nahm ihre Hand. »Sprechen wir von etwas anderem. An Weihnachten soll in der Zürcher Pfalz ein Festmahl stattfinden, zur Ehre der neuen Königin Agnes. Werdet Ihr kommen? Oder denkt Ihr endlich daran, der Welt eine Tochter zu schenken?«

Ita wurde rot und strich sich vorn über die violette Tunika. Sie war nicht schwanger und wollte auch nicht so aussehen.

Ihre Geste brachte Ulrich zum Lachen. »Ihr müßt mich entschuldigen. Ich habe nur so dahergeredet. Ihr seid schlank wie die Novizin aus der Abtei, aber noch schöner als damals.«

Ita fühlte sich geschmeichelt. Aber sie wußte nicht, wie sie zum Thema Bertold zurückkehren konnte. Da entschloß sie sich, direkt auf ihr Ziel loszugehen. »Was hat Bertold sonst noch erzählt?«

»Der König habe ihm für sein Leben gedankt. Mit Worten und auch mit Versprechungen.«

Gespannt wartete Ita. Aber Ulrich sprach nicht weiter. »Und welcher Art diese Versprechungen waren, wißt Ihr nicht?« hakte sie nach.

»Vielleicht ging es um eine Grafschaft, vielleicht um das Herzogtum Schwaben. Jedenfalls betrachtet der Zähringer sich als Vertrauten des Königs, er berät ihn, wie ein Vater oder ein Onkel es tut.«

Nach Ulrichs Abreise waren Itas Gedanken zwiespältig. Es gab eigentlich keinen Grund, Eberhard sofort von ihrem Gespräch mit Ulrich von der Lenzburg zu erzählen. Spätestens in einer Woche würde er ohnehin zur Nellenburg zurückkehren. Sie wußte, daß er es nie lange aushielt, ohne sie in seinen Armen zu halten. Obwohl sie schon dreißig Jahre alt war.

Ita reiste trotz ihrer Bedenken mit den Kindern nach Schaffhausen. Ein Vorwand war so gut wie der andere. Sie nahm drei junge Krieger aus der Waffenschule mit, einige Knechte, die Amme und ihre Magd. Die Erinnerung an die beschwerliche Reise zu Pferd und mit Karren verblaßte, als der Steg am Rhein in Sichtweite kam.

Schaffhausen sah aus wie ein riesiger Bauplatz: Nein, viel mehr. Wie eine Stadt im Bau. Auf der Straße sorgte das Hin und Her von Karren und Packpferden für lebhaftes Treiben. Liutpald und Eberhard standen am Ufer und gestikulierten.

Nur auf dem Marktplatz war niemand. Die zerstörten Bänke hatte man fortgeschafft und noch keine Zeit gefunden, sie durch neue zu ersetzen. Weiter hinten an der Straße waren Männer dabei, mit Flaschenzügen Balken in den Dachstuhl eines neuen Gebäudes zu hieven. Andere Handwerker dichteten Risse in den Mauern von Eberhards Steinhaus ab.

Eberhard war ungehalten und glücklich zugleich, als er Ita sah. Aber die Freude war stärker. Er schloß sie in die Arme und flüsterte: »Es ist richtig, daß du gekommen bist, du gehörst hierher, zu mir, nach Schaffhausen.« Er bestand darauf, daß zwei Bewaffnete sie zu ihrem Haus begleiteten und Tag und Nacht davor wachen sollten. Auch ein kräftiger Hausknecht mußte bei ihr und den Kindern bleiben.

Vor lauter freudigen Umarmungen hätte Ita am Abend fast vergessen, Eberhard vom Gespräch mit Ulrich von der Lenzburg zu erzählen. Als er sie nach dem Grund ihrer Reise fragte, rückte sie damit heraus. Eberhard hörte ihr zu, stellte aber keine Fragen und erzählte weiter von Schaffhausen. Da wußte Ita, daß die alte Geschichte nicht mehr wichtig war. Von König Heinrichs Hochzeit sagte sie nichts. Es hätte Eberhard vielleicht beunruhigt, wenn der Herrscher ihn von seinen Hochzeitsfeierlichkeiten ausschließen sollte.

Am nächsten Morgen machte Ita einen Rundgang durch die Siedlung und sah mehr neue Gesichter als vertraute. Schaffhausen zog die Menschen magisch an. Bis in den Albgau und in den Neckargau hatte sich herumgesprochen, daß Eberhard eine Mauer gegen das Hochwasser baute. Freie Männer aus unsicheren Gegenden kamen mit ihren Familien, weil sie sich vom aufstrebenden Handelsort eine Zukunft versprachen. Auch Flüchtlinge strömten nach Schaffhausen, Hörige, die von ihren Herren bis aufs Blut ausgebeutet worden waren. Sie hofften, daß man ihnen nicht viele Fragen stellen würde an einem Ort, der so viele Arbeitskräfte brauchte wie in der Heiligen Schrift der Pharao.

Ita sah, daß Liutpald das Bauwerk geplant hatte wie damals die Nellenburg. Als Markierungslinie hatte er Pflöcke in den Boden schlagen lassen. In der Nähe der Furt ragte Kalkfels aus dem Boden. Söhne von Fischern und Bauern waren dabei, unter Azzos Anleitung Blöcke herauszubrechen, die andere mit Karren zur Baustelle transportierten. Dort wurden die Steinquader verlegt. Die

Zwischenräume ließ Liutpald mit gestampfter Erde ausfüllen, so daß eine fünf Fuß breite Mauer entstand.

»Hinter der Schutzmauer füllen wir das Gelände zwei Fuß hoch auf«, erklärte Liutpald einige Tage später beim Abendessen. So werde sich der Rhein nie mehr so weit ausbreiten können, als wolle er ganz Schaffhausen zu seinem Flußbett machen.

Ita hörte dem Priester begeistert zu. Mit Heißhunger verschlang sie dabei den Brombeerkuchen, den ihre neue Hausmagd nach den Bachforellen mit Dillsauce aufgetischt hatte.

»Was passiert, wenn es wieder Hochwasser gibt, bevor die Mauer fertig ist?« fragte Ita und häufte die letzten Brombeeren auf den Löffel. Eine fiel herunter und blieb in der Borte ihrer gelben Tunika hängen. Ita nahm die Beere ungeschickt zwischen die Finger und zerquetschte sie, lächelte verlegen, ließ die Hand auf dem dunkelblauen Fleck und schaute Liutpald an. Ebo, der seinen Bruder anstieß und grinste, übersah sie geflissentlich.

Liutpald lachte bitter und bekreuzigte sich. »Ausgerechnet Ihr, Ita, habt die Hoffnung verloren? Das paßt nicht zu Euch.« Der Priester verschluckte sich, er mußte husten. »Im Juni hatten wir das schlimmste Hochwasser, an das ich mich erinnern kann. Es ist nicht anzunehmen, daß sich das ausgerechnet in den nächsten drei Jahren wiederholt.«

»Drei Jahre?« fragten Ita und Eberhard gleichzeitig.

»Vielleicht auch nur zwei, wenn alle mithelfen.«

Am nächsten Tag versammelte Liutpald alle Dienstleute und die freien Bauern, Fischer und Handwerker. Niedergelassene Fernhändler gab es noch keine in Schaffhausen. Zum Wochenmarkt waren immer Krämer von auswärts gekommen.

Gemeinsam erklärten Eberhard und Liutpald den Männern, die Mauer am Rhein werde für alle gebaut. Deshalb müßten auch alle mithelfen. »Mein Ratgeber Liutpald hier denkt Tag und Nacht über die Mauer nach, er bestimmt die Linienführung und überwacht den Bau«, sagte Eberhard. »Azzo, Botho und die anderen Dienstleute helfen ihm dabei. Auch meine eigenen Hörigen arbeiten einen Tag pro Woche an der Mauer. Das gilt selbst für meine Knechte auf den entlegensten Höfen.«

Die versammelten Männer nickten und murmelten einander Worte der Bewunderung für ihren Grafen zu.

»Auch ihr anderen, Handwerker, Fischer, freie Bauern müßt einen Diensttag pro Woche leisten.«

Das Gemurmel wurde lauter, ein Fischer rief Eberhard zu: »Wenn ein Arbeitstag ausfällt, reicht unser Verdienst nicht mehr aus.«

Liutpald hieß den Mann vortreten und fragte ihn: »Wie lange hast du gebraucht, um deine Hütte nach dem Hochwasser zu reparieren?«

»Da gab es nichts zu flicken. Ich muß sie neu bauen und bin noch nicht fertig.«

»Siehst du? Wenn es sie nächstes und übernächstes Jahr wieder wegschwemmt, verlierst du mehr als einen Tag pro Woche!«

Als alle einander zunickten, fühlte Eberhard sich zufrieden. Er war eins mit den Menschen, denn sie waren seine *Stadt*. Das Wort erregte ihn, aber er sprach es nie laut aus. Niemand hätte es verstanden. Richtige Städte gab es nur in der Lombardei und noch weiter südlich. Hier im Norden sprach man von Orten oder Siedlungen oder Höfen. »Verhungern wird niemand«, sagte Eberhard. »Wir haben die Gebühren für die Schiffe und den Zoll erhöht. Meine Ministerialen werden mehr abgeben müssen für ihre Tavernen und Hallen. Ich kann es mir leisten, Schaffhausens Getreidespeicher für den Winter zu füllen.«

Liutpald erklärte, jeder Mann über fünfzehn baue an der Mauer mit. Knaben ab dem siebten Jahr müßten helfen, Erde in Karren zu schaufeln.

Die Mauer wuchs und wuchs, auch im Winter, solange der Boden nicht gefroren war. Die durchreisenden Händler aus Basel bewunderten das Bauwerk, obwohl es für sie nichts wirklich Neues war. Auch flußabwärts gab es Uferbefestigungen am Rhein. Um so mehr freuten sich die Handelsreisenden, denn sie verstanden, daß hier ein Ort heranwuchs, dem sie ihre Waren für Tage oder sogar Wochen anvertrauen konnten.

Oft lud Ita Händler zum Essen in ihr Haus ein, denn vornehmere Gesellschaft gab es selten. Die Grafen der Umgebung und die

Vasallen kamen Eberhard lieber auf der Nellenburg besuchen, wie es sich für Edelleute gehörte. In irgendeinem Haus wollten sie ihre Aufwartung nicht machen, besonders da Eberhard in Schaffhausen selten wie ein Graf aussah. Er ließ sein vergoldetes Schwert zu Hause, und statt farbiger Beinkleider und feiner Tuniken trug er Arbeitskleidung wie seine Ministerialen. Vornehm kleidete Eberhard sich nur, wenn er in seinen Grafschaften Gericht hielt oder als Zeuge auftreten mußte. Aber das kam seltener vor als früher, denn Eberhard und Liutpald hatten Untervasallen, die sie in vielem vertreten konnten.

Manchmal belegte der eine oder andere Handelsreisende Azzos Taverne für einen Abend und richtete ein Festessen aus, zu dem er Eberhard und seine Frau einlud. An solchen Tagen hüllte Ita sich in eine silber- oder golddurchwirkte Tunika und brachte die Taverne zum Glänzen wie eine Königspfalz.

Eberhards Angst, Ita und die Kinder könnten überfallen oder entführt werden, schwand nach und nach, aber er blieb vorsichtig. Ob Ita zu Hause war, bei Anna in der Siechenhütte oder beim Kräutersuchen auf den Hügeln, immer mußte ein Knecht sie begleiten. Zwei weitere Bewaffnete lebten unten im Haus. Tag und Nacht behielten sie die Kinder im Auge, auch wenn Ebo und Udo mit anderen Knaben durch die Straßen tollten oder über die Hügel.

Da er acht Jahre alt war, wollte Ebo beim Mauerbau mithelfen wie alle. Aber Eberhard hatte Angst um ihn. Seit dem Sommer hatte es auf der Baustelle Unfälle gegeben. Hörige waren ausgerutscht und im Fluß ertrunken, einem wurde von einem Steinquader der Fuß zerquetscht. Die Männer arbeiteten so dicht beieinander, daß es manchmal Streit gab und Schlägereien, bei denen einmal ein Mann zu Tode geprügelt wurde.

Liutpald sagte, Ebo sei Eberhards Nachfolger im Grafenamt, da könne er kein Karrer oder Steinmetz werden. Er ließ einen Zögling des Waffenmeisters von der Nellenburg kommen, der Ebo zusammen mit zwei Söhnen von Ministerialen im Bogenschießen und im Kämpfen mit dem Schwert unterrichtete.

Udo machte nicht mit. Am liebsten ließ er sich von Liutpald aus der Heiligen Schrift vorlesen. Weil der Priester wenig Zeit für ihn hatte, brachte Ita ihm das Lesen bei. Udo machte Fortschritte, die Ita an ihre eigene Schulzeit als Erwachsene erinnerten.

Im Frühling brachte Azzo eine Frau aus Berslingen mit, einer Siedlung, die eine halbe Wegstunde von Schaffhausen entfernt lag. Ita und Eberhard mußten Zeugen der Eheschließung sein, und Liutpald segnete das Paar in der Kapelle. Regula war achtzehn Jahre alt und mit ihrem glänzenden schwarzen Haar und den vollen Lippen so schön, daß Ita Stiche der Eifersucht spürte. Wie sollte sie, eine Frau von über dreißig Jahren, neben einer solchen Schönheit bestehen können?

Aber Eberhard lachte über ihre Bedenken und sagte, Ita, du bist zwar wunderschön, aber von all deinen Vorzügen ist das Aussehen nur der kleinste Teil. Was ich an dir liebe, sind deine Lebensfreude, deine verrückten Ideen, deine Klugheit und deine Liebe zu mir und zu den Kindern. Außerdem, flüsterte er ihr ins Ohr, gäbe es Dinge, die mit keiner Frau der Welt schöner sein könnten als mit ihr.

Ita dachte immer wieder an Eberhards Worte. Als Regula ein Jahr später breiter und runder wurde, löste sich ihre Eifersucht in Luft auf. Azzo hielt seinen neugeborenen Sohn wie eine Trophäe im Arm und trug ihn durch die Siedlung. Sein Bruder Botho ging zum fünften Mal zu Anna, um ihr einen Heiratsantrag zu machen. Aber die Heilerin lehnte wie immer ab.

Im Juni 1044 überfielen Fremde ein Schiff im Rheinfallbecken. Der Schiffseigner hatte seine Waren nach Schaffhausen führen lassen und wartete in Azzos Taverne auf einen Käufer. Da es auf dem Schiff nichts zu stehlen gab, hatte er außer einem alle Begleiter nach Schaffhausen mitgenommen. Aber die Männer suchten keine Waren, sie hofften, Münzen oder Schmuck zu finden. Zu viert schwammen sie in der Nacht zum Schiff und kletterten an der Bordwand hoch. Erst überrumpelten sie den Wächter und fesselten ihn. Dann machten sie sich auf die Suche nach Silber. Als sie nichts finden konnten, schlugen und traten sie den Gefangenen, aber sie brachten kein Wort aus ihm heraus. Das ganze Schiff stellten sie auf den Kopf, in jeder Ritze suchen sie, nichts. Voller Wut, Ohnmacht und Haß rasten sie über die Planken wie ein Heidenheer. Schließlich nahmen die Männer Fackeln und steckten das Schiff in Brand.

Der Gefesselte konnte vorwärts rollen und sich über den Schiffsrand stürzen. Im Wasser aber gelang es ihm nicht, die Fesseln abzustreifen.

Eberhard und Liutpald waren ratlos. Der Schiffseigner hatte außer seinen Waren alles verloren. Er würde nach Basel zurückkehren und überall herumerzählen, in Schaffhausen sei man seines Lebens nicht sicher und Schiffe gingen dort in Flammen auf. Das würde andere Handelsherren davon abhalten, nach Schaffhausen zu reisen. Auf Liutpalds Rat hin entschloß Eberhard sich, dem geschädigten Schiffseigner einen Teil seines Verlusts zu ersetzen. Er bot ihm Silber an, zudem freien Zoll und freies Geleit für ein Jahr.

Den Sohn des einzigen Schaffhauser Schiffsbesitzers schickte Eberhard mit dem dankbaren Basler auf die Reise. Der junge Mann trug einen schweren Beutel bei sich. Er mußte in Basel für Eberhard ein Schiff bauen lassen, das möglichst viele Menschen und Handelswaren transportieren konnte und doch nicht zu groß war, um bei Laufenburg über die Stromschnellen gezogen zu werden.

Mit einem eigenen Schiff hatte Eberhard aber nicht alle Schwierigkeiten gelöst. Unterhalb des Rheinfalls mußte der Schiffssteg geschützt werden, damit keine weiteren Überfälle geschahen. Eberhard beschloß, auf einem Bergsporn über dem Wasserfallbecken ein Haus zu bauen für Dienstleute, die Tag und Nacht die Schiffe im Auge behalten mußten.

Aber Liutpald war nicht einverstanden. Man dürfe sich jetzt nicht verzetteln. Es sei falsch, Arbeitskräfte von der Mauer abzuziehen. Wenn alle Männer bis zum ersten Schnee am Rheinufer weiterbauen würden, würde der Ort bis im übernächsten Herbst gesichert werden können.

Eberhard gab nach, aber in Gedanken verfolgte er seine Idee weiter. Als Radbot von der Habsburg im Juli zu einer Gerichtsversammlung kam, erzählte Eberhard ihm vom geplanten Hausbau.

»Ihr bekommt Abgaben aus dem Geleitschutz und den Zöllen, die unterhalb des Rheinfalls eingezogen werden«, sagte Eberhard zu Radbot, als sie in der Halle beim Abendessen saßen. Radbot erfreute sich an Itas Brombeerkuchen. Aber Ita und Liutpald fingen seine verstohlenen Blicke auf. Der Klettgaugraf verglich Eberhards Haus mit der Nellenburg und war enttäuscht.

Eberhard kümmerte sich nicht um die Gedanken des Gasts und fuhr fort: »Weshalb stellt Ihr nicht die Hälfte der Bewaffneten, die ich in einem Wachhaus über dem Rheinfallbecken stationieren möchte?«

»Wo wollt Ihr das Kastell bauen?«

»Auf dem Bergsporn über dem Wasserfall.«

»Da müßt Ihr allerdings mich fragen. Das Gelände ist ein königliches Lehen für den Klettgaugrafen.«

Eberhard und Liutpald wechselten Blicke, sagten aber nichts.

Radbot griff zum Weinbecher, verzehrte eine weitere Portion von Itas Brombeerkuchen, dachte nach, aß, dachte nach. Schließlich sagte er: »Ich werde dort selbst bauen, wenn es Euch recht ist. Wenn ich sehe, wie Ihr hier in einem Haus lebt anstatt auf Eurer Nellenburg, so kommt es mir, ehrlich gesagt, auch dürftig vor, daß ich bei meinen Besuchen im Klettgau immer auf Meierhöfe angewiesen bin.«

Ita wollte aufbrausen und ihr Heim in Schaffhausen verteidigen, aber Eberhard stieß sie unter dem Tisch mit dem Fuß an.

»Wir denken daran, hier in Schaffhausen eine Pfalz zu errichten«, sagte Eberhard. »Aber ich würde mich nie an einen solchen Bau heranwagen, bevor das Ufer gegen Hochwasser gesichert ist.«

Ita warf Liutpald fragende Blicke zu, aber der Priester zuckte mit den Achseln und lächelte Radbot zu. »Was genau wollt Ihr bauen?«

»Eine Klettgauer Grafenburg.«

Der Gastgeber wechselte das Thema, und Liutpald half ihm dabei, denn sie wollten Radbot nicht zu verstehen geben, wie gelegen ihnen seine Pläne kamen. Eine Grafenburg würde das Rheinbecken vor Angriffen schützen. Zudem konnten Radbots Bewaffnete mit aufgeboten werden, wenn Schaffhausen Gefahr drohte. Und das alles ohne jegliche Fronarbeit von Eberhards Leuten, weil Radbot die Burg mit eigenen Mitteln baute.

Eberhard und Liutpald sprachen von früheren Gerichtsfällen, die Radbot nicht interessierten. Weil auch Ita gelangweilt an ihrem

Haar herumzöpfelte, riß der Habsburger das Gespräch an sich. »Ihr wärt an der Königshochzeit die Schönste gewesen«, sagte er galant und merkte erst an Liutpalds und Eberhards Blicken, daß er in ein Wespennest gestochen hatte. Rasch fuhr er fort: »Es gab nicht viele Gäste, ich war fast der einzige aus Schwaben. Ihr habt auch nichts verpaßt. Das war eine strenge Zeremonie, kein Hochzeitsfest. Heinrich hat alle Spielleute und Komödianten unbeschenkt vom Hof gewiesen. Vergnügt hat sich niemand.«

»Unser König ist eben asketischer als ein Eremit«, bestätigte Liutpald. »Wenn Menschen sterben, die ihm nahestehen, hüllt er sich ins Büßergewand wie der schlimmste Sünder.«

Ita hörte nur mit halbem Ohr zu. Sie atmete auf, weil viele nicht zur Königshochzeit eingeladen worden waren. Offenbar hatte kaum ein anderer schwäbischer Edelmann teilgenommen. Und sie hatte sich eingebildet, König Heinrich hasse Eberhard und wolle ihn schneiden. Ich habe wieder Gespenster gesehen, dachte Ita beruhigt.

Weil vom Hof die Rede war, fragte Eberhard, wie es mit den Herzogtümern von Schwaben und Kärnten stehe, ob der König sie wieder vergeben habe. Als Radbot verneinte, dachte Eberhard an Hunfried von Embrach, der ihm helfen wollte, Herzog von Schwaben zu werden. Und daß er, Eberhard, ihm versprochen hatte, bei seinem Onkel, dem Bischof von Toul, ein gutes Wort für ihn einzulegen. Diese Sache war in all seinen Sorgen um die Familie und um Schaffhausen untergegangen. Obwohl die Mutter ihm schon vor Monaten ein Empfehlungsschreiben an ihren Verwandten in Toul geschickt hatte. Eberhard hatte den Brief in eine Truhe gesteckt und vergessen. Jetzt brannte die Geschichte wieder in seiner Seele und loderte noch stärker, als Radbot hinzufügte:

»Man munkelt bei Hof, der König führe Verhandlungen, um Kärnten wieder zu vergeben. Auch über Schwaben gibt es Gerüchte. Aber Namen sind noch nicht bekannt.«

»Ihr, Radbot?« fragte Ita kokett.

»Nein, liebe Gräfin. Für so etwas wäre ich zu alt. Meine Nachkommen vielleicht, eines Tages ...«

Eberhard war beunruhigt. Er beschloß, sobald wie möglich zum

Bischof von Toul zu reisen. Vielleicht konnte Hunfried von Embrach tatsächlich ein gutes Wort beim König für ihn einlegen, wenn er ihn als Gegenleistung seinem Onkel in Toul empfahl. Beim Gedanken an das Herzogtum kam Eberhard wieder Berno von der Reichenau in den Sinn. Der Abt war vermutlich schuld, daß er nicht längst Herzog von Schwaben war. Denn als dreifacher Graf und Reichenauer Vogt hätte er es schaffen müssen, von König Heinrich die Herzogswürde zu erhalten.

Spät am Abend, als Liutpald und Ita sich zurückgezogen hatten, spazierte Eberhard mit seinem Gast durch Schaffhausen. »Im Mondlicht sieht es aus wie in einer Zauberstadt«, flüsterte Eberhard, um die schlafenden Hunde vor den Haustüren nicht zu wecken. »Auf dem Fluß schaukelt Gold, und die Wälder sind dunkle Königskronen.«

Radbot lächelte gutmütig. Plötzlich kam ihm etwas in den Sinn, und er zog ein Tonkrüglein hervor. »Fast hätte ich es vergessen. Hier, mein Geschenk für Eure Gattin.« Der Klettgaugraf öffnete das Gefäß. »Das ist ein Sickel mit winzigen Goldflittern, die Zinsleute unseres Klosters Muri aus dem Fluß herausgewaschen haben.«

Eberhard konnte nicht aufhören, in das Krüglein zu starren. Gold hatte er als Schmuck in den Gotteshäusern der Reichenau, im Tuch und an Waffen gesehen, aber nie in dieser Form. Radbot mußte ihm erklären, wie und wo die Klosterzinsleute aus Muri es aus der Reuß herauswuschen.

»Ich bin Euch dankbar für dieses Geschenk«, sagte Eberhard schließlich. »Und auch dafür, daß Ihr mich damals zu Eurem Schwiegersohn machen wolltet. Es bedeutet, daß Ihr mir vertraut und mein Bestes wollt.«

»So ist es. Meine Burg wird Eurer Stadt mehr Glanz geben und Schutz.«

Das Wort Stadt war in Eberhards Ohren ein Echo aus der Zukunft. Radbots Worte gaben ihm Mut. »Ich habe erfahren, daß Abt Berno mich damals nach Manegolds Tod nicht zum Reichenauer Vogt gemacht hat, weil jemand ihn dazu gezwungen hat«, platzte er heraus. Mit abgehackten Worten erzählte er von Bernos versiegelten Lippen.

»Für mich ist klar, daß der Zähringer dahintersteckt«, sagte Radbot, ohne zu überlegen. »Wißt Ihr denn nicht, daß er sich Kaiser Konrad anerboten hat, gegen Herzog Ernst ins Feld zu ziehen?«

»Bertold von Zähringen anstelle meines Bruders Manegold?«

»Ja, der Zähringer hat damals schon mit dem Herzogtum Schwaben geliebäugelt. Deshalb stürzt er sich seit mehr als fünfzehn Jahren auf alle möglichen Ehren. Er glaubt, jedes neue Amt sei ein Edelstein für seine Herzogskrone.«

»Abt Berno zog Manegold als Heerführer vor. Weshalb sollte er sich später von Bertold zwingen lassen, mir, Manegolds Bruder, die Vogtei der Reichenau zu verweigern? Und was konnte das alles Bertold eingebracht haben?« Eberhard schüttelte den Kopf. Plötzlich war er überzeugt, Bertold habe mit der ganzen Geschichte nichts zu tun. Er kannte den Zähringer. Der war zu ehrgeizig, um zu intrigieren und Geheimnisse zu schaffen, die ihn persönlich nicht weiterbrachten.

»Bertold hat für etwas gekämpft und es nicht bekommen«, unterbrach Radbot Eberhards Gedanken. »Daß er aber dahintersteckt, ist für mich klar.«

In den nächsten Tagen empfand Eberhard beim Durchpflügen alter Gedanken Schmerz. Es hat keinen Sinn, über Vergangenes zu grübeln, sagte er sich schließlich. Im Rennen um die Herzogskrone brachte es ihn nicht weiter, wenn er die Hindernisse auf früheren Wegen erkannte. Er mußte eine Straße in die Zukunft bauen, und dabei konnte ihm der Bischof von Toul helfen.

Im August 1044 bestieg Eberhard mit zwei Vasallen und Knechten ein Schiff nach Basel und dort ein größeres nach Straßburg. Dann ritten sie westwärts bis zur Bischofsburg von Toul. Als Eberhard die Befestigungen von weitem sah, wechselten sich in seinem Inneren Hoffnung und Zweifel ab. Vielleicht war der Bischof gar nicht in Toul. Eberhard wußte, daß Bruno ein gefragter Ratgeber war. Vielleicht hielt er sich bei Hof auf oder in Rom beim Papst.

Aber Eberhard hatte Zeit. In Schaffhausen lief die Befestigung des Rheinufers ohne ihn weiter, denn Liutpald hatte sich als erfindungsreicher Baumeister erwiesen. Ita hatte sich zwar geweigert, für die Dauer seiner Reise mit den Kindern auf die Nellenburg zurückzukehren, aber er hatte Bewaffnete für den Schutz seiner Familie eingesetzt. Eberhard war ruhig und gelassen. Da für ihn das Herzogtum Schwaben eine solch große Wichtigkeit besaß, war er bereit, wenn nötig wochenlang auf seinen Onkel zweiten Grades zu warten.

Die Bischofsburg von Toul war ein Bauwerk, das Eberhard daran erinnerte, wie wenig Schaffhausen einer Stadt glich. Der Palast seines Onkels und die umstehenden Gebäude waren von einer Mauer mit Türmen umgeben. Ihre Dächer glänzten im Abendlicht wie goldene Schilder. Jenseits der Mosel sah Eberhard Hügel mit Weinbergen. Sattes schimmerndes Grün, auf dem braune und goldene Flecken tanzten.

Plötzlich überdeckten Traumbilder das Naturschauspiel. Eberhard sah die Schaffhauser Pfalz, von der er bei Radbots Besuch gesprochen hatte. Sie wurde begrenzt von Türmen mit spitzen Dächern, und dahinter sah Eberhard eine Mauer, die sich um die Stadt zog.

Wenn ich Herzog von Schwaben bin, wird das alles Wirklichkeit, redete Eberhard sich ein und nannte dem Wachposten am Tor der Bischofsburg seinen Namen.

Bruno von Egisheim, der Bischof von Toul, war jünger, als Eberhard erwartet hatte. Er war der Vetter seiner Mutter und damit sein Onkel zweiten Grades. Hedwig war schon fünfundfünfzig Jahre alt. Den Bischof schätzte er mindestens zehn Jahre jünger. Bruno hatte volles dunkelblondes Haar und blaue Augen. Eine Knollennase beherrschte die flachen Wangen des Onkels wie eine Burg die Ebene.

»Komm, Eberhard, laß dich anschauen«, sagte der Bischof freundlich. »Verwandte sind mir immer willkommen. Ich habe nur einen Neffen außer dir.«

Eberhard fühlte sich gehemmt. Immerhin stand er einem Bischof gegenüber, der Kaiser Konrad ein wertvoller Ratgeber gewesen war, der Prälaten und Grafen sagte, was sie zu tun hatten, und der als Brautwerber für Könige zu anderen Herrschern reiste. Eberhard zog das Schreiben der Mutter hervor und übergab es dem Onkel. »Hedwig, meine Mutter, läßt Euch grüßen. Sie hat ein eigenes

Kloster in Pfaffenschwabenheim gegründet und wäre dankbar, wenn Ihr es bei Gelegenheit besuchen und segnen könntet.«

Bruno las das Schreiben, legte es zur Seite, schaute Eberhard erwartungsvoll an, griff wieder zum Brief und legte ihn weg. Da merkte Eberhard, daß der Bischof auch nicht richtig wußte, wie er mit dem Neffen umgehen sollte. Das gab ihm Mut. Aber trotzdem konnte er nicht einfach so mit Hunfrieds Anliegen herausrücken. Verzweifelt suchte Eberhard nach Gesprächsargumenten und begann schließlich von seinem Kloster zu reden. »Ich habe von meiner Mutter her Besitz im Elsaß«, sagte er. »Weil ich nach Vaters Tod gelobt habe, ein Kloster zu stiften, dachte ich, das sei vielleicht im Elsaß zu machen.«

»Wer errichtet schon ein Kloster weit weg von seinen Interessen? Tu das nicht, Eberhard. Es wäre falsch. Bau dein Kloster dort, wo du zu Hause bist! Das wird deinen Verstorbenen und vor allem deinen Erben mehr helfen.«

Eberhard war verwundert, daß auch ein heiliger Bischof zuerst an Interessen dachte und an Beziehungen. Aber er war dem Onkel dankbar für den Ratschlag. Als Bruno sitzen blieb und ihn ansah, ohne zu reden, suchte Eberhard nach einem neuen Gesprächsthema. Weil es ihm immer noch zu früh schien, von Hunfried und seinen eigenen Plänen zu sprechen, wich er auf seine Kinder aus. »Eberhard, mein Ältester, ist der beste Schüler meines Waffenmeisters. Und Udo liest die Bibel, so wie andere sich auf Süßigkeiten stürzen. Ich glaube, er will ein Gelehrter werden.«

»Schön für dich. Wenn ein Mann vier Söhne hat, sollte er mindestens einen der Kirche weihen. Sei froh, daß du keinen zwingen mußt. Udo ist der Richtige, glaub mir.«

»Ihr meint ...«, begann Eberhard, aber Bruno redete dazwischen.

»Du, nicht Ihr. Ich bin kein alter Onkel, Eberhard.«

Eberhards Hand glitt zum Ohrläppchen. »Du meinst, wir sollten ihn für das Priestertum bestimmen, jetzt schon?«

»Weshalb nicht? Priester ist ja nur der erste Schritt. Ein Mann mit deiner Stellung kann seinen Sohn zum Bischof machen oder zum Abt.«

»Ich weiß nicht, ob das Ita gefallen wird.« Als Bruno belustigt mit den Augenbrauen zuckte, fügte Eberhard hinzu. »Ita ist meine Frau.«

»Das habe ich mir gedacht. Aber seit wann befiehlt eine Gattin ihrem Herrn, was zu tun ist?«

Eberhard ging nicht auf die Bemerkung ein. »Dann tun wir gut daran, ihm schon jetzt das Lesen und das Schreiben beizubringen.«

»Wie alt ist der Kleine?«

»Er ist gerade acht geworden.«

»Da wird es höchste Zeit, daß du ihn in eine Domschule bringst, die ihn zum Kanoniker heranzieht.«

Eberhard beschloß, die Sache mit Liutpald zu besprechen, aber Bruno war in Fahrt gekommen und fuhr fort: »Am besten bringst du ihn nach Worms, nach Köln oder nach Trier.« Als Eberhard keine Antwort gab, bat Bruno seine Gäste zum Abendessen in die Halle.

Im Morgengrauen des nächsten Tages ging Eberhard mit benachbarten Edelleuten und mit seinem Gefolge auf die Jagd. Das Gespräch über Hunfried zögerte er hinaus, bis Bruno ankündigte, er müsse abreisen.

Am letzten Abend nahm Eberhard all seinen Mut zusammen. Als niemand ihnen zuhörte, sagte er zum Bischof: »Mutter hat alles daran gesetzt, meinen Bruder Manegold zum Herzog von Schwaben zu machen. Aber seit der Vater und die Brüder tot sind, kümmert es sie nicht mehr, was aus mir, dem Rest der Familie, wird.«

»Möchtest du Herzog von Schwaben werden, Eberhard?« Wie schon mehrmals in diesen Tagen ging Bruno direkt auf den Kern der Sache zu. Eberhard gefiel das, auch wenn es ihn verlegen machte.

»Ja«, gab Eberhard zu, »aber ich weiß nicht, was der König von mir hält. Einmal, beim Brand von Parma, habe ich ihm fast das Leben gerettet. Aber er hat es nie erfahren. Ich habe das Gefühl, daß er mich weniger ernst nimmt als andere Vasallen in Schwaben.«

»Keine guten Voraussetzungen.« Brunos Stimme klang nüchtern. Er machte sich nie Illusionen und wollte auch andere auf dem

Boden der Wirklichkeit festhalten. Mit Träumen, sagte er später einmal zu Eberhard, könne man den Himmel erobern, aber kein Erzbistum und erst recht keine Herzogskrone.

»Ein vornehmer Domherr, der aus dem Zürichgau stammt, wirkt als Notar in der Hofkanzlei und will sich für mich verwenden.«

»Wie heißt er?«

»Hunfried. Er ist Domherr in Straßburg.«

»... und einer der fähigsten Männer der Hofkanzlei. Wenn du mich bittest, bei Königin Agnes ein gutes Wort für ihn einzulegen, sage ich ohne Bedenken ja. Wer auf einen solchen Mann setzt, muß sein Spiel gewinnen.«

Bruno versprach, den Domherrn gelegentlich in Straßburg zu besuchen und ihm anzudeuten, wer auf seiner Seite stand. »Der Königin werde ich dich auch direkt empfehlen. Ich weiß, was ich dir verdanke, Eberhard. König Heinrich hat es mir erzählt. Wenn du die Verschwörer in Turin nicht abgefangen hättest, wäre Odo über Lothringen hergefallen und hätte vielleicht mich und auch den Kaiser überrannt.«

Als Eberhard einen letzten Blick auf die Mauern und Türme von Toul warf, weilten seine Gedanken beim Königshof. Auf dem Weg zur Herzogskrone war er zwei Schritte weitergekommen.

In der Nacht verwoben sich die Konturen von Toul mit Zauberlinien und formten einen anderen Bischofspalast, den Eberhard nie gesehen hatte. In der Kirche am Altar stand ein Bischof. Seine Mitra war so riesenhaft, daß der kleine Udo darin schier ertrank.

23

Als hinter ihrem Heim in Schaffhausen die Mohnblumen blühten, fühlte Ita sich zu Hause, obwohl Eberhard in Straßburg war. Manchmal ging sie zu Anna und half ihr beim Pflegen der Männer, die sich beim Bau der Flußmauer verletzt hatten. Die Heilerin hatte viel dazugelernt. Ita las ihr oft aus dem Buch der Medici aus Salerno vor, das die Reichenauer Mönche für sie kopiert hatten. Anna hörte zu, und wenn sie eine Stelle als wichtig empfand, bat sie Ita, die Worte so oft zu wiederholen, bis der Sinn sich in ihre Erinnerung einbrannte. Am meisten lernte Anna aus ihrer eigenen Erfahrung. Sie befaßte sich mehr mit Krankheiten und Verletzungen als früher, weil eine andere Frau ihr die Hebammenarbeit abgenommen hatte.

Ein Siechenhaus gab es noch immer nicht in Schaffhausen. Eberhards Hörige hatten für Anna oberhalb des Bachs ein zweigeteiltes Haus gebaut. Im einen Raum schlief und kochte sie, im anderen lagen drei Strohsäcke für Kranke, die sie Tag und Nacht im Auge behalten wollte.

Manchmal versuchte Ita, mit der Heilerin über die Liebe zu sprechen. Aber Anna wich aus. Wenn Ita von Eberhard erzählte, schauten Annas Augen sie an, aber die Heilerin war nicht wirklich anwesend. Wie Hedwig, dachte Ita. Anna verschließt die Ohren. Oder was sie hört, bleibt irgendwo stecken, weil ihr Verstand nichts davon wissen will.

»Es ist sinnlos, Ita«, sagte Anna immer wieder. »Ich will weder Botho noch sonst einen Mann, und ich will keine Kinder.«

Einmal, als Ekkehards Haut mit roten Flecken übersät war und das Fieber stieg, blieb Anna über Nacht im Haus. Da sonst kein Bett frei war, nahm Ita die Heilerin zu sich in die Kammer.

Diese Nacht wurde eine Reise in Annas Seele. Zweimal schreckte Ita aus dem Schlaf auf, weil die Heilerin »Nein!« schrie und mit Händen und Füßen um sich schlug. Beim dritten Mal lag Ita noch wach.

»Nein, nicht Hildegard!« schrie Anna und warf sich hin und her.

»Wach auf!« flüsterte Ita und strich der Heilerin über das verklebte Haar. Sie warf einen Blick auf Ekkehard, aber er schlief und atmete ruhiger als am Abend vorher.

Anna erwachte, starrte zur Decke, drehte sich zu Ita um, starrte wieder zur Decke.

Sanft nahm Ita ihre Hand. »Wer ist Hildegard?«

»Es gibt keine Hildegard. Ich habe sie vergessen.«

»Du hast geschrien für sie.«

Hildegard sei ihre Schwester gewesen, stieß Anna hervor. Sie würgte an ihren Worten, als hätte sie zu große Brocken verschlungen. »Ich habe alles gesehen. Ich ...« Abrupt drehte Anna sich zur Wand um und schwieg. Ita drängte sie nicht. Sie legte die Hand auf Annas Arm und wartete.

Leise sprach die Heilerin weiter, ohne sich umzudrehen. »Mutter hat eine Frau entbunden, und der Kindsvater hat uns draußen zu essen gegeben, weil seine Hütte nur den einen Raum hatte. Plötzlich fiel er über Hildegard her, er riß ihr die Kleider vom Leib. Als er sie zu Boden stieß und sich auf sie warf, schrie sie, aber die Schreie seiner Frau waren lauter.« Sie, Anna, habe zugesehen und nichts getan. Weil Hildegard sich wehrte, habe der Mann ihren Hals zugedrückt und sie gewürgt und gewürgt. »Dann trug er sie in den Wald hinaus. Mich schnauzte er an, den Mund zu halten. Sonst werde er mir das Leben nehmen wie meiner Schwester.«

»Und deine Mutter?« fragte Ita dazwischen. »Was hat sie getan?«

»Ich habe ihr nichts gesagt.« Sie habe das längst vergessen, schluchzte Anna. Nur in der Nacht kehre es zurück. »Ich habe ihr nicht geholfen, Ita. Ich habe einfach dagestanden und nichts getan. Hildegard war erst dreizehn Jahre alt.«

Ita nahm die Heilerin in den Arm, sie spürte ihr Beben und ihre

Steife. Anna wirkte, als wolle sie alles wieder in sich einschließen. »Und wie alt warst du?«

»Ich weiß es nicht. Hildegard war die älteste, und ich bin das jüngste von sechs Geschwistern.«

Dann war sie höchstens fünf oder sechs Jahre alt, dachte Ita, und Ebo kam ihr in den Sinn. Ihr Kind, das man entführt und das der Stiefsohn des Linzgaugrafen vielleicht mißhandelt hätte, wenn ihm die Flucht gelungen wäre.

Die Heilerin riß Ita aus ihren Gedanken, weil sie schluchzte und zitterte und sich an sie klammerte wie eine Ertrinkende.

»Du warst ein kleines Kind, Anna«, sagte Ita leise. »Du konntest nichts tun. Dich trifft keine Schuld. Aber ich verstehe, daß du nicht heiraten willst.« Später, als Anna sich beruhigt hatte, sprach Ita weiter. Die Liebe könne schön sein, und im Leben der Welt sei der böse Mann nicht mehr als ein Sandkorn gewesen.

»Ich bin froh, daß ich nicht mehr Hebamme bin«, sagte Anna plötzlich. »Jede Geburt ist eine Qual für mich. Die Schreie der Frauen, ihr Schmerz, weil Männer ihnen das angetan haben.«

»Du siehst die Welt verdreht, Anna. Die Geburt ist nur ein Augenblick. Alles andere ist schön, wenn man den richtigen Mann gefunden hat.«

»Ich bin Heilerin, ich helfe den Menschen. Genügt das denn nicht? Muß ich heiraten, um eine Frau zu sein?«

Ita stand auf, holte ein Tuch, trocknete behutsam Annas schweißnasse Stirn. »Du gibst mehr als genug, Anna. Aber darum geht es nicht. Damit du dich nicht mehr quälst, mußt du endlich begreifen, daß nicht alle Männer wie jener Bauer sind. Schau dir Botho an ...«

Beim Gedanken an ihren Verehrer begann Anna wieder zu schluchzen, sie stand auf und zog sich an.

»Er weiß, daß du ihn nicht heiraten willst«, sagte Ita und hielt die Heilerin am Arm fest. »Trotzdem möchte er mit dir sprechen, mit dir befreundet sein wie du mit mir und ich mit dir. Bitte, Anna, mir zuliebe. Geh mit den Männern um wie mit den Frauen oder wie mit den Priestern! Sie sind Menschen, keine Ungeheuer.« Aber Ita erkannte, daß ihre Worte Anna nicht bewegen konnten. Die Heilerin zog die Tür zu und ging. Ita wußte, daß sie versagt hatte. Weshalb hatte sie Anna nicht wortlos in die Arme genommen und getröstet? Weshalb mußte sie immer wie ein Schlachtroß auf ihr Ziel losgaloppieren, auch im falschen Moment?

Trotzdem sprach Ita am nächsten Tag mit Siegfried, und der ging anschließend zu Botho. Was er ihm sagte, erfuhr sie nicht. Aber der Ministeriale machte Anna nie mehr einen Antrag. Er war einfach immer da, wenn ein Verletzter vor ihr lag und sie niemanden sonst hatte, der ihn wegtrug. Manchmal stellte er einen Korb mit Gemüse oder mit Früchten vor ihre Hüttentür. Anna dankte ihm und sagte sonst nichts. Als Botho einmal mit gekochtem Fisch an ihre Tür klopfte, nahm Anna ihm die Holzschale ab, lächelte und sperrte sich wieder ein. Aber wenn sie ihm auf der Straße begegnete, wich sie ihm nicht mehr aus.

Ita hörte auf, sich einzumischen. Sie ging oft zur Heilerin, denn sie hatte keine anderen Freundinnen in Schaffhausen. Aber von der Liebe sprach sie nicht mehr. Mit der Zeit gewöhnte sie sich daran, wie Anna und Botho nebeneinander hergingen und sich anschwiegen oder vielleicht auch nicht. Manchmal schien es Ita, als finde Anna langsam einen Weg, in Botho den Menschen zu sehen und nicht eine Gestalt aus ihrer Erinnerung.

Im September, kurz nachdem Eberhard zurückgekehrt war, reiste er nach Zürich, und Ita ging mit ihm. Cristildis hatte ihr von der neuen Nonne im Kräutergarten geschrieben, einer Frau aus Italien, die seltene Gewächse aus dem Süden hatte kommen lassen. Ita wollte sie kennenlernen und Pflanzen nach Schaffhausen und auf die Nellenburg mitnehmen.

Unterwegs sprach Eberhard von der Pfalz, die er in Schaffhausen für die Familie bauen wollte. Ita träumte gern mit ihm, aber sie wußten beide, daß Liutpald sich gegen den Plan sträubte. Seit er nicht mehr jung war, wollte der Priester nicht mehr viele Eisen gleichzeitig schmieden. Erst mußte die Ufermauer fertig gebaut sein, dann würde man vielleicht die Pfalz in Angriff nehmen. Sie wußten, daß Liutpald recht hatte, aber sich die Zukunft auszumalen war schön.

Dann fing Eberhard wieder mit Udos Ausbildung in einer Domschule an. Ita hätte am liebsten nie wieder etwas davon gehört. Nach Eberhards Rückkehr aus Toul hatte er Ita zuerst selbst überzeugen wollen und dann Liutpald vorgeschickt. Aber sie wehrte sich. Udo sei noch zu jung. Später vielleicht, wenn er fünfzehn sei. Schließlich bestand Eberhard darauf, Udo selbst zu fragen. Und der Knabe stellte sich auf die Seite des Vaters. Er wolle lernen, nichts sei ihm lieber als die Heilige Schrift, die Kirchenväter und das Lesen überhaupt. Trotzdem sagte Ita nicht ja. Da Eberhard nur ungern etwas gegen ihren Willen tun wollte, versuchte er immer wieder sie zu überzeugen.

»Keine Familie schenkt der Kirche mehrere Söhne«, sagte Ita, als sie das Ufer des Zürichsees erreicht hatten. Im Westen war die Sonne jetzt ein Feuerball, die Häuser schimmerten wie vor einem Flammenmeer.

»Wer spricht denn von mehreren Söhnen?« Eberhard war guter Laune, er freute sich auf Zürich, und seine Stimme hatte einen ungezwungenen Klang.

»Du weißt genau, daß Abt Berno ein Auge auf Ekkehard geworfen hat. Und der Kleine genießt seine Besuche auf der Reichenau. Manchmal kommt es mir vor, als hätten die Mönche ihn längst aufgenommen.«

Eberhard dachte an Hunfrieds Bemerkung, seine Söhne könnten Bischöfe oder Äbte werden. Aber er sagte nichts davon, sondern fragte: »Was willst du denn sonst? Daß alle in den Krieg ziehen?«

Ita gab keine Antwort. Sie wußte, daß Eberhard auf Ebo anspielte, der sich am liebsten in der Waffenschule aufhielt und dem der Vater nie genug Geschichten von seinen Feldzügen ins Burgund erzählen konnte.

»Du weißt, daß ich nichts gegen die Kirche habe. Es ist nur das Alter. Udo ist erst acht. Können wir nicht einige Jahre warten?«

»Und ihm die Zukunft verbauen? Schau dir doch Hunfried von Embrach an oder Bruno von Toul und all die anderen Domherren und Bischöfe! Sie sind mit sieben oder acht in eine Domschule eingetreten. Wer später kommt, hat die besten Möglichkeiten schon verspielt.«

Ita sah zwei schwer bewaffnete Reiter der Abtei vorbeiziehen. Und in diesem Augenblick spürte sie wieder die Angst, die sie während Eberhards Feldzügen fast zum Wahnsinn getrieben hatte. Der Schmerz der Erinnerung ging vorbei, aber Ita sah Eberhards Vorschlag nun in einem anderen Licht. Als er weiter ausholte und sagte, »bei mir kann als Erwachsener nur ein Sohn bleiben, für die anderen müssen wir Möglichkeiten auswärts suchen, und da ist die Kirche besser als das Heer«, gab Ita nach.

»Gut, Eberhard. Tu, was du willst. Aber versprich mir, daß Udo uns manchmal besuchen kommt. Sonst gehe ich zu ihm.«

»Ich hätte ohnehin so entscheiden müssen, auch gegen deinen Willen«, sagte Eberhard ehrlich. Er grinste, streckte den Arm aus und berührte Itas im Wind fliegende Haarsträhnen. »Aber es ist mir lieber, wenn du einverstanden bist.«

Dann sprachen sie wieder über den Kräutergarten der Abtei und über Itas Wunsch, die wichtigsten neuen Pflanzen mitzunehmen. Im Buch aus Salerno hatte sie von Heilpflanzen gelesen, die sie bisher nicht einmal auf der Reichenau gefunden hatte und die jetzt offenbar in Zürich wuchsen.

Aber an der Limmat angekommen, war nicht mehr wichtig, was Eberhard und Ita hergeführt hatte. Das war immer so gewesen. Man kam, um Geschäften oder Plänen nachzugehen und vergaß sie vollständig. Denn Zürich war eine Welt, die in sich selbst den Nabel sah und die fremde Ideen schluckte oder unwichtig machte. Eine Welt, in der in Vergessenheit geriet, was nicht Zürich war.

Diesmal war alles anders als sonst. Zürich war nicht mehr Zürich. Ita spürte es von weitem, als die Dächer der Abteikirche und der Pfalz deutlicher zu sehen waren. In der Dämmerung kamen ihnen Händler und Bauern mit Pferden oder zu Fuß entgegen, und etwas Dunkles schwebte über ihren Köpfen, wie die schwarzen Heiligenscheine der gefallenen Engel. Ita und Eberhard sahen empörte, erstaunte oder traurige Gesichter, aber kein Händler schmunzelte vor sich hin, und die Pilger, die sonst versonnen zum Himmel lächelten, wirkten verschlossen. Zürich war nicht mehr Zürich, weil der heilige Mittelpunkt der Stadt aus dem Lot geraten war. Die Abtei, der Stolz der Könige und Kaiser, lag im Schmutz.

Im Kloster brauchte Ita am nächsten Tag nicht lange zu fragen. Cristildis empfing sie im Besuchsraum. Als sie zu reden begann, sah Ita den Rheinfall vor sich, der stürzte und stürzte und nie aufhörte, unten anzukommen.

»Der Ruf von Sankt Felix und Regula ist ruiniert, Ita«, sagte die Nonne. »Ausgerechnet jetzt. Elisabeth hat eben das Gelübde abgelegt.« Cristildis berichtete von ihrer Tochter, von der Weihe, von den Auseinandersetzungen mit den Chorherren. Sie redete, schnappte nach Luft und redete weiter. Ita war gleich mit zwei Lebensgeschichten konfrontiert, und dabei hätte sie gern gewußt, weshalb der Ruf des Klosters am Boden lag. Aber es war nicht möglich, die Nonne zu unterbrechen. Mit der Zeit begriff Ita, daß die Abtei nicht wegen Cristildis oder Elisabeth im Schmutz lag. Es war viel schlimmer.

»Stell dir vor, Ita! Unsere Äbtissin Irmgard. Sie hat das Keuschheitsgelübde verletzt und mit einem Ministerialen gesündigt. Man hat die schmutzige Geschichte herumerzählt, und nun hat König Heinrich Irmgard abgesetzt. Er will …«

Ita nahm Cristildis beim Arm und schüttelte sie.

Verwundert riß die Nonne ihre großen runden Augen auf, das letzte Wort schwebte in ihrem offenen Mund und wurde dann zu einem Seufzer.

»Weißt du nicht mehr …«, flüsterte Ita, aber sie traute sich nicht, zu Ende zu sprechen. »Deine Elisabeth! War das auch eine schmutzige Geschichte? Ausgerechnet du willst über eine andere richten?«

»Ich war Novizin, Ita. Jung und unerfahren. Sie ist die Herrin von Zürich. Aber du hast mich falsch verstanden. Ich habe Irmgard gern, wir alle möchten ihr helfen.«

»Was passiert nun mit ihr?«

»Sie wird abgesetzt und vielleicht zum Tod verurteilt. Wir alle sind entrüstet, aber wir wollen zu ihr stehen und haben den König um Gnade gebeten. Auch wegen des Klosters.«

Irmgard bereue ihren Fehltritt, aber das könne nichts mehr ändern. König Heinrich sei unerbittlich wie die Cluniazensermönche.

Leider schienen alle Vermittlungsversuche fruchtlos zu bleiben. Man habe sogar Bischöfe um ein gutes Wort für sie gebeten und ein Schreiben nach Rom geschickt.

»Habt ihr auch Abt Berno von der Reichenau um Hilfe angefragt?«

»Nein, wes...«

»Von ihm hat der König seine strengen Ideen«, schnitt Ita Cristildis das Wort ab. »Wenn er auf einen hört, dann auf ihn.«

»Dann nichts wie los, Ita. Schick Eberhard los! Nein, warte! Laß mich eine Weile allein! Ich will Irmgard bitten, einen Brief an den Abt aufzusetzen.«

Ita kannte Irmgard kaum. Trotzdem spürte sie, wie Cristildis' Sache zu ihrer Sache wurde. Ohne nach der Nonne im Kräutergarten oder nach den neuartigen Pflanzen zu fragen, lief sie aus dem Kloster zur Pfalz. Der Abend dämmerte schon, und über dem See zog sich ein Gewitter zusammen.

Auf dem Vorplatz kam ihr Eberhard entgegen. Er hatte bei einem Tausch von Ländereien Zeuge sein müssen und begann zu erzählen. Aber wie immer, wenn ihr etwas auf den Nägeln brannte, wollte Ita die erste sein und unterbrach ihn. Mit wenigen Worten berichtete sie, was Cristildis gesagt hatte.

Eberhard ließ sich nicht mitreißen. Selbst für eine Äbtissin mache er sich nicht vor dem Reichenauer Abt lächerlich. Irmgard solle ihren Brief durch einen Boten schicken.

Ita meinte, man müsse Berno die Einzelheiten persönlich erzählen, denn es gäbe Dinge, die man nicht dem Pergament anvertrauen könne. Als Eberhard sich weiter sträubte, sagte Ita, sie gehe jetzt den Brief holen und reise nötigenfalls allein an den Bodensee zurück. »Das war mein Kloster, Eberhard«, sagte sie leise. »Und ich weiß, wie rasch man in die Sünde rutschen kann. Wir müssen Irmgard retten.«

Eberhard stand immer noch neben seinem Pferd, als Ita mit dem Schreiben zurückkam. Er starrte auf das befestigte Haus des Lenzburgers, dann auf das Kloster. Er sah aus, als hätte er alle schwarzen Wolken über Zürich in sich aufgenommen.

»Was ist los, Eberhard? Du hast die Äbtissin ja kaum gekannt.«

»Aber dich kenne ich. Meine Frau, die erfahren hat, wie rasch man in die Sünde abrutschen kann.«

»Mein Schatz«, lachte Ita und fiel ihm um den Hals, obwohl Krämer und Hörige vorbeigingen. Sie fühlte sich, als hätte sie in den Glückstopf gegriffen. Einen Augenblick lang dachte sie an Ulrich von der Lenzburg und daran, daß sie seinem Werben damals vielleicht nachgegeben hätte, wenn Diebe nicht das Mehl in der Pfalz gestohlen hätten. Das wäre es dann gewesen, ein Glücksmoment und das Abgleiten in die Sünde. Aber Ita schob die Erinnerungen beiseite und sah Eberhard strahlend in die Augen. »Du bist eifersüchtig, wie schön! Mit der Sünderin habe ich aber nicht mich gemeint. Ich weiß das von einer Nonne, die selbst ein Kind hat.«

Eberhard fühlte sich erleichtert wie beim Aufwachen nach einem Alptraum. Er entdeckte die blonden Strähnen in Itas Haar, als sähe er sie zum ersten Mal. Der Wind wirbelte sie durcheinander, sie verfingen sich ineinander und formten ein Netz aus Gold.

Die Gewitterwolken waren abgezogen. Über dem See lag ein Glanz, der das Blau in Licht tauchte. Am Horizont färbten sich die Wolken rötlich. Sie sahen aus wie verwobene Mohnblumenblätter. Eberhard war glücklich. Als hätte er Ita verloren und wiedergefunden.

Obwohl Cristildis zur Eile gemahnt hatte, kehrten Eberhard und Ita zuerst auf die Nellenburg zu den Kindern zurück. Eberhard wollte Ekkehard im Arm halten, wenn er Abt Berno gegenüberstand. »Wenn ich Ekkehard bei mir habe«, sagte er, »bekommt der Abt vielleicht Mitleid und setzt sich für Irmgard ein.« Der Vierjährige hatte Kräfte, die niemand erklären konnte. Er war einfach da und sah den Menschen in die Augen, und schon erkannten sie, was gut war und was nicht.

Auf der Reichenau ließ sich Berno tatsächlich von Eberhards Geschichte erweichen und versprach, dem König zu schreiben. Seine Augen waren während des Gesprächs auf Ekkehard gerichtet. Als Eberhard sich verabschieden wollte, stellte der Abt die Frage, die längst fällig war. Ob Ekkehard in die Klosterschule eintreten, ob er unter Hermanns Obhut studieren und unter Bernos eigener Anleitung die Geschichten der Märtyrer und der Heiligen kennenlernen wolle. Ekkehard strahlte, streckte die Arme aus und ließ sich von Berno umfangen.

Aber Eberhard gab eine ausweichende Antwort. Ekkehard sei erst vier, man werde in drei Jahren weitersehen. Er wollte sein Kind keinem Abt versprechen, der Geheimnisse vor ihm hatte, der sich von Unbekannten die Lippen versiegeln und dazu verleiten ließ, ihm, Eberhard, zu schaden.

Im Spätherbst schrieb Cristildis. Sie wollte sich bedanken. Abt Berno sei nach Zürich gekommen und habe mit der Äbtissin gesprochen. Dann habe er für die Sünderin Fürsprache beim König eingelegt und auch einen Brief an Königin Agnes geschrieben. Zwar verurteile er den Fehltritt der Äbtissin scharf, habe Berno dem König anvertraut, aber Irmgard bereue ihre Tat. Ihr Bett sei mit Tränen überschwemmt und sie wolle Buße tun. Cristildis schrieb, auch die Königin habe sich bei ihrem Gatten für Irmgard eingesetzt, aber alles Bitten sei vergebens geblieben, und: »Der König hat die Äbtissin abgesetzt. Jetzt muß sie ihr Leben als einfache Nonne beenden. Wenigstens hat Heinrich sie nicht lebendig begraben lassen.«

Ita betete und zündete für Irmgard Kerzen an, aber bald verlor sie die Angelegenheit aus den Augen. Auf der Nellenburg und in Schaffhausen hatte Zürich keine Macht mehr über sie.

Nach einiger Zeit merkte Ita, daß sie wieder schwanger war. Eberhard neckte sie, es werde endlich ein Mädchen sein und sie, Ita, zur Zweitschönsten der Familie machen. Ita freute sich auf ihr Kind, aber zugleich fühlte sie sich wie das Sinnbild einer Waage. Auf die eine Schale kam ein neues Kind, von der andern würde bald eines verschwinden.

Liutpald traf die letzten Vorbereitungen, damit Udo als würdiger Domschüler in den Norden reisen konnte. Schon im August hatten Boten Briefe zum Bischof von Toul und zu Hunfried nach Straßburg getragen. Beide hatten ihre Fühler ausgestreckt und Eberhard übereinstimmend vorgerechnet, daß Udo in Trier die besten Chancen haben werde. Im Frühling, hatten Eberhard und Ita beschlossen, wollten sie den Sohn hinbegleiten. Nun würde Ita zu Hause bleiben müssen, denn im Mai oder Juni sollte ihr Kind zur Welt kommen.

Itas Schwangerschaften waren alle einander ähnlich. Wenn sie sich auf ein Kind freute, trat anderes in den Hintergrund. Sie war glücklich und losgelöst von den Alltagssorgen. Und ihre Fürsorglichkeit nahm zu. Das spürten ihre Kinder. Ebo wehrte sich gegen die Bemutterung, aber Udo ließ sich von Ita in den Arm nehmen und wiegen wie ein Säugling. Er spürte den bevorstehenden Abschied und blickte in eine ungewisse Zukunft.

Da der neue Ofen die Halle der Nellenburg gut heizte, kehrten sie im November dorthin zurück. Liutpald blieb in Schaffhausen, denn er litt an Gicht, und beim Reiten plagten ihn Schmerzen. Zudem wollte er die Arbeiten an der Ufermauer vorantreiben.

Eberhard pendelte zwischen der Nellenburg und Schaffhausen hin und her und reiste öfter als in den letzten beiden Jahren in den Zürichgau und in den Neckargau, um Recht zu sprechen und um in Streitfällen zu vermitteln.

Mit den Besitzungen in Maienfeld und der Grafschaft Chiavenna stand er durch seine Dienstleute in Verbindung, die als Händler nach Pavia reisten. Manchmal schickte Eberhard einen Untervasallen mit, der ihn in Chiavenna als Gerichtsherrn vertreten und regelmäßig beim Bischof von Chur vorsprechen mußte, weil er auf die Sympathie des Prälaten angewiesen war.

Die für Eberhard Handel treibenden Ministerialen waren ehrliche Männer, die keine Abgaben für sich zurückbehielten, obwohl Maiorin jedesmal mehr ablieferte, als sie erwartet hatten. Eberhard erlaubte seinem tüchtigsten Handelsreisenden, auch auf eigene Rechnung in Pavia einzukaufen, und als Carolus heiratete, übertrug er ihm in Schaffhausen Land für ein eigenes Haus.

Am Tag des Überfalls auf die Burg hielt sich Eberhard im Zürichgau auf. Den Fremden war es durch eine List gelungen, die Besatzung zu täuschen.

Nie fand Eberhard heraus, ob die Fremden aus eigenem Antrieb zur Nellenburg gekommen waren oder ob jemand sie geschickt hatte. Nach dem Kampf mit dem herbeigestürmten Waffenmeister und seinen Männern waren sechs Angreifer tot. Der einzige Überlebende wurde befragt. Er sagte, sie seien gekommen, um die Burg zu erobern, weil sie einen Stützpunkt brauchten für ihre Streifzüge. Eberhard glaubte dem Mann nicht und warf ihn in die dunkle Kammer neben dem Latrinenschacht. Bei Wasser und Brot, ohne Sonnenlicht, so wie er es beim Zürcher Vogt erlebt hatte. Als im Januar das Wasser auf den Weihern gefror, holten sie den Gefangenen in die Halle. Aber es war zu spät. Er hatte sich eine Erkältung zugezogen, die immer schlimmer wurde. Nach einigen Tagen starb er, und Eberhard war sich noch immer nicht sicher, ob die Angreifer von sich aus gekommen oder von Feinden geschickt worden waren.

Als es kälter und kälter wurde, ritt Eberhard nicht mehr fort. Er saß in der geheizten Halle und dachte nach. Er war verunsichert, und er haßte seine Unsicherheit. Die machte sich immer dann breit, wenn er keine Lösung sah, wenn eine Sorge ins Unermeßliche wuchs, und er die Gefahr nicht einschätzen konnte. Vielleicht waren die Angreifer tatsächlich aus eigenem Antrieb gekommen, und nun lagen sie unter der gefrorenen Erde. Aber wenn nicht? Wer war sein Feind, der ihm die Burg nehmen und sich an seine Stelle setzen wollte? War das vielleicht ein Feind, der so mächtig war, daß er Äbten die Lippen versiegeln konnte?

Weil der Rhein wenig Wasser trug und im Winter kaum Schiffe anlegten, die beschützt werden mußten, zog Eberhard die Hälfte seiner Wachmänner aus Schaffhausen ab und ließ sie auf die Nellenburg kommen. Nicht ein einziger wie bisher, sondern eine Gruppe von Männern mußte gleichzeitig wachen. Sie trugen Pelze und marschierten im obersten Stock Tag und Nacht zwischen den Fenstern hin und her, um sich warm zu halten und zu beobachten.

Vorräte gab es genug auf der Burg. Die Felder warfen immer mehr ab. Eberhard hatte ein Waldstück roden lassen, um weitere hörige Bauern anzusiedeln. Auch Schaffhausen konnten sie getrost sich selbst überlassen. Für Notfälle gab es jetzt zwei Getreidespeicher, einen bei der Kapelle und einen hinter Azzos Taverne.

Eine dicke Schneedecke lag über dem Talkessel, als Liutpald mit zwei Kriegern und einem Knecht auf der Nellenburg ankam. Es war weniger kalt, die Kinder spielten zwischen der Burg und den Palisaden. Sie bewarfen einander mit Schneebällen.

Ekkehard kniete abseits im Schnee und rollte eine Kugel vor sich her, die mit jeder Umdrehung größer wurde. Als sieben Bälle nebeneinanderlagen, drückte er einen auf den andern, bis eine Säule entstand, die aussah wie das Bein eines Holzaltars. Vorsichtig bohrte Ekkehard mit einem Stab ein Loch und schob eine Querlatte durch. »Unser Kreuz«, sagte der Vierjährige zu Ita. »Es wird das Böse fernhalten, und wir werden nie mehr überfallen.«

Liutpald stapfte erschöpft durch den Schnee, er grüßte nur flüchtig und ging an Ita vorbei in die Burg. Sie sah ihm an, daß etwas nicht stimmte. Er hatte einen Gesichtsausdruck wie der Priester in der Dorfkirche, wenn er von den Qualen der Sünder in der Hölle sprach. Oder von Sodom und Gomorrha oder von der Sintflut. Ita ging in die Halle und sah ihn auf Eberhard einreden.

Mit einem Becher warmer Gemüsebrühe zwischen den Händen stand Liutpald am Ofen. Er schlürfte und stöhnte gleichzeitig, denn er hatte kein Gefühl in der rechten Hand. Sie war wie erfroren. Aber die Wärme brachte neues Leben in die Finger und mit dem Leben den Schmerz.

»Die Schutzmauer am Rhein ist fast fertig«, stieß Liutpald hervor. Sie hätten auch im Winter weitergebaut. Nicht trotz, sondern wegen der Kälte. Als der Boden gefror und an flachen Rheinstellen auch das Wasser am Ufer, wurde es in den Häusern und Hütten kalt. Ritze zwischen den Dielen wurden mit Lumpen oder mit Moos verstopft. Die Kohle auf den Herden glühte Tag und Nacht, aber ihre Wärme wurde von der eiskalten Luft aufgesogen wie ein Sonnenstrahl vom ewigen Schnee. Nachts war das nicht so schlimm, weil man Decken hatte, Felle und Strohsäcke. Aber tagsüber blies der eiskalte Wind weiter, er blies durch die Risse in den Fensterläden, und die Menschen mußten hin- und hergehen, um nicht zu erfrieren. Auch in den Wohnställen war es kalt, obwohl Menschen, Ziegen, Schafe, Hühner sich zusammendrängten. Liutpald sagte, es sei ihnen vorgekommen, als würde es nie wieder einen Sommer geben in ihrem Leben.

Ita wollte Liutpald unterbrechen und endlich wissen, was geschehen war. Aber der Priester hörte nicht zu. Auch sein Verstand schien eingefroren, und sein Redefluß war erstarrt. Die Worte brachte er eines nach dem anderen heraus wie in der Luft festgefrorene Eisklötze.

»Da sind wir alle hinausgegangen zur Mauer«, erzählte Liutpald. »Am Fluß haben wir einen riesigen Holzstapel angezündet. Die Hitze verdrängte die Kälte, und wenigstens die Kinder und die Alten hatten es warm, wenn sie auf Steinquadern standen und nicht auf dem gefrorenen Boden.« Alle anderen trugen Baumaterial hin und her, häuften Steine aufeinander, bis ihre Körper Öfen waren. Die Frauen erhitzten Wasser mit Gemüse und verteilten die Becher, ohne darauf zu achten, an wen.

»Sie sind von Norden gekommen«, sagte der Priester dann. »Es waren so viele, daß sie alles überfluteten. Sie überrannten die Wächter vor den obersten Häusern, und wer sich ihnen in den Weg stellte, wurde mit Schaufeln oder Stöcken zur Seite gestoßen.«

»Wer?« fragte Ita dazwischen, weil sie das Ende der Erzählung nicht mehr abwarten konnte.

»Hörige aus dem Klettgau und aus dem Hegau. Ihre Herren hatten die Vorräte für sich behalten und ihre Türen verschlossen. Als sie nichts mehr zu essen fanden, rotteten die Menschen sich zusammen und gingen nach Süden. Weil es in Konstanz eine Schutzmauer gibt, sind sie nach Schaffhausen gekommen. Jeder weiß, daß wir Getreidespeicher haben, die nie leer sind.«

Liutpald erzählte aufgeregt weiter. Jetzt seien die Vorräte aufgebraucht, und ein Teil der Fremden habe sich in Schaffhausen eingenistet. »Unsere Leute haben nichts mehr zu essen«, sagte er.

Sie beschlossen, Burgmannen mit Vorräten nach Schaffhausen zu schicken. Das schlimmste Problem, den Hunger, konnte man aus der Welt schaffen. Aber Eberhard fühlte sich so unruhig, daß er an diesem Abend lange nicht einschlafen konnte.

Er ritt nach Schaffhausen und sah rauchende Ruinen. Feuersäulen stiegen zum Himmel auf wie am Tag des jüngsten Gerichts. Überall lagen Tote, und Fremde, die dünn waren wie Skelette, zogen ihnen die Kleider aus. Keines seiner Häuser erkannte Eberhard wieder, denn sie waren bis auf die Grundmauern abgebrannt. Am Steg kletterten Geistergestalten auf die Schiffe und steckten sie in Brand. Dann sah Eberhard die Kinder. Ekkehards Kopf ging im

Rhein unter, tauchte auf und ging wieder unter. Mit einem Schrei wollte Eberhard zu ihm laufen, aber es kamen keine Töne, und seine Beine waren gelähmt. Wie damals im Gefängnis seiner Seele. Er mußte sehen und leiden, aber etwas tun konnte er nicht. Eberhard sah, wie ein totenbleicher Mann Adalbert an den Füßen über sich schwang wie ein nasses Tuch. Dann warf er das Kind in den Rhein. Eberhard schrie und schrie, bis Ita die Arme um ihn legte und flüsterte, es sei alles nur ein Traum gewesen.

In dieser Nacht lag Eberhard lange wach. Was passiert war, das schwor er sich, sollte sich nie wiederholen. Zweimal war Schaffhausen überfallen worden, und beide Male war er machtlos gewesen, trotz der vielen bewaffneten Männer. Eberhard beschloß, um seine Siedlung eine Mauer zu bauen. Die Angst, die immer noch an ihm nagte, vertrieb er durch Träume, die in den Himmel wuchsen. Eberhard sah Schaffhausen mit noch mehr Häusern und mit einer schützenden Mauer um die Stadt herum. Er sah auch das Ufer mit der Befestigung und den Rhein, der bei hohem Wasserstand nicht mehr den Ort bedrohte. Und dann schlich sich plötzlich das Kloster in seine Wachträume. Er sah es so klar, daß er keine Zweifel mehr hatte: So und nicht anders muß es sein. Trotzdem beschloß er, Liutpald und Ita noch nichts davon zu sagen. Erst mußte er seine Gedanken ordnen an einer heiligen Stätte. Wo das Kloster stehen würde, war gleichgültig. Der Ort würde sich finden. Eberhard war sicher, daß Gott im Himmel und die Seelen des Vaters und der Brüder dieses Kloster wollten und ihm den Weg zeigen würden. Und den genauen Standort. Denn die Abtei seiner Wachträume hatte klare Konturen, Fenster und ein Dach, aber die Umgebung sah er nur verschwommen. Eberhard konnte nicht erkennen, ob sie auf einem Hügel lag, auf einem Berg, am See oder am Fluß.

24

Die Fremden hatten eines von Eberhards Häusern besetzt und zwei, die Handwerkern gehörten. Schon von weitem sah Eberhard den Aufruhr. Einheimische mit Schaufeln und Stöcken hoben drohend die Arme, andere trugen Brennholz herbei und stapelten es vor den Behausungen der Handwerker. Einige Dienstleute gestikulierten mit, andere hielten sich unschlüssig abseits. Mitten in der Menge stand ein Mann und schrie, aber niemand schien auf ihn zu hören.

Eberhard war froh, daß er seine Leute nach Schaffhausen begleitet hatte. Eigentlich hatte er bei Ita und den Kindern bleiben wollen. Aber im letzten Augenblick, als die Karren und Packpferde sich schwer beladen den Burghügel hinunterbewegten, sagte Ita zu Eberhard, er müsse mit ihnen gehen, sie wisse nicht, weshalb, sie fühle es einfach. Schaffhausen brauche ihn.

Das hat sie noch nie so gesagt, ging es Eberhard jetzt durch den Kopf. Wenn es darum ging, ihn oder andere zu schützen, hatte Ita sich immer für ihn entschieden. Und nun hatte sie ihn angefleht, mitten im Aufruhr nach Schaffhausen zu gehen. Er hatte nachgegeben und befohlen, daß auf der Nellenburg immer zwei Leute gleichzeitig wachen mußten.

Als die Männer, die sich vor den Häusern zusammengerottet hatten, sahen, wie Eberhards Leute Säcke und Fässer abluden, kamen sie herbei. Sie hatten Hunger, aber Eberhard bestimmte, die Vorräte würden in Azzos Taverne gebracht und Tag für Tag an alle verteilt.

Ohne auf die Leute zu achten, ging Eberhard an ihnen vorbei zur Kapelle. Dort lagen die Toten aufgebahrt. Ein Fischer und ein höriger Bauer, die sich der Meute der fremden Hungrigen in den Weg gestellt hatten und erschlagen worden waren. Eberhard kniete nieder, er zündete Kerzen an. Auch diese Männer hatten an seinem Schaffhausen gebaut und darin ihre Zukunft gesehen. Es schmerzte, aber Eberhard war trotzdem erleichtert, daß Botho und Azzo und seine anderen Ministerialen lebten. Dann sah er abseits von den beiden erschlagenen Männern eine Frau. Die Tote hatte glänzendes schwarzes Haar. Neben ihr kniete Azzo und hielt ihre Hand. Eberhard ging zu ihm, legte den Arm um seine Schulter und blieb so stehen, ohne ein Wort. Dann ließ er den Dienstmann mit seiner Trauer allein und ging zum Marktplatz.

»Sie müssen mit dem Leben bezahlen«, schrie ein Greis hinter Eberhard her. »Meinen Sohn haben sie erschlagen und Azzos Frau, die ihnen nichts getan haben. Sie standen der Wolfsmeute nur im Weg.«

Andere Menschen kamen und forderten das Gleiche. Eberhard sah wieder Azzos junge Frau vor sich und fühlte, wie der Haß auf die Fremden ihn forttrug. Solche Gefühle hatte er immer vom Krieg erwartet, aber im Burgund und in Italien war es anders gewesen. Dort hatte das Leben im Feldlager ein Band der Freundschaft gewoben. Hier war kein Platz dafür. Gemeinsam war nur die Wut, sonst war jeder mit seinem Schmerz allein.

Botho trat zu ihm, und auch dessen Bruder Azzo kam aus der Kapelle.

»Aushungern können wir sie wohl nicht«, sagte Eberhard. Es war mehr eine Frage als eine Feststellung.

»Nein, sie haben unsere Speicher geplündert und sich mit den Vorräten in drei Häusern verbarrikadiert. Aber wir können sie ausräuchern.« Azzo sprach leise. Eberhard sah Tränen in seinen Augen. Und Rachsucht. Der bärenstarke Mann war bereit, Häuser zu zerstören, um die Mörder seiner Frau wie Fackeln brennen zu sehen.

»Wir lassen ihnen bis Sonnenuntergang Zeit zu gehen«, entschied Eberhard. »Bleiben sie, legen wir Feuer an.«

»Und was ist, wenn sie herauskommen?« fragte der Alte, der Eberhard zuerst angesprochen hatte. »Wollt Ihr sie etwa laufenlassen?«

»Sie müssen uns die Männer nennen, die getötet haben. Wenn sie es nicht tun, sterben alle.« Eberhard erschrak über den harten Ton der eigenen Stimme. Nun hatte er es ausgesprochen, nun mußte er sich daran halten. Als Gerichtsherr stand es ihm zu, über Leben und Tod zu entscheiden.

Eberhard ging zu den belagerten Häusern. Krieger folgten ihm wie Schatten. Seit er in Schaffhausen war, mußten sie ihn begleiten. Er wollte jetzt nichts riskieren.

Eine Weile sah Eberhard zu, wie Handwerker und Hörige Reisig herbeitrugen und rund um die belagerten Häuser aufschichteten. Auf den Schindeldächern lag Schnee, und über den schmalen Fensteröffnungen reihte sich ein Eiszapfen an den anderen. Eberhard ging vor die Haustür und rief laut, jedermann solle herhören, der Graf Eberhard habe etwas zu sagen.

Die Fensterläden blieben verschlossen

»Ihr habt bis Sonnenuntergang Zeit, herauszukommen«, schrie Eberhard. »Bleibt ihr, so müßt ihr alle im Feuer sterben.«

»Versprecht Ihr uns das Leben?« fragte einer der Fremden und öffnete den Fensterladen einen Spaltbreit.

»Wenn ihr uns die Männer bezeichnet, die getötet haben. Sie müssen sterben, die anderen nicht.«

Das könne er nicht tun, hörte Eberhard eine leise Stimme sagen. Er sah Siegfried neben sich, der das blonde Haar jetzt kürzer trug. Die Augen des Priesters waren besorgt auf ihn gerichtet. »Die Leute kennen einander nicht«, fuhr Siegfried fort. »Der Hunger und der Zufall haben sie zu einem Heer der Verzweifelten gemacht.«

»Trotzdem können sie sagen, wer getötet hat und wer nicht«, beharrte Eberhard. Er sprach laut, er wollte die Zustimmung der Umstehenden.

»Sie werden lügen, um ihre Haut zu retten.«

»Dann töten wir alle«, redete Azzo dazwischen.

Als Siegfried sah, wie Eberhard nickte, wurde er lauter. Die Not habe die Leute hergetrieben, es seien Familien mit Kindern. Gespannt schaute er auf Eberhard, der aber nichts sagte. Da rief der Priester so laut, daß alle es hören mußten, man könne nicht Verhungernde bestrafen. Das sei unmenschlich, man könne den Familien auch nicht die Väter nehmen, denn es sei unklar, wer wen erschlagen habe.

Eberhard blieb hart, und als die Sonne unterging, war Siegfried verschwunden. Azzo und andere Männer trugen Fackeln herbei und näherten sich Eberhards belagertem Haus.

Bevor das erste Reisig Feuer fing, zeigte sich Siegfrieds Gesicht hinter einem halb geöffneten Fensterladen. »Wenn Ihr Feuer anlegt, werdet Ihr auch einen unschuldigen Priester auf dem Gewissen haben.«

Während Eberhard noch überlegte, was zu tun sei, steckten die Einheimischen das Holz in Brand, obwohl der Priester im Haus war, der vielen von ihnen mit Heilmitteln das Leben gerettet hatte. Der sie in der Not getröstet hatte und immer für sie dagewesen war, auch in der Nacht.

Das Holz war trocken und loderte auf, rund um das Haus, nur bei der Tür lag kein Reisig. Als die Fenster hinter dem Rauch nicht mehr zu sehen waren und das Feuer die Hauswände erfaßte, öffnete sich die Tür. Männer und Frauen traten heraus. Sie hielten die Arme um ihre Mütter und ihre Kinder. Als letzter kam Siegfried.

»Niemand weiß, wer unsere Leute erschlagen hat«, sagte der Priester zu Eberhard. »Sie waren blind vor Hunger, sie haben Azzos Frau und die Männer einfach überrannt.« Leiser fügte er hinzu: »Es tut ihnen leid. Eine Frau sagt, ihr Mann sei von unseren Leuten aus Rache getötet worden. Er hatte aus Versehen Azzos Frau so unglücklich angestoßen, daß sie gegen die Schwertspitze eines Dienstmanns gefallen war. Auch die Männer habe man nicht töten wollen, es sei einfach passiert. Sie sind geflohene Hörige und keine Mörder, Eberhard. Sie möchten hierbleiben.«

Als Azzo das hörte, ging er mit dem Stock auf die Fremden los und traf ein Kleinkind im Arm der Mutter. Er erschrak, aber andere schlugen weiter auf die Fremden ein. Eberhard sah zu und tat nichts, und seine Krieger warteten auf seine Befehle.

»Jagt sie fort!« rief Azzo in die Menge. Die Fremden begannen zu laufen, vorbei an den Häusern, den Hügeln entgegen.

»Laßt wenigstens die anderen bleiben!« versuchte Siegfried es nochmals und zeigte auf die Handwerkerhäuser. »Sie sind Menschen wie wir und brauchen einen Ort, wo sie leben können.«

»Sie sollen dahin zurückkehren, wo sie hergekommen sind«, rief der Greis, der seinen Sohn verloren hatte.

Langsam kamen die Flüchtlinge aus den Häusern und gingen durch die Gasse aus Menschen. Niemand schrie mehr, niemand warf Steine, man war einfach froh, daß sie gingen.

Eberhard atmete auf, aber Siegfried folgte dem Abzug der Fremden mit traurigen Augen. »Überlegt es Euch, Eberhard!« sagte er ein letztes Mal. »Das sind Sünder, die bereuen, und wenn Ihr sie fortjagt, versündigt Ihr Euch selbst.« Als er sah, daß Eberhard zögerte, sprach Siegfried weiter. »Schaffhausen wird reicher und reicher. Da ist Platz auch für sie. Weshalb verschließt Ihr Euch gegen die Not von Menschen, nur weil sie fremd sind und arm?«

»Sie sind anders, weil sie als Feinde gekommen sind und uns alles weggenommen haben«, antwortete Azzo an Eberhards Stelle. Siegfried sah, daß Eberhard dastand und die Leute ziehen ließ. Da ging er ohne zu zögern mit ihnen. Er vergaß, sein Bündel zu holen, er zog nicht einmal seinen Umhang aus Schaffell über, er ging einfach hinter den Flüchtlingen her aus der Siedlung.

In den nächsten Tagen schätzte Eberhard die Schäden an den Häusern, er gab den Ministerialen Anweisungen, wie die Vorräte von der Nellenburg zu verteilen waren. Und er ging mit Botho, der beim Mauerbau viel von Liutpald gelernt hatte, wieder und wieder um Schaffhausen herum. Sie sprachen die Möglichkeiten durch, eine Mauer um die Siedlung zu bauen. Denn es sollte nie wieder geschehen, daß fremde Hungrige oder aufständische Grafensöhne sich wie Diebe auf dem Markt nehmen konnten, was ihnen nicht gehörte.

Eberhard diskutierte auch abends, und dann sank er müde ins Bett. Er tat alles, um den Tag und den Abend auszufüllen. Um so erschöpft zu sein, daß der Schlaf ihn erlöste, ehe ihn nachts das schlechte Gewissen packte. Aber das ließ sich nicht einschläfern. Es war immer da, tief unten in seiner Seele, auch wenn er an anderes dachte.

Ita hat es gespürt, ging es manchmal durch Eberhards Gedanken, obwohl er sich dagegen sträubte. Sie hat mich nach Schaffhausen geschickt, weil sie fühlte, daß Siegfried in Gefahr war oder daß sie Gefahr lief, den Priester zu verlieren. Und er, Eberhard, hatte nichts getan, um ihn zurückzuhalten. Er erkundigte sich bei Anna der Heilerin, bei den Fischern und Hörigen, aber niemand wußte, wo Siegfried hingegangen war. In seiner Hütte lagen Kleider und Schuhe und auch die Flöte, auf der Siegfried manchmal den Kranken vorgespielt hatte. Aber der Mann mit den blauen Augen, in denen das Paradies aufschien, das die Sterbenden sich erhofften, kam nicht zurück.

Eberhard ging seine Familie oft auf der Nellenburg besuchen. Siegfrieds Verschwinden erwähnte er mit keinem Wort. Je näher die Zeit der Geburt und von Itas Rückkehr nach Schaffhausen rückte, desto schlechter fühlte er sich. Auch der Bau der Stadtmauer verzögerte sich, weil er nicht den Mut aufbrachte, etwas ohne Liutpald zu entscheiden. Bei jedem Besuch auf der Nellenburg fand er den alternden Priester geschwächter. Liutpald hatte sich von seiner Erkältung noch nicht erholt, und was schlimmer war, sein Geist ordnete sich dem Körper unter. Eberhards Ratgeber hatte keine Lust, über Baupläne zu sprechen. Er lag im Bett, ließ Eberhard reden und sagte nichts.

Obwohl Eberhard Siegfried selten begegnet war, sah er Schaffhausen an, daß der Priester fehlte. Die Leute, die Siegfried gekannt, denen er geholfen und die er getröstet hatte, fühlten, daß sie ihn vertrieben hatten. Sie waren traurig, weil er weg war, und sie schämten sich, weil sie ihn enttäuscht hatten.

Im März kamen mehr Schiffseigner als im Vorjahr. Manche kümmerten sich nicht um den Markt, sondern boten ihre Waren direkt Eberhard an, der sie in seinen Häusern einlagerte, um sie mit Gewinn zu verkaufen. Mit dem Besitz stieg seine Angst vor Überfällen. Radbot hatte mit dem Bau der Burg über dem Rheinfallbecken begonnen, aber nun war er krank. Vielleicht würde es Jahre dauern, bis Wachposten dort stationiert werden konnten.

Wenn Eberhard mit Ita über seine Sorgen sprach, hörte sie zu, aber er spürte, daß sie nur für ihr Kind lebte und alles andere an ihr vorbeiging, als wäre die Welt durchsichtig und ohne Leid. So war es jedesmal gewesen, wenn sie schwanger war. Ita umarmte ihn, sie war zärtlich, und sie ließ es geschehen, daß er die Hand auf ihren Bauch legte, um die Füße des Kindes zu spüren. Aber von ihrer Liebe fühlte er sich in den letzten Wochen ausgeschlossen, als ob auch ihr Herz ganz ausgefüllt wäre durch das Kind. Diesmal war es schlimmer als bei den vorigen Malen. Vielleicht weil Ita fühlte, daß ihr Freund, der Priester, nicht mehr da war, oder weil es Eberhard schlechtging und er sie mehr brauchte als sonst. Manchmal war Eberhard auch traurig, weil Siegfried für Ita so wichtig war. Er ahnte, daß sie ihm mehr anvertraut hatte als ihm, ihrem eigenen Mann. In Gedanken machte er ihr Vorwürfe. Er redete sich ein, Siegfrieds Verschwinden sei die gerechte Strafe für ihre Zuneigung, aber besser fühlte er sich dadurch nicht.

Während der Reise nach Trier versuchte Eberhard, seine Sorgen vor dem Sohn zu verbergen. Udo war der Abschied von der Mutter und den Brüdern schwergefallen, er hatte sich immer wieder nach der Burg umgedreht. Aber je näher sie Trier kamen, desto mehr freute der Neunjährige sich auf die Domschule. Eberhard sah, wie andere Knaben Udo freundlich entgegenkamen, wie sie ihn beim Arm nahmen und mit sich zogen. Wenigstens das war ein Trost für Eberhard. Sein Sohn war zufrieden mit dem neuen Leben.

Anfang April 1045 kam der junge Ulrich von der Lenzburg nach Schaffhausen und berichtete, Radbot sei gestorben und er, der Enkel des Zürcher Vogts, sei vom König zum neuen Klettgaugrafen bestimmt worden. Eberhard sah, daß der junge Mann seinem Großvater ähnlich war. Ulrich war freundlich und höflich, aber Eberhard blieb ihm gegenüber reserviert, weil er fühlte, daß der neue Klettgaugraf den Frauen gefiel wie sein Großvater.

Ulrich sagte, er habe das Land über dem Rheinfallbecken als Lehen vom König bekommen, und er werde im Einverständnis mit Radbots Sohn die Klettgauer Grafenburg fertig bauen.

Eigentlich hätte Eberhard sich freuen sollen, aber er nickte nur und ließ Ulrich reden. Bevor er sich verabschiedete, ließ der Lenzburger die Bemerkung fallen, König Heinrich vergebe das Herzogtum Schwaben an den lothringischen Pfalzgrafen Otto. Und der

Straßburger Domherr Hunfried sei zum Kanzler des Königs für Italien ernannt worden.

Mit rotem Kopf ging Eberhard zum Fenster. Er schluckte trocken und bekam fast keine Luft, drehte um, ging ein paar Schritte auf Ulrich zu und dann wieder zum Fenster. Schließlich kehrte er zu seinem Gast zurück. Rasch murmelte er einige Abschiedsworte, sicherte dem Klettgaugrafen alle bisherigen Abgaben und eine gute Zusammenarbeit zu. Dann ging er und schloß sich in seine Kammer ein.

Eberhard fühlte sich so enttäuscht, daß er allein sein mußte. Ita und Liutpald hätten ihm nicht helfen können, auch Botho und die Mutter nicht. Diesen Schlag mußte er allein verkraften. Es war Eberhard, als habe jemand die Schutzmauer am Fluß weggerissen und das Hochwasser wie eine Sturmflut durch Schaffhausen und durch seine Seele gejagt. Alle Hoffnungen waren weggeschwemmt, den Rheinfall hinunter, der schwarz und nicht golden war, denn Eberhard konnte auch im Fluß und in den Schiffen keine Zukunft mehr sehen.

Am meisten tat ihm weh, daß Hunfried ihn verraten hatte. Eberhard hatte sich bei seinem Onkel, dem Bischof von Toul, für den Domherrn eingesetzt, und der hatte als Gegenleistung keinen Finger gerührt. Wenn Hunfried ihn dem König und der Königin Agnes empfohlen hätte, so wäre bestimmt nicht dieser Otto Herzog von Schwaben geworden. Oder hatte Hunfried ihm zu helfen versucht und jemand anders war stärker gewesen? Der Feind vielleicht, der dem Reichenauer Abt die Lippen versiegelt hatte?

Zwei Wochen bevor Eberhard mit der Heilerin zur Nellenburg reisen wollte, um die Geburt des Kindes abzuwarten, kam eine Tante von Azzos verstorbener Frau mit ihrer Tochter nach Schaffhausen. Sie wollten dem Witwer in der Taverne helfen und bei der Betreuung des Kindes.

Als Eberhard Roduna sah, kam sie ihm zwischen den Hörigen und den Fischersfrauen vor wie eine Erscheinung aus einer anderen Welt. Sie glich Azzos Frau, sie hatte das gleiche glänzend schwarze Haar und volle Lippen. Aber sie sah nicht an Eberhard vorbei, wie Azzos Frau es getan hatte. In ihren dunklen Augen schimmerte Sehnsucht, und als sie mit der Zungenspitze ihre Lippen benetzte, erinnerte sie ihn an die Magd auf der Reichenau. Eberhard begrüßte Roduna, die Azzo als Base seiner verstorbenen Frau vorstellte. Der Dienstmann sagte, sie sei sechzehn und gesund, und da ihre Eltern gestorben seien, habe er gedacht, er hole sie am besten nach Schaffhausen.

Später fragte Eberhard Azzo, ob er Roduna heiraten wolle. Er hoffte mit seinem Verstand, sein Ministerialer werde ja sagen, aber tief in seinem Innern hoffte er das Gegenteil. Azzo schüttelte den Kopf. »Meine verstorbene Frau ist mütterlich und scheu gewesen. Roduna paßt besser in die Taverne als in ein Ehebett.«

Eberhard wußte nicht, was er von der Antwort halten sollte. Als er Roduna das zweite Mal begegnete, nickte sie mit dem Kopf, blieb stehen, zögerte und ging weiter. Eberhard sah ihr nach. Rodunas Körper wirkte geschmeidig, sie bewegte sich anmutig wie ein junges Reh. Als sie sich nochmals umdrehte, strich sie sich mit der Hand durch das Haar. Eberhard sah, wie die Tunika sich über ihren Brüsten spannte.

In den nächsten Tagen wollte er ihr ausweichen, aber dann merkte er, daß er mit schlafwandlerischer Sicherheit immer dorthin ging, wo sie war. In Rodunas Augen las Eberhard ein unermeßliches Versprechen, das sein Blut in Wallung brachte. Als er sich die Wahrheit eingestehen mußte, bat er Azzo, Roduna wegzuschicken. Der Dienstmann verstand, und am nächsten Tag reiste sie mit der Tante ab. Zurück nach Berslingen, wo sie aufgewachsen war. Eberhard verübelte es Azzo, daß er sie nicht ein letztes Mal zu ihm gebracht hatte, für einen Abschiedsgruß.

Eberhard hatte am nächsten Morgen zur Nellenburg aufbrechen wollen, weil er die Heilerin zu Ita begleiten mußte. In der Nacht zwang er sich, nicht an Rodunas Lippen und ihre dunklen Augen zu denken, aber er tat es trotzdem. Und er schob die Abreise hinaus, zuerst um einen Tag, dann um einen weiteren. Jede Nacht wurde Roduna in der Erinnerung schöner, und Eberhard fühlte, daß er zu ihr wollte. Am dritten Tag hielt er es nicht mehr aus. Das bin nicht ich, dachte Eberhard, aber eine Kraft war stärker als er selbst. Er bestieg sein Pferd und ritt nach Berslingen.

Das verlorene Herzogtum Schwaben, sein schutzloses Schaffhausen und die Schiffe, die Reichtum brachten, gab es nicht mehr. Wenn Eberhard an Ita dachte, hatte er ein schlechtes Gewissen, aber er sagte sich, ich will mich von Roduna nur verabschieden, dann reise ich zur Nellenburg.

Als er die ersten Grubenhäuser von Berslingen sah, hieß er seinen bewaffneten Knecht mit den Pferden am Waldrand warten.

Zum Glück begegnete Eberhard niemandem. In der Ferne sah er einen Bauern mit einem Ochsengespann, aber der achtete nicht auf den Besucher. Eberhard ging an zwei Grubenhäusern mit Schindeldächern vorbei und an einem Speicher, der auf Pfosten stand. Unschlüssig blieb er stehen. Plötzlich sah er sie. Mit einer Spindel in der Hand kam sie auf ihn zu, und ihm wurde bewußt, daß er sie noch nie sprechen gehört hatte.

»Kommt Ihr mich zu Azzo holen?« fragte sie und lächelte. Eberhard sah ihre Zähne, und er hörte, daß ihre Stimme dunkel war wie die tiefsten Töne von Siegfrieds Flöte.

»Ich bin zufällig vorbeigekommen, da wollte ich grüßen.«

Roduna warf den Kopf zurück, ihr schwarzes Haar wippte wie der Schwanz eines trabenden Pferdes. Ihr Lachen hatte etwas Wissendes. »Schade«, sagte sie leise und trat so nahe an Eberhard heran, daß ihre Brüste seinen Arm berührten. Er zuckte zurück, schob sich vor und wieder zurück.

»Der Nachbar dort läßt mir keine Ruhe«, flüsterte sie.

Eberhard fühlte ihren warmen Atem an seinem Hals. Als er Rodunas Klage hörte, war ihre Rettung für ihn das Wichtigste. Alles andere konnte warten. Ohne zu zögern nahm er ihren Arm, führte sie zurück zum Waldrand und hob sie auf sein Pferd.

Aber wohin? In Schaffhausen, in Azzos Taverne, wollte er Roduna nicht haben. Außerdem hätte Ita sie gesehen. Beim Gedanken an Ita spürte Eberhard wieder sein schlechtes Gewissen, aber Roduna zu retten war jetzt wichtiger. Er wollte sie an einen sicheren Ort bringen und dann zur Nellenburg reiten.

Da sagte Roduna, ihre Großmutter wohne in der Nähe auf einem Hof, eine halbe Wegstunde entfernt. Sie habe schon daran gedacht, dorthin zu laufen.

Sie kamen über Felder und durch den Wald zu einer Siedlung mit einem Haus und einigen Hütten.

Eberhard brachte das Pferd zum Stehen und stieg ab. Ohne Roduna in die Augen zu sehen, nahm er sie bei der Hand und führte sie zu einer Hütte, deren Tür halb offen stand. Er ging hinein und sah, daß sie unbewohnt war. Nur ein Strohsack lag am Boden. Es roch nach Gras und nach Feuchtigkeit.

»Roduna, ich ...«, begann Eberhard. Aber der dunkle Schimmer in ihren Augen löschte alle Gedanken aus. Eberhard küßte sie, und Roduna ließ es geschehen. Er schob ihre Tunika nach oben, er streichelte ihre Brüste, ihren flachen Bauch. Eberhard spürte, daß sie noch keinen Mann geliebt hatte und umschmeichelte sie, bis Roduna ihn wollte. Als er in ihr war, zart und behutsam, wie Ita es liebte, kam Eberhard plötzlich seine Frau in den Sinn, nur für den Bruchteil eines Augenblicks, wie aus der Vergangenheit. Er genoß das Jetzt, er schrie, und Roduna bebte mit ihm.

Später hielt er sie im Arm und dachte, ein solcher Moment kommt nie wieder. Er war froh, daß er zur Nellenburg reisen mußte.

Auf der Burg kreisten seine Gedanken nicht mehr um Roduna. Eberhard freute sich, daß er die Liebe zu seiner Frau empfand wie immer. Er nahm Ita in die Arme, er stand während der Geburt vor der Tür, und als Heinrich in der Wiege lag, war alles wieder da. Die Sorgen um Schaffhausen, die Angriffe auf die Burg und auf seine Familie, das verlorene Herzogtum. Aber Eberhard fühlte sich stärker, er ahnte, daß die Zukunft gut sein konnte, auch wenn sie anders sein würde als geplant.

Liutpald war, abgesehen von seinem chronischen Husten, wieder gesund und wollte nach Schaffhausen zurückkehren. Zu dritt sprachen sie über die Stadtmauer. Eberhard war glücklich, daß Ita mitdiskutierte, daß sie sich mit ihm verbunden fühlte und nicht ahnte, was gewesen war. Beim Gedanken an Schaffhausen blitzte manchmal die Erinnerung an Roduna in ihm auf, aber er glaubte, dabei keine Sehnsucht mehr zu empfinden.

Für einen Ort dieser Größe sei eine Stadtmauer zuviel, das

würde ein ganzes Leben dauern, wandte Liutpald ein. Ein Wall mit Graben sei einfacher zu erstellen und fast genauso sicher. Auf eine Wachstafel zeichnete der Priester, was er von Schaffhausen kannte. Den Rhein mit der Schutzmauer, die Kapelle, die Häuser und Hütten. »Wir müssen bis zum Steinbruch am Rhein einen Graben ziehen«, kommentierte Liutpald die Zeichnung. »Dann braucht es nur noch ein bogenförmiges Verbindungsstück bis zum Ostende der Mauer am Rhein.«

»Ein Oval«, sagte Ita. »Ich dachte immer, eine Stadt müsse vier Ecken haben.«

»Und weshalb ist ein Wall einfacher zu bauen als eine Mauer?« fragte Eberhard.

»Weil wir kein Fundament brauchen. Wir heben gegen die Landschaft hin einen Graben aus. Er muß viermal breiter sein als tief. Die ausgegrabene Erde häufen wir daneben auf. Damit bilden wir einen dreißig Fuß breiten Wall, der zur Siedlung hin höchstens fünf Fuß hoch sein muß.«

»Das ist nicht einmal so hoch wie ein Mann. Reicht das denn?« zweifelte Eberhard.

»Ja.« Liutpald nahm eine andere Wachstafel zur Hand und ritzte das Profil von Wall und Graben ein. »Siehst du? Nach außen ergeben die Tiefe des Grabens und die Höhe des Aushubmaterials zusammen einen Wall, der höher ist als zwei Männer, wenn man einen auf den Kopf des anderen stellt.«

»Schaffhausen wird so sicher sein wie eine lombardische Stadt, wenn wir Krieger den Wall entlang auf Wache schicken«, pflichtete Eberhard bei und schüttelte Liutpald lobend die Hand. Beim Gedanken an die dunkeläugigen Menschen im Süden kam Eberhard Roduna in den Sinn, aber nur für einen kurzen Augenblick.

»Was meinst du, Gräfin?« fragte Eberhard. »Möchtest du zusehen, wie das erste Stück ausgehoben wird?« Als sie nickte und ihn bei der Hand nahm, drückte Eberhard ihre Finger. »Wann wird unser kleiner Heinrich reisebereit sein?«

»Bald. Er ist robust wie Ebo. Er gleicht ihm auch. Hast du bemerkt, wie oft Ebo zu ihm geht? Das hat er bei keinem anderen Bruder getan.« Als Eberhard nichts sagte, fuhr Ita fort: »Wenn du willst, kannst du mit Liutpald vorausreisen. Ich werde Anna mitnehmen und die Hälfte der Burgmannen, da sind wir doppelt sicher.«

Aber Eberhard wollte nicht allein nach Schaffhausen zurückkehren. Er hatte Angst vor den Erinnerungen. Wenn Ita mitkommt, wird alles einfacher sein, versuchte er sich selbst einzureden. Wenn Ita da ist, gibt es Roduna nicht mehr.

Ita hielt Heinrich im Arm, als das Schiff Anfang Juni in Schaffhausen anlegte. Sie spürte, daß etwas anders war, ohne zu wissen, was. Es lag in der Luft. Es spiegelte sich auf den Gesichtern der Fischer und Hörigen. Der Schleier von Zufriedenheit, der jahrelang den Ort umhüllt hatte wie der Segen Gottes, war nicht mehr da. Ita führte die Stimmung auf den Überfall im Winter zurück. Die Menschen mußten sich vorkommen wie auf einem sinkenden Schiff, in dem ein neues Leck entsteht, sobald das alte geschlossen worden ist.

Die Schutzmauer am Ufer war fast fertig gewesen. Alle waren zuversichtlich, daß der Rhein bei Schaffhausen nicht mehr sein Flußbett verlassen würde. Aber dann ist eine andere Sturmflut über Schaffhausen hereingebrochen, dachte Ita. Die hungrigen Hörigen aus der Fremde, die Vorräte gestohlen und Menschen getötet haben. Alle in Schaffhausen mußten begriffen haben, daß ihre Siedlung so schutzlos dastand wie vor dem Bau der Ufermauer. Und der Reichtum zog böse Menschen an, die über sie herfallen konnten.

Die Schaffhauser waren Liutpald dankbar, als er vom Schutzwall zu erzählen begann. Aber der Priester verlor nicht viel Zeit mit Reden. Nach wenigen Wochen war die Linie von Graben und Wall mit Pfählen markiert.

Wie bei der Uferverbauung mußte jeder Mann, ob hörig oder frei, Frondienst leisten. Niemand beklagte sich, denn alle fühlten sich unbehaglich wie in einem Haus ohne Tür, solange die Befestigung, die im Westen und im Osten gleichzeitig begonnen wurde, nicht geschlossen war. Sie wußten, daß der Bau des Walls Monate oder gar Jahre dauern würde, aber sie sahen, wie er Tag für Tag wuchs, und das gab ihnen Hoffnung.

Glücklich fühlte Ita sich nach ihrer Rückkehr nicht. Sie spürte, daß noch etwas in der Luft lag, das nichts mit der Sicherheit von Schaffhausen zu tun hatte, denn seit sich der Wall im Bau befand, sahen die Gesichter der Einwohner wieder zufriedener aus. Vielleicht sitze ich zuviel im Haus bei Heinrich, dachte Ita. Dieses Kind stillte sie selbst, und sie freute sich, daß sie den Sommer über genug Milch hatte.

Ita sah aus dem Fenster, was sich auf der Straße tat, und am Abend erzählte Eberhard viel. Er war besorgt um die Familie, er war zärtlich, aber irgendwie kam er ihr verändert vor. Am Anfang war es nur ein Gefühl. Als die kritische Zeit nach der Geburt vorbei war, liebten sie sich wieder, und aus Itas Gefühl wurde Gewißheit. Eberhard war anders, aber eine Erklärung dafür hatte sie nicht.

An einem heißen Sommernachmittag wollte Ita mit der Heilerin Anna reden. Sie vertraute Heinrich der Hebamme an und die anderen Kinder dem jungen Lehrer aus dem Kloster Rheinau. Weil sie auch sehen wollte, wieviel vom Wall schon stand, nahm Ita das Pferd.

Liutpald hatte von der Größe der Befestigung gesprochen, aber in der Wirklichkeit sah das Bauwerk viel gewaltiger aus als auf der Wachstafel. Der Wall war so breit wie sechs aneinandergereihte Menschen. Ita ritt am Bach entlang zum Haus der Heilerin, aber Anna war nicht zu Hause. Auch Siegfrieds Hütte stand leer. Seine Kleider lagen auf dem Bett, aber irgendwie wirkte alles verlassen. Ita folgte dem Flußufer bis zum Steinbruch und lenkte das Pferd nach Norden. Da sah sie von weitem Eberhard, der mit einem Knecht auf die Felder zuritt. Seltsam, ging es ihr durch den Kopf, sonst nimmt er immer drei Krieger mit und meist auch den Schreiber.

Ita ließ das Pferd in Richtung Haus zurücktraben. Gedanken schossen ihr durch den Kopf, die keinen Zusammenhang hatten. Sie fühlte sich einsam und wußte nicht, weshalb. Wie manchmal auf der Burg, wenn sie den blauen Himmel grau sah, aber stärker, bodenloser. Dieses Gefühl war anders als der Schmerz, den sie nach dem Tod ihres ersten Kindes empfunden hatte. Es war Angst und Unruhe, nicht die Erinnerung an vergangenes Leid.

Plötzlich merkte Ita, daß ihr Pferd aus der Siedlung ritt. Sie wußte nicht weshalb, aber sie mußte Eberhard folgen und hatte in Gedanken versunken ihre Stute in die Richtung gelenkt, die Eberhard eingeschlagen hatte. Es ist gefährlich, allein wegzureiten, dachte Ita. Dann beruhigte sie sich. Eberhard ist ja vor mir, ich will ihn nicht aus den Augen verlieren. Viermal wäre sie fast umgekehrt, weil Eberhard sich weiter und weiter vom Ort entfernte.

Als weit hinter Berslingen ein Hof in Sicht kam, galoppierte Eberhard darauf zu. Der Knecht hielt mit, ließ sich dann aber zurückfallen und setzte sich am Waldrand auf einen Stein.

Ita stieg vom Pferd und band es an einem Ast fest. Sie sah nur noch Bäume und Sträucher und kämpfte sich dem Licht am Waldrand entgegen. Langsam ging sie vorwärts, als der Knecht in Sicht kam, kehrte sie in den Wald zurück, zwängte sich zwischen Ästen und Dornen hindurch, blieb mit der Tunika hängen, befreite sich und drängte vorwärts. Sie mußte unbemerkt an dem Knecht vorbeikommen, um dorthin zu gelangen, wo Eberhard war. Weshalb sie ihm folgte, wußte Ita nicht. Es war wie ein Zwang. Angst trieb sie vorwärts und vom Waldrand weg zur Hütte, vor der Eberhard sein Pferd angebunden hatte.

Itas Herz klopfte wie rasend, als sie durch den Türspalt schaute. Sie sah eine Hauswand aus lehmverstrichenem Flechtwerk. Davor das Ende eines Strohsacks und vier ineinander verschlungene Füße. Ita glaubte zu sterben, aber sie wollte Gewißheit haben. Sie stellte sich auf die Zehenspitzen und spähte durch den halboffenen Fensterladen. Eberhard lag auf einer Frau, die er umschlungen hielt. Ita konnte ihr Gesicht nicht sehen. Sie wiegte den Kopf, und ihr schwarzes Haar wallte bis zum Boden.

Ita wartete und wartete, bis er sich von der Frau löste. Sie wollte, daß er sie bemerkte. Sie wollte, daß er ihr in die Augen sah. Als Eberhard den Kopf zum Fenster drehte, richtete sie ihren Blick auf die Frau. Sie war jung und wunderschön. Ita ließ sich auf die Fersen fallen und begann zu laufen. Sie gab sich keine Mühe mehr, dem Knecht auszuweichen. Mit wehenden Haaren rannte sie an ihm vorbei, bestieg das Pferd und galoppierte Schaffhausen entgegen, ohne auf den Boden zu achten.

Unterwegs sah Ita keine Mohnblumenfelder. Die Landschaft flog als schmutziges dunkles Grün an ihr vorbei. Itas Stute fand den Weg von selbst und hielt erst an, als sie vor ihrem Stall stand.

In der Halle klammerte Ita sich an Heinrich, und das Kind begann zu weinen. Sie stand auf, brachte den Säugling zur Amme, ging die anderen Kinder suchen, dachte, wenn ich mit Ebo und Ekkehard spreche, bin ich abgelenkt, aber auch das hatte keinen Sinn. Dann kamen klarere Gedanken. Allen Männern passiert das, auch dem Linzgaugrafen und Ulrich von der Lenzburg, was ist schon dabei, Männer sind eben so. Aber für Ita brachte das keinen Trost. Sie war mit ihm keine Eheallianz eingegangen, sie hatten sich geliebt und ein Leben lang lieben wollen.

Plötzlich hielt Ita das Alleinsein nicht mehr aus. Sie lief zu Siegfried. Stunden waren vergangen, er würde bestimmt zu Hause sein. Ita fragte den nächstbesten Mann, der ihr über den Weg lief, sie zwang sich zu einer ruhigen Stimme.

Der Priester sei im Winter mit den Flüchtlingen weggegangen, bekam sie zur Antwort. Er habe die Fremden dabehalten, ihnen Arbeit und zu essen geben wollen, aber die Schaffhauser hätten sie fortgejagt. Da sei Siegfried aus Enttäuschung mit ihnen weggegangen. Wohin, wisse niemand.

Ita ging zurück in die Hütte und warf sich auf Siegfrieds Bett. Die Tränen, die zu Hause nicht gekommen waren, flossen wie Sturzbäche aus ihren Augen. Sie schluchzte, und mit dem Selbstmitleid kam die Ruhe.

Am liebsten wäre Ita zur Nellenburg geritten oder nach Kirchberg zu ihrem Vater. Einen Moment lang dachte sie daran, zum Fluß zu gehen und sich treiben zu lassen bis zum Wasserfall. Aber die Kinder kamen ihr in den Sinn. Ita merkte, daß sie ihr wichtiger waren als alles. Absurde Fragen und Vergleiche gingen ihr durch den Kopf, an die sie bisher nie gedacht hatte. Die Kinder habe ich immer mehr geliebt als ihn, dachte sie. Manegold war mir mehr als Eberhard und mehr als das Leben. Und auch die anderen Söhne. Wenn ich wählen müßte zwischen ihnen und ihm, würde ich Eberhard in den Tod schicken. Dann begann sie wieder zu weinen und wußte, daß in diesen Gedanken kein Funke Wahrheit lag.

Ita ließ ihr Pferd vor Siegfrieds Hütte stehen und ging langsam zum Fluß. Da hörte sie von weither Kinderlachen. Es waren irgendwelche Kinder, nicht ihre eigenen. Aber Ita fühlte im Schmerz neue Kraft. Und Kampfgeist. So leicht wollte sie es Eberhard nicht machen.

Als er in ihre Kammer trat, stand Ita am Fenster und kehrte ihm den Rücken zu. Sie hörte ihn und drehte sich um, sie sah ihm in die Augen, ohne etwas zu sagen.

»Ita, du ...«

»Ich kann mit den Kindern nicht nach Kirchberg gehen«, flüsterte Ita und rückte von Eberhard weg, weil er sie an der Schulter berührt hatte. »Ihre Zukunft ist in Schaffhausen und auf der Nellenburg. Deshalb werde ich hierbleiben. Aber wie eine Schwester, nicht mehr wie deine Frau.«

Eberhard hatte Tränen erwartet, Fragen und flehendes Bitten vielleicht. Oder einen Wutanfall. Itas Gelassenheit brachte ihn aus der Fassung. Als sie schwieg und hinausgehen wollte, faßte Eberhard sie am Arm. »Du kannst unser Leben nicht so zerstören, Ita. Vielen Männern passiert das. Ich verspreche es dir, ich werde sie nie wiedersehen.«

Ita sagte nichts und schüttelte seine Hand ab. Am Abend schob sie von innen den Tisch vor die Tür, aber Eberhard stemmte ihn nach hinten. »Ich bin dein Mann und werde in meiner Kammer schlafen«, sagte er und warf sich neben Ita auf das Bett. Sie ging nicht aus der Kammer und sie schob ihn nicht weg. Sie lag einfach da, als ob er Luft wäre, und stellte sich schlafend.

In den nächsten Tagen sprach Ita nicht mehr mit ihm. Eberhard tat es weh, als ob sie ihn verlassen hätte. Roduna war noch in seinem Kopf, aber als Frauenkörper, nicht als das Ziel tiefer Sehnsucht.

Einmal tastete Eberhard in der Nacht nach Ita. Er spürte, daß sie wach war. Sie könne das jetzt nicht, sagte Ita und drehte sich zur Wand. Eberhard umarmte sie trotzdem, flüsterte, du bist meine Frau, das ist mein Recht und deine Pflicht. Ita wehrte sich nicht, sie lag da und ließ es geschehen, mit geschlossenen Augen. Ihm kam es vor, als liebe er eine Schlafende oder eine Tote.

Am nächsten Tag ritt er wieder zu Roduna. Sie empfing ihn wie immer, aber für Eberhard war das Zusammensein mit ihr nicht einmal mehr Betäubung. Sie spürten beide, daß es vorbei war.

Ita fragte alle nach Siegfried, aber niemand konnte ihr sagen, wo er war. Sie suchte weiter, weil sie wußte, daß er ihr Trost geben konnte. Trost und eine andere Art von Liebe. Da sie den Priester nicht finden konnte, suchte Ita bei ihren Kindern Ablenkung. Aber der Schmerz verging nicht. Schließlich ging sie zur Heilerin und erzählte ihr alles.

Anna nahm Ita in die Arme, strich ihr mit den Fingern durch das Haar, wiegte sie wie ein kleines Kind. »Das wird vorbeigehen, Ita.«

Die Worte taten gut, auch wenn Ita nicht daran glaubte. Aber ein leiser Funken Hoffnung erwachte.

Am nächsten Tag ging Ita zu einer Frau, die heimlich, ohne daß die Männer es wissen durften, Liebesrezepte verkaufte. Die Alte erinnerte sie an Adelheid, die ihr in Kirchberg wichtig gewesen war wie eine Großmutter. Sie gab Ita eine Baldrianwurzel und sagte, nimm Baldrian in den Mund und küsse deinen Mann; er wird dich lieber haben als je zuvor. Aber als Ita die Wurzel am Abend zwischen den Lippen spürte, spuckte sie sie aus und spülte sich den Mund. Lieber verzichte ich auf die Liebe, sagte sie zu sich selbst, als daß Eberhard mich nur wegen des Baldrians begehrt.

25

Mitte Juli wurde Eberhard zum neuen Herzog gerufen. Otto stammte aus Lothringen und hatte keine Beziehungen zu Schwaben. Seit er die Herzogskrone trug, bereiste er das Land, machte in Ulm, in Konstanz und in Zürich halt und versuchte, sich einen Eindruck von den Machtverhältnissen zu verschaffen.

Eberhard machte sich keine Hoffnungen, als er sein Pferd zwischen den Türmen von Konstanz hindurchlenkte. Otto würde seine Privilegien vielleicht vermindern, aber bestimmt nicht erweitern. Ein Herzog ohne Stammlande in seinem Herrschaftsgebiet konnte sich keine Grafen mit großer Macht leisten, denn das würde seine eigene Stellung gefährden.

Als Eberhard vor dem Herzog stand, las er in dessen Augen Unsicherheit. Otto, der mit seinem langen Gesicht aussah, als hätte Gott seinen Kopf nach einem Ei geformt, fühlte sich nicht wohl in seiner Haut. Eberhard sah Unangenehmes voraus und war nicht erstaunt, als Otto geradewegs mit seinem Anliegen herausrückte.

»Vielleicht muß ich den Neckargau an die Familie Eures Vorgängers zurückgeben«, sagte der Herzog. Sie habe die Grafschaft zwei Generationen lang gut verwaltet. Da der Sohn des vor neun Jahren verstorbenen Grafen nun zwanzig Jahre alt sei, lasse sich die Sache nicht mehr aufschieben.

»Ich weiß«, antwortete Eberhard. »Als Hermann mir die Grafschaft übertrug, sprach er von diesem Knaben.« Er wollte hinzufügen, der Entzug dieser Grafschaft mache ihm nichts aus, er habe mit dem Zürichgau, mit Chiavenna und mit Schaffhausen genug zu tun. Aber im letzten Augenblick biß er sich auf die Zunge. Zum einen hätte das nicht gestimmt, und zum anderen sollte der Herzog ruhig erfahren, daß er ihm etwas Wertvolles wegnehmen wollte. Und, wer konnte es wissen, vielleicht würde es eines Tages einen Ersatz dafür geben. Unverbindlich sagte Eberhard: »Wenn ich dem jungen Grafen eine Hilfe sein kann oder Euch, in irgend einer Art ...«

Otto schien dankbar für Eberhards Angebot. Er begann von sich zu erzählen, und sie fanden heraus, daß sie indirekt verwandt waren. Ottos Frau war eine Schwester des Bischofs von Toul und deshalb Eberhards Tante zweiten Grades. »Aber sie ist jünger und schöner als Bischof Bruno«, sagte der Herzog in vertraulichem Ton. Eberhard mußte an Ita denken und an seine Liebe, die er aufs Spiel gesetzt hatte. Mohnblumen gingen ihm durch den Kopf, Itas spitze Zähne und der erste Sommer ihrer Liebe.

Dann sagte der Herzog, er habe von der Hofkanzlei Nachrichten aus Rom bekommen. Da sei Unglaubliches passiert. Benedikt habe die Papstwürde an seinen Taufpaten, einen Erzpriester aus Rom, abgetreten, wahrscheinlich gegen klingende Münzen. Nun regiere dieser als Papst Gregor, und König Heinrich sei nicht einmal gefragt worden. Hunfried, der Kanzler des Königs in Italien, sei empört.

Eberhard erschrak. Einen solchen Handel konnte König Heinrich nicht akzeptieren. Offiziell war zwar nicht er zuständig für die Papstwahl. Die stand dem Klerus, dem Senat und dem Volk von Rom zu. Aber er würde sein mit den Jahrhunderten gewachsenes Gewohnheitsrecht, bei der Papstwahl mitzureden, aufgeben, wenn er jetzt einfach zusah.

»Die Sache ist noch verwirrter, als ich Euch erzählen kann, weil ich selbst nur die Hälfte weiß«, sagte Otto und strich mit der Hand über seine bartlose Wange. »Es scheint, als sei noch ein weiterer Papst im Spiel, der Benedikt im letzten Jahr vertrieben hat.«

»Jedenfalls sieht es aus, als ob der Herrscher ...« Eberhard hörte mitten im Satz zu sprechen auf, weil es ihm nicht zustand, vor einem Herzog über die Pläne des Königs zu spekulieren.

»... in Italien für Ordnung sorgen müßte«, beendete Otto den Satz. »Ja. Ich glaube, Heinrich wird sich in Rom die Kaiserkrone holen.«

»Schon bald?«

»Nächstes Jahr vielleicht.«

Das konnte schon im Januar sein. Es kam immer wieder vor, daß der Hof mitten im Winter über den Brenner nach Süden reiste. Eberhard wußte, daß er Heinrich würde begleiten müssen. Seit dem Feldzug gegen den Mailänder Erzbischof hatte Eberhard keine persönliche Nachricht vom Hof mehr bekommen. Heinrich hatte ihn einfach vergessen. Er würde nach Italien gehen und sich beim König in Erinnerung bringen müssen, auch wenn es ihm gerade jetzt nicht paßte.

Denn da war Ita. So verletzt und enttäuscht, so traurig, daß er sie nicht allein lassen wollte. Ich muß sie zurückerobern, dachte Eberhard. Bald. Es hat keinen Sinn, wenn wir einander ausweichen und leiden, als hätte eine Schicksalsmacht uns auseinandergerissen. Einen Augenblick lang dachte Eberhard daran, Ita mitzunehmen. Nach der Versöhnung vielleicht. Das war kein ungewöhnlicher Plan. Auf jeder Italienreise wurde der Hof begleitet von Schwestern und Basen des Herrschers oder von Herzoginnen. Eine Gräfin von Itas Herkunft und Vornehmheit würde willkommen sein. Aber das war unmöglich, gestand er sich ein. Ita würde sich nicht monatelang von ihren Kindern trennen.

»Wollt Ihr den Hof begleiten?« fragte Otto, weil Eberhard in Gedanken versunken auf den Tisch starrte und an seinem Ohrläppchen zupfte.

Eberhard wußte nicht, ob das eine Frage oder eine Aufforderung war, und schwieg.

»Ich muß dafür sorgen, daß mein Herzogtum gut vertreten ist«, fuhr Otto fort. »Auch Bertold von Zähringen will mitkommen. Was meint Ihr …?«

Die Freude über Ottos Aufforderung mischte sich mit Unruhe. Bertold bedeutete Erinnerungen an die Vogtei auf der Reichenau und an Geheimnisse, die der Zähringer vielleicht gemeinsam mit Abt Berno ausgeheckt hatte. Eberhard fühlte Spannung in sich; er fand sich wieder mitten im Geschehen. Noch ist alles möglich, dachte er, denn er war erst dreißig Jahre alt. Die Macht der Familie war noch nicht gefestigt und nicht groß genug. Er fühlte, daß sie wachsen konnte wie ein Saatkorn, das aufgeht und Jahr für Jahr eine reichere Ernte bringt.

Otto bat seinen Gast zu Tisch und bewirtete ihn fürstlich, Eberhard war guter Laune. Die Sorge um Ita verging nicht, aber sie rückte in den Hintergrund. Als Otto eine versiegelte Pergamentrolle zur Hand nahm und zu sprechen begann, kamen seine Worte Eberhard vor wie ein Echo des Schicksals. Kaum hatte er wieder Mut geschöpft, für die Familie und die Zukunft zu kämpfen, präsentierte der Herzog ihm das schönste Geschenk.

»König Heinrich gibt Euch ein wichtiges Privileg«, sagte Otto und reichte Eberhard die Urkunde. »Der Notar wird es vorlesen.« Der Herzog streckte die Hand nach der Glocke aus, aber Eberhard winkte ab.

»Ich hätte fast Priester werden sollen«, grinste er entschuldigend, »deshalb haben sie versucht, mich das Lesen zu lehren. Diese wenigen Worte kann ich wohl selbst entziffern.« Eberhard öffnete das Pergament und beschwerte es oben mit einem Weinbecher. Es war eine Urkunde des Königs. »Heinrich III. verleiht dem Grafen Eberhard die Erlaubnis, in Schaffhausen eine Münzstätte zu errichten«, las er langsam Wort für Wort und fühlte, wie das Blut ihm in den Kopf stieg. Eberhard wollte seinen dürftigen Lesekünsten mißtrauen, aber da stand es. Deutlicher hätte der König nicht sein können: Eine Münzstätte in der *villa Scàfhusun*, in der Grafschaft des Grafen Ulrich, im Klettgau. Auf Bitten der Königin Agnes. Im Juli des Jahres 1045.

Eine Münzstätte. Sein Gesicht auf eigenen Silberstücken. Eberhard verlor sich für einen Augenblick in Träume. Das Schönste war, daß der König ihn nicht vergessen hatte. Und auch sie hatte sich für Eberhard eingesetzt, Agnes, die Königin aus dem Westen, mit der Hunfried von Embrach und der Bischof von Toul in Briefkontakt standen. Eberhard wußte nicht, wem er das Privileg zu verdanken hatte, ob der Königin, Hunfried oder Bruno von Toul. Aber das war nicht wichtig. Nur Heinrichs guter Wille zählte und seine Absicht, Eberhard zu fördern. Langsam begriff Eberhard, daß Heinrichs Worte viel mehr bedeuteten als eigene Münzen. Oft wurden das Markt- und das Münzrecht gleichzeitig vergeben. Wenn der König ihm jetzt nur das eine gab, bedeutete dies, daß er den Schaffhauser Markt als bestehende Tatsache akzeptierte. Eberhard dachte an Ita. Am liebsten wäre er zu ihr geflogen und hätte sie in die Arme genommen. Und wie würde Liutpald staunen. Schaffhausen war keine Durchgangssiedlung mehr, sondern ein Marktplatz mit Schutzwall, für den der König sich interessierte.

Als Eberhard nach Schaffhausen zurückkehrte, freute Liutpald sich wie ein Kind. Ita saß schweigend daneben. Eberhard bewunderte ihren Körper unter der blauen Tunika. Sie war etwas voller als bei ihrer Heirat, aber immer noch schlank. Eberhard sah, daß Ita wieder Kamillenaufgüsse gemacht hatte. Die hellen Strähnen im braunen Haar schimmerten golden. Am liebsten hätte er die Hand ausgestreckt, um mit ihnen zu spielen. In Itas braugrüngoldenen Augen sah er Wärme, aber sie waren auf Liutpald und nicht auf ihn gerichtet.

»Das Münzprivileg wird sich herumsprechen«, sagte Liutpald voraus. »Nun machen nicht mehr nur Händler aus Konstanz in Schaffhausen halt. Auch Notare und Münzwechsler werden hier Wohnsitz nehmen und uns reicher machen.« Eberhard nickte und freute sich.

»Gut, daß wir mit dem Neubau der Mühle anfangen, trotz der Arbeit am Wall«, sprach der Priester weiter. »Wir werden Getreide von weither heranholen müssen, um die Einwohner zu versorgen.«

Die Mühle? Eberhard wußte nichts von einer neuen Mühle. Natürlich, die alte Mühle war von der Flut beschädigt worden, aber er hatte angenommen, sie sei wieder instand gesetzt worden. Vielleicht hatte Liutpald ihm vom Neubau erzählt, und er hatte es vergessen. Weil er zu stark mit Ita beschäftigt gewesen war. Oder mit Roduna. Aber der Gedanke an die Geliebte weckte keine Sehnsucht mehr. Sie war ein Feuer gewesen, das sich selbst verzehrt hatte, und nun war nichts mehr da. Was zählte, war Ita. Er wollte ihre Liebe zurückerobern, sie wieder in seinen Armen halten.

Mit der Zeit spürte Ita, daß Eberhard nicht mehr mit dem Knecht wegritt und daß er unglücklich war wie sie. Manchmal streckte er die Hand aus, strich ihr eine Strähne aus dem Gesicht und lächelte ihr zu. Sie hatte keinen verbitterten Zug mehr um den Mund, aber

Zärtlichkeiten wich sie aus. Dann begannen sie wieder miteinander zu reden.

Eberhard benahm sich, als ob nichts gewesen wäre. Er sprach von der Mühle und vom Wall um die Siedlung. Ita gab Antwort, sie diskutierte mit, aber daß er sie nicht berühren durfte, kam Eberhard vor, wie wenn jemand zwischen ihnen eine Mauer errichtet hätte.

Lange diskutierten sie über die Münzstätte. Auf den Pfennig wollte Eberhard Itas Profil prägen lassen, aber sie wußte, daß er das nur vorschlug, um ihr zu schmeicheln. »Das tun höchstens Kaiserinnen«, sagte Ita. »Eine Gräfin, das hat es noch nie gegeben. Nein, Eberhard, das ist dein Marktplatz, und die Münzen müssen dein Gesicht zeigen.«

Am Abend streckte Eberhard manchmal den Arm nach ihr aus, aber Ita stellte sich schlafend. Sie wollte nicht so leicht nachgeben. Das würde sie in ihrem Wert herabsetzen, sie zu einem Opfer machen, das man demütigen konnte und das sich immer wieder fügte. Und es würde Eberhard Tür und Tor öffnen für eine neue Leidenschaft.

Ita behielt ihre Gedanken für sich und sprach mit Eberhard über die Kinder und über ihre Stadt. Dann, an einem Abend im Oktober, hatte sie das Bedürfnis, mit ihm zu reden. »Wenn dir etwas an uns lag, Eberhard, hättest du ihr ausweichen sollen«, sagte sie. »So ein Gefühl ist wie eine Sturmflut, das kann man nicht bremsen. Wenn man ihm einmal nachgibt, verstrickt man sich immer tiefer.«

Eberhard dachte, genauso war es, ich habe nicht mehr klar denken können. Dann wurde er mißtrauisch und fragte: »Woher weißt du so genau, in was man sich da verstrickt?«

»Weil ich es erlebt habe.«

»Mit wem?« Eberhard schaute an ihr vorbei. Er sprach ruhig, aber in ihm zerbrach die Welt und flog als Funkenmeer in die Ewigkeit. Die Eifersucht bestand jetzt nicht aus feinen Stichen wie manchmal, wenn Fremde Ita mit den Augen verschlangen. Sie durchschüttelte ihn, sie löschte aus, was war und was kommen mußte. Eberhard suchte Itas Blick, sie schien ihm begehrenswert wie noch nie. Die Sorgen hatten Schatten unter ihre Augen gemalt, sie sah verletzlich aus. Aber in ihrem Schmerz lag eine unermeßliche Seelentiefe.

»Mit Ulrich von der Lenzburg.«

»Hast du? ... Habt ihr?«

»Das ist jetzt nicht wichtig, Eberhard. Das war vor unserer Heirat.«

»Ich will es trotzdem wissen.«

»Es war ein verzauberter Augenblick. Aber er ging vorüber, weil wir gestört wurden.«

»Und wenn niemand euch gestört hätte?« Eberhards Stimme klang gespannt und aggressiv.

»Das weiß ich nicht. Wenn das Männern passiert, weshalb nicht auch uns Frauen?«

Eberhard nahm sie in die Arme und küßte sie. In diesem Augenblick spürte Ita, daß sie ihn wiederhatte. Daß sie stärker war als die fremde schöne Frau. Weil Eberhard Angst hatte, sie zu verlieren.

Später glaubte Ita, daß sie ohne nachzudenken das Richtige getan hatte. Hätte sie ihm Vorwürfe gemacht, wäre die andere stärker gewesen. Jetzt dachte Eberhard nur noch an sie, Ita, und an das, was damals in Zürich gewesen war. Und er sah sie wieder an wie im ersten Sommer ihrer Liebe. Etwas weniger zärtlich, aber voller Verlangen. Ita war sicher, daß es Eifersucht und nicht nur Liebe war. Aber die andere war vergessen. Ita wußte nicht, daß Roduna für Eberhard schon lange Vergangenheit war. Sie spürte erst jetzt, daß er wieder ihr gehörte. Und daß es Zeit war, die Liebe und das Vertrauen neu aufzubauen.

Im Winter wurde der Reichenauer Abt krank und rief nach Ekkehard. Sein Bote sagte, Berno habe heftige Kopfschmerzen und selbst der alte Medicus sei ratlos. Vielleicht müsse der Abt sterben. Er wolle nochmals den Knaben segnen.

Ita lebte mit Ekkehard wieder auf der Nellenburg, die anderen Kinder waren in Schaffhausen geblieben. Sie hatte Eberhard um einige Wochen Zeit gebeten. Um nachzudenken und sich auf einen neuen Anfang einzustellen. Er war einverstanden, und beim Abschied sagte Ita: »Wenn du allein in Schaffhausen bleibst und nicht mehr zu ihr gehst, dann wissen wir beide, daß wir trotz allem zusammengehören.«

»Abt Berno wird dich wieder fragen, ob du die Klosterschule besuchen willst«, sagte Ita auf dem Schiff zu ihrem Sohn. »Aber du mußt nicht antworten. Dein Vater wird entscheiden, wenn du sieben Jahre alt bist.«

»Ich möchte aber gehen«, antwortete Ekkehard.

Ita las in seinen Augen, daß es nicht die Laune eines Fünfjährigen war. Es schien ihr, als kenne Ekkehard seine Zukunft, als erahne er sie, ohne zu wissen. Tief in seinem Innersten, dachte Ita, muß Ekkehard sich wie ein Heiliger oder ein Märtyrer fühlen, der vorbestimmt ist zum Leben oder zum Sterben für die Kirche. Sie wußte, daß er in die Reichenauer Klosterschule eintreten würde, aber Eberhards Entscheidung wollte sie nicht vorgreifen. »Wenn du es in zwei Jahren noch willst, ist es früh genug, Berno zu informieren. Außerdem gibt es noch andere Klöster.«

»Ich will aber in dieses, Mutter. Und du mußt es auch wollen. Auf der Reichenau könnt ihr mich besuchen.«

Ita nahm seine Hand, und der Junge schmiegte seinen schmächtigen Körper in ihren Arm. Seit Udo in Trier lebte, war Ekkehard das zutraulichste und gefühlvollste ihrer Kinder.

Abt Berno war freundlich zu Ita. Er zeigte ihr die Baustelle der Kirche, dann führte er sie in den Garten, der sich nicht in der Klausur befand. »Vielleicht geht es mit mir zu Ende, Ita. Weshalb ist Eberhard nicht gekommen?«

»Er ist in Schaffhausen. Habt Ihr ihm denn etwas zu sagen?«

Itas Direktheit verwirrte den Abt. »Ich habe Kopfschmerzen«, sagte er schließlich mit singender Stimme und wich Itas Frage aus. »Manchmal, immer häufiger, geht das Augenlicht weg. Nur für einen Moment, dann kommt es wieder.«

»Du mußt deine neue Kirche weihen«, sagte Ekkehard leise. Er richtete seine blauen Augen auf den Abt und streckte ihm die Hand hin.

»Und ich will sehen, wie du in die Klosterschule eintrittst. Was meint Ihr, Ita, seid Ihr einverstanden?«

»Eberhard entscheidet in solchen Fragen«, wich Ita aus. »Bei Udo hat er es auch getan.«

»Darf ich Ekkehard ins Scriptorium mitnehmen, zu Hermann?« fragte Berno. »Und dann zur Messe?«

Ita nickte. »Wir übernachten in der Klosterpfalz. Laßt Ekkehard bei Sonnenuntergang zurückbegleiten!«

Langsam spazierte Ita zum See. Es war zu warm für diese Jahreszeit. Vom Wasser her wehte der Wind. Sie hörte das Schilf rauschen und sah den Vögeln zu, sie ging in Eberhards Grabkirche und durch den Mönchsfriedhof. Die Toten gaben ihr mehr als die Lebenden. Die Mutlosigkeit, die sie in den letzten Tagen auf der Nellenburg gespürt hatte, machte einer tiefen Ruhe Platz. Ita sah sich als Sandkorn im Fluß der Zeit. Jahre flogen an ihr vorbei, Udo war weg, bald würde Ekkehard gehen. Ebo zog in den Krieg ... Was mir bleiben wird ist Eberhard, mein Mann, dachte sie. Aber wer gab ihr die Sicherheit, daß er sie lieben würde wie früher? Andere, schönere Frauen würden immer jünger sein im Vergleich zu ihr, doch irgendwie war dieser Gedanke nicht mehr wichtig. Ita wußte, daß er sie liebte, und das würde immer so sein, auch wenn Rodunas kamen und gingen. Außerdem hatte sie keine andere Wahl. Eberhard hatte ihre Leidenschaft für ihn geliebt. Wenn sie nicht wieder eintauchte in die Liebe, in diesen goldenen Fluß, von dem sie nicht wußte, wie tief er war und wohin er sie trug, war sie nicht mehr Eberhards Ita.

Als sie an der Siedlung der Klosterhörigen vorbeikam, erwachte Ita aus ihren Gedanken. Die Hütten waren schäbiger als die neuen Wohnstätten in Schaffhausen. Überall lagen Küchenabfälle herum, es roch nach Gemüsesud und nach Schmutz. Im Lichtkeil, den die Sonne neben den halboffenen Fensterläden formte, tanzte der Staub. Ita sah da durch eine Fensteröffnung und schob dort die Tür ein bißchen auf. Niemand war zu Hause, die Hörigen bereiteten die Felder vor und hatten ihre Kinder mitgenommen.

Plötzlich hörte Ita ein leises Stöhnen. Sie spähte ins Innere einer Hütte, die etwas größer und weniger ärmlich war als die anderen. Auf einem Querbalken an der Wand sah sie kleine Töpfe. Daneben hingen Schöpflöffel an einer Hanfschnur. Siegfried saß auf einer

Bank, er hielt einem Knaben die Hand. Neben ihm kniete ein junger Mann und säuberte eine tiefe Wunde in der Wade des Kindes. Siegfried, flüsterte Ita und schob sachte die Tür auf. Irritiert sah der junge Mann zu ihr hoch, aber der Priester lächelte und hob die Hand.

Ita ging ins Freie und wartete, bis Siegfried herauskam. Hinter ihm erschien der junge Mann. Ita sah, daß es ein Novize war. Er hatte schwarzes Haar und glühende dunkle Augen. In seinen Armen hielt er den verletzten Knaben und trug ihn weg.

»Im Frühling habe ich Heinrich zur Welt gebracht«, sagte Ita. »Ich bin mit dem Kind nach Schaffhausen zurückgekehrt, und du warst nicht da.« Ita wollte weitererzählen, aber die Worte blieben ihr im Hals stecken. Tränen schossen ihr in die Augen. Gedanken wirbelten durcheinander wie die Schilfpflanzen am Ufer, wenn ein Sturm aufkam.

Siegfried nahm Ita in die Arme. Er drückte sie fest an sich und sagte nichts. Ita spürte etwas in sich überfließen. Es war nicht wichtig, ob es Kraft war oder Liebe oder beides.

»Siegfried«, brach es aus ihr heraus. »Ich war so unglücklich. Eberhard hatte etwas mit einer anderen Frau.«

Der Priester wiegte sie in seinen Armen und schwieg.

»Er sagt, es sei vorbei und nicht wichtig gewesen«, fuhr Ita leise fort. »Ich habe versucht, alles zu vergessen. Aber mein Vertrauen wird damit nicht wieder lebendig.«

»Er hat auch mein Vertrauen zerstört. Aber langsam erwacht es wieder. Ich glaube, sein Haß war stärker als das Mitleid. Eberhard konnte nicht anders, als die Fremden zu verjagen.«

»Komm zurück, Siegfried! Ich brauche dich. Alle brauchen dich. Ich habe es Schaffhausen angemerkt, im ersten Augenblick.« Ita spürte, wie der Priester sich von ihr lösen wollte, aber sie klammerte sich an ihn. »Hast du jemals mehr für mich übrig gehabt als Freundschaft?«

Siegfried zögerte, löste die Umarmung und nahm Itas Hände. »Ich bin ein Priester, Ita. Für Frauen habe ich nie mehr gefühlt als Freundschaft. Aber für dich eine besondere.« Bei den letzten Worten lachte Siegfried, aber sie sah, daß er den Blick über ihre Schulter hinweg auf den Novizen richtete, der wieder auf die Hütte zukam. Ita konnte den jungen Mann nicht sehen. Sie hörte die Steine knirschen und wußte, daß er davonlief.

»Er heißt Mauritius«, sagte Siegfried. »Ich möchte nach Schaffhausen zurückkehren und ihn mitnehmen. Mauritius ist Medicus und weiß in vielen Dingen mehr als Anna.«

Und du liebst ihn, dachte Ita, aber sie brauchte es nicht zu sagen. Sie wußten beide, daß sie verstanden hatte. »Wenn du zurückkommst, wird es für mich einfacher sein, denn ich muß bleiben«, sagte sie nur.

»Ja, von Eberhard weggehen kannst du nicht, sonst verlierst du deine Kinder.«

»Ich muß bleiben, weil niemand mir die Freiheit gibt, mit ihnen anderswo zu leben. Aber etwas bleibt mir, Siegfried. Die Freiheit, zu lieben oder einfach da zu sein.«

In diesem Augenblick spürte Ita, daß es auch diese Freiheit nicht mehr gab, weil die Liebe sie umhüllte wie ein Nebel, dem man nicht entweichen kann und in dem man nichts sieht außer dem Nebel selbst. Es sind meine eigenen Gefühle, beruhigte Ita sich. Wenn ich ihnen folge, wird alles gut.

Als Ita mit Ekkehard eines jener seltenen Schiffe bestieg, die auch im Winter den Rhein befuhren, war es wieder bitter kalt. In Schaffhausen brachte sie ihren Sohn zu den anderen Kindern und ging Eberhard suchen. Am Ostende des Walls fand sie ihn nicht. Ita ging den Fluß entlang und sah zum anderen Ufer hinüber. Der Hügelzug dort war derselbe, aber der Wald kam ihr jetzt weniger einengend und düster vor. Weil Eberhard nirgends zu sehen war, fragte Ita nach ihm, aber die Fischer wußten nichts. Sie kehrte zum Stapelplatz zurück und folgte der Baustelle.

Der Wall und der Graben waren gewachsen. Sie schmiegten sich an den Fuß des Hügels mit den Weinreben und verliefen dann gegen Nordwesten. Überall waren Männer an der Arbeit, trotz der Kälte, denn es lag kein Schnee.

Ita ging zum Stall und holte das Pferd heraus. Sie ritt zur anderen Baustelle im Westen und sah, daß der Wall dort vom Rhein aus in einem Bogen nach Norden verlief. Dahinter zog sich der Graben hin. Sie spürte es, hier mußte Eberhard sein. Ungeduld mischte sich mit Sehnsucht, aber Ita trieb die Stute nicht an.

Beim Neubau der Mühle sah sie ihren Mann. Er saß auf seinem Pferd und ritt mit zwei Knechten Neuhausen entgegen. Sie erschrak, aber das Gefühl verging, weil sie wußte, daß es aus der Erinnerung kam. Ita freute sich, ihn zu sehen, und sie hatte Angst, aber sie folgte ihm. An Neuhausen vorbei auf dem Weg der Karrer, dann den Hang entlang, der das Rheinfallbecken säumte.

Eberhard und seine Leute ritten bis ans Wasser und banden neben dem Steg die Pferde fest. Ita folgte ihnen. Sie sah, wie die Männer sich einer Hütte näherten, die sie noch nie gesehen hatte. Ihr Herz machte einen Sprung.

Aber Eberhards Knechte nahmen nur Stricke und eine Axt heraus und verschwanden im Wald. Sie steigen zur Burg des Klettgaugrafen hinauf, dachte Ita beruhigt und ging zum Ufer.

Eberhard blieb allein am Steg zurück und schaute seinen Männern nach. Als er sich umdrehte, sah er Ita. Sie hatte ihren Pelz über die Ohren hochgezogen und schaute zum Fluß. Der Rheinfall kam ihr weniger hoch, aber breiter vor als früher. Ita spürte, wie Eberhard auf sie zukam, aber sie richtete ihren Blick weiter auf die Gischt, die über die Felsen schäumte und als Nebelwolke zur Sonne aufstieg. Auf dem Kalkstein glitzerten gefrorene Wassertropfen wie Kristalle.

Eberhard schloß seine Arme um Ita, als wolle er sie erdrücken. Er zitterte, flüsterte dann, »Ita, du bist wieder da«, und hielt sich an ihr fest.

Für Ita gab es nichts mehr zu verbergen. Alles war wieder, wie es sein sollte. Die Liebe, die Sehnsucht, selbst das Vertrauen waren wieder da. Ita war erstaunt über sich selbst. Sie hatte sich zurückhalten wollen, und nun tobte die Liebe mit dem Rauschen des Wassers. Ita fühlte, daß alles Böse weggewischt war und daß der zweite Anfang schöner sein würde als der erste, weil es nur noch besser kommen konnte. Das Schlimmste hatte sie schon erlebt.

In der Nacht war Eberhard geduldig, er wartete auf Ita, wenn sie sich versteifte und die Leidenschaft plötzlich schwand, er wartete auf ihre Sehnsucht, die anders war als früher und die ihm den Atem nahm.

Dann wollte Ita von Roduna sprechen. »Was habe ich falsch gemacht?« drängte sie, »oder war die andere schöner?«

»Du hast nichts falsch gemacht, und sie ist schön«, sagte Eberhard sanft und hielt Ita umschlugen. »Aber ich hatte Sorgen. Siegfried war meinetwegen fortgegangen. Schaffhausen versank in Trauer, als sei er gestorben. Liutpald lag krank im Bett, und das Herzogtum Schwaben ist verloren für mich. Du bist auf der Nellenburg gewesen, Ita, ich habe mich an jemandem festhalten müssen.«

»Hast du ihr jetzt gesagt, daß wir ... daß du ...«

»Sie hat es gespürt, und ich habe den Knecht hingeschickt.« Eberhard zögerte, bevor der weitersprach.

Erstaunt sah Ita, daß er sich wieder am Ohrläppchen zupfte. Aber es wehten keine Mohnblumen durch ihre Erinnerung wie früher, wenn seine Geste sie an ihre erste Begegnung erinnert hatte. Ita bemerkte nur seine Verlegenheit, und die tat weh.

»Sie erwartet ein Kind«, sagte Eberhard schließlich. »Wenn ich es nicht anerkenne, wird es im Elend aufwachsen. Ich hoffe, du verwechselst das nicht mit etwas ... anderem.«

Ita erschrak. Dann dachte sie an Cristildis und an sich und was gewesen wäre, wenn sie Ulrich von der Lenzburg geliebt hätte. Vielleicht wäre auch sie die Mutter eines vaterlosen Kindes geworden. Plötzlich fühlte Ita sich stark und sicher. Und sie hatte Mitleid mit Roduna. »Ich bin selbst eine Mutter. Ich möchte, daß du ihr eine Mitgift ausrichtest.«

Als Ita die Arme nach ihm ausstreckte, gab es keine Schranken mehr. Roduna war Vergangenheit und ihr Kind eine Zukunft, die sie, Ita, nichts mehr anging.

26

Eberhard schaute aus den Augenwinkeln nach rechts, ohne den Kopf zu drehen. Er sah, wie König Heinrich neben ihm auf dem Steinboden kniete und tonlos ein Gebet flüsterte.

In der Kirche von Piacenza war es still. Ab und zu flackerte eine Kerze, der schwarze Rauch hing zwischen den Säulen. Eberhard spürte die Wirkung der Umgebung wie durch einen Schleier, er war eingehüllt in eine Wolke von Weihrauch und göttlicher Gnade. Als seien alle Ohren des Himmels geöffnet für ihn. Gottvater, zeig mir den Weg, kleiner heiliger Antonius, gib mir ein Zeichen.

Heinrich stand auf und ging weg. Eberhard bemerkte es nicht. Seit er mit dem Hof in der Lombardei war und Tag für Tag miterlebte, wieviel Zeit König Heinrich mit dem Gebet und mit Gesprächen über die Apostel und die Kirchenväter verbrachte, zog Eberhard sich häufiger als früher in sich selbst zurück. Er spürte in jeder Kirche stärker, daß diese Italienreise sein Schicksal sein würde und daß nichts zählte außer seinem Gelübde.

Das war auch in Pavia so gewesen. Friede lag über der Oktobersynode des Jahres 1046. Als erster Herrscher aus dem Norden hatte Heinrich die Lombardei betreten, ohne auf Widerstand zu stoßen. Weltliche Auseinandersetzungen gab es nicht, so widmete der König sich kirchlichen Fragen. Er erließ ein Edikt gegen die Simonie, den Verkauf oder Kauf von geistlichen Ämtern. Während der Vorträge schweiften Eberhards Gedanken immer wieder ab. Er dachte an den Abt, den er für sein Kloster ernennen würde und der würdig und fromm sein mußte. Manchmal wehten Mohnblumenblätter durch seine Gedanken, Erinnerungen an den zweiten Sommer ihrer Liebe, der weniger verspielt gewesen war als der erste, aber intensiver, weil Schatten ihm eine neue Tiefe gaben.

Im Gotteshaus von Piacenza spürte Eberhard seine Frau, aber sie war kein Gegensatz zum Gebet. Ita und die Heiligen, Schaffhausen und sein Kloster gehörten zusammen, denn sie waren Teil eines Plans, der vom Himmel kam. Seine eigenen Gedanken, immer dieselben, hallten nach, als er aus der düsteren Kirche in die Herbstsonne trat.

»Wollt Ihr Euch unserem Gebetsbund anschließen?« fragte Heinrich unvermittelt. Der König stand neben dem Portal der Kirche, hatte auf ihn gewartet. Eberhard spürte, wie ihm das Blut in den Kopf stieg. Da er nicht wußte, von welchem Gebetsbund die Rede war, fiel er auf die Knie und beugte den Kopf. Er sah die spitzen Steine unter seinen Knien, die an einer Stelle die Beinkleider durchbohrt hatten. Blut sickerte heraus und tränkte den Stoff.

»Bischof Thietmar von Chur ist dabei und Bischof Eberhard von Konstanz«, sagte der König. »Wir wollen auch Weltliche dazubitten. Ich sehe Euch viel im Zwiegespräch mit den Heiligen, Eberhard. Da dachte ich, daß Ihr vielleicht ...«

»Es ist mir eine Ehre«, flüsterte Eberhard. Weil der König stehen blieb, aber nichts sagte, fuhr er fort: »Ich muß eine Entscheidung treffen. Wegen des Klosters, das ich bauen möchte. Da dachte ich, das Gebet werde mir einen Weg zeigen.« Eberhard wäre gern aufgestanden, aber der Blutfleck auf dem gelben Tuch wurde immer größer. So blieb er auf den Knien, bis der König ihm leicht die Hand auf die Schulter legte und wegging.

Auf der Reise in den Süden wurden Eberhard und die anderen Gefolgsmänner des Königs immer tiefer in den römischen Wirrwarr verstrickt. Hinter Siena reiste plötzlich ein Geschichtenerzähler mit dem Hof. Er sang Lieder von König Heinrich und von einem Kaiser der Zukunft, der im päpstlichen Rom für Frieden und Gerechtigkeit sorgte. Mit seinem letzten Gedicht forderte er Heinrich auf, als Stellvertreter Gottes das dreiköpfige, aus Habsucht gewachsene Papstschisma zu beseitigen. Als Heinrich den Fremden zu sich rufen wollte, war dieser verschwunden. Der König nahm das Gedicht als Zeichen des Himmels und schickte Informanten aus, um sich ein Bild von der Lage in Rom zu machen.

Sie erfuhren, daß Papst Benedikt vor zwei Jahren vom Volk aus

Rom vertrieben worden war. Ohne daß König Heinrich gefragt worden wäre, hatte man einen neuen Papst gewählt. Dieser Silvester aber wurde wenige Monate später ebenfalls aus Rom verjagt. Kaum saß Benedikt wieder auf dem Thron, tat er den unerwarteten Schritt und verkaufte sein Amt an Gregor, den neuen Papst seiner Wahl.

Eberhard begriff auch später nie, ob Heinrich nach Rom gereist war, um die Kaiserkrone zu empfangen oder um in die Papstwahl einzugreifen. Aber das war nicht wichtig. Er dachte an sein Kloster, das er bauen wollte, sobald der Wall Schaffhausen umschloß, und er versank noch häufiger ins Gebet, nicht nur weil Heinrich ihm dabei zusah und er Achtung, ja manchmal Verehrung in den Augen des Königs las.

In Sutri im Norden von Rom erfüllte sich das Schicksal der drei Päpste. Es war fast Weihnachten, aber Eberhard kam es vor wie im Oktober. Die Herbstbäume trugen noch ihre farbigen Blätter, und wenn er nach oben schaute, sahen die runden Pinienkronen aus wie grüne Inseln im blauen Meer. Das Sonnenlicht brach sich in ihren Ästen, die sich majestätisch im Wind bewegten, und tanzte auf dem Boden als Schattenspiel. Es roch nach Piniennadeln und nach Rosmarin.

Der Bischofspalast lag auf einem Tuffsteinhügel, der eigentümlich in den Himmel ragte und keinen Platz bot für die Zelte der Krieger, die mit dem Hof reisten.

Eberhard schlich sich am ersten Morgen aus der Palastaula davon. König Heinrich hatte alle drei Päpste nach Sutri bestellt, aber nur Silvester war gekommen. Die Synode konnte noch lange dauern.

Im Tal unter dem Hügel reihte sich eine Zypresse an die andere. Eberhard ritt ziellos der Sonne entgegen. Er war allein und fühlte sich doch nicht einsam. Die Erinnerungen an die Gebete mit König Heinrich taten ihm wohl. Und Ita war bei ihm wie immer. In der Ferne begriff er noch klarer als zu Hause, daß sie zu ihm gehörte. Genauso fest und tief wie vor fünfzehn Jahren.

Er kam an einer seltsam beschlagenen Mauer aus Tuffstein vorbei, die in alter Zeit zu einem Theater gehört haben mußte. Dann sah er, daß findige Baumeister die Stufen des Theaters direkt in den Stein hatten hauen lassen. Alles war von Moos überzogen, es sah vergänglich aus und doch unendlich viel standfester als der Wall, der in Schaffhausen heranwuchs. Eberhard beschloß, ein Kloster zu bauen, das die Zeiten überdauern konnte und an ihn, Eberhard, erinnern würde und an die Seelen seiner Nachkommen.

Auf der anderen Seite des Theaters raschelten Zweige. Eberhard wunderte sich über die Steinreihen, die Töne trugen und sie verstärkten wie manche Erinnerung, die auf ihrer Reise durch die Jahre wichtiger wird, anstatt zu verblassen.

Weil die Sonne ihn blendete, hielt Eberhard die Hand vor die Augen und spähte auf die andere Seite. Eine Gestalt in wallenden Gewändern löste sich aus dem Schatten der Steinwände und kam auf ihn zu. Bischof Thietmar von Chur. Eberhards Herz begann stärker zu klopfen. Er war dem Prälaten schon früher begegnet, aber nie allein.

»Graf Eberhard, ich wollte ohnehin mit Euch sprechen.« Freudig kam Thietmar auf ihn zu. Eberhard sah, daß der Bischof trippelte, als habe man ihm die Füße zusammengebunden. Er war einen Kopf kleiner als Eberhard und so dünn, daß er ihm vorkam wie ein Lichtspiel, das sich jeden Moment in Luft auflösen konnte.

»Wir müssen über Chiavenna diskutieren«, sagte Thietmar, und beim Wort *müssen* steckte er die Zunge zwischen die Lippen, so daß Eberhard kaum verstehen konnte, was er lispelte. »Der Bischof von Como mischt sich in Dinge ein, die ihn nichts angehen.« Thietmars Gewänder wallten. Wenn er sprach, ruderte er mit den dünnen Armen durch die Luft, als wolle er die Umgebung in sich aufsaugen und zu seiner Verbündeten machen.

Eberhard atmete auf. Endlich schnitt Thietmar die Frage an, die auch ihm und Liutpald seit Jahren zu schaffen machte. Jeder neue Zoll, den Eberhard einführte, jede Gebühr wurde vom Bischof von Como in Zweifel gezogen. Immer wieder hatte Liutpald für ihn an die kaiserliche Hofkanzlei schreiben müssen, um die Zuständigkeiten festzulegen. Offenbar hatte Bischof Thietmar die gleichen Schwierigkeiten.

»König Heinrich legt größten Wert darauf, daß der Weg über den Septimer in der Hand von uns Schwaben bleibt«, fuhr Thietmar fort. »Deshalb überschreibt er mir immer mehr Ländereien, auch in der Diözese Como.«

»Das Hospiz auf der Südseite ist aber noch immer in der Hand des Bischofs von Como.«

»Das ist es ja, was ich mit Euch besprechen will. Ich möchte ein neues Hospiz auf der Paßhöhe bauen.«

Eberhard zögerte. Offenbar legte Thietmar das negativ aus, denn er streckte die Arme aus und durchpflügte die Luft hoch über seinem Kopf.

»Das ist ungewöhnlich«, sagte Eberhard rasch. »Meist wird nördlich und südlich der Paßhöhe je ein Hospiz errichtet. In einer Entfernung, die in einer Tagesreise zu bewältigen ist.«

»Ja, aber wie ich Euch gesagt habe, gehört das Hospiz auf der Südseite des Septimer dem Bischof von Como. Wir könnten den Fernhandel besser kontrollieren, wenn die Händler auf der Paßhöhe selbst übernachten könnten ...«

»... und von der Paßhöhe in einem Tag nach Chiavenna reisen würden?«

»Wenn der Boden trocken ist, läßt sich die Strecke in einem Tag bewältigen. Bei Schnee und Schlamm aber ist ein weiteres Hospiz auf halben Weg nach Chiavenna nötig. Könntet Ihr ein solches erstellen?«

Eberhard ließ sich die Privilegien und Schenkungen durch den Kopf gehen, die er in seiner südlichsten Grafschaft von der Hofkanzlei erhalten hatte. Es waren Ländereien östlich von Chiavenna dabei, aber genau wußte er das nicht. Um solche Dinge kümmerte sich Liutpald. Trotzdem sagte er ohne zu zögern: »Ja, ein Ort wird sich finden. Ich gebe Euch mein Wort. Und was ist mit dem Geleitschutz?«

»Wir werden ihn gemeinsam betreiben, Eberhard. Ich lasse mir die Sache durch den Kopf gehen. Wenn ich eine Lösung gefunden habe, werde ich die Einzelheiten mit Carolus besprechen. Euer Dienstmann macht selten in Chur halt, ohne mir seine Aufwartung zu machen.« Thietmar sah zum Himmel und schätzte den Sonnenstand ein. Erschrocken verabschiedete er sich und hastete aus dem Amphitheater. Sein Schweißgeruch vermischte sich in Eberhards Nase mit Rosmarin und Salbei.

Eberhard war zufrieden. Seine Grafschaft im Süden würde ihm immer mehr einbringen, denn der Handel zwischen Schwaben und der Lombardei blühte auf wie die Saat um die Nellenburg, nachdem Ita neue Pflüge und Düngemethoden eingeführt hatte. Eberhard dachte an Ita, ihre blonden Strähnen und den Mohnblumenkranz, den er ihr im Sommer aufs Haar gesetzt hatte. Er wollte ihr alles geben, was er konnte. Spiegel und Kämme aus dem Orient, glänzende Stoffe und eine Stadt, in der sie sich sicher fühlen und wo man sie als Gräfin wie eine Königin verehren würde. Die Einkünfte aus Chiavenna würden ein Wegstück zu diesem Ziel mit Silber pflastern.

Hufschläge rissen Eberhard aus seinen Gedanken. Im letzten Moment lenkte er seinen Hengst hinter eine Zypresse. Eine Gruppe von Mönchen, Priestern und Kriegern ritt vorbei. Zuvorderst galoppierte ein Kirchenfürst in prachtvoller Kleidung. Das mußte der zweite Papst sein. Vielleicht war der dritte inzwischen bereits zur Synode eingetroffen. Eberhard ritt zum Bischofspalast zurück. Unterwegs holte er den schmächtigen Thietmar ein, der den Tuffsteinhügel hinaufkeuchte, als sei der Teufel hinter ihm her.

Aber Papst Benedikt kam nicht nach Sutri. Heinrich wartete bis zum Nachmittag, dann gab er das Zeichen zur Eröffnung der Synode. Papst Gregor führte den Vorsitz, Papst Silvester war der Angeklagte. Nach zwei Stunden wurde Silvester als *invasor*, als Eindringling, verurteilt und in sein Bistum zurückgeschickt.

Dann war der Vorsitzende selbst der Angeklagte. Papst Gregor gebärdete sich würdelos, er klagte, er habe alles nur zum Wohl der Kirche getan. Um ihr und Gott zu dienen, habe er in seine Schatulle gegriffen und das Papstamt gekauft. Für seinen Glauben, für Gott, die Heiligen und für das Volk von Rom.

Der König zögerte, und er wog die Redlichkeit des Angeklagten ab. Dann nickte er und gab sein Handzeichen. Gregor wurde mit der Verbannung bestraft. Der Erzbischof von Köln sollte den abgesetzten Papst nach Norden begleiten. Damit war die Synode von Sutri zu Ende.

Mancher Höfling wunderte sich über Heinrichs harten Entschluß, aber Eberhard begriff, weil er sich an Liutpalds Worte erinnerte. Eine Kaiserkrone ist soviel wert wie der Ruf des Papstes, der sie dem Herrscher auf den Kopf setzt, hatte der einmal gesagt. Deshalb konnte Heinrich sich nicht von einem Papst krönen lassen, der sein Amt gekauft hatte. Und der mit Papst Benedikt verwandt war, einer der jämmerlichsten Gestalten auf dem Thron von Sankt Peter. Anstatt sich der Synode zu unterwerfen, war Benedikt von Rom in die Berge geflohen. Der König erklärte Benedikt in Sutri für abgesetzt und verurteilte ihn.

Im Dezember rief König Heinrich zu einer Synode nach Rom. Er bot dem Bischof von Hamburg-Bremen die Tiara, die Papstkrone, an, aber der Auserwählte lehnte ab. Schließlich gelang es, den Bischof von Bamberg zu gewinnen, der sich Papst Clemens nannte.

An Weihnachten 1046 erlebte Eberhard an einem einzigen Tag mehr Prunk als in seinem sonstigen Leben. Erst wurde der Papst geweiht, dann folgte die Kaiserkrönung.

Nicht einmal beim Aufstand von Parma hatte Eberhard derartige Menschenmengen gesehen. Die Römer waren überall. Vor Sankt Peter, in den Gassen, an den Fenstern, auf den Bäumen und Hausdächern. Als Eberhard mit dem königlichen Gefolge auf die Basilika zuritt, riefen ihnen Menschen in allen Sprachen Huldigungen entgegen. Vor ihnen gingen zu Fuß die römischen Behörden und der Klerus. Überall sah man Prozessionskreuze, Weihrauchfässer und Fackeln. Priester übertönten mit ihrem Gesang das Geschrei der Zuschauer, baten Gottes Engel, den König zu leiten und ihn zu behüten.

Bei der Treppe blieben die Pferde zurück. Eberhard sah, wie Heinrich und Agnes die Stufen emporstiegen. Sie trugen Purpurgewänder und prunkvollen Goldschmuck. Auf dem Podest vor der Basilika thronte der bereits geweihte Papst Clemens. König und Königin beugten sich nieder und küßten dem apostolischen Hirten die Füße.

Die Zeremonie war lang und voller Wiederholungen. Prälaten aus Italien, Bayern, Schwaben und dem Burgund umstanden den Papst. Überall glänzten Gold und Edelsteine. Eberhard sah die Kaiserkrone auf Heinrichs Kopf. Sie trug vorn ein Kreuz, denn in diesem Zeichen sollte der Herrscher regieren.

Die Priestergesänge waren leise und schläferten Eberhard fast ein. Er war beeindruckt und gleichzeitig gelangweilt. Immer wieder wollte er sich über den Bart streichen, aber den gab es nicht mehr. Um in Rom nicht als Fremde aufzutreten, hatten sich König Heinrich und seine Gefolgsmänner am frühen Morgen glattrasiert.

In feierlicher Prozession kehrte das Kaiserpaar nach der Krönung zum Thronsessel vor dem Hochaltar zurück. Papst Clemens stimmte ein jubelndes Gloria an, die Wechselgesänge wurden durch Hochrufe übertönt.

Eberhard atmete auf. Die Feier war vorbei. Aber da ging ein Prälat mit unbedecktem Kopf auf den Papst zu. Offenbar stand noch eine Bischofsweihe bevor und vielleicht nicht nur eine. Eberhard wollte sich durch die Reihen der Krönungsgäste ins Freie kämpfen, aber niemand ließ ihn durch.

Als der Bischof sich von den Knien erhob, war Eberhard froh, daß er noch in der Peterskirche stand. Der Geweihte war Hunfried von Embrach, sein Freund und Förderer, der sich bei Königin Agnes für ihn eingesetzt und ihm vielleicht das Schaffhauser Münzrecht verschafft hatte.

Beim Krönungsmahl erfuhr Eberhard, daß der Domherr von Straßburg nicht irgendein Bistum erhalten hatte. Hunfried war jetzt Erzbischof von Ravenna, der nach Rom bedeutendsten Metropole Italiens.

Später hatte Eberhard Hemmungen, den Kirchenfürsten aus Embrach zu suchen, der am Hof Heinrichs aufgestiegen war wie ein Komet, erst zum Kanzler und nun zum Erzbischof.

Einige Tage nach Weihnachten erinnerte sich Hunfried an Eberhard und ließ ihn rufen. »Kommt, Eberhard«, sagte der Erzbischof. »Jetzt ist niemand in Sankt Peter. Wir wollen am Grab des Apostels beten.«

Mit zwei bewaffneten Knechten ritten sie vom Lateran am Kolosseum vorbei zur Tiberinsel. Rom lebte von der Pracht der Vergangenheit, die überall durchschimmerte. Durch Gestrüpp und Unkraut, das zerbrochene Marmorsäulen umrankte. Und durch den Tiber, leuchtend und ruhig wie die goldene Ewigkeit.

»Es wird schwierig sein, das Erzbistum Ravenna zu verwalten«, sagte Hunfried, als sie bei der Engelsburg über die befestigte Brücke ritten. Eberhard hörte nur mit halben Ohr zu. Er hatte erfahren, daß die Burg, in der sich die Päpste einschlossen, wenn Gefahr drohte, früher das Grabmal römischer Kaiser gewesen war. Das erinnerte ihn an seine Laurentiuskirche auf der Reichenau und an das Kloster, das er auch als Grabmal für seine Familie errichten wollte. Er war froh und dankbar, auf dem Weg nach Sankt Peter zu sein.

»Jetzt habt Ihr einen Papst aus Franken auf Eurer Seite. Clemens wird Eure Aufgabe vereinfachen«, kommentiere Eberhard Hunfrieds Bemerkung. Er fühlte sich entspannt und hatte keine Angst mehr vor dem Erzbischof, der sich ungezwungen benahm wie damals in Embrach.

»Da habt Ihr recht, Eberhard. Es wäre schwieriger, mit einem römischen Papst auszukommen. Clemens sollte glücklich sein, daß ihm ein Schwabe wie ich als Erzbischof von Ravenna gegen die Übermacht der einheimischen Prälaten hilft.«

Eberhard gab keine Antwort. Er fieberte dem Grab des Apostels Petrus entgegen, denn er spürte, daß hier seine Entscheidung fallen würde.

»Ich habe gehört, daß ein anderer Herzog von Schwaben geworden ist«, sagte Hunfried laut, weil sie an singenden Pilgern vorbeikamen. Sie hatten jetzt die Treppe von Sankt Peter erreicht und übergaben die Pferde den Knechten.

Eberhard sah das schönste Gotteshaus der Christenheit vor sich, und plötzlich tat sich ihm die Wahrheit auf wie das Portal von Sankt Peter. Er würde nie Herzog von Schwaben werden, er nicht und auch kein anderer Schwabe. Genauso wie Kaiser Heinrich keinem Bayern die dortige Herzogskrone aufsetzen würde. Und keinem Kärntner die von Kärnten. Ortsfremden wollte der Herrscher seine Herzogtümer anvertrauen, damit er selbst alle Fäden der Macht besser in der Hand behalten konnte. Und um Abspaltungen oder Revolten zu vermeiden. Vielleicht könnte ich Herzog von Bayern oder von Kärnten werden, dachte Eberhard und lachte in sich hinein, ohne daß Hunfried es merkte. Aber daran hatte er kein Interesse. Er war ein Schwabe, ein Alemanne, in seinem Stammland wollte er Großes tun, und wenn es nur der Bau einer Stadt und eines eigenen Klosters war.

Vor dem Grab des Apostels Petrus kniete Eberhard nieder. Er fühlte einen Strudel von Freude und Ehrfurcht in sich, der ihn forttrug und doch in die Gemeinschaft einfügte. Es lag nicht am Grab allein. Überall knieten und lagen Pilger auf dem Boden. Alte und junge, reiche und zerlumpte, Männer und Frauen. Sie hatten die gleichen Gedanken, sie hatten die gleiche Liebe für die Heiligen in ihrer Seele. Und einen Wunsch für die Zukunft, jeder einen anderen. Eberhard hielt die Augen geschlossen. Er sah die Menschen nicht, er fühlte sie. Wie unendlich viele Tropfen im Wasserfall. Zusammen formten ihre Gebete eine Kraft, die Gedanken vermengte und fortriß in den Himmel.

Eberhard sah einen alten Fährmann vor sich. Er stand in Schaffhausen am Rhein und lächelte ihm zu. Mit der Hand zeigte er zur Uferstelle zwischen dem Steinbruch und dem Schiffssteg. Eberhard sah die Schutzmauer und daneben Gestrüpp und Unkraut. Im Westen ging die Sonne unter, ihre roten Strahlen berührten die Erde. Ein Sonnenstrahl wurde hart und golden und verwandelte sich in ein Kreuz. Es schwebte über dem Portal einer Kirche, hinter der sich Klostermauern hinzogen.

Überwältigt von der göttlichen Botschaft blieb Eberhard vor dem Apostelgrab liegen, bis Hunfried ihn an der Schulter berührte.

»Habt Ihr gefunden, was Euch wichtig war?« fragte Hunfried später.

»Mehr als das. Ich weiß jetzt auch, was nicht wichtig ist.«

»Das klingt nach einem Rätsel.«

Eberhard hatte plötzlich das Bedürfnis, Hunfried alles mitzuteilen. Auch das, was nicht mehr wichtig war. Gerade deshalb. Wenn er in diesem Moment und gegenüber einem solchen Kirchenmann alles nochmals aussprach, war es vielleicht gebannt für alle Zeiten.

Beim Grab des Apostels, im Strom der Gebete aller Pilger. Und gelöst aus seiner eigenen Erinnerung. »Ein Rätsel, Ihr habt recht. Es tat mir jahrelang weh, daß Abt Berno mir die Vogtei der Reichenau weggenommen hatte. Dann habe ich auf einer Reise nach Einsiedeln von Berno erfahren, daß er es nicht aus eigenem Antrieb getan hatte. Wer dahintersteckt, konnte er nicht sagen. Er sprach von versiegelten Lippen.«

Hunfried hörte zu, ohne ein Wort zu sagen.

»Versteht Ihr, Hunfried. Jemand hatte Berno gezwungen, mich auf der Reichenau zu entmachten. Aber das ist jetzt nicht mehr wichtig. Heute habe ich meinen Weg gefunden, und der führt nicht zur Reichenau.«

»Ich bin oft nach Einsiedeln gereist«, sagte Hunfried leise, wie zu sich selbst. »Einmal war auch Abt Berno von der Reichenau dort und Herzog Hermann von Schwaben, Euer Freund. Sie sprachen auch von Euch, Eberhard. Aber genau kann ich mich nicht erinnern. Das muß vor fast fünfzehn Jahren gewesen sein.«

Eberhard ging schweigend neben Hunfried her. Seine Neugier war wieder geweckt. Vielleicht ruhte das Geheimnis auch in Hunfrieds und nicht nur in Abt Bernos Erinnerung. Aber so in der Tiefe, daß es nie mehr an die Oberfläche kommen würde.

Schon am Abend war für Eberhard sein Gespräch mit dem Erzbischof von Ravenna gedanklich in den Hintergrund gerückt. Was zählte, war der Apostel Petrus, der ihm den Weg nach Schaffhausen gewiesen hatte, zu seinem Kloster.

Bevor der Hof nach Süden weiterzog, suchte Eberhard nach einer Bestätigung seines Traumbilds. Zu Fuß und mit nur einem Knecht pilgerte er zu den sieben Basiliken Roms, zuletzt zur Kirche des heiligen Paulus, die außerhalb der Stadtmauern lag. Die Begegnung mit dem Abt kam ihm später in der Erinnerung vor wie ein weiterer Wachtraum. Von einem goldenen Fluß hatte der Benediktiner gesprochen und von einem Kloster aus Stein, obwohl Eberhard nur ein Gebet von ihm verlangt hatte.

Nach der Kaiserkrönung war ein Teil des Hofs nach Norden gereist. Nur wenige Schwaben hatten sich entschlossen, den Kaiser nach Monte Cassino zu begleiten. Eberhard konnte es nicht erwarten, nach Schaffhausen und zu seiner Zukunft zurückzukehren, aber er blieb beim Hof, weil Herzog Otto von Schwaben es so wollte.

Manchmal, selten, durfte Eberhard an der Tafel des Kaisers sitzen. Heinrich und Papst Clemens sprachen von der Kirchenreform und von neuen Privilegien für die Abteien. Jeder Satz, den er hörte, kam Eberhard vor wie eine Bestätigung seines Traumgesichts. Auch der Kaiser und der Papst wollten neue Klöster, wollten sein Kloster in Schaffhausen.

Bertold von Zähringen war gelegentlich an seiner Seite, aber er ließ seine giftige Zunge nie gegen ihn spielen. Eberhard fühlte sich dennoch gehemmt und wich ihm aus. Herzog Otto zeigte offen seine Freundschaft mit Eberhard und bat ihn oft an seinen Tisch.

Südlich von Terracina wäre der Kaiser fast von einem Ast getroffen worden, der sich von einem Baum löste und auf den Pfad niederkrachte. Ein Gefolgsmann ritt hinter ihm und drängte das kaiserliche Pferd im letzten Moment zur Seite. Heinrich kam unversehrt davon, aber sein Retter wurde am Arm verletzt. Zu Ehren dieses Getreuen gab es ein Festmahl. Da er Schwabe war, wurden Herzog Otto, Bertold und Eberhard an die kaiserliche Tafel gerufen. Auch Erzbischof Hunfried setzte sich zu ihnen.

Gelangweilt hörte Heinrich sich die Geschichte seines Retters an. Der Vasall aus Schwaben sprach von seiner Grafschaft, von Untervasallen und von der letzten Hungersnot. Eberhard mußte sich zwingen, wach zu bleiben. Der Kaiser beugte sich zu ihm hinüber und flüsterte: »Ihr habt einen tapferen Erstgeborenen. Wollt Ihr ihn an den Hof schicken, wenn er fünfzehn ist?«

Eberhard war plötzlich hellwach. Der Herrscher wollte Ebo an den Hof holen. Das war eine Ehre, die nicht jedem Grafensohn zuteil wurde. »Ich danke Euch«, gab er leise zurück und fragte nach. »Ruft Ihr meinen Eberhard an den Hof oder ins Heer?«

»Das wird sich ergeben.« Heinrich lehnte sich zurück und wandte sich wieder seinem Retter zu.

Am unteren Tischende flüsterten die Kirchenmänner einander ihre Meinungen zu. Einmal ereiferte sich Thietmar von Chur so, daß Wortfetzen die Stimme des Schwaben übertönten. Der Bischof erschrak und dämpfte seinen Ton, aber kurze Zeit später sagte er noch lauter: »Eine Seele haben sie bestimmt nicht. Es fragt sich, ob sie überhaupt Vernunft besitzen.«

»Von wem habt Ihr es, lieber Thietmar?« fragte der Kaiser interessiert. Sein Lebensretter hörte mitten im Satz zu sprechen auf und beugte sich über seinen Fisch.

»Von den Frauen.« Thietmar war in Fahrt und schrie fast. »Sind sie vernunftbegabte Wesen oder gehören sie zu den Tieren? Über diese Frage hat das Konzil von Mâcon schon vor fünfhundert Jahren beraten.« Thietmar stand auf, weil er auch im Sitzen kleiner war als alle anderen. Wie ein Schauspieler hob er die Arme und rezitierte in Latein: »*In mulier sit homo*? Eine Antwort darauf hat noch keine Synode gefunden. Ich denke, die Frauen sind etwas dazwischen. Nicht gerade Tiere, aber bestimmt nicht vernunftbegabt wie wir Männer.«

»Da bin ich anderer Meinung«, warf Erzbischof Hunfried ein. »Meine Schwester ist so vernünftig, daß sie besser rechnen kann als jeder Mann. Sie hat mir sogar mein Erbe stehlen wollen.«

»Ja, der Sündenfall beweist die Schlechtigkeit der Frau«, meldete sich Dietrich, der neue Bischof von Konstanz, zu Wort. Sein Vorgänger war vor Weihnachten in Rom gestorben und im Portikus von Sankt Peter bestattet worden. Seit seiner Weihe beteiligte sich der ehemalige Kanoniker Dietrich mit Feuereifer an theologischen Disputen. »Tertullian hat die Weiber als Pforten der Hölle bezeichnet.«

»Ich würde eher sagen, sie sind Pforten zum Paradies«, flüsterte Bertold Eberhard ins Ohr. Laut sagte er zu Dietrich: »Und Eure eigene Mutter, Dietrich? Hat sie Euch etwa den Weg zur Hölle gewiesen?«

Dietrich sprang auf und lief mit erhobenem Zeigefinger auf Bertold zu. Dabei stolperte er über das Bein eines Dieners und stürzte zu Boden. Wütend stemmte er sich auf die Füße, sah sich um, kämpfte um seine Würde und sagte geziert: »Meine Mutter laßt Ihr gefälligst aus dem Spiel!«.

»Monika war Apostel ihres Sohnes«, lenkte Kaiser Heinrich ein.

»Der heilige Augustin hat bewiesen, daß das Beste, was der Mensch hat, von der Mutter kommt.«

»Niemand verbietet ihnen, klug und gut zu sein, weder den Töchtern noch den Müttern.« Herzog Otto warf einen Blick in die Runde und grinste. »Solange sie uns untertan sind ...«

»... und in der Gemeinde schweigen, wie die Heilige Schrift es verlangt«, fiel der Bischof von Konstanz ihm ins Wort. Mit den Fingern durchkämmte er triumphierend sein schütteres Haar.

»Ich lasse mich gern von meiner Frau beraten«, hörte Eberhard die eigene Stimme überlaut. »Ita weiß mehr über den Ackerbau und die Kräuterkunde als viele Männer. Sogar mein Ratgeber, der Priester Liutpald, hört oft auf sie.«

Dietrich verschluckte sich, verschüttete den Wein über seine Tunika. Der Bischof von Chur gestikulierte mit den Händen, und Herzog Otto stieß Bertold mit dem Arm an.

»Das schwache Geschlecht ist ...«, begann Dietrich, aber Kaiser Heinrich fiel ihm ins Wort: »Wenn ich an meine Mutter denke, so muß ich Eberhard recht geben. Manche Frau ist so klug und hat so viel Seele, daß sie beides verstecken muß, um den Männern nicht zu mißfallen.«

In Monte Cassino war es im Januar warm wie in Schwaben im Frühling. Eberhard kniete nach der Dämmerung im Hain der Olivenbäume und dachte an sein Kloster. Ita kam ihm in den Sinn und ihr Herbstblumenstrauß, den Liutpald später aus dem Fenster geworfen hatte. Sie hatte von den Heiligen gesprochen und von unendlich vielen Leitern zum Himmel. Da sah Eberhard Strahlen, die von den Olivenzweigen zu den Sternen aufstiegen.

Das Lichtspiel wurde gestört durch einen Mann, der wie er im Dunkeln Rat suchte und über Eberhards Füße gestolpert war. Eberhard stand auf und sah sich Bertold von Zähringen gegenüber.

»Tut mir leid, ich wollte nicht stören.«

Eberhard berührte den Arm des anderen und drückte ihn leicht. Als Bertold nichts mehr sagte, ging Eberhard auf das Kloster zu.

»Wir sind beide Schwaben, und Ihr habt auf der ganzen Reise nur zweimal *ja* und einmal *gewiß* zu mir gesagt«, rief Bertold hinter ihm her. »Aber ich habe Euch disputieren gehört.« Weil Eberhard noch immer schwieg, fuhr der Zähringer fort: »Für Herzog Hermann wart Ihr ein einzigartiger Freund.«

Eberhard wußte nicht, was er sagte sollte. Da waren die Erinnerungen an Bertolds schwarze Augenschlitze, an das Unbehagen nach dem Sturm in der Lombardei. Und an die versiegelten Lippen des Reichenauer Abts, eine Geschichte, die Eberhard in seinem Innersten immer Bertold angelastet hatte.

Aber irgendwie war dies alles bedeutungslos geworden. Eberhard hatte einen Entschluß für sein Kloster gefaßt, und er hatte in Rom alle Ansprüche, ja selbst alle Träume aufgegeben, die das Herzogtum Schwaben betrafen. Gerade deshalb beschloß er, der Wahrheit nicht auszuweichen und endlich Klarheit zu erlangen, obwohl alles nicht mehr wichtig war.

»Man hat mir erzählt, daß Ihr Euch damals als Heerführer gegen den rebellischen Herzog Ernst beworben habt«, begann Eberhard, ohne auf Bertolds Frage einzugehen.

»Euer Bruder Manegold ist mir vorgezogen worden. Ist es das, was Euch nach fünfzehn Jahren noch beschäftigt?« Bertolds Stimme war so sanft, wie Eberhard sie noch nie gehört hatte. Verständnis schwang mit und vor allem Neugierde.

»Ihr habt alles getan, um Herzog von Schwaben zu werden.«

»Ich tue es noch. Ihr etwa nicht?«

»Nicht mehr. Ich will aus Schaffhausen eine Stadt machen mit ...« Mit einem Kloster, wollte Eberhard sagen, aber im letzten Moment behielt er das Wort zurück. Bertold hatte zu viele Interessen in seinem Gebiet, er wollte ihn nicht auf den Gedanken bringen, ihm Hindernisse in den Weg zu legen.

»Mit was?«

»Mit einer Uferbefestigung, einem Schutzwall und einem Stapelplatz für die Fernhändler.«

Eberhard wollte Bertold sagen, es habe für sie beide keinen Sinn, auf das Herzogtum Schwaben zu hoffen, denn Kaiser Heinrich werde nie einen Herzog in dessen eigenem Stammlande einsetzen. Aber das sagte er nicht. Bertold sollte nur weiter hoffen. Was ging ihn das an? Statt dessen platzte Eberhard mit der Frage heraus, die seit der Reliquienüberführung nach Einsiedeln in ihm brannte.

»Nach Manegolds Tod hat Abt Berno mir die Vogtei über die Reichenau verweigert. Und er tut es noch. Er hat angedeutet, jemand habe ihn dazu gezwungen.«

»Und da glaubt Ihr, ich sei Euch in die Quere gekommen?« Bertold lachte, seine Augenschlitze verengten sich. »Nein, lieber Eberhard. Einer Vogtei wegen versündige ich mich bestimmt nicht einem heiligen Vater Abt gegenüber. Ich habe andere Pläne, aber auch für die würde ich mein Seelenheil nie aufs Spiel setzen.«

»Das habe ich auch nicht angenommen«, sagte Eberhard, obwohl das nicht die Wahrheit war. »Vielleicht habt Ihr aber eine Ahnung, wer Abt Berno so fest in der Hand hat, daß er über ihn bestimmen und ihn zum Schweigen verpflichten kann.«

»Habt Ihr denn Schwierigkeiten mit Berno?«

»Er gibt meine geschenkten Ländereien als Lehen an andere. Übrigens auch Eure, die Ihr meinen Ahnen geweiht habt.«

Bertold schüttelte ungläubig den Kopf. »Ich jedenfalls bin nicht Euer Feind, Eberhard. Ich möchte Euch als Verbündeten. Vielleicht gelingt es uns gemeinsam, Euer Geheimnis zu lüften. Wer könnte sonst noch dahinterstecken? Habt Ihr Feinde?«

»Nicht, daß ich wüßte.«

»Euer Vater hatte es sich mit vielen verdorben. Ob eine uralte Geschichte da mitspielen könnte?«

Bertolds Worte verfolgten Eberhard wie ein Echo in den Süden. Kaiser Heinrichs Verhandlungen mit den Normannen und die Bemühungen von Papst Clemens, sich mit dem Seefahrervolk in Apulien und Sizilien zu versöhnen, berührten ihn kaum. Er war in Gedanken bei den vielen Männern, die Eppo mit seiner grimmigen Art vor den Kopf gestoßen hatte. Da war der Thurgaugraf gewesen, auch Ulrich von der Lenzburg und ein Untervasall, dessen Tochter Eppo verhöhnt hatte, als man sie ihm als Ehefrau für seinen Sohn angeboten hatte. Ständig hatte sein Vater mit jemandem in Fehde gestanden. Wie sollte er, Eberhard, erraten, wer Eppo so gehaßt haben könnte, daß er noch seinem Sohn schaden und einem mächtigen Abt seinen Willen aufzwingen wollte?

Dann rügte Eberhard sich selbst, weil er die alte Geschichte hatte vergessen wollen und nun doch an nichts anderes dachte. Er zwang sich, mit Menschen zu reden, vor allem mit Herzog Otto und mit Bertold, die respektvoll mit ihm umgingen und immer wieder andeuteten, er sei ihnen ein wichtiger Verbündeter und Vertrauensmann.

Mit der Zeit war die Freude darüber stärker, und die Feinde der Vergangenheit lösten sich im Schatten auf. Ich will nicht über den Schwaben stehen, sagte Eberhard sich ohne Resignation, sondern mitten unter ihnen. Das spornte ihn an, in Otto einen Freund zu sehen, dem er gern verbündet war. Auch wenn ihm gegenüber eine Gewißheit fehlte, die ihn mit Herzog Hermann verbunden hatte: die Gewißheit, einander im Innersten ähnlich zu sein, mit den gleichen Ängsten und den gleichen Hoffnungen.

Auf der Heimreise nach Norden sammelte Eberhard Zeichen. Er sammelte sie, er legte sie in Gedanken in eine Schatulle der Erinnerung und breitete sie in seiner Seele aus, wenn er Zweifel hatte. Einmal begegnete er einer Wahrsagerin, die ihm ein großes Haus mit einem Kreuz voraussagte. In Orvieto betete er in einer Kapelle für sein Kloster. Plötzlich flammten drei Kerzen auf, die vorher nicht gebrannt hatten.

In Schaffhausen sah Eberhard bei seiner Rückkehr nicht den Wall und den Graben, die während seiner Italienreise gewachsen waren, er lief nicht zu Ita, zu den Kindern, zu Liutpald. Am Fluß entlang spazierte er und suchte nach dem Fährmann von Sankt Peter in Rom, der ihm ein Kloster in Schaffhausen prophezeit hatte, das er allen Heiligen widmen sollte. Als er den Fährmann nirgends entdecken konnte, ging er unter die Menschen am Ufer, und dort fand er sein Gesicht überall. Bei den Fischern am Rhein, bei den Schiffern und bei den Hörigen.

27

Ita untersuchte Ebos Knie und sah, daß die Wunde vereitert war. Als ihr Ältester seine Augen erschrocken auf die Verletzung richtete, nahm sie ihn in die Arme. Nur kurz, denn als Zwölfjähriger kam Ebo sich erwachsen vor. Gegen Zärtlichkeiten der Mutter lehnte er sich meist empört auf. Ita gab ihn frei und legte einen Lappen in den Kessel mit kochenden Wasser über dem Herdfeuer. Vorsichtig entfernte sie die Splitter aus der zerfetzten Haut.

Ebo war am Nachmittag auf das Schiff seines Vaters geklettert, das im Rheinfallbecken entladen wurde. Zwei Schiffe besaß Eberhard jetzt. Eines war zwischen Schaffhausen und Konstanz unterwegs und brachte Fernhändler, die von Basel kamen, ans Ostende des Bodensees oder von dort zurück in seine Siedlung. Zwischen dem Rheinfallbecken und Basel verkehrte ein zweites, kleineres Schiff. Eberhard hatte die Kähne mit eigenen Mitteln bauen lassen und sie wie Ländereien als Lehen ausgegeben. Die beiden Dienstleute, die sie betrieben, mußten Abgaben leisten und Eberhards Familie oder Händler, die er in die Lombardei schickte, mit ihren Waren transportieren. Ebo hatte sich mit dem drahtigen Mann angefreundet, der das kleinere Schiff betrieb. Manchmal durfte er ein Stück weit mitfahren, einmal war er bis Eglisau an Bord geblieben, wo ein Knecht ihn mit zwei Pferden abholte.

Am Nachmittag hatte Ebo beim Anheben des Masts helfen wollen. Plötzlich schrie ein Fischer um Hilfe. Die Strudel des Wasserfalls hatten sein Boot erfaßt und rissen es mit sich in die Tiefe. Sie konnten nichts tun, aber vor Schreck ließ ein Schiffer die Seile fahren, der Mast krachte auf das Schiff und streifte Ebos Knie.

Ita deckte die Wunde mit einem Verband ab und ging Mauritius suchen. Der junge Novize der Reichenau war jetzt Medicus in

Schaffhausen und konnte oft helfen, wenn Anna nicht mehr weiterwußte. Er würde die Wunde untersuchen. Aber Mauritius war nicht in seinem Haus, das Eberhard ihm auf Itas Anraten im Osten der Siedlung gebaut hatte, dort, wo seit seiner Rückkehr Siegfried wohnte. Auch den Priester konnte sie nicht finden. Ita ging zu Anna, und weil auch sie nicht zu Hause war, fragte sie bei ihrem Verehrer Botho nach.

Der feingliedrige Dienstmann war offenbar betrunken. Er starrte Ita mit glasigen Augen an und tat, als hätte er ihre Frage nicht gehört. Da nahm Ita das Pferd und ritt mit einem Knecht die Straße hinauf. Es war fast dunkel, die Menschen ruhten sich in ihren Häusern aus. Ita begegnete niemandem.

Der Knecht mußte überall anklopfen und nach Mauritius und Anna fragen. Als sie beim Wall im Westen angelangt waren, hatten sie den Medicus und die Heilerin noch immer nicht gefunden. Wie damals, als Ita in den Ort zurückreiten wollte und ihr Pferd wie von selbst Eberhard gefolgt war und sie zu Roduna geführt hatte, galoppierte es jetzt los und trug sie Neuhausen zu. Dort, wo das Gelände neben dem Wasserfall steil abfiel und bei Warentransporten Ochsen vor die Karren gespannt werden mußten, stieg Ita aus dem Sattel und führte ihre Stute am Zügel. Sie kamen langsam vorwärts, weil Wolken den Mond verdeckten und sie den Pfad kaum erkennen konnten, der aufgeschwemmt war vom Regen des Vortags.

Ita dachte an Eberhard, wie er weggeritten war zu Roduna. Sie mußte immer noch daran denken, es war wie ein Zwang. Aber mit jedem Blick zurück tat es weniger weh. Immer häufiger blieb die Vorstellung nach den ersten Erinnerungsblitzen stecken, wie wenn man auf dem Schiff die Augen schloß und sie wieder öffnete und andere Bilder sah. Der Schmerz, den sie empfunden hatte, als sie Roduna in Eberhards Armen sah, wurde überdeckt vom zweiten Sommer ihrer Liebe. Daran änderte auch der Gedanke nichts, daß Eberhard seit dem Herbst mit dem Hof in Italien war und dort vielleicht einer anderen Roduna begegnete. Solche Gedanken taten nicht weh, sie waren keine Befürchtungen. Eberhard hatte ihr von seinem schlechten Gewissen erzählt, das würde er nicht neu wecken für eine Nacht der Bedeutungslosigkeit. Oder doch?

Die Wolkenfetzen wurden vom Wind vertrieben, und der Vollmond beleuchtete den Wasserfall. Ita folgte dem Ufer des Rheinfallbeckens und ging weiter bis zum ersten Sturzbach, der sich durch den Kalkstein zwängte. Auf dem Fels dahinter sah sie Gischt schäumen und in der Gischt drei Gestalten, die rhythmisch im Kreis tanzten. Ita erkannte, daß es zwei Männer waren, die einander und zwischen sich ein Kind an den Händen hielten. Das Kind berührte den Boden mit den Füßen nicht, es hing zwischen den Männern in der Luft. Jetzt klangen Tonfetzen zu Ita herüber, die sich mit dem Rauschen des Wasser vermischten, mit ihm anschwollen und wieder verebbten.

Wolken kamen und gingen. Ita schlich sich näher zur Menschengruppe, die etwas Magisches oder Teuflisches hatte, ihr Gefühl konnte sich nicht entscheiden, was. Als der Mond wieder unverdeckt leuchtete, duckte Ita sich hinter dem letzten Busch vor den Felsen. Sie erkannte Siegfried und Mauritius. Das Kind war der Knabe, der gelähmt war, seit der kalte Winter die Flüchtlinge nach Schaffhausen gebracht hatte. Niemand kannte die Ursache der Lähmung. Der Fünfjährige war nicht gestürzt und hatte keine Krankheit gehabt, er war einfach eines Morgens gelähmt aufgewacht.

Ita sah, wie Siegfried den Knaben in die Arme nahm und auf den Felsen legte. Dann nahm er einen Stein und ließ ihn in einen Becher fallen. Funken stoben, Ita sah rotes Licht. Siegfried leerte den Inhalt des Bechers über die Hände seines Freundes, und Mauritius fing den Stein auf. Der Medicus kniete nieder, er berührte die Beine des Kindes mit seinen nassen Händen, dann folgte er mit dem Stein den Linien des Kinderkörpers, als wolle er etwas einzeichnen oder einbrennen.

Als sie dem Knaben auf die Füße halfen, knickten die dünnen Beine ein, sie mußten ihn halten, aber er setzte einen Fuß vor den anderen, er hatte Gefühl in den Beinen und konnte sich bewegen. Ita schüttelte den Kopf und drehte sich ungläubig um sich selbst, wie um einen Traum zu vertreiben oder ein Wolkenbild, das aus ihrer Einbildung kam. Da sah sie hinter sich den Knecht, der auf die Menschengruppe vor dem Rheinfall starrte.

Ita wollte ihn auffordern, niemandem etwas zu erzählen, aber der Knecht rannte davon. Sie folgte ihm, konnte ihn aber nicht mehr einholen. Er war den Karrerpfad hinaufgelaufen, vorbei an den Pferden, zurück nach Schaffhausen.

Lange mußte Ita warten, bis Siegfried und Mauritius zu ihren Häusern zurückkehrten. Der Priester hielt den Knaben im Arm, setzte ihn ab und sah zu, wie er stand und nicht umfiel. Stolz schimmerte in Siegfrieds Augen. Als Ita einfach dastand und weder Erstaunen zeigte noch etwas sagte, verstand der Priester, daß sie wußte oder gesehen hatte. Aber sie sprach nie darüber, auch später nicht.

»Ebos Verletzung am Knie eitert«, sagte sie dann zu Mauritius. »Er braucht Hilfe.« Ita war froh, daß es Mauritius gab, ein guter Medicus war wichtig für Schaffhausen. Aber sie sprach selten mit ihm und immer unverbindlich und immer ohne direkte Anrede. Nie brachte sie ein Du oder ein Ihr über die Lippen. Sie sagte *man sollte* oder *man könnte*, oder *es wäre gut, wenn …* Als ob Mauritius gar nicht da wäre oder sie zu einem anderen spräche. Aber nie redete sie ihn wie einen Freund an, auch nie wie einen Fremden. Er war ihr nahe, weil er für Siegfried wichtig war, aber von ihm als Mensch wußte sie nur, daß seine dunklen Augen vor Eifersucht brannten, wenn Siegfried sich mit anderen abgab.

Mauritius nickte, strich dem Knaben freundlich über das Haar, nahm ein Bündel aus seiner Hütte und ging mit Ita. Mitten in der Nacht machte der Medicus einen Kräuteraufguß und mischte der Tinktur eine Paste bei, die er mitgebracht hatte. Er reinigte Ebos Kniewunde mit Branntwein, entfernte mit einer Nadel Holzsplitter, die Ita übersehen hatte, und bestrich die glühende Wunde mit seinem Kräuterbrei.

»Danke, Mauritius«, sagte Ita, als er ging, »es ist gut, einen Medicus in Schaffhausen zu haben.« Einen Medicus wie dich, hätte sie gern gesagt, aber die Worte kamen nicht über die Lippen.

Am nächsten Tag wollte Ita zu Anna gehen. Die Heilerin war wieder nirgends zu finden. Niemand hatte sie gesehen, und sie blieb auch am nächsten und am übernächsten Tag verschwunden.

Dann verbreitete sich das Gerücht, Anna sei nicht weggegangen.

Mauritius habe sie vertrieben oder getötet, weil er der einzige Heiler sein wollte und weil viele lieber zu Anna gekommen waren.

Ita hörte die Stimmen, sie ging der Sache nach und fand heraus, daß der Ortspriester dahintersteckte. Erst wirkte er leise im Hintergrund gegen Mauritius, dann versammelte er vor dem Portal seiner Kapelle Menschen um sich und sagte, wer Gelähmte mit Satans Hilfe heile, könne auch Frauen verschwinden lassen.

Da verstand Ita, daß ihr Knecht Siegfried und Mauritius verraten hatte, und schickte ihn mit dem Schiff nach Konstanz und von dort aus mit dem Dienstmann Carolus in die Lombardei.

Am nächsten Tag ritt ein Bote zur Nellenburg und zu Annas Verwandten, aber niemand hatte die Heilerin gesehen. Sie war verschwunden und nicht einfach weggegangen, denn als Ita in ihrem Haus nach Hinweisen auf ihren Verbleib suchte, sah sie, daß nichts fehlte. Alles war peinlich geordnet, nur Annas Bett war zerwühlt.

Ita sah die Leintücher und spürte, daß Anna nie zurückkommen würde. Sie ging zum Rhein hinunter und dachte über die Frau nach, die ihr eine Freundin gewesen war und ohne die sie ihre Kinder nicht so sorglos zur Welt gebracht hätte. Am Wasser wurden die Erinnerungen schmerzlich, sie schwebten wie Sturmwolken über Ita und nahmen ihr den Mut. Annas Angstgefühle kamen ihr in den Sinn und ihr Männerhaß. Plötzlich spürte Ita die Wahrheit

Der Rhein und der Wasserfall sind unser Schicksal, im Guten und im Bösen, hatte Anna einmal zu ihr gesagt. Am Ufer des Rheinfallbeckens hatte die Heilerin ihre Kräuter gefunden und in Schaffhausen eine neue Heimat, wo alle sie gern hatten, auch Botho, obwohl sie ihn nur als Freund wollte und nicht als Mann. Das Gute ist vorbei, dachte Ita, jetzt ist die Zeit des Bösen. Sie sah auf das Wasser, und sie sah Anna vor sich, die mit den Fluten kämpfte, die sich treiben ließ bis zum Wasserfall und zu den Felsen.

Ferne Stimmen weckten Ita aus ihrem Wachtraum. Sie kamen vom Marktplatz. Ita ging hin und sah den Priester, der im Namen des heiligen Johannes den Tod des Teufelsknechts Mauritius forderte, der schrie wie manchmal in der Kapelle, wenn er von den Qualen des Höllenfeuers sprach. Die Menschen hingen an seinen Lippen, leise und rhythmisch murmelten sie immer die gleichen

Worte. Ita schien es, als stiege der Singsang an, als wolle er explodieren wie der Branntwein im Feuer.

Ita drängte sich durch die Menge nach vorn. »Mauritius hat nichts mit Annas Verschwinden zu tun«, rief sie in die Menge. »Die Heilerin hat sich selbst das Leben genommen, sie ist ins Wasser gegangen.«

Einige nickten und gingen weg, andere wollten den Priester weiter toben hören. Aber niemand lief zu Mauritius, um ihn zu bestrafen oder auf den Marktplatz zu führen. Denn alle wußten, was der Medicus für Schaffhausen bedeutete und daß sie im Kampf gegen Mauritius auch Siegfried verletzen würden, den sie liebten und für den der junge Glutäugige wichtig war als Freund oder noch mehr.

Ita sah plötzlich den Dienstmann Botho neben sich, sie schrie ihn an, seinen Bruder zu holen, ihr zu helfen und den Priester zum Schweigen zu bringen. Aber der feingliedrige Botho rührte sich nicht. Er schaute zu Boden. Als ob Anna ihn nichts anginge.

Dabei geht es ihn etwas an, dachte Ita. Er hat Anna geliebt. Sie ging zu Botho, stieß ihn an und zog ihn mit sich zum Flußufer.

»Du kannst das nicht für dich behalten«, flüsterte sie, ohne zu wissen, warum.

»Die Liebe ist stärker gewesen als mein Wille«, sagte der Ministeriale schließlich. Wie ein Zwang habe ihn die Sehnsucht zu Anna getrieben. Und einmal, an einem einzigen Abend vor einigen Tagen, habe er sich nicht abweisen lassen. Er habe Anna geliebt, zärtlich und voller Leidenschaft, aber sie habe ihn mit leeren Augen angestarrt, als sei sie tot.

»Da bin ich weggegangen«, flüsterte Botho. »Ich habe gesehen, wie sie zum Fluß gelaufen ist, aber ich habe sie nicht aufgehalten.«

Als Eberhard Ende Mai zurückkam, war er in ausgeglichener Stimmung und gab sich versöhnlich. Ita erzählte ihm vom Ortspriester, und er meinte, der sei bald nicht mehr wichtig. »Wir bauen ein Kloster in Schaffhausen, Ita. Mit einer viel größeren Kirche.« Eberhard wollte auch Botho vergeben, aber jedesmal, wenn der Dienstmann Ita begegnete, las er in ihren Augen seine Schuld. Schließlich bat er um die Erlaubnis, auf die Nellenburg zu gehen oder noch weiter weg. Eberhard beauftragte ihn mit dem Bau des neuen Hospizes im Süden des Septimers und schickte ihn mit einem Schreiben zum Bischof von Chur.

Ita war froh, daß Bothos Bruder Azzo mit ihm ging. Jetzt gab es keine Spuren mehr von Roduna und ihrer Familie in Schaffhausen. Ita dachte oft an die schöne Frau und ihr Kind, aber sie sagte Eberhard nichts davon. Er war irgendwie entrückt, fern der Welt, wie ein Heiliger, der einen Auftrag zu erfüllen hatte. Zufrieden mit dem Möglichen, versöhnt mit sich selbst und getrieben von dem einzigen Ehrgeiz, endlich sein Kloster zu bauen. Ita fühlte, daß sie eingebettet war in diese Zufriedenheit als Teil seiner Zukunft.

Das machte die Liebe schön und unbeschwert. Da Anna nicht mehr da war, um ihr Ratschläge zu geben, vergaß Ita, die Tage ihres Zyklus zu zählen und sich auf die alten Rezepte der Heilerin zu besinnen. Wenn sie Ebo sah, wie er in die Höhe schoß, ging Ita durch den Kopf, daß er bald zum kaiserlichen Hof gehen oder ins Heer eintreten mußte. Vielleicht würde er jung heiraten wie ihr Mann. Obwohl oder gerade weil ein weiterer Sohn gehen würde, freute sie sich auf ihr Kind.

Diesmal zog Ita sich nicht in sich selbst zurück. Sie blieb bis zum Herbst mit den Kindern in Schaffhausen und freute sich daran, wie der Wall um die Häuser wuchs und wuchs. Stundenlang hörte sie Eberhards und Liutpalds Diskussionen zu, die sich immer um das Kloster drehten. Ita gab ihrem Mann recht, sie wollte wie er ein Eigenkloster in Schaffhausen und darüber eine sichere steinerne Pfalz. Aber Liutpald war dagegen.

»Bau es im Zürichgau, aber nicht hier am Rhein. Hier ist kein Platz mehr für ein neues Kloster!« sagte der Priester wieder und wieder. Im Westen des Bodensees gebe es viele kleine Klöster, die alle nicht recht gediehen. Da war das Kloster Sankt Marien in Rheinau, das am Zerfallen war, weil die Erben der Stifter sich nicht darum kümmerten. »Oder Sankt Genesius weiter östlich«, sagte Liutpald provozierend. »Und am schlimmsten steht es um Öhningen.«

»Wenn andere Klöster kränkeln, muß das nicht für meines gelten«, widersprach Eberhard. »Der Handel, der Markt, die Tavernen und Schiffe bringen so viele Abgaben ein, daß mein Kloster reich sein wird wie ein Königskloster.«

»Meiner Meinung nach sollte es anderswo errichtet werden, etwa nördlich des Bodensees, im Gebiet der Nellenburg. Denn es gibt hier auch starke Abteien, die sich gegen ein Schaffhauser Kloster wehren könnten.«

»Wer denn?«

»Sankt Georgen in Stein am Rhein zum Beispiel. Es gehört zwar dem Bistum Bamberg, und der Bischof wird sich nicht einmischen, aber man kann nie wissen ...«

Jede Diskussion beschloß Eberhard mit: »Du wirst sehen, es wird alles gutgehen. Ich weiß es, seit ich am Grab des Apostels in Rom gebetet habe.«

Aber Liutpald tat nichts. Er zeichnete keine Baupläne und weigerte sich, mit Eberhard das Gelände abzugehen.

Eberhard spann seine Fäden unbeirrt weiter. Er schickte einen Boten zum Bischof von Chur, zu Botho nach Chiavenna und sogar an den Bischof von Como und fragte nach Baumeistern aus dem Süden. Aber solange Liutpald nur an den Wall dachte und nicht an sein Kloster, fühlte Eberhard sich wie auf einem Pferd, das nur im Schritt geht und nicht galoppiert.

Im Spätsommer fuhr Eberhard mit seinem Schiff zur Reichenau, um mit dem lahmen Hermann zu sprechen. Abt Berno wich er aus, denn nun war Ekkehard sieben Jahre alt, und die Zeit war gekommen, ihn in die Klosterschule zu schicken.

Zum ersten Mal wußte der Mönch keinen Rat. Er sei mit seiner Weltgeschichte beschäftigt und in Gedanken auch mit dem Bau der neuen Markuskirche, sagte Hermann. Und der Abt sei schwer krank.

»Wenn du ein Traumgesicht gehabt hast, mußt du auf Gottes Stimme hören«, meinte der Klosterbruder schließlich. »Auch wenn es viele Klöster am Rhein gibt, so hat dies nichts zu bedeuten. Bei anderen sind die Verhältnisse verworren und die Stifter schlechte Menschen. Du aber willst Gutes tun, Eberhard. Gott selbst hat dir diesen Weg gezeigt.«

Eberhard kniete nieder, wie er es noch nie vor Hermann getan hatte. »Ich danke dir«, sagte er und beugte den Kopf. »Das Kloster ist wichtig für mich. Seit ich weiß, wo ich es bauen werde, ist Friede in mir, als ob ich schon im Paradies wäre.« Eberhard richtete sich auf und sah Hermann in die Augen. Von unten sah er, wie runzlig der Hals des Mönchs war. Der Lahme saß immer in der gleichen Haltung, die Haut hatte sich in Falten gelegt. Hermanns Stimme aber war klarer. Er hatte langsamer sprechen und seinen Körper beherrschen gelernt. Vor jedem Laut atmete er Luft ein und achtete darauf, daß die Zunge ihm nicht in die Quere kam.

»Und die versiegelten Lippen meines Abts interessieren dich nicht mehr?« Hermann zwinkerte ungläubig mit den Augen.

»Bertold hat jedenfalls nichts damit zu tun. Der Zähringer meint, irgend ein uralter Feind meines Vaters Eppo könnte deinen Abt bedroht haben.« Weil Hermann nichts sagte, fuhr Eberhard fort: »Aber wirklich wichtig ist die Sache nicht mehr für mich.« Trotzdem werde ich der Mutter schreiben, dachte Eberhard bei sich. Vielleicht erinnert sie sich an Vaters schlimmste Feinde. Laut berichtigte er: »Das stimmt nicht, Hermann. Ich denke noch daran, aber seltener.«

»Vielleicht, weil du ein schlechtes Gewissen hast. Weil etwas wieder gutzumachen wäre und du das bisher versäumt hast. Du hast immer nur wissen wollen, wer dir die Reichenauer Vogtei verwehrt hat, aber aus welchen Gründen und weshalb dir das so weh tut, hat dich nie interessiert. Denk nach, Eberhard! So viel Macht bedeutet eine Klostervogtei nun auch wieder nicht, daß man ihr Jahrzehnte lang nachtrauern müßte.«

Eberhard fiel es plötzlich wie Schuppen von den Augen. Kaiser Heinrich und Herzog Otto von Schwaben hatten ihm so viele Privilegien und Ländereien und Macht geschenkt, daß es auf die Reichenauer Vogtei nicht mehr ankam. Wenn er immer noch daran dachte, mußte das andere Gründe haben als der Wert der Klostervogtei. »Vielleicht hast du recht, aber ich weiß keine Antwort«, sagte Eberhard.

»Du sinnierst um die Vogtei herum, weil ihr Verlust dich an eine uralte Schuld erinnert.«

»An die Schuld meines Vaters?«

»Ja. Ruhe kannst du nur in Einsiedeln finden.«

Kurz bevor Eberhard seine Familie für den Winter auf die Nellenburg brachte, kam Bertold von Zähringen nach Schaffhausen. Er ließ sich geradewegs zu Eberhard führen, und als der ihm stolz die Schutzmauer am Rhein und die Baustellen des Walls zeigen wollte, winkte Bertold ab.

Er sei nicht in der Stimmung, die Macht anderer zu bewundern. Er sei gekommen, weil Eberhard immer größere Gebiete gegen den Schwarzwald hin rode.

»Wenn Ihr nicht bald aufhört, werdet Ihr in meine Ländereien eindringen.« Bertolds Augen waren zu Schlitzen verengt und hatten die gleiche Farbe wie seine schwarze Tunika.

Eberhard spürte, daß die Stimmung des Zähringers nichts mit ihm zu tun hatte. Gespannt wartete er.

»Der Papst ist gestorben«, wechselte Bertold unvermittelt das Thema. »Clemens hat nach nur dreimonatiger Papstwürde das Zeitliche gesegnet. Vermutlich Gift.«

Eberhard hörte zu und gab wieder keine Antwort. Papstmorde kamen häufiger vor als Epidemien oder Hungersnöte. Es gab mehr heilige Väter, die ermordet wurden, als andere. Diese Neuigkeit hatte Bertolds Stirn bestimmt nicht in Falten gelegt.

»Ist sonst noch etwas?« fragte Eberhard, weil der andere schwieg. »Bleiben wir Verbündete?«

»Welch ein Glück, daß Ihr mein Verbündeter seid!« Bertold lachte bitter. »Ein Verbündeter, der mir allerdings nichts nützt.«

Eberhard verstand nicht, worauf der andere hinauswollte und ließ ihn reden.

»Habt Ihr es denn noch nicht gehört?« fragte Bertold ungläubig. »Herzog Otto von Schwaben ist gestorben. Und der Kaiser hat weder Euch noch mich gerufen.«

»Auf die Herzogskrone hoffe ich schon lange nicht mehr.«

»Aber ich. Leider hat Heinrich bereits mit Otto von Schweinfurt Verhandlungen aufgenommen. Mich hat der Kaiser wieder übergangen.«

Als Bertold mit seinen Gefolgsleuten weggeritten war, fand

Eberhard es seltsam, wie der Zähringer sich in seinen Herzogswunsch verbissen hatte. Es kam ihm unwirklich vor wie ein vergessener Traum, daß er selbst so lange gehofft und für diese Hoffnung gelebt hatte.

In der Nellenburg war es im November schon kalt. Als der Graf und die Gräfin kamen, wurde der Ofen in der Halle angeheizt. Knechte trugen Becken mit glühender Kohle in die anderen Räume. Weil er die Burg nicht kannte, quengelte der kleine Heinrich in den ersten Tagen. Ebo ging jeden Morgen in die Waffenschule, und der fünfjährige Adalbert schaute ihm dabei zu. Manchmal hielt er seinen Bruder Heinrich im Arm, der Ebo vergötterte. Als einziges Kind war Ekkehard in Schaffhausen geblieben. Liutpald und Siegfried wollten ihn weiter unterrichten.

»Ich bin froh, daß du auf der sicheren Burg bist«, sagte Eberhard am Abend vor seiner Abreise nach Einsiedeln zu Ita. »Im Winter weiß man nie, was passiert.«

»Was willst du von Abt Embrich?«

»Ich weiß es nicht. Mit ihm sprechen. Eine alte Schuld loswerden vielleicht.«

»Glaubst du, daß er Eppos alte Feinde kennt?« Ita fuhr sich unschlüssig mit den Fingern durch die braunen Zöpfe. Sie saß neben Eberhard im Bett und hätte sich gern an ihn gekuschelt. Aber im vierten Monat fand sie sich unförmiger als während der anderen Schwangerschaften. Ihr Bauch war breit und rund. Die eigenen Beine kamen ihr vor wie Säulen. Außerdem hatte sie Pickel im Gesicht, wie manche Mädchen sie mit fünfzehn bekamen. Roduna kam ihr in den Sinn, deren schöner schlanker Körper. Vielleicht ist sie nach dem Kind fett geblieben wie damals ihre Base, Azzos Frau. Ita vertrieb die Gedanken und zwang sich, Eberhard zuzuhören. Aber sie schnappte nur noch den Schluß auf.

»... muß ich jedenfalls. Mutter hat keine Ahnung mehr, obwohl sie Eppos Feinde am besten gekannt haben muß.« Eberhard streckte die Hand aus und streichelte Itas Brüste. So gefielen sie ihm am besten, voll, aber nicht so üppig wie nach den Geburten.

Die Freude brachte Itas braungrüngoldene Augen zum Leuchten. Sie schob sich Eberhard entgegen und kuschelte sich in seinen Arm.

»In einem hat Mutter mir aber recht gegeben«, flüsterte Eberhard.

Wie Ita diesen zärtlichen Ton liebte. Er vibrierte wie Musik in ihren Ohren. Glücklich schmiegte sie sich enger an ihren Mann. Das alles hätte ich verlieren können, dachte sie. Ihr Glück war vollkommen vor dem Hintergrund des Schmerzes. Wie eine Mohnblüte, die in der grünen Wiese stärker leuchtete als im roten Blumenmeer.

»Mutter hat mir geschrieben, Eppo habe überall Feinde gehabt«, fuhr Eberhard fort. »Aber sein schlimmster Feind sei er selbst gewesen. Er und sein Unglaube. Und er werde in der Hölle schmoren, wenn ich nicht bald das Kloster baue.«

»Ich weiß nicht, wie dein Kloster entstehen soll, Eberhard, denn Liutpald klebt am Wall und am Graben, als ob das sein Lebenswerk wäre«, sagte Ita und zeichnete mit den Fingern Eberhards Lippen nach. Der Bart, den er in Rom abrasiert hatte, war nachgewachsen, aber nicht dunkelblond wie das Haupthaar. Ita fand, daß ein rötlicher Bart gut zu Eberhards blauen Augen paßte. »Aber ich weiß, was auf dem Altar stehen wird.« Als Eberhard fragend die Augenbrauen hob, schob sie die Decke zurück. »Komm, ich will es dir zeigen.« Ita zog ihn zur Truhe beim Fenster, nahm den Schlüssel aus ihrer Tunika und drehte ihn im Schloß. Stolz hob sie den Deckel hoch. Da lagen Tücher mit golddurchwirkten Borten, Gefäße und liturgische Geräte aus Silber und aus Gold.

»Solche Arbeiten können nicht einmal die Venezianer machen, Eberhard. Sie stammen aus Byzanz und aus dem noch südlicheren Orient.« Eberhards Schweigen erschien ihr wie ein Vorwurf. »Ich habe sie im Tausch eingehandelt. Wenn wir zu viele Lein- und Wolltücher herstellen, gebe ich sie immer Carolus mit, und er bringt mir diesen Erlös.« Ita zeigte stolz auf ihren Schatz.

»Willst du eine Königspfalz einrichten?«

»Nein, das alles ist für den Altar deines Klosters bestimmt.« Ita war so gerührt, daß ihr die Tränen kamen. »Ich hoffe mit dir, daß du es bauen wirst, Eberhard.« Ita nahm ein kleines goldenes Kruzifix und legte es in Eberhards Hand. »In Sankt Peter in Rom ist dir bestimmt ein größeres Kreuz erschienen. Aber dieses hier ist etwas Besonderes. Gold aus unserem Fluß, Eberhard. Siegfried hat es zusammen mit Hörigen aus dem Rheinsand herausgewaschen, und unser Schmied hat aus den Flitterchen dieses Kreuz gegossen.«

Eberhard legte die Arme um sie. Er hatte Ita von Radbots Zinsgold erzählt, und sie hatte daraufhin auch im Rhein nach Gold suchen lassen. Eberhard fühlte sich glücklich, weil Ita ihn nach so vielen Jahren immer wieder zum Staunen brachte.

Sie stellte sich auf die Zehenspitzen und legte ihm die Arme um den Hals. »Ich sehe deine Vision auch, immer wieder. Ein Kloster mit einer Kirche, größer als die von Cluny. Vielleicht wird sich daneben sogar Platz finden für ein Frauenkloster.« Ita dachte an Cristildis und Elisabeth und war dankbar für die vielen Menschen, die ihrem Leben einen Sinn gaben. Und für die Liebe, in die sie wieder eingetaucht war und die sie einschloß und ins Glück wiegte wie das ewige Meer.

Auf dem Weg nach Einsiedeln wurde Eberhard immer unsicherer. Er wußte nicht, was er Embrich fragen sollte. Seinem Gefolge hatte er keinen Reisegrund genannt. Was hätte er auch sagen können? Daß er seit zwanzig Jahren ein schlechtes Gewissen hatte, oder daß der Abt ihm helfen mußte, uralte, vielleicht längst verstorbene Feinde seines Vaters zu finden?

Als sie vom Zürichseeufer weg über die Hügel ritten, fiel der erste Schnee dieses Winters. Mitten am Nachmittag verdunkelte sich der Himmel fast wie in der Nacht. Schneeflocken wehten Eberhard entgegen, und es lag viel Hoffnung in diesem weißen Tanz der Sterne. Hoffnung auf eine Zukunft ohne Schatten, Hoffnung auf Abt Embrichs Rat. Weil der Boden noch trocken war, trieb er sein Pferd an und galoppierte Einsiedeln entgegen.

Zusammen mit den Mönchen besuchte Eberhard die Messe und bat den Abt, ihm die Beichte abzunehmen. Er sprach von einer uralten Schuld, für die es kein Vergessen gab.

»Ihr habt unter dieser Schuld Eures Vaters gelitten, Eberhard. Und das ist gut«, sagte Embrich freundlich. Der Abt sah alt und verbraucht aus und ging gebeugt. Wenn er sprach, hielt er den Kopf schief und zwinkerte mit den Augen, die unter den geschwollenen Lidern sonst aussahen, als ob er schliefe.

Eberhard wollte dem Abt sagen, daß er für die Fehler des Vaters bezahlt, daß er die Klostervogtei der Reichenau verloren hatte und vielleicht auch Eppos wegen nicht Herzog von Schwaben geworden war. Aber er fühlte, daß Embrich das wußte und daß es nicht wichtig war.

»Zwanzig Jahre lang hatte ich im Sinn, ein Kloster zu stiften«, sagte er und küßte dankbar den Ring des Abts.

»Und jetzt wollt Ihr Eure Pläne aufgeben?« fragte Embrich besorgt und griff sich an den Kopf.

»Nein, aber ich möchte das Kloster auch Einsiedeln widmen, nicht nur den Seelen meiner Nachkommen. Wollt Ihr mir beim Aufbau helfen, Embrich? Wollt Ihr dem Kloster von Schaffhausen Euren Segen geben, es geistlich führen und mit Euren Mönchen bevölkern?«

Abt Embrich sah Eberhards verdutztes Gesicht und verzog die Mundwinkel zu einem Lachen. Er begriff, daß Eberhard über seine eigenen Worte staunte, weil sie ihm so über die Lippen gekommen waren, wie die Heiligen wollten und nicht, wie Eberhard es geplant hatte.

»Wann beginnt Ihr mit dem Bau?«

»Sobald der Schutzwall mit dem Graben die Siedlung umschließt. Wenn im Winter der Boden nicht gefriert, wird Liutpald das wohl schaffen bis zum Ende des nächsten Sommers.«

»Im Frühling wird Berno seine neue Klosterkirche einweihen. Vielleicht könnte ich da in Schaffhausen vorbeikommen und das Klostergelände einsegnen. Wenn Ihr nicht einen Bischof vorzieht.«

Eberhard dankte und fiel vor dem Abt auf die Knie. »Es ist nicht nur das, Vater Abt. Mein Ratgeber und Freund, den Ihr kennt ...« Eberhard wurde rot und fuhr mit der Hand zum Ohrläppchen, »... und der unter Vaters Wutausbrüchen auch zu leiden hatte, war mein Baumeister auf der Reichenau. Liutpald hat sich die Burg und viele Häuser in Schaffhausen ausgedacht, auch die Schutzmauer am Rhein und den Wall. Ich möchte, daß er eine Kirche aus Stein erstellt mit Räumen für die Mönche. Aber Liutpald ist alt und apathisch. Es ist, als ob er nicht mehr an mein Kloster glaubt.«

»Und da braucht es etwas Handfesteres als Träume von goldenen Kreuzen«, gab Embrich zurück, weil Eberhard ihm von seiner Vision in Rom erzählt hatte. »Gott will dieses Kloster, Eberhard. Das kann ich Euch versichern. Kehrt nach Schaffhausen zurück und nehmt Willibald mit, einen Bruder aus unserem Scriptorium! Errichtet für ihn und andere Mönche, die ich Euch schicken werde, eine einfache Unterkunft aus Holz! Meine Brüder im Glauben werden dort wie in einem Kloster leben und zuschauen, wie die Mauern Eures Gotteshauses wachsen. Und ihm jeden Tag ihren Segen geben.«

Am nächsten Tag beim Abschied, als Bruder Willibald schon auf dem Maultier saß und seine kurzen Beine links und rechts vom Sattel herunterbaumeln ließ, sagte Abt Embrich leise zu Eberhard: »Willibald ist mein zweites Ich. Er war mein Schreiber, er hat mich beraten und allen wichtigen Gesprächen beigewohnt. Mein Freund kennt die Einsiedler Liturgie, und er hat den Kirchenbau überwacht. Was Ihr auch für Fragen habt, Ihr könnt sie an ihn richten wie an mich.«

Dankbar küßte Eberhard den Ring des Abts. Aber er war beunruhigt. Weshalb sagte Embrich das alles? Wollte er ihm mitteilen, dieser Bruder Willibald teile Geheimnisse mit ihm? Und er, Eberhard, brauche nur zu fragen, um ihnen auf den Grund zu kommen? Abt Bernos verschlossene Lippen kamen ihm in den Sinn. Er bedauerte, daß Willibald nicht der Vertraute des *Reichenauer* Abts war, denn so hätte er endlich erfahren, welche Geheimnisse Berno wälzte und wer ihn zum Schweigen verpflichtet hatte.

28

Willibald war ein kleiner Benediktinermönch von sechzig Jahren mit einem runden Gesicht und treuherzigen Augen. Er saß den Frühling und Sommer über in der Holzhütte, die Eberhard ihm neben dem Klostergelände am Rheinufer gebaut hatte. Nur für die Stundengebete löste Willibald sich von seinem Schreibpult. Er hatte sich einen Altar eingerichtet, vor dem er in den ersten Wochen allein niederkniete. Dann kam ein Fischer, der Gott danken wollte für seinen Fang, und dann kam noch einer und noch einer. Manchmal wollten die Schiffer von ihm wissen, ob ein Sturm anstand oder nicht. Der Hörige, der in Eberhards Auftrag die Hütte gebaut hatte, brachte ihm ein Kreuz und befestigte es an der Wand.

Alle wußten, daß Willibald aus Einsiedeln kam, und behandelten ihn mit Respekt. Wie den Prior oder Abt eines Klosters, das es noch nicht gab, aber auf das alle hofften.

Der Einsiedler Mönch kopierte Itas Buch aus Salerno und Walafried Strabos Gedichte. Er schrieb alles ab, was ihm in die Finger kam, und als es nichts mehr zu kopieren gab, ließ er sich von der Reichenau andere Bücher bringen. Willibalds Augen waren schlecht, er mußte sich so tief über das Pergament beugen, daß es aussah, als wolle er es mit der Zunge abschlecken. Pausen machte er nur, um zu beten und wenn sich ihm während des Schreibens die Augen schlossen. Er schrieb auch weiter, wenn er sich Brot oder Honigplätzchen in den Mund schob. Krümel von Itas Brombeerkuchen, den Willibald am liebsten hatte, rieselten auf das Pergament, vermischten sich mit der Tusche oder wurden vom Federkiel aufgespießt. Oft mußte der Mönch Buchstaben wieder abkratzen, die wegen der Krümel zu dick geraten waren. Weil Willibald tagsüber ständig Kuchen aß und am Abend von Siegfried oder von Ita, manchmal auch vom Priester der Kapelle, üppig zu Tisch gebeten wurde, wölbte sein Bauch sich unter der Kukulle.

Eberhard war dankbar für Willibalds Anwesenheit. Er galt ihm als ein Versprechen für die Zukunft. Als Wall und Graben im Frühherbst die Stadt umschlossen, ging auch Liutpald immer häufiger zum Benediktiner. Er diskutierte seine Ideen mit ihm und war froh, daß Willibald bei seinem nächsten Besuch meist schon vergessen hatte, was sie besprochen hatten. So konnte Liutpald laut denken, ohne daß ihn jemand auf frühere Ideen festgelegt hätte. Wenn es aber um liturgische Fragen ging oder um uraltes Wissen, das Willibald seit Jahrzehnten in sich trug, konnte er Liutpald manchmal weiterhelfen.

Je näher die Geburt rückte, desto mehr hatte Ita das Bedürfnis, mit Eberhard über ihre Pfalz in Schaffhausen zu sprechen. Wie das Vogelweibchen, das sich ein Nest baut, bevor es die Eier legt, ging es Eberhard durch den Kopf. Aber er war glücklich darüber, wie Ita ihr Kind in ihre Zukunftsträume einbettete. Und daß sie sich dieses eine Mal nicht in sich selbst zurückzog. Bis zum letzten Tag ging Ita hinunter zum Markt, sie besuchte Bruder Willibald oder Siegfried und hörte den Menschen zu, die etwas von ihnen wollten, weil sie Sorgen hatten.

Aber es waren meist kleine Sorgen, denn der Klosterbau und die Vorfreude aller, die sich davon Glück und Arbeit und Hoffnung versprachen, lagen über Schaffhausen wie ein Baldachin des Himmels.

In diese Stimmung wurde Adelheid hineingeboren. Eberhard war närrisch vor Freude, als er das Mädchen mit den feinen Locken und den blauen Augen sah, die nach drei Tagen die Farbe wechselten. Sie schimmerten braungrün wie die ihrer Mutter.

Schon im Moment der Geburt fühlte Ita sich diesem Kind näher als allen anderen. Es war, als hätte sie Adelheid schon immer gekannt, als wäre eine verwandte Seele zu ihr auf die Welt gekommen. Vielleicht war es die Seele der alten Heilerin von Kirchberg. Ita nahm sich vor, diesem Kind viel Zeit zu schenken. Ihm würde nicht alles zufallen wie den Söhnen. Ita mußte ihrer Tochter Stärke und Lebensfreude geben, denn andere würden über ihr Frauenleben bestimmen und für sie ein Glück schmieden wollen, das nicht ihr eigenes war.

Für Eberhard wurde der Sommer zu einer Geduldprobe. Er wollte seinen in Rom gefundenen Frieden nicht verlieren, aber der Zweifel und die Ungewißheit waren plötzlich wieder stärker als sein Gottvertrauen. Denn im April hatte er die Weihe des Markuschors im Münster der Reichenau erlebt …

Die Feier hatte ihn an den Krönungstag in Rom erinnert, so prunkvoll war sie gewesen. Kaiser Heinrich ritt zur Reichenau, und mit ihm kamen Herzöge und Grafen und Prälaten. Bischof Dietrich von Konstanz nahm die feierliche Weihe vor, ein Zeichen, daß die Spannungen zwischen der Reichenau und der Diözese Konstanz für eine Weile begraben waren.

Während der Feier konnte sich der todkranke Abt kaum auf den Beinen halten. Er stützte sich auf Ekkehards schmächtige Schultern. Eberhard war stolz, daß sein achtjähriger Sohn den Weg zurück zur Reichenau gefunden hatte. Weil auch der Einsiedler Abt ihn darum bat, gab Eberhard nach und kündigte Berno an, Ekkehard werde im Herbst in die Klosterschule eintreten.

Kaiser Heinrich war freundlich zu Eberhard, er erkundigte sich nach seiner Stadt und wünschte ihm Glück für das Kloster. Vom Herzogtum Schwaben und darüber, weshalb er im Winter Otto von Schweinfurt ernannt und ihn und Bertold übergangen hatte, sagte Heinrich nichts. Vielleicht weiß er gar nicht, wie sehr meine Familie früher auf die Herzogskrone gehofft hat, dachte Eberhard. Er meint, ich sei zufrieden mit meinen Grafschaften und mit Schaffhausen, und nun hat er ja recht.

Wie zur Bestätigung dieser Gedanken fragte der Herrscher nach der Schaffhauser Münzstätte. Eberhard antwortete, seine eigene Münze und das Kloster gehörten zusammen, er wolle bald die ersten Pfennige prägen lassen.

Nach der Weihe ließ Eberhard den Einsiedler Abt keinen Moment aus den Augen. Embrich hatte versprochen, sein Klostergelände zu segnen, und nun wartete Eberhard auf ein Zeichen des Abts. Aber am nächsten Tag traf Embrich Vorbereitungen zur Abreise.

»Ihr habt mein Klostergelände segnen wollen«, erinnerte Eberhard den Abt gerade heraus. »Auch Bruder Willibald spricht immer wieder von der Weihe. Mein Ratgeber Liutpald wartet nur auf Euch, um mit der Planung des Klosters zu beginnen.«

»Tut mir leid, mein Sohn. Dringende Aufgaben erwarten mich in Einsiedeln. Aber vertraut auf Gott! Er hat mir diese wichtigen Geschäfte wohl aufgetragen, weil er andere Pläne für Euer Kloster hat. Vielleicht sind es größere Pläne, wer weiß?« Embrich segnete Eberhard, und seine Augen waren freundlich.

Eberhard dachte über die Worte des Abts nach, aber er konnte sich keinen Reim darauf machen. Da war wieder die Ungewißheit, die zur Feuerprobe für seine Geduld wurde. Die Sorgen wuchsen, als Abt Berno Anfang Juni starb und das Geheimnis seiner versiegelten Lippen mit ins Grab nahm. Nun war die Geschichte zu Ende, und Eberhard hatte jahrelang umsonst nach einer Erklärung gesucht.

Obwohl der Wall fertig war und Liutpald sich plötzlich vom Zauderer zur treibenden Kraft entwickelte und noch im Sommer mit dem Ausheben der Fundamentgräben für das Kloster beginnen wollte, hatte Eberhard keine Eile mehr. Seine Pläne und Träume schwebten in der Luft, sie hatten ihren Halt verloren. Ohne Abt Embrichs Segen wollte er seinen Klosterbau nicht beginnen, denn das konnte dunkle Kräfte beschwören.

Im Klettgau und im Hegau hatte sich herumgesprochen, daß Graf Eberhard ein Eigenkloster in Schaffhausen bauen lassen wollte. Wie damals für den Bau der Ufermauer und des Walls kamen fremde Menschen, weil sie sich vom Kloster eine Zukunft versprachen. Bauleute und Handwerker und geflüchtete Hörige.

Mitte August kehrte Carolus von Pavia mit einem Baumeister und zwei Gehilfen aus Como zurück. Aber Liutpald kam mit den Ideen der Südländer nicht zurecht, und weil Eberhard mit den Arbeiten nicht beginnen wollte, reisten die Lombarden wieder ab.

Eberhards Händler brachte Nachrichten aus Rom mit und einen Brief von Hunfried aus Ravenna. Im Juli habe der Kaiser einen anderen Heiligen Vater ernannt. Aber nach nur dreiundzwanzig Tagen sei der neue Papst Damasus gestorben, vermutlich wieder an

Gift. Nun habe sich Benedikt wohl zum fünften Mal erneut selbst auf den Papstthron gesetzt. Eine Delegation aus Rom sei zum Kaiser unterwegs.

Hunfried schrieb, eine Erzdiözese in Italien zu verwalten sei schwieriger als die Führung der Hofkanzlei oder des Kaiserreichs nördlich der Alpen. Ständig gerate er sich mit den Bischöfen der Umgebung in die Haare oder mit Papst Benedikt.

Eberhard war dankbar, daß Hunfried ihn nicht vergessen hatte, aber er las den Brief nur flüchtig. Probleme aus Italien interessierten ihn jetzt nicht, denn er wartete auf ein Zeichen des Himmels und auf einen Bischof oder Abt, der sein Klostergelände weihen konnte. Eberhard dachte daran, Bernos Nachfolger auf der Reichenau zu fragen oder den Bischof von Konstanz, aber das konnte nicht die Lösung sein. Wenn Abt Embrich ihm den Besuch verweigerte, weil Gott Höheres mit Schaffhausen vorhatte, so mußte Eberhard weiter warten. Aber worauf?

Am nächsten Tag nahm er Hunfrieds Brief wieder zur Hand. Ob der Erzbischof von Ravenna der Richtige wäre? ging es Eberhard plötzlich durch den Kopf. Hatte Hunfried im Sinn, nach Embrach oder nach Straßburg zu reisen? Sollte es vielleicht dieser höchste Kirchenherr Italiens nach dem Papst sein, der seinen Klosterplatz weihen würde?

Mit fiebrigen Händen faltete Eberhard das Pergament aus Ravenna nochmals auseinander. Es stand etwas im Brief, was Eberhard am Vortag nicht aufgefallen war. Aber es hatte nichts mit einer Reise Hunfrieds in den Norden zu tun.

Hunfried schrieb am Schluß des Briefs, er habe nochmals über jenes Gespräch vor vielen Jahren in Einsiedeln nachgedacht. Abt Berno und Abt Embrich hätten über die Vogtei der Reichenau gesprochen und darüber, daß Eberhard sie nie bekommen sollte.

An Weihnachten 1048 setzte Kaiser Heinrich in Worms einen neuen apostolischen Hirten ein. »Dieser Heilige Vater nennt sich Leo wie der Papst, der den großen Kaiser Karl gekrönt hat«, berichtete ein Bote der Reichenau. Das sei bedeutungsvoll für die Zukunft. Papst und Kaiser wieder vereint in der Idee des Friedens. Als Eberhard den Namen des Papstes hörte, mußte er sich setzen. Er traute seinen Ohren nicht, er schüttelte den Kopf. Aber der Bote wiederholte lachend den Namen: Bruno von Egisheim, der Bischof von Toul.

Mein Onkel, triumphierte Eberhard und fühlte sich, als sei ein Komet am Himmel erschienen. Mein Onkel ist Papst und Hunfried ist Erzbischof von Ravenna. Fast bereute Eberhard, daß er den Herzogswunsch aufgegeben hatte. Mit solchen Verwandten und Freunden konnte alles gelingen.

Eberhard erwachte zu neuem Leben wie der kahle Baum im Frühling. Hoffnung packte ihn, obwohl es bitter kalt war in Schaffhausen und sie nicht wußten, wie sie die vielen Neuankömmlinge verköstigen sollten, die im Sommer und im Herbst gekommen waren. Er fühlte sich wie nach der langen Zeit im Gefängnis seiner Seele, als er Monate nach Manegolds Tod aufgewacht und mit Liutpalds Hilfe ins Leben zurückgesprungen war.

Dankbarkeit für seinen Ratgeber durchflutete Eberhard, Dankbarkeit und ein schlechtes Gewissen. Ich lasse Liutpald warten und warten, obwohl er mein Kloster längst im Kopf hat, dachte Eberhard.

Ita und Liutpald wurden mitgerissen von Eberhards neuem Lebensmut. Der Priester zeichnete Baupläne, und Bruder Willibald hieß sie gut. Eberhard saß meist nur daneben und hörte zu. Aber er sah sein Kloster aus dem Boden wachsen, obwohl der Baugrund gefroren war. Manchmal fragte er sich nach dem Grund seiner Begeisterung und erklärte sie mit den Höhen und Tiefen seines Lebens, die einander immer gefolgt waren wie der Tag auf die Nacht. Jetzt stand er auf dem Berg, jetzt schwebte sein Kloster aus dem Traum in die Wirklichkeit. Den Segen eines Abts oder Bischofs hatte sein Baugrund zwar immer noch nicht erhalten. Aber das war nicht mehr wichtig. Wenn sein eigener Onkel in Rom die Tiara trug, so war das ein Segen, der die Welt umspannte und auch auf Schaffhausen ausstrahlte wie das Licht der Sterne, das überall gleichzeitig und allen in die Seele leuchtet.

Plötzlich waren die Nachrichten aus dem Süden wichtiger als alles andere. Eberhard ließ Boten ausschicken, die über Papst Leo berichten mußten. Im März erfuhr er, daß Bruno von Toul zu Fuß nach Rom gepilgert war wie ein demütiger Sünder. Die kaiserliche Ernennung genügte ihm nicht, der Papst aus dem Norden forderte die Römer auf, in freiem Entschluß ihn oder einen anderen zu wählen. Da traten das Volk und der Senat und die Priester von Rom zusammen und wählten Leo ein zweites Mal.

Im April hielt der Papst eine erste Synode ab und für November kündigte er die zweite in Reims an. Das schrieb er auch Eberhard, und der war glücklich, weil sein Onkel ihn als Heiliger Vater nicht vergessen hatte. Leo schrieb, er werde über Basel und die Abtei Reichenau zurück nach Rom reisen. Als Eberhard das las, zitterte er am ganzen Körper. Er dankte Abt Embrich und der Vorsehung, daß sein Klostergelände noch nicht geweiht war.

Einem seiner Fernhändler, der nach Süden reiste, gab Eberhard den Auftrag, fünf Weinfässer aus Chiavenna zum Kloster Einsiedeln zu schaffen. Mit dem Dank und guten Wünschen von Graf Eberhard.

Im Sommer und Herbst schien es Eberhard, als hätte er tausend Arme und tausend Köpfe. Alles wollte er auf einmal tun. Jede neue Idee war wichtiger als die letzte. Ita fieberte mit. Sie half Eberhard, die bedeutendsten Münzstätten Schwabens ausfindig zu machen und schrieb Briefe an sie. Von irgendwoher mußte man ihnen fachkundige Handwerker nach Schaffhausen schicken, die Probestücke von Münzen anfertigen konnten. Im Oktober war es soweit. Ita hielt das erste Muster einer Schaffhauser Münze in der Hand.

Der Pfennig zeigte das Profil des Münzherrn. Ita konnte es nicht fassen, wie gut der Künstler Eberhards Züge getroffen hatte. Es war ein kühnes, unternehmungslustiges Gesicht, das zu einem Grafen paßte, der aus dem Rhein einen Fluß aus Gold und Silber gemacht hatte und aus einem Fischernest eine Stadt mit Markt und eigener Münzstätte.

Eberhard beschloß, zuerst einen provisorischen Holzbau für die Mönche zu errichten, dann die Kirche und zuletzt das Kloster aus Stein. Liutpald zeichnete und zeichnete und legte alle seine Pläne Bruder Willibald zur Begutachtung vor. Der lächelte gutmütig, verstreute Krümel über Liutpalds Pergamente und stürzte sich wieder ins Kopieren von Schriften. Zu den Bauplänen habe er nichts zu sagen, murmelte Willibald. Seine Aufgabe sei es, für das Kloster und für Eberhard, den Stifter, zu beten.

Obwohl im Winter nicht sicher gewesen war, ob die vielen neuen Familien überhaupt ernährt werden konnten, waren alle geblieben. In mancher Hütte drängten sich zehn bis fünfzehn Menschen in einem Raum zusammen. Aber jetzt konnten die Fremden froh sein, daß sie noch in Schaffhausen waren.

Im Osten der Stadt, außerhalb des Walls, entstand eine neue Siedlung für die Klosterarbeiter. Alle mußten Hand anlegen, es konnte nicht schnell genug gehen.

Ende Oktober ließ Eberhard am Flußufer Erde ausheben, dort, wo der Chor der Kirche stehen würde. Denn er wollte wenigstens einige Steinquader verlegen lassen, ehe der Heilige Vater kam.

Papst Leo würde nach Schaffhausen kommen und das Klostergelände weihen, das wußte Eberhard, obwohl sein Onkel nur von Reims, von Basel und der Abtei Reichenau gesprochen hatte. Er wußte es, weil er dem Schicksal nachgeholfen hatte, nachdem das Datum der Synode von Reims festgelegt worden war.

An einem heißen Sommertag war Eberhard nach Basel gereist und hatte dem Bischof angeboten, den Papst, seinen Onkel, sicher den Rhein hinauf und zur Reichenau zu bringen. Der Prälat sagte dankbar ja und rieb sich die Hände, weil die Sache ihn keinen Pfennig kostete.

Eberhard war nun sicher, daß Leo über Schaffhausen reisen würde. Der Papst muß meinen Klosterplatz weihen, wiederholte er immer wieder vor sich selbst. Aber nachts überkam ihn die Angst, sein Onkel könnte ein anderer Mensch geworden sein, ein viel stolzerer Mensch vielleicht, der über die Idee lachen würde, ein Klostergelände zu weihen an einem Ort, der vor zehn Jahren noch ein Fischernest gewesen war.

Am Abend bevor Eberhard mit dem eigenen Schiff nach Basel fuhr, lud er feierlich alle Ministerialen, die Priester und Handwerker, die mit dem Bau der Klosterkirche zu tun hatten, in die Taverne ein.

Liutpald faltete die Pergamente mit den Plänen auseinander und beschwerte die Enden mit Weinkrügen. »Es ist gut, wenn alle wissen, was wir im Sinn haben, denn die Gefolgsleute des Heiligen Vaters werden vielleicht Fragen stellen.« Liutpald zeigte mit dem Federkiel auf den Plan. »Der Chor der Klosterkirche wird sich nach Osten ausrichten«, erklärte er. »Im Süden, gegen den Fluß hin, bauen wir den Kreuzgarten und darum herum das Steinkloster.«

Ita warf ihrem Mann einen strahlenden Blick zu, und Eberhard fiel Liutpald ins Wort: »Das sage ich schon jetzt. Obwohl Ita eine Frau ist und wir ein Männerkloster bauen, wird sie den Kreuzgarten planen und bestimmen, was angepflanzt wird und was nicht.«

Um den Kreuzgarten herum hatte Liutpald einen Lesegang eingeplant und südlich und westlich davon das Refektorium, die Mönchsküche und über den Keller- und Vorratsräumen das Dormitorium der Klosterbrüder.

Später, als Liutpald mit Eberhard und Ita allein war, sprach er von der Grafenpfalz. Auf der einen Seite des Atriums käme die Kirche zu stehen, auf der anderen baue er zwei Kapellen und dazwischen die Toranlage zum Kloster. Von da aus würde eine Holztreppe in den oberen Stock zur Pfalz führen. Bei Gefahr konnte dieser Aufgang abgebrochen werden. Oben wollte Liutpald verschließbare Hocheingänge bauen lassen. So konnten Eberhard und Ita und die Kinder in einem sicheren Steingebäude leben, das größer war als ihr bisheriges Haus.

Eberhard war begeistert, aber als Liutpald aufzählte, welche Ländereien und Güter er dem Kloster würde überschreiben müssen, protestierte er wie vor der Einweihung seiner Laurentiuskirche auf der Reichenau.

»Du hast viele Söhne, nun auch Adelheid. Weitere Kinder werden vielleicht kommen«, holte Liutpald aus. »Da wird sich dein Besitz bald in alle Winde zerstreuen. Du brauchst einen Schwerpunkt für deine Herrschaft, Eberhard, und dein Kloster wird dieser Schwerpunkt sein.«

»Mein Schwerpunkt, obwohl ich dem Kloster mehr als zweihundert Hufen Land schenken muß?«

»Darüber haben wir doch schon gesprochen. Du verlierst deine Güter ja nicht. Papst Leo muß dir und deinen Nachkommen die erbliche Vogtei über dein Kloster bestätigen. Außerdem wirst du«,

Liutpald drehte den Kopf in Itas Richtung, »wirst du den Abt einsetzen und mit Itas Hilfe die Klosterverwaltung führen.«

Eberhard nickte zufrieden. Er hatte das alles längst gewußt. Aber er hörte es immer wieder gern aus Liutpalds Mund. Er, Eberhard von der Nellenburg, würde einen Herrschaftskomplex bilden, in dem niemand sonst etwas zu sagen haben würde. Wer ein Kloster hat, dachte er, ist mehr als ein Herzog und mehr als ein Graf, weil er etwas besitzt, das niemand ihm wegnehmen kann. Einen Anker für Generationen.

Am Tag bevor der Papst eintreffen sollte, ließ Ita allen Hörigen neue Tuniken geben, die von den Weberinnen der Nellenburg kamen. Der Stapelplatz von Schaffhausen wurde gesäubert, und beim Rheinfall behängten kleine Mädchen den Steg mit Girlanden.

Der Wochenmarkt sollte trotz des hohen Besuchs stattfinden oder gerade deswegen, denn sie wollten dem Papst zeigen, wie groß und wichtig Schaffhausen geworden war. In Eberhards und Itas Stadt sollte es wimmeln von Menschen und von Pferden.

Ita wollte das alles selbst sehen. Am 22. November 1049 ritt sie mit Ebo über die Hügel rund um die Stadt. Ihr Ältester war jetzt vierzehn und einen Kopf größer als sie. Ita wußte, daß Ebo in Gedanken beim kaiserlichen Hof war und beim Heer und daß er seiner Abreise im nächsten Sommer entgegenfieberte.

Wie mein Bruder Manegold, als er in die Schlacht zog, hatte Eberhard einmal gesagt. Für Ita waren die Worte wie Peitschenhiebe gewesen, denn der Name Manegold bedeutete für sie Leid und Tod.

Jetzt stand Ita mit Ebo im Osten von Schaffhausen auf dem Hügel. Seit dem vorletzten Sommer war er mit Weinreben bepflanzt. Unten am Fluß sahen sie den Stapelplatz mit dem Steg und etwas weiter weg die Mühle. Der Wall zog sich wie eine Schlange am Fuß des Weinbergs entlang und umschloß ihre Stadt. Ita sah die Kapelle, die Marktbänke vor ihrem Portal. Menschen mit Karren und Packpferde, die kamen und gingen. Und viele Häuser mit Schindeldächern, einige zweistöckig und aus Stein.

»Du hast dich bei Mauritius nie bedankt«, brach Ebo die Stille und zeigte auf sein Knie. »Ohne ihn könnte ich nicht ins Heer eintreten.«

»Das ist so lange her«, murmelte Ita ausweichend. Sie wollte jetzt nicht nachdenken, sie wollte den Augenblick genießen.

»Sprich mit ihm! Oder mit Siegfried. Sonst werden sie sich in ihren Hütten verkriechen, wenn der Papst da ist.« Und das wäre nicht gut, denn Siegfried muß geweiht werden wie der Klosterplatz, dachte Ebo, und Ita wußte es. Siegfried war wie der Wirbel in der Wasserströmung. Er mußte in der Mitte stehen und nicht abseits, damit er den Menschen seine Kraft geben konnte, seine Hoffnung und vielleicht noch mehr.

Später ritten sie zum Rheinfallbecken und warteten auf die Ankunft des Schiffes. Ita hatte ihre Söhne bei sich, auch Ekkehard war von der Reichenau gekommen. Nur Udo fehlte noch. Er war den Rhein hinunter gefahren bis nach Basel, um den Vater zu treffen. Domschüler durften sonst nicht heimreisen. Aber für Udo hatte der Erzbischof von Trier eine Ausnahme gemacht. Ohnehin war es eine Ehre für eine Domschule, wenn einer ihrer Zöglinge der Großneffe des Papstes war.

Ita freute sich auf ihren Zweitältesten mehr als auf den Heiligen Vater. Aber das Schiff mit Eberhard und Udo und dem Papst kam nicht.

Sie warteten bis zum Mittag. Ita fühlte sich unruhig, sie ging am Ufer auf und ab und schaute den schwarzen Wolken zu. Sie dachte an Udo, der ihr beim Abschied die warmen Knabenarme um den Hals geschlungen und seinen Platz in ihrem Herzen erweitert hatte. Plötzlich packte sie eine unerklärliche Angst. Ob ihm und Eberhard etwas zugestoßen war?

»Ich glaube, in Schaffhausen ist kein Platz für Mauritius und für mich«, hörte Ita eine vertraute Stimme hinter sich. Siegfried lächelte, aber Ita merkte, daß er angespannt war. Mauritius stand in einiger Entfernung bei den Pferden. Ita sah seiner stolzen Haltung an, daß er wußte, was Siegfried zu ihr sagte. Als Mauritius ihrem Blick begegnete, drehte er sich zur Seite. Sie sah sein Profil, das zu einem König oder zu einem Gott aus uralten Zeiten gepaßt hätte.

»Du bist gekommen, als Schaffhausen noch ein Fischernest war«, sagte Ita, obwohl das keine Antwort war. Als Siegfried schwieg, fuhr sie fort. »Ich bin damals nach Basel gereist, um dich zu holen. Das war kein Zufall. Du gehörst zu Schaffhausen wie der Wasserfall. Der Rhein gibt allen Reichtum, und du gibst ihnen Seelenfrieden und manchmal auch Gesundheit.«

»Das weiß ich doch alles, Ita. Vom ersten Augenblick an, in Basel, habe ich gespürt, daß du mich herholen wolltest.« Siegfried schloß die Augen. Leise fuhr er fort: »Ja, ich darf dein Freund sein, aber Mauritius nicht. Manchmal denke ich, wir sollten gehen.«

»Liutpald hat im Kloster einen Raum für den Armenpfleger geschaffen. Dort wird dein Platz sein, Siegfried. Und ein Kloster braucht einen Medicus.«

»Das ist keine Antwort. Kannst du Mauritius nicht wenigstens anreden, wie du das mit irgend jemandem tust?«

Ita dachte an die Gelähmten und Kranken, denen Mauritius geholfen hatte. Und an Ebo und daran, daß dessen Bein vielleicht nie gesund geworden wäre ohne ihn. Ihr Sohn hätte an der Wunde sterben oder sein Bein verlieren können. Seit er wieder gesund war, empfand Ita jeden Moment mit Ebo wie ein Geschenk. Er würde bald zum Kaiser gehen, aber jetzt fühlte sie sich ihm nahe, sie war glücklich darüber, und das verdankte sie Mauritius.

Ita sah zu dem Wasserfall, der ihr Leben verändert, der Eberhard und sie zu ungewöhnlichen Entscheidungen getrieben hatte und zu Plänen, die in den Himmel wuchsen. Wir haben den Strom überwunden, Hungersnöte, Flüchtlinge und den Sohn des Linzgaugrafen, dachte Ita. Da kann ich auch mich selbst überwinden. Sie zwang sich, einen Fuß vor den anderen zu setzen. Langsam ging sie zu Mauritius und legte ihm die Hand auf den Arm.

»Ebo möchte, daß ich dir danke für sein Knie.« Das *dir* kam Ita etwas zu spät über die Lippen, aber als es heraus war, fühlte sie sich wie erlöst. »Liutpald muß dafür sorgen, daß das Kloster auch ein Haus für die Kranken bekommt. Möchtest du hierbleiben, Mauritius? Möchtest du heute neben dem Papst stehen, mit Siegfried, und dann Jahr um Jahr mithelfen, bis das Kloster steht?«

Mauritius brachte kein Wort über die Lippen, aber in seinen dunklen, verschleierten Augen sah Ita Freude. Er drückte ihr die Hand und ging zu Siegfried.

Dann sah Ita den Boten, der mit seinem Pferd den steilen Pfad hinuntersprengte. Ita erschrak, sie hatte wieder Angst um Udo und um Eberhard, und sie lief dem Boten entgegen.

Eberhard sah die schwarzen Wolken vorüberziehen, es kam ihm vor, als trügen sie seine Zukunft fort. Er scharrte mit dem Fuß auf dem Boden, fuhr mit der Hand durch den Bart, zum Ohr und wieder zum Bart. Augenblicke schienen Ewigkeiten, denn sein Onkel, der Papst, kam und kam nicht.

Schon am Vortag war Eberhard mit einem Ministerialen und einem Knecht per Schiff stromabwärts nach Basel gefahren. Nun stand er seit dem Morgengrauen neben seinem Schiff am Rhein und wartete auf den Bischof von Basel, der seinen Onkel zum Hafen begleiten wollte. Als sie endlich kamen, war es fast Mittag.

Sein Onkel Bruno, der jetzt Leo hieß, setzte sich im Schiff zwischen Eberhard und Udo. Er trug keine Alba und keine Stola, nur eine einfache Kukulle. Älter sah er aus als bei Eberhards Besuch in Toul, und er ging gebeugt. Eberhard wußte nicht, ob der Papst durch die Fußwanderung nach Rom seine Kräfte verloren hatte oder ob die Verantwortung für den Frieden der Welt wie Blei auf seinen Schultern lag.

»Nun, Udo?« fragte Leo, als das Schiff mit Westwind im Segel gegen den Strom glitt. »Ist die Domschule, was du erwartet hast?«

»Mehr als das, Heiliger Vater«, strahlte Udo. Er war von Trier her den Umgang mit Erzbischöfen gewohnt und hatte keine Hemmungen vor dem Papst. »Jetzt schauen alle mit Ehrfurcht auf mich, als wäre ich ein Stück von Euch.«

Leo drehte sich zu Eberhard um und sagte leise: »Ich habe für dich getan, was ich konnte. Am Hof habe ich dich empfohlen, dich und auch deinen Freund Hunfried. Es hat genützt, aber nur ihm, dem Erzbischof von Ravenna. Mit seinen Ideen ist er mir übrigens schon am ersten Konzil in Rom in die Quere gekommen, Eberhard. Aber dir gegenüber hat er Wort gehalten.«

»Nur haben alle Empfehlungen nichts genutzt«, sagte Eberhard. »Wieder ist ein anderer Herzog von Schwaben geworden. Ich rechne nicht mehr mit dieser Krone.«

»Trotzdem bist zu zufrieden ...«

»Meine Zukunft baue ich in Schaffhausen. Ich bin dabei, aus meinem Fischernest eine Stadt zu machen. Im Frühling beginne ich mit dem Bau meines Klosters. Es wird dem Salvator und allen Heiligen gewidmet sein und am Rheinufer stehen. Das Gelände ist bereits bestimmt.«

»Da kommt es dir sicher nicht ungelegen, daß zufällig der Papst vorbeikommt ...« Leos Augen bildeten Fältchen, er legte Eberhard gutmütig die Hand auf den Arm und sagte: »Aber morgen früh muß ich auf der Reichenau sein.«

Das Schiff war schnell in Laufenburg, wo sie aussteigen und zu Fuß am Rheinufer entlang emporsteigen mußten. Papst Leo sah im Gehen zu, wie die Laufenburger Knechte das Schiff durch die Stromschnellen seilten.

Pferde waren keine da, nur zwei Ochsen. Der Karrer, der das Gepäck auf dem Landweg um die kritische Flußstrecke herumfuhr, flüsterte Eberhards Knecht zu, es gebe keine Pferde, denn Ulrich von der Lenzburg habe alle abgeholt. Ob für eine Schlacht oder einen Streifzug wisse niemand.

Die Laufenburger Knechte empfanden die Arbeit an diesem Tag als wichtigste Prüfung ihres Lebens. Der Heilige Vater persönlich sah zu, wie sie das Schiff dirigierten, um es an den Stromschnellen vorbeizuschleusen. Das gewohnte Zusammenspiel war gestört; alle schielten auf den Papst, anstatt auf das Gefühl in den Händen, auf das leichte Ziehen der Seile zu achten. Plötzlich glitt das Schiff seitwärts, kippte hin und her und prallte auf einen spitzen Fels, der das Holz durchbohrte.

Die Laufenburger Knechte waren ratlos. Ein Weiterfahren war undenkbar, und die Reparatur des Lecks konnte Tage dauern. Andere Schiffe waren nicht da, denn Laufenburg war ein Durchgangsort.

»Ich muß morgen auf der Reichenau sein«, sagte Leo.

Eberhard begriff, daß sein Onkel als Papst weniger sein eigener Herr war als früher. Alle Augen waren auf ihn gerichtet. Wenn er zu spät ins Inselkloster kam, mußte der neue Abt denken, der Neffe sei Leo wichtiger als ein Reichskloster mit großer Tradition.

»Wir brauchen Pferde«, flüsterte Eberhard seinem Dienstmann zu. Ein Laufenburger Knecht hörte ihn und sagte lautstark, Pferde gebe es keine, nur Ochsen. Die nächsten Ställe seien bei der Abtei Säckingen. Eberhard glaubte das nicht und ging selbst durch den Ort. Der Knecht lief hinter ihm her. Eberhard ging von Hütte und Hütte, fragte nach einem Reittier oder wenigstens nach einem Packpferd. Nichts. Er hetzte weiter und dachte an den Papst, der an Schaffhausen vorbeifliegen würde wie Eberhard jetzt an den Hütten. Ohne Klostergelände zu weihen, ja ohne es auch nur anzuschauen. Da entdeckte er vor einem Hausstall eine alte Mähre. Sie war an einer Leine angebunden und graste mit triefenden Augen.

Dieser Gaul sei steinalt und bekomme hier noch sein Gnadenbrot, sagte der Knecht, der Eberhards Gedanken erriet. Aber Eberhard ging zum Besitzer, um ihm einige Silbermünzen in die Hand zu drücken.

Zum Glück hatte er noch erheblich mehr in seiner Tasche. Eberhard reiste nie ohne Silber, denn in der Lombardei hatte er gelernt, daß jede Reise ein Abenteuer war und ein Unglücksfall wahrscheinlicher als ein ruhiger Verlauf.

Ungeduldig sah Eberhard zu, wie der Mähre das Zaumzeug über den Kopf gestülpt wurde. Er fuhr sich durch das verschwitzte Haar und fragte nach dem Sattel, aber es gab keinen. Da kletterte er auf den bloßen Pferderücken und trieb den Gaul zu seinem letzten Galopp an.

An der Klosterpforte ließ man Eberhard vor der Pforte stehen. Die Äbtissin von Säckingen wollte den Fremden nicht empfangen.

Aber Schaffhausen wartete auf den Papst, und das war Eberhard wichtiger als alles andere. »Ich möchte der Mutter Äbtissin ein Schiff für den Rhein schenken«, ließ er in seiner Verzweiflung ausrichten.

Als Eberhard nach endlosem Warten die Pförtnerin wieder vor sich sah, meinte sie säuerlich, das Kloster Säckingen brauche keine neuen Schiffe, und die Äbtissin glaube einem Fremden ohnehin kein Wort.

Da schrie Eberhard nach einem Stück Pergament. Als die Nonne das Gewünschte brachte, weil sie Angst hatte, der ungebetene Gast werde in seiner Verzweiflung dem Kloster oder ihr selbst

Gewalt antun, begann Eberhard zu schreiben. Obwohl er Mühe hatte mit den Buchstaben, kritzelte er hastig seine Botschaft. Eberhard schickte ein Stoßgebet zum Himmel und war seinem Lehrer und Freund Liutpald dankbar, daß er ihm, einem Edelmann, das Schreiben beigebracht hatte. Der Federkiel, das wußte Eberhard, war jetzt das letzte Mittel, das sein Kloster in den Himmel heben konnte.

Dann beruhigte Eberhard sich selbst. Wenn Leo es jetzt nicht schaffte, konnte er seinen Klosterplatz später einmal weihen. Aber welcher Heilige Vater reiste zweimal in den Norden? Die Päpste starben in dieser Zeit wie die Fliegen. Wer konnte wissen, ob in Rom nicht schon ein Giftbecher auf seinen Onkel wartete?

Als die Äbtissin mit seinem Schreiben in der Hand kam, bereute Eberhard seine Versprechungen, aber es war zu spät. »Ihr könnt schreiben, also seid Ihr ein Kirchenmann«, sagte sie huldvoll und reichte dem Besucher ihre Hand. Er schüttelte den Kopf, aber sie ließ sich nicht beirren. »Eure Schenkung, ein Viertel der Fähreinnahmen von Maienfeld, nehmen wir gern an. Das kommt uns gelegen, da wir bereits die Schiffereirechte auf dem Walensee besitzen.« Als Eberhard den Ring am knochigen Finger der Äbtissin küßte und nach den Ställen fragte, gab sie ihm zu verstehen, daß er die Reittiere aber trotzdem bezahlen müsse.

Mit vier Pferden an der Leine und ohne einen einzigen Silberdenar in der Tasche kehrte Eberhard nach Laufenburg zurück. Als der Ort mit den Stromschnellen in Sicht kam, fühlte er Panik in sich aufsteigen. Was, wenn der Lenzburger zurückgekehrt war und den Papst selbst ostwärts geleitet hatte, direkt zur Insel Reichenau? Eberhard hatte Angst um seinen Traum und trieb das Pferd an.

Aber Papst Leo saß mit Udo in der Halle eines Laufenburger Hauses und aß geräucherten Fisch. Eberhard dankte allen Heiligen und drängte zum Aufbruch.

Da die Säckinger Äbtissin Eberhard gute Pferde verkauft hatte, konnten sie in Zurzach ohne Zeitverlust frische dafür eintauschen. Es dämmerte, als sie dem Rheinfall entgegenritten. Eberhard schickte seinen Knecht zu Ita und Liutpald voraus.

In Schaffhausen keuchte der Papst vor Erschöpfung, und es war fast dunkel. Eberhard hatte das Rennen gegen die Zeit verloren. Noch nie war ein Klostergelände nachts geweiht worden, und auch in seiner Stadt würde das nicht geschehen, das wußte er. Eberhard führte den hohen Gast zu seinem Haus.

Im Morgengrauen müsse er zur Reichenau aufbrechen, murmelte der Papst immer wieder. Zum Glück gebe es Schiffe hier. Obwohl er bereits in Laufenburg Fisch verzehrt hatte, nahm Leo Itas Wein und Braten denkbar an, ein Tischgespräch kam aber nicht zustande.

Als der Papst schlief, eilte Eberhard zu Willibald und rüttelte ihn aus dem Schlaf. Der Heilige Vater wolle am Morgen abreisen, ohne den Klosterplatz zu weihen, sagte er. Das müsse verhindert werden.

Willibald verwarf die Arme, schüttelte treuherzig den Kopf und stimmte Eberhard zu. Aber eine Lösung hatte er nicht anzubieten. »Vielleicht weist der Herr Euch den Weg, wenn Ihr reinen Gewissens seid«, sagte der Mönch schließlich.

»Ich habe ein gutes Gewissen«, gab Eberhard gereizt zurück. Ein Klostergelände zu weihen sei nichts, was dem Herrn im Himmel mißfalle.

»Ich könnte Euch die Beichte abnehmen. Wer weiß, ob sich im Zwiegespräch mit Gott nicht eine Lösung auftut?«

Eberhard wäre am liebsten davongelaufen, aber er wußte nicht, was zu tun war. Da kniete er vor Willibald nieder, die Worte strömten von selbst aus seiner Seele. Eberhard bekannte, wie wichtig sein Kloster ihm sei, wie es Haß und Enttäuschungen weggeschwemmt habe. Willibald hakte nach, und Eberhard erzählte von seinen ehrgeizigen Plänen.

Willibald flüsterte *Superbia,* Hochmut, immer wieder vor sich hin, ohne die Beichte zu unterbrechen.

Vom verlorenen Herzogtum Schwaben sprach Eberhard und von der Reichenauer Vogtei. Auch die Geschichte mit Abt Bernos Geheimnis verschwieg er nicht. Jetzt, am Vorabend der großen Weihe, auf die er immer noch hoffte, wollte Eberhard alles Gift aus seiner Seele reden.

»In Einsiedeln war oft von Eurem Vater die Rede.« Willibald ging zum Tisch und griff nach einem Honigplätzchen.

Eberhard stand auf. »Ich weiß, daß Abt Berno in Einsiedeln beschlossen hat, mir die Reichenauer Vogtei wegzunehmen. Auch Hunfried von Embrach war dabei, er hat mir alles erzählt.«

»Was alles?« fragte Willibald und wurde bleich.

»Das, was Ihr jetzt gehört habt.« Eberhard sah Erleichterung in den Augen des Mönchs und fragte nach. »Was hätte er mir denn sonst noch erzählen können?«

»Eberhard«, wand sich der Mönch. »Ihr seid heute gekommen, um einen Weg zu finden und mit Euren vergangenen Nöten abzuschließen.«

»Das könnte ich besser, wenn ich alles wüßte.«

»Mir ist nicht ganz klar, ob ich sprechen darf ...«

»Abt Embrich hat gesagt, daß Ihr auf alles antworten dürft wie er selbst. Ihr habt das mit Euren eigenen Ohren gehört!«

»Ja, aber ich weiß mehr, als Embrich bekannt ist«, meinte Willibald sibyllinisch.

»Dann sprecht, und meine Lippen werden versiegelt sein wie die des Reichenauer Abts.«

Willibald rieb sich die Hände, er ging zum Kreuz und berührte es mit den Fingern. »Ich sage Euch das als Teil der Beichte«, flüsterte er schließlich. »Ihr müßt das Geheimnis für Euch behalten.«

»Das werde ich tun, ich schwöre es bei meiner eigenen Seele.« Eberhard fiel wieder auf die Knie und spitzte die Ohren.

»Ihr wißt doch, daß Abt Berno den Bischof von Konstanz dauernd ausstechen wollte. Aber es gelang ihm nie, genügend Privilegien in Rom zu erwirken. Deshalb bat er den Einsiedler Abt um Hilfe. Ich stand dabei, und auch Hunfried hörte es. Embrich versprach Abt Berno, dem Papst zu schreiben und für ihn das Sandalenprivileg zu erbitten. Und das Recht, in bischöflichen Gewändern die Messe zu lesen.«

Eberhard schüttelte den Kopf. »Was hat das alles mit der Reichenauer Vogtei zu tun?«

»Sehr viel. Als Hunfried und ich die Abtstube verlassen hatten, stand ich noch einen Moment neben der Tür. Da sagte Embrich, er verlange für seine Intervention beim Papst eine Gegenleistung. Berno dürfe nie mehr irgendwelche Privilegien und schon gar nicht die Reichenauer Vogtei an einen Nachfahren des Brandstifters Eppo vergeben.«

Eberhard fühlte sich wie erschlagen. »Ein Abt verschafft dem anderen Privilegien und handelt dafür ein Versprechen ein? Das grenzt ja an Simonie.«

Willibald ging nicht auf die Bemerkung ein. »Jedenfalls war Berno einverstanden und gab Embrich auch das Versprechen, niemals über diese Abmachungen zu reden. Seine Lippen seien versiegelt bis zu seinem Tod, sagte der Reichenauer Abt.« Als Eberhard schwieg, ergänzte der Mönch: »An dieses Versprechen mußte Berno sich auch halten, als er das Sandalenprivileg längst wieder verloren hatte.«

Eberhard klopfte Willibald auf die Schulter und lief hinaus in die stürmische Novembernacht. Nun war alles klar. Eberhard zitterte und fühlte sich doch erleichtert.

Embrich hatte Berno gezwungen, ihn, Eberhard, bei der Vogteivergabe zu übergehen. Aus dem einfachsten Grund der Welt. Weil er sich am Brandstifter seiner Klosterkirche rächen wollte und an seinen Kindern und Kindeskindern. Und Berno hatte ja gesagt, weil er zu Privilegien kam, die er ohne Embrich vom Papst nicht erhalten hätte.

Plötzlich mußte Eberhard lachen. Berno hatte alles getan, um ihn, Eppos Sohn, nach dem Einsiedler Brand von jeder Macht über die Reichenau fernzuhalten. Dann hatte der kleine Ekkehard Abt Bernos Herz erobert, und nun saß Eppos Enkel wie ein Kuckucksei in der Klosterschule ... Oder hatte Berno gespürt, daß da etwas wieder gutzumachen war? Hatte er Ekkehard wie einen Sohn geliebt, weil er seinem Vater alles weggenommen hatte?

Aber die Gedankenfetzen um die Reichenau verloren sich im Nichts. Der Verlust der Vogtei tat nicht mehr weh. Das Geheimnis, das Abt Bernos Lippen versiegelt hatte, schien Eberhard plötzlich unwichtig wie die schlechte Ernte des vorletzten Sommers. Er dachte an den Papst, und die Angst vor dem nächsten Tag nahm ihm fast den Atem.

Eberhard lief durch Schaffhausen und dachte daran, die Schiffe in der Nacht wegzubringen. Aber das würde nichts ändern. Papst

Leo wußte, daß auch Pferde da waren. Mutlos kehrte er nach Hause zurück und klammerte sich an Ita.

»Was sollen wir tun?« flüsterte er ihr ins Ohr. Auch Willibald wisse keinen Rat, und im Morgengrauen wolle der Papst aufbrechen, ohne das Gelände zu weihen.

»Frag Siegfried, er hat manchmal gute Einfälle.«

Aber Eberhard murmelte, »geh du, auf dich hört er, ich bin müde«, und stellte sich schlafend.

Als Leo am nächsten Tag geweckt wurde, fragte er nach dem Kreuz, das er auf der Baustelle errichten müsse. Er ließ sich aus seiner Reisetruhe goldbestickte Priesterumhänge bringen, die Stola und das Pallium. Die leisen himmlischen Stimmen, an die er sich aus dem Dunkel der Nacht erinnerte, erwähnte der Papst nicht. Sie hatten von seinen Pflichten gesprochen, die er als apostolischer Hirte allen und gerade auch den kleinen und neuen Klöstern schulde.

Zuerst trat Leo durch das Portal in die Ortskapelle und weihte den Altar dem heiligen Johannes. Feierlich übergab er dem Stifter Splitter des heiligen Kreuzes, die er aus Rom mitgebracht hatte. Eberhard kniete nieder, küßte dem Papst die Hand. Dann schenkte er der Klosterkirche Güter und unterzeichnete ein Dokument.

Die Sonne schien aus einem Wolkenloch, als Leo die Segnung des Baugeländes nach dem Ritus vornahm, den das römische Pontifikale festlegte. Der Papst nahm das Kreuz und pflanzte es zwischen den Steinquadern dort in den Boden, wo der Altar der Klosterkirche geplant war. Zusammen mit Eberhard, dem Stifter, eilte der Heilige Vater hinter Liutpald kreuz und quer über das Baugelände und besprengte es mit Weihwasser.

Liutpald bestimmte die Richtung, während der Papst eine Antiphon mit dem Psalm *Quam dilecta tabernacula tua Domine Deus virtutum* sang.

Liutpald ging zügig voran, immer weiter. Eberhard kam es vor, als führe er den Papst nicht über einen, sondern über mehrere Klosterbauplätze. Leo betete für die Reinigung des Orts, bat um glückliche Vollendung des Baus und den Segen für alle, die später dort beten würden.

Nach dem letzten Lobgesang bestieg der Papst das Schiff und segelte der Reichenau entgegen.

Eberhard sah nicht, wie Leo sich im Moment des Abschieds belustigt zu Ita niederbeugte und ihr ins Ohr flüsterte, er wünsche ihr Glück in der neuen Pfalz, er hoffe, sie werde auch dort himmlische Stimmen beschwören können. Wie Ita rot wurde und Entschuldigungen murmelte. Und wie der Papst lachend erwiderte, er hätte Eberhards Klosterplatz ohnehin gesegnet, trotz der Zeitnot, auch ohne die nächtlichen Stimmen. Er sei zwar abends schnell erschöpft und müde, aber am Morgen früh munter, und dann sehe er die Welt immer viel rosiger.

Eberhard stand mit Ita und Liutpald auf den weißen, in die Erde verlegten Steinblöcken neben dem Kreuz. Nun hatte er alles erreicht, was er sich erträumt hatte. Aber er fühlte kein Glück in sich, nicht einmal Befriedigung. Nur eine unendliche Leere. Wie nach einer Schlacht.

Ita nahm Eberhards Hand und drückte sie sanft. Sie spürte, wie ihre Liebe und ihr Friede in ihn überflossen. Das hatte Ita schon oft erlebt. Wenn ein Kind Kopfschmerzen hatte, nahm sie sein Gesicht zwischen die Hände und drückte die Lippen auf seine Stirn. Ich sauge deinen Schmerz in mich auf, sagte Ita dann und spürte, wie ihre Ruhe sich auf das Kind übertrug.

Als Eberhard nicht reagierte, sagte Ita zu Liutpald: »Ihr habt ein weit größeres Gelände als den Klosterbauplatz weihen lassen.«

»Da habt Ihr allerdings recht«, schmunzelte Liutpald und legte seine Hand auf Eberhards Arm. »Sobald es fertig ist, werden wir das Kloster erweitern. Ich habe schon genau im Kopf, wie. Wir wollen eine Memorialanlage bauen, wie die Welt sie noch nicht gesehen hat.«

Der Priester ging zu einem Busch, brach einen Zweig ab und benutzte ihn als Stecken. Sorgfältig zeichnete er ein Kreuz in die Erde und verband die vier Enden mit Strichen. »Hier wird unsere Gedächtnisanlage den Chor der Kirche berühren«, sagte Liutpald und zeigte auf den spitzen Winkel des Vierecks. »An der Ecke gegenüber bauen wir eine Kapelle mit drei Absiden, und seitlich je eine Vierblattkapelle.«

Eberhards Leere war wieder ausgefüllt. Er war Feuer und Flamme für Liutpalds Idee. »Eine Memorialanlage, Ita! Für uns und unsere Nachkommen!«

»Ja«, bestätigte Liutpald. »Eine, die es so weder in Italien noch nördlich der Alpen gibt. Schaffhausens Kloster wird einzigartig sein.«

»Und dann, wenn auch dieser Bau fertig ist«, phantasierte Eberhard in die Zukunft, »werden wir die Kirche erweitern. Mit fünf Schiffen und größer als Sankt Peter in Rom.«

Die Amme kam mit der kleinen Adelheid. Ita ging in die Knie und streckte die Arme aus. Auf wackligen Beinen lief Adelheid los, und Ita fing sie auf, drehte sich um sich selbst, immer schneller, bis die Bilder ineinanderflossen und sie überall Schiffe und Häuser und Plätze sah.

Ita stellte die Tochter auf den Boden, weil drei fremde Reiter kamen. Einer war Bertold.

»Bin ich zu spät gekommen?« fragte der Zähringer, »Habe ich den Papst, Euren Onkel, verpaßt?«

Eberhard gab sich keine Mühe, seinen Stolz zu verbergen. »Er ist gerade abgereist. Aber vorher hat er den Bauplatz für mein Kloster geweiht.«

»Gut, dann viel Glück«, sagte Bertold und schwang sich in den Sattel. Plötzlich hielt er inne und sprang wieder auf die Erde, beugte sich nieder und berührte mit den Fingern den weißen Stein neben dem Kreuz. »Schönes Material. Woher kommt es?«

»Vom Steinbruch dort drüben, gleich neben dem Klostergelände.«

»Ich kenne den Steinbruch« sagte Bertold, und seine Augen verengten sich zu Schlitzen. »Es tut mir leid, aber mit dem Klosterbau könnt Ihr nicht beginnen. Das sage ich Euch als Vogt der Bischofskirche Bamberg, denn der Steinbruch gehört ihr. Übrigens …« Breitbeinig pflanzte der Zähringer sich vor Eberhard auf. Er strich mit dem Daumen über einen Goldring, den er am linken Ringfinger trug. »Wißt Ihr es noch nicht? Diesen Ring hat Kaiser Heinrich mir kürzlich geschenkt. Als Zeichen für sein Versprechen, mich zum nächsten Herzog von Schwaben zu machen.«

Epilog

Eberhards Kloster ist trotzdem gebaut worden. Er hat sich mit Bertold von Zähringen, der übrigens nie Herzog von Schwaben, 1061 aber Herzog von Kärnten wurde, geeinigt und 1064 sein Kloster Sankt Salvator und Allerheiligen eingeweiht. Liutpald ernannte er vermutlich zum ersten Abt. Rund zehn Jahre später entstand die Nellenburgische Memorialanlage mit Kreuzhof, ein im europäischen Denkmälerbestand singulärer Bau. Um 1090 wurde die Anlage wieder abgerissen und das Fundament für ein neues Münster gelegt. Der fünfschiffige Bau scheiterte aber an seinen gigantischen Maßen und wurde nie erstellt. 1103/04 konnte das heutige Münster eingeweiht werden.

Was in Schaffhausen innerhalb von fünfzig Jahren baugeschichtlich passierte (Kirche mit Steinkloster, Memorialanlage, Fundament für ein zweites Münster und Bau des dritten), ist einzigartig und nur mit dem rasanten Wirtschaftswunder zu erklären, das der innovative und risikofreudige Eberhard in seiner Stadt am Rheinfall vollbrachte.

Eberhard von Nellenburg ist nie Herzog von Schwaben geworden. Er erlebte aber, wie Schaffhausen sich zu einer blühenden Marktstadt entwickelte. Einige Jahre vor seinem Tod (1078 oder 1079) zog er sich als Mönch in sein Kloster zurück. Er ist später von der katholischen Kirche selig gesprochen worden.

Ita von Nellenburg starb zu Beginn des 12. Jahrhunderts als steinalte Frau in ihrem Frauenkloster Sankt Agnes in Schaffhausen.

Im Roman ist Ita keine ins Mittelalter versetzte moderne Frau. Die Vorstellung von der Adelsfrau, die den Keuschheitsgürtel trug und stickte, stammt aus der Moderne. Adelsfrauen waren oft gebildeter als ihre Männer und konnten nicht selten lesen und schreiben. Zu Burgen gehörten im 11. Jahrhundert Weberinnen, Spinnerinnen und meist hörige Bauern, die manchmal von der Herrin geführt wurden. Damen im besonderen setzten sich gern für die Armen und Kranken ein. Die Männer waren oft monatelang im Krieg und wurden zu Hause gelegentlich von ihren Frauen vertreten, selbst wenn es um die Verteidigung ihrer Burg ging.

Eberhard, der älteste Sohn Eberhards und Itas, trat ins königliche Heer ein wie später sein Bruder Heinrich. Beide sind 1075 in der Schlacht bei Homburg an der Unstrut für Kaiser Heinrich IV. gefallen.

Die Nellenburger spielten im Investiturstreit, einem der wichtigsten historischen Ereignisse des 11. Jahrhunderts, eine wichtige Rolle:

Udo wurde 1066 Erzbischof von Trier. Er reiste als Legat des Papstes und des Kaisers zwischen dem heutigen Deutschland und Rom hin und her und war eine Zeitlang Wortführer der deutschen Bischöfe.

Ekkehard wurde 1072 Abt des Klosters Reichenau. Er stand im Investiturstreit auf der Seite des Papstes, während der Abt von Sankt Gallen sich auf die Seite des Kaisers schlug. Die heutige Ostschweiz stürzte in jahrelange blutige Kämpfe. Doch das ist eine andere Geschichte.

Adalbert starb mit fünfzehn Jahren. Erbe Graf Eberhards wurde sein 1050 geborener Sohn Burkhard von Nellenburg. Die Töchter Adelheid und Irmengard wurden nach Laufen am Neckar und ins Toggenburg verheiratet.

In der Quellendokumentation von Ulrich Parlow über die Zähringer wird ein Bernhard von Rißdorf als Bruder Burkhards von Nellenburg erwähnt. Parlow nimmt an, daß er ein unehelicher Sohn Eberhards des Seligen war.

Das Geheimnis um Abt Bernos versiegelte Lippen ist erfunden, ebenfalls sein Handel mit Abt Embrich von Einsiedeln und ihre Abmachung, Eberhard und seinen Nachkommen die Vogtei des Klosters Reichenau nie mehr zurückzugeben.

Weitere Informationen zu den historischen Personen im Roman unter *www.monikadettwiler.ch*

[Am Anfang des Buches lesen!]

Personen des Romans

Eppo	Zürichgaugraf, Einsiedler Klostervogt
Hedwig	seine Frau
Manegold Burkhard Eberhard	ihre Söhne
Otto	Graf von Kirchberg bei Ulm
Ita	seine Tochter
Adelheid	Heilerin
Liutpald	Eberhards Ratgeber
Siegfried	Wanderpriester
Anna	Heilerin und Hebamme
Konrad II.	Kaiser des Heiligen Römischen Reiches (bis 1039)
Heinrich	Konrads Sohn, als Elfjähriger zum König ernannt, regierender Herrscher ab 1039
Ernst	Konrads Stiefsohn, Herzog von Schwaben (bis 1029)
Hermann	Konrads Stiefsohn, ab 1029 Herzog von Schwaben
Radbot von der Habichtsburg (Habsburg)	Klettgaugraf

Ulrich von der Lenzburg	Vogt von Zürich
Bertold von Zähringen	Breisgaugraf
Ermentrudis	Äbtissin in Zürich (Fraumünster)
Cristildis	Nonne in Zürich
Embrich	Abt von Einsiedeln
Berno	Abt der Reichenau
Hermann der Lahme	Gelehrter auf der Reichenau

Außer Adelheid, Anna, Cristildis und Siegfried sind alle Personen dieses Verzeichnisses historisch überliefert.

→ Hinweis S 456

Worterklärungen

Abtei von Felix und Regula	Frauenkloster in Zürich (später Fraumünster)
Agraffe	Zierspange
Alemannien	alter Name für den geographischen Raum des Herzogtums Schwaben
Brettchenweben	farbige Zierborten für Kleider aus gewobenen und gedrehten Fäden
Edelfrau, Edelmann	alter Name für Angehörige des Adels
Fuß	Längenmaß, ca. 30 Zentimeter
Graf	Amtsträger, Vertreter der königlichen Interessen und Gerichtsherr in einem bestimmten Gebiet
Halle	Aufenthalts- und Speiseraum in Burgen und Häusern
Hoftag	auch Reichstag, Zusammenkunft des Hochadels mit dem König
Hofkanzlei	auch Hofkapelle, Zentrale geistliche Institution des Königshofs mit Kapellanen, die als Berater, Notare und Urkundenschreiber wirkten
Hörige	unfreie Menschen, die an ihre Herrschaft und ihr Land gebunden und zu Frondiensten und Abgaben verpflichtet waren
Hufe	Flächeneinheit, die etwa zur Existenzsicherung einer bäuerlichen Familie reichte
Kaiser/König	des Heiligen Römischen Reiches (es umfaßte große Teile Deutschlands, Österreichs, der

Schweiz und Italiens). Der gewählte Herrscher blieb König, bis der Papst in Rom ihn zum Kaiser krönte.

Kapellan Priester, oft auch als Urkundenschreiber tätig

Kapitelsaal Versammlungsraum der Mönche

Kukulle Mönchs- und Nonnenkutte

Lädine schweres, breites Schiff mit Segeln

Lehen Verleihung von Grundbesitz seitens des Königs oder Adligen (Lehnsherr) an den Vasall (Lehnsmann), der dem Lehnsherrn Treue schuldet

Meierhof Hof des Gutsverwalters eines Adligen oder eines Klosters

Miniaturbilder wurden in Klöstern hergestellt, etwa auf der Reichenau. Zur Verzierung von Anfangsbuchstaben in Büchern malten Mönche ganze Personen oder nur Gesichter von Menschen.

Ministeriale höhere Dienstleute eines Adligen oder eines Klosters

Missus Bevollmächtigter und Bote des Königs oder eines hohen Adligen

Münzen alter Name für Geld: Münzen prägen heißt Geld prägen. Es gab Denare, Pfennige und andere Münzen, je nach Gegend.

Nellenburg erbaut nach 1030, Stammburg der Nellenburger, heute Ruine bei der Stadt Stockach nördlich des Bodensees

Oblatenkinder dem Kloster überlassene, geschenkte Kinder

Pfalz Häuserkomplex, in dem der König zeitweise residierte und Gericht hielt

Prälat hoher kirchlicher Würdenträger

Quadrivium Studienrichtung mit Mathematik und Astronomie

Scheffel Hohlmaß, auch für Schüttgut wie Getreide verwendet

Schwaben Herzogtum, im heutigen Gebiet von Südwestdeutschland, Westösterreich und der deutschen Schweiz

Scriptorium — Schreibsaal im Kloster, oft mit Schreibschule

Siechenhaus — Haus der Kranken mit besonders ansteckenden Krankheiten, meist außerhalb der Siedlung oder Stadt

Stadelhof — mit dem Sankt-Peter-Hof gemeinsam für die Versorgung der Pfalz in Zürich zuständiger Bauernhof

Tunika — aus einem einzigen Stoffstück mit Halsausschnitt geschneidertes, gegürtetes, von Männern und Frauen getragenes Kleid

Urkunden — wurden im 11. Jahrhundert selten geschrieben und sind nur vereinzelt erhalten. Eberhard von Nellenburg betreffen relativ viele Überlieferungen, etwa: 1036/37 war er als Zürichgaugraf Zeuge eines Landtauschs (Urkunde), 1045 bekam er das königliche Münzprivileg (Urkunde), 1046/47 reiste er nach Rom etc.

Vogt — meist adlige Person, die im Auftrag eines höheren Adelsherrn oder Klosters Herrschaft ausübt und Gericht hält

Zehnt — ein Zehntel der Ernte als Abgabe an die Grundherrschaft

xx Buchzusätze

Literatur

Bänteli, Kurt, Gamper, Rudolf, Lehmann, Peter, *Das Kloster Allerheiligen in Schaffhausen*, Schaffhausen 1999

Bänteli, Kurt, Höneisen, Markus, Zubler, Kurt, *Berslingen – ein verschwundenes Dorf bei Schaffhausen,* Schaffhausen 2000

Böhme, Hans Wolfgang (Hg.), *Burgen der Salierzeit*, Sigmaringen 1991

Boshof, Egon, *Die Salier*, Stuttgart 1987

Geschichte des Kantons Zürich, Band 1, Zürich 1995

Gallmann, Heinz, *Das Stifterbuch des Klosters Allerheiligen zu Schaffhausen,* Berlin 1994

Glauser, Fritz, »Handel und Verkehr zwischen Schwaben und Italien vom 10. bis 13. Jahrhundert«, in: *Schwaben und Italien im Hochmittelalter*, Stuttgart 2001

Hils, Kurt, *Die Grafen von Nellenburg im 11. Jahrhundert,* Freiburg im Breisgau 1967

Kläui, Paul, »Hochmittelterliche Adelsherrschaften im Zürichgau«, *Mitteilungen der Antiquarischen Gesellschaft in Zürich,* Band 40, Heft 2 (124. Neujahrsblatt)

Kerntke, Wilfried, *Taverne und Markt*, Frankfurt am Main 1987

Parlow, Ulrich, *Die Zähringer*, Stuttgart 1999

Trillmich, Werner, *Kaiser Konrad II. und seine Zeit*, Bonn 1991

Vogelsanger, Peter, *Zürich und sein Fraumünster*, Zürich 1994

Weinfurter, Stefan, *Die Salier und das Reich*, Sigmaringen 1991

Zettler, Alfons, *Die frühen Klosterbauten der Reichenau*, Sigmaringen 1988

Danksagung

Für seine große Hilfe bei der Entstehung dieses Buches danke ich Kurt Bänteli, Schaffhausen. Er hat mich ermuntert, diesen Roman zu schreiben, seine zahlreichen archäologischen Schriften waren mir die wichtigste Grundlage, er gab mir immer wieder per E-Mail Fachinformationen und arbeitete das Manuskript kritisch für mich durch. Ihm sowie den Schaffhauser Buchhändlern Georg Freivogel und Ursula Stamm verdanke ich die Idee zu einem Nellenburger-Roman. Dankbar bin ich auch den Geschichtsprofessoren Alfons Zettler und Hans-Jörg Gilomen für wertvolle historische Hinweise respektive einen entscheidenden Buchtip im richtigen Moment.

Wertvolle Hilfe für die Bildseiten war mir das technische Know-how des Fotografen Gion Pfander. Mein Dank geht auch an das Schweizerische Landesmuseum in Zürich und an die Kantonsarchäologie in Schaffhausen für das kostenlose Abdruckrecht von drei Fotos im Bildteil dieses Buches.

Für ihre konstruktive Kritik danke ich den Erstlesern Angela Bänteli, meinem Freund Richard Hediger, meinem Berufskollegen Frank Lorenz und vor allem meiner Mutter Paula Dettwiler, die fast nicht mehr sehen kann, die sich aber die ganze Geschichte von mir hat vorlesen lassen.

Schließlich geht mein Dank an die Piper-Verlagsgruppe, speziell an Bettina Feldweg und Maya Kiesselbach, an meinen einfühlsamen, kritischen Lektor Rainer Schöttle sowie an den Piper-Vertreter für die Schweiz, Willy Ernst, der meine Bücher nicht wirkungsvoller anpreisen könnte.

Monika Dettwiler

SERIE PIPER

Brigitte Riebe

Palast der blauen Delphine

Ein Roman aus dem alten Kreta. 494 Seiten. Serie Piper

»Zu den schönsten historischen Romanen zählt für mich Brigitte Riebes Buch ›Palast der blauen Delphine‹. Sagen, Mythen und historische Fakten werden hier zu einer spannenden Handlung verflochten. Brigitte Riebe beschwört die alte Welt der Großen Göttin, die zu jener Zeit noch mächtiger war als alle männlichen Götter des griechischen Olymp und die damals über das minoische Kreta herrschte. Es war die Epoche des Matriarchats, die mit den Eroberungszügen der Stämme vom Festland endete.«
Norddeutscher Rundfunk

»Der Roman von Brigitte Riebe wirkt wie eine traumhafte Rückkehr in die Kindheit, als wir noch an Märchen glaubten oder zumindest nicht ausschließen wollten, daß sie wahr sind.«
Sender Freies Berlin

05/1039/01/L

Thomas Einfeldt

Störtebekers Gold

Ein Roman aus der Hanse-Zeit. 461 Seiten. Serie Piper

Abenteuerlust und eine Intrige treiben den jungen Lübecker Kaufmannssohn Martin Damme in die verschworene Gemeinschaft der »Vitalienbrüder«: Er wird Schreiber und Vertrauter des gefürchteten Seeräubers Klaus Störtebeker. Angesichts der rohen Gewalt der Piraten wendet er sich aber wieder von ihnen ab und nutzt das Gewirr einer brutalen Seeschlacht zur Flucht durch das Abflußrohr der Kapitänskajüte. Als Hannes Maiboom führt er nun das Leben eines ehrbaren Schiffers und Kaufmanns. Doch die unermeßlichen Reichtümer der Seeräuber lassen ihn nicht ruhen: Auf seinen Kaufmannsfahrten nutzt er sein Wissen und hebt die versteckten Schätze mit Hilfe der schönen und mutigen Kaufmannstochter Kristine, die seine große Liebe wird.

05/1384/01/R